어느 페르시아인의 편지

Lettres persanes

Charles Louis de Secondat Montesquieu

대산세계문학총서

181

어느 페르시아인의 편지

Lettres persanes

몽테스키외 외 이자호 옮김   문학과지성사

대산세계문학총서 181

어느 페르시아인의 편지

지은이   샤를 루이 드 세콩다 몽테스키외
옮긴이   이자호
펴낸이   이광호
주간   이근혜
편집   김은주 박솔뫼
마케팅   이가은 허황 이지현 맹정현
제작   강병석
펴낸곳   ㈜**문학과지성사**
등록번호   제1993-000098호
주소   04034 서울 마포구 잔다리로7길 18(서교동 377-20)
전화   02) 338-7224
팩스   02) 323-4180(편집) 02) 338-7221(영업)
대표메일   moonji@moonji.com
저작권문의 copyright@moonji.com
홈페이지   www.moonji.com

제1판 제1쇄 2022년 12월 30일

ISBN 978-89-320-4115-5 04860
ISBN 978-89-320-1246-9(세트)

이 책은 대산문화재단의 외국문학 번역지원사업을 통해 발간되었습니다.
대산문화재단은 大山 愼鏞虎 선생의 뜻에 따라 교보생명의 출연으로 창립되어
우리 문학의 창달과 세계화를 위해 다양한 공익문화사업을 펼치고 있습니다.

『어느 페르시아인의 편지』에 대한 몇 가지 고찰*

『어느 페르시아인의 편지』가 인기를 얻을 수 있었던 것은 무엇보다도 은연중에 느껴지는 한 편의 소설과도 같은 그 구성 때문이다. 이 작품에는 소설처럼 발단, 전개, 결말이 있으며 다양한 등장인물이 어떤 하나의 연계 고리 속에 서로서로 연결되어 있다. 작품 속 주인공들의 유럽 체류가 길어질수록 유럽의 풍속은 이들에게 덜 경이롭고 덜 기이하게만 다가오는데, 이러한 경이로움과 기이함 앞에서 이들은 각자의 성격에 따라 다소 차이를 보이며 그 놀라움을 표현한다. 한편, 우스벡의 하렘에서는 길어지는 그의 부재에 따라 공포는 증가하고 사랑은 식어가며 그만큼 혼란 또한 커져만 간다.

이런 유의 소설은 대개 성공하기 마련인데 그 이유는 바로 등장인물들이 자기 자신의 현 처지에 관해 이야기하고 있어 독자들에게 다른 어떤 이야기보다도 감동을 잘 전할 수 있기 때

---

* 이 글은 1754년 개정판 부록으로 처음 실린 글이다. 여기서 몽테스키외는 작품의 허구성을 주장하며 1751년 본 소설에 대해 "신을 모독하는 불경스러운 언행"이라며 비판했던 고티에Gaultier 신부의 비난을 누그러뜨리려 애쓰고 있다.

문이다. 이것이 또한 『어느 페르시아인의 편지』 이후로 출간되었던 몇몇 유쾌한 작품들*의 성공 원인 중 하나이기도 하다.

일반 소설의 경우 주제에서 벗어난 여담들은 그것이 자체적으로 또 하나의 새로운 소설을 구성하고 있을 때만 허용될 수 있다. 이는 작품 속에 어떤 논리적이고 이성적인 사유를 덧붙여 넣을 수가 없기 때문인데, 그것은 그 작품 속에 이 같은 이성적 사유를 위해 설정된 인물이 없어 만일 그리하면 작품의 의도와 성격에 어긋나기 때문이다. 하지만 등장인물이 미리 정해져 있지 않고, 주제 또한 이미 짜인 어떤 계획이나 의도에 전혀 구애받지 않는 서간체 형식의 소설에서는 작가가 그 속에 철학이나 정치, 윤리 등의 주제를 결부시키고 그 전체를 어떤 비밀스러운, 다시 말해 미지의 연계 고리를 통해 하나로 연결할 수 있다는 이점이 있다.

『어느 페르시아인의 편지』는 출판 즉시 판매 부수가 너무나도 어마어마했었던지라 서적 상인들이 그 후속작을 얻어내기 위해 온갖 애를 쓰곤 했었다. 만나는 사람마다 아무나 팔을 끌어 잡고는 "선생님, 제발 『어느 페르시아인의 편지』 좀 써주십시오" 하고 부탁하곤 했을 정도니 말이다.

---

* 『어느 페르시아인의 편지』는 당시 프랑스뿐만 아니라 유럽 문학계에 서간체 소설의 유행과 함께 성공을 불러왔다. 그 후 많은 서간체 작품이 성공을 거두었는데 그 대표적인 예로 영국 작가 새뮤얼 리처드슨Samuel Richardson의 서간체 소설 『파멜라』(1740)와 그 불어판 번역서(1741), 마담 드 그라피니Mme de Graffigny의 『페리비엔의 편지』(1747), 크레비용 피스Crébillon fils의 『후작 부인의 편지』(1732), 리틀턴Lyttelton의 『신페르시아인의 편지』(1735, 영어 및 불어판) 등이 있다.

그러나 방금 이야기한 특징들이야말로 본 작품은 결코 그 어떤 후속작도 없을 것이며, 다른 이의 손을 빌려 쓰인 편지들과 엮는 일은 더더욱이나 없을 것이라는 점을 분명히 보여준다. 그것이 아무리 기발하게 쓰인 편지일지라도 말이다.*

몇몇 빈정거리는 표현에 대해 많은 이들이 너무 경솔하다는 평을 했는데 이들에게 본 작품의 성격에 주의해달라고 부탁하고 싶다. 이 작품에서 매우 중요한 역할을 하는 페르시아인들은 어느 날 갑자기 유럽, 즉 지금껏 자신들이 살아왔던 세계와는 완전히 다른 세계로 건너오게 된 인물들이다. 따라서 이들이 유럽으로 건너온 그 순간부터 나는 그들을 무지와 편견으로 가득 찬 인물로 표현해야만 했다. 하여 이들에게서 어떤 생각이 형성되고 발전되어가는 모습을 보여주는 데만 신경을 썼다. 맨 처음 이들에게 든 생각은 기이함이어야 했다. 그리고 이를 위해 내가 할 수 있었던 것은 이들에게 '재치'와 양립할 수 있는 일종의 '기발함'을 부여해주고, 이들의 눈에 무언가 굉장해 보이는 것이 나타날 때마다 그들이 받은 느낌을 그대로 묘사해가는 것뿐이었다. 우리 종교의 어떤 원칙을 모독할 의도가 있기는커녕 경솔한 언행이라고는 결코 짐작조차 해보지 못했다. 경솔하다는 평을 받은 빈정거리는 표현들을 살펴보면 어김없이 어떤 놀라움이나 경탄의 감정과 연관되어 있지, 평가 의도와는 전혀 연관이 없으며 비판의 의도와는 더더욱이나 관계가

---

* 1731년 판에 삽입되었던 폴랭 드 생트푸아Poullain de Sainte-Foix의 '파리의 튀르키예 여인이 하렘의 언니에게 보내는 편지'를 암시하는 발언이다. 이 글은 『어느 페르시아인의 편지』의 모방작이다.

없다. 페르시아인들이 우리의 종교에 관해 이야기할 때 우리의 풍습이나 관행을 이야기할 때보다 덜 무지해 보여서는 아니 되었다. 이들이 우리 종교의 교리를 기이하게 바라보는 부분에서는 언제나 그 기이함에 우리 교리와 우리 사회의 다른 어떤 사실 사이의 관계에 대한 이들의 완전한 무지가 각인되어 있다.

나는 지금 한 인간에 대한 존중과는 별개로 이 중대한 사실에 대한 애착에서 이렇게 해명하는 것이다. 우리의 가장 민감한 부분을 공격하려는 의도는 결단코 없었다. 그러니 독자들은 부디 내가 이야기하는 그 빈정거리는 표현들을 놀라움을 감출 수 없었던 인물들이 느낀 놀라운 심경에서 비롯된 결과로, 또 스스로 그 부조리함을 인식조차 하지 못했던 인물들이 저지른 부조리로 봐주기 바란다. 아울러 이 작품의 모든 매력은 실제 상황과 그것을 바라보는 독특하고 솔직하며 기이한 방식 사이의 끝없는 대조에 있다는 사실 또한 주의해주기 바란다.『어느 페르시아인의 편지』의 성격과 의도는 너무나도 뚜렷이 드러나 있어 스스로 오해하기를 자처하는 자가 아니고서는 결코 그 누구도 오해의 여지를 찾아볼 수 없을 것이다.

서문

　나는 지금 헌사를 쓰는 것도, 이 책의 옹호를 부탁하는 것도 아니다. 재미가 있으면 사람들에게 읽힐 것이고 재미가 없다 해도 사람들이 이 책을 읽든 말든 난 개의치 않는다.

　대중의 취향을 알아보기 위해 우선 이 편지들을 풀었다. 내 서류 가방 속에는 차후 선보일 수도 있는 수많은 또 다른 미발표 편지들이 들어 있다.*

　단, 이는 나의 존재가 드러나지 않는다는 조건에서다. 만일 사람들이 내 이름을 알게 된다면 바로 그 순간부터 나는 입을 다물 것이다. 나는 똑바로 잘 걸어 다니는 한 여인**을 알고 있다. 그런데 그 여인은 사람들이 자신을 쳐다보는 바로 그 순간부터 절룩거리기 시작한다. 굳이 내 인격의 결함을 내보이지 않아도 이미 이 작품은 많은 결함을 지니고 있다. 만일 사람들이 내가 누구인지를 알게 된다면 분명 그들은 "저 사람, 책과

---

* 몽테스키외는 1754년 개정판에 11편의 편지를 추가로 실었다.
** 몽테스키외의 부인을 가리킨다.

성격이 전혀 어울리지 않아. 차라리 그 시간을 좀더 나은 일에 투자했어야 했어. 이런 일은 근엄하신 인물다운 짓이 아니지"*라고들 할 것이다. 이 같은 지적은 별로 머리를 쓰지 않고도 쉬이 할 수 있기에 비평가들은 이런 유의 지적을 결코 빠뜨리는 법이 없다.

이 작품 속 편지의 주인공인 페르시아인들은 나와 함께 지냈다. 우리는 같이 생활했었는데 그들은 나를 마치 다른 세상 사람 바라보듯 했다. 하여 내게 무엇 하나 감추는 것이 없었다. 사실 그토록 먼 타국 땅에서 건너온 사람들에게는 더 이상 그 어떤 비밀도 있을 수 없기 마련이다. 그들은 대부분의 편지를 나와 공유했고 나는 그것을 옮겨 적었다. 어떤 편지는 페르시아인들의 허영심과 질투심 앞에 그야말로 얼마나 굴욕감을 느끼게 하는지, 내게 보여주지 않으려 충분히 주의했을 법도 한 그런 편지도 있었다.

고로 나는 번역가로서의 역할을 한 것이다. 내게 가장 고통스러웠던 일은 이 작품을 우리의 풍속에 맞게끔 바꾸어놓는 것이었다. 독자들을 위해 할 수 있는 최대한으로 아시아식 어법들을 제거했고, 자칫 독자들에게 마치 흘러가는 구름을 바라보는 듯한 극도의 지루함을 느끼게끔 했을지도 모를 그 많은 양의 고상한 표현들을 삭제했다.

내가 독자들을 위해 한 것은 이뿐만이 아니다. 우리 유럽인

---

* 몽테스키외는 『어느 페르시아인의 편지』를 출판할 당시 보르도 고등법원의 법원장이자 '보르도 아카데미'의 회원이었다.

들의 안부 표현에 절대 뒤지지 않는 동양인들의 그 의례적이고 긴 안부 표현들을 생략하였으며, 독자들이 견디기 힘들어했을 것이 분명하고 또 두 친구 사이에서 그냥 그쳤어야만 했을 그런 수많은 시시콜콜한 이야기들 또한 모두 넘겨버렸다.

그동안 우리에게 서신 모음집을 선보였던 대부분의 작가도 만일 이런 식으로 했더라면 아마 그들의 작품은 흔적도 없이 사라져버리고 말았을 것이다.

나를 자주 놀라게 했던 것이 하나 있는데, 바로 이 페르시아인들이 우리 민족의 풍기와 생활 방식에 대해 때때로 나만큼이나 아주 잘 알고 있었다는 사실이다. 매우 예민한 부분뿐만 아니라, 내 확신컨대 프랑스를 여행한 수많은 독일인조차도 미처 느끼지 못하고 그냥 지나쳐버렸음이 틀림없을 그런 일들까지도 모두 알아차리고 있었을 정도로 말이다. 이는 분명 그들의 오랜 프랑스 체류에서 비롯된 결과일 것이다. 아시아인들이 서로 터놓고 이야기하는 법이 거의 없는 것만큼이나 프랑스인들은 서로 간에 속마음을 거의 잘 털어놓다 보니 프랑스인들이 4년에 걸쳐 아시아인들의 풍기를 배우는 것보다 아시아인들이 단 1년 만에 프랑스인들의 풍기를 배우기가 더 쉽다는 사실은 차치하고서라도 말이다.

관습적으로 모든 번역가는, 하물며 가장 실력 없는 주석자들까지도, 자신의 번역본이나 주석 그리고 원서에 대한 찬양사의 서두를 화려하게 미화시키고, 또 그 작품의 유용성이나 가치, 탁월성 등을 부각시키곤 한다. 그러나 나는 전혀 그러지 않았다. 그 이유는 독자들도 쉽게 짐작해볼 수 있을 것이다. 그중 가장 중요한 이유가 하나 있다면, 그래봤자 그런 것들은 모두 그 자체로도 이미 지루하기 그지없는 그곳, 바로 '서문'이라는 곳에 놓인 하나의 매우 지루하기 그지없는 것에 불과하기 때문이다.

차례

일러두기

1. 이 책은 Montesquieu의 *Lettres persanes*(Paris: Flammarion, 1995); (Paris: Éditions Gallimard. 1973); (Paris: Librairie Générale Française, 2006)를 바탕으로 우리말로 옮긴 것이다.

2. 본문의 주는 모두 옮긴이의 것이며, 본 소설의 여러 판본들에 실린 주석들을 비롯한 여러 자료를 근거로 작성되었다.

편지 1
우스벡이 친구 루스탄에게
(수신지 : 이스파한[1])

우리는 콤[2]에서 단 하루밖에 머물지 않았다네. 이 세상에 열두 명의 선지자[3]들을 있게 해주신 그분, 동정녀[4]의 묘비 앞에 기도를 드린 후 우리는 다시금 길을 떠나왔네. 그리고 이스파한에서 출발한 지 25일째 되는 바로 어제, 이곳 타브리즈[5]에 도착했다네.

리카와 나는 아마도 지식욕에 못 이겨 지혜를 찾고자 그 평화로운 삶의 안락함을 뒤로한 채 고국을 떠나 고달픈 여정에 오른 최초의 페르시아[6]인들일 것이네.

---

1 현재 이란의 중부에 있는 도시로 16~17세기에는 이란(당시 페르시아)의 수도였다.

2 '쿰'이라고도 불린다. 이슬람교 시아파(30쪽 주 12 참조)의 순례지로 이스파한의 북쪽, 테헤란의 남쪽에 있다.

3 이슬람의 시아파에서 인정하는 마호메트(63쪽 주 16 참조)의 후계자, 12이맘 lmām(65쪽 주 23 참조)을 일컫는 말로, 12이맘이란 마호메트의 사위이자 이슬람의 4대 칼리프(이슬람 공동체의 지도자)인 알리를 초대 이맘으로 하여 12대까지 계승된 그 자손들을 지칭한다. 시아파는 이들 열두 명의 이맘 묘를 성지로 여겨 순례한다.

4 마호메트의 딸이자 알리의 부인인 파티마를 지칭한다. 그런데 사실상 이 묘비는 열두 명의 이맘 중 일곱번째 이맘의 딸인 동명이인 파티마의 묘이다. 이같은 착오는 몽테스키외 개인만의 착오가 아니라 이슬람교도들 사이에서 흔히 일어나는 현상이다.

5 현재 이란(당시 페르시아)의 서북부에 위치한 도시로 19세기에 들어 무역 요충지로 발달한다.

비록 번영하는 왕국에서 태어났다고는 하나 우리는 결코 이 왕국의 울타리가 우리 지식의 경계선이라고는, 또 오직 동양의 진리만이 우리를 밝혀주어야 한다고는 생각지 않았네.

이 여행에 대해 사람들이 과연 무슨 말들을 하는지 애써 미화시키지 말고 사실대로 전해주게나. 이 여행에 동조하는 사람들이 그리 많을 것이라고는 기대하지 않네. 얼마간 에르주룸[7]에 머물 예정이니 편지는 그곳으로 보내주게나.

나의 소중한 벗, 루스탄! 그럼 잘 있게나. 이 세상 어디에 있든 자네를 향한 나의 우정은 언제나 변함없다는 것을 기억해주게.

1711년 4월 15일, 타브리즈에서

편지 2
우스벡이 흑인 환관장宦官長에게
(수신지: 자신의 이스파한 하렘[8])

너는 페르시아 최고의 절색들을 지키는 나의 충성스러운 수

---

6 기원전 559년에 키루스 2세가 현재의 이란 땅에 세운 나라로 오늘날 이란의 영토에 근거한 여러 제국을 서양에서 일반적으로 일컫는 말.

7 튀르키예 동북부에 있는 도시. 아나톨리아(흑해와 지중해 사이에 있는 튀르키예의 넓은 고원 지대)에서 이란으로 연결되는 교역로에 위치하여 예로부터 군사·교통의 요충지로 유명하다.

위이니라. 내 너에게 이 세상에서 내게 가장 소중한 것들을 맡겼으니 너의 손아귀에는 오직 나에게만 허락된 그 숙명의 문들의 열쇠가 쥐어져 있도다. 네가 나의 애정이 보관된 그 소중한 장소를 지키는 동안 나는 그야말로 안심하고 편히 쉴 수 있는 것이다. 한낮의 소란 속에서뿐만 아니라 한밤의 정적 속에서도 네가 경계를 멈추지 않으니 바로 이런 지칠 줄 모르는 너의 보살핌이 그곳의 정조를 흔들리지 않도록 잘 지탱해주고 있도다. 또한 혹시라도 네가 지키고 있는 그 여인들이 자신의 의무를 저버리려 한다면 너는 분명 그녀들에게 그런 희망을 품지 못하게 하리니 너야말로 악덕에는 크나큰 재앙이요 정조貞操에는 그 기둥이다.

너는 이 여인들의 지휘자이자 또한 복종자이니라. 그녀들의 뜻에 맹목적으로 따르는가 하면 너 역시 그녀들로 하여금 하렘의 규율에 따르도록 만들고 있지. 네 분명 이 여인들 곁에서 그 비천하기 그지없는 시중을 들어가며 그것을 커다란 영광으로 삼고, 그녀들의 정당한 명령 앞에 존경과 경외심으로 복종해가며 마치 그녀들이 데리고 있는 몸종의 노예라도 되는 양 그렇게 시중을 들고 있음이렷다. 하나 정숙과 겸허의 규율이

8 이슬람 사회의 부인들이 거처하는 방을 가리키는 이름으로, 특수한 경우를 제외하고는 모든 일반 남성의 출입이 금지된다. 과거 이슬람교에서는 부인을 네 명까지 허용했기 때문에 네 명의 부인이 함께 거주하는 하렘을 흔히 볼 수 있었다. 그러나 지금은 일부다처제를 법으로 금하고 있으며 여성도 예전보다 훨씬 더 자유로워졌다. 따라서 몇몇 상류층 가문에만 하렘이 있을 뿐이다. 이 작품 속의 주인공은 매우 높은 신분의 귀족으로서 다수의 부인과 첩을 거느린 인물이다.

해이해질 우려가 보일 때는 반대로 그 지배권이 역전되어 바로 네가 나처럼 그녀들의 주인으로서 그들에게 명령을 내리고 있지 않느냐?

네가 나의 노예들 중 가장 말단이었던 시절, 내 너를 그 보잘것없는 처지에서 꺼내어 지금의 자리에 있게 해주었고 이렇게 내 마음속의 소중한 그녀들을 맡긴 사실을 언제나 잊지 말아야 할 것이다. 나의 사랑하는 여인들 앞에서 마음속 깊이 너자신을 낮추되 그녀들로 하여금 극도의 의존성을 느낄 수 있게끔 해주어라. 위험 요소가 없는 순수한 향락이라면 모두 제공해주고 그녀들의 정서적 불안정도 함께 달래주도록 할 것이며 음악과 춤, 달콤한 음료로 그녀들을 즐겁게 해주고 또한 서로들 자주 모이도록 권유하라. 만일 시골 별장에 가고 싶어 한다면 데리고 가도 좋다. 단 그녀들 앞에 나타나는 모든 남자는 모조리 몰살해야 할 것이다. 맑은 영혼의 상징인 청결 또한 권고토록 하라. 그리고 가끔은 내 이야기도 좀 해주도록 하여라. 그녀들이 있기에 더욱 아름다운 그 매혹적인 장소에서 다시금 나의 여인들을 만나보고 싶구나.

그럼 잘 있거라.

1711년 4월 18일, 타브리즈에서

편지 3
자치가 우스벡에게
(수신지 : 타브리즈)

우리는 환관장에게 시골 별장에 데려가줄 것을 명했어요. 그리고 환관장이 말씀드리겠지만 그곳에서는 아무런 사고도 없었답니다. 강을 건너기 위해 가마에서 내려야 했을 때는 관습대로 통[9] 속으로 들어가 몸을 숨겼고, 통 속에 든 우리를 두 명의 노예들이 어깨에 메고 강을 건넜어요. 덕분에 아무도 우리를 볼 수 없었지요.

사랑하는 우스벡! 기쁜 지난날의 추억들이 끊임없이 되살아나며 매일같이 더욱 강렬하게 저의 욕망을 자극하고 있는 이곳, 이스파한, 바로 당신의 하렘에서 저는 과연 어찌 살아가야만 한단 말인가요? 당신을 찾아 늘 이 방 저 방을 배회하곤 하지만 당신의 모습은 어디서도 찾아볼 수 없고 대신 행복한 옛 기억들만 잔인하게 여기저기서 떠오르곤 한답니다. 때로는 제 인생 처음으로 당신을 품에 안아보았던 그 순간이, 때로는 당신이 우리 여인들 사이에 그 지독한 싸움을 초래했었던 그날이 눈앞에 그려지곤 하지요. 맞아요. 그날 우리는 각자 자신의 우월한 미를 한껏 과시하고 있었어요. 모든 상상력을 총동원하

---

9 뚜껑 덮인 요람처럼 생긴 일종의 커다란 통으로, 당시 하렘의 여인들은 외출할 때 이 통 안에 들어가 몸을 숨긴 채 각각 두 통씩 낙타의 등 위에 실려 이동되곤 하였다. 당시 페르시아인들은 가마를 사용하지 않았으며, 가마에서 내린다는 표현은 몽테스키외의 착오로 보인다.

여 온갖 장신구로 몸치장을 한 후 당신 앞에 나타났지요. 당신은 우리 솜씨가 가져온 그 경이로운 성과를 기쁘게 바라보았어요. 당신의 마음에 들고자 하는 우리의 열정이 과연 어디까지 우리를 이르게 하였는지 바라보며 매우 감탄스러워했지요. 하지만 이것도 잠시뿐, 당신은 곧 이 인위적으로 꾸민 아름다움을 좀더 순수한 매력 앞에 굴하게 했어요. 당신이 우리의 작품들을 모두 다 허물어버린 것이에요. 당신에게 거추장스럽게만 느껴졌던 그 장식품들을 우리는 모두 벗어 던져야만 했고 자연의 그 순수한 상태로 다시금 당신 앞에 서야만 했지요. 제게 수치심 따위는 대수롭지 않았어요. 오로지 영광만을 생각했지요. 행복하신 우스벡! 얼마나 많은 매력이 당신의 눈앞에 펼쳐졌던가요? 당신이 이 매력 저 매력으로 한참을 방황하는 것을 보았어요. 오랫동안 마음을 정하지 못하고 망설였지요. 각각의 매력들은 저마다 당신께 그 대가를 요구했고, 그렇게 어느 순간엔가 우리는 모두 당신의 입맞춤을 온몸 가득히 받을 수 있었지요. 당신은 호기심 가득한 눈길로 우리의 가장 비밀스러운 그곳을 바라보았고, 또 순식간에 우리를 수없이 다양한 상황에 놓이게끔 했어요. 당신은 매번 색다른 요구를 하고 우리는 매번 이에 복종하면서 말이에요. 우스벡! 당신에게 고백건대 제가 그토록 당신의 환심을 사고 싶었던 것은 저의 야망 때문이 아니라 그 야망보다도 더 강한 제 안의 이 뜨거운 연정 때문이었답니다. 저는 서서히 당신의 마음을 사로잡아가는 저 자신을 보았어요. 당신은 저를 취하기도 했고 또 떠나버리기도 했지요. 하지만 다시 또 제게로 돌아왔고, 저는 그런 당신을 제 곁에 붙잡아놓을 줄 알았어요. 승리는 완전히 제 것이었고 절망은 저의 연적들에게로 돌아갔지요. 이 세상이 마치 당신과 저, 우리 둘만의 것인 듯했으니 우리를 둘러싼 그 모든 것은 더 이상 우리의 관심사가 되지 못했어요. 저의 연적들에게 당신이 제게 주셨던 그 모든 사랑의 증표를 지켜봐 줄 용기가 있었더라면 참으로 좋았으련만…… 그녀들이 만일 제 안의 이 열정을 제대로 보았더라면 저의 사랑이 자신들의 사랑과는 다르다는 것을 느낄 수 있었을 텐데…… 자신들이 육체적 매력을 놓고 저와 겨룰 수 있었을지언정 감수성에 관한 한 결코 저와 겨룰 수 없다는 것을 잘 알 수 있었을 텐데…… 그리고 또…… 아니, 지금 제가 대체 무슨 생각을 하는 거죠? 도대체 무슨 쓸데없는 이야기를 하는지 모르겠어요. 전혀 사랑을 받지 못한다는 사실은 실로 불행한 일이에요. 하지만 더는 사랑을 받을 수 없다는 사실은 그야말로 치욕이랍니다.

우스벡! 당신은 우리를 떠나 그 미개한 나라들을 떠돌고 있어요. 뭐라고요? 사랑을 받는다는 그 특권이 당신께는 그리 대수로운 것이 아니라고요? 아! 자신이 무엇을 잃고 있는지조차 모르고 계시다니! 제가 뿜어내고 있는 이 한숨 소리를 당신은 전혀 듣지 못하시는군요. 저의 이 흐르는 눈물도 당신은 전혀 보지 못하고 있어요. 이곳 당신의 하렘에서는 이렇듯 사랑이 숨 쉬고 있거늘 당신의 그 무심함은 끊임없이 당신을 이 사랑으로부터 멀어지게만 하는 것 같아요. 아! 사랑하는 우스벡! 당신이 진정 무엇이 행복인지를 아셨더라면……

1711년 3월 21일, 파티마의 하렘에서

편지 4
제피스가 우스벡에게
(수신지 : 에르주룸)

   그 괴물 같은 흑인 놈이 끝내 저를 절망시키기로 작정했어
요. 어떡해서든 제게서 젤리드를 빼앗아가려고 해요. 뛰어난
손재주로 여기저기 제 몸을 우아하게 장식해주며 그토록 열의
를 다해 제 시중을 드는 몸종 노예 젤리드를 말이에요. 게다가
그 배신자는 이 이별이 제게 고통을 안겨주는 것만으로는 충분
치 않다고 여기는지 아예 불명예스럽기까지를 바라고 있어요.
제가 젤리드를 신임하는 이유를 마치 어떤 범죄인 양 보려 할
뿐만 아니라, 저로서는 감히 상상조차 할 수 없는 그런 것들을
보았다고 또는 들었다고 감히 억측하고 있지요. 제게서 매번
문밖으로 내쳐지고는 문 뒤에서 지루하게 있어야 하다 보니 그
러는 게지요. 저는 지금 얼마나 불행한지 몰라요. 아무리 제가
방에서 은거한다 해도, 아무리 제가 정조를 지킨다 해도, 결코
그자의 기상천외한 의심으로부터 안전할 수는 없을 거예요. 그
비천한 노예 놈이 당신의 마음속까지 찾아 들어가 절 공격하
고 있으니 저 또한 이에 맞서 저 자신을 지켜야만 해요. 아니,
이렇게 해명까지 해야 할 정도로 무너지기에는 제 자신에 대한
자부심이 너무도 크군요. 저의 행실을 보증해줄 다른 그 어떤
것도 필요 없어요. 저의 행실에 대한 보증은 오직 우스벡 당신
과 당신의 사랑, 나의 사랑 그리고 또…… 사랑하는 우스벡!
굳이 당신께 밝혀야 한다면 나의 이 눈물, 이것뿐이랍니다.'

편지 5
루스탄이 우스벡에게
(수신지 : 에르주룸)

이곳 이스파한은 온통 자네 이야기뿐이라네. 모두 자네의 여행에 관해서만 이야기하고 있지. 어떤 이들은 자네가 떠난 것이 자네의 경솔한 마음가짐 때문이라 하고, 또 어떤 이들은 자네의 마음속에 있는 그 어떤 괴로움 때문이라 한다네. 자네의 벗들만이 유일하게 나서서 자네를 옹호하지만 아무도 납득시키지는 못하고 있네. 사람들은 어떻게 자네가 부인들과 부모님 그리고 친구들과 조국을 떠나 우리 페르시아인들에게는 낯설기만 한 그 미지의 땅으로 떠날 수 있었는지 전혀 이해하지 못한다네. 리카의 어머니는 몹시 절망에 빠져 자네가 당신의 아들을 빼앗아갔다며 어서 돌려달라 하시네. 나의 소중한 벗, 우스벡! 나는 언제나 자네가 하는 모든 일에 쉽게 찬성하는 편이라네. 하지만 자네의 부재만큼은 참으로 용인하기가 힘들 듯하네그려. 자네가 그 어떤 이유를 댄다 해도 내 마음은 결코 그것을 인정해줄 수 없을 것이네.

그럼 잘 있게. 항상 나에 대한 애정을 간직해주게나.

1711년 5월 28일, 이스파한에서

편지 6

우스벡이 친구 네씨르에게

(수신지: 이스파한)

예레반[10]에서 한나절을 떠나와 우리는 드디어 페르시아 땅을 벗어나 튀르키예인들의 땅으로 들어왔다네. 그리고 그로부터 12일 후 이곳 에르주룸에 도착했네. 이곳에는 한 서너 달쯤 머물 예정이라네.

네씨르! 내 자네에게 고백건대 실은 페르시아가 내 시야에서 사라지고 마침내 그 신의 없는 오스만인[11]들 사이에 놓이게 되었을 때 난 뭔지 모를 은밀한 고뇌를 느꼈다네. 그리고 이 불경한 세계로 들어갈수록 나 자신 또한 점점 더 불경스러워지는 것만 같았네.[12]

내 조국, 내 가족, 내 친구들이 머릿속에 떠오르며 이들에 대

---

10 현 아르메니아의 수도로, 당시 페르시아의 지배를 받았으며 페르시아와 튀르키예의 국경 지대에 있었다.

11 튀르키예인들을 지칭한다. 오스만 제국은 튀르키예 제국, 오스만 투르크 또는 단순히 튀르키예라고도 불렸다.

12 당시 페르시아와 튀르키예는 각각 시아파와 수니파라는 이슬람의 두 종파로 나뉘어 있었다. 정통파인 수니파에서는 마호메트의 장인 아부 바크르Abu Bakr를 초대 정통 칼리프로 인정하고 추종하는 반면, 시아파에서는 마호메트의 사촌 동생이자 사위인 알리(Ali, 4대 칼리프)를 마호메트의 유일한 정식 후계자로 간주하고 다른 칼리프의 존재를 인정하지 않았다. 또한 알리 및 그의 자손들, 즉 마호메트의 직계 자손들을 이맘(21쪽 주 3, 65쪽 주 23 참조)이라 칭하며 사라진 마지막 12대 이맘을 언젠가는 다시 돌아올 자신들의 구세주로 여기고 있다. 이 같은 이유로 시아파의 페르시아인들은 수니파 튀르키예인들을 '불경하다' 또는 '신의 없다'라고 표현하곤 했다.

한 애정이 되살아나더군. 그러자 일종의 불안감이 내 마음을 뒤흔들기 시작했고 마침내 이 불안감은 마음의 안정을 되찾기에는 이미 내가 너무 멀리 와버렸음을 깨닫게 해주었지.

하지만 무엇보다도 내 마음을 가장 아프게 하는 것은 바로 나의 여인들이라네. 그녀들만 생각하면 정말이지 난 헤어날 수 없는 슬픔에 빠져 허덕이곤 한다네.

네씨르! 그렇다고 내가 그녀들을 사랑한다는 말은 아니네. 이 점에 관한 한 나는 그 어떤 욕망도 지니고 있지 않을 정도로 그저 냉담하기만 한 사람이라네. 나의 하렘에서 그 많은 여인들과 함께 살아오며 나는 사랑을 미연에 방지해왔으며, 또한 사랑을 또 다른 사랑으로써 파괴시켜왔네. 하지만 이같이 냉정한데도 날 괴롭히는 은밀한 질투심이 내 안에서 솟아오르지 않겠나? 한 무리의 여인들이 거의 내버려지다시피 한 채 그냥 방치되어 있네. 한데 지금 내게 이 여인들을 책임져줄 수 있는 사람이라고는 고작 나약하기 그지없는 그런 영혼들뿐이라네. 나의 노예들이 과연 내게 충성을 다할지 내 이리도 확신할 수 없거늘, 만에 하나라도 이들이 충성을 다하지 않는다면 과연 일이 어찌 된단 말인가? 내가 앞으로 여행할 먼 이국땅에까지 그 얼마나 비참한 소식들이 날아들게 되겠는가 말일세? 이는 나의 벗들도 결코 치료해줄 수 없는 아픔이라네. 그곳, 나의 하렘의 서글픈 비밀을 내 벗들이 결코 알아서는 아니 되기 때문이지. 설령 그들이 안다고 할지언정 그들이라고 별 뾰족한 수가 있겠는가? 그러니 요란스럽게 번쩍이는 징벌보다 차라리 아무런 처벌 없이 그냥 암흑 속에 잘 묻혀 있는 죄가 몇천 번이고 더 낮지 않겠는가? 나의 소중한 벗, 네씨르! 자네에게 내 마음속의 이 모든 괴로움을 잠시 내려놓으려 하네. 지금으로서는 이것이 내게 허락된 유일한 위안이라네.

1711년 6월 10일, 에르주룸에서

편지 7
파티마가 우스벡에게
(수신지 : 에르주룸)

사랑하는 우스벡! 당신이 떠나신 지 벌써 두 달이랍니다. 하지만 실의에 빠져 있는 제게는 여전히 믿기지가 않네요. 마치 당신이 이곳에 있는 것처럼 온 하렘 안을 이리저리 찾아 헤매며 아직도 그 미망에서 깨어나지 못하고 있어요. 당신을 사랑하는 이 여인이, 당신의 품에 안기는 것에 익숙해져 있는 이 여인이, 당신께 애정의 증표를 보여주는 일에만 신경 써 매달려왔던 이 여인이 대체 어찌 되기를 바라시나요? 출생의 특권 앞에 자유를 누리고 있지만 격렬한 자신의 사랑 앞에 노예가 되어버리고 만 이 여인이 도대체 어찌 되기를 바라시는 건가요?

당신과 결혼했을 때, 그때까지 저는 단 한 번도 남자의 얼굴을 본 적이 없었어요. 지금껏 당신은 제가 얼굴을 볼 수 있었던 유일한 남자랍니다.[13] 이 흉측한 환관들은 남자로 여기지 않으니까요. 절대로 남자로서 구실을 할 수 없다는 점이 이들의 결점이라면 결점이지요. 당신의 그 잘생긴 얼굴과 이들의 흉한 얼굴을 비교해볼 때면 제가 얼마나 행복한 여자인지를 생각지 않을 수가 없어요. 아무리 상상해봐도 당신의 그 황홀한 매력보다 더 황홀한 것은 도저히 생각해낼 수가 없답니다. 우스벡! 당신께 맹세컨대, 만일 언젠가 제게 여성의 신분으로서 불가피하게 갇혀 지내고 있는 이곳에서 밖으로 나가는 것이 허락되는 날이 온다면, 만일 언젠가 저를 둘러싸고 있는 이 감시로부터 벗어날 수 있는 날이 온다면, 그리고 만일 언젠가 제가 여기 페르시아의 수도 이스파한에 사는 모든 남성 가운데 누군가를 선택할 수 있는 그런 날이 온다면, 그때 저는 오로지 우스벡 당신만을 택할 거예요. 맹세해요. 당신 말고 이 세상에서 사랑받을 자격이 있는 사람은 결코 없으니까요.

당신이 계시지 않는다고 하여 제가 당신이 중요시하는 아름다움을 등한시하리라는 생각은 마세요. 비록 그 누구에게도 보여서는 아니 되고 비록 제가 치장한 이 장식품들이 당신을 즐겁게 해드릴 수도 없게 되었지만 그래도 항상 매혹적인 모습을 잃지 않는 습관을 유지하려 노력한답니다. 가장 그윽한 향으로 향기를 내지 않은 한 절대로 잠자리에 드는 일도 없지요. 당신이 제 품에 안기던 행복했던 그때를 떠올려보기도 해요. 그러면 저의 마음을 사로잡는 기분 좋은 공상이 제 사랑의 그 소중

---

13 당시 페르시아 여인들은 튀르키예나 인도의 여인들에 비해 훨씬 더 엄격한 통제를 받았다.

한 대상을 보여주곤 하지요. 그러고는 끝없는 욕망 속으로 저를 한없이 빠져들게 한답니다. 마치 어떤 희망 속에서 헛된 기대라도 품고 있는 것처럼 말이에요. 또 가끔은 고달픈 여행에 신물이 난 당신이 다시 저희 곁으로 돌아오는 상상을 해보기도 해요. 꿈도 현실도 아닌 그런 공상 속에서 밤은 깊어만 가고 저는 당신을 찾아 주위를 두리번거리곤 하지요. 하지만 당신은 마냥 저를 피하는 것만 같답니다. 그러다 저를 순식간에 불태워버린 그 사랑의 불길이 마침내 스스로 이 모든 환희를 소실시켜버리고 나면 비로소 저는 제정신을 차리게 되지요. 그러고 나면 저의 감정이 얼마나 격앙되어 있는지 모른답니다. 우스벡! 믿지 못하시겠지만 이런 상태로 살아간다는 것은 정말이지 너무도 힘들어요. 사랑의 불길이 저의 혈관 속에서 타오르고 있어요. 이토록 선명하게 느껴지는 이것을 정작 당신께는 표현해드릴 수가 없다니…… 당신께는 표현해드릴 수 없는 이것을 어찌하여 저는 이토록이나 선명하게 느낀단 말인가요? 우스벡! 이럴 땐 당신의 입맞춤을 단 한 번이라도 받을 수 있다면 이 세상 전부라도 드릴 수 있을 것만 같아요. 이토록 강렬한 욕망을 지닌 이 여인이 그것을 채워줄 유일한 사람을 잃고 말았으니 이 얼마나 불행이란 말인가요? 홀로 내버려진 채 자신을 즐겁게 해줄 만한 것이라고는 아무것도 없는 이 여인은 맹렬히 폭발하는 그 정열 속에서 그저 끝없이 한숨만 내쉬며 살아가야 하는가요? 자신의 행복은커녕 다른 이를 행복하게 해주는 그런 기쁨조차 누릴 수 없는 이 여인, 남편의 행복을 위해서가 아니라 단지 명예를 위해 이곳에 남겨진 이 여인이야말로 하렘의 쓸모없는 자랑거리가 아니고 무엇이란 말인가요?

당신네 남자들! 당신들은 정말이지 너무도 잔인합니다. 당신들은 우리네 여인들이 스스로는 만족시킬 수 없는 그런 열정을 지니고 있는 것을 매우 기뻐하고 있어요. 그러면서도 우리를 마치 무감각한 사람들인 양 대하지요. 정작 우리가 그러했더라면 매우 유감스러워했을 것이면서 말이에요. 게다가 우리의 욕망이 아주 오랫동안 시련을 받음으로써 당신네를 보면 다시금 자극될 것이라 믿고 있어요. 사랑을 받는다는 것은 아주 힘든 일이랍니다. 그러니 당신들 본연의 자격으로는 감히 기대해볼 수도 없는 그런 사랑을 우리의 관능을 절망시켜가며 얻어내는 것이 훨씬 더 쉬운 일이긴 하지요.

사랑하는 우스벡! 그럼 안녕히…… 제가 살아가는 이유는 오직 당신을 열렬히 사랑하기 위해서라는 걸 잊지 마세요. 저의 마음속은 온통 당신 생각뿐이랍니다. 만일 당신을 향한 이 사랑이 이미 더 이상 강렬해질 수 없는 절정에 달해 있지 않았더라면 지금 당신의 부재는 이 사랑의 열기를 더욱더 고조시켰을 거예요. 제가 당신을 잊게 하기는커녕 말이죠.

1711년 5월 12일, 이스파한의 하렘에서

편지 8

우스벡이 친구 루스탄에게

(수신지 : 이스파한)

자네 편지는 이곳 에르주룸에서 잘 받아 보았네. 내가 떠나온 사실이 잡음을 일으키리라는 것은 충분히 짐작했었네. 하지만 난 그런 것에 조금도 연연하지 않았네. 자네는 내가 무엇을 좇길 원하는가? 내 적들의 용의주도함인가? 아니면 나의 용의주도함인가?

나는 아주 젊은 나이에 일찍이 궁정 출입을 시작했네. 내가 자신 있게 말하건대, 그곳에서도 내 마음은 조금도 타락하지 않았다네. 오히려 한 가지 거창한 뜻까지 품고 있었으니, 내 가당찮게도 그곳에서 미덕을 지키려 하지 않았겠나? 그곳에서 악덕을 알게 되자마자 나는 곧바로 그것을 멀리했네. 하지만 그 악덕을 파헤쳐 드러내고자 다시금 그것을 가까이했지. 진실을 옥좌 앞으로 가져가 국왕의 발아래 진실하게 고하였으니 그때까지 궁정에서 볼 수 없었던 이 같은 진실된 발언으로 나는 아첨꾼들을 당황케 했을 뿐 아니라 국왕 숭배자들과 그들의 우상, 국왕까지도 깜짝 놀라게 했다네.

하지만 나의 이런 진실성이 내게 적을 만들었다는 사실을 알게 되었을 때, 국왕의 신임은 얻지도 못한 채 대신들의 질투만 샀다는 것을 알게 되었을 때, 그리고 그 부패한 궁정에서 날 지탱해주는 것이라고는 이 미약하기 그지없는 미덕 하나밖에는 없다는 것을 깨닫게 되었을 때, 그때 난 비로소 그곳을 떠나기로 결심했다네. 하여 학문에 커다란 관심이 있는 척했지. 그런데 너무도 그리한 나머지 정말로 그리되어 버리더군. 하여 더는 그 어떤 정사에도 관여하지 않고 시골 별장에 들어가 은거하기 시작했지. 하지만 이 같은 방책에도 그 단점이 하나 있었으니, 적들의 간계에는 변함없이 노출되어 있어야만 했던 반면 그것으로부터 나 자신을 보호할 수단은 거의 다 잃어버리고 말지 않았겠나? 그러던 중 몇몇 은밀한 조언 덕분에 마침내 난 나에 대해 진지하게 생각해보게 되었고 결국 내 조국을 떠나기로 했다네. 궁정을 떠나 은둔해 있었던 사실이 마침 또 그럴듯한 구실을 제공해주더군. 국왕을 알현하여 서양의 학문을 배우고자 하는 나의 바람을 표명하며 이 여행으로부터 국왕께서도 어떤 실리를 챙기실 수 있을 것이라 넌지시 암시해주었지. 결국 나는 국왕의 마음을 살 수 있었고 그렇게 그곳을 떠나올 수 있었다네. 그리고 그렇게 적들로부터 그들의 희생양 하나를 구해낼 수 있었던 것이지.

루스탄! 이것이 바로 내가 이 여행길에 오르게 된 진짜 이유라네. 이스파한의 사람들은 그냥 그렇게들 떠들어대도록 내버려 두게나. 나를 사랑하는 이들 앞에서만 날 옹호해주게. 나의 적들이 간악한 해석을 한다 해도 그냥 내버려 두게나. 그들이 내게 행할 수 있는 유일한 악행이 겨우 그것이라는 사실이 나는 그저 기쁠 따름이라네.

지금은 아직 내 이야기를 하고들 있지만 언젠가는 나를 완전히 잊어버리겠지. 그리고 나의 벗들도…… 아닐세, 루스탄. 이런 우울한 생각에 빠져들고 싶은 마음은 추호도 없구먼그려.

나의 벗들은 언제나 나를 소중히 간직해줄 걸세. 난 그들의 변함없는 우정을 믿네. 내가 자네의 그 변함없는 우정을 믿듯이 말일세.

1711년 8월 20일, 에르주룸에서

편지 9
환관장이 이비에게
(수신지 : 에르주룸)

자네는 옛 주인을 따라 여행길에 올랐구먼. 여러 크고 작은 속주와 왕국들을 두루두루 돌아다니고 있는 자네에게 슬픔 같은 것은 결코 느껴질 수도 없겠지. 매 순간 새로운 것들이 눈앞에 펼쳐질 테고 자네의 눈에 들어오는 그 모든 것이 마냥 자네를 즐겁게 해주며 시간 가는 줄 모르게 해줄 테니 말일세.

이 끔찍한 감옥에 갇혀 지내는 나는 자네와 사정이 전혀 다르다네. 매일같이 똑같은 사람들에게 둘러싸여 똑같은 고통으로 괴로워하고 있지. 지난 50년간의 근심 걱정과 불안의 중압감에 짓눌려 난 지금 신음하고 있다네. 어디 그뿐이던가? 내 이 기나긴 인생에서 평온한 순간이나 맑은 날은 단 한 번도 본 적이 없다네.

나의 첫번째 주인이 내게 자신의 여인들을 맡기려는 그 잔인한 계획을 세우고 수많은 협박성 유혹으로 내게 영원히 나 자신을 버릴 것을 강요했을 때, 그때 난 내가 종사하던 그 고된 일들에 지쳐 있었던 참이었고 그래서 평안과 부를 위해 내 정열을 희생하리라 생각했었다네. 참으로 딱하기도 했지…… 근심에 싸여 있었던 나는 받게 될 대가만을 생각했지, 그로 인해 입을 손실은 미처 생각지 못했던 것이 아니었겠나? 그저 사랑할 수 없게 됨으로써 그 사랑의 고통으로부터 자유로워질 수 있기만을 바랐던 것이었네. 아! 그런데 어찌 이리도 안타까운 일이…… 내게서 정열의 원천은 그대로 남겨둔 채 단지 그 정열의 결과물만을 제거해버린 것이 아니었겠나? 게다가 정열로부터 해방되기는커녕 오히려 내 정열을 끊임없이 자극하는 그런 대상들에 둘러싸여 지내게 되었지. 이야기인즉 내가 잃어버린 그것을 후회하게끔 만드는 대상들로 가득한 그곳, 바로 하렘으로 들어가게 되었던 것이네. 그곳에서 나는 매 순간 감정이 격앙되는 것을 느꼈고, 내 눈에 띄는 그 많은 매력적인 여인들은 오로지 날 비탄에 잠기게 하려고 내 앞에 나타나는 것만 같았지. 설상가상으로 내 눈앞에는 언제나 행복한 남자 하나가 있었으니, 당시 혼란하기만 했던 그 시기에 이 주인의 침실로 한 여인을 안내하고 그녀의 옷을 벗겨준 후 집으로 돌아올 때면 그야말로 내 마음속에는 분노를, 영혼 속에는 끔찍한 절망을 안고 돌아오지 않은 적이 단 하루도 없었다네.

그렇다네. 나는 이렇게 비참한 청춘을 보내왔네. 속내를 털어놓을 수 있었던 사람이라고는 오로지 나 자신밖에 없었으니, 나는 그 모든 절망과 괴로움을 홀로 마음속에서 삭여야만 했었다네. 게다가 그토록 애정 어린 눈길로 바라보고 싶었던 그 여인들마저도 아주 매서운 눈초리로밖에는 바라보지 않았다네. 그녀들이 이런 내 마음을 간파한다면 나는 완전히 지고 마는 것이었지. 만일 그리되었더라면 그녀들이 이 기회를 얼마나 잘도 이용했겠는가?

언젠가 한 여인을 목욕시켜주던 날이 생각나는구먼. 그때 나는 너무도 흥분한 나머지 완전히 이성을 잃고는 감히 그 위험한 곳에 손을 가져다대고 말았지. 그 순간 제일 먼저 떠오른 생각이 '오늘이 바로 내 인생의 마지막 날이로구나!' 하는 것이었다네. 그래도 다행히 천 번의 죽음은 모면할 수 있었으니 참으로 운이 좋기도 했었지…… 하지만 내가 이렇게 약점을 보여주고 말았던 그 미모의 여인은 침묵을 지키는 대신 내게 아주 크나큰 대가를 치르게 했다네. 난 내가 지니고 있었던 그녀에 대한 모든 권한을 빼앗겨버렸고 그때부터 그녀는 내게 자신에게 관대할 것을 강요하곤 했지. 그로 인해 나는 죽음의 문턱을 얼마나 오가야만 했었는지 모른다네.

여하튼 젊은 혈기의 불길은 이제 모두 다 지나간 이야기일 뿐이네. 난 늙었고 이제 이 같은 젊은 혈기의 불길에 관한 한 아주 평온한 상태가 되었다네. 이제는 담담하게 그 여인들을 바라보며 그동안 그녀들이 내게 주었던 그 모든 멸시와 고통을 고스란히 되돌려주고 있지. 이 몸은 그녀들을 지휘하기 위해 태어난 존재라는 사실을 언제나 잊지 않으며 그녀들을 지휘하고 있는 한 다시금 남자가 되는 기분이라네. 이 여인들을 태연한 마음으로 바라볼 수 있게 된 이후로, 이성적으로 그녀들의 모든 약점을 바라보게 된 이후로 마침내 난 그녀들을 증오하게 되었네. 내 비록 다른 남자를 위해 이 여인들을 지켜주는 것이라고는 하나 그녀들을 내게 복종시켜가며 느끼는 그 기쁨이야말로 나의 은밀한 쾌락이 아닐 수 없다네. 그녀들에게서 모든 것을 박탈시켜버릴 때면 그것이 마치 나를 위해서인 양 항상 어떤 간접적인 기쁨을 맛보곤 하지. 마치 하나의 작은 제국에서 군림하듯 내 여기 이 하렘을 다스리고 있으니 바로 이것이 나의 야심, 내게 남은 마지막 정열을 조금이나마 채워주지 않겠나? 이곳에서는 모든 것이 다 내 하기에 달려 있고 모든 것이 매 순간 나를 필요로 하지. 나는 이 사실이 마냥 기쁘기만 하다네. 또한 이곳에서 나는 이 여인들의 온갖 증오심을 기꺼이 다 떠맡고 있다네. 바로 이 증오심이 나의 지위를 더욱더 확고히 해주지 않겠나? 그녀들은 실로 배은망덕한 자를 상대하고 있는 셈이라네. 가장 순수한 향락이라도 좀 즐길라치면 내 항상 보란 듯이 마중 나와 그 앞에 떡하니 버티고 서 있으니 말일세. 그녀들에게 나는 언제나 불굴의 장벽이라네. 그녀들이 무언가 계획을 세우기만 하면 즉시 이 몸이 나타나 그것을 저지해버리곤 하지. 나는 또 단호하게 거절하는 것으로 철저히 무장되어 있으며 수많은 양심의 가책으로 완전히 뒤덮여 있다네. 그뿐만 아니라 의무니, 정조니, 정숙이니, 겸손이니, 오직 이런 말들밖에는 입에 담지 않는 데다가 끊임없이 그녀들에게 자신들의 그 보잘것없는 성性과 주인님의 권위에 대해 들려주며 그녀들을 절망에 빠뜨려버리곤 하지. 그러고는 이토록 엄격할 수밖에 없도록 의무 지워진 나 자신의 처지를 그녀들 앞에서 불평해대곤 한다네. 마치 이 몸은 그녀들의 편의 외에는 다른 그 어떤 목적도 없으며 또한 그녀들에게 큰 애착을 지니고 있음을 이해시키려는 것처럼 말일세.

그렇다고 내게 헤아릴 수 없이 많은 귀찮은 일들이 일어나고 있지 않다거나 복수심 강한 그 여인들이 내가 자신들에게 주었던 그것을 한술 더 떠 되돌려주려 매일같이 애쓰고 있지 않다는 말은 아니네. 그녀들의 배후 공격은 정말이지 무시무시하기가 이를 데 없다네. 우리 사이에는 일종의 밀물과 썰물 같은 지배와 복종의 물결이 흐른다고 할 수 있지. 그녀들은 언제나 내게 가장 굴욕적인 일이 떨어지게끔 하며 전혀 전례가 없는 그런 멸시를 안겨주기도 한다네. 게다가 내가 늙었다는 사실 따위는 아랑곳하지도 않고 아무것도 아닌 일로 하룻밤에도 수차례씩이나 날 일어나게 만들곤 하지. 나는 그녀들의 명령과 주문, 변덕 그리고 내게 떨어지는 일거리들로 그야말로 끊임없이 시달리고 있다네. 그녀들의 변덕이 서로 그 꼬리의 꼬리를 물고 일어나는 것이 마치 그녀들은 차례로 번갈아가며 날 힘들게 하려고 존재하는 것만 같지 않겠나? 또 때때로 그녀들은 나의 임무를 배가시키며 매우 즐거워하곤 한다네. 내게 거짓 사실들을 전해주는데 어떤 때는 하렘의 담벼락 주위에 어떤 젊은 남성이 나타났다느니, 또 어떤 때는 어떤 소리를 들었다느니, 어떤 편지를 건네야 한다느니 하며 누군가 내게 찾아와 이야기해주곤 하지. 이 같은 사실은 날 혼란에 빠뜨리고 그녀들은 내가 혼란스러워하는 모습을 보며 웃고 즐긴다네. 그렇게 혼자서 동요하는 내 모습을 보는 것이 그녀들에게는 그저 기쁘기만한 게지. 한번은 나를 자신들의 문 뒤에 붙잡아두고는 그곳에서 밤낮으로 그렇게 꼼짝없이 잡혀 있게 한 적도 있었다네. 정말이지 아픈 척, 실신한 척, 무서워하는 척도 매우 잘하는 그런 여인들이라네. 나를 자신들이 원하는 바로 그 지점으로 데려가기 위해서라면 그 어떤 구실이라도 만들어낼 수 있는 여인들이지. 이런 상황에서는 그저 맹목적인 복종과 한없는 호의만이 필요할 뿐이라네. 나 같은 환관의 입에서 단 한 마디라도 거부의 말이 나온다는 것은 아마 그녀들에게는 전대미문의 놀라운 일일 걸세. 게다가 내가 만일 그녀들에게 복종하기를 망설인다면 그녀들은 분명 나를 징벌할 권리를 갖게 될 걸세. 이비! 이런 모욕감을 느낄 정도로 나 자신을 낮추어야 하니 차라리 죽어버리고만 싶은 심정이라네.

이것이 다가 아닐세. 사실 난 한순간도 내가 주인의 총애를 받고 있다는 확신을 가질 수가 없다네. 그러기에는 이미 내 주인의 마음속에 오로지 날 불행하게 만들 생각밖에는 하지 않는 그런 적들이 너무도 많이 자리하고 있지 않겠나? 어떨 땐 내가 하는 말에 전혀 아랑곳하지도 않다가, 어떨 땐 무조건 따르기도 하고, 또 어떨 땐 모든 것을 다 내 탓으로 돌려버리기도 하는 그런 적들이지. 주인의 침실로 잔뜩 성이 나 있는 여인들을 데려간다고 생각해보게나. 자네는 그곳에서 과연 누가 내 편이 되어주리라 생각하는가? 내가 과연 그녀들보다 더 유리한 고지에 설 수 있을 것이라 생각하는가? 나는 그녀들의 눈물이며 한숨, 포옹, 하물며 쾌락까지도 그야말로 그 모든 것이 두렵기만 하다네. 그녀들은 지금 압도적인 승리의 장소에 있고 그녀들의 매력은 내게 오히려 끔찍한 것이 되어버리고 있다네. 지금 주인 곁에서 그녀들이 드는 그 시중이 지금껏 내가 그분의 시중을 들어가며 쌓아온 그 모든 것들을 한순간에 물거품으로 만들어버리니 제정신이 아닌 이 주인으로부터 날 책임져줄 수 있는 것은 이제 더는 그 무엇도 없는 것이 아니겠는가?

총애 속에 잠들고 또 그 총애를 잃으며 깨어난 적이 도대체 몇 번이었더란 말인가! 이 하렘 근방에서 그토록 부당하게 채찍질을 당하던 날, 그날 내가 대체 무슨 잘못을 했었는지 아는가? 바로 주인의 품에 여인 하나를 안겨주었었지. 그런데 열정에 타오르는 주인을 보자마자 그녀가 글쎄 비 오듯 눈물을 퍼붓는 게 아니겠나? 그러고는 하소연을 해대기 시작하더군. 게다가 얼마나 능숙하게 잘도 해대던지 주인의 마음속에 애정을 키워가며 그 하소연도 점점 더 높아만 가더군. 그토록 위태로운 순간을 내 어찌 버텨낼 수가 있었겠는가? 미처 그런 사태까지 예상치 못하고 있다가 그만 당하고 말았던 것이지. 나야말로 애정 협상의 희생양이요 애정의 탄식이 불러온 협약의 제물이었던 것일세. 그렇다네, 이비. 이것이 바로 지금껏 내가 살아왔고 지금껏 내가 처해 있었던 그 가혹한 현실이라네.

자네는 참으로 행복하겠구먼! 오직 우스벡 그 한 사람만 시중들면 될 테니 말일세. 그의 마음을 사로잡고 자네 인생의 마지막 그날까지 그 사람의 총애 속에서 살아가는 것은 아주 쉬운 일이 아니겠는가?

1711년 4월의 마지막 날, 이스파한의 하렘에서

편지 10
미르자가 친구 우스벡에게
(수신지 : 에르주룸)

자네는 내게 리카의 부재를 메워줄 수 있는 유일한 사람이었네. 또한 리카만이 자네의 부재로부터 내게 위안이 될 수 있는 유일한 사람이었지. 우스벡! 모두가 자네를 그리워하고 있네. 자네는 우리 모임의 중추가 아니었나? 온 마음으로 다진 그 우정 어린 맹세를 끊는다는 것이 이토록이나 잔인한 일이었을 줄이야……

우리는 이곳에서 자주 논쟁을 벌이고 있네. 논쟁의 주제는 보통 윤리에 관한 것들이지. 어제는 인간이 과연 육체적 쾌락을 충족시킴으로써 행복을 느끼는 것인지 아니면 덕을 행함으로써 행복해지는 것인지가 안건이었다네. 자네는 늘 인간은 덕을 베풀기 위해 태어났으며 정의란 우리의 존재 사실만큼이나 고유한 우리 인간만의 특성이라 말하곤 했지. 부탁하건대 그것이 무슨 의미인지 좀 설명해줄 수 있겠나?

몰라크[14]들에게도 문의해봤지만 웬걸, 『코란』의 구절만 읊어대며 완전히 나에게 실망을 주지 않았겠나? 난 그들에게 어떤 진정한 신앙인으로서가 아니라 그저 하나의 인간으로서, 하나의 국민으로서 그리고 한 가정의 가장으로서 자문을 구했을 뿐

---

14 '뮐러'라고도 불린다. 이슬람교국의 종교 지도자나 『코란』을 읽고 해석하는 율법학자에 대한 경칭이다.

인데 말일세. 그럼 잘 있게나.

1711년 4월의 마지막 날, 이스파한에서

편지 11
우스벡이 미르자에게
(수신지 : 이스파한)

자넨 지금 자네의 고유한 생각을 뒤로한 채 내 생각을 빌리려 하고 있군그래. 내게 자문을 구할 정도로 자네 자신을 낮추고 있을 뿐만 아니라 나를 감히 자네에게 가르침을 줄 수 있는 그런 위인으로 보고 있구먼. 미르자! 나에 대한 자네의 이 같은 호평보다도 훨씬 더 나를 기쁘게 하는 것이 하나 있네. 바로 나에 대한 자네의 우정일세.

자네의 물음에 답하는 데 그리 추상적인 논리까지는 필요치 않을 것 같네. 세상에는 이해만 해서 되는 것이 아니라 동시에 가슴으로 느끼기까지 해야 하는 그런 진리들이 있다네. 바로 윤리에 관한 진리가 그런 것이지. 아마 그 어떤 미묘한 철학적 이야기보다도 다음 몇 편의 이야기들이 자네 마음에 훨씬 더 와닿을 걸세.

아라비아에 '트로글로다이트'라 불리는 소규모 부족 민족이 있었다네. 역사학자들[15]이 이르기를 인간이라기보다는 차라리 동물에 더 가까웠다던 그 옛날의 혈거인들, 트로글로다이트 족의 후손들이지. 하지만 결코 선조들처럼 그렇게 괴상하게 생긴 사람들은 아니었다네. 곰처럼 온몸에 털이 북슬북슬하지도 않았고 쌕쌕 휘파람 같은 소리도 내지 않았으며 눈도 두 개였지. 그런데 그 성품이 몹시도 악독하고 사나워 그들 세계에는 어떤 공정함이나 정의의 원칙도 없었다네.

그들의 왕은 이민족 출신이었는데 이들의 악한 천성을 바꾸어놓기 위해 매우 엄하게 다스렸다네. 하지만 이들이 음모를 꾸며 그 왕을 죽이고 왕족들까지도 모조리 몰살시켜버렸지.

그 후 그들은 정부를 세우기 위해 모였고 수많은 불화를 거친 끝에 드디어 자신들의 정부를 이끌 몇몇 대표를 선출하기에 이르렀다네. 그런데 이 대표들은 선출된 지 얼마 되지도 않아 이들 트로글로다이트인들에게 그야말로 참을 수 없는 존재가 되어버렸고 결국 그들은 또다시 이 대표들을 몰살해버리고 만다네.

드디어 자신들에게 또 하나의 새로운 속박과도 같았던 대표들로부터 자유로워지자 트로글로다이트인들은 이제 오로

---

15 고대 그리스의 역사가 헤로도토스Hérodote와 로마의 지리학자 폼포니우스 멜라Pomponius Mela는 각각 자신들의 저서에서 '트로글로다이트'라는 동굴 생활을 하던 미개인들에 대해 언급하고 있는데 이들을 아라비아가 아닌 리비아 남부 지역에 거주하는 것으로 밝히고 있다. 또한 헤로도토스는 이들이 박쥐 같은 소리를 낸다고 기록하고 있다.

지 자신들의 거친 본성만을 따르며 살아가게 되었다네. 그러고는 더는 그 누구에게도 복종하지 않기로, 다른 사람의 이익은 전혀 고려하지 않고 오로지 각자 자신의 이익만을 추구하기로, 그렇게들 다 같이 합의를 보기에 이르렀지.

만장일치로 채택된 이 방안에 모두 흐뭇해했다네. '나와 아무런 상관도 없는 사람들을 위해 죽도록 일할 필요가 뭐 있어? 오로지 내 생각만 하면서 행복하게 살 거야. 다른 사람들이 행복하든 말든 그게 나와 무슨 상관이야? 난 내게 필요한 것은 뭐든 다 손에 넣고 말 거고, 이를 위해서라면 다른 트로글로다이트인들이 모두 빈곤한 생활을 하든 말든 전혀 신경 쓰지 않을 거야'라고 생각하면서 말일세.

그러던 중 땅에 씨를 뿌리는 달이 되었지. 사람들은 모두 '내가 먹고살 만큼의 밀을 경작할 밭만 갈아야겠군. 내게 그 이상은 필요 없잖아. 괜히 쓸데없는 고생은 하지 말아야지' 하고 생각했다네.

트로글로다이트인들의 이 작은 왕국은 그 땅의 성질에 다소 차이가 있었다네. 산악 지대의 메마른 땅이 있었는가 하면 수많은 개울을 끼고 있는 저지대의 땅도 있었지. 그해는 가뭄이 매우 심해 고지대에 있는 땅들이 예외 없이 모두 경작에 실패하고 말았다네. 하지만 개울물 덕분에 급수를 받을 수 있었던 땅들은 풍부한 수확을 할 수 있었지. 결국 산악 지대의 사람들은 거의 모두가 굶어 죽고 말았는데, 그 이유인즉 매정한 저지대 사람들이 이들에게 자신들의 수확물을 나누어주지 않았기 때문이라네.

이듬해에는 비가 아주 많이 내려 산악 지대의 땅들이 그야말로 굉장한 풍작을 맞았다네. 하지만 저지대의 땅들은 모두 침수되고 말았지. 또다시 절반의 트로글로다이트인들이 굶주림 속에 몸부림쳤지만 고지대에 있던 다른 절반의 트로글로다이트인들은 이들에게 지난해의 저지대 사람들만큼이나 몹시도 매정하게 대했다네.

　어느 트로글로다이트인에게 아주 아름다운 부인이 하나 있었다네. 그런데 이웃집 남자가 그녀에게 사랑에 빠진 나머지 그만 그녀를 납치해버리고 말았지. 화가 난 남편은 크게 싸움을 일으켰고 두 남자는 온갖 욕설과 주먹다짐을 벌인 끝에 결국 공화국이 아직 해체되지 않았던 시절 사람들로부터 적지 않은 신망을 받고 있었던 한 남자에게 그 판결을 맡기기로 했다네. 이윽고 이들은 그 사람을 찾아가 각자 그에게 자신의 입장을 해명하려 했지. 그러자 그가 말했네.

　"이 여인이 당신의 여자든 아니면 그대의 여자든 그게 나와 무슨 상관이란 말이오? 난 갈아야 할 밭이 있소. 내 일을 내팽개쳐두고 일부러 시간을 할애해 당신들의 분쟁을 해결해준다거나 당신들의 일을 돌봐주지는 못하겠소. 그러니 제발 당신네 분쟁으로 더 이상 나를 귀찮게 하지 말고 그냥 내버려 두시오."

　이 말을 끝으로 그는 두 남자만 남겨둔 채 훌쩍 자신의 경작지로 떠나가 버렸다네. 여인을 빼앗아간 이웃집 강탈자는 여인의 남편보다 훨씬 더 힘이 셌는데 그 여인을 돌려주느니 차라리 죽음을 택하겠다고 엄포를 놓았다네. 부인을 빼앗긴 남자는 결국 이웃 남자의 부당함과 판결을 의뢰했던 그 남자의 매정함을 뼈저리게 느낀 채 실의에 빠져 돌아와야만 했네. 그리고 집으로 돌아가던 중 샘물을 길어 오던 젊고 아름다운 여인 하나를 발견하게 된다네. 더 이상 부인이 없게 된 그는 이 여인이 마음에 들었지. 게다가 그녀가 바로 조금 전 자신이 판결을 맡기고자 했던 그 남자, 자신의 불행에 전혀 아랑곳하지도 않았던 바로 그 남자의 부인임을 알게 되자 더더욱이나 마음에 들었다네. 그는 여인을 붙잡아 자신의 집으로 데리고 갔다네.

매우 비옥한 땅을 소유하고 있는 한 남자가 있었네. 그는 아주 정성껏 그 땅을 경작했지. 그러던 어느 날 두 명의 이웃이 합심하고는 그를 집에서 쫓아내고 그의 땅 또한 가로챘다네. 그러고는 자신들에게서 그 땅을 강탈해 가려는 자들에게 맞서기 위해 서로 동맹을 맺었지. 실제로 이들은 그 후 몇 달 동안은 그렇게 서로 의지하며 잘 지냈다네. 그런데 이들 중 한 명이 혼자서 모두 독차지할 것을 둘이 함께 나누어 가진 사실을 못마땅하게 여기게 되었지. 마침내 그는 다른 한 명을 죽이고 홀로 그 땅의 주인이 된다네. 하지만 그 위력은 그리 오래가지 못했네. 두 명의 또 다른 트로글로다이트인들이 공격해 왔고 홀로 저항하기에 너무도 나약했던 그는 결국 죽임을 당하고 말았지.

거의 벌거벗다시피 한 어느 트로글로다이트인이 양모를 팔고 있는 한 상인을 보고는 그 값을 물었네. 그러자 상인은 마음속으로 생각했지.

'이 양모 값으로는 당연히 밀 두 되를 살 정도의 값만을 바라야 하지만 네 배로 더 비싸게 팔아 여덟 되를 사야겠어.'

양모가 꼭 필요했던 남자는 어쩔 수 없이 상인이 요구하는 대로 값을 지불해야만 했네. 그러자 상인이 말했지.

"이제 밀을 구할 수 있게 되어 아주 기쁘오."

이 같은 상인의 말에 그 남자가 대꾸했다네.

"그게 무슨 말씀이오? 밀이 필요하시오? 내게 내다 팔 밀이 좀 있소이다. 다만 그 값에 좀 놀라실 거요. 당신도 잘 알고 있겠지만 지금 밀값이 아주 비싸 이 나라 거의 전역에 굶주림이 만연해 있다오. 하지만 내가 낸 돈을 되돌려준다면 내 기꺼이 당신에게 밀 한 되를 줄 용의가 있소. 그렇지 않고서는 팔 의향이 없소이다. 설사 당신이 굶어 죽게 된다고 할지라도 말이오."

그러는 사이 끔찍한 전염병이 트로글로다이트인들의 땅을 휩쓸게 되었다네. 이에 이웃 나라에서 노련한 의사 한 명이 찾아와 아주 시기적절하게 약을 잘 처방해주었지. 그리하여 그의 손을 거쳐 간 환자들은 모두가 다 완쾌될 수 있었다네. 전염병이 모두 퇴치되자 의사는 자신이 치료해주었던 사람들을 찾아가 그 치료비를 요구했네. 하지만 하나같이 모두 거절하지 않았겠나. 결국 의사는 아무런 보수도 받지 못한 채 그 기나긴 여행에 기진맥진하여 자신의 나라로 돌아가야만 했지. 그런데 얼마 지나지 않아 그 은혜도 모르는 매정한 땅에 또다시 같은 역병이 돌기 시작했고, 그 어느 때보다도 더욱 심하게 그 땅을 휩쓸고 있다는 소식이 그 의사의 귀에도 들려오게 된다네. 이번엔 그가 오기를 기다리는 것이 아니라 트로글로다이트인들이 스스로 알아서 그 의사를 찾아갔다네. 그러자 의사가 말했네.

"불의의 인간들이여! 썩들 돌아가시오! 당신들의 영혼에는 지금 당신들이 치유하고자 하는 그 병보다도 훨씬 더 치명적인 독이 들어 있소. 인정이라고는 조금도 없고 공평성의 원칙도 전혀 알지 못하는 당신들은 이 지구상 어디에도 자리 잡고 살아갈 자격이 없소. 하늘이 노하시어 당신들을 벌하고 계시거늘 내 감히 그 정의로운 노여움 앞에 맞선다면 이것이야말로 하늘의 뜻을 거역하는 것이 아니고 무엇이겠소."

1711년 8월 3일, 에르주룸에서

편지 12
우스벡이 동일 인물에게
(수신지 : 이스파한)

미르자! 트로글로다이트인들이 자신들의 매정함 때문에 어떻게 파멸되어갔는지, 어떻게 자신들의 불의 앞에 스스로 희생

되어갔는지 잘 보았는가? 그 많던 가구 중 단 두 가구만이 이 민족에게 닥쳤던 재앙을 피해 갈 수 있었다네. 이야기인즉, 이 민족에는 아주 특별한 두 남자가 있었다네. 인정도 있었고 정의가 무엇인지도 잘 알고 있었으며 덕을 행하는 것 또한 좋아하는 사람들이었지. 다른 트로글로다이트인들이 타락한 성품을 지니고 있었기 때문이기도 했으나 무엇보다도 이들이 고운 성품을 지녔기에 이들은 나라 전반에 걸친 황폐한 상태를 볼 수 있었으며 이를 무척이나 안타깝게 여기고 있었다네. 이것이 바로 그들이 서로 새로운 동맹 체제를 결성하게 된 동기라네. 그들은 공동의 이익을 목표로 서로서로 도와가며 일을 했으니 이들에게 유일한 분쟁이라고는 오로지 서로에 대한 다정하고 따스한 우정에서 비롯된 것들뿐이었다네. 이렇게 그들은 자신들 곁에서 함께 살아갈 자격이 없는 다른 동족들로부터 멀리 떨어져 그 나라의 가장 외진 곳에서 행복하고 평온하게 살아갔으며 이들의 덕성스러운 손끝에서 일구어진 땅은 마치 그 땅 스스로가 알아서 수익을 내주고 있는 듯만 했다네.

그들은 각자 자신의 부인을 지극히 사랑했으며 부인들로부터도 극진한 사랑을 받았다네. 또한 온갖 정성을 다해 덕으로써 아이들을 키웠으니 아이들에게 끊임없이 자신들의 동족들에게 일어났던 불행을 상기시키며 그 안타까운 사건들을 예로 제시해주곤 했다네. 특히 개인의 이익은 언제나 공동의 이익 안에 있다는 것을, 공익을 저버리려 하는 것은 곧 스스로 파멸에 이르고자 하는 것임을, 덕이란 결코 우리에게 어떤 희생을 초래하는 것이 아니며 절대 어떤 실천하기 고달픈 것으로 생각해서도 아니 된다는 것을, 그리고 또 타인에 대한 정의는 결국 우리 스스로에 대한 자선 행위라는 것을 아이들이 느낄 수 있도록 해주었다네.

이들은 곧 덕성 높은 아비로서의 위안을 받게 되니 바로 그 아이들 또한 자신들을 꼭 닮은 아이들로 성장하게 된다네. 그들의 슬하에서 자라난 이 젊은 백성들은 행복한 결혼 생활을 통해 번식해나갔으며 그 수는 나날이 증가해갔고 덕에 입각한 그들의 동맹은 언제나 한결같았다네. 그들의 덕성은 커져만 가는 규모 속에서도 약해지기는커녕 오히려 더욱 많은 본보기로 인해 더없이 굳건해져만 갔다네.

여기 트로글로다이트인들의 행복을 과연 그 누가 묘사해줄 수 있으랴. 이 정의의 민족은 신들의 은총을 받아 마땅했으니 이들은 신의 존재를 깨닫자마자 곧바로 신에 대한 경외심을 지닐 줄 알았다네. 그리고 이렇게 그들에게 다가온 종교는 그들에게서 인간 본연의 거친 기질을 어루만져주었다네.

이들은 신을 기리기 위해 축제를 열었네. 젊은 청년들과 꽃으로 치장한 처녀들이 춤과 전원 음악으로 신들을 찬양했지. 이어 검소하면서도 즐거움이 넘치는 향연이 열렸는데 바로 이 모임에서 그들의 소박한 본능이 고개를 들었으며, 바로 여기서 그들은 마음을 주는 법과 또한 받는 법을 배우곤 했다네. 처녀들이 수줍어하며 깜짝 고백을 하면 이내 아비들의 승낙과 함께 그 사랑이 정식으로 인정되곤 하던 곳이 바로 이 자리였으며 인자한 어미들이 다가올 다정하고도 정숙한 결합을 예견하며 기뻐하던 곳도 바로 이 자리였다네.

이들은 또 신전에 나가 신들께 은총을 빌곤 했다네. 물론 재물이나 어떤 대단한 풍요를 위해서가 아니었네. 행복한 트로글로다이트인들에게 이 같은 바람이야말로 결코 그들답지 않은 바람이지. 이들은 단지 동포에 대한 은총을 빌 뿐이었다네. 오로지 아비들의 건강이나 형제들 간의 화합, 부인들의 애정, 부모에 대한 자식들의 사랑과 순종을 빌기 위해서만 신전의 제단 앞에 엎드리곤 했다네. 처녀들 또한 그 애정 어린 마음에 이곳을 찾곤 했으니 역시 자신의 마음속 그 한 사람을 행복하게 해줄 은총 외에는 다른 어떤 은총도 구하지 않았다네.

저녁때가 되어 양 떼들이 초원에서 돌아오고 쟁기질에 지친 소들이 쟁기를 끌고 돌아올 때면 그들은 모두 모여 함께 간소한 식사를 하며 옛 트로글로다이트인들의 불의와 그들이 겪어야만 했던 불행, 그리고 지금의 이 새로운 트로글로다이트인들에게서 다시금 살아나고 있는 미덕과 이들이 누리는 천복을 노래하곤 했다네. 이어서 신들의 위대함과 간청하는 자들에게 언제나 내려지는 신들의 은총 그리고 신을 두려워하지 않는 자들에게 어김없이 내려지는 신들의 노여움을 찬양했네. 또 전원생활의 즐거움과 언제나 순수함이 함께하는 삶의 행복에 관해 이야기했지. 그러고는 곧 그 어떤 근심도 슬픔도 없이 아주 편안한 단잠에 빠져들곤 했다네.

자연은 이들이 살아가는 데 꼭 필요한 것들뿐만 아니라 이들이 바라는 것들까지도 모두 다 제공해주었네. 이 행운의 땅에서 욕심이란 그저 낯설기만 한 것이었으니 서로 선물을 주고받을 때면 그 선물을 주는 사람은 언제나 그것을 영광으로 생각하곤 했다네. 이 트로글로다이트인들은 서로를 모두 한 가족처럼 여기곤 했기에 이들의 양 떼들은 거의 언제나 뒤섞여 있었다네. 이들에게 유일한 고통이 있었다면 바로 이 양 떼들을 가려내는 일이었다네.

1711년 8월 6일, 에르주룸에서

편지 13
우스벡이 동일 인물에게

트로글로다이트인들의 미덕에 대해 내 자네에게 아무리 이야기해도 결코 지나침이 없을 걸세. 하루는 그들 중 한 사람이 말했지.

"아버지께서 내일 밭을 가셔야 하네. 내가 아버지보다 두 시간 먼저 일어나 아버지께서 밭에 나오셨을 때는 이미 밭이 다 갈려 있도록 해야겠네."

어떤 이는 혼자서 이렇게 생각했네.

'누이가 어떤 트로글로다이트 청년에게 마음이 있는 것 같군. 아버지께 말씀드려 그 청년과의 혼인을 성사시켜줘야겠어.'

또 어떤 이는 도둑들이 몰려와 자신의 가축을 모두 다 훔쳐 갔다는 말을 들었지. 그러자 "정말 화가 나는군. 그중엔 신들께 바치려던 흰 암송아지 한 마리가 있었는데 말이야" 하고 말했다네.

또 다른 어떤 이는 이런 말을 했네.

"신들께 감사드리러 신전에 나가봐야겠네. 아버지께서 그토록 사랑하시고 내가 그토록 애지중지하는 내 아우가 건강을 회복하지 않았겠나."

또 누군가는 이렇게 말했지.

"우리 아버지 밭 바로 옆에 어떤 밭이 하나 있는데 그 밭을 경작하는 사람들은 매일같이 뙤약볕에 노출되어 있다네. 그 딱한 사람들이 가끔이나마 그늘에서 쉴 수 있게끔 그곳에 나무 두 그루를 심어야겠네."

하루는 여러 트로글로다이트인이 한자리에 모이지 않았겠나. 그때 한 노인이 어떤 젊은이의 악행을 이야기하며 그를 의심하고 비난했지. 그러자 함께 있던 다른 젊은이들이 말했다네.

"저희는 그 사람이 그 같은 범죄를 저질렀으리라고는 생각지 않습니다. 하지만 만에 하나 그것이 사실이라면 부디 그가 그의 가족 중 가장 마지막으로 죽게 되기를 바랍니다."

누군가가 한 트로글로다이트인을 찾아와 이민족들이 그의 집에 쳐들어와서 집 안에 있던 물건들을 몽땅 약탈해 가버렸다고 알려주었지. 그러자 그 트로글로다이트인은 "그들이 정의롭지 않은 사람만 아니라면 부디 그 물건들을 나보다 더 오래 사용할 수 있기를 바라오"라고 말했다네.

이 같은 트로글로다이트 민족의 커다란 번영은 결국 다른 주변 민족들로부터 부러움을 사지 않을 수 없었다네. 그리고 마침내 그 이웃 민족들이 모여 허울 좋은 구실로 이들의 가축을 모조리 다 빼앗아 가기로 결정하게 되었지. 이러한 사실이 알려지자 트로글로다이트인들은 곧바로 그들에게 사절단을 보내 이렇게 말했네.

"우리 트로글로다이트인들이 당신들에게 도대체 무슨 짓을 했단 말이오? 당신네 부인들을 납치하기라도 했소? 당신네 가축을 훔치기라도 했소? 아니면 당신네의 밭을 짓밟아놓기라도 했소? 모두 아니지 않소. 우리는 정의로운 민족이고 또한 신을 두려워할 줄 아는 민족이오. 우리에게 원하는 것이 대체 무엇이오? 옷을 만들 양털이 필요하시오? 마실 우유가 필요하시오? 아니면 우리 땅에 있는 과일이 필요하시오? 무기를 버리고 찾아오시오! 기꺼이 당신들에게 이 모든 것을 내줄 의향이 있소. 하나 신 앞에 맹세컨대, 만일 당신들이 적으로서 우리 땅을 밟는다면 우리는 당신들을 불의의 민족으로 여기고 잔인한 야생 짐승 대하듯 할 것이오."

사절단의 이 같은 이야기를 무시한 채 그 야만족들은 끝내 무기를 들고 트로글로다이트인들의 땅을 침입하게 되었다네. 이들이 오직 결백 하나로만 무장해 있을 것이라 믿으면서 말일세.

하지만 트로글로다이트인들은 아주 훌륭히 방어하고 있었다네. 부인들과 아이들을 한가운데에 두고 남자들이 그 주위를 둘러싸고 있었지. 그들은 적들의 수가 아니라 그 적들의 불의에 놀라움을 금치 못했다네. 어떤 강렬한 열기가 그들의 마음을 사로잡았으니 어떤 이는 아비를 위해 죽으려 했고 어떤 이는 아내와 자식들을 위해 죽으려 했으며 또 어떤 이는 형제들이나 친구들을 위해 목숨을 내놓고자 했다네. 한마디로 모두가 자신의 동포들을 위해 죽음을 마다하지 않으려 했지. 한 사람이 쓰러지고 나면 그 자리는 이내 다른 누군가로 다시 채워지곤 했으니 이들에게는 모두 적들의 불의에 대한 결투라는 공통된 명분 외에도 각자 사랑하는 이의 죽음에 대한 복수라는 또 하나의 개별적 동기가 있었다네.

이것이 바로 불의와 정의 사이의 결투였다네. 노획물을 긁어모으는 데만 급급했던 그 졸렬한 민족들은 결국 트로글로다이트인들의 정의 앞에 굴복한 채 수치심을 느낄 새도 없이 서둘러 달아나버렸다네. 아무런 깨달음도 얻지 못한 채 말일세.

1711년 8월 9일, 에르주룸에서

편지 14
우스벡이 동일 인물에게

트로글로다이트인들은 그 수가 나날이 증가하자 왕을 선출하는 것이 적절하다고 판단하였네. 하여 자신들 가운데 가장 정의로운 자가 왕관을 써야 한다는 점에 합의를 본 후, 이에 일제히 지긋한 연세뿐만 아니라 오랜 덕행으로 충분히 존경받아 마땅한 한 노인을 지목하게 되었지. 하지만 그 노인은 이 회의에 참석하길 원치 않았으며 깊은 슬픔에 빠져 자신의 집에서 은거하고 있었다네.

트로글로다이트인들이 자신들의 결정을 알리려고 노인에게 사절단을 보내자 그 노인이 말했네.

"내가 우리 트로글로다이트인들에게 이 같은 과오를 초래하게 하다니…… 트로글로다이트인들이 우리 가운데 나보다 더 정의로운 사람이 없다고 생각하다니 참으로 당치도 않은 일이로구나! 당신들이 정녕 내게 왕관을 씌우고자 한다면, 그것이 정녕 당신들의 뜻이라면 내 마땅히 그 뜻을 받아들여야 할 것이오. 하나 내 이 세상에 태어나 지금껏 한평생 자유를 만끽하는 트로글로다이트인들의 모습만을 보아왔거늘, 이제 그 무언가에 구속된 그들을 지켜보며 그야말로 뼈저린 고통을 느끼지 않을 수 없으리란 사실을 헤아려들 주시오."

이 말을 마치고 노인은 하염없이 눈물을 흘리기 시작했네. 그러고는 "참으로 가련하기도 한 생명이로구나! 내 어찌 이리도 오래 살았단 말인가!"라는 한탄의 말과 함께 곧 준엄한 목소리로 외쳤다네.

"이것이 무엇을 의미하는지 내 잘 알고 있소. 아! 트로글로다이트인들이여! 드디어 정의의 중압감이 그대들을 짓누르기 시작했구려! 수장이 없는 현재 상황에서 당신들은 어쩔 수 없이 정의로워야만 할 것이오. 그렇지 않으면 살아남기 힘들 것이고 결국 우리 초대 선조들이 겪었던 그 불행을 다시금 겪게 될 테니 말이오. 그런데 이 정의의 굴레가 당신들에게 너무도 버거운가 보구려. 한 군주 밑에서 당신들의 관습보다 덜 엄격한 그 군주의 법을 따르며 살아가길 바라는 것을 보니 말이오. 그렇게 되면 당신들은 야심을 만족시킬 수도 있을 것이고 부를 축적할 수도 있을 것이며 그 무기력한 향락 속에서 쇠약해질 수도 있을 것이라는 사실을 당신들은 이미 잘 알고들 있소. 커다란 범죄에 빠지지 않는 이상 굳이 정의는 필요치 않으리라는 것도 이미 잘들 알고 있는 게요.”

　노인은 잠시 말을 잇지 못했고 그의 눈에서는 하염없이 눈물이 흘러내렸다네. 잠시 후 그가 다시 말을 이었네.

　“당신들은 대체 내가 어찌하기를 바라는 것이오? 어찌 내가 우리 트로글로다이트인들에게 명령을 내릴 수가 있단 말이오? 굳이 나의 명이 아니더라도 천성에 이끌려 충분히 덕을 잘 실천해나갈 그런 당신들이거늘, 정녕 내가 명령을 내렸다는 단지 그 이유로 덕을 행하고자 하는 것이오? 아! 트로글로다이트인들이여! 이 사람은 이제 살날이 얼마 남지 않은 몸이라오. 혈관 속에서는 피가 식어가고 성스러운 우리 조상님들을 다시 뵙게 될 날이 멀지 않았거늘 어찌 당신들은 이 몸이 조상님들의 마음을 아프게 하길 바라는 것이오? 어찌하여 우리 조상님들께 이 몸이 당신들에게 정의의 굴레가 아닌 다른 굴레를 씌워주고 왔노라고 이야기하도록 만들려는 것이오?”

1711년 8월 10일, 에르주룸에서

편지 15
환관장이 흑인 환관 자론에게
(수신지 : 에르주룸)

하늘이 부디 너를 모든 위험으로부터 보호해주시고 이곳까지 무사히 되돌려 보내주시기를 빈다.

흔히들 '우정'이라 일컫는 그것을 익히 경험해본 적도 없고 그야말로 완전히 나 자신 속에서만 갇혀 살아온 내게 너는 그래도 아직 내 가슴속에 정情이라는 것이 남아 있음을 느끼게 해준 사람이란다. 내 지휘하에 있던 모든 노예에게 매우 냉정하기만 했던 나였지만 조금씩 성장해가는 어린 시절의 너를 보는 것은 내게 커다란 기쁨이었단다.

그러다 세월이 흘러 주인께서 네게 눈독을 들이는 그날이 왔지. 그 칼날이 너를 자연의 섭리로부터 갈라놓았을 때 너는 아직 자연의 섭리를 알기에 이른 나이였단다. 그때 내가 널 가엾게 여겼었는지 아니면 네가 이렇게 나와 같은 위치에 오르는 것을 보며 기뻐했었는지 그것은 내 말하지 않으마. 난 너의 비명과 울음을 달래주었단다. 제2의 인생을 시작하는 너를, 항상 복종만 해야 하는 노예 신분에서 이제 명령을 내려야 하는 그런 노예 신분으로 탈바꿈하는 너를 보고 있는 듯했지. 나는 정성껏 너를 교육했단다. 하지만 누군가를 훈육할 때 그 엄격함이 빠질 수 없었던지라 너는 아주 오랜 시간 동안 내가 너를 매우 아끼고 있다는 사실을 모르고 있었지. 너는 내게 매우 소중한 사람이었단다. 이제야 밝히건대 난 너를 아비가 아들을 사랑하듯 그렇게 사랑했단다. 물론 아비와 아들이라는 이 표현이 우리 같은 운명에도 어울린다면 말이다.

머지않아 너는 신앙심이라고는 전혀 없는 그런 기독교인들의 나라를 여행하게 되겠구나. 당연히 그곳에서 온갖 불결한 것들에 오염되지 않을 수 없겠지. 마호메트[16] 대예언자께서 어떻게 수백만의 적들 한가운데 서 있는 너를 지켜보실 수 있겠느냐? 여행에서 돌아오시는 대로 부디 주인님께서 메카[17]로 성지 순례를 떠나셨으면 좋겠구나. 그러면 너와 주인님 모두 그곳 수호신들의 땅에서 깨끗이 마음을 정화시킬 수 있지 않겠느냐?

1711년 8월 10일, 이스파한의 하렘에서

---

16 이슬람의 마지막 예언자이다. 이슬람의 성서 『코란』에서는 알라가 모든 민족에게 예언자를 내려보냈다고 이야기하며, 『하디스』(68쪽 주 25 참조)에는 그 예언자의 수가 12만 4천 명에 이른다고 쓰여 있다. 그중에서도 특히 아담, 노아, 아브라함, 모세, 예수, 마호메트(또는 무함마드) 등은 이슬람교에서 매우 중요한 위치를 차지하는 예언자들이다. 또한 이슬람교도들은 마호메트 이후에는 최후 심판의 날까지 새로운 예언자가 출현하지 않는다고 믿으며 그를 대예언자라 칭하고 있다.

17 마호메트의 탄생지로, 현 사우디아라비아 서남부에 있는 도시이다. 이슬람교 최고의 성지로 세계 각지에서 이슬람교도들의 순례가 끊이지 않는 곳이기도 하다.

편지 16
우스벡이 삼릉[18] 능지기 메헤메트 알리 몰라크에게
(수신지 : 콤)

숭고하신 몰라크여! 당신은 어찌하여 능에 살고 계십니까? 저 별들 사이에 머무는 것이 당신에게는 훨씬 더 어울리거늘 말입니다. 아마도 태양의 빛을 어둡게 할까 두려워 숨어 계시는 것이겠지요. 당신은 태양처럼 흑점을 지니고 있진 않지만 그 태양처럼 구름에 가려져 계시는군요.

당신은 망망대해보다도 더 깊은 심연의 학식을 지니고 있지요. 그 지성이 알리[19]의 양날검, 주파가르보다도 더 날카로우니 당신은 구품천사[20]들 사이에서 일어나는 일들까지도 잘 알고 계십니다. 숭고하신 예언자의 가슴 위에서 『코란』을 읽고 계시니 당신이 모호한 구절에 부딪힐 때면 그분의 명을 받은 천사 하나[21]가 재빨리 날개를 펴고 옥좌에서 내려와 당신에게 그 숨겨진 뜻을 계시해주곤 하지요.

---

18 파티마(21쪽 주 4 참조)의 묘를 포함하여 페르시아의 왕 사피 1세(재위 1629~42)와 아바스 2세(재위 1642~66)의 묘를 지칭.

19 마호메트의 사위이자 시아파들이 유일한 정통 칼리프로 인정하는 알리는 치품천사 가브리엘로부터 주파가르 검을 받았다고 전해진다.

20 유대교, 이슬람교, 기독교 등 아브라함 계통의 종교에서 거론되는 천사에는 아홉 등급이 있는데, 상급의 치품천사·지품천사·좌품천사, 중급의 주품천사·능품천사·역품천사, 그리고 하급의 권품천사·대천사·천사가 있다.

21 천사 중 유일하게 인간형의 실체에 대한 언급이 거의 없는 계급이자 하느님의 옥좌를 추상화한 개념인 좌품천사를 의미한다고 볼 수 있다.

당신의 주선으로라면 이 몸이 세라핌[22] 최고 천사들과 긴밀한 서신을 주고받을 수도 있지 않겠습니까? 13대 이맘[23]이신 당신은 하늘과 땅이 맞닿는 중심점이자 지옥의 심연과 천상의 낙원 사이의 소통점이 아니시더이까?

이 몸은 지금 불경한 반反신도들의 무리 속에 있습니다. 부디 당신과 더불어 이 몸이 정화될 수 있도록 허락해주십시오. 당신이 계신 성스러운 그곳으로 고개를 돌리도록 허락해주시고 서광이 비칠 때 흰 실을 검은 실로부터 구별해내듯[24] 그렇게 악인들로부터 저를 구별되게 해주십시오. 부디 제게 조언을 주십시오. 부디 이 몸의 영혼을 보살펴주시어 이 영혼이 예언자들의 지성에 도취하고 천국의 학문으로 살찔 수 있도록 해주십시오. 아울러 이 영혼에 난 상처를 부디 당신의 발치에 놓을 수 있도록 허락해주십시오.

에르주룸에 몇 달간 머물 예정이니 당신의 그 신성한 회신은 이곳으로 보내주십시오.

1711년 8월 11일, 에르주룸에서

---

22 천사들 가운데 제1 계급인 치품천사를 말한다.

23 이맘은 아랍어로 '지도자', '모범이 되어야 할 것'을 의미하는 말이다. 통례적으로는 이슬람교의 크고 작은 종교 공동체를 지도하는 통솔자를 이맘이라 부른다. 그러나 이 용어는 이슬람 전통, 특히 시아파에서 매우 중요한 함축적 의미를 지닌다. 시아파에서 이맘은 종교 지도자로서의 의미 외에도 마호메트의 후계자에 대한 칭호로 사용된다. 시아파들이 신과 인간의 매개체라 여기는 마호메트의 후계자, 이맘은 총 열두 명이다. 여기서 13대 이맘이라 칭한 것은 일종의 과장된 찬사의 표현이다.

24 『코란』의 구절(제2장 187절)을 응용한 표현이다. 몽테스키외는 『코란』의 번역본을 소장하고 있었다.

편지 17

우스벡이 동일 인물에게

숭고하신 몰라크여! 이 초조한 마음을 잠재울 길이 없습니다. 당신의 그 고귀한 답변을 어찌 기다려야 할지 모르겠습니다. 이 몸은 지금 수많은 의문을 품고 있고, 이 의문들을 빨리 풀어야만 한답니다. 이 몸의 이성이 갈피를 못 잡고 방황하는 것이 느껴집니다. 부디 이 이성을 올바른 길로 다시금 인도해주십시오. 빛의 근원이시여! 어서 오셔서 이 몸을 밝혀주소서. 당신의 그 숭고한 펜으로 지금부터 문의드릴 이 몸이 직면하고 있는 난해함을 모두 산산이 부숴주소서. 그리고 부디 가엾이 여기시어 이 몸이 드리는 질문 앞에 이 몸 스스로가 부끄러워 얼굴을 붉힐 수 있도록 해주소서.

우리의 대예언자께서 율법으로 돼지고기를 비롯하여 '불결하다'고 칭하는 모든 육류를 금하는 것은 대체 어째서입니까? 죽은 자의 몸에 손을 대지 못하게 하고 또 영혼을 정화한다는 이유로 우리에게 끊임없이 몸을 씻도록 하는 것은 도대체 어째서입니까? 이 몸이 보기에 세상의 모든 사물은 그 자체로서는 정결하지도 불결하지도 않은 것 같습니다. 아무리 생각해봐도 한 사물을 그렇게 규정지을 만한 그 사물만의 어떤 고유한 특성을 찾아볼 수가 없으니 말입니다. 진흙이 더러워 보이는 이유는 단지 그것이 우리의 시각이나 다른 어떤 감각에 거슬리기 때문입니다. 하지만 진흙 그 자체는 결코 금이나 다이아몬드보다 더 더러운 것이 아니지요. 시체를 만짐으로써 더러워진다는 생각은 우리가 그것에 대해 이미 갖고 있던 어떤 자연스러운 거부감에서 비롯되는 생각일 뿐입니다. 만일 전혀 씻지 않은 사람의 육체가 시각적으로나 후각적으로 아무런 불쾌감을 주지 않는다면 어떻게 우리가 그 육체를 두고 더럽다는 생각을 할 수 있겠습니까?

숭고하신 몰라크여! 결국 어떤 사물 앞에서 그것의 정결함과 불결함을 규정해주는 유일한 심판관은 바로 우리 몸의 감각이라는 말이 아니겠습니까? 그런데 사물이라는 것이 본디 우리 인간들에게 모두 동일하게 다가오는 것이 아니다 보니 어떤 이에게는 기분 좋게 느껴지는 것이 다른 어떤 이에게는 역겨움을 불러일으키기도 하지요. 고로 우리 인간들이 정결함과 불결함의 기준을 각자 마음대로 결정 내릴 수 있고 또 정결한 것과 그렇지 못한 것을 각자 알아서들 구별해낼 수 있다고 말할 수 없는 이상 우리 몸의 감각에 의한 판단은 결코 정결함과 불결함을 구별하는 잣대가 될 수 없다는 결론이 나오는 것입니다.

신성하신 몰라크여! 하지만 이는 결국 우리의 숭고하신 대예언자께서 정해놓으신 그 금기 사항과 천사들의 손에 의해 기록된 우리 율법의 기본 항목을 뒤엎는 것이 아니던지요?

1711년 8월 20일, 에르주룸에서

편지 18
예언자들의 종복 메헤메트 알리가 우스벡에게
(수신지 : 에르주룸)

당신은 지금 신성하신 대예언자께 우리가 수없이 던지곤 했던 그런 질문을 하고 계시는군요. 어찌 율법학자들의 성전[25]을 읽지 않으십니까? 어찌하여 모든 지혜의 원천인 그 성전을 찾지 않으시는 것입니까? 거기서 당신의 모든 궁금증을 해결하실 수 있을 텐데 말입니다.

늘 속세의 일들에 묻혀 저 하늘 위의 사정은 단 한 번도 직시해본 적이 없고 감히 몰라크의 길을 택하지도 따르지도 못하면서 단지 그 신분만을 숭배하는 자들이야말로 이 얼마나 가련한 자들이란 말입니까?

결코 신의 비밀을 이해할 수 없는 속세의 인간들이여! 그대들을 비추는 지성의 빛은 그야말로 저 심연의 암흑과도 같으며 그대들의 이성적 사유는 샤반[26]의 작열하는 태양이 정오를 가리킬 때 그대들의 발밑에 이는 그 먼지와도 같구려.

---

25 마호메트의 언행을 담은 전승록이자 『코란』에 대한 일종의 해설서로 볼 수 있는 『하디스』를 일컫는다. 이 책은 『코란』의 해설이 주를 이루고 있으며, 마호메트의 제자들이 마호메트에게 궁금한 점을 묻고 답하는 문답집 형식으로 되어 있다.

26 이슬람력의 여덟번째 달로 오늘날 세계적으로 통용되는 그레고리 태양력의 10월에 해당한다. 이 같은 이슬람력의 선택은 소설 속 화자가 페르시아인임을 강조하기 위한 저자의 의도로 보인다.

그대들 지성의 천정점은 이맘[27]들 중 최하위 이맘이 지닌 지성의 천저점에도 비할 바가 못 됨이오. 그대들의 헛된 철학은 뇌우와 어둠을 예보하는 번갯불일지니 그대들은 지금 풍랑 한가운데서 바람이 이끄는 대로 마냥 그렇게들 방황하고만 있구려.

당신이 직면하고 있다는 그 난해한 질문에 답하는 것은 아주 간단한 일입니다. 언젠가 우리의 성스러우신 대예언자께 일어났었던 그 일만 이야기해주면 될 테니까요. 그분께서 그리스도교도들과 유대교도들로부터 시험을 당하셨을 때 역으로 이들을 모두 꼼짝 못 하게 하셨던 일화랍니다.

어느 날 '압디아스 이베 살론'[28]이라는 한 유대인이 왜 신께서 자신들에게 돼지고기를 먹지 못하도록 금지시키셨는지 대예언자께 물었습니다. 그러자 마호메트 대예언자께서 말씀하시기를, "다 이유가 있소. 돼지는 불결한 동물이기 때문이오. 내 그대에게 그것을 증명해 보이리다"라고 하셨지요. 그러고는 진흙으로 당신의 손바닥 위에 인간의 얼굴 형상 하나를 빚으신 후 그것을 바닥에 집어 던지며 외치셨습니다.

"일어나시게!"

그러자 곧 바닥에서 한 인간이 일어나더니 이렇게 말했지요.

---

27 여기서 이맘은 마호메트의 후계자로서가 아니라 이슬람 교단의 지도자를 지칭하는 통례적인 의미로 사용되었다.

28 이슬람 성전 『하디스』에 등장하는 압디아스 이벤 살론Abdias Iben Salon이라는 유대인을 가리킨다. 몽테스키외는 이 유대인이 마호메트에게 던졌던 질문이 실려 있는 『하디스』의 이탈리아어 번역본을 소장하고 있었다.

"나는 노아[29]의 아들 야벳이라 하오."

대예언자께서 다시 물으셨습니다.

"당신이 죽을 당시에도 그렇게 흰 머리를 하고 있었소?"

그러자 야벳이 답했습니다.

"아니오. 실은 당신이 날 깨웠을 때 '드디어 내게 심판의 날이 찾아왔구나!' 하는 생각에 너무도 두려웠던 나머지 갑자기 이렇게 머리카락이 하얗게 세버렸다오."

"그랬군요! 그럼 이제 노아의 방주[30] 이야기를 자세히 한번 해보도록 하시오!"

신의 사자 마호메트께서 말씀하시자 야벳은 이에 복종하며 방주에서 처음 몇 달간 일어났던 일들에 대해 정확하고 상세하게 이야기했지요. 그러고는 이어 이렇게 말했습니다.

"우리는 모든 동물의 배설물을 방주의 한쪽 구석에 모아두었는데 그 바람에 배가 한쪽으로 심하게 기울었고 모두 극도의 공포감에 휩싸이게 되었다오. 특히 여자들이 매우 거친 탄식을 해대며 공포에 떨었지요. 결국 우리의 아버지 노아께서 신께 조언을 구하시니 신께서 이르시기를 코끼리의 머리 부분이 방주가 기우는 쪽으로 향하게끔 하라 하셨소. 그 거대한 동물은 무척이나 많은 양의 배설물을 배출했는데 바로 그 속에서 돼지

---

29 노아Noah는 초창기의 예언자로서 구약성경의 「창세기」 5장에 의하면 아담의 9대손이다.

30 아브라함 계통의 종교에서 전승되는 이야기 속에 등장하는 배이다. 구약성경 「창세기」에 실려 있으며, 노아와 관련된 이야기 속에 등장하기 때문에 흔히 '노아의 방주'로 통칭된다.

한 마리가 태어났다오."

우스벡! 당신은 우리가 돼지고기를 먹지 않기로 한 것이, 또 돼지를 불결한 동물로 여기기 시작한 것이 바로 이때부터였다고 생각하십니까?

그 돼지가 온종일 분뇨를 파헤치는 바람에 방주 안에 아주 지독한 냄새가 진동했답니다. 그런데 그 악취가 얼마나 심했던지 돼지 스스로도 그 냄새에 못 이겨 그만 재채기를 하고 말았지요. 바로 그때 돼지의 코에서 쥐 한 마리가 튀어나왔는데 그 쥐는 눈에 띄는 것들을 닥치는 대로 모두 갉아 먹었답니다. 이에 더는 견딜 수가 없었던 노아께서 결국 한 번 더 신을 찾아 뵈어야 할 때가 왔다고 여기게 되었고, 마침내 신께서 그에게 명을 내리시니 사자의 이마를 한 방 세게 내리치라 하셨습니다. 이렇게 하여 한 방 얻어맞은 사자는 역시 재채기를 하게 되었는데 이번에는 사자의 코에서 고양이 한 마리가 나왔답니다. 당신은 이 동물들 역시 불결하다고 생각하십니까? 이에 대해 어찌 생각하시는지요?

결국 어떤 사물을 두고 그것이 왜 불결한지 그 이유를 알지 못한다면 그것은 바로 당신이 그것과 관련된 다른 많은 이유를 모르기 때문이며 또한 신과 천사들 그리고 인간들 사이에 무슨 일이 있었는지에 대해 무지하기 때문입니다. 당신은 불멸의 역사, 바로 신의 역사에 대해 잘 모르고 있습니다. 하늘에서 쓰인 그 책들도 전혀 읽어본 적이 없지요. 당신이 아는 것은 신의 서재에 있는 것 중 그야말로 일부에 지나지 않습니다. 우리 몰라크처럼 비록 이곳 이승의 삶을 살고는 있지만 그래도 저 신의 서재에 좀더 가까이 다가가 있는 자들도 아직까지 난해함과 암흑 속에서 헤매고 있을 뿐이랍니다.

그럼 안녕히! 마호메트께서 당신의 마음속에 함께하시길!

1711년 10월의 마지막 날, 콤에서

편지 19
우스벡이 친구 루스탄에게
(수신지 : 이스파한)

우리는 토카트[31]에서 8일밖에 머물지 않았다네. 그리고 35일을 걸어와 드디어 이곳 스미르나[32]에 이르게 되었네.

토카트에서 스미르나까지는 그다지 언급할 만한 도시가 하나 없더군. 쇠약해진 오스만 제국을 보며 나는 그야말로 놀라움을 금치 않을 수가 없었네. 병든 이 제국은 부드럽고 온건한 정책이 아니라 끊임없이 그 제국을 지치고 쇠약해지게 만드는 그런 극단적인 구제책에 의지해 지탱되고 있다네.

돈으로 관직을 사들인 파샤[33]들이 빈털터리가 되어 자신의

---

31 튀르키예 중북부에 있는 도시로 에르주룸과 튀르키예의 수도 앙카라 사이에 있다.

32 아나톨리아 에게해의 전략적 요충지에 있는 튀르키예의 도시로, 현재는 '이즈미르'라 불린다.

33 오스만 투르크 제국에서 장군, 총독, 사령관 따위의 신분이 높은 사람에게

관할 지방으로 부임하게 되니 이들은 자신이 부임해 온 그 관할 지방을 마치 한 나라를 정복하기라도 하듯 그렇게 마구 휩쓸어대고들 있다네. 오만하기 그지없는 민병대는 제멋대로 온갖 횡포를 다 부리고 있지. 요새들은 파괴되었고 도시에는 인적이 없으며 또 시골은 황폐화되었고 농업과 상업은 그야말로 완전히 내팽개쳐진 상태라네.

이 정부는 엄격하기만 할 뿐 처벌이라는 것이 없으니 땅을 경작하며 살아가는 그리스도교도들과 세금을 거둬들이는 일에 종사하며 살아가는 유대교도들만 온갖 폭력에 노출되어 있다네.

토지의 소유주가 불분명하다 보니 그것을 일궈나가려는 열의가 점점 더 줄어들고 있다네. 정부 관리자들의 횡포에 대항할 수 있는 그 어떤 토지 관련 증서도 그 어떤 소유권도 없는 상황이 아니겠나.

이 야만인들은 병법까지도 소홀히 할 정도로 기술을 등한시한다네. 유럽 국가들이 나날이 기술 연마에 힘쓰는 동안 이들은 그저 자신들의 그 오랜 무지만을 고집하며 아무리 새로운 발명품이 있어도 그것에 스스로 수천 번씩이나 피해를 입고 나서야 결국 받아들일 생각을 하지.

게다가 이들은 바다 경험 또한 전무하여 항해술이라고는 조금도 없다네. 바위섬에서 출현한 소수의 그리스도교도들[34]이

주어지던 영예 칭호.

34 주민의 95퍼센트가 가톨릭교도이며 지중해의 한가운데이자 이탈리아의 정

이 오스만인들을 두려움에 떨게 하고 또 그 제국을 허덕이게
만들고 있다는 소문이 떠돌고 있을 정도가 아니겠나.

상업에 무능한 이들은 근면하고 과감한 기질의 유럽인들이
찾아와 교역하는 것을 아주 가까스로 용인해주고 있다네. 자신
들이 이 외국인들에게 부를 축적하도록 은혜를 베풀어주고 있
다고 생각하지.

내가 지나온 오스만 제국의 그 광활한 땅 가운데 유일하게
이곳 스미르나만이 그나마 좀 부유하고 강한 도시라 할 수 있
을 걸세. 그런데 이 도시를 그렇게 만들어주는 것은 다름 아닌
유럽인들이라네. 이곳이 다른 도시들과 확연히 구분되는 것은
튀르키예인들과는 아무런 상관이 없는 일이지.

루스탄! 이것이 바로 오스만 제국에 대한 아주 사실적이고
도 정확한 묘사라네. 이 제국은 분명 두 세기가 지나기도 전에
어느 정복자의 정복 무대가 되고 말 걸세.

1711년 11월 2일, 스미르나에서

남 쪽에 있는 섬나라, 몰타 공화국의 기사들을 일컫는 것으로 보인다. 역사 속
에서 일명 '몰타 기사단'으로 알려져 있기도 하다.

편지 20

우스벡이 부인 자치에게

(수신지: 이스파한의 하렘)

　자치! 당신은 나를 모욕했소. 지금 내 안에는 당신을 두려움에 떨게 할 그런 분노가 요동치고 있소. 하나 내가 이렇게 멀리 떨어져 있기에 그나마 지금 당신에게 처신을 달리할 시간을 주며 내 마음을 뒤흔드는 이 강렬한 질투심을 애써 억누르는 것이오.

　당신이 백인 환관 나디르와 단둘이 있는 것을 들켰다 들었소. 나디르는 자신이 저지른 불충과 배신에 대해 그 목이 잘리는 대가를 치르게 될 것이오. 엄연히 당신의 시중을 드는 흑인 환관들이 있거늘, 어찌 백인 환관을 당신 방에 들일 수 없다는 그 금기 사항을 망각할 정도로 그렇게 자신의 의무를 게을리했단 말이오? 환관들은 남자가 아니라는 둥, 고로 당신의 정조는 혹시라도 그런 불완전한 존재가 마음속에 불러일으켰을 수도 있는 그 어떤 생각을 초월하고 있다는 둥 이런 말들을 아무리 늘어놓아봤자 다 소용없소. 그런 말들은 당신이나 나, 그 누구에게도 충분한 변명거리가 될 수 없소. 왜 그런 줄 아시오? 당신이 하렘의 규율에 어긋나는 짓을 했으니 당신에게는 이미 그 어떤 변명의 여지도 없는 것이고 당신이 내가 아닌 다른 이의 눈길을 받음으로써 나의 명예를 실추시켰으니 나에게는 그야말로 모욕이 아닐 수 없는 일이기 때문이오. 내 방금 '눈길'이라 했소? 자신의 성적 불능에 대한 절망과 후회 때문에 당신을 더럽히는 죄를 범하려 했던 그 불충한 배신자의 '유혹'이었 겠지.

　당신은 언제나 나에 대한 정조를 지켜왔다고 말할 거요. 한 데, 사실 당신이 그렇게 하지 않을 수가 있기나 했었소? 지금 당신의 행실 앞에 놀라움을 금치 못하는 저 흑인 환관들의 경 계를 당신이 과연 어떻게 피할 수가 있었을 것이며 당신을 가 둬두고 있는 그 문들과 빗장들은 또 어찌 깨부술 수가 있었겠 소? 당신은 자의가 아니라 외부 압력에 의해 지켜진 정조를 자 부하고 있는 것이오. 게다가 당신이 그토록 자부하는 그 정조 가 이미 당신의 부정한 욕망 아래 수천 번도 더 그 가치와 자 격을 잃어버린 것은 아닌지 또 어찌 알겠소?

　부디 당신이 내가 의심할 여지가 있는 그런 일들을 절대 행 하지 않았기를 바랄 뿐이오. 절대로 그 불충한 배신자가 당신 에게 자신의 불경한 손을 얹어놓지 않았기를, 당신이 그자의 눈앞에 나만의 즐거움을 드러내 보이지 않았기를, 또 당신 몸 을 의복으로 꼭꼭 가린 채 당신과 그자 사이에 부디 그 힘없는 장벽을 무너뜨리지 않고 그대로 놓아두고 있었기를 바라오. 또 한 문득 찾아든 경건한 마음에 그자 스스로 시선을 떨구었기를 바라며 대담성을 잃은 그자가 스스로 자초한 그 처벌을 생각하 며 두려움에 벌벌 떨었길 바라오. 하나 이 모든 것이 다 사실 이라 해도 당신이 자신의 의무를 저버리는 짓을 했다는 것은 결코 부인할 수 없는 사실이오. 말이야 바른 말이지 만일 당신 이 자신의 불순한 연정을 채우지 않고 그냥 아무런 이유도 없 이 그렇게 자신의 의무를 저버린 것이라면 그 연정을 채우기

위해서는 도대체 또 무슨 짓을 했었을 것이란 말이오? 그뿐이
겠소? 당신에게는 그저 가혹한 감옥처럼만 느껴지지만 당신
동료들에게는 악의 공격으로부터 피신하기 적당한 은신처이자
타고난 온갖 열세에도 불구하고 여성이라는 당신네의 그 약점
을 뒤로한 채 그야말로 무적의 존재로 남을 수 있는 그런 성스
러운 신전과도 같은 곳, 바로 그 신성한 하렘에서 만일 당신이
나올 수 있었더라면 당신은 과연 무슨 짓인들 하지 못했겠소?
만일 홀로 남겨진 채 방치되어 있는 당신에게 자신을 보호해줄
수 있는 것이 오직 이토록 심하게 상처 입은 나에 대한 당신의
사랑과 이토록 가증스럽게 저버린 당신의 본분뿐이었더라면
당신은 과연 어찌했겠소? 당신이 살고 있는 그곳, 페르시아의
풍기가 참으로 신성하기에 이것이 바로 당신을 가장 비천한 노
예들의 음모로부터 보호해주고 있는 것이오. 내가 당신에게 안
겨준 그 커다란 정신적 고통에 대해 당신은 내게 감사해야 할
것이오. 오직 그 덕분에 당신이 지금껏 삶을 유지해오고 있으
니 말이오.

　당신이 환관장을 견디기 힘들어하는 것은 그가 늘 당신의 행
실을 감시하는 데다가 당신에게 현명한 조언까지 해주기 때문
이오. 그가 너무 흉하게 생겨 그를 보는 것이 고통스럽다 했
소? 세상 어느 누가 그런 직책에 가장 잘생긴 것들을 배치한단
말이오? 지금 당신을 괴롭히는 것은 바로 그 환관장 자리에 당
신을 욕보인 그 백인 환관 놈을 앉힐 수 없다는 사실이겠지.

　당신의 여 노예장이 당신에게 대체 무슨 짓을 했다는 게요?
당신이 젊은 젤리드와 너무 긴밀하게 지내는 것이 예의범절에

어긋나는 일이라고 일러줬을 뿐 아니오? 이것이 바로 당신이 그녀를 증오하는 이유란 말이오?

자치! 나는 엄격한 심판관이어야 하오. 하나 지금 난 이렇게 당신의 무죄만을 찾아내려 애쓰는 일개 남편에 지나지 않을 뿐이오. 새 부인 록산느에 대한 사랑도 그녀 못지않게 아름다운 당신에 대한 나의 애정을 결코 앗아가지는 못하였소. 나는 록산느와 당신, 둘 다를 사랑하오. 다만 록산느에게 장점이 하나 더 있다면 그것은 바로 미모에 곁들여진 그녀의 정조라오.

1711년[35] 1월 12일, 스미르나에서

편지 21
우스벡이 백인 환관장에게

너는 이 편지를 열어봄과 동시에 두려움에 벌벌 떨어야 할 것이다. 아니, 네가 나디르의 배신을 묵인해준 그 순간 넌 이미 그랬어야만 했다. 냉담하고 쇠약한 노인네에 불과한 너에게

---

35 본 소설의 시간적 배경은 1711년 3월 19일부터 1720년 11월 11일까지이다. 반면 편지 20부터 22까지의 날짜는 1711년 1월 12일로 표기되어 있다. 이는 작가가 연도는 서력으로, 달은 이슬람력으로 기록하고 있기 때문이다. 이슬람력의 달은 태양력과 두 달의 차이가 있다. 이슬람력의 첫번째 달은 태양력의 3월에 해당하며 마지막 달은 2월에 해당한다(이슬람력 순: 3월-4월-5월-6월-7월-8월-9월-10월-11월-12월-1월-2월). 따라서 1711년 1월은 1711년의 열한번째 달을 의미하는 것으로 태양력의 1711년 11월에 해당한다.

조차도 그 가공스러운 내 사랑의 대상들을 쳐다보는 것이 엄연한 범죄이며 모든 시선으로부터 그녀들을 꼭꼭 감춰주고 있는 그 놀라운 장소의 문 안으로 너의 그 불경한 발을 들여놓는 것이 엄격히 금지되어 있다는 것을 너는 분명 잊지 않고 있으렷다. 한데 너는 자신도 감히 저지를 수 없는 그런 짓을 너의 지휘 아래 있는 자들이 저질렀음에도 이를 묵인해주었다. 그러고도 너와 그자들에게 떨어질 분노의 벼락을 정녕 예감하지 못했더란 말이냐?

너희들은 내가 마음만 먹으면 언제든지 쉽게 부숴버릴 수 있는 그런 하찮은 도구에 불과할 뿐이며, 복종할 줄 알 때 비로소 그 목숨을 유지할 수 있는 것이다. 너희들이 이 세상에 존재하는 이유는 오로지 나의 법 아래 살기 위해서이고, 나의 명이 떨어지면 언제든지 곧바로 죽기 위해서다. 나의 행복과 사랑, 하물며 나의 질투심까지도 너희들의 그 비천한 신분이 필요하기에 비로소 너희들이 살아 숨 쉬는 것이다. 또한 너희들에게는 복종 이외의 다른 그 어떤 운명도 주어지지 않았으며 오로지 나의 뜻만이 너희들의 영혼을 대신하는 것이고 나의 행복 외에 너희들은 다른 그 어떤 바람도 가져서는 아니 되는 것이다. 아니 그렇더냐?

내 아내들 가운데 몇몇이 자신들에게 의무 지어진 그 엄격한 규율 앞에 못 견디게 괴로워하고 있다는 사실을 내 잘 알고 있다. 흑인 환관 하나가 끊임없이 자신들을 감시하는 것을 지긋지긋해 한다는 것도, 자신들을 내게 대령해줄 의무를 지고 있는 그 흉측한 흑인 환관들에게 진저리가 나 있다는 것도 내 모두 잘 알고 있다. 하나 네가 이 같은 무질서에 동조하였으니 내 너를 벌하여 나의 신뢰를 남용하고 있는 다른 모든 자를 두려움에 벌벌 떨게 할 것이다.

하늘에 계신 모든 예언자와 그중 가장 위대하신 그분, 알리 앞에 맹세컨대 네가 만일 너의 의무를 소홀히 한다면 나는 너의 목숨을 내 발밑의 한낱 벌레 목숨 대하듯 할 것이다.

1711년 1월 12일, 스미르나에서

편지 22
자론이 환관장에게

우스벡 주인님께서는 하렘에서 멀어져갈수록 점점 더 당신의 그 신성불가침한 여인들 생각뿐이십니다. 그녀들 생각에 한숨만 내쉬며 눈물 속에 지내시지요. 주인님의 고통은 날로 더해만 가고 의심은 계속 커져만 가고 있습니다. 그래서 그녀들을 지켜줄 수위의 수를 더욱 늘리실 생각이랍니다. 저를 비롯하여 당신을 경호하는 모든 흑인 환관들을 이스파한의 하렘으로 돌려보내실 계획이지요. 주인님께서는 더 이상 당신의 안위 따위는 안중에도 없으시고 오로지 당신 자신보다도 수천 배나 더 소중히 여기는 그 여인들 걱정뿐이십니다.

하여 저는 이제 머지않아 당신의 지휘하에 보호를 받으며 살아가게 될 것입니다. 세상에! 단 한 남자를 행복하게 만들어주는 데 이 얼마나 많은 것들이 필요하단 말인가요.

자연은 애초 여자들을 종속된 존재로 만드신 후 다시금 그녀들을 그 종속의 굴레로부터 꺼내주신 것 같습니다. 그리하여 남녀가 상호 권리를 갖게 되자 이 두 성별 사이에 혼란이 일게 되었고, 결국 이들 남녀 사이의 새 융화 계획에 바로 우리 환관들이 동참하게 된 것입니다. 우리가 우리네 환관들과 여자들 사이에는 원한을, 남녀 사이에는 사랑을 심어주면서 비로소 이들 남녀 사이에 새로운 융화점이 탄생할 수 있게 한 것이지요.

저는 매우 엄한 얼굴을 하고 침울한 시선을 띨 것이며, 입가에는 그 어떤 기쁨의 그림자도 보이지 않을 것입니다. 겉으로는 평온해 보이겠지만 마음속은 언제나 근심 걱정으로 가득 차 있겠지요. 이 몸의 얼굴에는 늙어 채 주름이 지기도 전에 벌써 온갖 슬픔의 그림자들이 보일 것입니다.

주인님을 따라 서양을 여행해볼 수 있으면 정말 좋겠지만 제가 바라는 것은 무엇보다도 그분의 행복입니다. 주인님께서 이 몸이 당신의 여인들을 돌보아주기를 원하고 계시니 충성을 다해 부인들을 돌볼 것입니다. 저는 여자라는 존재를 어떻게 다루어야 하는지 잘 알고 있습니다. 이들은 자만하지 못하게 하면 도리어 오만해지기 시작하는 존재들이고, 모욕을 주기보다는 차라리 완전히 짓밟아버리는 것이 더 수월한 존재들이지요.

그럼 지켜봐 주십시오.

1711년 1월 12일, 스미르나에서

편지 23

우스벡이 친구 이벤에게

(수신지 : 스미르나)

40일간의 항해 끝에 드디어 우리는 리보르노[36]에 도착했네. 이곳은 새로이 태어나고 있는 신생 도시라네. 한낱 늪지대에 불과했던 이 마을을 지금은 이탈리아에서 가장 번영한 도시로 탈바꿈시킨 이곳 토스카나[37] 지방 공작들의 뛰어난 재간을 잘 증명해 보여주는 곳이기도 하지.

이곳의 여인들은 그야말로 온갖 자유를 누리고 있다네. '잘루지'[38]라 불리는 독특한 형태의 창문을 통해 남자들을 쳐다볼 수도 있고 노부인들 몇몇만 데리고 매일같이 바깥출입도 할 수 있으며 베일은 또 단 하나[39]밖에 두르지 않는다네. 그뿐만 아니라 형부나 제부, 삼촌, 외삼촌, 고모부, 이모부, 남조카 등 남자 친인척들이 그녀들의 얼굴을 쳐다볼 수가 있는데 남편들은 이를 전혀 기분 나빠 하지도 않는다네.

나 같은 이슬람교도에게는 난생처음으로 이런 그리스도교도들의 도시를 보는 것 자체로도 벌써 커다란 구경거리가 아닐

---

36 이탈리아 토스카나 지방의 리구리아 해안에 있는 항구도시. 피사와 운하로 연결되면서 중세 시대부터 발전하기 시작했다.

37 이탈리아반도 중부에 있는 주.

38 당시 이탈리아에서 볼 수 있었던 창문으로, 안에서는 밖을 볼 수 있지만 밖에서는 안이 보이지 않는 창문.

39 당시 페르시아 여인들은 네 개의 베일을 썼다고 한다.

수 없다네. 건물이나 의복, 주요 풍습 같은 누구나의 눈에 즉각적으로 들어오는 그런 차이점을 말하는 것이 아니네. 아주 사소한 것들까지도 그 속에는 분명 느낄 수는 있지만 뭐라 말로는 표현할 수 없는 특별한 그 무엇인가가 있다네.

내일은 마르세유[40]로 떠나려 하네. 그곳에서는 그리 오래 머물지 않을 걸세. 리카와 나의 계획은 쉬지 않고 계속해서 유럽 제국의 중추인 파리까지 가는 것이라네. 자고로 여행객들은 언제나 대도시를 찾아다니기 마련이지. 이는 바로 대도시가 모든 이방인에게 일종의 공통된 고향과도 같기 때문이 아니겠는가?

그럼 잘 있게나. 자네를 향한 나의 변함없는 애정을 믿어주게나.

1712년 4월 12일, 리보르노에서

편지 24
리카가 이벤에게
(수신지 : 스미르나)

우리는 한 달 전부터 파리에 있네. 늘 쉬지 않고 여기저기 바쁘게 뛰어다니고 있지. 어딘가에 거처를 마련하기 전에, 만나봐야 할 사람들을 찾아가기 전에, 또 필요한 물건을 마련해

---

40 프랑스 남부의 항구도시.

갖추기 전에 언제나 먼저 해결해야 할 일들이 있기 마련이지.

파리는 이스파한만큼이나 큰 도시라네. 집들이 얼마나 높게 지어져 있는지 마치 천문학자들만 살고 있는 것 같다네. 한 집 위에 또 다른 한 집 그리고 그 위에 또 다른 한 집, 이렇게 예 닐곱 채가 공중에 포개져 있는 이 도시의 인구가 그야말로 얼마나 엄청날지 한번 생각해보게나. 이들이 일제히 거리로 쏟아져나오면서 만들어질 그 혼잡한 거리도 한번 상상해보게.

믿기 힘들겠지만, 이곳에 도착한 후로 한 달 동안 난 아직 단 한 번도 걸어 다니는 사람을 본 적이 없다네. 아마 이 세상에서 프랑스인들보다 자신의 육체를 더 잘 활용하는 사람들은 없을 것이네. 이 사람들은 뛰어다닐 뿐만 아니라 심지어 날아다니기까지도 한다네. 이들이 느려 빠진 아시아의 자동차[41]나 한 발 한 발 리듬에 맞추듯 규칙적으로 걷는 우리의 낙타를 본다면 아마 기절하고도 남을 걸세. 나는 이런 프랑스인들의 속도에 익숙지 않아 주로 걸어 다니곤 한다네. 그것도 걸음걸이에 흐트러짐 하나 없이 말일세. 그런데 가끔은 마치 그리스도교도들처럼 몹시 화를 내게 될 때가 있다네. 머리끝부터 발끝까지 온통 흙탕물을 뒤집어쓰는 건 그나마 좀 봐줄 만한데 일정한 간격으로 계속해서 받는 행인들의 팔꿈치 세례는 정말이지 참아줄 수가 없지 뭔가. 뒤에 오던 어떤 사람이 날 제치고 내 앞으로 지나가면서 내 몸을 반 바퀴 돌려 오던 방향으로 향

---

41 18세기 초라는 당시의 시대적 배경으로 미루어볼 때 당시 아시아에서 사용되던 마차 정도에 해당한다고 볼 수 있다.

하게 해놓으면 이번엔 다시 그쪽에서 이쪽으로 오고 있던 또한 사람이 갑자기 내 몸을 원래 있던 방향으로 되돌려놓곤 하지 않겠나. 그러면 난 채 백 보도 걷지 못해 마치 백 리라도, 아니 그 이상 걸은 것처럼 완전히 기진맥진하고 만다네.

내가 지금 유럽의 풍기나 풍속에 대해 자네에게 깊이 있는 이야기를 해줄 수 있으리라는 생각은 말게. 나 역시 아직은 이에 대해 아주 경미하게 어림짐작만 할 뿐 이제 겨우 그것들을 발견해가며 놀라는 중이니 말일세.

프랑스의 왕은 유럽에서 최고 권력을 가진 국왕이라네. 이웃 나라 스페인 왕처럼 금광을 가진 것은 아니지만 금광보다 덜 고갈되는 바로 백성들의 허영심으로부터 부를 캐내며 결국 스페인 왕보다도 더 큰 부를 누리고 있다네. 실제로 명예 칭호를 파는 것[42] 말고는 다른 아무런 자금처도 없는 그가 큰 전쟁을 도모하고 또 지원해주지 않았겠나. 그런데도 '거만'이라는 인간 특유의 그 기적적 수단 덕분에 그의 병사들은 급여를 받을 수 있었고 요새는 굳건한 방어 시설을 갖출 수 있었으며 또 함대는 모든 필요한 장비를 갖출 수 있었다네.

그뿐만 아니라 이 프랑스 국왕은 아주 훌륭한 마법사라네. 백성들의 의식 세계에도 그 지배력을 행사해 백성들을 자신이

---

42 당시 프랑스의 국왕이었던 루이 14세(Louis XIV, 1638~1715)는 여러 전쟁에 연루되어 있었는데, 이 전쟁 기간에 국가의 재정을 충당하기 위해 불필요한 고위 관직이나 귀족의 칭호를 판매하곤 했다. 몽테스키외는 여기서 이 매관매직 행위를 빗대고 있다.

원하는 대로 생각하게끔 만들지. 만일 2백만 에퀴[43]가 필요한데 자신의 금고에 백만 에퀴밖에 없다면 백성들에게 1에퀴의 가치가 2에퀴와 같다고 설득하기만 하면 된다네. 물론 백성들은 또 그것을 정말로 믿는다네. 만일 치르기 힘든 전쟁이 있는데 돈이 한 푼도 없다면 어떤 종이쪽지 하나를 가지고 와서 그것이 바로 돈이라고 백성들의 머릿속에 심어주기만 하면 된다네. 마찬가지로 백성들은 또 쉽게 넘어간다네. 백성들의 의식 세계를 지배하는 그의 힘이 어찌나 세고 강한지 심지어 백성들은 그가 만지기만 하면 온갖 병도 다 나을 수 있다[44]고 믿는다네.

내가 지금 자네에게 들려준 이 프랑스 국왕에 관한 이야기에 너무 놀라지 말게. 실은 그보다도 더 강한 마법사가 또 하나 있으니 말일세. 프랑스 국왕이 다른 이들의 의식 세계를 지배하는 그 이상으로 이 국왕의 의식 세계를 지배하는 그런 마법사라네. 바로 '교황'이라 불리고 있지. 이 마법사는 프랑스 국왕에게 어떤 때는 셋이 하나라고, 어떤 때는 우리가 먹는 이 빵이 빵이 아니라고, 또 어떤 때는 우리가 마시는 이 술이 술이 아니라고 믿게 하는 등 그 외에도 이런 유의 또 다른 수많은 것들을 믿게 한다네.

그러고는 그에게 숨 돌릴 겨를도 주지 않고, 또 그가 믿는

---

43 14세기 말엽부터 쓴 프랑스의 옛 화폐 단위.

44 당시 사람들은 프랑스 국왕이 나력(결핵성 경부 임파선염)을 손으로 만져 치료할 수 있다고 믿었는데 이를 풍자한 표현이다.

습관을 결코 잃지 못하도록 이따금 어떤 신조 같은 것들을 보내주며 계속 신앙생활을 해나가게끔 한다네. 두 해 전에는 '교서'[45]라 불리는 커다란 문서 하나를 이 국왕에게 보내 국왕 자신과 그 백성들로 하여금 의무적으로 그 속에 담긴 모든 내용을 믿게 하려 했었다네. 이를 따르지 않으면 큰 벌을 내려가면서 말일세. 이에 프랑스 국왕이 곧바로 복종하며 백성들 앞에 손수 모범을 보였으니 이 마법사는 적어도 프랑스 국왕에게만큼은 완벽한 성공을 거둔 셈이라 할 수 있지 않겠나? 하지만 일부 백성들은 이 교서에 담긴 어떤 내용도 믿지 않을 것이라며 반기를 들었다네. 온 궁정과 나라 그리고 가정을 분열시켰던 이 반란의 주동자들은 다름 아닌 여성들이었네. 사실인즉 이 교서는 모든 그리스도교도가 한결같이 "하늘에서 내려주셨다"고 말하는 책, 그들에게 분명 우리의 『코란』과도 같을 바로 그 책을 여성들이 읽지 못하도록 금하고 있었다네. 하여 여성이라는 자신들의 성을 빌미로 모욕을 당한 것에 분개했던 여성들이 반대로 남성이라는 자신들의 성 앞에 특혜받기를 원치 않았던 남자들까지 자신들의 편에 세우며 이 교서에 절대 반대하고 일어섰던 것이라네. 그래도 이 무프티[46]의 생각이 그리

---

45 교황 클레멘스Clemens 11세의 「우니게니투스」 교서를 지칭한다. 이 교서에는 여성들이 『성경』 읽는 것을 금하는 내용이 들어 있다.

46 이슬람 공동체의 헌법이라고 할 수 있는 『샤리아』의 해석가에 해당하는 이슬람교 학자이다. 여기서는 교황을 지칭하는 것으로 화자가 페르시아인임을 강조하고자 한 작가의 의도가 엿보인다.

터무니없지만은 않은가 보네그려. 분명 그는 위대하신 알리[47]로부터 신성한 우리 이슬람 율법의 기본 원리에 대한 가르침을 받은 것이 틀림없네. 본디 여자들은 우리네 남자들보다 하등 피조물이며 더욱이 우리 예언자들께서 말씀하시기를 이들은 절대로 천국에 들어설 수 없다 하셨거늘 어찌하여 이 여인들은 굳이 천국으로 가는 방도만을 일러주는 그 책을 읽지 못해 안달이란 말인지 모르겠구면.

이 프랑스 왕에 관한 매우 놀라운 이야기를 들었는데 아마 자네도 쉽게 믿기 힘들 걸세.

듣자 하니 프랑스 왕이 자신에게 대항하기 위해 서로 동맹을 맺은 여러 이웃 나라들과 전쟁을 치르는 동안 자신의 왕국 내부에는 그를 둘러싼 보이지 않는 적들[48]이 셀 수 없이 많았다고 하네. 이들을 찾아내려 그가 무려 30년도 넘게 애를 썼지만 그의 신임을 받고 있었던 몇몇 데르비시[49]들의 지칠 줄 모르는 노력에도 불구하고 끝내 단 한 명도 찾아내지 못했다는군. 한마디로 그는 궁궐이며 수도, 군대 그리고 법정에 이르기까지 온통 적들과 더불어 살아간다고 할 수 있지. 그런데 사람들은 그가 끝내 이 적들을 찾아내지 못하고 운명을 다하게 되는 슬픔을 맛볼 것이라고들 말한다네. 이들은 마치 총체적으로 존

---

47 21쪽 주 3, 30쪽 주 12 참조.

48 얀선파Jansen派(또는 장세니슴파) 교도들을 의미한다.

49 예수회 수도사를 의미한다. 몽테스키외는 작품 전반에 걸쳐 가톨릭교 수도사를 지칭할 때 이슬람교 수도승을 의미하는 '데르비시'라는 용어를 사용하는데, 이는 작품 속 등장인물이 페르시아인임을 강조하기 위한 것으로 보인다.

재하고 있을 뿐 개별적으로는 아무런 의미를 지니고 있지 않은 듯하네. 팔이나 다리 하나가 아니라 하나의 어떤 몸체와도 같다고나 할까? 이 국왕이 그동안 자신이 정복한 적들에게 그다지 온건함을 보이지 않은 것에 대해 아무래도 지금 하늘이 벌하고 계신 것 같네. 이렇게 그에게 그보다 훨씬 더 뛰어난 재능과 운명을 지닌 보이지 않는 적들을 보내주신 것을 보면 말일세.

자네에게 또 편지를 쓰도록 함세. 우리 페르시아인들의 기질이나 특성에 확연히 구분되는 것들이 있으면 또 알려주겠네. 분명 우리는 같은 지구상에 살고 있건만 지금 내가 머무는 이곳과 자네가 머무는 그곳의 사람들은 정말이지 참으로 많이도 다르다네.

1712년 6월 4일, 파리에서

편지 25
우스벡이 이벤에게
(수신지: 스미르나)

자네의 조카 레디로부터 편지를 받았네. 이탈리아를 여행하고자 스미르나를 떠난다고 하더군. 유일한 여행 목적이 다름 아닌 다양한 경험을 쌓고 견문을 넓혀 좀더 자네에게 걸맞은 사람이 되는 것이라 했네. 훗날 자네가 늙었을 때 가히 위안이 될 조카를 둔 걸 축하하네.

리카는 지금 자네에게 장문의 편지를 쓰고 있네. 이곳 프랑스라는 나라에 대해서 아주 많은 이야기를 해주는 중이라는군. 리카는 사고력이 아주 민첩해 모든 것을 재빨리 이해하곤 하지. 하지만 리카보다 사고 속도가 훨씬 더 느린 나로서는 아직 자네에게 딱히 해줄 말이 없네그려.

리카와 나는 자네에 관해 이야기하며 참으로 애정 어린 대화를 나눈다네. 스미르나에서 우리를 맞이하며 보여주었던 자네의 그 친절에 대해, 또 매일같이 우리에게 도움이 되고 있는 자네의 그 우정에 대해 아무리 이야기를 해도 끝이 없다네.

인자한 이벤! 부디 우리만큼 자네의 호의에 감사하고 자네에게 변함없는 우정을 보낼 그런 친구를 어디서고 쉽게 만나게 되기를 바라네. 하루 빨리 자네를 다시 만나 우리 두 벗 사이에 은은하게 흘러가는 그 행복한 시간을 다시금 누려보고 싶구먼! 그럼 잘 있게나.

1712년 6월 4일, 파리에서

편지 26

우스벡이 록산느에게

(수신지: 이스파한의 하렘)

록산느! 당신은 정숙함도 정조도 모르는 이 타락한 나라가 아니라 그곳 평화로운 나라 페르시아에 살고 있는 것이 얼마나 행복한 일인지 모를 거요. 마치 순결의 온실에 있는 양 당신은 나의 하렘에서 온갖 인간의 범죄들로부터 차단되어 살아가고 있소. 하여 기쁘고 다행스럽게도 당신의 몸을 망치게 되는 일이 없는 것이오. 그러니 이 어찌 행복한 일이라 하지 않을 수 있겠소? 사실인즉 지금껏 그 어떤 남자도 음흉한 시선으로 당신을 능욕한 적이 없소. 하물며 당신의 시아버지조차도 당신이 늘 두르고 있는 그 성스러운 가리개 때문에 향연의 자유로운 분위기에도 불구하고 그 속에 감추어진 당신의 아름다운 입술을 단 한 번도 본 적이 없다오. 행복한 록산느! 시골에 가 있을 때도 당신 옆에는 언제나 환관들이 있었으니 이들이 매번 당신보다 앞장서 걸으며 감히 당신을 쳐다본 그 경솔한 자들을 모조리 처치해버리곤 했소. 하늘이 이 몸의 행복을 위해 내게 당신을 주셨건만 정작 그런 나조차도 당신이 그토록 끈질기게 지키고 있던 그 보물의 주인이 되기까지 그야말로 얼마나 큰 고통을 감내해야만 했단 말이오? 우리가 결혼한 후 처음 며칠간 나는 당신을 보지 못해 얼마나 슬펐는지 모르오. 게다가 당신을 보고 난 후로는 그 들뜬 마음에 얼마나 또 안절부절못했는지 모른다오. 한데 당신은 나의 이런 초조함을 달래주기는커녕 오히려 위급해진 당신의 정숙함을 내세워 그야말로 완강하게 거부하며 나를 더욱더 안달하게 했소. 모든 남자 앞에 끊임없이 몸을 숨겨오곤 했던 당신이 그런 다른 남자들과 나를 혼동했었던 거요. 언젠가 당신의 몸종 노예들이 나를 배신하고는 내가 찾아낼 수 없도록 당신을 자신들의 무리 속에 숨겨주는 바람에 그 노예들 속에서 내 당신을 잃어버렸던 그날을 기억하시오? 폭발하는 나의 사랑을 잠재우는 데 당신의 눈물이 통하지 않자 급기야 당신 어머니의 권위까지 동원했던 그 날도 기억하시오? 더 이상 동원할 수단이 아무것도 없자 결국에는 당신의 용기로 대처했던 그 일은 또 어떻고 말이오. 비수를 꺼내들고는 내가 만일 당신이 남편보다도 더 소중히 여기는 그것을 계속 요구한다면 아무리 자신을 사랑하는 남편일지라도 찔러 죽이고 말겠다며 날 위협하지 않았소? 이렇게 사랑과 정조의 대결 속에 두 달이라는 시간이 흘러가 버렸었지. 당신의 그 조심스러운 정숙함은 너무 과하기까지 했었다오. 이미 순결을 정복당한 이후에도 당신은 여전히 굴복할 줄 몰랐으며 다 꺼져가는 당신의 그 처녀성을 지키기 위해 최후의 순간까지 애써 발버둥 치고 있었소. 또 나 보기를, 당신을 사랑하는 남편이 아니라 마치 당신을 능욕한 적을 바라보듯 하지 않았소? 당신이 얼굴을 붉히지 않고 나를 쳐다볼 수 있기까지 무려 석 달도 더 걸렸으니, 부끄러움에 어쩔 줄 몰라 하는 당신의 모습은 마치 당신을 취한 나를 나무라는 것만 같았다오. 그뿐만 아니라 나는 당신을 마음 편히 취할 수도 없었다오. 당신이 자신의 모든 매력과 우아함을 모조리 다 감추고는 내게 절대로 보여주지 않는 바람에 결국 난 자잘한 애정의 증표를 조금도 취하지 못한 채 그저 당신이 베풀어주는 그 커다란 은혜에만 도취되곤 했었다오.

당신이 만일 지금 내가 머무는 이 나라에서 자랐더라면 그렇게까지 불안해하지 않았을 거요. 이곳 여자들에게는 조심성이라곤 그야말로 조금도 없다오. 마치 정복당하기를 바라기라도 한 양 얼굴을 훤히 드러낸 채 남자들 앞에 나타나질 않나, 남자들에게 거리낌 없이 눈길을 보내질 않나, 심지어는 사원이나 산책로, 하물며 자신들의 집에서까지 남자들을 만나고 있다오. 환관들에게 시중을 들게 하는 것은 그녀들에게 그저 생소하기만 한 일일 뿐이오. 이곳 여자들에게서는 당신이 가진 그런 고결한 순박함이나 수줍어하는 사랑스러운 태도가 아니라 내 도저히 익숙해질 수 없는 아주 노골적인 뻔뻔스러움밖에 보이지 않는다오.

그렇소, 록산느. 당신이 만일 이곳에 있었더라면 당신은 분명 여성의 존엄성이 땅에 떨어져버린 그 끔찍한 치욕 속에서 그야말로 모욕감을 느끼지 않을 수 없었을 게요. 분명 이 가증스러운 장소에서 도망쳐 나와 순결이 가득하고 당신의 안위가 보장되며 당신을 불안에 떨게 할 그 어떤 위험도 없는 곳, 영원히 변치 않을 확실한 사랑으로 나만을 한껏 사랑하며 살아갈 수 있는 그곳, 바로 당신의 그 아늑한 은신처를 애타게 그리워했을 거요.

가장 아름다운 색으로 화사하게 당신의 안색을 돋보이게 하고, 가장 값진 향유로 온몸을 향기 나게 하며, 당신이 지닌 의복 중 가장 고운 옷으로 차려입고, 또 우아한 춤과 감미로운 노래 솜씨로 당신의 동료들과 구별되려 애쓰면서 당신은 언제나 매력과 상냥함과 명랑함을 그녀들과 우아하게 겨루어왔소. 나는 이 모든 것이 나의 마음을 사로잡고자 하는 그 의도 외에 또 다른 목적이 있어서 그랬다고는 추호도 생각지 않소. 록산느! 당신이 나와 눈을 마주칠 때, 내 비위를 맞추는 달콤한 말들로 나의 마음을 사로잡을 때, 그리고 아주 조심스레 붉어지는 당신의 얼굴을 바라볼 때, 그럴 때면 정말이지 당신의 사랑을 조금도 의심할 길이 없다오.

그러니 이곳 유럽 여인들에 대해 내 과연 어떤 생각이 들겠소? 얼굴빛을 꾸미는 수완도, 몸을 치장해주는 장신구도, 자기 자신에게 쏟아붓는 그 정성도, 마음에 드는 남성의 환심을 사고자 하는 끊임없는 욕망도, 이 모든 것이 다 그녀들의 정조에 먹칠만 할 뿐이며 그 남편들을 모욕할 뿐이라오.

록산느! 그렇다고 내가 이 여인들이 흔히 이런 행실에서 초래되기 쉬운 그런 범죄를 저지를 정도로 자신들을 내몰고 있다거나, 그녀들의 방탕한 행위가 부부간의 신뢰를 완전히 저버릴 만큼 소름 끼치도록 끔찍한 지경에 달했다고 생각한다는 것은 아니오. 그렇게까지 방종한 생활을 하는 여인들은 그리 많지 않다오. 그녀들의 가슴속에는 이들이 태어날 때부터 지니고 있었던 일종의 정조 관념, 교육의 영향으로 쇠약해졌으나 그렇다고 파괴되지는 않은 그 어떤 정조 관념이 한결같이 깊게 새겨져 있다오. 이들이 정숙함을 위해 지켜야 할 자신의 표면적 의무에 분명 소홀할 수는 있으나 그래도 마지막 단계를 넘어서는 바로 그 순간이 되면 언제나 이들의 본성이 저항하고 일어선다오. 사실 우리가 그토록 많은 노예를 시켜 당신들을 지키게 하고 당신들의 욕망이 너무 커진다 싶으면 그토록 강하게 그 욕망을 억누르는 등, 그렇게까지 엄중하게 당신들을 가두어두는 것도 결코 당신들이 저지를지도 모를 그 최후의 부정不貞을 두려워해서가 아니라오. 그것은 바로 순결이라는 것은 아무리 강조해도 결코 지나침이 없으며 최소한의 얼룩도 능히 그것을 오염시킬 수 있다는 것을 잘 알기 때문이라오.

참으로 딱하기도 한 나의 록산느! 그토록 오랫동안 정절을 지켜온 당신이야말로 결코 당신을 남겨둔 채 홀로 떠나지 못했을 남편, 오직 당신의 정조 앞에서만 굴복되는 욕망을 지닌 자로서 스스로 그 욕망을 억제해나갈 수 있었을 그런 남편을 맞이해야 마땅했었소.

1712년 9월 7일, 파리에서

편지 27
우스벡이 네씨르에게
(수신지 : 이스파한)

우리는 지금 태양의 도시[50]에 필적할 만한 이 화려한 도시, 파리에 있다네.

스미르나를 떠나오기 전 이벤이라는 친구에게 자네에게 보낼 선물 몇 개가 든 상자 하나를 부탁하고 왔네. 이 편지 또한 같은 경로로 전달될 걸세. 이벤과는 비록 5~6천 리나 떨어져 있지만 우리는 아주 쉽게 소식을 주고받는다네. 마치 그 친구

---

50 페르시아의 수도 이스파한을 뜻한다.

는 이스파한에, 나는 콤에 있는 것처럼 말일세. 나는 편지를 마르세유로 보내는데 그곳에서는 우편물을 실은 선박들이 끊임없이 스미르나로 향하고 있다네. 이렇게 스미르나에 도착한 우편물 중 페르시아행 우편물은 모두 아르메니아 상인 무리에 의해 매일매일 이스파한으로 보내지고 있네. 리카는 더할 나위 없이 완벽한 건강을 누리고 있다네. 체질도 강할 뿐만 아니라 아직 젊고 천성 또한 쾌활해서 그 어떤 고난도 쉽게 이겨낼 수 있지.

반면에 나의 건강 상태는 그리 좋지가 못하다네. 심신은 모두 지쳐 있고 날이 갈수록 더해만 가는 슬픈 생각에 늘 잠겨 있곤 한다네. 점점 더 쇠약해져 가는 나의 건강은 내 마음을 자꾸만 조국을 향하게 하고 여기 이 나라를 더욱더 낯설게만 하네.

하나, 네씨르! 부탁이니 나의 아내들에게는 절대로 나의 이런 상태를 알리지 말아주게나. 그녀들이 날 사랑한다면 내 기꺼이 그녀들의 눈물을 아껴주고 싶구먼. 반대로 그녀들이 날 사랑하고 있지 않다면 내 추호도 그녀들의 무모함을 더하게 하고픈 마음이 없네그려.

만일 나의 환관들이 내가 위험에 처해 있다고 생각한다면, 그들이 자신들의 비열한 방조 행위에 대해 더는 처벌받지 않으리라는 희망을 품는다면, 그들은 더 이상 바위도 귀를 기울이게 만들고 무생물도 감동케 만드는 나의 여인들의 그 달콤한 아첨 소리에 귀를 막으려 하지 않을 걸세.

그럼 잘 있게나, 네씨르. 이렇게 자네에게 내 믿음의 증표를 전할 수 있어 정말 기쁘다네.

1712년 10월 5일, 파리에서

편지 28
리카가 ***에게

어제는 아주 별난 일을 다 경험해보았지 뭔가. 이런 별난 일들이 파리에서는 늘 일어나고 있지만 말일세.

저녁 식사 시간이 끝나갈 무렵 모든 시민이 일제히 모여 일종의 무대극 같은 것을 즐기러 가지 않았겠나. 듣자 하니 '코미디'라 불리는 것 같더군. 주요 장면들은 '무대'라 불리는 연단 위에서 벌어진다네. 그 양옆으로 '로쥬'라는 복층식 골방들이 있는데 바로 이곳에서 사람들은 남녀 배우들이 함께 어우러져 무언의 장면을 연출하는 것을 지켜본다네. 우리 페르시아에서 흔히 볼 수 있는 그런 무언극들과 거의 유사하더군.

이쪽 무대 위에서는 한 여배우가 사랑으로 괴로워하는 어느 정부情婦의 번민을 표현하고 있었네. 그 옆으로 또 다른 여배우는 좀더 흥분된 상태로 자신의 연인을 탐욕스럽게 쳐다보고 있었고, 그 상대 역을 맡은 남배우 역시 똑같이 탐욕스러운 시선으로 그녀를 바라보는 연기를 펼치고 있었지. 이들의 얼굴에는 하나같이 모두 강렬한 정열이 그려졌는데 무언극이라 하기에는 너무도 생생한 것이 그야말로 생동감 있게 아주 잘 표현되고 있더군. 멀리 저쪽으로는 상반신만 보이는 여배우들이 앉아 있었는데 대부분 정숙하게도 토시를 착용해 팔을 가리고 있었네. 또 저 아래로는 서서 관람하고 있는 한 무리의 사람들이 있었는데[51] 그들은 무대 위쪽 골방에 앉아 있는 사람들을 향해 야유를 보내더군. 그러자 또 그 골방에 있던 사람들은 이에 맞서 밑에 서 있는 사람들을 보며 열심히 비웃어대는 것이 아니겠나?

하지만 무엇보다도 이들 중 가장 수고스럽게 일하는 사람들은 바로 몇몇 젊은 배우들이었다네. 수고스러운 일인 만큼 반드시 피곤함에 잘 버틸 수 있는 아주 젊은 나이의 사람 중에서 발탁된 배우들이지. 이들은 쉬지 않고 극장 내 여기저기를 뛰어다녀야 한다네. 자신들만 알고 있는 비밀 통로를 이용해 아주 놀랍고도 능숙한 솜씨로 이 층 저 층으로 옮겨 다니는데 그야말로 위층 아래층 할 것 없이 여기저기 온 골방을 헤집고 다닌다네. 갑자기 사라졌다가 어느 순간 다시 또 갑자기 출현하곤 하는데, 이는 대개 자신들이 연기하던 무대에서 장소를 옮겨 또 다른 무대에서 연기를 펼치고 오는 것이라네. 심지어는 목발을 짚고 있던 사람이 그야말로 기적과도 같이 다른 일반 사람들처럼 멀쩡히 걸어 다니는 것도 목격하지 않았겠나? 마지막에 우리는 아주 독특한 극이 상연되는 방으로 가보았네. 그곳은 서로 공손히 인사하는 것을 시작으로 계속해서 포옹하

---

51 1680년에 설립된 프랑스 국립 극장 '코메디 프랑세즈La Comedie Francaise'를 묘사하는 것으로, 1782년까지 1층의 관객들은 무대 밑에 서서 관람하게끔 되어 있었다.

는 그런 장소였다네. 이곳에서는 아주 작은 친분만 있어도 상대방을 숨 막히게 할 정도로 포용할 수 있다더군. 왠지 이곳은 다정함이 넘쳐흐르는 장소 같아 보였네. 듣자 하니 실제로 이곳에 군림하는 공주님[52]들은 전혀 매정하지가 않다고들 하더군. 도취 상태가 그리 오래가지 못해 공주들이 하루에 2~3시간 정도만 제법 거칠고 그 나머지 시간에는 그럭저럭 다룰 만하다지.

지금까지 내가 이야기한 이 모든 것들은 '오페라'라는 또 다른 장소에서도 거의 똑같이 나타나는 현상이라네. 유일한 차이점이 있다면 한 곳에는 대사가, 또 한 곳에는 노래가 있다는 것뿐이지. 하루는 친구 하나가 나를 여배우들의 의상실로 안내했는데 그때 마침 주연 배우 한 명이 그곳에서 옷을 벗고 있었다네. 우리는 서로 무척 가까운 사이가 되었고 이튿날 나는 그녀로부터 이런 편지를 받았다네.

선생님!
저는 이 세상에서 가장 불행한 여인입니다. 사실 저는 언제나 오페라에서 제일 정숙한 여배우였답니다. 그런데 지금으로부터 약 7~8개월 전이었습니다. 어제 선생님께서 저를 발견하셨던 바로 그 의상실에서 디아나[53] 여신 의상으로 갈

---

52 주연 여배우들을 일컫는다.

53 로마 신화에 등장하는 사냥의 여신으로 야생동물과 숲, 달을 관장하는 여신이다. 흔히 사랑의 여신으로 간주되어왔다.

아입고 있을 때였지요. 그때 갑자기 어느 젊은 사제가 와서 저를 발견하고는 제가 입고 있던 흰 의상이나 얼굴에 쓴 베일, 이마에 두른 띠에도 전혀 아랑곳하지 않고 저의 순결을 빼앗아버리고 말았습니다. 제가 치른 희생에 대해 아무리 강조해보았지만 소용없었습니다. 이런 저를 보며 그는 웃음을 짓더니 제가 매우 신앙심 없는 여자로만 보였다고 주장하더군요. 지금 저는 배가 너무 불러와 감히 무대에 설 생각을 하지 못하고 있습니다. 명예에 관한 한 저는 상상할 수 없을 정도로 민감한 여인이기 때문이지요. 저는 늘 좋은 가문에서 태어난 여인은 겸손함보다도 정조를 잃기가 훨씬 더 쉬운 법이라고 생각하는 사람입니다. 명예에 관한 저의 이 같은 예민함으로 미루어보아서라도 만일 그 사제가 결혼을 약속하지 않았더라면 결코 제게서 순결을 빼앗아가는 데 성공할 수 없었으리라는 점은 선생님께서도 쉽게 상상하실 수 있을 것입니다. 결혼이라는 지극히 적절한 이유가 있었기에 비로소 저는 일반적으로 밟는 사소한 절차를 굳이 개의치 않고 마지막에 일어났어야 할 그 일을 먼저 실행에 옮길 수 있었습니다. 하지만 그가 신의를 저버리는 바람에 저의 명예가 크게 훼손된 지금 더 이상 이 오페라에 남고 싶은 마음이 조금도 없습니다. 선생님께만 드리는 말씀이지만, 사실 이곳에서 받는 수입으로는 근근이 생활을 꾸려가기도 힘들답니다. 점점 나이는 먹어가고 날로 매력마저 잃어가는 저로서는 늘 똑같은 급여가 오히려 나날이 줄어드는 것처럼 느껴질 뿐이랍니다. 선생님의 수행원으로부터 선생님의 나라에서는 유능한 무용수를 굉장히 존중해준다는 이야기를 들었습니다. 게다가 제가 만일 이스파한에 가게 된다면 순식간에 큰돈을 벌수 있다고도 하더군요. 부디 이 여인에게 도움을 베푸시어 저를 선생님의 보호 아래 페르시아로 데려가주신다면 반드시 굳은 정조와 정숙한 품행으로 선생님의 은혜에 보답하겠습니다. 부디 저의……

1712년 12월 2일, 파리에서

편지 29
리카가 이벤에게
(수신지: 스미르나)

교황이라는 사람은 그리스도교도들의 우두머리라네. 모두가 관례적으로 예찬하는 아주 오래된 우상이지. 예전에는 이곳 유럽의 국왕들조차도 그를 두려워했다네. 그도 그럴 것이 그는 우리의 위대하신 술탄[54]들께서 이메레티와 조지아[55]의 왕들에게 하듯 그렇게 아주 쉽게 유럽의 국왕들을 폐위시키곤 했다네. 하지만 이제는 더 이상 그렇게까지 두려운 존재는 아니라

---

54 이슬람 세계에서 세습 군주제로 통치하는 국가 또는 지역의 군주를 부르는 말이다. 나중에 오스만 제국의 황제를 이르기도 했다.
55 이메레티와 조지아는 18세기 당시 페르시아의 지배 아래 있었던 카스피해의 작은 왕국들이다.

네. 그가 스스로를 초대 기독교인 중 한 명인 '성 베드로'라는 사람의 후계자라 자칭하고 있기 때문이지. 그런데 정말로 어마어마한 상속을 받았음에는 틀림없는 것 같네. 아주 막대한 재물을 갖고 있음은 물론, 이렇게 커다란 왕국[56] 하나가 자신의 지배 아래 있는 것을 보면 말일세.

한편, '주교'라 불리는 사람들이 있는데 이들은 교황의 휘하에 있는 법률가들로서 교황의 권한 아래 다음과 같은 아주 상반된 두 가지 임무를 맡고 있다네. 첫째로 모두 함께 모였을 때는 교황처럼 신조를 만든다네. 둘째는 각자 개별적으로 있을 때인데, 이때는 율법의 이행을 면제해주는 일 외에 별다른 임무가 없다네. 자네도 알고 있겠지만 사실 그리스도교라는 종교에는 이행하기 매우 어려운 계율이 엄청나게 많지 않은가? 하여 이런 어려운 의무를 이행하는 것보다 차라리 이를 면제해줄 주교들이 있는 것이 훨씬 더 수월하겠다고 판단한 그리스도교도들이 결국 공공의 편의를 위해 후자를 택하게 된 것이지. 그 결과 라마단[57]을 하기 싫다거나 결혼의 형식적인 절차를 밟기 싫다면, 또는 신에게 올린 서원을 깨고 싶다거나 율법에 어

56 몽테스키외는 여기서 유럽을 교황이 지휘하는 하나의 왕국으로 비유하며 유럽의 모든 기독교 국가를 교황의 권위 아래 두고 있다.

57 라마단은 이슬람교에서 단식하며 몸과 마음을 깨끗이 하고 부정한 일을 멀리하는 달로 이슬람력의 아홉번째 달이다. 이때는 해가 뜰 때부터 질 때까지 식사, 흡연, 음주, 성행위 따위를 금한다. 여기서 몽테스키외는 라마단이라는 이슬람교 의식을 들어 기독교의 사순절에 빗대고 있다. 사순절은 일요일을 제외한 부활절 전의 40일간으로 광야에서 금식하고 시험받은 예수 그리스도의 수난을 되새기며 절제와 금욕, 절식을 하는 기간이다.

굿나는 결혼을 하고 싶다면, 심지어 이미 한 서약을 번복하고 싶을 때조차도 주교나 교황을 찾아가기만 하면 된다네. 그러면 곧바로 면제를 받을 수 있지.

주교들 자신이 직접 나서서 신조를 만드는 것은 아니라네. 대부분 데르비시로 구성되어 있는 헤아릴 수 없이 많은 율법학자가 이들과 함께하는데 이 율법학자들이 종교에 관한 수많은 새 과제들을 제기하며 한참 동안 서로 논쟁을 벌인다네. 그러면 주교들은 이들이 하나의 결론에 이를 때까지 논쟁을 가만히 두고 보기만 한다네.

내 장담컨대, 이 세상에서 그리스도교도들의 왕국만큼이나 그토록 내란이 많았던 왕국은 결코 없을 걸세.

누군가 어떤 새로운 제안을 하나 세상에 내놓으면 그 사람은 즉시 '이단자'라 불린다네. 그리고 각각의 이단에는 저마다 그 가담자들을 상징해주는 하나의 표식어와도 같은 그들만의 이름이 있다네. 하지만 원치 않는다면 이단자가 되지 않을 수도 있다네. 바로 두 편으로 분쟁을 일으켜 자신을 이단이라 비난하는 그 사람들을 도리어 차별화시키면 되는 것일세. 그것이 어떠한 차별이 되었든, 또 쉽게 이해될 수 있는 차별이든 아니든, 이 차별은 자신을 흰 눈처럼 결백하게 만들어준다네. 그리하여 결국에는 자신이 오히려 '정통파'로 불리게 되는 것이지.

지금 내가 말한 것은 모두 프랑스와 독일에만 해당한다네. 듣자 하니 스페인과 포르투갈에는 그 어떤 농담도 받아들일 줄 모르는 데다가 사람을 마치 지푸라기 태우듯 그렇게 불태워버리는 데르비시들이 있다더군. 이런 데르비시들에게 걸리는 날에는 손에 항상 나무로 된 작은 알갱이[58]들을 쥐고 다니며 신께 기도를 드린 자나, 천 조각 두 개를 두 개의 끈으로 묶어 연결해 몸에 걸고 다닌 자,[59] 또는 '갈리시아'[60]라는 지방에 다녀온 적이 있는 자라면 참으로 다행이요, 그렇지 못한 불쌍한 일반 중생이라면 그야말로 아주 난처해지고 만다네. 무신앙자들처럼 제아무리 스스로를 정통파라 주장한다 해도 그들은 얼마든지 이들에게 정통파로서 자격을 인정해주지 않고 이단자로 분류해 불태워버릴 수 있다네. 아무리 정통파로서 자격을 주장해가며 스스로를 이단자와 차별화시키려 애써본들 다 소용없는 일이지. 차별화는커녕 이 데르비시들이 그의 주장에 한번 귀 기울여볼 생각을 해보기도 전에 이미 그는 한 줌 잿더미가되어 있을 걸세.

다른 법관들이 어떤 피고인을 무죄로 판단해도 이 데르비시들은 언제나 유죄로 간주하곤 한다네. 무죄인지 유죄인지 의문의 여지가 남아 있으므로 늘 엄격한 쪽으로 종결짓는 것을 자신들의 원칙으로 삼기 때문이지. 아무래도 이는 이들이 인간을 악한 존재라 믿고 있어서 그런 것 같네. 그런데 다른 한편으로 보면 인간이 거짓말을 할 수 있다는 생각을 결코 하지 못할 정

---

58 묵주를 가리킨다.

59 성모 마리아의 숭배를 상징하기 위해 두 조각의 작은 천을 얇은 띠로 연결해 목에 걸고 다니는 '스카풀라리오scapulaire'를 말한다.

60 갈리시아는 스페인의 한 도시로 당시 예루살렘, 로마와 더불어 세계 3대 성지 순례 도시로 이름나 있었다. 여기서는 갈리시아의 성 자크 드 콩포스텔 Saint Jacques de Compostell 성지 순례길을 암시한다.

도로 그만큼 인간이란 존재를 좋게 평가하는 것 같기도 하네. 최악의 도덕성을 지닌 자들이나 매춘부들, 또는 힘든 직업에 종사하는 사람들의 증언을 적극적으로 수용하는 것을 보면 말일세. 이들은 또 판결을 내리면서 유황색 유니폼을 걸친 죄수들에게 간단히 의례적인 말들을 건네고는 그토록 남루한 옷을 걸치고 있는 모습을 보노라니 너무도 가슴이 아프다는 둥, 자신들은 온화한 사람들이라는 둥, 자신들은 피를 몹시도 싫어하는데 그들에게 유죄를 선고하게 된 것을 무척이나 유감스럽게 생각한다는 둥, 이런 말들을 늘어놓는다네. 그러고는 스스로 마음을 달래기 위해서인지 몰라도 유죄 선고를 받은 이 불쌍한 사람들의 재산을 몽땅 몰수해가곤 한다네.

예언자들의 후손들이 살고 있는 땅이야말로 참으로 복에 겨운 땅이라네. 그곳에서는 이런 비참한 광경을 결코 찾아볼 수 없지 않은가?[61] 천사들이 그 땅에 가져다주신 우리의 이 신성한 종교는 그 진리로써 이미 스스로 보호되고 있으니 그 존속을 위해 이 같은 극단적인 방법 따위가 필요치 않은 것일세.

1712년 12월 4일, 파리에서

---

61 페르시아인들은 모든 이슬람 민족 중 가장 관대했다고 한다.

편지 30
리카가 동일 인물에게
(수신지: 스미르나)

파리의 시민들은 호기심도 참 엄청나다네. 내가 처음 이곳
에 도착했을 때 이들은 마치 내가 하늘에서 내려온 사람이라도
되는 양 쳐다보곤 했었다네. 남자들이며 여인네들, 노인들이며
어린애들 할 것 없이 모두가 날 보고 싶어 했지. 내가 거리로
나올 때면 모두 창가로 모여들었고 튈르리 정원[62]에 갈 때는
그곳에 도착하기가 무섭게 내 주위로 둥글게 몰려드는 인파를
볼 수 있었다네. 하물며 여인네들조차도 온갖 색상의 무지개
를 이루며 날 에워싸곤 했지. 어떤 공연이라도 보러 가는 날이
면 제일 먼저 눈에 들어오는 것이 바로 내 얼굴을 향한 수많은
오페라글라스들이었다네. 아무튼 이 세상에서 나처럼 그렇게
많은 사람의 시선을 한 몸에 받아본 사람도 없을 걸세. 가끔은
자신의 방 밖으로 거의 나와본 적도 없는 사람들이 "근데, 저
사람 꼭 페르시아인처럼 생겼어" 하고 서로 이야기를 주고받는
것을 보며 절로 웃음이 나기도 한다네. 한 가지 정말로 놀라운
사실은 바로 곳곳에 내 초상화가 붙어 있다는 것일세. 온 상점
안에 그리고 집집마다 그 벽난로 위에 내 얼굴이 붙어 있는 것
을 보면 그만큼 사람들이 날 조금이라도 더 보지 못해 안달이
라는 뜻이 아니겠나?

---

62 파리 시내 중심에 있는 루브르 박물관과 콩코르드 광장을 잇는 정원.

그래도 이 같은 큰 영광이 내게는 부담이 되지 않을 수 없다네. 사실 난 내가 그렇게까지 신기하다거나 희귀한 사람이라고는 결코 생각해보지 못했었네. 게다가 내 비록 나 자신을 스스로 아주 좋게 평가는 하지만 그래도 이곳에서는 전혀 알려지지 않은 한낱 이방인에 불과한 내가 이렇게까지 커다란 도시 하나를 완전히 뒤흔들어놓으리라고는 결코 상상도 못 해보았네. 결국 난 페르시아 복장을 벗고 유럽식 복장을 하기로 결심했다네. 그렇게 하고도 여전히 내 외관에 감탄을 자아낼 만한 그 무언가가 남아 있는지 시험해보기 위해서였지. 그리고 마침내 나의 진짜 가치를 알게 되지 않았겠나? 이국 정취를 풍기는 장식품을 모두 벗어버리고 나니 그야말로 아주 공정한 평가를 받게 되더군. 순식간에 대중으로부터의 관심과 존경을 잃게 한 그 양복점 주인이 내심 원망스럽기도 했지. 실제로 난 갑자기 아주 끔찍한 허무 속으로 빠져들고 말았다네. 어떤 때는 사람들의 시선을 전혀 받지도 못한 채 말 한마디 할 기회조차 없이 그렇게 한 시간 동안이나 군중 속에 섞여 있기도 했네. 그러다 우연히 군중 속에서 누군가 내가 페르시아인이라는 것을 알게 되면, 그 순간 갑자기 내 주변으로 웅성거리는 소리가 들린다네. "어머나, 세상에! 저 사람이 페르시아인이라고요? 세상에나, 페르시아인이 있다니! 정말이지 놀랍고 믿기지가 않는군요" 하고 말일세.

1712년 12월 6일, 파리에서

편지 31

레디가 우스벡에게

（수신지 : 파리）

우스벡 아저씨! 저는 지금 베니스에 있습니다. 제아무리 이 세상의 모든 도시를 방문해본 사람일지라도 이곳에 도착하는 순간 깜짝 놀라지 않을 수 없을 것입니다. 도시며 고층 건물이며 사원들이 모두 물 위에 솟아오른 것이나 물고기들만 있어야 할 곳에 수많은 사람이 사는 모습을 보는 것은 그야말로 언제 봐도 놀라울 따름이랍니다.

하지만 종교와 거리가 먼 이 세속의 도시에는 이 세상에서 가장 귀중한 보물, 바로 맑은 샘물이 없답니다. 하여 여기서는 율법으로 정해져 있는 목욕재계를 한다는 것이 도저히 불가능하지요. 단 한 번만이라도 말입니다. 성스러우신 우리의 대예언자께는 그야말로 끔찍한 일이 아닐 수 없지요. 노여움을 느끼시지 않고는 결코 하늘에서 이 도시를 내려다보실 수 없을 것입니다.

아저씨! 이 점만 제한다면 이런 도시에서 하루하루 영혼을 살찌워가며 살아가는 것이 저는 매우 기쁘기만 하답니다. 이곳에서 저는 상업의 비결과 국왕들의 사리사욕 그리고 그들의 정부 형태에 대해 배워가고 있습니다. 물론 유럽의 미신적인 관습도 등한시하지 않으며 의학, 물리학, 천문학에도 열중하고 있지요. 게다가 예술 공부도 하고 있답니다. 그동안 저의 모국에서 제 눈을 가리고 있었던 그 구름들을 지금 조금씩 조금씩 걷어내는 중이라고나 할까요.

1712년 12월 16일, 베니스에서

편지 32
리카가 ***에게

얼마 전에는 약 3백 명 정도가 수용되어 제법 초라하게 살아
가는 어느 공공시설[63]을 방문했었네. 그곳에 있는 부속 교회며
건물들이 그다지 볼거리가 되지 못하길래 그냥 한번 빨리 둘러
보고 나왔지. 그래도 그 안에 사는 사람들은 다들 밝아 보이더
군. 대부분 카드놀이, 아니면 내가 전혀 모르는 그런 놀이를 하
고 있었네. 내가 그곳에서 나올 때 그들 중 남자 하나도 함께
나왔는데 마침 내가 사람들에게 파리에서 가장 멀리 떨어져 있
는 구역인 '마레'[64]로 가는 길을 묻는 것을 듣고는 "나도 그곳에
가오. 내가 안내해드릴 테니 따라오시오!"라고 말하는 게 아니
겠나. 그러더니 온갖 혼잡한 교통을 다 피해 가면서, 또 마차나
수레들에도 부딪히지 않고 능숙하게 잘 피해 다니며 아주 멋지
게 날 인도해주더군. 목적지에 거의 도착했을 무렵 문득 찾아

---

63 일곱번째 십자군 원정에서 시각장애인이 된 3백 명의 기사들을 위해 루이
9세가 1260년경 설립한 캥즈뱅 병원(L'hôpital des Quinze-Vingts)을 말한다. '병원'
이라는 단어의 의미에 대해서는 421쪽 주 309 참조.
64 오늘날 파리 시내 중심에 있는 구역으로, 역사적으로 의미가 깊다.

든 호기심에 내 물어보았지.

"이보시오! 난 당신에 대해 전혀 아는 바가 없소. 당신이 누구인지 좀 알 수 있겠소?"

그러자 그가 대답하더군.

"난 맹인이오."

"뭐라고요? 맹인이라고요? 그럼 차라리 좀 전에 당신과 함께 카드놀이를 하던 그 정직한 분께 우리의 길 안내를 맡기시지 그러셨소?"

내가 놀라서 묻자 그가 이렇게 대답했다네.

"그 사람도 맹인이오. 조금 전에 당신이 날 만났던 그곳에서 우리 같은 맹인 3백 명이 살게 된 지가 벌써 400년이라오. 그럼 난 이제 그만 가봐야겠소. 이 길이 바로 당신이 찾던 그 길이오. 난 군중 속에 섞여 저 교회로 들어갈 거요. 내 장담하는데 거기서는 그들이 내게 방해가 되기보다 오히려 내가 더 그들에게 방해가 될 거요."

1712년 12월 17일, 파리에서

편지 33
우스벡이 레디에게
(수신지 : 베니스)

파리에서는 포도주 값이 매우 비싸단다. 너무 과하게 세금을 부과하기 때문이지. 음주를 금하는 신성한 『코란』의 가르침을 마치 이곳 사람들도 따르려는 것만 같지 뭐냐.

이 액체가 불러오는 파국의 결과를 생각해볼 때면 나는 이것이 인간에게 자연이 선사해준 가장 위험한 선물이라고 생각하지 않을 수가 없단다. 우리 페르시아 군주들의 목숨과 명성을 훼손시킨 그 무엇인가가 있었다면 그것은 바로 그들의 과음이었단다. 바로 이 과음이 그들의 불의와 잔학함을 불러온 가장 타락한 근원이었지.

인간으로서 참으로 수치스러운 이야기를 하나 하건데, 우리의 율법은 국왕들에게 음주를 금하고 있단다. 그럼에도 불구하고 이들은 자신들의 인간성마저 파괴할 정도로 과음을 하고 있지. 반대로 그리스도교 국왕들에게는 음주가 허용되고 있단다. 하지만 이들이 술로 인해 과오를 범하는 경우는 볼 수 없단다. 인간의 영혼은 정말이지 모순 그 자체가 아니더냐? 이렇게 방탕에 빠져 폭음을 해대며 아주 강력하게도 『코란』의 가르침에 맞서고 있으니 말이다. 우리를 더욱 정의롭게 하려고 만들어진 율법이 오히려 우리를 더욱 죄인으로 만들고 있는 것이지.

내가 이성을 잃게 하는 이 음료에 반대한다고 해서 기분을 좋게 해주는 그런 음료까지 비난하는 것은 아니란다. 세상의 중병을 치료해줄 약 못지않게 슬픔을 치유해줄 약 또한 아주 정성껏 찾는 것이 바로 우리 동양인들의 지혜가 아니더냐? 유럽인들에게는 어떤 불행이 닥쳐오면 '세네카'[65]라는 철학자의

---

65 세네카Lucius Annaeus Seneca는 고대 로마 제국 시대의 정치인이자 사상가

책을 읽는 것 말고는 달리 방법이 없지만, 우리 아시아인들은 이들보다 훨씬 더 양식이 있는 데다가 이 방면에서 이들보다 훨씬 더 훌륭한 의사들을 보유하고 있어 이럴 때 사람의 기분을 좋게 만들어줌으로써 고통을 진정시키는 그런 물약[66]을 마시고 있지.

고통의 필연성이니, 약의 무용함이니, 운명의 숙명성이니, 신의 섭리니, 또 인간들에게 주어진 운명의 조건은 본디 불행하기 그지없다느니 하며 위안을 찾는 것만큼 안쓰러운 일도 없단다. 이것이야말로 아무런 거리낌도 없이 우리 인간을 본래 불행하게 태어난 존재로 간주함으로써 고통을 달래보려는 데 지나지 않는 것이지. 이보다야 차라리 골똘히 그런 생각에 잠겨 있는 자신의 영혼을 깨우고, 인간을 이성적인 존재가 아닌 감성적인 존재로 다루어보는 편이 훨씬 더 낫지 않겠느냐?

육체와 하나로 연결된 우리의 영혼은 끊임없이 이 육체의 지배를 받게 되어 있단다. 우리 몸에서 혈액의 순환이 너무 느리게 일어난다거나 정기[67]가 충분히 정화되지 못한다거나 또는 그 양이 충분치 못할 때, 그때 우리 인간들은 의기소침해지고 또 슬픔에 빠지게 된단다. 그런데 이 같은 우리 몸속의 구

이며 문학가이다. 로마 제국의 황제 네로의 스승으로도 유명하다.

66 아편을 지칭한다.

67 동물의 정기를 말한다. 이는 혈액을 구성하는 가장 미세한 부분으로 당시의 의학과 심리학에서는 이것이 일차적으로 심장에서 정화된 후 다시 이차적으로 뇌에서 정화되면서 생각, 의지, 운동, 감각 등의 수단이 되고, 이로써 최종적으로 육체와 영혼이 교류한다고 여겼다.

성 상태를 변화시켜줄 수 있는 그 물약을 마시면 우리의 영혼은 다시 즐거운 기분을 느낄 수 있는 상태로 되돌아오고, 이에 그 육신이 활력을 되찾아 다시금 작동해가는 것을 보며 마침내 은근한 기쁨을 맛보게 되는 것이란다.

1713년 1월 25일, 파리에서

편지 34
우스벡이 이벤에게
(수신지: 스미르나)

페르시아의 여인들은 이곳 파리의 여인들보다 더 아름답다네. 하지만 귀엽기로 치자면 파리의 여인들이 좀더 낫지. 페르시아 여인들 앞에서 사랑하는 마음이 전혀 생기지 않기가 힘들듯 이곳 파리의 여인들 앞에서 전혀 호감이 생기지 않기란 참으로 어려운 일이라네. 한쪽이 좀더 상냥하고 정숙하다면, 다른 한쪽은 좀더 밝고 쾌활하지 않겠나.

페르시아 여인들의 혈색이 그토록 좋은 이유는 바로 그녀들이 규율 있게 생활하기 때문이라네. 그녀들은 노름하는 일도, 밤샘하는 일도 없을뿐더러 술도 전혀 마시지 않고 몸을 밖으로 노출하는 일도 거의 없다네. 그러니 결국 하렘은 쾌락보다는 건강을 위해 만들어진 곳이라 할 수 있지 않겠나? 사실인즉 그곳에서의 생활은 그 어떤 자극도 없이 매우 안온하기만 하며 곳곳에서 종속과 의무감이 느껴지곤 한다네. 게다가 쾌락에도 엄숙함이 있고 기쁨에도 근엄함이 있어 오로지 권력과 종속의 표시로서만 이를 맛볼 수가 있지.

페르시아에서는 우리네 남성들조차도 이곳 프랑스 남성들에게서 볼 수 있는 그런 쾌활함을 지니고 있지 않다네. 이곳에서는 자유로운 기질이라든지 기쁨에 겨워하는 모습을 사회적 신분이나 지위에 상관없이 아주 쉽게 볼 수 있지만, 우리 페르시아 남성들에게서는 전혀 찾아볼 수가 없다네.

그런데 튀르키예의 상황은 이보다도 훨씬 더 심각하다네. 제국의 건립 이래 집안 대대로 가족 중 그 누구도 웃어본 적이 없는 그런 집안도 있을 정도가 아닌가.

아시아인들의 이 같은 엄숙함은 다름 아닌 서로 간의 극히 적은 교류에서 비롯된 것이라네. 아닌 게 아니라 우리 아시아인들은 어떤 예식에서 어쩔 수 없는 경우가 아니고는 서로 거의 만나는 일이 없지 않은가? 이곳에서는 인생의 낙이 되는 우정, 가슴속에 맺은 다정한 언약도 우리 아시아인들에게는 거의 생소할 뿐이지. 오히려 언제나 자신을 기다려주는 가족이 있는 곳, 바로 자신의 집에 꼼짝하지 않고 틀어박혀 있기가 일쑤 아니던가? 그 결과 말하자면 각각의 가정이 홀로 고립되어버렸네.

언젠가 이 문제에 관해 한 프랑스 남자와 이야기를 나눈 적이 있었지. 그가 이런 말을 하더군.

"당신네의 풍습 중 가장 나를 놀라게 한 것이 하나 있다면 그것은 바로 당신들은 필히 노예들과 함께 살아가지 않으면 안

된다는 사실이오. 자신들의 비천한 신분을 스스로가 늘 온 마음으로 느끼고 있는 그런 노예들과 말이오. 비굴하기 그지없는 그 노예들은 당신들의 마음속에서, 모든 인간의 마음속에 천성적으로 내재한 그 미덕의 감정을 약하게 만들고 있소. 당신이 아주 어렸을 적부터 귀찮을 정도로 당신 곁을 떠나지 않고 따라다니며 이 미덕의 감정을 조금씩 조금씩 파괴시켜가고 있다오. 그러니 이제 그만 그 편견을 버리시오. 다른 남자의 여인들을 지켜주며 그것을 자신의 영광으로 삼고 있고 인간이 할 수 있는 일 중 가장 비천한 일을 하며 그것을 자랑으로 여기는 그런 보잘것없는 인간들로부터 받는 교육에서 과연 무엇을 기대할 수가 있단 말이오? 이들의 유일한 덕목인 충성심도 부러움과 질투와 절망에서 나오는 것이니 이 또한 멸시당해 마땅하오. 이들은 자신이 남성도 여성도 아닌 그 찌꺼기일 뿐이라는 사실에 이 두 성별에 대한 복수심으로 불타오르며 가장 약한 자의 가슴을 아프게 할 수만 있다면 기꺼이 가장 강한 자로부터의 학대도 마다하지 않는 그런 자들이오. 자신들의 육체적 결함과 추하고 못생긴 외모 덕분에 그토록 화려한 신분을 얻고 있는 이들은 결코 존중받을 자격이 없기에 비로소 존중되고 있는 그런 자들에 지나지 않는다오. 그뿐이겠소? 평생을 여인들의 방문 뒤에 묶여 그 문에 채워진 빗장이나 경첩보다도 더 단단하게 고정된 채 주인에 대한 질투심으로 가득 차 온갖 비열한 짓을 다 해가며 지켜온 그 수치스러운 직책을 두고 오히려 50년씩이나 그 직책을 맡고 있었노라며 우쭐대는 그런 자들에 지나지 않을 뿐이라오. 한데 이들에게서 도대체 무슨 교육을 기대한다는 것이오?"

1713년 2월 14일, 파리에서

편지 35
우스벡이 명성 높은 타브리즈 수도원의 데르비시,
사촌 겜치드에게

　나의 고귀한 수도승 형제여! 자네는 그리스도교도들에 대해
어찌 생각하는가? 심판의 날, 이들이 과연 그 이교도 튀르키
예인들처럼 유대인들의 당나귀가 되어 곧장 지옥으로 향할 것
이라고 믿는가? 물론 이들은 절대로 예언자들께서 머무르시는
그곳에 갈 수 없다는 것과 위대하신 알리께서 결코 이들을 구
원해주러 오시지 않았다는 것은 나도 잘 알고 있네. 하지만 불
행히도 이들의 땅에서 이슬람 사원을 찾아볼 수가 없다는 단지
그 이유 하나만으로 이들이 정녕 영원한 징벌을 받게 되리라
생각하는가? 신께서 진정 당신이 알려주시지도 않은 그런 종
교를 두고 이들이 그 의례를 실천하지 않았다 하여 이들을 벌
하실 것이라 생각하는가? 자네에게 해줄 말이 있는데 사실 나
는 그동안 그리스도교도들을 자주 관찰해왔다네. 전 인류 중
가장 훌륭하셨던 그분, 그 위대하신 알리에 대해 이들이 뭔가
좀 아는 것이 있는지 알아보기 위해 몇 가지 질문도 해보았지.
한데 이들은 그분에 대해 전혀 들어본 적도 없더군.

이들은 하늘의 기적을 믿지 않는다는 이유로 우리의 성스러우신 예언자들께서 가차 없이 학살해버리셨던 그 이교도들과는 분명 전혀 다르다네. 오히려 신께서 이들에게 우리의 위대하신 대예언자, 마호메트의 얼굴을 환하게 비춰주러 오시기 전 아직 우상의 어둠 속에서 살아가는 그런 불쌍한 인간들 같다고나 할까.

게다가 이들의 종교를 세심히 잘 들여다보면 그 속에서 다름 아닌 우리 이슬람교 교리의 씨앗을 발견할 수가 있다네. 내 종종 신의 비밀에 감탄하곤 하지 않을 수 없는 것이 신께서는 이미 이들을 총체적으로 개종시킬 준비를 일찍이 다 해놓고 계셨던 듯하네. 이들 그리스도교 신학자들이 쓴 『대승의 일부다처제』[68]라는 책에 관해 이야기하는 것을 들어보았는데 사람들 말로는 그 책이 그리스도교도들이 일부다처제의 명을 받았다는 것을 잘 증명해주고 있다 하더군. 또한 이들이 행하는 세례식은 우리의 율법이 정해놓고 있는 목욕재계를 재현하고 있다네. 단, 유일한 차이점이 있다면 바로 이들이 맨 첫번째 목욕재계의 효능에 대해 잘못 이해하고 있다는 것뿐일세. 이들은 단한 번의 목욕재계만으로 그 효과가 평생 간다고 믿고 있다네. 이들 그리스도교 신부들과 수도승들도 우리 이슬람교도들처럼 하루에 일곱 번씩 기도를 드린다네. 육신이 부활하여 온갖 환희를 맛볼 수 있는 천국에 가게 되기를 꿈꾸는 것이지. 이들도 우리처럼 금욕이나 매우 고된 단식을 실천해가며 신의 자비

---

68 루터파 신학자 요안 레이저Johann Leyser의 작품으로 1682년에 출간되었다.

를 구하고 있으며 착한 천사들을 숭배하고 악한 천사들은 경계한다네. 신께서 당신의 하수인들을 통해 이루어가시는 그 기적도 굳게 믿고 있으며 천국에 가기에는 자신들의 공덕이 부족하다는 것과 따라서 심판의 그날 자신들을 위해 신 앞에 서줄 중개인이 필요하다는 것도 우리처럼 잘 알고들 있지. 비록 이곳 그리스도교도들의 땅 그 어디에서도 마호메트의 이름을 찾아볼 수는 없지만 실은 이렇듯 곳곳에서 그분의 교의가 엿보인다네. 진리는 언제나 자신을 에워싸고 있는 그 암흑을 뚫고 나와 온 천하에 드러나게 마련이지. 언젠가는 분명 신의 가호 아래 오로지 진정한 신자, 이슬람교도들만이 이 땅 위에 살아갈 날이 오게 될 걸세. 모든 것을 소멸시켜버릴 시간이 그동안의 오류까지도 모두 다 타파해버릴 것이며, 인간들은 하나의 깃발 아래 놓인 자신들의 모습을 보며 모두 놀라게 될 걸세. 세상의 모든 것, 하물며 율법까지도 모두 다 사라져 없어지고, 훌륭한 귀감이 되었던 자들은 이 땅에서 거두어져 천상에서 소중히 간직될 걸세.

1713년 2월 20일, 파리에서

편지 36

우스벡이 레디에게

(수신지 : 베니스)

커피는 이곳 파리에서 매우 일상적인 음료란다. 그것을 제공해주는 공공시설[69]들 또한 수없이 많은데 어떤 시설에서는 사람들이 모여 세상 돌아가는 이야기를 주고받는가 하면 또 어떤 데서는 체스를 두기도 한단다. 또 내가 아는 한 곳[70]이 있는데 그곳에서는 사람들의 정신을 아주 번쩍 들게끔 해주는 그런 커피를 만들어내고 있단다. 적어도 그곳에서 나오는 사람들이라면 한결같이 그곳에 들어가기 전보다 네 배는 더 정신이 맑아졌다고 생각하지 않는 사람이 없을 정도로 말이다.

그런데 이런 커피를 마시고 다니며 그토록이나 맑은 정신을 지니고 있다는 그들에게서 내가 매우 놀라고 있는 점이 한 가지 있구나. 바로 이들이 조국에는 아무런 도움도 되지 않으면서 자신들의 그 재주를 아주 유치한 일에만 사용한다는 사실이란다. 한 가지 예를 들어보마. 내 처음 파리에 도착했을 때 난 이들이 그야말로 아주 하찮은 일로 논쟁을 벌이며 뜨겁게 달아

---

69 카페를 뜻한다. 페르시아인의 시각을 빌린 표현이다.

70 1689년에 프로고프라는 시칠리아(이탈리아 남단의 섬)인이 개업한 프로고프 카페Le café Procope를 지칭하는 것으로 추정된다. 이 카페는 커피를 유행시킨 최초의 카페 중 하나로 파리의 포쎄 생제르맹 거리(당시 '코메디 프랑세즈' 앞)에 있었으며(아직도 현존), 당시 몽테스키외 자신을 비롯하여 온갖 종류의 문인들, 소위 말하는 당대의 지식인들이 모여들던 장소였다.

올라 있는 것을 볼 수 있었단다. 그들의 논쟁은 다름 아닌 2천
년이 지나도록 아직 그 조국도 그 사망 시기도 모르고 있는 어
느 그리스 시인[71]의 명성에 관한 것이었단다. 두 편으로 나뉜
그들은 이 시인이 아주 훌륭한 시인이었다는 사실만큼은 모두
동의하더구나. 다만 문제는 그에게 좀더 많은 가치를 부여해주
느냐 마느냐 하는 것이었단다. 그들은 각각 원하는 비율이 있
었는데 그 비율이 서로 일치하지 못했단다. 한쪽이 다른 한쪽
보다 좀더 높은 비율을 제안하고 있었지. 바로 이렇게 논쟁이
시작되었던 것이고 그 논쟁은 참으로 격렬했단다. 두 편이 서
로 얼마나 저속한 욕설을 서슴지 않던지, 또 얼마나 신랄하게
야유를 퍼부어대던지 그 논쟁의 주제만큼이나 나는 그들의 이
런 논쟁 방법에도 놀라지 않을 수가 없었단다. 심지어 이런 생
각이 다 들더구나.

'지금 그리스 시인을 옹호하는 저기 저 사람들 가운데 한 사
람 앞에서 만일 어떤 정직한 시민의 명성을 공격할 정도로 그
렇게 경솔한 사람이 있다면 모르긴 몰라도 그 사람 참 혼깨나
나겠는걸. 죽은 자의 명성 앞에서도 저토록 민감해지는 열정
을 지닌 사람들인데 하물며 살아 있는 자의 명성을 옹호하는
일 앞에서야 오죽하겠어? 가히 그 열정에 불타오르고도 남을
사람들이지. 무덤 속의 2천 년이란 세월도 결코 막아내지 못한
저 누그러뜨릴 수 없는 증오심이라니…… 어쨌든 그리스 시인

---

71 고대 그리스의 유랑 시인 호메로스를 지칭한다. 유럽 문학의 최고 서사시
이자 현존하는 고대 그리스어로 쓰인 가장 오래된 서사시 『일리아드』와 『오디
세이아』의 작가로 알려진 그는 17세기 두번째 신구논쟁의 주체였다.

을 평하고 있는 저 사람들에게서 절대로 반감을 사게 되는 일이 없도록 제발 신께서 이 몸을 지켜주셨으면…… 지금은 비록 이들이 허공에 대고 공격을 가하고 있다지만 만일 이들의 광기 어린 분노가 바로 눈앞에 있는 적에게로 향한다면 그때는 과연 무슨 일이 일어날지……'

지금까지 말한 이 사람들은 자신들의 통속어인 프랑스어로 논쟁을 벌인단다. 그런데 아주 상스러운 언어[72]로 논쟁을 벌이는 또 다른 유의 논쟁꾼들도 있더구나. 이들이 사용하는 그 상스러운 언어 때문인지는 모르겠으나 왠지 그 분노와 완강함이 한층 더해 보이는 그런 사람들이지. 파리에는 바로 이런 부류의 사람들이 검고 두터운 무리를 형성하며 뒤얽혀 있는 것을 볼 수 있는 구역[73]이 몇 군데 있단다. 이들은 사소한 차이점을 갖고 논쟁을 벌여가며 먹고사는 자들이란다. 무언가에 대해 추론하고, 또 그 추론으로부터 그릇된 귀결을 가져오며 삶을 영위해가는 자들이지. 이런 직업을 갖고서는 그야말로 굶어 죽고야 말 것 같은데 그래도 이 직업이 수익성이 있긴 한가 보더구나. 자신들의 고국에서 추방된 후 집단 전체가 바다 건너 이곳 프랑스로 이주해 정착한 경우[74]를 한 번 봤는데, 이들이 살아남기 위해 고국에서 가지고 온 것이라고는 오로지 그 무서운 논쟁 기술 하나밖에 없었던 것을 보면 말이다.

---

72 라틴어를 말한다.

73 파리의 '라틴 구역'에 있는 대학을 일컫는다.

74 1688년 영국의 명예혁명 때 제임스 2세 당원들과 함께 프랑스로 망명해 온 아일랜드 가톨릭 신부들을 지칭한다.

그럼 잘 있거라.

1713년 2월의 마지막 날, 파리에서

편지 37

우스벡이 이벤에게

(수신지 : 스미르나)

프랑스 국왕은 나이가 아주 많다네.[75] 어찌나 많은지 우리나라 역사에서는 그토록 오랫동안 군림한 군주의 예를 찾아볼 수가 없을 정도라네. 듣자 하니 이 국왕에게는 사람들을 복종시키는 아주 고도의 재주가 있다더군. 하여 이 재주로 왕가며 조정이며 나라를 다스리고 있다 하네. 또 그가 이 세상의 정부 중 튀르키예 정부와 존엄하신 우리 군주께서 이끄시는 페르시아 정부를 가장 마음에 들어 하는 것 같다는 이야기도 자주 들리곤 한다네. 그만큼 이 국왕이 동양의 정치를 존중한다는 뜻이 아니겠는가?

내가 이 국왕의 특징을 한번 분석해보았는데 나로서는 도저히 해석할 수 없는 그런 모순점을 몇 가지 발견할 수 있었네. 그 예를 한번 들어보지. 이 국왕은 열여덟 살밖에 되지 않

---

75 당시 루이 14세는 75세였으며, 왕좌에 오른 지 70년이 되는 해였다.

은 대신[76]을 부임시키는가 하면 또 여든 살이나 된 애첩[77]을 두고 있다네. 자신의 종교에 애착을 보이면서도 자신에게 그 계율을 엄격하게 지켜야 한다고 조언해주는 사람들을 못 견뎌 한다네. 소란스러운 도시를 피해 살아가며 남들과 터놓고 이야기하는 것을 별로 좋아하지 않으면서도 온 백성들에게 자신에 대한 이야깃거리를 만들어주느라 아침부터 저녁까지 그야말로 온종일 바쁘다네. 게다가 전쟁에 승리하는 것을 좋아하고 전리품도 아주 좋아하면서 정작 자신의 군대에 훌륭한 장군[78]이 수장으로 있는 것을 매우 두려워한다네. 훌륭한 장군을 수장으로 둔 적군을 두려워하는 것만큼이나 말일세. 모르긴 몰라도 지금껏 그 어떤 국왕도 꿈꿔보지 못했던 그런 부를 지니고도 동시에 온 백성들을 견딜 수 없는 빈곤에 시달리게 하는[79] 국왕은 아마 이 국왕밖에 없을 걸세.

이 국왕은 자신의 시중을 드는 자들에게 상을 내리는 것을 아주 좋아한다네. 매일매일 궁정에 드나드는 아첨꾼 조신들의

---

76 1685년 17세 나이로 국무장관의 자리에 올랐던 바르베지외Barbezieux, 혹은 1708년 18세의 나이에 마찬가지로 국무장관이 되었던 카니Cany 후작을 일컫는 것으로 보인다.

77 1713년 당시 78세였던 마담 드 맹트농Mme de Maintenon을 말한다.

78 카티나Catinat 혹은 빌라르Villars 장군을 지칭하는 것으로 보인다. 당시 카티나 장군을 대신하여 그 자리에 무능한 빌르와Villeroy 장군이 임명되어 사회적으로 물의가 일기도 했었다.

79 1709년 루이 14세는 전쟁으로 탕진한 국고를 채우기 위해 백성들의 금으로 만든 식기를 거두어 그것을 녹이라고 명하였다. 몽테스키외는 여기서 이를 풍자하고 있는 것으로 보인다.

그 성실함, 아니 그 무위도식을 전장에서 싸우고 있는 장수들의 그 힘겹고 고달픈 전투만큼이나 아주 후하게 보상해주지. 도시 하나를 정복해준다거나 전쟁을 승리로 이끌어주는 그런 자들보다 오히려 곁에서 의복을 벗겨준다거나 혹은 식사 때 냅킨을 챙겨주는 그런 자들을 더 선호하는 것이 아니겠나? 또, 본디 위대한 군주란 호의를 베푸는 데 인색해야 한다는 사실을 이 프랑스 국왕은 믿지 않는다네. 하여 누군가에게 포상을 내릴 때는 그 사람이 과연 그것을 받을 만한 자격이 있는지 아닌지 제대로 살펴보지도 않은 채 한껏 재물을 하사해주고는 단지 자신의 이러한 선택이 그 사람을 그렇게 포상받을 만한 자격이 있는 사람으로 만들어줄 것이라 믿는다네. 그러니 20리를 달아났던 자에게는 아주 적은 연금을 내려주고, 40리를 달아났던 자에게는 멋진 총독직을 하사해준 것이 아니겠는가?

그는 무척이나 화려한데 특히 자신의 궁전[80] 안에 있을 때 더더욱 그러하다네. 궁전 안 정원에는 한 대도시의 인구수를 능가하는 동상이 세워져 있고, 그의 안위는 수많은 나라의 국왕들을 굴복시키고 있는 어느 왕[81]의 안위만큼이나 아주 철통같이 보호되고 있다네. 게다가 그의 지휘 아래 수많은 군사를 두고 있을 뿐만 아니라 재력 또한 어마어마하며 절대 고갈되지 않을 것 같은 무궁무진한 자금을 보유하고 있다네.

1713년 3월 7일, 파리에서

---

80 베르사유 궁전.
81 모든 그리스도교 국가의 국왕들을 지배하고 있는 교황을 빗대고 있다.

편지 38
리카가 이벤에게
(수신지 : 스미르나)

여성들에게서 자유를 박탈하는 것이 우리 남성들에게 더 유리한지, 아니면 그냥 남겨두는 것이 더 유리한지에 대한 해답을 찾는 일은 정말이지 우리네 남성들에게 커다란 문제가 아닐 수 없네그려. 내가 보기에는 양쪽 다 그럴듯한 이유가 있어 보이네. 유럽의 남성들이 자신이 사랑하는 사람을 불행하게 만드는 것은 그야말로 아량 없는 짓이라고 말들 한다면, 우리 아시아 남성들은 자연이 남성에게 여성 위에 군림토록 만드셨거늘 한 남성으로서 이를 포기한다는 것은 그야말로 비굴한 짓이 아닐 수 없다고들 말할 것이네. 누군가가 우리 아시아 남성들에게 그토록 많은 여인을 가두어두고 있노라면 참으로 번거롭지 않을 수 없을 거라고 이야기한다면, 우리는 순종하는 열 명의 여인이 순종할 줄 모르는 단 한 명의 여인보다 훨씬 덜 번거롭다고 대꾸하겠지. 반대로 정조를 지키지 않는 여성들과 함께 사는 유럽 남성들은 결코 행복할 수 없을 것이라고 우리가 주장하고 나선다면, 유럽 남성들은 우리 아시아 남성들이 그토록 자부하는 그 정조도 정열이 충족되고 나면 늘 찾아오기 마련인 권태감을 결코 막아낼 수 없다며 다시 반박하지 않겠나? 아시아에서는 여성들이 너무 남성들의 소유물이 되어 있다는 둥, 그렇게 쉽게 차지하는 소유물은 그 소유자에게 더 이상의 간절한 마음도 더 이상의 걱정스러운 마음도 불러일으키지 못한다는 등, 또 어느 정도의 교태는 상대방을 짜릿하게 자극함으로써 타락에 빠지는 것을 예방해주는 일종의 소금과도 같은 촉매제라는 둥 하면서 말일세. 모르긴 몰라도 나보다 더 사려 깊은 남자라면 이에 관한 판단을 내리느라 머리깨나 아플 걸세. 사실인즉 아시아 남자들이 여자들로 인한 불안한 마음을 진정시킬 좋은 방법을 찾아내는 데 매우 탁월하지만, 마찬가지로 유럽 남자들은 그런 불안한 마음 자체를 아예 갖지 않는 데 매우 뛰어나지 않겠나? 아닌 게 아니라 유럽 남자들은 실제로 이렇게들 이야기한다네.

"요컨대, 만일 우리 남성이 한 여인의 남편으로서 불행해진다면 우리는 언제든 다른 누군가의 연인이 됨으로써 이를 보상받을 방법을 찾을 수 있을 것이오. 한 남성이 부인의 외도로 불평하는 것은 바로 그 당사자가 세 명밖에 없기 때문이오. 만일 네 명이 된다면 이들은 서로 비기는 것이고 비로소 문제는 해결되는 것이오."

대자연의 법칙이 진정 여성을 남성에게 종속시켜놓은 것인가 하는 것은 또 다른 문제라네. 이에 대해 얼마 전 어떤 점잖은 철학자[82]가 내게 그렇지 않다고 말하며 이렇게 덧붙이더군.

"그렇지 않소. 자연은 결코 그 같은 법을 규정해놓은 적이 없소. 지금 우리 남성이 여성 앞에 행사하고 있는 이 절대적

---

82 마담 드 람베르Mme de Lambert의 측근이자 페미니스트였던 퐁트넬Bernard Le Bovier de Fontenelle을 지칭하는 것으로 보인다. 변호사였으나 작가를 지망하여 파리의 '살롱'에 출입했던 그는 광범위하고도 탁월한 재능으로 인기가 높았다고 전해진다.

권위야말로 진정한 횡포일 뿐이오. 여성이 남성보다 좀더 유순하다 보니, 우리보다 더 인간적이고 또 더 이성적이어서 우리네 남성이 그 같은 권위를 행사하도록 그냥 내버려 두는 것뿐이오. 만일 우리 남성이 좀더 지각이 있었더라면 이런 여성의 장점은 분명 그녀들에게 우월성을 부여해주었을 테지만 우리가 전혀 그렇지 못하기에 오히려 이런 장점이 그녀들에게 그 우월성을 잃어버리게 하고 만 것이라오. 우리 남성이 여성을 상대로 단지 전제적 권력만을 휘두르는 것이 사실이듯 여성은 우리 남성을 상대로 그 누구도 저항할 수 없는 자연적 권력, 즉 미美의 권력을 행사하고 있음 또한 그에 못지않게 명백한 사실이오. 게다가 우리가 휘두르는 권력은 전 세계에서 통용되는 것이 아니지만 여성이 행사하는 이 미의 권력은 그야말로 세계적인 것이라오. 한데 어찌하여 우리네 남성이 특권을 누린단 말이오? 우리가 여성보다 더 강하기 때문이오? 그렇다면 이것이야말로 진정한 불의가 아니고 무엇이겠소? 우리네 남성은 여성의 용기를 꺾어놓기 위해 온갖 방법을 다 동원하고 있소. 만일 여성이 우리와 동등한 교육을 받았더라면 분명 우리와 동등한 힘을 지닐 수 있었을 것이오. 교육의 힘이 전혀 영향을 미치지 못한 영역에서 여성의 재능을 한번 시험해본다면 우리네 남성이 진정으로 그토록 강한 존재들인지 아닌지 잘 확인해볼 수 있을 것이오."

비록 우리의 관습에 어긋나는 이야기이기는 하지만 그래도 가장 문명화되었던 민족에게는 언제나 여성이 남성보다 더 권위 있었다는 사실을 인정해야 할 것이네. 이집트인들은 이시스 여신을 기리기 위해, 바빌로니아인들은 세미라미스[83] 여왕을 기리기 위해 이 같은 권위를 아예 법률로 규정해놓지 않았던가? 또 로마인들은 수많은 민족을 지배하기는 했어도 자신들의 부인에게만큼은 복종했다는 말이 있지 않은가? 남성이 여성에게 사실상 예속되어 있었던 사르마티아 족[84]의 이야기는 내 굳이 하지 않겠네. 이들은 예로 들기에 너무도 미개한 민족이었지.

이벤! 보다시피 난 이렇게 기이한 의견을 내세우기 좋아하고 모든 것을 역설로 만들어버리기 좋아하는 이 나라 양식에 물들어가기 시작했다네. 우리의 대예언자께서는 내가 제시한 이 문제에 대해 이미 오래전에 그 판정을 내려놓으셨으니 남성과 여성에게 각각 다음과 같이 그들의 권리를 명시하며 이르시지 않았던가? "여성들은 남편을 공경해야 하며 남성들 또한 부인을 공경해야 할 것이다. 단, 남성이 여성보다 한 단계 우위에 있도다"[85]라고 말일세.

1713년 8월 26일, 파리에서

---

83 아시리아 전설 속의 여왕.

84 기원전 3세기 무렵부터 서기 3세기 무렵까지 오늘날의 러시아 남부와 우크라이나, 동유럽 일대를 중심으로 발트해와 카스피해 사이에서 활동했던 이란계 유목민.

85 『코란』제2장 228절.

편지 39

하지[86] 이비가 이슬람교 개종자인 유대인 벤 여호수아에게
(수신지 : 스미르나)

  벤 여호수아 님! 천상의 신비로운 힘으로 그야말로 아주 힘겹게 만들어낸 비범한 인물이 탄생할 때는 마치 자연이 일종의 산고라도 겪는 양 언제나 그 탄생을 예고하는 뚜렷한 징조가 있는 것 같습니다.

  이 세상에 마호메트의 탄생만큼이나 경이로운 일은 없을 것입니다. 신께서는 이미 태초부터 이 땅 위의 사탄을 꽁꽁 묶어놓고자 이 위대하신 예언자를 우리 인간들에게 보내주시기로 결정하셨으니, 이에 아담을 창조하시기 이미 2천 년 전에 빛을 만드셨습니다. 그리고 마호메트의 정통성을 뚜렷하게 증언이라도 해주듯 이 빛을 당신의 부름을 받고 뽑힌 우리의 예언자들 하나하나, 마호메트의 선조에서 선조를 거쳐 마침내 마호메트 그분에게까지 이르게 하셨지요.

  신께서 그 어떤 생명도 불결한 상태의 여성[87]에게서 태어나는 것을 원치 않으셨으며, 그 어떤 남성도 할례를 받지 않는 것을 원치 않으셨던 것도 바로 이분, 마호메트 때문이었습니다.

---

86 이슬람교에서 메카 성지 순례 또는 그 순례를 다녀온 남자를 높여 지칭하는 말.

87 월경 중의 여성을 뜻한다.

우리의 대예언자 마호메트께서는 할례를 받으신 상태로 이 땅에 태어나셨으며 탄생과 동시에 그 얼굴에는 기쁨이 서리고 있었습니다. 땅은 마치 자신이 몸소 아이를 출산하기라도 한 것처럼 세 번 흔들렸으며, 이 세상의 모든 우상이 머리를 조아렸고, 또 모든 왕좌가 전복되었습니다. 빛의 천사 루시퍼[88]는 바닷속 깊이 버려져 40일간 헤엄친 끝에 비로소 그 심연에서 빠져나와 카베스산으로 피신한 후 아주 소름 끼치는 목소리로 천사[89]들을 불렀습니다.

마호메트께서 탄생하신 바로 그날 밤 신께서는 남성과 여성 사이에 어느 한쪽도 침범할 수 없는 그런 경계를 그어주셨습니다. 마법사나 강신술사들의 술법도 아무런 효력이 없었습니다. 하늘에서는 이런 소리가 들려왔지요.

"내가 너희들의 세상에 나의 믿음직한 벗 하나를 보냈노라."

아랍 역사학자 '이벤 아벤'의 증언에 따르면 새들과 밀운들, 바람, 그리고 모든 부류의 천사들이 이 아이의 양육을 위해 모여들었으며 그 특혜를 얻기 위해 서로들 언쟁을 벌였다 합니다. 새들은 여러 장소에서 다양한 과일들을 가장 쉽게 모아 올 수 있는 것은 바로 자신들이므로 자신들이 이 아이를 키우는 것이 가장 바람직하다고 지저귀었답니다. 그러자 바람이 "우리

---

88 '횃불의 운반자' '빛을 내는 자' '새벽의 샛별'이라는 뜻으로 기독교에서 흔히 사탄 또는 마왕을 일컫는 또 다른 이름으로 사용된다. '루치펠'이라고도 불리며, 신의 노여움을 사 하늘나라에서 추방되었다고 전해진다.

89 일반적으로 알려진 전설에 따르면 루시퍼가 타락 천사가 되어 하늘나라에서 추방될 때 그를 따르던 반역 천사 군단도 함께 추방되었다고 한다.

는 이 아이에게 이 세상 각지로부터 가장 향기로운 냄새를 실어다줄 수 있으므로 우리가 더 적합하오" 하고 속삭여댔다는군요. 이에 구름이 말하기를 "아니오! 우리는 언제든지 이 아이에게 신선한 물을 제공해줄 수 있으니 우리가 이 아이를 보살피는 것이 맞소"라고 했다지요. 또 이에 격분한 천사들은 "그렇다면 우리 천사들이 할 수 있는 일은 대체 무엇이 남아 있다는 말입니까?" 하고 외쳤다 합니다. 그러자 하늘에서 다음과 같은 소리가 들려왔고 그제야 비로소 모든 언쟁이 종료될 수 있었다는군요.

"이 아이를 수유하기에는 여인의 젖가슴이, 이 아이를 만져주기에는 인간의 손이, 이 아이가 머물기에는 인간의 집이, 그리고 이 아이가 누워 쉴 수 있기에는 바로 인간의 침대가 적절할지니 이 아이는 반드시 인간의 손에서 키워질 것이다."

여호수아 님! 마호메트의 탄생에 얽힌 이토록 명백하고도 수많은 증언 앞에서, 강철로 된 심장을 지닌 자가 아니고서야 어찌 그분의 성스러운 율법을 외면할 수가 있겠습니까? 그분의 이 성스러운 임무를 승인해주시기 위해 신께서 더 이상 무엇을 하실 수가 있었겠습니까? 자연을 뒤엎으시어 당신께서 구원하고자 했던 우리네 인간들마저도 모조리 다 파멸시켜버리는 것 말고는 말입니다.

1713년 9월 20일, 파리에서

편지 40

우스벡이 이벤에게

(수신지 : 스미르나)

어떤 대귀족 하나가 세상을 뜨면 사람들은 사원에 모여 고인에 대한 일종의 찬양사인 추도사를 낭독하곤 하지. 하지만 이런 추도사로 고인의 공덕을 정확하게 판단해내기란 꽤나 곤란한 일이 아닐 수 없네.

사실 난 이런 장례 의식을 모두 다 없애버리고 싶다네. 누군가 세상을 떠날 때가 아니라 그가 이 세상에 태어날 때 슬퍼해야 하는 것이 아닌가? 이런 장례 의식이 다 무슨 소용이며, 죽음의 문턱에 있는 자 앞에서 그 마지막 임종의 순간에 음울하고 쓸데없는 장례 도구들을 드러내 보여주는 것이 다 무슨 소용일 것이며, 하물며 가족들이 보이는 눈물이나 친구들이 보이는 슬픔은 또 다 무슨 소용이란 말인가? 이 모든 것은 단지 임종을 맞는 자에게 임박한 자신의 죽음을 강조해주는 것에 지나지 않을 뿐이네.

우리 인간들은 너무도 아둔하여 언제 슬퍼해야 하고 또 언제 즐거워해야 하는지조차 잘 모르고 있다네. 우리가 느끼는 이 슬픔이나 기쁨은 거짓일 때가 대부분이지.

이벤! 나는 말일세, 매년 어리석게도 저울대에 올라가 마치 소의 무게를 달아보듯 그렇게 자신의 무게를 달아보는 무굴 제국[90]의 왕이나 자신들 왕의 몸집이 더욱 불어났다는 사실, 다시 말해 자신들을 통치할 수 있는 능력이 더욱 줄었다는 사실에 크게 기뻐하는 그 백성들을 보노라면, 정말이지 우리 인간들의 기상천외함에 연민을 느끼지 않을 수가 없다네.

1713년 9월 20일, 파리에서

편지 41
흑인 환관장이 우스벡에게

관후하신 주인님! 이스마엘이라는 흑인 환관 하나가 죽었습니다. 하여 부득이 그를 대신할 자를 찾게 되었습니다. 하지만 지금은 환관을 구하기가 지극히도 힘든지라 주인님께서 시골 별장에 거느리고 계신 흑인 노예 하나를 데려와 이곳에서 부리려 했으나 아직도 그자에게 이 환관의 임무를 맡기지 못하고 있습니다. 실은, 이것이 결국 그 흑인 노예에게도 유리한 일이라 생각되어 얼마 전 그에게 약간의 엄격함을 보이려 했었습니다. 주인님의 정원 관리인과 협력해 그자를 자신의 뜻과 상관없이 강제로 주인님의 마음에 쏙 들게끔 충성을 다해 당신을 섬길 수 있는 몸이 되도록, 지금은 감히 바라볼 엄두도 내지 못하는 이 가공할 만한 장소에서 당당히 저처럼 살아갈 수 있는 그런 몸이 되도록 만들어놓으라 지시했지요. 그런데 그자는

---

90 인도 사상 최대의 이슬람 제국으로 16세기 초부터 19세기 중반까지 오늘날의 인도 북부와 파키스탄, 아프가니스탄에 이르는 지역을 지배했다.

우리가 마치 자신의 살가죽을 몽땅 다 벗겨버리기라도 한 것처럼 마구 소리를 질러대기 시작하더니 어찌나 열렬히도 달아나던지 결국 우리의 손아귀에서 벗어나 그 숙명의 칼날을 모면하고야 말았답니다. 게다가 듣자 하니 그자가 주인님께 자비를 구하는 서신을 보내려 한다는군요. 언젠가 그자에게서 받았다는 그 신랄한 야유 때문에 끈질긴 복수심으로 제가 이런 계획을 꾸몄다고 주장하면서 말입니다. 주인님! 모든 예언자를 두고 맹세컨대, 제가 이 같은 행동을 감행한 것은 오로지 주인님을 잘 섬기고자 하는 그 한 가지 의도에서였습니다. 제게 유일하게 소중한 것은 오직 주인님을 잘 섬기는 일이며, 그것 외에는 다른 그 무엇도 생각지 않고 있습니다.

주인님의 발아래 머리를 조아립니다.

1713년 3월 7일, 파티마의 하렘에서

편지 42
파란이 우스벡 주인에게

관후하신 주인님! 주인님께서 이곳에 계셨더라면 분명 백지 더미 속에 묻혀 있는 제 모습을 발견할 수 있으셨을 겁니다. 주인님께서 떠나신 뒤로 흑인 환관장이 제게 저지른 그 모욕적인 일들을 모두 다 써 내려가자면 아마 이마저도 부족할 겁니다. 그자는 실로 세상에서 가장 악독한 자입니다.

그자는 제가 자신의 불행한 처지를 조롱했다고 우기며 이를 핑계 삼아 저의 목숨을 놓고 끊임없이 복수하고 있습니다. 사실인즉 그자는 잔학하기 그지없는 정원의 관리인을 선동하여 그가 제게 등을 돌리도록 했습니다. 하여 정원의 관리인은 주인님께서 떠나신 후로 계속해서 제게 견디기 힘든 일들을 강요하고 있으며, 저는 그 일들을 하다가 하마터면 인생을 마감할 뻔했던 적이 지금까지 수천 번도 더 된답니다. 하지만 주인님을 위해 열의를 다해 일하고자 하는 마음만큼은 한순간도 잃어본 적이 없습니다. '인자하기 그지없는 주인을 모시고 있건만 나야말로 이 땅에서 가장 불행한 노예로구나!' 하고 몇 번이나 마음속으로 되뇌었는지 모른답니다.

관후하신 주인님! 한 가지 고백하건대 저는 제가 이보다 더 큰 역경을 겪게 되리라고는 결코 생각지도 못했습니다. 그런데 그 음흉한 환관장이 조악함의 극치를 달리고자 하지 않았겠습니까? 며칠 전 그자가 자신의 단독 권한으로 저를 주인님의 신성한 부인들을 지키는 환관으로 만들어버리려 한 것입니다. 제게 거세를 강행하려 한 것이지요. 제게는 죽기보다도 천 배나 더 잔인한 그 일을 말입니다. 불행히도 잔학한 부모를 만나 태어남과 동시에 이미 그런 학대를 받은 자들이야 워낙 거세된 상태로만 있어왔고 또 자신들과 다른 상태는 전혀 경험해본 적도 없는 만큼 아마 여기서 그 위안을 얻을 수 있다 할지 몰라도 만일 누군가 제게서 인간성을 격하시키고 제 몸에서 인간의 징표를 빼앗아 가버린다면 저는 분명 그 잔인한 행위로 인해 죽게 되거나 그것이 아니라면 괴로움에 빠져 죽고 말 것입니다.

고귀하신 주인님! 겸허한 마음으로 당신의 발에 입을 맞추어 경의를 표하옵니다. 이토록 존경받는 당신의 그 덕성이 내는 효과를 이 몸이 몸소 느낄 수 있도록 해주시기 바라오니, 부디 명령을 내리시어 이 땅에 불행한 자가 한 명 더 늘어나는 일을 막아주시옵소서.

1713년 3월 7일, 파티마의 정원에서

편지 43
우스벡이 파란에게
(수신지 : 파티마의 정원)

기쁜 마음으로 이 글을 읽어보아라. 그리고 환관장과 정원의 관리인에게는 경의를 가지고 이 글에 적힌 나의 명을 받들라 하여라. 나는 그들에게 너를 위협하는 일체의 행동을 금할 것이다. 그들에게 나의 부족한 환관을 사 오라 이르고 너는 내가 항시 눈앞에서 지켜보는 것처럼 너의 직무에 충실토록 하여라. 나의 호의가 크면 클수록 그만큼 이를 남용했을 경우 네가 받게 될 처벌 또한 크다는 사실을 명심해야 할 것이다.

1713년 9월 25일, 파리에서

편지 44

우스벡이 레디에게

(수신지 : 베니스)

프랑스에는 성직자, 군직자, 법관 이렇게 세 가지 신분[91]이 있단다. 그런데 이들 각각의 신분은 자신과 다른 두 신분을 매우 멸시하고들 있지. 예를 들어 누군가의 어리석음을 이유로 그를 멸시하는 것이 아니라 단지 그가 자신과 다른 법관의 신분이라는 이유로 멸시하는 경우가 대부분이란다.

가장 비천한 직종에 종사하는 장인들까지도 자신들이 택한 그 직업의 우수성을 주장하지 않는 사람이 없단다. 모두 자신의 직업이 다른 직업보다 더 우월하다고 생각함으로써 스스로 다른 직종의 사람들보다 더 우위에 서는 것이란다.

예레반[92] 지방에서 어느 여인 하나가 우리 페르시아의 한 군주로부터 은혜를 조금 입은 일이 있었단다. 그러자 그녀는 이 군주의 축복을 빌며 그가 예레반을 다스릴 수 있도록 해달라고 하늘에 대고 수천 번을 기도했다는구나. 우리 인간들은 모두 이 여인과 그리 크게 다르지 않단다.

---

91 백성들의 신분을 성직자, 귀족, 평민으로 나누었던 프랑스 혁명 이전의 세 가지 사회 계급과 혼동하지 않아야겠다. 여기서는 제3신분인 평민이 언급되고 있지 않다. 법관은 군직자(무관 귀족)들과 더불어 제2신분을 구성했던 귀족 신분으로 문관 귀족(일명 법복 귀족)의 대표였다. 중세에 그 뿌리를 두고 있는 전통 무관 귀족들은 16세기에 뒤늦게 등장한 이 문관 귀족들을 강하게 멸시하곤 했었는데 몽테스키외는 여기서 이를 암시하는 것으로 보인다.

92 30쪽 주 10 참조.

어떤 여행기[93]에서 이런 이야기를 읽은 적이 있단다. 프랑스 선박 하나가 기니 연안에 기항하게 되었는데 그 선원 중 몇몇이 양을 사기 위해 육지에 들어가려 했었다는구나. 이에 사람들이 이들을 그곳의 왕 앞으로 데려가지 않았겠느냐? 그때 마침 그 왕은 한 나무 밑에서 자신의 백성들에게 판결을 내려주고 있었는데 어떤 나무 조각 하나를 옥좌 삼아 그 위에 앉아 있던 그는 마치 대大무굴 제국 국왕의 옥좌에 앉아 있기라도 한 양 매우 의기양양한 모습을 하고 있었다는구나. 옆에는 나무 창을 든 서너 명의 호위병들이 그를 호위하고 있었고 둥근 천장 모양을 한 천막이 그의 머리 위로 내리쬐는 강렬한 태양을 막아주고 있었다지. 이 왕과 그의 부인, 왕비가 지닌 장신구들이라고는 고작 그들의 시커먼 피부와 반지 몇 개가 전부였다는구나. 그런데 초라하다 못해 허영에 차 있기까지 했던 이 왕은 프랑스에서도 자신에 관한 이야기를 많이들 하고 있는지 그 선원들에게 물어보았다는구나. 자신의 이름이 세상 여기저기에 알려져 있으리라 생각했던 게지. 온 세상의 입을 다물게끔 했다는 어느 정복자[94]와는 달리, 이 왕은 자신이 전 세계인들을 자신에 관해 이야기하지 않을 수 없도록 만들었다고 착각했던 것이란다.

타타르 족장이 저녁 식사를 마치고 나면 그의 군사 하나가

---

93 1698년에 출간된 프랑수아 프로게François Froger의『아프리카 해안 여행기』를 말한다.

94 고대 마케도니아 왕국의 알렉산드로스 3세 메가스(기원전 356~기원전 323)를 지칭한다. 그는 페르시아의 아케메네스 왕조를 정복한 대왕이기도 하다.

"이 세상의 모든 왕은, 원한다면 이제 식사를 하러 가도 좋다"
하고 외친다지. 먹는 것이라고는 우유밖에 없고 또 집도 없으
며 오로지 강도질만을 해가며 먹고사는 이 야만스럽기 그지없
는 족장은 이렇게 세상의 모든 왕을 마치 자신의 노예 보듯 하
며 하루에 두 번씩 꼭꼭 이들을 모욕하곤 한다는구나.[95]

1713년 9월 28일, 파리에서

편지 45
리카가 우스벡에게
(수신지 : ***)

어제 아침에는 침대에 누워 있는데 누군가가 문을 거칠게 두
드리더니 갑자기 나와 약간의 친분이 있는 한 남자가 문을 열
고, 아니 문을 부술 듯이 들어오는 것이 아니겠나? 얼마나 흥
분해 있던지 완전히 제정신이 아닌 듯 보이더군.

복장은 수수한 정도를 훨씬 넘어섰고 가발은 전혀 빗질도 되
지 않은 채 아무렇게나 헝클어져 있었지. 게다가 얼마나 시간
이 없었는지 언제나 자신의 파손된 의복을 애써 조심스럽게 감
추어오던 그가 그날은 웬일로 평소의 이런 세심함도 다 잊고

---

95 1663년에 출간된 토마스 에르베르Thomas Herbert의 『페르시아와 인도 여행
기』에서 말하고 있는 내용이다.

구멍 난 검은색 저고리를 꿰매지도 않은 채 그대로 입고 나타났더군.

"어서 일어나시오! 오늘 하루 종일 당신의 도움이 필요하오. 사들여야 할 물건들이 산더미 같은데 당신이 나와 함께 장을 보러 가준다면 정말로 고맙겠소. 우선 생토노레가[96]에 가서 50만 리브르[97]짜리 토지 매각을 위임받은 공증인 한 명을 만나 이야기를 나눠봐야 하오. 내가 그 땅을 살 수 있도록 그가 좀 도와줬으면 한다오. 여기 오는 길에 잠시 포부르 생제르맹[98]에 들러 2천 에퀴에 호텔 하나를 예약하고 왔는데 그 계약도 오늘 꼭 체결할 수 있었으면 좋겠소."

이렇게 말하더니 내가 옷을 걸치자마자, 아니 채 다 걸치기도 전에 부랴부랴 날 아래로 내려보내는 것이 아니겠나.

"우선 마차부터 한 대 사서 오늘 여정에 필요한 장비를 갖추도록 합시다!"

그가 덧붙여 말하더군. 실제로 우리는 한 시간도 채 못 되어 마차뿐 아니라 10만 프랑[99]어치의 물건까지도 구매했다네. 그가 흥정도 셈도 전혀 하지 않고 바로바로 계산하는 바람에 모든 구매가 그야말로 아주 신속하게 이루어졌지. 난 이 모든 상

---

96 생토노레Saint-Honoré 거리.

97 프랑스에서 1795년까지 사용된 옛 화폐 단위.

98 당시 '포부르 생제르맹Faubourg Saint-Germain'은 파리의 한 주거 밀집 지역(오늘날의 파리 7구를 포함하여 그 일대)을 일컫는 말이었다.

99 1360년부터 1641년까지, 그리고 1795년부터 1999년까지(화폐는 2002년까지) 통용되었던 프랑스의 통화.

황을 곰곰이 생각해보았네. 그리고 이 남자를 유심히 살펴보았지. 그에게서 부와 가난이 아주 미묘하게 뒤얽혀 있는 것이 느껴지더군. 어느 쪽을 믿어야 할지 도통 알 수가 없었지. 결국 난 침묵을 깨고 옆으로 그를 불러내 물어보았네.

"이보시오! 도대체 이 비용은 누가 다 대는 것이오?"

"나요!"

그가 대답했지. 그러더니 이렇게 덧붙이더군.

"내 방으로 와보시오! 엄청난 보물을 보여주겠소. 세상에서 가장 위대한 군주들도 부러워할 만한 그런 보물이라오. 하지만 당신은 나와 함께 그것을 나누어 가질 사람이니 조금도 부러워할 필요가 없소."

난 그를 따라갔네. 그의 집이 위치한 6층까지 힘들게 걸어 올라간 후, 다시 또 사다리를 이용해 7층으로 올라가자 사방에서 바람이 들어오는 자그마한 방 하나가 나타나더군. 그곳에는 각종 액체가 담긴 서른여 개의 토기만 놓여 있었지.

"아침 일찍 일어나 나는 지난 25년간 늘 해오던 대로 제일 먼저 이 방으로 나의 작품을 보러 올라왔다오. 그리고 여기서 드디어 내게 위대한 그날이 찾아온 것을 알지 않았겠소. 나를 이 세상에서 가장 부자로 만들어줄 바로 그날 말이오. 이 진홍빛 액체가 보이시오? 이제 이 액체는 연금술사들이 금속을 변환시키는 데 필요한 모든 성질을 갖추었소. 당신이 보고 있는 이 알갱이들이 바로 이 액체에서 추출해낸 것들이라오. 이 알갱이들은 그 무게에 있어서 약간의 부족함이 없지 않으나 색깔에서만큼은 그야말로 완벽한 금이라오. 이 비법은 니콜라 플라멜[100]에 의해 이미 발견된 것이지만 아직도 레이몬 륄르[101]를 비롯한 수많은 연금술사가 알아내려 열심히 노력하고 있는 것이라오. 그런데 그런 비법을 바로 내가 알아낸 것이 아니겠소. 드디어 오늘 난 행운의 연금술 대가가 된 것이라오. 아! 부디 신께서 당신이 이 몸에게 내려주신 이 많은 보물을 오로지 당신의 영광만을 위해 사용할 수 있도록 해주시기를……!"

나는 화가 치밀어 그 부유한 남자를 자신의 방, 아니 병실 안에 그대로 남겨둔 채 홀로 그곳에서 나와 곧장 계단을 내려왔다네. 아니 그 계단을 마구 뛰어 내려오다시피 했다고 하는 것이 더 맞을 걸세.

그럼 잘 있게, 우스벡. 내일 자네를 보러 가도록 함세. 원한다면 나와 함께 파리로 돌아오도록 하세나.

1713년 9월의 마지막 날, 파리에서

---

100 1418년에 사망한 연금술사 니콜라 플라멜Nicolas Flamel은 화금석火金石을 발견하여 커다란 부를 쌓은 것으로 알려져 있었다. 이 편지에서 몽테스키외가 등장시킨 연금술사는 당대의 유명한 의사 장 부댕Jean Boudin을 모델로 하는 것으로 추측된다.

101 신비주의 의사였던 레이몬 륄르(Raymond Lulle, 1235~1315)는 스페인 태생의 연금술사이자 신지학자(우주와 자연의 불가사의한 비밀, 특히 인생의 근원이나 목적에 관한 여러 가지 의문을 신에게 맡기지 않고 깊이 파고 들어가 학문적 지식이 아닌 직관에 의해 신과 신비적 합일을 이루고 그 본질을 인식하고자 애쓰는 종교적 학문을 다루는 사람)였다.

편지 46

우스벡이 레디에게

(수신지 : 베니스)

이곳에는 종교에 관해 끊임없이 논쟁을 벌이는 사람들이 있단다. 그런데 내 눈에는 그 모습이 마치 누가 자신의 종교에 가장 덜 충실한지를 겨루는 것처럼 보이는구나.

내게 가장 놀라운 것은, 그렇다고 이들이 특별히 더 훌륭한 기독교 신자들이기는커녕 그리 훌륭한 백성조차 되지 못한다는 사실이란다. 어떤 종교든 그 종교인으로서 지켜야 할 가장 첫번째 행위는 언제나 법의 준수와 인류애 그리고 부모에 대한 연민이거늘 말이다.

사실인즉 종교인의 가장 첫번째 목적은 자신이 믿고 있는 그 종교를 만드신 신의 마음에 드는 것이 아니겠느냐? 그러기 위한 가장 확실한 방법은 당연히 사회 규범과 인간으로서 도리를 잘 지켜나가는 것이란다. 종교란 본디 신께서 우리 인간을 행복하게 하려고 만드신 것이므로 그것이 어떤 종교가 되었든 우리가 한 종교를 믿고 있다는 것은 곧 우리 인간에 대한 신의 사랑이 전제되어 있다는 뜻이지. 고로 신께서 우리 인간을 사랑하고 계시는 것이라면 우리도 마찬가지로 이들을 사랑함으로써, 다시 말해 우리 인간에게 자비와 인정을 베풀며 그 도리를 다함으로써, 또 우리의 법을 조금도 거스르지 않음으로써, 그렇게 비로소 신의 마음에 확실히 들 수 있게 되는 것이란다.

이것이 분명 이런저런 종교 의식을 행하는 것보다 신의 마음에 드는 훨씬 더 확실한 방법일 게다. 이유인즉 종교 의식은 의식 그 자체로는 어떤 선의도 내포하지 않으며 우리가 그것을 신께서 우리에게 지시하신 것으로 가정하고 고려할 때 비로소 선한 행위가 되기 때문이란다. 그런데 이 또한 논쟁의 여지가 다분한 주제가 아닐 수 없단다. 수천 가지나 되는 그 많은 종교 의식 중에서 선택해야 하는 것이다 보니 그것이 진정 신께서 지시하신 것인지 아닌지를 실수 없이 판가름해낸다는 것이 결코 쉬운 일만은 아니기 때문이지.

어떤 한 남자가 매일같이 신께 이런 기도를 올렸단다.

"신이시여! 당신을 둘러싸고 벌이는 인간들의 끊임없는 논쟁을 저는 도저히 알아들을 수가 없습니다. 저는 그저 당신의 뜻에 따라 섬기고 싶을 뿐인데 문의하는 사람마다 모두 한결같이 이 몸이 자신들의 방식대로 당신을 섬기기를 원하지 않겠습니까? 당신께 기도라도 올릴라치면 어떤 언어로 올려야 할지 또 어떤 자세를 취해야 할지 도무지 모르겠습니다. 어떤 사람은 서서 기도를 올려야 한다고 하고 또 어떤 사람은 앉아서 기도드리라 하지요. 그런가 하면 또 어떤 사람은 무릎을 꿇고 앉아 몸통을 그 무릎에 닿게 하고 기도를 올려야 한다고 강요하기도 한답니다. 이것이 끝이 아닙니다. 만일 제가 저의 살점을 아주 조금이라도 상처 내지 않는다면 당신께서 매우 노여워하며 절 내려다보실 것이라 말하는 사람이 있는가 하면, 또 매일 아침 찬물로 목욕을 해야 한다고 주장하는 사람도 있습니다. 얼마 전에는 각국의 대상隊商들이 모여드는 숙소에서 토끼 고기를 먹게 되었는데 주위에 있던 세 명의 남자들이 제가 당신을 아주 노하게 했다며 절 불안에 떨게 하지 않았겠습니까? 그들의 이유인즉 한 사람[102]은 토끼가 불결한 동물이기 때문이라 하고, 다른 한 사람[103]은 토끼를 목 졸라 죽였기 때문이라 하며, 마지막 또 한 사람[104]은 토끼가 생선이 아닌 고기이기 때문이라 하더군요. 때마침 지나가던 한 브라만[105]이 있기에 그에게 판결을 부탁했지요. 그랬더니 그가 말하길, '모두 틀렸소. 보아하니 당신이 직접 그 토끼를 죽인 것 같지 않기 때문이오'라더군요. 하여 저는 다시 '내가 죽인 게 맞소' 하고 말했지요. 그러자 그가 매우 준엄한 목소리로 다시 말하더군요. '세상에! 정말로 고약한 짓을 저질렀구려. 신께서 당신을 절대로 용서치 않으실 것이오. 당신 아비의 영혼이 바로 그 토끼에게 들어와 있지 않았다고 어찌 장담할 수 있단 말이오?'라고 말입니다. 신이시여! 이 모든 것들이 저를 상상하기조차 힘든 그런 궁지 속으로 몰아넣고 있습니다. 당신을 모독할 우려 없이는 고개 한 번도 저을 수가 없으니 말입니다. 하지만 저는 당신으로부터 받은 이 인생을 당신의 마음에 들도록 행동하며 살아가고 싶습니다. 제가 착각하는 것은 아닌지 모르겠으나 그러기 위한 가장 좋은 방법은 당신께서 저를 태어나게 해주시고 살아가도록 지정해주신 이 사회의 선한 한 백성으로서, 그리고 당신께서

---

102 유대인을 의미한다.

103 튀르키예인을 의미한다.

104 아르메니아인을 의미한다.

105 인도의 카스트 제도에서 가장 높은 지위인 승려 계급.

제게 보내주신 이 가족의 선한 가장으로서, 그렇게 선하게 살아가는 것이 아닐까 생각해봅니다."

1713년 10월 8일, 파리에서

편지 47

자치가 우스벡에게

(수신지 : 파리)

당신에게 전해드릴 커다란 소식이 하나 있어요. 제피스와 제가 드디어 화해했답니다. 우리 둘 사이에 분열되어 있었던 이 하렘이 다시금 화합하게 된 것이지요. 당신의 부재만 빼고 평화롭기 그지없는 이곳에 이제 더는 부족한 것이 없답니다. 사랑하는 우스벡! 어서 돌아오세요! 당신의 사랑을 제압하러 이제 그만 이곳으로 돌아오세요!

제피스를 위해 거대한 향연을 열고 어머니와 다른 부인들 그리고 당신의 주요 첩들을 초대했어요. 그뿐만 아니라 당신의 고모님들과 여러 사촌 누이들도 초대했답니다. 모두 먹구름 같은 빛깔의 베일과 의복 속에 가려진 채 말을 타고 왔어요.

다음 날 우리는 좀더 자유를 만끽하기 위해 시골로 떠났답니다. 낙타의 등에 올라가 그 위에 마련된 작은 가마에 각각 네 명씩 들어갔지요. 그런데 너무 갑자기 소풍을 떠나온 터라 미처 우리의 행차를 알리는 순찰대[106]를 보낼 겨를이 없었지 뭐예요. 하지만 다행히도 언제나 수완 좋은 그 환관장이 달리 방책을 세웠답니다. 우리의 모습이 외부에 노출되지 않도록 가려주는 가마의 차일 위에 아주 두꺼운 휘장을 덧씌운 거예요. 그 휘장이 얼마나 두꺼웠던지 우리는 바깥의 그 누구도 볼 수 없었답니다.

어느 강가에 도착해 그 강을 건널 때는 관습대로 한 명씩 통[107] 속으로 들어가 다시 배로 옮겨졌어요. 사실 그곳에는 아주 많은 사람이 있었다고 하더군요. 어느 호기심 많은 남자 하나는 우리가 갇혀 있던 가마 근처에 너무 가까이 접근했다가 그만 칼을 맞고 목숨을 잃었답니다. 또 다른 남자 하나도 강기슭에서 알몸으로 미역을 감다가 역시 같은 신세가 되고 말았지요. 당신의 충성스러운 환관들이 당신과 우리 여인들의 명예를 위해 이 불운의 두 남자를 희생시킨 거예요.

우리 모험에 관한 나머지 이야기도 마저 한번 들어보세요. 우리가 강 한가운데쯤 도착하자 바람이 어찌나 거세게 몰아치고 구름이 어찌나 무시무시하게 하늘을 뒤덮던지 선원들이 급기야 절망하기 시작하지 않았겠어요. 그처럼 위태로운 상황에서 잔뜩 겁을 먹었던 우리 여인들은 거의 모두가 정신을 잃고 말았답니다. 저는 언쟁을 벌이는 우리 환관들의 소리를 들었어요. 지금도 기억하는데 우리에게 이 위험을 알리고 빨리 그 감

---

106 이슬람교 국가에서는 모든 남성에게 하렘의 여인들을 쳐다보거나 그녀들이 지나가는 길에 나와 있는 것이 금지되어 있으며, 이를 어기면 죽음으로써 그 벌을 받는다.

107 25쪽 주 9 참조.

옥 같은 가마에서 나오게 해주어야 한다고 몇몇 환관들이 이야기하자 그들의 수장인 환관장이 당신의 명예가 훼손되는 것을 그냥 참고 묵인해주느니 차라리 죽음을 택하겠다고, 또한 그런 경솔한 제안을 하는 자에게는 그 가슴에 비수를 꽂아버리겠다고 협박하며 끝까지 자신의 주장을 굽히지 않더군요. 완전히 이성을 잃은 저의 몸종 노예 하나는 피복도 제대로 갖춰 입지 못한 채 제게 달려와 저를 구하려다가 그만 흑인 노예에게 아주 거칠게 붙잡혀서는 그녀가 나왔던 그곳으로 다시금 처넣어지고 말았답니다. 제가 실신을 하게 된 것은 바로 그때였어요. 그리고 제가 깨어났을 때는 이미 모든 위험이 다 지나간 뒤였답니다.

정말이지 여성들에게 여행이란 어쩜 이리도 번거로운 일일까요? 남자들은 목숨이 위협당하는 위험에만 노출되어 있지만 우리네 여성들은 목숨을 잃지나 않을까, 정조를 잃지나 않을까 늘 두려워하며 매 순간 불안에 떤답니다.

사랑하는 우스벡! 그럼 안녕히! 언제나 변함없이 당신을 사랑할게요.

1713년 11월 2일, 파티마의 하렘에서

편지 48

우스벡이 레디에게

(수신지 : 베니스)

배움을 좋아하는 자는 결코 한가로이 무위로 시간을 보내는 일이 없는 법이지. 내 비록 어떤 중요한 임무를 맡은 것은 아니라고 하나 그래도 매일같이 바쁘게 지내고 있단다. 무언가를 관찰하는 데 모든 시간을 보내고 있으며 저녁이면 낮 동안에 보고 들었던 것들, 나의 눈길을 끌었던 것들을 모두 글로 적어 보곤 하지. 모든 것들이 그저 흥미롭고 놀랍기만 한 것이 그야 말로 나는 아주 사소한 일에도 크게 충격을 받곤 하는 아직 미숙한 마음의 어린아이와 조금도 다를 바가 없단다.

믿기 힘들겠지만 우리는 누구를 만나든 또 어느 모임에 나가든 늘 크게 환영받고 있단다. 모르긴 몰라도 이는 분명 리카의 생기 넘치는 재치와 천부적인 쾌활함이 크게 작용한 덕분일 게 다. 리카의 이런 성격이 그로 하여금 여기저기 많은 사람을 찾아다니게 만들고, 또한 모든 사람이 마찬가지로 그를 찾게끔 만들고 있지. 이제 더 이상 우리의 이국적인 모습에 놀라워하는 사람은 아무도 없단다. 오히려 우리의 예의 바른 모습에 놀라고들 있지. 그도 그럴 것이 사실 프랑스인들은 우리 페르시아의 땅에서도 사람들이 살아가고 있다는 사실을 전혀 상상도 못 하고 있단다. 그러니 우리가 그들의 이런 착각을 일깨워주는 것이 백번 마땅하지 않겠느냐?

손님 초대를 즐겨 하는 어느 존경받는 인사의 파리 근교 시골집에서 며칠 묵은 적이 있었단다. 그의 아내는 매우 친절하고 겸손했을 뿐만 아니라 우리 페르시아의 여인들이 은거 생활로 인해 나날이 잃어가는 그 쾌활함까지도 겸비하고 있었단다.

외국인인 나로서는 끊임없이 그 집에 드나드는 수많은 사람을 관찰하는 것보다 더 잘할 수 있는 일은 없었단다. 이들 모두에게서는 제각기 어떤 색다른 점들이 보이더구나. 그중에서 우선 나의 시선을 끈 한 남자가 있었으니 무엇보다도 나는 그의 솔직한 성격이 마음에 들었단다. 하여 나는 그에게 애착을 느꼈고, 그 또한 마찬가지로 내게 애착을 보였지. 이렇게 하여 우리는 그곳에 있는 동안 줄곧 서로의 옆에 붙어 지내게 되었단다.

그러던 어느 날 많은 사람이 둥글게 모여 앉아 대화를 나누게 되었는데 거기서 우리는 전체적인 대화는 제쳐두고 둘이서만 따로 이야기를 주고받았단다.

"아마 날 예의보다는 호기심이 많은 사람으로 보게 될지도 모르겠소만 그래도 당신에게 몇 가지 꼭 묻고 싶은 게 있는데 물어봐도 괜찮겠소? 사실 난 아무것도 모르는 채로 이렇게 전혀 분간도 되지 않는 사람들과 함께 지내는 것이 좀 지루하다오. 내 머릿속은 벌써 이틀째 이런저런 생각으로 매우 바삐 돌아가고 있다오. 이곳에 오는 사람 중 내게 수백 번도 더 골치를 앓게 하지 않은 사람이 단 한 명도 없을 정도요. 하지만 아무리 고민을 해봐도 이들이 누구인지 도저히 분간해낼 길이 없구려. 이들을 분간해내려면 아마도 수천 년은 더 필요할 듯하오. 내게는 이들이 위대하신 우리 페르시아 군주의 여인들보다도 훨씬 더 미지의 존재들이라오."

내가 말했지. 그러자 그가 대답하더구나.

"말씀만 해보시오. 당신이 궁금해하는 것들을 내 모두 다 알려드리리다. 난 당신이 비밀을 지키는 신중한 사람이라 믿소. 또한 절대로 나의 믿음을 저버리지 않으리라는 것도 말이오."

하여 내가 물었단다.

"자신이 대귀족들에게 대접했다는 식사에 대해 아주 입이 닳도록 이야기하고 있는 저기 저 남자는 도대체 누구요? 공작들과도 저토록 친하고, 그리도 접근하기 힘들다는 이 나라 대신들과도 저렇게 곧잘 이야기를 나누고 있는 저 사람 말이오. 분명 귀족임에는 틀림없을 터인데 외관이 참으로 천해 보이는 것이 왠지 전혀 귀족의 명예를 살려주고 있는 것 같지가 않으니 말이오. 게다가 저 사람에게서는 전혀 교육의 흔적이 보이질 않는구려. 나는 외국인이오. 하지만 난 이 세상의 모든 민족에게는 일반적으로 어떤 공통된 예의범절이 있다고 생각하오. 한데 저 사람에게서는 그런 것이 전혀 보이질 않소. 프랑스에서는 원래 귀족들이 비귀족보다 더 예의가 없는 것이오?"

이 같은 나의 물음에 그가 웃으며 답하더구나.

"그 사람은 징세 청부인[108]이오. 부로 따지자면 그 누구보다도 우위에 있지만 태생으로 따지자면 그보다 더 아래인 사람이 없지요. 만일 그가 자신의 집에서 식사하지 않기로 결심만 한다면 분명 파리에서 가장 화려한 식탁에 앉게 될 사람이라오.

---

108 당시 조세, 연공 등을 거둬들이던 관리.

당신도 보다시피 그는 매우 무례한 사람이오. 하지만 아주 탁
월한 요리사를 데리고 있고 그에게만큼은 결코 배은망덕한 사
람이 아니라오. 오늘도 하루 종일 그를 칭찬해대는 것을 당신
도 듣지 않았소?"

나는 다시 물었지.

"저기 저 부인이 자기 옆에 앉혀놓은 검게 차려입은 저 뚱뚱
한 사람 말이오, 저토록 음울하고 칙칙한 옷을 입고 있는데도
어쩜 저렇게 안색이 화사하고 또 어쩜 저리도 밝은 표정을 짓
고 있을 수가 있소? 사람들이 말을 건넬 때마다 어김없이 상냥
한 미소를 지어 보이지 않소? 몸치장은 이 나라 부인들이 하는
것에 비해 좀더 수수해 보이는 면이 없지 않아 있지만 그래도
조금 더 정돈된 느낌이구려."

그러자 그가 대답했단다.

"그 사람은 설교사요. 그런데 더 기막힌 사실은 그가 바로
고해를 들어주는 신부라는 거요. 당신도 보다시피 저 사람은
부인을 둔 여느 남편들보다도 여자에 대해 더 박식한 사람이라
오. 그는 여인들의 취약점을 잘 알고 있으며 여인들 또한 그의
취약점을 아주 잘 알고 있다오."

"그게 무슨 말씀이오? 저 사람은 항상 '은총'이라는 단어를
들먹여가며 무언가를 이야기하곤 하던데 말이오?"

"아니오. 항상 그렇게 이야기하는 것은 아니오. 예쁜 여인의
귀에 대고는 더더욱 흔쾌히 타락에 관해 이야기하곤 한다오.
대중 앞에서는 크게 호령하지만 개인적으로 있을 때는 마치 어
린 양처럼 아주 유순하기가 그지없는 사람이라오."

"내 보기에 사람들은 저 사람을 매우 우대해주고 있고, 또한 그에게 많은 경의를 표하는 듯하오만……"

"뭐라고요? 우리가 그를 우대해주고 있느냐 물은 것이오? 하기야 꼭 필요한 사람이긴 하지요. 자상하게 조언도 해주고, 사사로이 돌봐주기도 하고, 또 쉬지 않고 방문도 해줘가며 그렇게 은둔 생활에 낙을 가져다주니 말이오. 이 속세의 일반인들보다 훨씬 더 두통을 잘 가시게 해주는 그런 사람이라오. 참으로 선량한 사람이지 않소?"

"실례가 되지 않는다면 저쪽 우리 맞은편에 앉아 있는 아주 초라한 옷차림을 한 저 사람은 누구인지도 좀 말씀해주시겠소? 가끔씩 인상을 쓰기도 하고 다른 사람들과는 왠지 좀 다른 말투를 쓰고 있는 저기 저 사람 말이오. 재치라고는 전혀 없는 사람이 있는 척하며 열심히 떠들어대고 있구려."

내가 다시 또 묻자 그가 대답하더구나.

"그 사람은 시인이오. 아주 기괴한 부류의 인간이라고나 할까. 이런 기괴한 부류의 사람들은 자신이 애초부터 그렇게 태어났다[109]고들 이야기하지요. 사실 그게 틀린 말도 아니라오. 그들은 그렇게 태어났을 뿐 아니라 또한 한평생을 그렇게들 살아갈 것이오. 다시 말해 이 세상 인간 중 가장 우스꽝스러운 자들로 거의 평생을 살아가게 될 것이라는 뜻이지요. 그래서 사람들은 그들을 친절하게 대해주기는커녕 오히려 경멸만 한

---

109 시인을 풍자하는 대목으로 '달변가는 만들어지는 것이고, 시인은 타고나는 것이다'라는 라틴어 속담을 빗대고 있다.

가득 퍼부어주는 것이라오. 저 사람은 분명 허기에 이끌려 이 곳을 찾았을 테고 누구에게나 변함없는 친절과 예의를 보이는 이 집의 주인 내외가 후하게 대접해주는 것이오. 사실 이 부부 의 결혼식에 축시를 써주었던 이가 바로 저 사람이라오. 이것 이 그가 평생 한 일들 가운데 가장 잘한 일이지요. 아닌 게 아 니라 그가 축시에서 예언했던 만큼 아주 행복한 결혼 생활이 되지 않았겠소?"

그러고는 계속 말을 이었지.

"동양인에게 강한 편견을 지닌 당신으로서는 믿기 힘들지도 모르겠으나 우리 프랑스인 중에도 행복한 결혼 생활을 해나가 는 사람들이 있고 정조를 굳게 지키는 여인들이 있다오. 그 예 가 바로 결코 깨지지 않는 평화로운 부부생활을 누리고 있는 이 집 주인 내외가 아니겠소? 모두 이 부부를 좋아하고 또 높 이 평가하고 있다오. 단, 한 가지 안타까운 점이 있다면 그것은 바로 이들의 천성적인 친절함이 이들에게 자신들의 집을 찾은 온갖 부류의 사람들을 모두 다 받아주게끔 한다는 사실이지요. 그래서 가끔은 개중에 품위 없이 무례한 친구들이 몇몇 섞여 있기도 하다오. 그렇다고 내가 이들을 반대한다는 말은 아니 오. 인간이란 자고로 각자 있는 모습 그대로 함께 어우러져 살 아가야 하는 것이지요. 게다가 흔히들 아주 품위 있고 점잖은 사람이라 불리는 경우 대부분 남보다 단지 자신의 결함을 훨씬 더 교묘하게 잘 감추고 있는 이들에 불과하기 일쑤라오. 가장 정교한 독이 가장 위험한 법이듯 어쩌면 이들도 이와 전혀 다 르지 않을지도 모르겠소."

나는 아주 나지막한 목소리로 한 번 더 물었단다.

"그럼 저기 아주 슬픈 표정으로 앉아 있는 저 노인은 또 누구요? 다른 이들과는 옷차림도 좀 다른 데다가 프랑스에서 행해지는 모든 것을 비난하며 프랑스 정부를 별로 그리 탐탁스러워하지 않기에 처음엔 외국인인 줄로만 알았소."

"그 사람은 자신의 오랜 무훈담을 이야기해가며 스스로 사람들의 기억 속에 남으려 애쓰는 이 나라의 노병이오. 자신이 출정하지 않은 전쟁에서 프랑스가 승리하는 것이나 자신이 직접참호에 들어가 싸우지 않은 포위 공격전을 남들이 찬양하는 꼴을 절대로 보지 못하는 사람이라오. 어찌나 자신이 우리 프랑스 역사에서 중요한 인물이라고 믿고 있는지 자신의 삶이 끝날때 프랑스의 역사 또한 끝난다고 생각하는 사람이지요. 자신의 자존심에 자그마한 상처 하나라도 입는 날이면 마치 이 나라 군주제가 붕괴하기라도 하는 것처럼 이를 매우 엄청난 일로바라본다오. 과거는 중요한 것이 아니며 오직 현재만을 즐기며 살아가야 한다고 주장하는 철학자들과는 달리 오로지 과거만을 즐기며 단지 자신이 참전했던 그 전장의 그림자 속에서만살아가는 사람이라오. 이미 다 지나가버린 세월 속에서 숨 쉬며 살아가는 것이지요. 마치 영웅들이 그 사후에도 길이 후세에 살아남아 숨 쉬는 것처럼 말이오."

"그런데 왜 군을 떠난 것이오?"

"저 사람이 군을 떠난 게 아니라 군이 그를 떠나보낸 것이오. 남은 평생을 자신의 모험담만을 이야기하며 보내게 될 그런 별 볼 일 없는 직책에 임명했지요. 하지만 그 이상은 결코 더 멀리 나아갈 수 없을 것이오. 그에게는 이제 명예의 출셋길이 모두 막혔다오."

"그건 어째서요?"

"프랑스에는 격언이 하나 있는데, 바로 말단직을 전전하며 인내심이 다한 병사는 절대로 진급시키지 말라는 것이오. 이런 사람들은 사소한 일을 처리하느라 그 생각이 편협해져 있는 데다가 워낙 사소한 일에만 적응되어 있다 보니 좀더 중대한 일 앞에서는 그야말로 무능해진 사람들이라고 생각하기 때문이지요. 그뿐만 아니라 우리 프랑스인들은 남자 나이 서른이 되도록 장군의 자질을 갖추지 못한 자는 영원히 그것을 갖출 수 없다고 믿고 있다오. 또한 어떠한 상황에서라도 수십 리 밖 전장의 상황을 단번에 내다볼 수 있는 그런 예리한 통찰력을 지니지 못한 자나 승리의 상황에서는 그 상황의 모든 이점을 활용할 줄 알고 패전의 상황에서는 동원할 수 있는 모든 수단을 최대한으로 활용할 줄 아는 그런 임기응변을 지니지 못한 자는 결코 이런 장군의 소질을 지닐 수 없을 것이라고 생각한다오. 이러한 이유로 하늘로부터 자비로운 마음뿐 아니라 영웅의 자질까지 받고 태어난 위대하고 뛰어난 인물들에게는 그에 걸맞은 화려하고 중요한 직책을, 반면 범용한 재능을 지닌 자들에게는 역시 그에 걸맞게 범용한 직무를 맡기는 것이라오. 이런 범용한 자들 중에는 평생을 제대로 알려지지도 않은 그런 전쟁에서 싸우다 그냥저냥 늙어간 사람들이 있는데, 이들은 나이가 들어 쇠약해져 갈 때 기껏해야 자신들이 평생 해오던 그 일밖에는 잘해낼 수가 없다오. 이 시점에 이들에게 어떤 새로운 임무를 맡겨서는 절대로 아니 되는 것이라오."

잠시 후 또다시 발동한 호기심에 내 한 번 더 물어보았지.

"이제 더는 다른 질문들로 괴롭히지 않을 테니 마지막으로 이 질문에만 좀 대답해주시구려. 저기 저 가발도 쓰지 않은 채 머리를 훤히 다 드러내놓고 있고, 지성이라고는 거의 보이지도 않는데 무례하기는 또 한이 없는 저 키 큰 청년은 대체 누구요? 어찌 저렇게 남들보다 큰 소리로 떠들어대는 것이며, 어찌 저리도 자신이 이 세상에 살아가고 있다는 사실을 감사히 여기는 것이오?"

"저 사람은 여자들에게 아주 인기가 좋은 남자라오."

이 말이 끝남과 동시에 모두 자리에서 일어나 자유로이 드나들기 시작했고 이에 우리도 일어섰단다. 그때 마침 누군가 다가오더니 나와 이야기하던 그 신사분에게 말을 걸어오더구나. 그 바람에 나는 그 청년에 대해 좀 전과 마찬가지로 거의 아는 바 없는 상태로 남아 있어야만 했지. 그런데 잠시 후 어찌 된 영문인지 바로 그 청년이 내 옆에서 말을 걸어오는 것이 아니겠느냐?

"날씨가 참 좋습니다. 저와 함께 꽃밭이나 한 바퀴 돌고 오지 않으시렵니까?"

나는 최대한 예의를 갖춰 그러자고 대답한 후 그 청년과 함께 밖으로 나갔단다. 그러자 그가 말하더구나.

"저는 이 집 안주인을 즐겁게 해드리러 온 사람입니다. 그분과는 아주 친밀한 관계지요. 물론 이를 언짢아하는 여인들도 없지 않아 분명 있겠지만 그래도 어쩌겠습니까? 하는 수 없는 일이지요. 저는 파리에서 가장 아름다운 여인들을 만나고 있지만 절대로 한 여인에게만 집중하지는 않는답니다. 온갖 객설을 늘어놓으며 그녀들을 감쪽같이 속여 넘기곤 하지요. 사실 우리끼리니 말입니다만, 저는 별로 그리 써먹을 데가 없는 사내[110]랍니다."

"필시 수행해야 할 어떤 임무가 있거나 혹은 맡고 있는 어떤 직책 때문에 그런 여인들에게 좀더 적극적으로 나올 수가 없으신 모양이로군요."

이 말에 청년이 대꾸하더구나.

"아닙니다. 저는 남편들의 화를 돋우거나 딸을 둔 아비들을 절망시키는 일 말고는 별다른 업무를 갖고 있지 않습니다. 나를 차지했다고 믿는 여자들의 마음을 불안하게 만들고, 또 금방이라도 떠나버릴 것처럼 하며 그녀들의 가슴을 졸이게끔 하는 것을 저는 아주 좋아한답니다. 저를 비롯하여 몇몇 젊은이들이 이렇게 온 파리를 분열시켜놓고 있지요. 이 때문에 파리 전역이 우리들의 거동 하나하나에 큰 관심을 보인답니다."

"듣고 보니 당신은 가장 용감한 전사보다도 더 큰 풍문을 일으키고 있고, 가장 근엄한 법관보다도 더 큰 존경을 받는 것 같군요. 만일 당신이 우리 페르시아에 있었더라면 결코 이 모든 영광을 누릴 수 없었을 것입니다. 당신은 우리 페르시아 여인들의 마음을 사로잡는 일보다는 그녀들을 지키는 일에 훨씬 더 적합했을 테니까요."

---

110 서양의 환관을 의미한다.

머리끝까지 화가 치밀어 올랐던 나는 결국 청년에게 한마디 던졌단다. 모르긴 몰라도 조금만 더 길게 이야기했더라면 아마 그에게 아주 무례한 언동을 보이고 말았을 게다.

이런 부류의 사람들을 묵인해주고, 이런 직업을 가진 남자들을 그냥 살려두는 이런 나라에 대해 너는 어찌 생각하느냐? 부정不貞과 외도, 유괴, 배신, 불의가 인정되는 나라, 한 아비로부터 그 딸을 빼앗고 한 남편으로부터 그 부인을 빼앗아버리며 가장 평온하면서도 가장 신성한 사회집단인 가정을 뒤흔들어놓는 남자들이 존경받는 이런 나라를 너는 과연 어찌 생각하느냐? 각종 유혹과 불명예의 원인으로부터 자신의 가족을 지켜가는 우리 알리의 자손들이야말로 참으로 행복한 이들이 아닐 수 없구나! 우리 이슬람 여인들의 마음속에 타오르는 그 정열의 불꽃은 한낮에 타오르는 태양의 빛만큼이나 순수하지 않더냐? 우리 이슬람의 딸들은 자신을 하나의 천사나 어떤 초감각적인 힘의 화신에 비길 만한 존재로 만들어주는 그 상징물, 바로 자신의 순결, 그것을 빼앗길 그날을, 언젠가는 찾아오고야 말 운명의 그날을 생각하며 늘 두려움에 떨고 있지 않느냐? 태양도 매일 아침 제일 먼저 그 빛을 보내주는 나의 소중한 고국 땅이여! 그대야말로 진정 이 서방의 땅에 어둠이 깔리자마자 이곳을 비추던 그 태양마저도 재빨리 숨어버리게 만드는 그런 끔찍한 범죄에 조금도 오염이 되지 않았구려!

1713년 11월 5일, 파리에서

편지 49
리카가 우스벡에게

(수신지 : ***)

얼마 전에는 응접실에 있는데 아주 괴상한 차림을 한 데르비시 하나가 찾아오지 않았겠나? 맨발인 데다 턱수염이 허리에 동여맨 끈에까지 길게 내리뻗어 있고 군데군데 뾰족뾰족하게 삐져나온 대충대충 만들어진 허름한 회색 옷을 입고 있었다네. 이 같은 행색이 어찌나 신기하게만 보이던지 그 순간 이런 그의 모습에서 자신만의 어떤 기발한 착상을 이끌어낼 화가 하나를 찾으러 사람을 보내야겠다는 생각이 제일 먼저 뇌리를 스치더군.

우선 그는 아주 의례적인 인사말을 장황하게 늘어놓으며 자신은 공덕이 아주 많은 사람이며 더욱이 카푸친회[111] 수도승이라고 이야기했네. 그러고는 다음과 같이 덧붙였다네.

"듣자 하니 당신은 페르시아 왕궁에서 서열 높은 고위직 인사이시며 머지않아 다시 그곳으로 돌아가실 것이라 하더군요. 저는 당신께 한 가지 후원을 부탁드리고자 왔습니다. 다름이 아니라 당신의 국왕께 말씀드려 카즈빈[112] 근처에 두세 명 정도의 수도승이 지낼 만한 자그마한 거처 하나를 마련할 수 있도

---

111 아시시의 성 프란치스코가 만든 가톨릭 수도회, 작은형제회(O.F.M)의 독립적 분파 중 하나.
112 현 이란의 북서쪽에 있는 도시로 16세기 초에는 페르시아 사파비 왕조의 수도였다.

록 도와주셨으면 합니다."

"그러니까 사제님께서는 페르시아에 가고 싶으시다는 말씀 이로군요?"

내가 물었지. 그러자 그가 답하더군.

"제가요? 제게 결코 그 같은 일이 일어나지 않도록 매우 주의하고 있답니다. 저는 이 지역 수도회의 관구장[113]입니다. 저의 이 직책을 이 세상 다른 그 어떤 카푸친회 수도승의 직책과도 바꿀 의향이 없지요."

"한데 어찌하여 제게 그 같은 청을 하시는 겁니까?"

"실은 만일 우리 수도원 부속의 무료 숙박소가 생긴다면 이탈리아에 있는 우리 사제들이 수도승 두세 명을 그곳으로 보냈으면 한답니다."

나는 다시 물었네.

"사제님께서도 잘 알고 계시는 수도승들인가 보군요?"

그러자 그가 대답하더군.

"아닙니다. 저는 그들을 전혀 알지 못합니다."

이 같은 대답에 나도 한마디 했지.

"제기랄! 그런데 그들이 페르시아에 가든 말든 그것이 당신에게 뭐 그리 중요한 일이란 말입니까? 그 두 카푸친회 수도승들에게 카즈빈의 공기를 마시게 해주려는 것은 실로 훌륭한 계획입니다. 분명 유럽과 아시아 쌍방에 아주 유익한 일이 아닐 수 없으니 군주들이 그 계획에 큰 관심을 갖도록 할 필요가 있

---

113 정해진 구역 내의 여러 수도원을 책임지는 성직자.

습니다. 이것이 바로 소위 말하는 '아름다운 이주민 집단'이라
는 것이지요. 그런데 보아하니 당신이나 당신네 수도승들은 결
코 타 지역으로 이주해서 살아갈 수 있는 그런 위인들이 못 되
는 것 같습니다. 그러니 그냥 당신들이 나고 자란 그곳에서 계
속 그렇게 벌레만도 못한 천박한 상태로 살아가는 것이 더 나
을 듯싶군요."

1713년 11월 15일, 파리에서

편지 50
리카가 ***에게

어찌나 자연스럽게 덕을 행하고 있는지 그것이 전혀 겉으로
드러나 보이지 않는 사람들을 보았네. 그들은 어떤 강요나 의
무감 때문이 아니라 스스로의 마음에서 우러나와 자신들의 도
리에 충실했으며 마치 본능적으로 그 도리를 다하는 것만 같아
보였네. 게다가 자신들의 이 같은 뛰어난 성품을 스스로 떠벌
리기는커녕 자신이 뛰어난 성품을 지니고 있다는 사실조차도
제대로 인식하지 못하는 듯했지. 내가 좋아하는 사람들은 바로
이런 사람들이라네. 자신이 보인 미덕에 자신조차 놀라워하고,
선행을 한번 행하면 그것을 마치 모두를 깜짝 놀라게 할 만한
기적적인 일로 바라보는 그런 사람들이 아니고 말일세.

하늘로부터 위대한 재능을 부여받고 태어난 자들에게 그 필

요불가결한 미덕이 바로 겸손이라 한다면, 서슴지 않고 거만함을 드러내 보이며 가장 훌륭한 위인들의 명예까지도 훼손시키는 그런 한낱 벌레 같은 자들에 대해서는 도대체 무슨 말을 해주어야 할꼬.

끊임없이 자신에 관해 떠들어대는 사람들은 여기저기 참으로 많이도 보인다네. 그들의 이 같은 대화는 오만하기 그지없는 자신들의 모습을 잘 비추고 있는 거울과도 같다 할 수 있지. 그들은 자신들에게 일어났던 아주 사소한 일들을 매우 흥미진진하게 이야기해가며 이것이 상대방의 눈에 굉장한 일로 부풀어 보이기를 바란다네. 마치 이 세상 모든 것을 이미 다 경험해보았고 다 보았으며 다 이야기했고 또 다 생각해본 사람처럼 그렇게들 떠들어대곤 하지. 어디 그뿐인가? 자신이 바로 이 세상의 보편적인 모델이고 무한한 비교의 대상이며 또한 결코 고갈되지 않는 본보기의 원천이라 믿는다네. 아! 자화자찬처럼 무미건조하기 그지없는 것이 또 어디 있으랴!

며칠 전에는 바로 이런 부류의 남자 하나가 장장 두 시간 동안이나 자기 자신에 관한 이야기는 물론 자신의 공덕, 자신의 재능 따위를 이야기해가며 우리를 완전히 괴롭히지 않았겠나? 하지만 영구적 운동이란 이 세상 어디에도 존재하지 않듯 그 사람도 결국 어느 순간엔가 이야기를 끝내기는 하더군. 마침내 우리에게도 대화의 기회가 왔고 우리는 다시 대화를 이어갈 수 있었지.

우선 우리 중 다소 불쾌한 듯한 표정을 짓고 있던 남자 하나가 대화가 지루했다며 투덜대기 시작했네.

"세상에! 스스로 자기 자신에 대해 떠들어대고 무엇이든 자기 위주로만 생각하는 그런 어리석은 자들은 어딜 가나 항상 있기 마련이라니까요."

그러자 좀 전의 바로 그 수다쟁이가 불쑥 또 말을 받아치는 것이 아니었겠나.

"당신 말이 맞소! 그러니 나처럼만 하면 되오. 나는 절대로 내 자랑을 하는 일이 없소. 게다가 재산도 좀 있고 가문도 좋으며 돈도 좀 쓸 줄 안다오. 친구들은 이런 내게 양식이 있다고들 하지요. 하지만 난 절대로 이런 이야기를 내 입으로 직접 내뱉고 다니지 않는다오. 내게 몇 가지 장점들이 있는데 그중에서 내가 가장 중시하는 것이 바로 겸손 아니겠소."

난 이 오만에 빠진 자를 바라보며 그야말로 놀라움을 금치 않을 수가 없었네. 그가 아주 큰 소리로 떠들어대는 동안 나는 아주 나지막하게 혼잣말로 중얼거렸지.

"남들 앞에서 절대로 자기 자랑을 하지 않을 정도의 자만심만을 지닌 자들, 자신의 이야기를 듣고 있는 상대방을 배려할 줄 알고 결코 타인의 자존심을 상하게 하면서 자신의 공덕을 떠들어대지 않는 자들, 이런 자들에게 부디 축복이 있기를!"

1713년 11월 20일, 파리에서

편지 51
모스크바 차르국[114]에 파견된 페르시아 사절 나르굼이
우스벡에게
(수신지 : 파리)

이스파한에서 보내온 서신 한 통을 받았는데 자네가 페르시아를 떠나 지금 파리에 머물고 있다더군. 어째서 이 같은 자네 소식을 내 직접 자네에게서 듣지 못하고 다른 사람을 통해 들어야만 하는가?

왕 중의 왕, 우리 페르시아 국왕의 명을 받들어 이 나라에 머물게 된 지도 벌써 5년이네그려. 그동안 이곳에서 여러 중요한 협상들을 성사시켰지.

자네도 알다시피 모스크바 차르국 황제는 우리 페르시아처럼 튀르키예와 등을 지고 있는 만큼 우리 페르시아와 이해관계가 깊이 얽혀 있는 유일한 그리스도교 국왕이네.

그의 영토는 우리 페르시아 영토보다 훨씬 더 넓다네. 모스크바에서부터 중국과의 국경 지대까지만 해도 무려 1만 리나 되지 않겠나.

또한 그는 모스크바 차르국 백성들의 목숨과 재산에 대한 절대 주권자라네. 네 가문을 제외하고는 모두가 다 그의 노예들이지. 예언자들의 대리인이자 왕 중의 왕이시며 하늘을 발판으

---

114 당시 러시아의 국호. 이 명칭은 1547년 이반 4세가 차르의 칭호를 사용한 이후 1721년 표트르 대제가 러시아 제국의 건국을 선언할 때까지 사용한 러시아의 공식 국가 칭호다.

로 삼고 계시는 우리 페르시아의 국왕께서도 이보다 더 가공할 만한 권력을 행사하지는 않으신다네.

이 나라의 끔찍한 정세를 알게 된다면 아무도 이곳에서 추방되는 것을 결코 형벌이라 생각지 못할 걸세. 그래도 이곳에서는 어떤 고관이 황제의 총애를 잃고 파면을 당하면 그 즉시 시베리아로 귀양 보내지곤 한다네.

우리의 예언자께서 율법으로 우리에게 음주를 금하는 것처럼 이곳의 황제도 법으로 백성들에게 음주를 금하고 있네.

이곳 모스크바 차르국 사람들의 손님 접대 방식은 우리 페르시아인들과는 완전히 다르다네. 자신의 집에 외부 손님이 찾아오면 집주인은 제일 먼저 자신의 부인부터 소개시켜주지. 그러면 그 손님은 그녀에게 입맞춤을 하는데 이런 행위는 그 남편에 대한 하나의 예의로 받아들여진다네.

일반적으로 모든 아비가 딸의 결혼서약서에 사위가 자신의 딸을 구타해서는 아니 된다고 명기해놓지만 사실 이 나라 여인들이 얼마나 남편에게 얻어맞고 사는 것을 좋아하는지는 상상도 할 수 없을 정도라네.[115] 만일 남편이 자신을 제대로 구타해주지 않으면 그 여인은 자신이 남편의 마음을 사로잡지 못했다고 생각한다네. 자신을 구타하지 않는 이 같은 남편의 행위는 바로 자신에 대한 남편의 무관심을 보여준다고 여기며 이는 이곳 여인들에게 결코 용서받을 수 없는 일이라네.

다음은 어느 모스크바 차르국 여인이 최근 자신의 친정어머

---

115 이 같은 사회 풍속은 오늘날 변화되었다.

니에게 보낸 서신일세.

　　사랑하는 어머니!

　　저야말로 이 세상에서 가장 불행한 여인이에요. 남편의 사랑을 받기 위해 해보지 않은 일이 없지만 결코 단 한 번도 성공해본 적이 없어요. 어제는 해야 할 집안일이 산더미같이 쌓여 있음에도 불구하고 밖에 나가 온종일 시간을 보내고 왔어요. 집에 돌아오며 오늘은 남편에게 실컷 얻어맞을 수 있겠다고 생각했는데, 웬걸요, 무어라 단 한 마디도 하지 않더군요. 언니는 형부로부터 저와는 아주 다른 대접을 받고 있어요. 형부가 매일같이 언니를 구타해주고 있지요. 언니가 다른 남자를 쳐다보기만 해도 곧바로 구타가 시작돼요. 둘은 서로를 아주 사랑하고 있으며 세상에서 가장 금실 좋은 부부로 살아가고 있어요.

　　언니가 제게 그렇게 거만하게 나올 수 있는 것도 바로 이 때문이에요. 하지만 언니에게 절 업신여길 구실을 그리 오래 제공하지는 않을 거예요. 무슨 수를 써서라도 남편이 저를 사랑하지 않을 수 없게 만들기로 결심했으니까요. 제게 사랑의 증표를 보이지 않고서는 도저히 배길 수 없게끔 남편의 화를 최대한으로 돋울 거예요. 분명 저는 남편에게 얻어맞고 저의 존재를 확인시켜가며 그렇게 그의 사랑 속에 이 집에서 살아가게 될 거예요. 그가 아주 살짝 손가락으로 저를 건들기만 해도 있는 힘껏 소리칠 거예요. 사람들이 우리 부부 사이에 아무런 문제가 없다고 생각하도록 말이에요. 그리고 혹시라도 저를 구해주겠다고 찾아오는 이웃이 있다면 모르긴 몰라도 전 아마 그자의 목을 졸라버리고 말 거예요. 사랑하는 어머니! 제발 부탁드리건대 제 남편에게 충고해주시어 부디 그가 저를 악독하게 다룰 수 있도록 좀 해주세요. 정중하기 그지없는 아버지께서는 이런 식으로 어머니를 대하시지 않으셨어요. 제가 아주 어렸을 적 종종 아버지께서 어머니를 너무도 사랑하시는 것 같다고 느끼곤 했던 것을 기억해요.

사랑하는 어머니! 그럼 안녕히 계시어요.

이 나라 국민은 절대로 자국 땅을 벗어날 수 없다네. 그것이 그저 단순한 여행을 위한 것일지라도 말일세. 이렇게 국법에 따라 다른 나라들과 단절된 이곳 모스크바 차르국 백성들은 이 세상에 자신들의 풍습 말고도 다른 풍습들이 존재할 수 있다는 사실을 전혀 생각지도 못한다네. 그러다 보니 그만큼 더 자신들의 그 오랜 풍습에 애착을 갖고 이를 아주 잘 보존해오고 있다네.

그런데 현 황제[116]가 이를 모두 바꾸어놓으려 하지 않았겠나. 덕분에 턱수염[117]에 관한 문제로 백성들과 커다란 마찰을 빚기도 했지. 성직자, 수도사마저도 차라리 무지한 자[118]로 남기를 고집하며 그의 명령에 반기를 들었다네.

---

116 표트르 대제(또는 표트르 1세, 1672~1725)를 지칭한다.

117 표트르 대제는 자국의 문화 부흥을 위해 서유럽화 정책을 펼치며 대대적인 개혁을 도모하고 서양의 문물을 받아들였는데, 그중 하나로 모든 남성에게 수염을 깎도록 하였으며 수염을 깎지 않는 자들에게는 '수염세'라는 특별 세금을 징수케 했다.

168

그는 또 예술의 부흥에 힘쓸 뿐만 아니라 그동안 잊혀 있었거나 혹은 자국 내에서만 알려진 그런 자국의 영광을 유럽과 아시아에 널리 알리기 위해 무엇 하나 소홀히 하지 않고 있다네.

늘 근심이 가득하고 끊임없이 불안에 사로잡혀 있는 그는 자신의 그 거대한 제국을 여기저기 헤집고 다니며 가는 곳마다 천부적인 엄격함의 증표를 남기고 있다네.

그러더니 이제는 더 이상 그 거대한 제국만으로는 만족할 수가 없는지 자신의 제국을 떠나 유럽으로 향하고 있다네. 또 다른 지방들과 새로운 왕국들을 찾아서 말일세.

그럼 잘 있게나, 우스벡. 그리고 제발 부탁이니 자네 소식도 좀 전해주게나.

1713년 12월 2일, 모스크바에서

편지 52

리카가 우스벡에게

(수신지 : ***)

얼마 전에 한 사교계 모임에 나갔다가 아주 재미있는 일을 겪고 왔다네. 그곳에는 온갖 연령층의 여인들이 다 모여 있었

---

118 표트르 대제는 수염을 다른 유럽인들에 비해 뒤처진 퇴보의 상징으로 여기며 이를 깎지 않은 자를 무지한 자로 취급했다. 그러나 성직자들에게 수염은 열렬한 신앙인으로서의 증표이자 그 신앙심을 나타내는 것이었다.

는데 팔순의 노부인도 있었고 예순 살 노부인도 있었으며 마흔 살 된 부인도 있었다네. 또한 마흔 살의 이 부인은 스물에서 스물두 살가량 돼 보이는 젊은 여조카를 동반하고 있었지. 나는 뭔지 모를 직감에 이끌려 이 젊은 아가씨 곁으로 다가갔네. 그러자 그녀가 내 귀에 대고 속삭이는 게 아니겠나?

"저희 이모를 어떻게 생각하세요? 이모는 그 나이에도 애인을 갖고 싶어 해요. 게다가 아직도 저렇게 예뻐 보이고 싶어 한답니다."

"이모님께서 과오를 저지르고 계시는군요. 그런 건 아가씨에게나 어울릴 법한 바람들이지요."

이렇게 대답하고 잠시 후 나는 그 이모라는 부인 곁으로 가보았네. 그러자 부인이 이런 말을 하더군.

"저기 저 부인을 어떻게 생각하세요? 적어도 예순은 돼 보이는데, 글쎄 오늘 몸치장하는 데만 무려 한 시간이나 보냈답니다."

"다 시간 낭비지요. 부인 같은 매력을 지닌 사람이나 그런 짓을 고려해볼 수 있는 것이랍니다."

이 대답과 함께 이번엔 그 불쌍한 예순 살 노부인에게로 가보았지.

"세상에 저토록 우스꽝스러운 일도 다 있을까요? 아주 새빨간 리본을 달고 있는 저기 팔순 노부인을 좀 보세요. 어려 보이고 싶어 안달인 모양인데, 정말로 성공한 것 같네요. 거의 유년기 수준에 근접하고 있으니 말이에요."

내 귀에 대고 이같이 속삭여대는 노부인이 왠지 내심 측은해 보이더군. 속으로 이런 생각이 들었네.

'빌어먹을 세상! 우리 인간의 눈에는 정녕 남들의 우스꽝스러운 모습밖에는 보이지 않는 것일까? 하기야 남들의 약점을 통해 자신의 위안을 얻는 것도 어쩌면 하나의 행복인지도 모르지……'

그런데 계속 즐겨 보고 싶은 마음에 또 이런 생각이 드는 것이 아니겠나?

'이 정도면 올라올 만큼 다 온 것 같으니 이제 어디 한번 거꾸로 내려가볼까? 이번엔 가장 연배가 높은 노부인부터 시작해봐야겠군.'

그리하여 팔순 노부인에게로 다가갔지.

"부인, 부인께서는 방금 제가 대화를 나눈 저 부인과 참으로 많이도 닮으셨습니다. 두 분께서 마치 자매인 것 같지 뭡니까. 연세도 서로 비슷하신 것 같고요."

그러자 노부인이 말하더군.

"그러게 말이에요. 만일 우리 둘 중 한 사람이 먼저 세상을 뜨게 된다면 나머지 한 명은 자신에게도 곧 일어나게 될 그 일을 생각하며 분명 커다란 공포감에 휩싸이고 말 거예요. 우리 둘의 나이 차이가 이틀이나 될까 모르겠네요."

팔순의 이 노인네를 덫에 걸려들게 한 후 나는 다시 조금 전의 그 예순 살 노인에게로 가보았네.

"부인, 제가 건 내기에 부인께서 판정을 좀 내려주셔야겠습니다. 저는 부인과 저기 저 부인이 서로 동갑이라는 데 돈을 걸었습니다."

마흔 살의 부인을 가리키며 이렇게 말하자 노인네가 답하더군.

"물론이죠. 아마 여섯 달도 채 차이가 나지 않을 거예요."

'그래? 그럼 어디 한번 계속해보자고.'

이렇게 생각한 나는 계속해서 더 내려가보았네. 이번에는 마흔 살 부인에게로 가보았지.

"부인, 부인께서는 저쪽 테이블에 앉아 있는 저 아가씨를 조카라고 부르시는데 분명 농담으로 그러시는 거죠? 부인께서는 저 아가씨만큼이나 젊으시고 게다가 저 아가씨의 얼굴에서는 뭔가 한물간 듯해 보이는 것이 느껴지지만 부인에게서는 전혀 그런 것이 느껴지질 않는걸요. 그리고 부인의 안색은 아주 화사한 것이······"

그러자 부인이 내 말을 끊더군.

"잠시만요. 저는 저 아가씨의 이모가 맞아요. 하지만 저 조카의 어머니가 저보다 적어도 스물다섯 살은 더 많지요. 언니와 저는 이복 자매랍니다. 언니의 딸과 제가 같은 해에 태어났다고 지금은 고인이 되신 언니가 말하는 것을 들었어요."

"그럴 줄 알았습니다. 그러니 제가 놀란 것도 결코 잘못된 일만은 아니었군요."

우스백! 사라져가는 자신의 육체적 매력 앞에 너무 일찍 속단하며 이제 한물갔다고 느끼는 여자들은 언제나 젊은 시절로 되돌아가고 싶어 하기 마련이라네. 그러니 그런 여자들이 어찌 이를 위해 남을 속이려 들지 않을 수 있겠는가? 그녀들은 자기 자신을 속여가며 자신이 점점 더 나이를 먹어가고 있다는 그

172

비통한 생각을 회피하려 온갖 노력을 다하고 있다네.

1713년 12월 3일, 파리에서

편지 53
젤리스가 우스벡에게
(수신지 : 파리)

저의 몸종 노예, 젤리드를 향한 백인 환관 코스루의 열정만큼 그렇게 강하고 격렬한 열정은 지금껏 본 적이 없어요. 그가 얼마나 열렬히 젤리드와의 결혼을 요청하는지 저로서는 도저히 그 청을 거절할 수가 없을 정도예요. 더군다나 저의 어머니께서도 그 요청을 거부하시지 않는 데다가 젤리드 본인마저도 이 거짓 결혼을 기꺼이 원하고 있고, 또 이 결혼에 대한 헛된 환영 속에 만족해하는 듯 보이는데 굳이 제가 거부할 이유가 뭐 있겠어요.

도대체 젤리드는 그 불우한 자 곁에서 뭘 어쩌겠다는 건지 모르겠어요. 분명 남편으로서 가진 것이라고는 오직 질투심밖에 없을 것이고 부인에 대한 질투심으로 부질없는 절망에 빠져들 때가 아니고서는 그야말로 무관심 그 자체일 텐데 말이에요. 게다가 보통의 남자였던 자신의 과거를 끊임없이 떠올려가며 이제는 더 이상 그렇지 아니함을 스스로의 머릿속에 더욱 각인시켜갈 것이고, 언제나 헌신적인 남편이 될 준비가 되어 있음에도 불구하고 결코 그럴 수 없기에 끊임없이 자신을 속이고 아내에게 실망을 주며 그렇게 매 순간 그녀가 자신의 불행한 운명을 함께 감내할 수밖에 없도록 할 텐데 말이에요.

그렇다면 뭐예요? 늘 어떤 환상이나 환영에 잠겨 오로지 상상 속에서만 살아가겠다는 말인가요? 항상 쾌락의 옆에서 그 주위만을 맴돌 뿐 결코 그것을 맛볼 수는 없다는 말이 아닌가요? 불운한 자의 품에 안겨 사랑의 숨결에 호응하는 것이 아니라 그의 회한에 찬 탄식만을 토닥여가며 그렇게 한평생을 번민 속에서 살아가겠다는 말인가요?

환관이란 오로지 여인을 지키기 위해 존재하는 것이지 결코 소유하기 위해 존재하는 것이 아니지요. 그러니 이런 부류의 인간들은 멸시받아 마땅한 것이 아니던가요? 이들에게서는 아무리 사랑을 찾으려 해봐도 보이질 않는답니다.

당신이 저의 솔직함을 좋아하고, 다른 부인들이 보이는 그 가식적인 정숙함보다는 저의 자유분방한 태도와 쾌락에 대한 저만의 남다른 감수성을 더 좋아하기에 지금 이렇게 꾸밈없이 아주 솔직하게 이야기하는 거예요.

환관들은 여인들을 상대로 우리 일반인들이 모르는 일종의 성적 쾌감을 음미한다고 당신이 수없이 말하곤 했었지요. 자연은 스스로 그 손실을 메꿔갈 수 있으며 이런 환관들의 신체적 결함까지도 회복시켜줄 수 있는 그런 원천을 지니고 있고, 이들이 더 이상 남성이 아닐 수는 있을지언정 감각을 느끼지 않을 수는 없다고, 그리고 이런 상태에서는 제3의 감각, 말하자면 일반인들이 느끼는 쾌락과는 또 다른 유의 쾌락을 맛볼 수 있는 그런 감각을 지니게 된다고 말이에요.

만일 그 말이 사실이라면 그나마 전 젤리드를 덜 가여워할 수 있을 거예요. 조금이라도 덜 불행한 사람과 함께 산다는 사실이 중요하니까요.

이 일을 어찌 처리해야 좋을지 당신의 뜻을 알려주세요. 또한 이 결혼식이 당신의 하렘 안에서 거행되기를 원하시는지 아닌지도 말씀해주세요.

그럼 안녕히 계시어요.

1713년 12월 5일, 이스파한의 하렘에서

편지 54
리카가 우스벡에게
(수신지: ***)

오늘 아침 방에 있을 때였네. 자네도 알다시피 내 방은 옆방과 아주 얇은 칸막이벽 하나로만 분리되어 있을 뿐 아니라 여기저기 구멍까지 뚫려 있어 옆방에서 하는 이야기가 다 들리지 않는가? 오늘은 옆방에서 한 남자가 성큼성큼 걸어 다니며 또 다른 남자에게 이런 이야기를 하는 소리가 들리더군.

"무슨 영문인지 몰라도 난 요즘 그야말로 되는 일이 하나도 없다네. 빛을 발할 만한 말을 단 한 마디도 하지 못한 지가 벌써 사흘도 더 되지 않았겠나. 무슨 대화를 나누든 그야말로 완전히 뒤죽박죽되어 어리둥절할 뿐이네. 사람들은 내게 전혀 관심을 기울이지도 않을뿐더러 두 번 다시 말을 걸어오지도 않는다네. 내 이야기에 다시금 활기를 불어넣어줄 만한 재치 있는 말도 몇 가지 준비해보았었지. 그런데 끝내 입도 뻥끗해보지 못했지 뭔가. 사람들이 내게 기지를 발휘해 보일 기회조차 주지 않더라고. 내게 아주 재미있는 이야깃거리가 하나 있었는데 슬쩍 꺼내려고만 하면 사람들은 벌써 교묘히 내 이야기를 피해 가곤 하는 것이 아니겠나. 마치 일부러 그러는 것처럼 말일세. 내 머릿속에는 이미 나흘 전부터 재치 있는 말들이 준비되어 있지만 한 번 사용해보지도 못한 채 그 속에서 그냥 시들어가고만 있다네. 만일 계속해서 이런 식으로 나간다면 나는 결국 바보가 되고 말 걸세. 이것이 바로 어찌할 수 없는 내 운명인가 보네. 어제는 이번에야말로 꼭 빛을 발해볼 수 있기를 기대해보며 별로 그리 인상적이지도 않은 서너 명의 노부인들과 함께 대화를 나누었지. 하여 이 세상에서 가장 재치 있는 이야기를 해보려 하지 않았겠나. 그런데 웬걸, 15분 이상이나 걸려 힘들게 이야기의 방향을 잡았더니만 정작 그 노부인들은 내 이야기에 단 한 번도 맞장구를 쳐주지 않더군. 그러고는 오히려 숙명의 세 여신, 파르카이[119]라도 되는 것처럼 내가 하는 이야기마다 그 흐름을 참 잘도 끊어놓는 것이 아니겠나. 정말이지 재치꾼이라는 명성을 얻어내기란 실로 힘든 일이 아닐 수가

---

119 로마 신화에 등장하는 생사를 맡아보는 세 여신으로, 탄생의 신(Clotho), 수명·운명의 신(Lachésis), 죽음의 신(Atropos)이 있다.

176

없네그려. 자네는 어떻게 그리 잘 성공해낼 수 있었는지 모르겠구먼."

"내게 생각이 있네. 우리 둘 다 재치꾼이 될 수 있도록 한마음으로 협력하여 함께 일해보는 걸세. 서로 연합하자는 말일세. 매일매일 그날은 무슨 이야기를 할지 우리끼리 미리 짜놓는 걸세. 그리고 우리의 대화 도중 누군가 끼어드는 사람이 있으면 우리 둘이서 서로 장단을 잘 맞춰가며 그 사람을 대화에 끌어들이는 걸세. 혹시라도 그가 우리의 대화에 흔쾌히 동조하려 들지 않는다면 그를 마구 공격해서 강제로 그렇게 만드는 걸세. 언제 동의를 해야 할지, 언제 미소를 지어야 할지, 하물며 언제 목청껏 큰 소리로 웃어야 할지조차 우리끼리 미리 정해놓는 걸세. 그러면 틀림없이 무슨 대화를 나누든 우리는 매번 두각을 드러내게 될 테고 사람들은 우리의 민첩한 기지와 성공적인 임기응변식 답변에 감탄하게 될 걸세. 또 우리끼리 서로의 이야기에 고개를 끄덕여가며 서로 옹호해주는 걸세. 오늘 자네가 빛을 보았다면 내일은 내가 빛을 볼 수 있도록 자네가 날 도와주는 걸세. 함께 누군가의 집에 갔을 때는 내 자네를 가리키며 이렇게 외치듯 말하겠네. '방금 길거리에서 어떤 남성 한 분과 마주쳤는데 여기 이분께서 그 사람에게 아주 유쾌한 답변을 하셨답니다. 그 이야기를 좀 해드려야겠군요.' 그러고는 자네를 바라보며 '그 사람, 그런 대답이 나올 것이라고는 전혀 예상치 못하고 있었나 보더군요. 정말로 깜짝 놀라더라고요' 하고 말하겠네. 또 내가 자작시 몇 수를 읊으면 자네는 이렇게 이야기해주게나. '이분께서 이 시들을 지으실 때 저도 함께 있었지요. 밤참을 먹던 중이었는데, 글쎄, 깊이 사색에 잠기지도 않고 그냥 단숨에 지어버리시더라고요.' 이따금 서로 조롱도 해대는 걸세. 그러면 분명 사람들은 이렇게들 이야기할 걸세. '저 사람들 어쩜 저렇게 서로를 잘 공격해대고 또 서로를 잘 방어하는지 좀 보세요. 둘이서 아주 기탄없이 말을 내뱉고 들 있어요. 저 상황에서 과연 어떻게들 빠져나오는지 어디 한 번 지켜봅시다. 아! 정말이지 참으로 대단해요. 저런 재치를 보일 수 있다니! 이것이 바로 진정한 논쟁이라는 것이지요.' 물론 우리가 전날 미리 연습해둔 논쟁이라는 사실은 아무도 생각지 못할 걸세. 재치가 전혀 없는데 있는 척하고 싶어 하는 사람들을 위해 만들어진 명언 모음집 같은 책들도 몇 권 좀 사야 하네. 어떤 표본을 갖고 있느냐에 따라 모든 승패가 좌우되기 마련이지. 6개월 안에 우리 둘 다 아주 재치 있는 말들로 한 시간 동안의 대화를 무난히 이끌어갈 수 있는 그런 상태에 이를 수 있기를 바라네. 단, 한 가지 주의해야 할 점이 있네. 바로 우리가 말한 그 재치 있는 말들의 운명을 계속 유지해가는 일일세. 자고로 재치 있는 말들은 그것을 내뱉는 것만으로는 충분치 않고 여기저기 퍼뜨려야 하는 법이라네. 그렇지 않으면 그만큼 손해를 보게 되지. 솔직히 자신이 말한 어떤 멋진 이야기가 어느 어리석은 자의 귓속에서 그냥 사라져가는 것을 보는 것만큼 안타까운 일이 또 어디 있겠나? 물론 종종 그만큼의 보상이 따르는 것도 사실이기는 하지만 말일세. 아닌 게 아니라 우리가 내뱉는 말 중에는 어리석은 말도 적지 않은데 그것이 남몰래 그냥 슬쩍 지나가버릴 수 있지 않은가? 이것이 이 같은 상황에서 그나마 우리가 얻을 수 있는 유일한 위안이지. 자! 이상 이 자네와 내가 실행에 옮겨야 할 우리의 공동 계획이라네. 장담컨대 내가 시키는 대로만 하면 자네는 분명 6개월 내로 '아카데미 프랑세즈'[120]에 한자리 마련할 수 있을 걸세. 재치꾼이라는 명성을 얻기 위한 이 훈련이 그리 길지만은 않을 것이라는 뜻이네. 일단 한번 아카데미에 들어가기만 하면 더 이상 애써 이런 수완은 부리지 않아도 되네. 아무리 자네가 그렇지 못하다 해도 자네는 자연히 재치꾼으로 여겨지게 돼 있으니 말일세. 프랑스에서는 누구든 일단 한번 어떤 단체에 들어가면 제일 먼저 이른바 '연대의식'이라는 것을 부여받게 되지. 자네도 마찬가지라네. 쏟아지는 찬양에 시달릴 자네가 심히 걱정될 뿐이구먼."

1714년 1월 6일, 파리에서

---

120 '프랑스 한림원'이라고도 칭한다. 프랑스 지식인들의 학술 단체로 문학상을 수여하고 프랑스어 사전을 편찬한다. 1635년에 설립되었으며 회원은 마흔 명이고 일단 회원으로 선출되면 종신직이다. 정회원들은 문학가가 다수를 차지하며, 과학자와 사회학자, 철학자, 의사도 있다. 이 단체의 회원이 되기 위해서는 기존 회원의 추천을 받아야 하며, 회원은 투표로 지원자를 받아들일지를 결정한다.

편지 55
리카가 이벤에게
(수신지 : 스미르나)

유럽인들은 결혼 첫날밤 15분이면 모든 어려움이 다 해결된 다네. 여인들이 베풀어주는 최후의 애정 표시는 언제나 결혼식 당일에 바로 이루어지지. 우리 페르시아 여인들처럼 그것을 쉬이 허락하지 않기 위해, 그것도 때로는 꼬박 몇 달씩이나 끌어가며 그렇게 투쟁을 벌이는 일은 결코 없으니 허락을 해도 그렇게 쉬이 허락해줄 수가 없다네. 그래봤자 빼앗기는 건 어차피 아무것도 없기 때문이 아니겠나? 이 말은 곧 빼앗길 것이 아무것도 없었다는 뜻이기도 하지. 더욱이 참으로 부끄러운 일이 아닐 수 없는 것은 바로 이 여인들이 언제 정조를 허락했는지 모두가 다 알고 있다는 사실이라네. 굳이 별점을 보지 않아도 태어날 아이의 출생 시각까지 정확히 예측해낼 수 있을 정도가 아니겠나?

프랑스 남자들은 남들에게 자신의 부인에 대해 거의 이야기하지 않는다네. 자신보다 이미 더 잘 알고 있는 사람들 앞에서 그녀에 관해 이야기하기가 두려운 것이지.

이 중에는 그 누구도 위로해주지 않는 아주 불행한 남자들이 있다네. 바로 질투심 많은 남편이지. 모두가 혐오하는 그런 불행한 남자들도 있다네. 이 또한 질투심 많은 남편이라네. 모든 남성이 멸시하는 그런 불행한 남자들도 있으니 이 역시 질투심 많은 남편이 아니겠나.

그래서일까? 프랑스만큼 질투심 많은 남편이 적은 나라도 없다네. 프랑스 남편들이 이토록 태평한 이유는 결코 자신의 부인에 대한 믿음이 크기 때문이 아닐세. 오히려 그 반대가 아니겠나. 스스로 자신의 부인을 안 좋게 평가하기 때문이지. 아시아 여인들이 두르고 있는 베일, 그녀들이 억류되어 있는 감옥과도 같은 그곳, 그녀들에 대한 환관들의 경계와 같은 아시아 여인들의 온갖 현명한 예방책도 이들의 눈에는 그녀들의 간계를 막기보다 오히려 그것을 더욱 부리게끔 하는 그런 수단으로밖에 보이지 않는다네. 이곳에서는 남편들이 부인들의 외도를 하나의 피할 수 없는 운명적인 사건으로 여기며 이를 기꺼이 자신의 운명으로 받아들인다네. 만일 자신의 부인을 혼자서만 독차지하려는 남편이 있다면 그는 분명 공공의 기쁨을 교란하는 자, 다른 남성들을 제쳐놓고 오로지 혼자서만 태양의 빛을 만끽하려는 아주 몰상식한 자로 간주될 걸세.
　이 나라에서는 자신의 부인을 사랑하는 남편은 다른 여인으로부터 사랑받을 수 있는 충분한 자격을 지니지 못한 자, 부족한 자신의 매력을 보완하기 위해 법을 남용하는 자, 사회 전체에 피해를 주며 자신에게 주어진 모든 특권을 이용하는 자, 단지 결혼이라는 계약 아래 잠시 자신에게 맡겨져 있는 그것을 아예 제 것으로 삼아버리는 자, 그리고 자신이 그것을 차지하고 있는 한 남녀 쌍방 모두에게 행복을 주어야 한다는 그 묵계를 계속해서 뒤엎어버리는 자에 지나지 않을 뿐이라네. 또 우리 아시아에서는 그토록 애써 숨기는 아름다운 여인의 남편이라는 사실을 이곳에서는 아무런 거리낌도 없이 그냥 드러내고 다닌다네. 곳곳에 위안으로 삼을 만한 것들이 널려 있기 때문이 아니겠나? 자고로 한 국왕이 자신의 요새 하나를 잃으면 또 다른 요새를 취함으로써 그 위안을 얻기 마련이지. 튀르키예 제국이 우리 페르시아의 바그다드를 점령[121]했을 때 우리 페르시아 또한 무굴 제국의 칸다하르 요새를 탈취[122]해 오지 않았던가?

일반적으로 부인의 외도를 묵인해주는 남자들은 결코 야유를 받지 않는다네. 오히려 그 신중함을 칭송받지. 명예가 훼손되는 일은 몇몇 특별한 경우에만 일어난다네.

그렇다고 정조 있는 여인들이 전혀 없다는 말은 아니네. 그런 여인들은 아주 기품이 있다고 할 수 있지. 그런 여인들을 발견할 때면 매번 나의 마부가 내게 알려주곤 하지 않겠나? 그런데 그녀들은 어쩜 그리도 한결같이 다들 추하게 생겼는지 성인군자가 아니고서는 도저히 정조라는 것을 혐오하지 않을 수 없을 정도라네.

지금까지 이 나라의 풍기에 관해 이야기해보았네. 이제 자네도 프랑스인들이 풍기라는 것에 전혀 개의치 않는다는 것을 쉽게 상상해볼 수 있을 것이네. 이들은 한 여인에게 영원한 사랑을 맹세하는 것을 마치 평생 건강을 유지하겠다거나 또는 평생 행복할 거라고 주장하는 것만큼이나 어리석게 바라본다네. 프

---

121 바그다드(현 이라크의 수도)는 1638년 오스만 제국의 무라드 4세(Murad IV, 1612~1640)에 의해 점령되었다.

122 칸다하르(현 아프가니스탄의 도시)는 1649년 페르시아의 아바스Abbas 2세에 의해 점령되었다.

랑스 남자가 한 여인에게 영원히 그녀를 사랑하겠노라 맹세할 때는 마찬가지로 그 여인 쪽에서도 영원히 사랑스럽게 행동하겠노라 자신에게 약속하는 것임을 전제로 한다네. 만일 그녀가 그 약속을 어길 시에는 마찬가지로 자신 또한 더는 자신이 한 맹세를 지킬 이유가 없다고 생각하지.

1714년 1월 7일, 파리에서

편지 56
우스벡이 이벤에게
(수신지 : 스미르나)

도박은 유럽에서 널리 통용되고 있다네. 도박꾼이 하나의 사회적 신분과도 같을 정도지. 도박꾼이라는 칭호는 그 사람의 출생 신분이나 재산, 성실성을 대신해줄 수 있는 유일한 직함이라네. 이 직함을 지닌 자라면 누구든지 그 어떤 확인도 거치지 않고 모두 정직한 사람으로 분류되지. 물론 이런 식의 판단이 자신들에게 자주 실수를 불러온다는 사실을 모르는 사람은 아무도 없다네. 그런데 사람들은 자신들의 이 같은 기존 사고 방식을 절대로 바꾸려 하지 않는다네.

특히 도박에 매우 열중인 사람들은 다름 아닌 여자들이라네. 물론 여자들의 경우 젊은 시절에는 자신들의 가장 소중한 정열, 즉 청춘사업을 위해서가 아니고는 거의 도박에 빠지는 일이 없는 게 사실이긴 하다네. 하지만 점점 나이가 들수록 이들의 도박에 대한 열정은 도리어 그 원기를 되찾게 되고 결국엔 옛 정열들이 남기고 간 그 빈자리의 공허함을 도박에 대한 열정이 대신 채워주는 것만 같다네.

이런 여인들은 자신의 남편을 파산시키지 못해 안달이라네. 가장 유혹에 빠지기 쉬운 순진한 젊은층 여인들부터 교활하기가 이루 말할 데 없는 노년층 여인들에 이르기까지 그야말로 나이를 불문하고 모두 그 방법을 잘 알고 있지 않겠나? 우선 의복과 장신구에서 그 방탕함이 시작된다네. 그리고 자신의 몸을 치장해가며 그 도를 점점 더 높이다가 결국에는 도박으로 그 끝을 보는 것이지.

나는 아홉 내지 열 명의 여인들, 아니 구 내지 십 세기世紀가 한 탁자에 빙 둘러앉아 있는 광경을 자주 목격하곤 했네. 희망에 부풀어 있는 여인들, 두려움에 떨고 있는 여인들, 기쁨을 만끽하는 여인들, 그리고 무엇보다도 노여움에 가득 차 있는 여인들을 볼 수 있었지. 자네가 이 광경을 보았다면 분명 이 여인들은 결코 마음을 진정시킬 그 최소한의 겨를도 없을 것이라고, 또 낙담에 빠지기도 전에 이미 세상을 떠버리고 말 것이라고 말했을 걸세. 그녀들이 돈을 지불하는 자들이 과연 이들의 채권자들인지 아니면 유증 수혜자들인지에 대해서도 분명 의문을 품었을 것이네.

성스러우신 우리의 예언자께서는 무엇보다도 우리의 이성을 뒤흔들어놓을 수 있는 모든 것을 우리에게서 제거해주실 목적이었던 것 같네. 우리의 이성을 잠재워버리는 술을 금지시키셨

고, 우연의 행운을 바라는 모든 도박을 엄격한 계율로써 금하
지 않으셨나? 또한 정열의 근원을 도저히 제거하실 수 없으시
자 이에 그 정열을 조금씩 그리고 서서히 무뎌지게끔 해놓으셨
지. 사랑은 우리 페르시아 남성들의 마음속에 그 어떤 불안도,
그 어떤 분노도 불러일으키지 못하네. 우리에게 사랑이란 영혼
을 평온히 내버려 두고 있는 그런 시들시들해진 정열에 불과할
뿐이지. 바로 일부다처제 같은 여성의 다양성이 우리네 남성들
의 강렬한 욕구를 완화시켜주며 그렇게 우리를 여성들의 지배
로부터 구해주는 것이 아니겠나?

1714년 2월 10일, 파리에서

편지 57
우스벡이 레디에게
(수신지 : 베니스)

　이곳에서는 자유사상가들이 수많은 매춘부를 먹여 살리고
있고 독실한 신자들이 헤아릴 수 없을 정도로 많은 데르비시들
을 먹여 살리고 있단다. 데르비시들은 신에게 순명, 청빈 그리
고 정결에 대한 세 가지 서원을 하게 되는데 사람들 말에 따르
면 첫번째 서원이 그나마 가장 잘 지켜지고 있다는구나. 두번
째 서원의 경우 내 자신 있게 말하건대 전혀 지켜지지 않고 있
단다. 세번째 서원에 관한 판단은 내 그냥 너에게 맡길 터이니

알아서 한번 판단해보도록 하여라.

이 데르비시들은 자신이 얼마큼의 부를 지니고 있건 간에 결코 그 청빈의 상태에서 벗어나는 일이 없단다. 우리의 영광스러운 국왕이셨더라면 분명 이런 청빈한 생활을 영위해가느니 차라리 그 화려하고 고귀한 국왕의 자리를 포기해버리셨을 텐데 말이다. 한데 이들의 판단이 지극히 옳다고 볼 수도 있는 것이, 바로 이 청빈함이라는 칭호가 그들로 하여금 결코 그렇게 될 수 없도록 해주고 있지 않겠느냐?

의사들과 '고해 신부'라 불리는 일부 데르비시들은 이곳에서 너무 존중받든지 아니면 너무 멸시받든지 둘 중 하나란다. 사람들 말로는 상속인들 같은 경우 그래도 고해 신부보다는 의사들을 더 잘 받아들이고 있다는구나.

얼마 전에 이런 데르비시들이 생활하는 어느 수도원에 다녀온 적이 있었단다. 그들 중 그야말로 경외심을 불러일으키는 호호백발의 한 데르비시가 아주 정중하게 날 맞아주었지. 그는 내게 수도원 곳곳을 안내해주었고 이어 우리는 어느 정원으로 들어가게 되었단다. 그리고 그곳에서 대화를 나누기 시작했지.

"신부님, 신부님께서는 이곳에서 어떤 업무를 맡고 계십니까?"

이 같은 나의 물음에 그가 매우 기쁜 표정으로 답하더구나.

"저는 결의론자[123]입니다."

---

[123] 양심 문제를 이성과 기독교 교리에 따라 해결하려는 신학자이다. 결의론이란 사회적 관습이나 교회, 성서의 율법에 비추어 도덕적인 문제를 해결하려는 윤리학 이론을 말하는 것으로, 이 같은 연구는 중세의 스콜라 철학에서 이

"결의론자라구요? 프랑스에 온 이후로 그런 직책의 이름은 단 한 번도 들어본 적이 없습니다만……"

"뭐라고요? 결의론자가 무엇인지 정녕 모르신다는 말씀입니까? 자, 그럼 잘 한번 들어보시지요! 당신이 만족스러워할 만한 설명을 해드리지요. 이 세상에는 두 종류의 죄가 있답니다. 하나는 저지르게 되면 결코 천국으로 갈 수 없는 그야말로 대죄이고, 다른 하나는 하느님의 진리를 거역하는 것이기는 하지만 그래도 천복을 빼앗길 정도로 하느님의 노여움을 사지는 않는 가벼운 죄입니다. 우리 결의론자들의 임무는 바로 이 두 가지 죄를 잘 구분해내는 것이랍니다. 이유인즉 몇몇 자유사상가들을 제외한 모든 그리스도교도가 천국에 가길 바라는데 가능한 한 쉽고 편하게 가길 원치 않는 사람은 아무도 없기 때문입니다. 어떤 것이 용서받지 못할 대죄인지를 잘 알고 있으면 그런 죄를 저지르지 않기 위해 부단히 노력하며 이에 맞게 알아서 행동하게 되지요. 그런데 이런 완벽함을 추구하지 않는 사람들이 있답니다. 이런 사람들은 야망이 없는 만큼 천국의 가장 좋은 자리를 얻기 위해 애써 노력하는 법도 없지요. 하여 천국의 문도 겨우 통과할 뿐이랍니다. 이들은 천국에 들어가는 그 자체만으로 이미 충분히 만족해하는 사람들이며 이들의 목표는 이 천국의 진입을 위해 그야말로 더도 덜도 하지 않는 것이랍니다. 천국의 자리를 얻어내려 한다기보다는 차라리 그것을 강탈하려는 자들이라고 할 수 있지요. 이들은 하느님께 이

루어져왔다.

런 기도를 올린답니다. '하느님! 저는 당신께서 요구하신 천국 행의 필수 조건들을 엄밀히 이행하였습니다. 그러니 하느님께서는 이제 당신께서 하신 약속을 지키지 않으실 수 없게 되셨습니다. 제가 당신께서 요구하신 그 이상으로는 실행한 것이 없으니 당신도 제게 약속 이상으로는 베풀어주시지 않아도 됩니다.' 선생님, 이래서 바로 우리 같은 결의론자들이 꼭 필요하답니다. 이뿐만이 아닙니다. 우리가 필요한 이유가 또 하나 있지요. 어떤 행위든 그 자체로 범죄가 성립되는 것은 아닙니다. 범죄란 그 범죄 행위를 저지른 사람이 그것이 범죄임을 자각하고 있을 때 비로소 성립됩니다. 나쁜 짓을 저지르고도 그것이 나쁜 짓이 아니라고 생각하는 사람은 전혀 양심의 가책을 느끼지 않는 법이지요. 그런데 우리 인간의 행동에는 그것이 범죄가 되는지 아닌지 판단해내기에 매우 모호한 경우가 허다하다 보니 바로 우리 같은 결의론자들이 이런 애매한 행위들을 선행으로 간주해주며 이 행위에 사실과는 달리 선의의 등급을 부여해주는 것입니다. 이 행위에 악의가 없었음을 납득시킬 수 있는 이상 이 행위에 있던 모든 악의를 완전히 제거해주는 것이지요. 저는 지금 당신에게 제 평생 몸담아온 이 직업의 비밀을 말씀드리는 것입니다. 이 직업은 극도의 정교함이 필요한데 온갖 사항을 일일이 다 신경 써서 살펴봐야만 하기 때문입니다. 별로 중요해 보이지도 않는 아주 사소한 것들까지도 말이지요."

"신부님께서는 참으로 훌륭한 일을 하고 계시는군요. 그런데 하느님과는 어떻게 타협을 보고 계시는지요? 만일 우리 페르시아 왕궁에 신부님께서 하느님의 뜻을 거역하고 계시듯 그렇게 우리 국왕께서 내리신 명령에 차별을 둬가며 백성들에게 어떤 경우에는 이를 준수해야 하고 또 어떤 경우에는 그것을 위반해도 되는지 일러주는 자가 있다면 분명 우리 국왕께서는 지체 없이 그자의 몸에 말뚝을 박아 처형하셨을 것입니다.”

이 말과 함께 나는 그 데르비시에게 인사를 건넸단다. 그러고는 답변을 기다리지도 않은 채 바로 뒤돌아섰지.

1714년 3월 23일, 파리에서

편지 58

리카가 레디에게

(수신지 : 베니스)

레디! 파리에는 참으로 가지각색의 직업들이 있단다. 이를 좀 살펴보자면, 우선 돈 몇 푼을 벌자고 금 만드는 비법을 가르쳐주는 그런 아주 친절한 자가 있지 않겠느냐?

더도 말고 딱 30년 동안만 여자들을 멀리한다면 천사들과 잠자리를 함께할 수 있도록 해주겠다고 약속하는 자도 있단다.

더도 말고 딱 15분만 하녀와 대화를 나누면 그 집 주인의 평생 운도 봐줄 수 있는 아주 용한 점쟁이들도 있지.

오늘 시든 정조의 꽃을 다음 날 다시금 활짝 피어나게 하는 그런 꾀바른 여인들도 있단다. 그런데 이런 꽃은 백번째로 꺾일 때 첫번째 꺾였을 때보다도 더욱더 고통스럽게 꺾이곤 한단다.

또, 뛰어난 화장술로 얼굴에 생긴 세월의 흔적을 모두 지워가며 흔들리는 그 아름다움을 다시금 잡아줄 수 있을 뿐만 아니라 노년의 절정에 이른 부인까지도 소녀 시절의 모습으로 되돌려줄 수 있는 그런 사람들도 있더구나.

이런 사람들은 하나같이 모두 발명의 어머니[124]라 할 수 있는 이 도시, 파리에 살고 있거나 혹은 살고 싶어 한단다.

하지만 이곳 파리 시민들의 수입은 전혀 견고하지가 못하단다. 오로지 개개인들의 재능과 근면함만이 이들의 수입을 창출해낼 뿐이지. 그러다 보니 각자 자신만의 그 어떤 장점을 최대한으로 살려 한껏 활용해가는 것이란다.

만일 사원의 수입을 뒤쫓는 법관들의 수를 세어보려는 사람이 있다면 그는 분명 해변가의 모래알 수나 우리 페르시아 군주의 노예 수쯤은 금세 세버리고도 남을 그런 사람일 게다.

언어, 기술 또는 과학을 가르치는 수많은 선생은 자신들도 모르는 것을 가르치고 있단다. 그야말로 대단한 재주가 아니더냐? 자신이 아는 바를 보여주는 것이야 별로 그리 많은 재능이 필요하지 않지만 자신이 전혀 모르는 것을 가르치는 데는 참으로 어마어마한 재능이 필요한 법이지.

여기서는 죽어도 돌연사로밖에는 죽을 수가 없단다. 그것 말고는 달리 방법이 없기 때문이지. 그도 그럴 것이 나라 곳곳에

---

124 당시 파리 시민들은 상상력의 대가로 정평이 나 있었다고 한다.

이 세상에 존재하는 모든 질병을 다 고쳐줄 수 있는 그런 특효약을 가진 사람들이 즐비하지 뭐냐?

상점에는 하나같이 모두 어떤 보이지 않는 그물이 쳐져 있어 손님들이 죄다 걸려들고 있단다. 그래도 가끔은 별문제 없이 이 궁지에서 빠져나오는 사람들이 있는가 보더구나. 젊은 여자 상인이 이쑤시개 한 통을 팔기 위해 꼬박 한 시간 동안이나 남자 손님 한 명의 비위를 맞춰주는 것을 보면 말이다.

그 누구도 이곳 파리를 떠날 때면 이 도시에 들어오기 전보다 훨씬 더 신중한 사람이 되어 떠나지 않을 수가 없단다. 남들에게 자신의 재산을 조금씩 조금씩 떠벌려가며 나누어주다 보니 도리어 그것을 꼭꼭 간직하는 법을 배우게 된 것이지. 이것이 바로 이 매혹적인 도시에서 우리 같은 외국인들이 누릴 수 있는 유일한 특혜란다.

1714년 4월 10일, 파리에서

편지 59
리카가 우스벡에게
(수신지 : ***)

얼마 전에는 온갖 부류의 사람들이 다 모여 있는 어느 집에 다녀오지 않았겠나. 그곳에서 젊어 보이기 위해 아침 내내 헛수고를 하고 온 두 노부인이 나누는 이야기를 듣게 되었지. 그

중 한 명이 말하더군.

"솔직히 요즘 젊은 남자들은 옛날 우리 젊었을 때와는 완전히 달라요. 옛날에는 남자들이 예의 바르고 친절했을 뿐만 아니라 관대하기까지 했었는데 요즘 남자들은 거칠기가 그야말로 이루 말할 수 없다니까요."

그러자 통풍성 관절염에 시달리는 듯 보이는 한 남자가 말하더군.

"모든 게 다 변했어요. 이제 더 이상 옛날의 그 시대가 아니랍니다. 40년 전에는 모든 사람이 건강했지요. 모두 걸어 다녔고 즐거워했으며 웃고 춤추는 일 외에는 바라는 것이 없었어요. 하지만 지금은 모든 사람이 견딜 수 없는 슬픔에 빠져 있답니다."

잠시 후 대화는 정치 쪽으로 흐르게 되었지. 나이가 지긋이 든 어느 귀족 영감이 말하더군.

"빌어먹을! 이 나라 정부는 이제 더 이상 제대로 돌아가지 않고 있소이다. 지금 우리 정부에 콜베르[125] 같은 장관이 단 한 명이라도 있다면 어디 한번 내게 일러줘들 보시지요. 난 콜베르 장관을 아주 잘 알고 있다오. 그는 내 친구였지요. 항상 누구보다도 나의 연금을 가장 먼저 챙겨주곤 했었답니다. 정말이지 그때는 재정 상태가 얼마나 순조로웠는지 모릅니다. 모두가

---

125 콜베르Jean-Baptiste Colbert는 프랑스의 중상주의 정치가로 루이 14세 치하, 1665년부터 1683년까지 재무부 장관을 역임한 인물이다. 차가운 성품에 냉정한 사람이었으며, 집요하게 일에 매달렸고, 검소한 생활을 하여 사람들로부터 많은 존경을 받았다.

풍족한 삶을 누렸지요. 그런데 지금은 어떻습니까? 나는 완전히 파산한 상태랍니다."

그러자 그때 한 성직자가 말했네.

"당신은 지금 천하무적 군주 시대의 그 기적적이었던 시절에 관해 이야기하고 계시는군요. 이단을 타파하기 위해 당시 우리의 군주께서 하셨던 그 일처럼 훌륭한 일이 또 어디 있겠습니까?"

그러자 지금껏 내내 침묵을 지키던 한 남자가 마침내 기쁜 표정으로 한마디 던지는 것이 아니겠나.

"결투를 폐지시킨 일도 결코 무시할 수 없지요."

그때 누군가 내 귀에 대고 속삭이더군.

"아주 타당한 지적이지요. 저 남자는 결투 폐지령에 그야말로 대만족하고 있는 사람이랍니다. 이 칙령을 얼마나 잘 준수하고 있는지 6개월 전에는 이를 위반하지 않으려 곤장을 무려 백 대나 맞기도 했었답니다."

우스벡! 인간들은 언제나 모든 것을 은연중에 자기 기준에 맞춰 판단하는 것 같네. 흑인들이 애써 악마를 눈부시도록 새하얗게 색칠해놓고 있는 것이나 또는 자신들의 신을 마치 석탄처럼 시커멓게 색칠해놓는 것도, 어떤 민족에게서는 비너스 여신의 젖가슴이 허벅지까지 늘어져 있는 것도, 그리고 모든 우상 숭배자가 자신들의 신을 인간의 형상으로 표현해놓고 그 형상에 신으로서의 모든 자질을 부여해주는 것도, 이 모든 것이 내겐 그리 놀랍게 느껴지지만은 않는다네. 만일 세모꼴들이 신의 형상을 만들게 된다면 그 신은 분명 세 변을 갖고 있을 것이라는 지극히 옳은 말도 있지 않은가?[126]

우스벡! 난 말일세, 우주의 점 하나에 지나지 않는 이 티끌만 한 지구 위에 붙어 서식해가는 그런 인간들이 스스로를 신의 표본으로 자청하고 나서는 것을 볼 때면 그토록 미미하기 그지없는 자들이 어떻게 그리도 기상천외한 생각을 해내는지 도무지 이해할 수가 없다네.

1714년 4월 14일, 파리에서

편지 60

우스벡이 이벤에게

(수신지: 스미르나)

내게 프랑스에도 유대인들이 있는지 물었는가? 이 세상 어디든 돈이 있는 곳이라면 반드시 유대인들이 있다는 사실을 잊지 말게나. 그들이 이곳에서 뭘 하는지 물었는가? 아주 정확히 말하자면 우리 페르시아에 있는 유대인들과 전혀 다르지 않은 일을 하고 있다네. 아시아의 유대인들과 유럽의 유대인들은 무엇 하나 다른 점이 없다네.

우리 페르시아에서도 그랬듯이 그들은 이곳 그리스도교도들의 나라에서도 자신들의 종교에 관해 꺾이지 않는, 심지어 광

---

126 스피노자의 말이다.

적일 정도의 고집을 드러내 보인다네.

유대교는 아주 오래된 종교적 기원의 몸통으로 그 속에서 두 줄기가 뻗어 나와 오늘날 온 세상에 퍼져 있는 두 종교를 이루게 되었으니 그것이 바로 이슬람교와 그리스도교라네. 아니, 어쩌면 한 어미가 두 딸을 낳았고 그 딸들로부터 수많은 상처를 받았다고 표현하는 편이 더 맞을지도 모르겠네. 사실 종교에서는 가장 가까운 사이가 가장 큰 적이 되는 법이라네. 하지만 비록 유대교가 이 두 종교로부터 수많은 학대를 받았다고는 하나 그래도 자신이 두 종교를 이 세상에 태어나게 해주었다는 사실에 대해서만큼은 커다란 자긍심을 갖고 있다네. 이들 두 종교를 이용하여 전 세계를 포섭하고 있는가 하면 또 한편으로는 유서 깊고 유구한 역사를 지닌 종교로서 전 시대를 어루만지고 있지.

따라서 유대교도들은 스스로를 모든 신성함의 원천이자 모든 종교의 기원으로 여기고 있으며 반대로 우리를 마치 율법을 바꾼 이단자, 아니 반역을 일으킨 유대교도들로 보고 있다네.

이들은 만일 이 같은 종교적 변혁이 아무도 느낄 수 없을 정도로 아주 서서히 일어났었더라면 자신들도 아마 쉽게 넘어갔을 것이라고 생각한다네. 하지만 이 두 종교가 새로이 창시되어 나온 날짜와 시간까지도 이들이 모두 정확하게 알고 있을 정도로 그 변혁은 너무도 갑작스럽고 극단적으로 이루어졌지. 그러다 보니 이들은 우리가 인류의 시대[127]를 다양하게 구분 지은 것을 보며 분노를 감추지 못하고는 천지가 아직 창조되기도 전에 이미 존재하고 있었던 자신들의 그 종교에 악착같이 매달리는 것이라네.

유대교도들은 유럽에서 결코 지금과 같은 평화를 누려본 적이 없었네. 그동안 그리스도교도들의 마음을 자극하곤 했었던 종교적 배타심이 마침내 이들 그리스도교도들의 마음속에서 조금씩 누그러들기 시작한 것이지. 스페인에서는 유대교도들을 추방했었던 사실[128]에 대한 잘못을, 프랑스에서는 국왕과 신앙을 좀 달리했던 개신교도들을 박해했었던 사실[129]에 대한 잘못을 느끼고 있다네. 종교를 발전시키고자 하는 열정은 그 종교에 대한 집착과는 분명 다르다는 것을, 자신의 종교를 좋아하고 또 그 율법을 준수해가는 데 굳이 그것을 준수하지 않는 사람들을 증오하거나 박해할 필요가 없다는 것을 이제야 깨달은 게지.

이 점에서만큼은 우리 이슬람교도들도 그리스도교도들처럼 그런 분별 있는 생각을 좀 했으면 좋겠네. 하여 이번에야말로 정말 알리와 아부 바크르 사이의 화해[130]가 이뤄지길 간절

---

127 그리스도교도들이 아담에서 모세 시대까지를 자연법의 시대로, 모세부터 예수 그리스도 시대까지를 율법의 시대로, 그리고 예수 그리스도 시대부터를 은총법의 시대로 구분하는 것과 달리 유대인들은 자신들 종교의 역사를 천지 창조 이전으로 보고 있다.

128 1492년의 일이다.

129 1685년 퐁텐블로 칙령의 발표로 낭트 칙령이 폐지되면서 개신교도들의 박해가 최고조에 달했고, 이로 인해 수십만 명이 고국을 떠나 피난길에 올랐던 사건을 말한다. 1685년부터 1700년까지만 약 30만 명이 국경을 넘어 피신한 것으로 추산된다.

130 30쪽 주 12 참조.

히 바라며, 이분들의 공적을 판가름하는 일은 그냥 신께 맡겼으면 하는 바람이네. 이분들을 향한 막연한 동경에서가 아니라 이분들에 대한 존경심과 경외심에서 우러나오는 행동으로 이분들을 숭배하고, 또한 신께서 그들에게 당신의 오른쪽 옆자리를 내주시든 아니면 당신의 발판 밑자리를 내주시든 우리는 그저 그분들의 은총을 입을 자격을 갖추기 위해서만 노력했으면 좋겠네그려.

1714년 4월 18일, 파리에서

편지 61
우스벡이 레디에게
(수신지 : 베니스)

얼마 전 '노트르담'이라 불리는 어느 유명한 성당에 갔었단다. 그 찬란한 대건축물을 감탄하며 바라보는 동안 그곳에서 나처럼 호기심에 가득 차 있던 한 성직자와 대화를 나누게 되었지. 우리는 평온한 성직자의 직업에 관해 이야기를 나눴는데, 그가 이런 말을 하더구나.

"대부분의 사람이 우리 성직자들의 신분을 부러워한답니다. 그건 지극히 올바른 판단이지요. 하지만 그리 유쾌하지만은 않은 점도 있답니다. 세상이 끊임없이 우리를 찾는 만큼 우리는 이 속세와 전혀 단절되어 있지 못한답니다. 게다가 거기서 수행하기 매우 힘든 임무까지 떠맡고 있지요.

사교계의 사람들은 참으로 이상한 사람들이랍니다. 우리가 동의를 해줘도 비판을 해줘도 결코 받아들일 줄을 모른답니다. 자신들의 잘못된 부분을 바로잡아주려 하면 우리를 아주 우습게 여기고, 또 자신들의 의견에 동의해주면 우리를 마치 줏대도 없이 물러 터진 사람으로 보곤 하지요. 신앙심 없는 불경한 자들에게까지 빈축을 샀다는 생각만큼 굴욕적인 일도 없습니다. 그래서 우리도 어쩔 수 없이 이들처럼 모호한 태도를 보이며 이런 자유사상가들의 경외심을 불러일으키고 있지요. 어떤 단호하고 과단성 있는 태도로써가 아니라 우리가 그들의 이야기를 들을 때 그랬던 것처럼 우리도 그들을 아리송하게 만들어주면서 말입니다. 그러기 위해서는 아주 대단한 재치가 필요하답니다. 중립의 상태를 지킨다는 것은 결코 쉬운 일이 아니기 때문이지요. 그러다 보니 무엇이든 과감하게 시도하고 자신을 내던져 그 도약에 전념하며 또한 그 성공 여부에 따라 계속 밀고 나가든 아니면 과감히 접어버리든 할 수 있는 이런 사교계 사람들이 우리 성직자들보다 훨씬 잘 성공해내곤 한답니다.

이게 다가 아닙니다. 사람들이 그토록 격찬하는 우리 성직자들의 이 낙천적이고 평온한 상태도 사교계에 있을 때만큼은 결코 그대로 유지될 수가 없답니다. 우리가 나타나기만 하면 이들은 늘 우리에게 논쟁을 유도하곤 하지요. 예를 들어 신을 믿지도 않는 사람에게 기도의 필요성을 증명해 보일 수밖에 없는 상황을 만들어놓는다거나 평생 영혼의 불멸성을 부정해온 사람에게 금식의 필요성을 증명해 보일 수밖에 없는 상황을 만들어놓곤 한답니다. 이런 논쟁이야말로 매우 고달픈 일이 아닐 수 없답니다. 게다가 사람들은 우리 편이 되어주기는커녕 늘 우리에게 맞서 빈정대기만 하지요. 여기서 끝이 아니랍니다. 다른 사람들을 우리의 사상 속으로 끌어들이고 싶은 욕망이 끊임없이 우리를 자극하곤 하지 않겠습니까? 말하자면 우리의 직업에 매우 충실한 데서 오는 그런 욕망이라고나 할까요? 이는 유럽인들이 인간의 본질이라는 이유로 아프리카인들의 얼굴을 희게 만들려 애쓰는 것만큼이나 한심한 일이 아닐 수 없답니다. 우리는 이렇게 전혀 중요하지도 않은 종교에 관한 문제들을 받아들이게끔 하느라 이 나라 전체를 뒤흔들어놓는 사람들이며 그렇게 스스로 사서 고생하는 사람들이랍니다. 백성들에게 머리와 손발톱을 자르도록 강요했다가 결국 그들을 전국적인 대혁명으로 몰고 갔었던 어느 중국 정복자[131]와 매우 유사한 사람들이라 할 수 있지요.

우리가 책임지고 있는 신도들에게 그 신성한 종교적 의무를 다하게 해주려는 열의조차도 때로는 우리에게 위협으로 다가오곤 한답니다. 하여 우리는 언제나 신중에 신중을 기해야만 하지요. '테오도시우스'[132]라는 황제가 있었는데, 그는 여자들

---

131 1643년 중국을 정복한 타타르족(229쪽 주 141 참조)의 황제 순치제를 말한다. 그는 몽골계 유목민들의 전통 헤어스타일을 모든 중국인에게 강요했는데 이는 자존심 강한 중국인들의 거센 반발을 불러일으켰으며, 이에 순치제는 본보기로 양주 대학살을 시행하게 된다.

132 로마의 황제 테오도시우스 1세(Theodosius I, 346~395)를 말한다. 390년, 그

이며 어린아이들까지 한 마을의 주민들을 가차 없이 몽땅 학살시켜버렸습니다. 그 후 그가 성당에 들어가려 했으나 '암브로시우스'라는 주교가 그를 살인자 및 신성모독자로 취급하며 그 앞에서 문을 닫아버렸답니다. 이로써 그 주교는 영웅적인 행동을 하게 된 것이지요. 그 후 황제는 이 같은 범죄를 지은 자들에게 응당 요구되는 절차인 고해성사를 함으로써 마침내 교회의 출입을 허락받았고, 이에 성당 안으로 들어간 그는 신부들 곁으로 가 자리를 잡으려 했답니다. 그런데 그 주교가 또다시 그를 밖으로 내쫓아버린 것이 아니었겠습니까? 이로써 그는 광신도적인 행동을 하게 된 것입니다. 그만큼 자신의 열의를 경계해야 한다는 이야기이지요. 그 황제가 신부들 사이에 자리를 나란히 하든 말든 그것이 종교적으로나 국가적으로 뭐 그리 중요한 일이란 말입니까?"

1714년 5월 1일, 파리에서

는 약 7천 명의 테살로니카 주민들을 학살하는데, 이로 인해 당시 밀라노의 주교이자 가장 영향력 있었던 기독교 지도자 암브로시우스(Ambrosius, 340~397)는 그가 자신의 성당에 출입하는 것을 거부했다.

편지 62

젤리스가 우스벡에게

(수신지 : 파리)

우리 딸이 벌써 일곱 살이 되었어요. 열 살까지 기다릴 필요 없이 이제 하렘 안에 거처를 마련해주고 흑인 환관들에게 그 보호를 맡길 때라고 생각해요. 어린아이에게서 유년기의 자유를 빼앗고 정숙함이 흐르는 이 신성한 하렘의 담장 안에서 경건한 교육을 받게 하는 일은 이르면 이를수록 더 좋은 것 같아요.

저는 딸들이 남편을 맞이할 시기가 다 되어서야 비로소 하렘 안에 가두기 시작하고, 또 딸들에게 스스로 이곳 하렘의 생활에 적응해가도록 하는 것이 아니라, 그들에게 억지로 이곳의 생활을 강요함으로써 자연스럽게 마음에서 우러나와 따르게끔 해야 할 이곳의 생활 방식을 하루아침에 느닷없이 받아들이게끔 하는 그런 어미들과는 생각이 좀 달라요. 무엇이든 꼭 이성의 힘에만 의존해야 할까요? 습관을 들여 슬그머니 길들여지기를 기대해볼 수 있는 일은 정녕 아무것도 없을까요?

자연이 여성을 종속적인 존재로 만들어주셨다고 아무리 우리 여성들에게 떠들어대봤자 다 부질없는 짓이에요. 여성들에게 이러한 사실을 느끼게 해주는 것만으로는 절대 충분치가 못하답니다. 이들에게 이 종속의 관계를 직접 이행하게 함으로써 강한 집념이 싹트기 시작하고 마침내 독립심이 일기 시작하는 바로 그런 중대하고 결정적인 시기에 이들을 잡아줄 수 있어야 하지요.

만일 우리 여성들이 단지 의무감에서 남자들에게 묶여 있는다면 때때로 그 의무를 망각할 수도 있을 거예요. 단지 애정에 이끌려 묶여 있는다면 그 애정은 언젠가 그보다 더 큰 애정 앞에서 수그러들 수도 있겠지요. 하지만 한 여성이 대자연의 법칙 아래 한 남성에게 주어질 때는 바로 이 대자연의 법칙이 그 여인을 다른 모든 남성에게 숨기고 이들과 큰 거리를 두게끔 만들어놓지요. 마치 이들로부터 아주 먼 곳에 떨어져 있기라도 한 것처럼 말이에요.

자연은 자고로 남성들에게 호의적으로 작용하게 되어 있는지라 그들에게 정욕을 주는 것만으로 그치지 않고 우리 여성들에게도 정욕을 갖게 함으로써 우리를 남성들의 살아 움직이는 기쁨의 도구로 만들고자 했어요. 그리하여 우리를 정열의 불꽃 한가운데에 던져둠으로써 남성들이 평온히 살아갈 수 있도록 만들어주었지요. 그들의 감수성이 예민해질 때 바로 우리 여성들이 이들을 그 정열 속으로 집어넣어 주도록 만들어진 거예요. 우리가 그들에게 맛보게 해주는 그 황홀한 상태를 우리 자신은 결코 맛보지 못하면서 말이에요.

하지만 우스벡! 그렇다고 당신이 저보다 더 나은 처지에 있다고는 생각지 마세요. 이곳에서 저는 당신이 알지 못하는 수많은 기쁨을 만끽할 수 있었으니까요. 쉬지 않고 돌아가는 저의 상상력이 그것을 경험할 수 있도록 해주었지요. 결국 저는 기쁨을 직접 체험하며 살아온 것이고 당신은 애타게 기다리기만 한 것이에요.

당신이 절 가두고 있는 이 감옥에서조차도 저는 당신보다 더 자유롭답니다. 당신은 저를 지키게 하느라 더욱 긴장하지 않을 수 없겠지요. 하지만 이렇게 걱정스러워하는 당신을 보는 것이 제겐 얼마나 즐거운지 모른답니다. 당신의 의심이며 질투, 슬픔, 이 모든 것이 바로 그만큼 당신이 제게 얽매여 있다는 증거니까요.

사랑하는 우스벡! 계속 그렇게 하세요. 계속 그렇게 밤낮으로 저를 감시하게끔 해주시고 아주 평범한 것들에도 경계를 소홀히 하지 말아주세요. 그렇게 당신의 행복을 지켜감으로써 그만큼 더 제게도 행복을 안겨주세요. 그리고 한 가지 더, 제가 두려워하는 것은 오직 당신의 무관심뿐이라는 사실을 부디 잊지 말아주세요.

1714년 5월 2일, 이스파한의 하렘에서

편지 63
리카가 우스벡에게
(수신지: ***)

자네는 정말 시골에서 일생을 보내려는 모양이군그래. 처음엔 2~3일 정도만 보이지 않더니 이젠 자네를 보지 못한 지가 벌써 보름이네그려. 하기야 자네는 지금 상냥하고 호감이 가는 사람들 집에 머물고 있는 데다가 그곳에서 자네에게 걸맞은 사람들과 친분을 쌓아가며 모든 것을 마음 가는 대로 고찰하고 있으니 충분히 다른 세계는 완전히 잊어버릴 만도 하지.

나는 자네가 지금껏 보아왔던 것과 그다지 다르지 않은 생활을 하고 있네. 사교계를 드나들며 그 세계를 좀더 알아보려 노력하고 있지. 내게 남아 있던 아시아식의 사고방식들은 어느새 나도 모르게 사라져가고, 특별히 애를 쓰는 것도 아닌데 나의 사고는 자연스레 유럽인들의 풍속에 물들어가고 있다네. 대여섯 명의 여인들이 대여섯 명의 사내들과 한집에 있는 것을 보아도 이젠 더 이상 크게 놀라지 않는다네. 게다가 그것이 그리 나쁘게만 보이지도 않지 뭔가?

자신 있게 말하는데, 난 이곳에 와서야 비로소 여자들을 알게 되었다네. 우리 하렘에서 30년에 걸쳐 배웠을 것보다도 더 많은 것들을 이곳에서 단 한 달 만에 배우게 되었지.

우리나라에서는 어느 특정 기질만을 강요하다 보니 모든 사람이 죄다 똑같은 성격을 지니고 있지 않은가? 타고난 그대로의 모습을 드러내는 사람은 찾아보기 힘들고 오로지 우리 사회가 강요하는 기질의 사람들만 보이곤 하지. 이런 식으로 마음과 정신을 구속받으면 늘 같은 방식으로 표현되는 그런 근심의 소리만 들릴 뿐, 아주 다양한 방식으로 표현되고 가지각색의 형태로 표출되는 자기 본연의 소리는 들리지 않는 법이라네.

자신을 완전히 드러내지 않고 감추는 은닉의 기술도 우리 페르시아인들 사이에서는 그토록 친숙하고 필요 불가결한 것이지만 이곳에서는 매우 생소하기만 하지 않은가? 이곳에서는 모든 것이 이야기되고, 모든 것이 드러나며, 또 모든 것이 들리고 있지. 사람들의 속마음이 마치 얼굴이 드러나듯 그렇게 훤히 다 드러나 보이네. 사람들의 습성, 덕행, 하물며 악행에서조차도 늘 순진한 그 무엇인가가 보이곤 하지.

여자들의 환심을 사기 위해서는 마음을 사로잡을 수 있는 어떤 재주가 필요하다네. 바로 일종의 재치 있는 말장난 같은 것이지. 겨우 어쩌다 지킬 수밖에 없는 그런 것을 매 순간 그녀들에게 약속해주는 듯한 인상을 풍기며 그녀들을 즐겁게 해주는 그런 말장난 말일세.

애초 여인들을 유혹할 때나 건네곤 했었던 이런 말장난이 지금은 프랑스 전 국민의 일반적인 특성으로 자리매김하는 데 성공한 것 같네. 국정 자문회의에서도 농담을 던지고 있는가 하면, 군 장수들 사이에서도 농담이 오가며, 또 외교 사절과도 농담을 주고받을 정도니 말일세. 어떤 직업이 별 볼 일 없는 직업으로 보이는 것과 그 직업에 종사하는 사람들이 자신의 직업에 담고 있는 진지함의 정도는 서로 비례하는 법이지. 만일 의사들이 지금보다 덜 침울해 보이는 복장을 하고, 또 환자들을 죽게 만들 때도 슬슬 우스갯소리를 던져가며 그렇게 죽게 만든다면 아마 이들의 직업은 더 이상 그렇게 별 볼 일 없게만은 보이지 않을 걸세.

1714년 5월 10일, 파리에서

편지 64
흑인 환관장이 우스벡에게
(수신지: 파리)

관후하신 주인님! 저는 지금 주인님께 어찌 설명해드려야 좋을지 참으로 난처한 상황에 있습니다. 지금 하렘은 그야말로 끔찍한 무질서와 혼란에 빠져 있습니다. 부인들 사이에는 전쟁이 일고 있고 환관들은 분열되어 편을 가르고 있으며 여기저기서 오로지 불평불만과 비난의 소리만 들릴 뿐입니다. 게다가 저의 훈계는 완전히 무시되고 있답니다. 이처럼 방탕이 만연한 지금 모든 일이 아무런 거리낌도 없이 행해지고 있는 것만 같습니다. 저는 이제 이 하렘에서 허울뿐인 직책을 지니고 있을 뿐이랍니다.

가문이나 미모, 부와 지성, 그리고 당신으로부터 받고 있는 사랑 등에 있어서 스스로 다른 부인들보다 더 우위에 있다고 생각지 않는 부인은 단 한 명도 없을뿐더러 모두가 하나같이 이런 명목을 내세워 온갖 특혜를 누리려 하고 있습니다. 그러다 보니 그녀들의 불만을 받아가며 꿋꿋이 지켜온 저의 이 커다란 인내심도 결국에는 매번 그 한계에 달하고 만답니다. 저 같은 직책에 있는 사람에게는 그야말로 보기 드물고 어울리지 않는 미덕인 신중함과 친절까지도 보였건만 결국 이마저도 아무런 소용이 없었습니다.

관후하신 주인님! 이 모든 혼란이 과연 어디에서 기인한 것인지 그 원인을 말씀드려 볼까요? 그것은 다름 아닌 주인님의 착한 마음씨와 부인들에 대한 자상하신 배려에 있답니다. 주인님께서 저의 손을 제지하지 않으시고 제게 훈계 대신 징벌의 방법을 택할 수 있도록 해주신다면, 부인들의 하소연과 눈물에 약해지지 마시고 제게 그녀들을 보내주시어 이들이 절대로 마음 약해지지 않는 이 몸 앞에서 눈물 흘릴 수 있도록 해주신다면, 그렇게만 해주신다면 조만간 이 몸이 그녀들을 자신들에게 응당 씌어진 그 굴레에 익숙해지게 하는 것은 물론 그녀들의 오만하고 독립적인 기질까지도 모두 꺾어놓도록 하겠습니다.

열다섯의 나이에 저는 조국의 땅 아프리카 오지에서 납치되어 제일 먼저 스무 명도 더 되는 처첩들을 데리고 있던 어느 주인에게로 팔려 갔었습니다. 엄숙하고 과묵한 저의 표정이 하렘에 적격이라고 판단했던 그 주인은 결국 저를 하렘에서 일할 수 있는 완벽한 상태로 만들어놓으라 명하시고 저에게 그 고통스러운 수술을 받게끔 하였습니다. 하지만 이 수술은 처음에는 고통스러웠으나 그 이후에는 저를 행복하게 만들어주었습니다. 제가 주인님들과 아주 가까이서 지내며 그들의 신임을 한껏 받을 수 있도록 해주었으니까요. 어쨌든 이렇게 하여 저는 그분의 하렘에 들어가게 되었답니다. 그곳은 저에게 그야말로 새로운 세상이었습니다. 제 평생 보아온 사람 중 최고로 엄한 사람, 바로 환관장의 절대적 지배권 아래 다스려지고 있었는데 그곳에서는 그 어떤 분열이나 불화에 관한 이야기도 들어볼 수 없었으며 곳곳에서 그야말로 깊은 정적만이 흐르곤 했습니다. 부인들은 모두 1년 365일을 매일같이 같은 시간에 잠자리에 들고 같은 시간에 기상했으며, 또 한 사람씩 차례로 탕에 들어가 목욕을 하다가 우리 환관들이 보내는 아주 작은 신호 하나에 맞춰 탕 밖으로 나오곤 했답니다. 그 외에는 거의 모든 시간을 오로지 자신들의 방 안에서만 갇혀 지내곤 했지요. 환관장에게는 한 가지 철칙이 있었는데 바로 부인들의 청결을 철저히 유지해주는 것이었습니다. 이를 위해서 그는 그야말로 형언할 수 없는 신중함을 발휘하곤 했었으니, 그녀들이 이에 조금만 불복해도 가차 없이 벌하곤 했답니다. 그러면서 그녀들에게 자신은 노예이지만 오직 단 한 남자, 바로 그녀들의 주인이자 자신의 주인인 그분의 노예일 뿐이며 그분께서 자신에게 그녀들을 상대로 내려주신 그 권력을 행사하는 것이니만큼 지금 그녀들을 처벌하는 것은 자신이 아닌 바로 그분이며 자신은 단지 손만 빌려드리고 있는 것이라고 이야기하곤 했지요. 부인들은 그의 부름을 받지 않고서는 절대로 주인님의 방에 들어갈 수 없었을뿐더러 그의 부름을 받는 은혜를 매우 기쁘게 받아들였으며 그렇지 못할 때도 결코 불평하는 일이 없었답니다. 결국 저는 평온하기 그지없었던 그 하렘에서 한낱 막내 흑인 환관에 불과했었지만 그래도 지금 모두를 지휘하는 이곳 당신의 하렘에서보다 몇천 배나 더 존중을 받으며 살아올 수 있었답니다.

환관장은 저의 천부적 기질을 알아보자마자 제게 관심을 보이기 시작했습니다. 그러고는 이내 주인님께 이 몸은 능히 자신의 뜻에 따라 일을 해낼 수 있는 사람이며 자신의 뒤를 이어 그의 직책을 물려받을 수 있는 사람이라고 말씀드렸지요. 그는 어린 나이에도 전혀 흔들리지 않았습니다. 오히려 저의 세심한 주의력이 부족한 경험을 대신해줄 것이라 믿었지요. 여기서 제가 무슨 말씀을 더 드리겠습니까? 이렇게 저에 대한 그의 신임은 날로 두터워져만 갔고 급기야는 오랜 시간 자신이 지켜왔던 그 가공할 만한 장소의 열쇠들을 아무 망설임 없이 제 손에 맡기기에 이르렀답니다. 바로 이 거장 밑에서 저는 그 어려운 지휘 기술을 배웠고 결코 흔들리지 않는 통치 원칙에 대해서도 교육받을 수 있었습니다. 그의 밑에서 저는 여자들의 마음에 관해 연구했고, 그는 제게 여자들의 약점을 이용하는 법과 그녀들의 거만함 앞에서 동요되지 않는 법을 가르쳐주었습니다. 제가 그녀들을 완벽하게 복종시키는 것을 종종 기쁘게 바라보곤 했지요. 그러고는 다시금 그녀들을 서서히 원래 상태로 되돌아오게끔 해놓고는 한동안 제가 굴복하는 듯 보이도록 만들기도 했답니다. 그녀들이 애원과 질책 사이에서 거의 낙담하다시피 했던 바로 그 순간에 그의 모습을 보셨어야만 합니다. 정말이지 그는 그녀들의 눈물에 조금도 동요되지 않고 아주 잘 참아내곤 했습니다. 그러고는 일종의 승리감에 기뻐하며 아주 만족스러운 표정으로 제게 이렇게 말하곤 했지요.

"자! 여자들을 어떻게 다스려야 하는지 잘 보았느냐? 그 수가 많고 적음은 내게 문제가 되지 않는다. 위대하신 우리 페르시아 군주의 그 많은 여인이라도 나는 이와 똑같은 방식으로 통솔할 것이다. 만일 충직한 우리 환관들이 그녀들을 미리 정신적으로 복종시켜놓지 않는다면 어찌 한 남자가 그녀들의 마음을 사로잡을 꿈을 꿀 수 있겠느냐?"

그는 단호함뿐만 아니라 통찰력도 지니고 있었기에 여인들의 생각과 속셈까지도 모두 다 꿰뚫어 보곤 했습니다. 그녀들의 꾸며진 몸짓이나 가장된 표정으로는 그에게 아무것도 숨길 수가 없었지요. 그녀들의 가장 은밀한 행동이나 가장 비밀스러운 대화까지도 그는 모르는 것이 없었습니다. 그는 각각의 여인들에 대한 정보를 알아내기 위해 또 다른 여인들을 이용했으니, 아주 사소한 비밀일지라도 밀고하기만 하면 보상해주기를 즐겼답니다. 여인들은 그의 통지를 받은 경우에만 비로소 남편에게 접근할 수 있었으므로 그는 자신이 원하는 여인만을 선택해 통지해줌으로써 자연히 주인의 눈길이 자신이 염두에 둔 여인에게로 쏠릴 수 있도록 만들곤 했지요. 이것이 바로 그녀들이 약간의 비밀을 밀고하는 대가로 받은 보상이었답니다. 주인에게는 당신의 여인들을 상대로 자신이 더 큰 위엄을 보일 수 있도록 자신에게 이 같은 선택권을 남겨두는 것이 매우 바람직한 일이라고 설득했지요. 관후하신 주인님! 저의 소견상 우리 페르시아에서 가장 규율 있는 하렘이었다고 할 수 있는 그곳은 바로 이런 식으로 관리되어왔었답니다.

모든 것을 저의 재량에 맡겨주시고 부디 제가 부인들의 복종을 받아낼 수 있도록 허락해주십시오. 일주일이면 됩니다. 일주일 내로 이 혼란을 수습하고 다시금 질서를 바로잡도록 하겠습니다. 이 모든 것이 다 주인님의 명예와 안위를 위한 것이랍니다.

1714년 5월 9일, 당신의 이스파한 하렘에서

편지 65

우스벡이 부인들에게

(수신지: 이스파한의 하렘)

지금 하렘이 커다란 무질서에 빠져 내부 분열과 싸움으로 팽배해 있다는 소식을 들었소. 내가 떠나오면서 부인들께 당부했던 것이 무엇이오? 평화와 지혜로움이 아니었소? 부인들도 내게 이를 약속했었건만 그것이 다 나의 기대를 저버리기 위함이었단 말이오?

기대를 저버리게 될 사람들은 내가 아니라 바로 부인들이오. 내가 만일 환관장의 조언을 받아들여 부인들에게 나의 위엄을 보여주는 날에는 말이오.

이런 극단적인 방법은 다른 모든 방법을 사용해본 후 마지막으로 동원할 것이오. 그러니 부인들께서 그동안 나를 염두에 두지 않고 처신해온 그 행동들을 잘 한번 헤아려들 보시오.

환관장이 충분히 불만을 토로할 만도 하오. 듣자 하니 부인들이 전혀 그를 존중해주지 않고 있다는구려. 겸손을 보여야 할 그 자리에서 어찌 그 같은 행동을 보일 수가 있단 말이오? 내가 없는 동안 당신들의 정조를 책임지는 사람이 바로 그라는 사실을 다들 잊으신 게요? 그는 나의 신성한 보물을 위탁받은 것이오. 그를 무시하는 것은 곧 당신들이 정조를 지키며 도덕 속에 살아가도록 할 임무를 띤 환관들이 당신들에게 그저 부담이 될 뿐이라는 점을 잘 보여주는 것이오.

그러니 제발 처신을 올바르게 고쳐 다음번에 또다시 부인들

의 자유와 평안에 어긋나는 조언을 듣게 된다면 그때는 내 과
감히 이를 뿌리쳐버릴 수 있도록 해주시오.

당신들의 남편이라는 오직 그 사실만을 기억하도록, 내가 당
신들의 주인이라는 사실을 잊게 해주고 싶다오.

1714년 10월 5일, 파리에서

편지 66
리카가 ***에게

이곳 사람들은 학문에 매우 집착하고 있다네. 하지만 이들이
정말로 해박한 지식을 지녔는지는 나도 잘 모르겠네. 철학자처
럼 모든 것에 의문을 품고 있는 사람들은 신학자처럼 결코 아
무것도 부인할 줄을 모른다네. 이런 모순적인 사람들은 그 신
분만 인정해준다면 언제나 스스로에게 만족스러워한다네.

대부분의 프랑스인들은 재치를 지니고자 하는 열정이 매우
강하며, 재치를 지니고 싶어 하는 프랑스인들은 책을 발간하고
자 하는 열정이 매우 강하다네.

하지만 세상에 이처럼 잘못된 생각이 또 어디 있겠나? 인간
의 어리석음이 일시적이 되도록 자연이 현명하게도 배려해놓
은 듯하거늘, 책들이 이런 어리석음을 영원히 불멸화하고 있지
않은가? 자고로 어리석은 자는 자신과 더불어 그 동시대를 살
아가는 이들을 괴롭히는 것으로만 만족해야 하는 법이지. 한데

그것이 아니라 미래의 후손들까지 뒤흔들어놓으려 하고, 자신의 어리석음이 훗날 세월이 흘러도 결코 망각의 무덤에 묻히지 않기를 바라는 것이 아니겠는가? 후손들이 자신의 존재를 알아주고 자신이 어리석은 자였다는 사실을 영원히 기억해주기를 바라는 게지.

모든 저자 중 내가 가장 혐오하는 사람은 바로 여기저기서 다른 사람들의 작품을 부분부분 찾아내어 마치 화단에 떼 조각 붙여넣듯 그렇게 자신의 작품 속에 갖다 끼워 넣는 이른바 표절자들이라네. 이런 자들은 오로지 자신의 두 손만을 이용해 활자들을 나열하고 조합하여 책을 만들어내는 인쇄소 직공들보다 전혀 나을 것이 없다네. 나는 사람들이 원서를 좀 존중해주었으면 한다네. 어느 성소에서 그 성소를 구성하는 조각들을 떼어내 그 조각들이 결코 받을 이유가 없는 그런 멸시를 받게 하는 것이야말로 일종의 신성 모독 행위와도 같다고 보네.

특별히 새롭게 이야기할 만한 것이 없는데도 인간들은 어째서 그냥 입을 다물고 있지 못하는 걸까? 이렇게 기존의 것을 두 번 되풀이하여 재사용하는 것이 도대체 무슨 의미가 있다는 것일까?

"아, 그 기존의 것들을 새롭게 정렬해주고 싶은 것이라고요? 참으로 뛰어난 능력도 지니셨군요. 하기야 저의 서재에 오셔서 책장 위쪽에 있던 책들을 아래쪽에 옮겨놓으시고, 또 아래쪽에 있던 책들은 위쪽으로 옮겨놓으시니 그것도 대단한 걸작은 걸작이지요!"

내 자네에게 이런 이야기를 하는 이유는 지금 막 책 한 권을 다 읽었는데 그 책이 날 너무도 화나게 했기 때문일세. 두께가 얼마나 두꺼웠던지 마치 온 세상의 학문을 다 담고 있는 것처럼 보이는 책이었지. 그런데 사실상 그 속에서 얻은 것이라고는 아무것도 없고 괜히 머리만 쥐어짜고 말았지 뭔가?

그럼 잘 있게나.

1714년 10월 8일, 파리에서

편지 67
이벤이 우스벡에게
(수신지 : 파리)

이곳에 벌써 세 척의 배가 들어왔건만 여전히 자네 소식을 싣고 온 배는 없네그려. 어디가 아프기라도 한 것인가? 아니면 날 걱정시키며 즐기고 있는 건가?

아무런 연고도 없는 그 외지에서조차 내 생각을 하지 않고 있다면 가족들이 곁에 있는 페르시아에서는 오죽하겠는가? 하기야 아마도 다 내 착각이겠지. 자네는 매우 친절해 어딜 가든 친구들을 잘 사귈 수 있는 사람이 아니던가? 선량한 마음씨야말로 만국의 백성이거늘 자네처럼 훌륭한 심성을 지닌 자가 어찌 우정의 맹세들을 다지지 않을 수 있겠는가? 내 자네에게 고백건대 나는 옛 우정을 소중히 여기는 사람이라네. 하지만 그렇다고 여기저기 새로운 우정을 쌓아가는 것을 싫어한다는 말은 아니네.

지금껏 나는 어느 나라에 가든 그곳에서 마치 일생을 보내야만 하는 것처럼 생활해오곤 했다네. 그렇게 덕성 높은 사람들에게는 친절을 베풀어왔고, 그렇게 불행한 사람들에게는 연민, 아니 애정을 품어왔으며 또한 그렇게 개인의 성운에 눈멀지 않은 사람들을 존경해오곤 했었지. 우스벡! 이게 바로 나의 성격이라네. 그곳이 어디가 되었든 나는 사람들을 만날 때마다 새로이 친구들을 사귈 것이네.

아마 자네 다음으로 내 마음을 차지하고 있다 싶은 사람이 이곳에 한 명 있는데, 그는 조로아스터교[133] 교도로서 그야말로 정직하기가 이를 데 없는 사람이라네. 특별한 사정으로 인해 어쩔 수 없이 이 도시에 들어와 살게 되었는데 정직하게 무역을 하며 사랑하는 부인과 함께 평온하게 잘 살아가고 있다네. 그의 삶은 그야말로 용감한 행위로 가득하며, 비록 애써 보잘것없는 인생을 영위해가지만 그의 가슴속에는 그 어떤 위대한 군주보다도 더 큰 용맹함이 들어 있다네.

그에게 자네에 관한 이야기를 수도 없이 해주었고 자네에게서 오는 편지들도 모두 보여주고 있네. 자네 편지를 읽는 것을

---

133 조로아스터교는 마즈다교 혹은 배화교라고도 불리는 고대 페르시아의 종교로 불을 숭배하고 남녀 형제끼리의 결혼을 허용한다. 중동의 박트리아(오늘날의 아프가니스탄의 북쪽) 지방에서 조로아스터에 의해 세워진 이 종교는 그 창시가 기원전 1800년에서 기원전 640년경으로 다양하게 추정되며, 페르시아의 왕 다리우스 1세(아케메네스조 제3대 황제, 355쪽 주 244 참조)를 통해 페르시아 전역에 널리 퍼졌다. 그러나 이후 조로아스터교도들은 이슬람교도들에 의해 박해를 받는다.

아주 좋아하는 것 같더군. 아무래도 자네에게 이미 얼굴도 모르는 친구 하나가 더 생긴 것 같네.

여기 그가 겪었던 몇 가지 주요 모험담이 있네. 이 글을 쓰는 걸 썩 마음 내켜 하지는 않았지만 나와의 우정을 생각해 차마 거절하지 못하더군. 자네의 우정을 믿고 여기 그의 글을 동봉하네.

〈아페리돈과 아스타르테의 이야기〉

나는 이 세상의 종교 중 아마도 가장 오래된 종교이지 싶은 조로아스터교 집안에서 태어났습니다. 너무나도 불행했던 나는 철이 들기도 전에 사랑에 먼저 눈을 뜨게 되었답니다. 겨우 여섯 살이 되었을 무렵부터 누이동생이 곁에 없으면 살아갈 수가 없을 정도였지요. 나의 눈은 늘 누이에게서 떨어지지 않았으며 잠시 누이가 내 곁을 떠났다 다시 돌아올 때면 내 눈엔 어김없이 눈물이 고여 있곤 했었답니다. 그리고 하루하루 나이를 먹어가는 만큼 나의 사랑 또한 커져만 갔습니다. 누이를 향한 이토록 강한 나의 호감에 놀라셨던 아버지께서는 분명 캄비세스[134]에 의해 도입된 조로아스터교의 오랜 관습에 따라 우리 두 남매를 간절히 결혼시키고 싶어 하셨을 것입니다. 하지만 우리 민족을 지배하던 이슬람

---

134 캄비세스 2세Cambyses II를 일컫는다. 그는 페르시아 제국 아케메네스 왕조의 제2대 황제로 키루스 2세의 장남이며 그 재위 기간은 기원전 529년부터 기원전 522년까지였다.

교도에 대한 두려움으로 인해 이 신성한 결합을 감히 생각조차 할 수 없었습니다. 자연에 의해 태어남과 동시에 이미 형성되어진 지극히 순수한 결합이자 우리의 종교가 허락이 아닌 명하고 있는 이 신성한 결합을 말입니다.

이에 우리의 바람대로 하는 것이 위험하다고 판단하셨던 아버지께서는 결국 타오르기 시작하는 불꽃을 꺼뜨리기로 결심하셨습니다. 실은 이미 타오를 대로 타올라 절정에 달해 있었던 내 안의 그 불꽃을 말입니다. 어머니께서 이미 두 해 전에 돌아가셨던 상황인지라 아버지께서는 어느 여자 친척 한 분에게 누이동생을 맡겨두시고 결국 여행을 핑계 삼아 나를 데리고 집을 떠나왔습니다. 이 이별이 내게 얼마나 절망스러웠는지는 굳이 말하지 않겠습니다. 눈물로 범벅이 된 누이를 안아주었지만 고통이 얼마나 날 무감각하게 만들어놓았던지 내 눈에서는 눈물 한 방울 흐르지 않았습니다. 이렇게 우리는 트빌리시[135]에 도착했고 아버지께서는 어느 남자 친척 한 분에게 저의 교육을 맡기신 후 저만 그곳에 내버려둔 채 집으로 되돌아가셨습니다.

그리고 얼마 후, 나는 아버지께서 어느 친구의 도움으로 누이를 국왕의 하렘에 들여보내 왕비의 시중을 들도록 하셨다는 소식을 듣게 되었습니다. 누이의 죽음에 대한 소식을 들었더라도 아마 이보다 더 충격적이지는 않았을 겁니다. 더는 누이동생을 만나볼 기대를 할 수 없게 되었다는 사실 외

---

135 조지아의 수도.

에도 누이가 하렘에 들어감으로써 이제는 이슬람교도가 되어버렸으며, 또한 그 종교의 편견에 따라 더 이상 나를 두려움의 대상으로밖에는 바라보지 않을 수 없게 되었기 때문이지요. 나 자신에게 지치고 삶에 지쳤던 나는 더는 트빌리시에서 살아갈 수가 없었으니 결국 다시 이스파한으로 돌아오게 되었습니다. 집으로 돌아오자마자 나는 개종을 하지 않고서는 들어갈 수 없는 그곳에 당신의 딸을 들여보낸 것을 질책하며 아버지께 그야말로 가슴 쓰라린 말들을 내뱉었습니다.

"아버지께서는 당신의 가족들이 우리를 비춰주고 계시는 신과 태양의 노여움을 사도록 했습니다. 순수하기 그지없는 당신 딸의 영혼을 욕보이다니, 아버지께서는 이 대자연을 욕보인 것보다 더한 짓을 저지르고 만 것입니다. 이제 저는 고통과 사랑으로 죽어갈 것입니다. 저의 죽음이 부디 신께서 아버지께 내리시는 유일한 벌이 되기를 바랄 뿐입니다."

이 말을 끝으로 나는 집을 나왔으며, 그 후로 2년 동안 오직 하렘의 성벽만을 지켜보며 누이가 있을 만한 곳을 찾아다니는 데 온 시간을 보내며 살아갔습니다. 그 무시무시한 곳의 주위를 순찰하는 환관들에게 하루에도 수천 번씩이나 목이 달아날 위험에 처하면서 말이지요.

아버지께서는 결국 돌아가셨고, 누이가 시중을 들던 왕비는 누이의 미모가 날이 갈수록 출중해지는 것을 보고는 질투를 느낀 나머지 누이를 간절히 원하던 어느 환관과 결혼시켜버렸답니다. 비로소 누이는 하렘에서 나오게 되었고 그 환관과 이스파한에 집을 마련해 살게 되었지요.

하지만 이 세상의 그 어떤 남자보다도 질투심 강했던 그 환관이 이 핑계 저 핑계를 대며 나를 되돌려 보내곤 하는 바람에 나는 누이에게 말 한마디도 건네보지 못한 채 그렇게 석 달을 보내야만 했습니다. 그러던 어느 날 마침내 그의 집에 들어갈 수 있게 되었고, 그는 내게 미늘 덧문을 사이에 두고 누이동생과 이야기를 나누도록 했습니다. 누이는 옷과 베일로 어찌나 꽁꽁 감싸여 있었던지 제아무리 스라소니의 날카로운 눈일지라도 결코 누이의 모습을 찾아볼 수가 없을 정도였습니다. 저 또한 목소리로만 누이를 알아볼 뿐이었지요. 아! 누이를 바로 곁에 두고도 그토록 멀리 있어야만 했던 그때 그 순간의 감정이라니…… 감시를 받고 있었던지라 나는 애써 감정을 자제해야만 했습니다. 누이는 눈물을 좀 흘리는 듯했지요. 누이의 남편이 애써 몇 가지 어설픈 변명을 늘어놓으려 했지만 나는 그를 노예 중에서도 가장 미천한 노예로 대해주었습니다. 내가 자신이 알아듣지 못하는 우리 민족의 성스러운 언어, 고대 페르시아어로 누이에게 이야기하자 그는 꽤나 거북해하더군요.

"누이! 이게 대체 어찌 된 일이오? 누이께서 정녕 조상님의 종교를 저버린 것이란 말이오? 하렘에 들어가면서 이슬람교로 개종해야만 했었다는 것은 나도 잘 알고 있소. 하지만 입으로는 그리했을지 몰라도 과연 누이의 마음속에서까지 누이를 향한 나의 사랑을 허락해주는 이 종교를 진정 버릴 수가 있었는지 어디 한번 말씀해보시오. 우리에게 그토록 소중한 이 종교를 도대체 누구를 위해 저버린다는 것이오? 차고 있던 쇠사슬 자국이 아직도 채 지워지지 않은 저자, 만일 남자라 부를 수 있다면 세상의 모든 남자 중 가장 보잘것 없는 남자에 불과한 저 비천한 자를 위해서인 게요?"

나의 물음에 누이가 답했습니다.

"오라버니! 오라버니가 이야기하는 그 사람은 바로 제 남편입니다. 오라버니의 눈에 그토록 하찮게만 보이는 그 사람을 저는 공경해야만 합니다. 그렇지 않으면 저 역시 세상의 모든 여인 중 가장 보잘것없는 여인에 불과한 것입니다. 제가 만일……"

"아! 누이! 누이는 조로아스터교도요. 그자는 누이의 남편도 아닐뿐더러 또 결코 그리될 수도 없는 사람이오. 누이가 만일 우리 조상님들과 같은 그런 두터운 신앙심을 지녔다면 그자를 분명 괴물로밖에는 바라보지 못할 것이오."

그러자 누이가 말했습니다.

"아! 오라버니! 그것은 제게 한없이 멀게만 느껴지는 종교일 뿐입니다. 계율을 막 익히기가 무섭게 곧바로 잊어버려야만 했던 종교가 아니던가요? 지금 오라버니와 대화를 나누고 있는 이 언어조차도 이젠 더 이상 제게 익숙한 언어가 아니랍니다. 의사 표현을 하는 데도 이리 힘들어하는 것을 오라버니께서도 잘 보고 계시지 않나요? 그래도 우리가 함께 했던 어린 시절의 기억만큼은 지금까지도 변함없이 제 가슴 속에 기쁜 추억으로 남아 있답니다. 그때 이후로 저는 단 한번도 진정한 기쁨을 느껴본 적이 없고, 단 하루도 오라버니 생각을 하지 않은 날이 없어요. 오라버니는 오라버니께서 생각하고 계신 것 이상으로 제 결혼의 결정적인 요인이었답니다. 오라버니를 다시 만나볼 수 있다는 오직 그 희망 하나 때문에 저는 이 결혼을 결심할 수 있었어요. 아! 한데 제게 그토록 커다란 대가를 요구했었던 오늘의 만남이 또다시 제게 크나큰 대가를 요구하고야 말겠군요. 지금 오라버니께서는 완전히 흥분한 상태이시고 저의 남편은 분노와 질투로 몸서리치고 있어요. 이제 저는 두 번 다시 오라버니를 만나 뵐 수 없을 거예요. 오늘 이것이 분명 제 생에서 오라버니와의 마지막 대화일 겁니다. 오라버니! 만일 그리된다면 저의 생은 결코 그리 길지 못할 겁니다."

이 말을 끝으로 감정이 격해진 누이동생은 더는 대화를 지속할 수 없는 상태에 이르자 세상에서 가장 비탄에 잠겨 있는 이 남자를 그대로 남겨둔 채 그렇게 홀로 자리를 떴습니다.

삼사일쯤 지난 후 나는 또다시 누이동생을 보게 해달라 요구했지요. 아마 그 야비하기 그지없는 환관은 꽤나 이를 막고 싶었을 것입니다. 하지만 자고로 이런 부류의 남편들이란 자신의 부인에 대해 흔히 다른 남편들에게서 볼 수 있는 그런 위엄을 보이지 못할뿐더러 더욱이 그는 나의 누이동생을 너무도 끔찍이 사랑하고 있었던지라 그녀에게는 아무것도 거절할 줄 모르는 자였답니다. 결국 나는 지난번과 같은 장소에서 누이동생을 만나볼 수 있었습니다. 누이동생은 지난번과 다름없이 베일에 싸여 있었지요. 게다가 이번에는 두 명의 노예들이 누이와 동행하고 있었던지라 나는 또다시 우리만의 언어, 고대 페르시아어로 이야기할 수밖에 없었습니다.

"누이! 어찌하여 이 오라비는 이런 불쾌하기 그지없는 상황에서밖에 누이를 볼 수가 없단 말이오? 누이를 가두어두고 있는 이 높다란 벽이며 저기 저 빗장과 창살들, 게다가 누이를 감시하는 저 역겨운 노예들에 이르기까지 그야말로 이 모든 것이 나를 고통스럽게만 하고 있소. 우리 조상님들께서 누리시던 그 달콤한 자유를 대체 누이께서 어찌 잃어버릴 수가 있었단 말이오? 그토록 정숙하셨던 우리 어머니께서는 당신 남편에게 당신의 정조에 대한 보증으로서 오로지 정조 그 자체만을 주셨었소. 그러고도 두 분은 서로를 신뢰하며 행복하게 잘 사시지 않으셨소? 그분들에게는 자신들의 그 소박한 생활이 지금 누이가 이 호화로운 집에서 누리고 있는 것처럼 보이는 그 거짓 화려함보다도 몇천 배나 더 값진 보물이었소. 누이는 우리의 종교를 잃어버림으로써 누이 자신의 자유와 행복은 물론 여성에 대한 존경의 표시인 그 귀중한 평등의 권리까지도 잃고 만 것이오. 하나 이보다도 더 슬픈 것이 하나 있으니, 그것은 바로 더는 여자로서 살아갈 수 없게 된 누이가 이제 여자가 아닌 단지 한 노예에게 종속된 노예, 인간의 존엄성이 박탈되어버린 그런 한 노예의 노예일 뿐이라는 사실이오."

그러자 누이가 말했습니다.

"아! 오라버니! 제발 저의 남편을 존중해주세요. 그리고 제가 받아들인 이 종교 또한 존중해주세요. 이 종교에 따르면 오라버니의 이야기를 듣는 것도, 오라버니에게 이야기하는 것도 모두가 다 죄악이랍니다."

"뭐라고요? 그럼 누이께서는 정녕 그 종교를 진정한 종교로 믿고 있다는 말씀이오?"

나는 누이의 말에 흥분하여 되물었습니다.

"아! 그렇지 않다면 그것이 과연 제게 무슨 이득이 되겠어요. 진정한 종교라 믿지 않기에는 제가 이 종교를 위해 너무도 크나큰 희생을 치렀어요. 그리고 만에 하나 저의 의혹이……"

여기서 누이는 가만히 입을 다물었습니다.

"그렇소, 누이. 누이가 품고 있는 그 의혹들은 그것이 무엇이든 모두 다 충분한 근거가 있는 것들이오. 이 세상에서는 누이에게 불행만 안겨주면서 저세상에 대한 희망의 여지라고는 조금도 남겨주지 않는 그런 종교로부터 대체 무엇을 기대한다는 것이오? 우리의 종교는 이 세상에서 가장 오래된 종교일 뿐만 아니라, 개국의 시발점이 제대로 알려지지도 않았을 정도로 그 역사가 매우 깊은 우리 페르시아 제국의 개국 시기와 그 기원을 같이하며, 또한 이 나라에서 늘 크게 번영하며 숭배되어왔던 종교라는 사실을 잘 한번 고려해보시오. 이 나라에 이슬람교가 들어오게 된 것은 단지 우연의 일이었으며, 이 이단 종파가 이곳에 정착할 수 있었던 깃도 설득을 통해서가 아니라 정복이라는 수단을 통해서였음을 유념하시오. 우리 페르시아의 토착 국왕들이 그렇게 나약하지만 않았더라도[136] 지금 누이는 이 나라에서 여전히 맹위를 떨치고 있었을 고대 페르시아 점성가들의 그 종교를 볼 수 있었을 것이오. 아주 오래전의 그 시대로 한번 거슬러 올라가 보시오. 모든 것들이 다 이 고대 페르시아 점성가들의 종교에 관해서만 이야기하고 있을 뿐 수천 년이 지난 후에도 아직 그 태생조차 이루어지지 않았던 그 이단 종교, 이슬람교에 대해 언급하는 것은 아무것도 없을 것이오."

나의 말에 누이가 입을 열었습니다.

"제 종교가 오라버니의 종교보다 비록 그 역사는 더 짧다 할지 모르나 적어도 오라버니의 종교보다 더 순수하다고 말할 수 있어요. 오라버니의 종교는 태양과 별, 불, 하물며 자연계의 구성 요소들까지도 숭배하지만 저의 종교는 오직 신만을 숭배하니까요."

"누이! 이슬람교도들 사이에 있더니 성스러운 우리의 종교를 왜곡하는 법만 배우셨구려. 우리는 결코 천체를 숭배하지도, 자연계의 구성 요소들을 숭배하지도 않소. 우리의 선조들 역시 결코 그런 것들을 숭배한 적이 없소. 그분들께서는 그런 것들을 섬기기 위해 사원을 세워본 적도 없으며 그런 것들에 제물을 바쳐본 적도 만무하다오. 단지 신의 업적

---

136 651년 우마르 1세(또는 우마르 이븐 알 하탑)의 이슬람 군대에 의해 멸망하게 된 페르시아의 사산 왕조(226~651)를 뜻한다. 우마르 1세는 이슬람교의 제2대 정통 칼리프로 제1대 칼리프(아부 바크르)의 정복 사업을 이어받아 비잔티움 제국으로부터 시리아, 팔레스타인, 이집트를 빼앗았으며 페르시아의 사산 왕조를 멸망시키고 이슬람 제국의 토대를 이룩했다.

이나 신의 현현을 예찬하듯 이따금 그렇게 종교적 예식을 올렸을 뿐이오. 누이! 우리를 비추고 계시는 신의 이름으로 이 오라비가 가져온 이 성전[137]을 받으시오. 우리 조로아스터교 율법의 확립자, 조로아스터의 책이오. 선입견을 버리고 이 책을 한번 읽어보시오. 이 책을 읽어가는 동안 누이를 환히 비춰줄 그 광명의 빛줄기를 가슴 한가득 느껴보시오. 그 거룩한 도시 발흐[138]에서 그토록 오랜 세월 태양을 우러러온 누이의 조상님들을 잊지 마시오. 그리고 마지막으로, 이 몸의 평안함도, 재물도, 목숨도 아닌 오로지 누이의 변화만을 바라는 이 오라비를 기억해주시오."

매우 흥분했던 나는 그렇게 누이를 떠나왔습니다. 내 일생의 가장 중대했던 그 일을 누이 혼자서 결정하도록 내버려둔 채로 말이지요.

이틀 후 다시 누이를 찾아갔습니다. 아무 말도 건네지 않은 채 조용히 삶과 죽음의 기로에서 누이의 결정만을 기다렸지요. 마침내 누이가 입을 열었습니다.

"오라버니! 한 조로아스터교도 여인이 오라버니를 사랑하고 있습니다. 아주 오랫동안 저 자신과 싸워왔거늘 사랑이란 어쩜 그리도 이런 고난 속에서까지 싹을 피울 수가 있단 말

---

137 조로아스터교의 경전 『아베스타*Avesta*』에 대한 해설서 『젠드 아베스타*Zend-Avesta*』를 가리킨다.

138 고대 박트리아Bactria의 수도로 오늘날 아프가니스탄의 북쪽에 있는 작은 마을에 해당한다. 박트라Bactra로 더 잘 알려져 있으며, 조로아스터의 탄생지이자 묻힌 곳으로 추정되고 있다.

입니까? 지금 제 마음이 얼마나 편안한지 모릅니다. 이제 더
이상 오라버니를 향한 이 커다란 사랑이 두렵지 않아요. 이
제는 이 사랑에 그 어떤 제한도 두지 않고 오라버니를 한껏
사랑할 수 있어요. 너무 지나치도록 사랑하는 것까지도 정당
한 일이니까요. 아! 제 마음 상태가 바로 이러하거늘 저 자신
을 꽁꽁 묶어두고 있었던 그 이성의 쇠사슬도 끊어버리실 줄
아셨던 오라버니께서 제 손에 감겨 있는 이 쇠사슬은 대체
언제쯤이나 끊어주시려는 건지요? 이 쇠사슬이 끊기는 바로
그 순간부터 저는 오라버니의 여자가 될 것입니다. 이 몸이
오라버니께 과연 얼마나 소중한 사람인지 지체하지 마시고
어서 한번 보여주세요. 오라버니! 오라버니에게 처음으로 입
맞춤을 하게 되는 그 순간 저는 아마도 오라버니의 품 안에
서 기절해 쓰러져버리고 말 거예요."

　이 말을 듣는 순간 내가 느꼈던 그 기쁨은 결코 말로 다 표
현할 수 없습니다. 순식간에 나는 세상의 모든 남자 중 가장
행복한 남자가 된 것만 같았고 또한 실제로도 그러했습니다.
그때껏 스물다섯 해의 인생을 살아오며 키워왔었던 내 모
든 욕망이 거의 다 채워지는 듯했으며, 나의 인생을 그토록
힘들게 했던 그 모든 괴로움이 흔적도 없이 다 사라져버리
는 것만 같았지요. 하지만 이 같은 달콤한 생각에 조금 익숙
해지기가 무섭게 나는 곧 깨달았습니다. 내 비록 가장 커다
란 난관은 뚫었을지언정 잠시나마 상상하고 있었던 그 행복
에는 아직 그리 가까이 다가가지 못했다는 사실을 말입니다.
사실인즉 나는 누이를 감시하는 그자들의 경계를 따돌려야

만 했습니다. 하지만 내 일생일대의 이 비밀을 결코 그 누구에게도 털어놓을 수 없었지요. 내게는 오직 누이동생밖에 없었으며, 누이 또한 이 오라비 외에는 아무도 없었습니다. 만에 하나라도 계획이 실패하는 날에는 그야말로 말뚝에 꽂혀 처형당할 위험을 무릅써야만 하는 상황이었지요. 하지만 내게는 그 일에 실패하는 것보다 더 잔인한 벌은 없었습니다. 결국 우리 남매는 합의를 보았으니, 누이동생이 아버지께서 자신에게 유품으로 남겨주신 시계를 요구하러 내게 사람을 보내기로 하였습니다. 그러면 나는 그 시계 속에 길가 쪽으로 나 있는 창문의 미늘 덧문을 잘라낼 줄 하나와 누이동생이 타고 내려올 밧줄 하나를 숨겨 넣기로 하였지요. 또한 이제 더는 누이를 찾지 않기로, 대신 매일 밤 그 창문 밑으로 가 누이가 임무를 수행하기만을 기다리기로 했습니다. 누이가 적당한 기회를 찾지 못한 탓에 나는 열닷새 밤을 아무도 보지 못한 채 꼬박 새워야만 했습니다. 그리고 열엿새째 되던 날 밤 드디어 톱질 소리가 들려왔지요. 이따금 톱질 소리가 멈추곤 했었는데 그럴 때마다 내가 느껴야만 했던 그 공포감은 그야말로 이루 다 말할 수가 없었답니다. 그렇게 한 시간이 지나자 드디어 밧줄을 동여맨 누이동생이 보였습니다. 누이는 밧줄에 몸을 내맡긴 채 내 품 안으로 미끄러져 들어왔습니다. 나는 더 이상 그 어떤 위험도 느끼지 못한 채 그 자리에서 한참을 그렇게 있었습니다. 이어 나는 미리 준비해둔 말 한 필이 있던 도시 밖으로 누이를 데려간 후, 내 뒷자리 말 엉덩이 위에 누이를 태우고는 우리에게 매우 치명적일 수 있는 그곳을 아주 재빨리 떠나왔습니다. 날이 밝기도 전에 우리는 어느 한적한 곳에서 자급자족으로 검소하게 은둔 생활을 하고 있는 한 조로아스터교도의 집에 이르게 되었습니다. 하지만 그의 집에 머무는 것이 그리 적절하지 못하다고 판단했던 우리는 그의 조언에 따라 어느 밀림으로 들어가게 되었습니다. 그리고 어느 늙은 떡갈나무의 움푹 팬 홈 안으로 들어가 그곳에서 우리의 도주에 대한 소문이 잠잠해질 때까지 있었지요. 그렇게 우리 남매는 어느 조로아스터교 성직자가 우리의 성전에 규정되어 있는 대로 혼인 의식을 거행해줄 그날이 오기만을 기다리며 그 외진 곳에서 아무도 모르게 단둘이 살아갔답니다. 영원히 서로를 사랑할 것을 끊임없이 서로에게 이야기해주면서 말이지요.

"누이! 이 얼마나 성스러운 결합이란 말이오! 자연이 이미 우리를 결합해놓았으나 우리의 성스러운 율법에 따라 이제 다시 한번 더 결합될 것이오."

나는 누이에게 말했습니다. 그리고 마침내 우리 사랑의 초조함을 달래주기 위해 어느 성직자 한 분이 찾아와 그 조로아스터교도 농부의 집에서 우리의 혼인 의식을 치러주었습니다. 그는 우리에게 신의 가호를 빌어주며 비슈타스파[139]의

---

139 '히스타스페스Hystaspes'로 불리기도 하며, 아베스타어로 '조로아스터의 인물'이라는 뜻이다. 그는 고대 박트리아 제국의 왕으로 조로아스터에 의해 개종되었으며, 훗날 페르시아의 왕이자 페르시아에 조로아스터교를 전파한 다리우스 1세의 아버지이기도 하다. 그가 다스린 영역은 불분명하지만 일반적으로 중앙아시아 또는 이란의 동부이다.

정기와 오르바타스파[140]의 성덕을 한껏 기원해주었습니다. 그리고 얼마 후 우리는 안전이 보장되지 않은 페르시아를 떠나 조지아로 가게 되었습니다. 그곳에서 우리는 날이 갈수록 더욱더 서로에게 애착을 느끼며 그렇게 1년을 지냈지요. 하지만 가지고 있던 돈이 거의 바닥나기 시작했고, 나 자신은 몰라도 누이가 겪게 될 빈곤이 걱정되었습니다. 하여 결국 누이를 두고 친족들에게 약간의 도움을 청하기 위해 길을 떠났지요. 그 어떤 이별도 이보다 더 애틋했던 적은 없었습니다. 하지만 이 여행은 내게 아무런 도움도 되지 못했을 뿐더러 그야말로 치명타가 되고 말았습니다. 나의 전 재산은 모두 압수된 상태였고 친족들은 내게 거의 아무런 도움도 줄 수 없는 처지에 있었지요. 결국 나는 조지아로 돌아오는 데 필요한 비용만 간신히 챙겨올 수 있었답니다. 하지만 정작 나를 커다란 절망에 빠뜨린 것은 따로 있었습니다. 바로 누이동생이 오간 데 없이 사라져버린 것이었지요. 내가 도착하기 바로 얼마 전 타타르족[141]이 이 마을에 난입했었는데 그들은 아름다운 내 누이동생을 보자 곧바로 납치하여 튀르키예로 향하던 유대인들에게 팔아넘겨버렸던 것입니다. 태어난 지 겨우 몇 달밖에 되지 않았던 어린 딸아이만 남겨두고 말이지요. 나는 그 유대교도들을 따라갔습니다. 그리고 30리

---

140 비슈타스파의 아버지.

141 몽골족 가운데 한 부족 또는 몽골족을 통틀어 이르는 말이며, 또한 러시아 내의 투르크계 여러 종족을 통틀어 이르는 말이기도 하다.

를 따라간 끝에 드디어 그들을 만날 수 있었지요. 하나 그들에게 아무리 울며불며 사정을 해보았지만 부질없는 일이었습니다. 그들은 누이동생을 내주는 조건으로 30토만[142]을 요구하며 끝까지 단 한 푼도 양보해주지 않았습니다. 여기저기 온갖 사람들에게 호소도 해보고, 튀르키예 성직자들과 그리스도교 성직자들에게도 구원을 간청해본 끝에 결국 어느 아르메니아 상인 하나를 만나게 되었습니다. 나는 그에게 딸아이를 팔고 나 자신도 팔았습니다. 그렇게 하여 마련한 35토만을 갖고 유대교도들을 찾아갔지요. 그들에게 30토만을 건네고 나머지 5토만은 그제야 겨우 얼굴을 보게 된 누이동생에게 건네주었습니다.

"누이! 누이는 이제 자유의 몸이오. 이제야 이 오라비가 누이를 안아볼 수 있게 되었구려. 여기 5토만을 가져왔소. 어서 받으시오. 이 몸을 좀더 비싸게 팔지 못한 게 참으로 안타까울 뿐이구려."

이 말에 누이가 소리쳤습니다.

"뭐라고요? 오라버니를 파셨다고요?"

"그렇소."

"아! 가엾은 오라버니! 도대체 무슨 짓을 하신 겁니까? 오라버니께서 굳이 그렇게 저를 불행하게 만들 일을 하지 않으셨어도 저는 이미 충분히 불행한 상태였어요. 그래도 그나마 오라버니께서 자유의 몸이라는 그 사실 하나에 위안을 받곤

---

142 페르시아의 금화로 현재도 이란에서 통용되고 있다.

했거늘…… 이제 오라버니께서 노예 신분이 되어버렸다니, 그 사실은 저를 죽도록 고통스럽게 하고 말 거예요. 아! 오라버니! 당신의 사랑은 어찌 이리도 가혹할 수가 있단 말입니까! 한데, 우리 딸은요? 아무 데도 보이질 않는군요.”

“우리 딸도 함께 팔았소.”

나는 대답했습니다. 우리 남매는 하염없이 흐르는 눈물에 범벅이 되어 서로에게 말을 건넬 힘조차 없었습니다. 결국 나는 주인을 찾아갔습니다. 그런데 나만큼이나 재빨리 그곳에 도착한 누이동생이 허겁지겁 달려오더니 대뜸 주인 앞에 무릎을 꿇는 것이 아니겠습니까? 그러고는 이야기하기 시작하더군요.

“다른 이들이 나리께 자유를 간청드리는 것처럼 저 또한 이 몸을 당신의 노예로 받아주시길 간청드립니다. 그러니 제발 저를 받아주세요. 제 남편보다 더 비싼 값에 파실 수 있을 것입니다.”

그 순간 주인의 눈에서는 애써 눈물을 떨구지 않으려는 필사적인 사투가 일었습니다.

“참으로 가엾기도 한 오라버니! 오라버니께서는 진정 제가 당신의 자유를 희생시켜 얻은 저 자신의 자유를 허락할 수 있으리라 믿으셨나요? 나리! 나리께서 이 불쌍한 두 사람을 갈라놓으신다면 저희는 더 이상 살아갈 수가 없습니다. 지를 나리께 드리오니 어서 이 몸을 사 가세요. 제게 주실 그 몸값과 제가 나리께 드릴 그 시중이 언젠가는 제가 오늘 감히 나리께 간청드리지 못하는 그것을 얻어낼 수 있도록 해줄 것입니다. 저희를 갈라놓지 않는 것이 분명 나리께도 더 이득이 될 것입니다. 오라버니의 생사가 바로 제게 달려 있다는 것을 고려해주십시오."

온화한 사람이었던 그 아르메니아 상인은 결국 우리의 불행에 연민을 느꼈습니다. 그리고 말했지요.

"너희 두 사람은 충성과 열의를 다해 나의 시중을 들도록 해야 할 것이다. 내 약속건대 그리하면 1년 후 너희들에게 자유를 되돌려줄 것이다. 너희 중 어느 하나도 지금의 이 불행한 처지에 어울리는 자는 없는 듯하구나. 너희가 자유의 몸이 되었을 때 너희에게 걸맞은 그 행복을 충분히 누리게 된다면, 그리고 너희를 만족시켜줄 수 있을 만큼의 재물을 얻게 된다면, 그때 분명 너희로 인해 내가 입게 될 그 손실을 보상해주리라 믿는다."

우리 남매는 모두 그 상인의 무릎에 입을 맞추었습니다. 그리고 그의 여행에 동행하게 되었지요. 나와 누이동생은 서로 도와가며 노예 신분으로 일해나갔으며, 나는 누이에게 맡겨진 일들을 대신해줄 때마다 큰 기쁨을 느끼곤 했습니다.

이윽고 1년이 되었지요. 주인은 약속대로 우리를 풀어주었고 우리는 트빌리시로 돌아갔습니다. 그곳에서 나는 의료업에 종사하고 계시는 아버지의 옛 친구분을 만나게 되었고 그분은 내게 약간의 돈을 빌려주셨습니다. 그 돈으로 작은 무역을 시작할 수 있었지요. 그러던 중 거래차 스미르나에 왔다가 아예 이곳에 자리를 잡게 된 것입니다. 6년째 이곳에 정착해 살아가며 세상에서 가장 다정하고 가장 안락한 공동체를 꾸려가고 있지요. 제아무리 국왕의 자리라 해도 지금 나의 이 공동체, 하나로 똘똘 뭉쳐 있는 내 이 가족과는 결코 바꿀 수 없답니다. 이제 그 옛날 커다란 신세를 졌던 고마운 아르메니아 상인을 찾아가도 될 만큼 충분한 행복을 누리게 된 나는 마침내 그를 다시 찾았고 그에게 특별한 도움을 줄 수 있었습니다.

1714년 8월 27일, 스미르나에서

편지 68
리카가 우스벡에게
(수신지 : ***)

며칠 전에 어느 법관의 집에 저녁 식사를 초대받아 다녀왔었네. 벌써 여러 차례 받아온 청이었는데 이번에 응하게 되었지. 이런저런 제법 많은 이야기를 나눈 뒤 그에게 말했네.

"법관은 참으로 고달픈 직업인 것 같습니다."

그러자 그가 답하더군.

"당신이 생각하는 것처럼 그렇게까지 고달픈 직업은 아닙니다. 우리가 하는 식대로라면 뭐 심심풀이 오락 같은 직업이라고나 할까요."

"그게 무슨 말씀이십니까? 당신과 전혀 상관없는 사람들의 소송 문제로 늘 머릿속이 꽉 차 있는 게 아니었던가요? 별로 마음에 와닿지도 않는 일을 해가며 늘 바쁘게 지내시는 게 아니란 말씀이신가요?"

"네, 당신 말이 맞습니다. 소송 문제를 처리하는 것은 전혀 마음에 와닿지 않는 일이지요. 실제로 우리 법관들은 이런 문제들에 전혀 관심도 없답니다. 그래서 이 직업이 당신이 말씀하시는 것처럼 그렇게까지 피곤한 직업은 아니라는 겁니다."

그가 내 말을 별 거리낌 없이 받아들이는 것을 보고 나도 계속 이야기했네.

"법관님! 댁에 서재가 보이질 않는군요."

"그러실 겁니다. 저는 서재가 없으니까요. 제가 이 직무를 맡았을 때 저는 이 직무를 얻기 위해 돈이 필요했답니다. 그래서 제 서가를 팔았지요. 그런데 제 서가를 인수해 간 서점 주인이 그 어마어마한 양의 서적 중에서 달랑 회계 장부 한 권만 남겨주지 않았겠습니까? 그렇다고 제가 지금 팔아넘긴 그 책들을 아쉬워한다는 말은 아닙니다. 우리네 법관들은 결코 쓸데없는 학문으로 거만해지는 법이 없으니까요. 사실인즉 그 엄청난 양의 법률 서적이 다 무슨 소용이란 말입니까? 거의 대부분의 소송 건들이 가설에 의한 것이고 또 일반 원칙에서 벗어나 있는 것들인데 말입니다."

그의 말에 나도 한마디 했지.

"그건 법관님들께서 군이 사건들을 일반 원칙에서 벗어나게끔 처리하고 있기 때문에 그런 것이 아닐까요? 이 세상의 모든 민족에게 어째서 하나같이 모두 법이라는 게 존재하겠습니까? 군이 그것을 적용하지 않을 것이라면 말입니다. 게다가 법률을 모른다면 어떻게 그것을 적용할 수가 있단 말입니까?"

그러자 그가 다시 대꾸하더군.

"당신이 만일 재판소에 대해 좀 아신다면 그렇게 말씀하시지 못할 겁니다. 우리에게는 변호사라는 살아 움직이는 책들이 있답니다. 이들은 우리 재판관들을 위해 대신 법률을 공부해주고 또 그것을 우리에게 알려줄 임무를 띠고 있지요."

이 말에 나도 계속했다네.

"그럼 때때로 법관님들을 속일 임무도 지고 있겠군요. 그들의 계략에 빠지지 않도록 단단히들 주의하셔야겠습니다. 그들은 법관님들의 공정성을 위협할 수 있는 무기를 지니고 있으니 말입니다. 그들의 공격에 저항할 수 있도록 법관님들께서도 그런 무기를 지니고 계시는 것이 아무래도 좋을 듯싶군요. 그리고 머리끝부터 발끝까지 철저히 무장된 그런 자들과의 싸움에 그냥 대충 무장한 상태로는 절대로 나서지 않으시는 게 좋을 것 같습니다."

1714년 10월 13일, 파리에서

편지 69

우스벡이 레디에게

(수신지 : 베니스)

내가 예전보다 훨씬 더 형이상학적인 사람이 되었다는 것을 너는 분명 상상도 못 할 게다. 하지만 이는 엄연한 사실이란다. 지금부터 펼쳐질 나의 이 빗발치는 철학적 견해를 듣고 나면 아마 좀 수긍이 갈 것이다.

신의 본질에 관해 깊이 연구했다는 가장 지각 있는 철학자들이 말하기를, 신은 그야말로 더할 나위 없이 완벽한 존재라고 했지. 하지만 그들은 신에 대한 이 같은 생각을 극도로 남용하였단다. 인간이 충분히 지닐 수 있고 또 상상해낼 수 있는 그런 인간의 뛰어난 자질들을 모두 열거한 후 그것들을 신성의 개념으로 삼아버린 것이지. 이런 속성들은 대부분 맞서는 성질이 있어서 서로 상쇄되지 않고서는 동일한 하나의 주체 안에 공존할 수 없다는 사실은 생각지 못하고서 말이다.

서양 시인들의 말에 따르면 미의 여신의 초상화를 그리고자 했던 한 화가[143]가 있었는데, 그는 세상에서 가장 아름다운 여신의 얼굴을 그리기 위해 그리스에서 제일 아름다운 여인들을 찾아 모은 뒤 이들에게서 각각 가장 마음에 드는 부분 하나씩을 골라 이것으로 하나의 얼굴을 만들어냈다는구나. 만일 누군가가 이 초상화를 보고 세상에서 가장 아름다운 여신의 머리카락은 금발이자 갈색이라고, 그 눈은 검으면서도 파랗다고, 또 그 모습은 부드러워 보이면서도 도도하다고 결론을 내렸다면 그 사람은 아마도 웃음거리가 되고 말았을 것이다.

신에게도 이따금 완벽함이 부족할 때가 있는데, 이것이 자칫

---

143 기원전 4~5세기경 그리스 화가 제욱시스Zeuxis를 일컫는다. 그는 주로 신들의 모습이나 초상화를 그렸으며, 특히 미녀 그림을 잘 그렸다.

신의 결정적인 결함으로 보일 수도 있단다. 하지만 신은 당신 자신 말고는 결코 그 어떤 한계도 지니고 계시지 않단다. 당신 자신이 바로 스스로에게 불가피성 그 자체인 것이란다. 그렇기 때문에 아무리 신께서 전지전능하신 분이라 해도 당신 자신이 하신 약속을 저버린다거나 인간을 속일 수는 없단다. 또한 그야말로 속수무책인 상황이 종종 있기 마련인데, 이런 경우 역시 신의 무력함이 신 자신에게서 비롯되는 것이 아니라 관련된 그 상황 자체에서 비롯되는 것이므로 신께서도 그 상황의 본질을 변화시켜놓으실 수가 없는 것이란다.

그러니 몇몇 신학자들이 신의 예지 능력과 그 공정함은 양립할 수 없다는 것을 근거로 들며 신의 무한한 예지 능력을 감히 부정했다 하여 그리 놀랄 것도 없단다.

이 같은 생각이 아무리 무례하다 할지라도 이를 뒷받침해주는 데는 형이상학이 그야말로 제격인 듯하구나. 형이상학의 원리에 따르면 자유의지를 지닌 원인의 결정에 달려 있는 그런 일들을 신께서 미리 예견하신다는 것은 불가능한 일이란다. 아직 일어나지 않은 일은 아직 존재하지 않는 일이고, 따라서 알려진다는 것 자체가 불가능하기 때문이란다. 왜냐하면 무無라는 것은 아무런 속성도 지니고 있지 않은 상태이므로 그 식별이 불가능하기 때문이지. 고로 신은 있지도 않은 의지를 읽어낼 수도, 인간의 영혼에서 그 속에 존재하지도 않는 그 무언가를 볼 수도 없는 것이란다. 그 무언가가 완전히 결정지어지기 전까지는 그 결정 행위의 양상이 영혼 속에 전혀 존재하지 않기 때문이란다.

영혼은 결정을 내리는 장본인이란다. 하지만 때때로 너무도 결단성이 떨어지는 나머지 어느 쪽으로 결정을 내려야 할지 도저히 갈피를 잡지 못할 때가 있단다. 게다가 이 같은 결단성 없는 우유부단한 행동은 단지 그 자유의지를 행사하기 위한 하나의 수단일 뿐인 경우가 허다하단다. 그렇기에 영혼 자체의 양상이나 그 영혼에 영향을 미치고 있는 주변 사물들의 양상 그 어디에서도 신께서는 이 영혼이 내릴 결정을 미리 알아차리실 수가 없는 것이란다.

그렇다면 신께서는 어떻게 자유의지를 지닌 원인의 결정에 달려 있는 그런 일들을 예견하실 수가 있을까? 그것은 아마도 이 두 가지 방법에 따라서일 거다. 하나는 '무한한 예지 능력'이라는 말과 모순되게 추측을 통해 예견하는 것일 테고, 또 하나는 어떤 원인 뒤에 반드시 따라오게 되어 있는 그 원인의 필연적인 결과로서 예견하는 방법일 터인데, 이는 더더욱이나 모순되는 것이란다. 왜냐하면 인간의 영혼이 자유로운 의지를 지녔다고 가정하면서 실제로는 다른 공이 와서 밀어주어야지만 비로소 자유로이 움직일 수 있게 되는 그런 당구공과 같은 자유를 누리고 있는 것에 불과하다는 뜻이 되기 때문이란다.

그렇다고 내가 신의 능력을 한정시키려 한다고는 생각지 말거라. 신께서는 당신의 창조물인 우리 인간들을 당신 마음대로 움직이게 하실 수 있는 만큼 당신이 알고 싶어 하시는 것은 모두 다 알고 계시단다. 하지만 이렇게 모든 것을 다 내다볼 수 있음에도 불구하고 이 능력을 항상 사용하고 계시는 것은 아니란다. 보통은 어떤 행동을 취하거나 취하지 아니함에 있어서 그 선택의 자유를 우리 피조물에게 주심으로써 동시에 당신의 은총을 받고 잃음에 대한 선택의 자유 또한 우리에게 남겨주고 계시지. 바로 이런 이유로 신께서는 당신의 창조물들을 조종하고 규정지을 수 있는 당신 고유의 권리를 포기하신 채 이를 사용하지 않고 계신 것이란다. 하지만 무언가를 알고자 하실 때는 언제든지 다 아실 수가 있단다. 당신께서 원하시는 대로 일이 이루어지기를 바라며 당신의 창조물들을 당신이 원하는 대로 규정지어 놓기만 하면 되기 때문이지. 바로 이렇게 신께서는 일어날 수밖에 없는 수많은 일 중에서 일어나야 할 일들을 일어나도록 만드시는 것이란다. 우리 피조물들이 미래에 내리게 될 그 결정들을 당신 뜻대로 미리 결정해놓으시고, 또 당신께서 우리에게 부여해주셨던 어떤 행동을 취하거나 취하지 아니할 그 능력을 박탈해가시면서 말이다.

서로 비교할 수 있는 문제는 아니다만 그래도 굳이 하나 예를 들어 비교해보자면 바로 다음과 다를 바 없다고 할 수 있을 게다. 자신이 파견한 외교 사절이 어느 중대한 공무에서 어떻게 처신할지 전혀 예상치 못하고 있는 국왕이 있는데, 만일 그 국왕이 이를 알고자 한다면 그 사절에게 어떠어떠한 식으로 행동하라고 지시하기만 하면 되는 것이라고, 그러면 반드시 국왕 자신의 계획대로 일이 진행되리라고 말하는 것처럼 말이다.

『코란』이나 유대교의 경전에서는 신의 절대적 예지 능력에 대한 교리에 끊임없이 반내하는 것을 볼 수가 있단다. 경전 곳곳에서 신은 당신의 창조물들이 내릴 그 미래의 결정에 대해 잘 모르고 있다는 것처럼 묘사되고 있지. 아무래도 이것이 모세께서 우리 인간들에게 가르쳐주셨던 그 첫번째 진리인 듯싶구나.

신께서는 어떤 한 과일을 절대로 먹지 말라는 조건으로 아담을 지상의 낙원에 놓아두셨단다. 하지만 이것이야말로 매우 불합리한 규범이 아니더냐? 인간의 마음이 내리게 될 미래의 결정을 이미 다 알고 계시는 분께서 당신의 은총을 웃음거리로 만들고자 하심이 아니고서야 어찌 그 은총에 어떤 조건을 다실 수가 있단 말이더냐? 마치 바그다드의 함락 사실을 이미 알고 있는 자가 "만일 바그다드가 함락되지 않았다면 내 당신에게 100토만을 드리리다" 하고 말하는 것과 전혀 다를 바가 없지 않으냐? 이것이야말로 악의적인 농담이 아니고 무엇이란 말이더냐?

레디! 이렇게 철학은 들먹여 다 무엇하겠느냐? 신께서는 우리 인간들이 당신을 둘러싸고 있는 그 구름조차 알아볼 수 없을 정도로 그렇게 드높은 곳에 계시거늘…… 우리는 오로지 그분의 계율을 통해서만 그 존재를 알고 있을 뿐이거늘…… 무한하고 영적이시며 영원한 존재이신 신의 위대함 앞에 우리는 그 얼마나 나약한 존재일 뿐이더냐? 신 앞에 늘 겸허해지는 것이 바로 그분을 숭배하는 길이란다.

1714년 10월의 마지막 날, 파리에서

편지 70

젤리스가 우스벡에게

（수신지 : 파리）

　당신이 아끼시는 솔리만이 어제 모욕을 당하고 그 일로 지금
몹시 절망에 빠져 있어요. 실은 수피스라는 경솔하기 짝이 없
는 젊은이가 석 달 전부터 그의 딸에게 청혼을 해왔답니다. 그
녀의 어릴 적 모습을 보았던 몇몇 여인들이 해주는 그녀의 외
모에 대한 증언들과 묘사에 그자는 꽤나 만족해하는 듯했다는
군요. 그래서 지참금에 대한 합의도 보고 모든 것이 다 순조롭
게 잘 진행되었다지요. 그리고 어제 드디어 솔리만의 딸은 일
차 예식을 치른 후 관습에 따라 머리끝부터 발끝까지 꼭꼭 숨
긴 채 자신을 수행할 환관 하나를 데리고 말을 타고 떠났답니
다. 그런데 그녀가 신랑감의 집 앞에 도착하자마자 그자가 그
녀 앞에서 문을 걸어 잠그도록 하고는 지참금을 올려주지 않으
면 절대로 그녀를 집 안에 들이지 않겠다고 단언했다지 뭡니
까? 이 일을 수습하기 위해 솔리만 내외가 급히 뛰어갔고, 한
참 동안의 실랑이 끝에 결국 솔리만이 자신의 사위에게 약간의
선물을 해주기로 했다는군요. 이렇게 하여 마침내 결혼식은 성
사되었고 솔리만의 딸은 거의 강제로 끌려가다시피 하며 그자
의 침실로 안내되었답니다. 그런데 한 시간 후 그 얼빠진 자가
글쎄 노발대발하며 일어나서는 그녀가 처녀가 아니었다며 그
녀의 얼굴 여기저기에 마구 난도질을 해놓았다지 뭡니까? 그
러고 나서는 그녀를 솔리만에게로 되돌려 보냈다는군요. 그가

받은 이 모욕보다 더 충격적인 일이 또 어디 있겠어요? 사람들은 솔리만 딸의 무고함을 옹호하고 있어요. 이런 모욕을 감수하는 아비들이 참으로 가련해요. 만일 우리 딸이 이 같은 대우를 받는다면 저는 아마 괴로워 죽고 말 거예요.

그럼 안녕히 계시어요.

1714년 7월 9일, 파티마의 하렘에서

편지 71
우스벡이 젤리스에게

솔리만이 참으로 딱하게 되었소. 그에게 닥친 불행은 달리 구제책이 없는 데다 그의 사위는 단지 법의 자유를 이용한 것뿐이기에 내 더더욱 안타까운 마음이라오. 한 가족의 명예를 이렇게 어떤 미치광이의 변덕 앞에 한껏 드러내놓은 이 법이 참으로 가혹하다고 생각될 뿐이오.

진실을 알 수 있는 확실한 방증이 있다고 아무리 떠들어봐도 다 소용없는 일이오. 그래봤자 오늘날 모두가 다 깨닫고 있는 아주 오래전의 그 잘못된 지식에 지나지 않을 뿐이오. 의사들 또한 처녀성을 입증한다는 그런 증거들의 불확실성에 대해 반박할 수 없는 뚜렷한 근거를 제시하고 있지 않소? 이 같은 증거들을 비현실적인 것으로 여기지 않는 사람은 아무도 없소. 하물며 그리스도교도들은 이런 증거들이 자신들의 성전[144]에

뚜렷이 명시되어 있고, 자신들의 옛 율법학자[145]가 자신들에게 이 증거를 바탕으로 모든 딸아이의 결백함과 단죄를 결정하도록 하였음에도 불구하고 이들조차도 이것을 비현실적으로 보고 있다오.

당신이 우리 딸의 교육에 그토록 마음을 쓰고 있다니 참으로 기쁘기 그지없구려. 부디 우리 딸이 훗날 그 남편에게 파티마[146]만큼이나 아름답고 순결한 여인으로 보일 수 있기를 바라오. 또한 자신을 보호해줄 열 명의 환관을 거느리게 되기를, 자신이 살아가게 될 그 하렘의 영광이자 자랑거리가 되기를, 그리고 머리에 호화 장식을 두른 채 오직 화려한 융단 위에서만 걷게 되기를 바라오. 아울러 마지막으로 한 가지 더 바람이 있다면, 바로 우리 딸이 온갖 영화를 누리는 것을 내 이 두 눈으로 직접 한번 보는 것이오.

1714년 12월 5일, 파리에서

---

144 구약성경의 「신명기」제22장 13~21절의 내용.

145 모세를 지칭한다.

146 마호메트의 딸이자 알리의 부인(21쪽 주 4 참조)으로 이슬람교에서 매우 의미 있는 인물이다.

편지 72

리카가 이벤에게

(수신지 : ***)

얼마 전 어느 모임에 나갔다가 굉장히 자만에 차 있는 남자 한 명을 만나지 않았겠나? 세상에 단 15분 만에 윤리 문제 세 가지, 역사 문제 네 가지, 그리고 물리 문제 다섯 가지를 깨끗이 해결해주더군. 그렇게 과단성 있고 만물에 박식한 자는 내 생전 처음 보았다네. 자신의 생각에 단 한 치의 의심도 없는 그런 인물이었지. 결국 우리는 학문에 관한 이야기를 접어두고 시사에 관한 이야기를 했다네. 그런데 시사 문제에서까지도 그자가 딱 잘라 해결해주는 것이 아니겠나. 내 그를 좀 따라잡고 싶어지더군. 그래서 '내가 아주 자신 있는 분야에 대해 이야기해야 해. 그래, 우리나라에 관해 이야기해보는 거야'라고 생각하고는 우리 페르시아에 관해 떠들기 시작했지. 그런데 몇 마디나 꺼냈을까? 그자는 곧바로 타베르니에[147]라는 선생과 샤르뎅[148]이라는 선생의 신망을 토대로 두 가지 반증을 들기 시작하더군. '내 참, 이럴 수가! 이자는 도대체 누구란 말인가? 조

---

[147] 상인이자 『튀르키예, 페르시아 그리고 인도 여행』의 저자인 타베르니에(Jean-Baptiste Tavernier, 1605~1689)를 말한다. 몽테스키외는 본 소설을 집필하는 데 이 작품을 크게 참고했다.

[148] 보석세공업자이자 『페르시아와 아시아 지역의 여행』의 저자인 샤르뎅(Jean Chardin, 1643~1713)을 말한다. 몽테스키외가 타베르니에의 작품 이상으로 본 소설의 집필에 참고한 작품이다.

금만 더 있으면 이스파한의 길거리에 대해서도 나보다 더 정통
할 사람이군그래!' 하고 속으로 생각했네. 그리고 이내 결심했
지. 그 사람 혼자서 떠들든 말든 그냥 내버려 두고 난 가만히
입 다물고 있기로 말일세. 그랬더니 아니나 다를까 여전히 혼
자서 모든 문제를 깨끗이 잘도 종결해나가더군.

1715년 1월 8일, 파리에서

편지 73

리카가 ✻✻✻에게

'아카데미 프랑세즈'[149]라는 일종의 법원 같은 장소에 관해
이야기하는 것을 들었네. 세상에서 이곳처럼 존중받지 못하는
기관도 아마 없지 싶네. 이곳에서 뭔가를 판결 내리기만 하면
그 판결이 나기가 무섭게 백성들이 곧장 그 판결을 파기시키고
는 오히려 이 기관이 따를 수밖에 없는 그런 법률들을 가져와
이 기관에 강요하곤 한다는군.

　얼마 전에는 이 기관의 권위를 세우기 위해 그동안 이곳에서
내렸던 모든 판결을 모아 엮은 판례집[150]을 하나 만들어냈다네.
그런데 수많은 아비들이 함께 만들어낸 이 책은 이미 출생 당

---

149 179쪽 주 120 참조.

150 1694년 '아카데미 프랑세즈'가 편찬, 출간한 사전을 지칭한다.

시에 거의 늙은이가 다 되어 있었다네.[151] 게다가 자신이 적자임에도 불구하고 먼저 태어났던 서출[152]로부터 태어남과 동시에 심하게 억눌려야만 했다네.

이 기관의 구성원들은 참새 떼처럼 쉬지 않고 조잘거리는 것 외에는 별다른 임무가 없다네. 그칠 줄 모르고 계속되는 이들의 객담客談 속에는 으레 찬사가 섞여 있기 마련인데 이 찬사의 신비를 한번 맛보는 순간 이들은 곧 그 찬사의 열기에 사로잡혀 더는 헤어날 수가 없게 된다네.

이 기관은 몸통 하나에 머리가 마흔 개라네. 모두 수식, 은유, 대조로 꽉 차 있는 머리들이지. 그 많은 입은 하나같이 감탄 섞인 말밖에는 내뱉을 줄 모르며, 그 많은 귀는 언제나 규칙적인 리듬과 아름다운 화음 소리만을 듣고 싶어 한다네. 그래도 많은 눈은 별로 그리 문제가 되지 않는다네. 아무래도 이 몸은 보는 것보다는 말하기용으로 만들어진 것 같네. 이 몸은 다리가 전혀 튼튼하지 못하다네. 그에게 커다란 재앙의 씨와도 같은 시간이 매 순간 몸을 흔들어대며 지금까지 그가 이루어놓은 모든 것을 모조리 다 무너뜨리고 있기 때문이지. 예전에는 이 몸의 손이 아주 탐욕스럽다는 말들도 있었는데[153] 이에 대해

---

151 '수많은 아비'란 아카데미 프랑세즈의 구성원들을 가리키며, '늙은이가 다 되어 있었다'라는 표현은 책이 완성되기까지 아주 오랜 시간이 걸렸음을 비유하는 말이다.

152 1690년에 출간된 『퓌르티에르의 사전』을 가리킨다. 이 사전의 저자인 퓌르티에르Furetière는 아카데미 프랑세즈와 경쟁을 벌였다는 이유로 1685년 이 기관에서 제명된 인물이다.

153 단지 연금 수령을 목적으로 출석하는 '아카데미 프랑세즈'의 구성원들을

서는 내 아무 말도 하지 않겠네. 나보다 더 이 일에 대해 잘 알고 있는 사람들에게 그 판정을 맡기려네.

이곳에는 이렇게 우리 페르시아에서는 결코 찾아볼 수도 없는 그런 별난 일들이 다 있다네. 우리 페르시아인들은 이런 별나고도 기이한 시설에 대해서는 전혀 관심도 없지 않은가. 언제나 우리의 소박한 풍습과 순수한 품행 속에서 그 자연스러움을 찾을 뿐이지.

1715년 2월 27일, 파리에서

편지 74
우스벡이 리카에게
(수신지: ***)

일전에 알고 지내는 한 남자가 내게 말했네.

"내 당신에게 파리의 명가들을 소개해주기로 약속했었잖소? 지금 당신을 이 왕국에서 가장 내로라하는 어느 귀인 댁에 데려다주겠소."

그의 말에 내가 되물었지.

"가장 내로라하는 귀인이라니 그게 무슨 말씀이오? 다른 사람들보다 더 예의 바르고 더 친절한 사람이라는 말씀이오?"

빗댄 표현이다.

"그런 뜻이 아니오."

"아! 무슨 소린지 알겠소. 자신에게 접근해 오는 모든 사람에게 쉬지 않고 자신의 우월성을 느끼게 해주는 그런 인물이구려. 그렇다면 내 굳이 가볼 필요가 없겠소이다. 그분의 우월성이야 뭐 인정해준다고 치지요."

그래도 결국 난 그를 따라나설 수밖에 없었네. 그리고 마침내 자그마한 키에 아주 거만함이 넘쳐흐르는 한 남자를 만나게 되었지. 어찌나 오만하게 코담배를 피우고, 어찌나 힘껏 코를 풀어대며, 어찌나 아랑곳하지 않고 가래침을 내뱉던지, 게다가 어찌나 사람들에게 무례하기 그지없는 태도로 자신의 개들을 쓰다듬던지 내 도저히 그 남자에게 감탄하지 않을 수가 없었네. '맙소사! 내 만일 페르시아 궁정에서 저런 행동을 보였더라면 난 분명 엄청난 얼간이로 통했을 것이야!' 하고 혼자 속으로 생각했네. 리카! 우리가 만일 매일같이 우리 집에 찾아와 호의를 보이는 사람들에게 수없이 많은 자잘한 모욕들을 안겨주었었더라면 우리는 분명 천성이 매우 나쁜 사람이었음이 틀림없었을 것이네. 그들은 이미 우리가 자신들보다 더 높은 위치에 있다는 사실을 잘 알고 있는 사람들이 아니었던가? 그리고 설령 그것을 모르고 있었다 할지라도 우리가 보이는 친절에 그들 스스로 하루하루 깨달아갔을 것이 아니었던가 말일세. 사람들로부터 존경을 받기 위해 우리가 할 수 있는 일들이 달리 없었기에 우리는 그저 모든 노력을 기울여 친절을 베풀고자 했었지. 가장 힘없는 하층민과도 서슴없이 잘 어울렸고, 언제나 무정하기 일쑤인 그런 지체 높다는 사람들 사이에서도 정 많은 사람으로 통하곤 하지 않았었나? 이들의 온갖 푸념에 일일이 다 마음을 써주었을 정도로 우리 자신을 낮추었으니 이들도 심성에서만큼은 우리를 자신들보다 더 높이 쳐주곤 했었지. 하지만 공식 행사에서 국왕을 보필해야 했을 때라든가, 외국인들에게 우리 조국에 대한 존경심을 불러일으켜야 했을 때, 그리고 위급한 상황에서 군사들의 사기를 북돋아야 했을 때는 그동안 낮추고 있었던 우리 자신을 그 백 배 이상으로 한껏 추켜올리고는 자만에 넘치는 기색을 얼굴 가득 드러내곤 하지 않았었나? 그럴 때면 사람들은 이런 우릴 제법 위풍당당하게 봐주곤 했었지.

1715년 4월 10일, 파리에서

편지 75
우스벡이 레디에게
(수신지 : 베니스)

내 너에게 고백건대 우리 이슬람교도들에게서 볼 수 있는 자신의 종교에 대한 그런 확고한 신념을 이곳 그리스도교도들에게서는 결코 본 적이 없단다. 그들은 신앙고백을 했다고 해서 그리 믿음이 강한 것도 아니고, 믿음이 강하다고 해서 그리 열의가 넘치는 것도 아니며, 열의가 넘친다고 해서 그리 실천을 잘하는 것도 아니란다. 이들 모두에게 종교는 신성시되는 대상이라기보다 오히려 하나의 언쟁거리 소재에 더 가깝단다. 궁정의 조신들이나 전쟁터의 군사들, 심지어 여인네들까지도 모두가 하나같이 성직자들에게 항의하며 자신들이 믿지 않기로 한 그 종교를 두고 그것이 믿어 마땅한 것임을 증명해보이라 요구하고 나선단다. 그렇다고 이들이 이성적으로 무척 사려 깊은 결정을 내리는 사람들이라는 말이 아니다. 자신들이 거부하는 그 종교의 참과 거짓을 밝히느라 애를 쓰는 사람들이라는 말도 아니다. 이들은 단지 그 종교가 가져다줄 멍에를 느끼고는 그것을 맛보기 전에 미리 이를 제거해버리려 반란을 꾀하는 무리일 뿐이란다. 그렇다고 또 이들의 불신앙이 그 신앙심보다 훨씬 더 확고한 것도 아니란다. 이들은 그저 밀물과 썰물에 휩쓸려 움직이듯 그렇게 쉬지 않고 이쪽저쪽으로 왔다 갔다 하며 살아가고 있을 뿐이란다. 언젠가 이들 그리스도교도 중 한 사람이 내게 이런 말을 하더구나.

"저는 반년에 한 번씩 영혼의 불멸을 믿는답니다. 믿고 안 믿고에 대한 결정은 전적으로 저의 신체 상태에 달려 있지요. 제 몸속에 동물의 정기가 많으냐 적으냐에 따라, 위가 소화를 잘 시키고 있느냐 그렇지 못하냐에 따라, 혹은 제가 마시는 공기의 입자가 미세한지 거친지에 따라, 그리고 제가 먹은 음식이 가볍고 부드러운 음식인지 아니면 딱딱한 고형식인지에 따라 저는 스피노자 학파[154]가 되기도 하고, 소치니파 교도[155]가

---

154 신이 곧 자연이라는 범신론적 사상을 주장한 스피노자(Baruch de Spinoza, 1632~1677)의 철학을 따르는 사람들이다.

되기도 하며, 가톨릭 신자가 되기도 했다가, 무신앙자가 되기도 하는가 하면, 또 때로는 독실한 신자가 되기도 한답니다. 제 침대 옆에 의사가 와 있을 때는 고해 신부가 아주 유리한 입장에서 저를 만나게 되지요. 몸이 건강할 때는 종교에 휩쓸리지 않을 수 있지만 몸이 아플 때만큼은 이 종교로부터 위안을 찾게 되지 뭡니까? 이 속세에서 더 이상 아무런 희망도 보이지 않을 때면 바로 이 종교가 나타나 구원의 약속으로 제 마음을 사로잡고, 그럴 때면 저는 기꺼이 이 종교에 몸을 맡긴 채 희망이 있는 그쪽 편에서 죽음을 맞고 싶어진답니다."

아주 오래전 그리스도교 국가의 국왕들은 그리스도교라는 종교 앞에서는 만인이 평등하다는 명목으로 자국 내의 모든 노예를 해방했단다. 실제로 이 종교적 행위가 이들에게 아주 유익했던 것은 사실이란다. 이로써 영주들의 힘을 약화하고 이들로부터 하층민들을 구제해줄 수 있었으니 말이다. 그러나 이들은 곧이어 정복 전쟁을 시작하게 되었고, 정복한 그곳에서는 노예를 소유하는 것이 자신들에게 더 이득이 된다는 사실을 깨닫게 되었지. 그러자 이들은 자신들의 가슴에 그토록 와닿았던 평등의 교리는 까마득히 잊어버린 채 노예들을 사고팔도록 허락했단다. 내 여기서 무슨 말을 더하겠느냐? 한때는 진실로 받아들여졌던 것이 또 다른 때에 와서는 그저 실수로만 느껴졌던

---

155 자유사상가 소치니(Fausto Sozzini, 1539~1604)가 창설한 기독교파의 교도들이다. 18세기 당시 프랑스 철학자들 사이에서 '소치니'라는 단어는 이신론자 또는 삼위일체설을 부정하는 자를 의미했으며 흔히 무신론자들을 지칭하는 말로 사용되곤 했다.

것이지. 그런데 우리 이슬람교도들은 어째서 이런 그리스도교도들처럼 행동하지 않는 것일까? 우리가 그 행운의 땅들을 쉬 정복하고 식민지로 만들지 않는 이유는 아주 간단하단다. 바로 그곳의 물이 신성한 코란의 원칙에 따라 우리 몸을 씻기에 아주 맑지 못하기 때문이 아니겠느냐?[156]

전능하신 신께서 당신의 위대한 예언자 알리를 보내시어 이 몸으로 하여금 인간들의 그 어떤 이익보다도 우선하는 종교, 그것의 발생지인 저 하늘처럼 순수한 이 종교를 숭배할 수 있게끔 해주신 것에 나는 그저 감사드릴 뿐이란다.

1715년 4월 13일, 파리에서

편지 76
우스벡이 친구 이벤에게
(수신지: 스미르나)

유럽에서는 자살한 사람들에게 매우 지나친 법을 적용한다네. 자살한 사람을 한 번 더 죽게 만드는 그런 법이라 할 수 있지. 부당하게도 이들을 길 위에서 질질 끌고 다니는가 하면 이들을 비열한 자로 바라보고, 심지어 이들의 재산까지도 모두

---

156 이슬람교도들은 베니스를 점령하는 데 전혀 관심이 없었다. 그 이유가 바로 그곳에는 자신들의 세정(목욕재계)을 위한 깨끗한 물이 없다는 것이었다.

압수해버린다네.

이벤! 나는 이런 법이 너무 부당하다고 생각하네. 괴로움과 빈곤과 멸시에 시달려 내 이제 그만 스스로 그 고통을 끝내고자 한다는데 왜 막으려 드는 것이며, 왜 잔인하게도 내 손아귀에 쥐어진 그 구제책을 빼앗으려 드는 것이란 말인가?

어찌하여 내 더는 몸담지 않기로 다짐한 그런 사회를 위해 이 몸이 계속 일하고 살아가기를 바라는 것이며, 어찌하여 나 없이 체결된 그런 협정을 이 몸이 억지로 지키기를 바라는 것이란 말인가? 사회란 자고로 상호 간의 이익 위에 형성되는 것이거늘 이 사회가 내게 무거운 짐이 될 뿐이기에 내 이 사회에서의 삶을 포기하겠다는데 누가 이를 막아선단 말인가? 내 생명은 신의 은총으로서 받은 것이니 이 생명이 더는 내게 은총이 되지 못할 때는 신께 이를 되돌려드릴 수 있는 것 아닌가? 원인이 멈추었으니 그 결과 또한 멈추어야 마땅한 게 아니냐는 말일세.

당신에게 예속된 백성으로서 내가 얻을 수 있는 이득이 아무것도 없다는데 그럼에도 국왕께서는 내가 여전히 당신의 백성으로 남아 있기를 바라신다는 것인가? 나의 동포들이 정녕 자신들의 실리와 나의 절망이라는 이 같은 불공평한 배분을 요구할 수가 있다는 말인가? 이 세상 그 어떤 자선가들과도 차원이 다르신 그런 신께서 정녕 내게 감당할 수 없을 정도로 이 몸을 짓누르는 그린 은총을 내려주고자 하심이란 말인가?

법의 지배 아래 살고 있을 때는 그 법을 따라야 할 의무가 있다지만 내 이미 그 법에 따라 살고 있지 않은데도 여전히 그 법이 나를 구속할 수가 있다는 것인가?

사람들은 아마 내가 신께서 만들어놓으신 세상의 이치를 뒤흔들어놓는 것이라 말들 하겠지. 신께서 이 몸의 영혼과 육체를 하나로 만들어주셨거늘 내가 이를 분리하고 있으며, 고로 지금 나는 그분의 뜻을 거역해 맞서고 있는 것이라고들 말하겠지.

대체 이 무슨 얼토당토않은 소리란 말인가? 물질의 형태를 바꾸어놓는 것이, 다시 말해 최초의 생성 법칙, 즉 창조와 보존의 법칙에 따라 애초에 원형으로 만들어진 공의 모양을 네모꼴로 변형시켜놓는 것이 신께서 만들어놓으신 세상의 이치를 뒤흔들어놓는 것이라고? 당치도 않은 소리! 나는 그저 내게 주어진 권리를 사용하는 것일 뿐이라오. 이런 의미에서 나는 내 마음대로 온 자연계를 뒤흔들어놓을 수 있는 것이고, 그렇다고 사람들은 이런 나를 두고 신께 맞선다고 말할 수 없는 것이오.

내 영혼이 육신으로부터 분리되면 이 우주의 질서 체계가 흔들리기라도 한다는 것인가? 이보시오들! 영혼과 육신의 분열이 가져오는 이 새로운 조합 상태는 뭔가 좀 덜 완벽하고 뭔가 좀 일반 법칙에서 어긋난다고들 생각하시는 게요? 이 때문에 세상이 뭔가 잃은 것이 있다고, 혹은 신의 업적물이 덜 위대해진다고, 아니 덜 무한해진다고 그렇게들 믿고 계시는 게요?

밀 이삭이나 지렁이 혹은 잔디가 되어버린 육신은 곧 이 자연계의 보잘것없는 작품이 되어버린 것이라고, 또 이승에서의 모든 것에서 벗어난 영혼은 이제 그 고귀함이 덜해진 것이라고, 정녕 그렇게들 생각하시는 것이오?

이벤! 이 모든 생각은 바로 우리의 오만에서 비롯된 것일 뿐이네. 우리 인간들은 자신들이 얼마나 보잘것없이 미미한 존재인지 전혀 의식하지 못하고 있네. 그렇게 보잘것없이 미미한 존재들임에도 불구하고 늘 이 우주에서 의미 있는 존재가 되기를 바라고 중요한 역할을 하고 싶어 하며 하나의 중요한 객체가 되고 싶어 하지. 우리네 인간처럼 그렇게 완벽한 존재 하나가 소멸하면 마치 온 자연계가 파멸될 것처럼 생각한다네. 이세상에 인간 하나가 늘든 줄든, 아니 뭐랄까…… 이 지구상의 전 인류 1억 명을 모두 다 합쳐본다 한들 정작 그 크기는 신께서도 단지 당신의 그 무한한 식별력 덕분에 알아보고 계실 뿐일 정도로 아주 미세하고 가는 그런 원자 하나에 지나지 않는다는 사실은 생각지도 못하고 말일세.

1715년 4월 15일, 파리에서

편지 77
이벤이 우스벡에게
(수신지 : 파리)

우스벡! 진정한 이슬람교도에게 불행은 일종의 징벌이라기보다 하나의 경고에 더 가까운 것 같네. 우리가 지은 죄에 대해 그 대가를 치를 수 있도록 해주는 그 시간은 참으로 귀중한 순간이라네. 단축해야 할 것은 바로 행운을 누리고 있는 그 시간이지. 스스로 목숨을 끊을 정도로 그렇게 조급해한다 한들 그것이 다 무슨 의미가 있단 말인가? 신께서는 행복 그 자체이 시기에 우리 인간들에게 그 행복을 나누어주고 계시거늘 이런 조급함이야말로 바로 그분과 상관없이 자기 스스로 행복을 찾고자 한다는 것을 보여주는 것밖에 더 되겠는가?

만일 인간이 두 개의 본질로 이루어져 있고 이 두 본질의 결합을 유지해가는 것이 조물주께서 만드신 세상의 이치에 더욱 순응해간다는 것을 의미한다면 이러한 결합 유지의 불가피성을 하나의 종교적 규범으로 제정해놓을 수 있었을 것이네. 또한 만일 이 두 본질의 결합을 유지해가는 것이 우리 인간들의 행위를 보증해줄 수 있는 최상의 방법이라면 이러한 결합 유지의 불가피성을 하나의 민법으로 제정해놓을 수도 있었네.

1715년 4월의 마지막 날, 스미르나에서

편지 78

리카가 우스벡에게

(수신지: ***)

스페인에 체류 중인 어느 프랑스인의 편지를 여기 옮겨보네. 자네가 이 편지를 보면 꽤나 즐거워할 것 같네.

저는 반년 전부터 스페인과 포르투갈을 두루 여행하고 있습니다. 다른 외국인들은 모두 멸시하면서 유독 영광스럽게도 우리 프랑스인들만은 증오하는 그런 국민들 틈에서 살아가고 있지요.

이 두 민족에게서 두드러지는 점은 바로 엄숙함인데 이는 주로 두 가지 방법으로 드러난답니다. 하나는 안경에 의해서이고, 다른 하나는 콧수염에 의해서지요.

안경은 아주 논증적이고 설득력 있게 그것을 쓴 사람으로 하여금 시력이 쇠약해질 정도로 매우 깊은 학문을 지니고 있고 또 심오한 독서에 몰두해 있는 사람으로 보이게끔 해준답니다. 안경을 걸친 코들은 이론의 여지 없이 모두 학자의 코로 통할 수 있지요.

콧수염은 그것이 가져올 결과에 상관없이 그 자체만으로도 이미 존중받을 만하답니다. 하기야 어느 유명한 포르투갈 장군[157]이 인도에서 아주 잘 보여주었던 것처럼 가끔은 군주를 섬김에 있어서나 나라의 명예를 위해서 이 콧수염이 매우 유용하게 쓰이는 예도 없지 않아 있긴 하지요. 이야기인즉, 돈이 필요했던 이 포르투갈 장군은 자신의 한쪽 콧수염을 잘라 고아[158]의 주민들에게 보낸 후 이를 담보로 2만 피스톨[159]을 요구했답니다. 이윽고 그는 2만 피스톨을 빌릴 수 있었으며 그 후 아주 영광스럽게도 나머지 한쪽의 콧수염을 잘라버

157 주앙 데 카스트로(João de Castro, 1500~1548) 장군을 일컫는 말로, 그는 포르투갈령 인도의 제13대 총독과 제4대 대리 왕을 역임했다.

158 옛 포르투갈령 인도의 수도.

159 프랑스, 스페인, 이탈리아 등지에서 사용되었던 옛 금화.

렸답니다.

흔히 사람들은 이들처럼 엄숙하고 침착한 민족은 오만할수 있다고들 생각하기 쉽지요. 사실 실제로 그렇답니다. 이들의 오만함은 보통 다음의 주목할 만한 두 가지 사실에서 잘 드러나지요. 스페인과 포르투갈 본토에 살고 있는 사람들은 자신이 흔히 말하는 '구교도'일 경우, 다시 말해 최근 몇 세기 동안 종교재판에 설득되어 그리스도교도가 된 사람들의 자손이 아닐 경우 그야말로 굉장한 종교적 고양감을 느끼고 있답니다. 인도 땅에서 생활하는 사람들도 우쭐대기는 매한가지지요. 스스로를 자신들의 말마따나 '흰 살갗의 사람들'이라는 아주 고귀한 이점을 지닌 사람으로 여긴답니다. 그 대단한 튀르키예 황제의 하렘에서조차 지금껏 그 어떤 왕비도 멕시코의 한 도시에서 가장 늙고 가장 추하게 생긴 어느 저속한 노인네 하나가 팔짱을 끼고 자신의 문턱에 걸터앉아 올리브 빛이 도는 그 창백한 얼굴색을 뽐내는 것처럼 그렇게까지 오만스럽게 자신의 미모를 뽐내지는 않았습니다. 이런 부류의 인간들, 이토록 완벽한 창조물들은 이 세상의 모든 부를 다 얻을 수 있다 해도 절대 일하지 않을 것이며, 천한 기계 공업에 종사함으로써 그 살갗의 명예와 품위를 떨어뜨릴 생각은 절대 하지 못할 것입니다.

실제로 스페인에서는 누구든지 어떤 이점을 하나 지니고 있으면, 예를 들어 방금 이야기한 그런 장점이 있는 자가 이와 더불어 막강한 군사력을 보유한 군인 귀족 집안 태생이라든가 혹은 아비로부터 제대로 음정이 맞지도 않게 퉁기는 그런 귀에 거슬리는 기타 연주법[160]을 배웠다는 등 또 다른 장점 하나를 더 지니고 있다면 그 사람은 더는 일을 하지 않는답니다. 명예를 위해 오로지 자신의 팔다리를 편히 쉬게 하는 데에만 관심을 두지요. 하루에 10시간씩 앉아 있는 사람이 5시간밖에 앉아 있지 않은 사람보다 정확히 두 배로 더 존중을 받는데, 이는 바로 고귀함이라는 것이 다름 아닌 의자 위에서 얻어지기 때문이랍니다.

하지만 이런 노동 앞의 불굴의 적들이 아무리 철학적 평온함을 과시한다고 해도 사실 마음속에서만큼은 전혀 그렇지가 못하답니다. 늘 사랑에 빠져 있기 때문이지요. 애인의 창문 아래서 사랑의 번민으로 죽어가는 것이라면 그야말로 세상에서 제일가는 사람들이랍니다. 감기에 걸리지 않은 스페인 남자는 그 누구도 호색가로 통할 수 없을 정도지요.

또, 이들은 누구보다도 아주 독실한 신자들이며 질투심도 아주 강한 남자들이랍니다. 자신의 부인을 여기저기 부상투성이가 된 군사나 다 늙어빠진 사법관의 유혹에 노출하지 않으려 그토록 경계하면서도 정작 시선을 내리깐 정열 넘치는 수련생 수도사나 그녀들을 교육하는 신체 건장한 프란치스코회 수도사와는 함께 감금도 시킬 수 있는 그런 사람들이지요.

---

160 실제로 불협화음을 내는 연주가 아니라 화자의 입장에서 표현한 것으로 리카의 귀에 거슬리는 연주를 의미한다. 당시 모차르트와 같은 클래식 음악에 심취한 프랑스 귀족들에게 기타는 고급 음악으로 여겨지지 못했다. 이와 달리 스페인 사람들은 기타 연주를 즐겼는데 이들을 향한 몽테스키외의 경멸적 시각이 잘 드러나는 대목이다.

자신의 부인이 가슴을 훤히 드러내놓고 다니는 것은 허락하면서도 사람들이 그녀의 발뒤꿈치를 쳐다보는 것이나 그녀의 발끝이 사람들 시선에 들어가는 것은 결코 용납하지 못하는 사람들이랍니다.

많은 사람이 말하기를, 사랑은 참으로 가혹하고 잔인하다고들 하지요. 스페인 남자들에게는 더더욱이나 그러하답니다. 이들은 사랑을 잃은 고통을 또 다른 여인을 통해 진정시키고 있다지만 사실 그 여인은 이들의 고통을 단지 또 다른 형태의 고통으로 바꾸어줄 뿐이랍니다. 그리고 결국 이들의 가슴속에는 다 꺼져버린 옛사랑에 대한 거북한 기억만 오래도록 남게 되는 것이지요.

또한 이들은 프랑스에서는 터무니없는 일로만 보일 법한 그런 자질구레한 예의도 차린답니다. 예를 들어 군의 장수는 당사자의 동의를 구하지 않고서는 그 어떤 부하도 구타하지 않으며, 종교재판에서는 당사자에게 사죄하지 않는 한 그 어떤 유대교도도 화형에 처하는 법이 없답니다.

화형에 처해지지 않는 스페인 사람들은 만일 종교재판을 없애기라도 한다면 무척이나 언짢아할지도 모를 정도로 이 종교재판에 매우 큰 애착을 지니고 있는 듯합니다. 저는 또 다른 형태의 종교재판을 하나 더 만들었으면 합니다. 이단자들을 대상으로 하는 그런 재판이 아니라 수도사들의 자질구레한 종교 의례를 마치 칠성사[161]와 동일한 효력을 지닌 의

---

161 기독교에서 행해지는 예식으로 세례성사, 견진성사, 성체성사, 고해성사,

례로 간주하고, 자신들이 숭배하는 것이라면 그것이 무엇이 되었든 그야말로 열렬히 숭배하며, 어찌나 두터운 믿음을 지니고 있는지 기독교적 성향이라고는 거의 보이지도 않는[162] 바로 그런 이교 창설자들을 대상으로 하는 재판 말입니다.

스페인 사람들에게서도 분명 지성과 양식을 찾아보실 수 있을 겁니다. 하지만 그렇다고 이를 그들의 책 속에서까지 찾으려 하지는 마십시오. 그들의 서재 하나를 잘 한번 살펴보시지요. 한쪽으로는 소설책들, 다른 한쪽으로는 스콜라 철학[163]에 관한 책들뿐인 것이 마치 각각의 칸들은 이런 서적들이 차지하고 그 전체는 은밀히 인간의 이성에 반대하는 어떤 숨은 적이 꾸며놓았다는 생각이 드실 겁니다.

이들의 책 중 유일하게 훌륭한 책이 하나 있는데 그것은 다름 아닌 자신들의 다른 모든 서적에 있는 어리석음을 잘 보여주는 책[164]이랍니다.

이들은 신대륙에서 그야말로 거대한 발견을 해냈지만 자신들의 본토에 대해서는 잘 모르고 있답니다. 이들의 강에

병자성사, 성품성사, 혼인성사, 이렇게 총 일곱 가지가 있다.

162 너무 지나친 신앙심으로 기독교도라기보다는 차라리 교권 지상주의자적 경향을 보였던 스페인의 교권 지상주의자들을 빗대고 있다.

163 8~17세기에 유럽에서 성행했던 기독교 신학 중심의 철학이다. 본 철학은 기독교의 신학에 바탕을 두는 만큼 일반 철학이 추구하는 진리 담구와 인식의 문제를 신앙과 결부시켜 생각하였으며 인간이 지닌 이성 역시 신의 계시 혹은 전능 아래서 이해했다.

164 미겔 데 세르반테스Miguel de Cervantes의 소설 『돈키호테』를 지칭한다.

는 아직도 발견되지 않은 모종 다리들이 있고, 이들의 산[165]
에는 아직도 알려지지 않은 미지의 부족들이 있지 않겠습
니까?

이들은 태양이 자신들의 나라에서 뜨고 진다고들 하지요.
그런데 그 운행 속에서 태양이 발견하는 것이라고는 오로지
황폐한 농촌과 인적 없이 황량한 땅덩이뿐이라는 사실 또한
잊지 말아야 할 것입니다.

우스벡! 난 말일세, 프랑스를 여행한 어느 스페인 사람이 마
드리드에서 쓴 편지를 읽게 된다 해도 별로 그리 불쾌하지만
은 않을 것 같네. 분명 자기 조국의 명예를 회복시키려 들겠지.
침착하고 사색적인 사람일 테니 그만큼 얼마나 또 무궁무진한
이야깃거리들이 있겠는가? 아무래도 파리에 대한 묘사는 이런
식으로 시작되지 않을까 싶네.

"이곳 파리에는 미친 사람들을 수용해놓은 집[166]이 있답니

---

165 포르투갈에 접해 있는 스페인 서부 에스트레마두라 지역의 골짜기들을 지
칭하는 것으로 이 지역은 스페인에서도 아주 오랫동안 그 존재를 인식하지 못
하고 있었으며 아직도 야생 생태계가 그대로 보존되고 있는 곳이다.

166 당시 '생제르맹데프레Saint-Germain-des-Prés 수도원'이 관리하던 '프티트
메종 병원(l'Hôpital des Petites-Maisons)'을 말한다. 18세기 '아카데미 프랑세즈'에
서 내린 정의를 보면 "파리에서는 정신 이상자들을 가두어두는 병원을 가리켜
'프티트 메종Petites Maisons'이라 칭한다"라고 되어 있다. '프티트 메종'이란 프
랑스어로 '작은 집'을 뜻하는데, 몽테스키외가 본 단락에서 언어유희를 보이는
이유이다('병원'의 의미에 대해서는 421쪽 주 309 참조).

다. 우선 보기에는 이 도시에서 가장 큰 집이라고 생각하기 쉽지만 실은 그렇지 않답니다. 그곳에 수용된 환자들 수에 비하면 그야말로 터무니없이 작은 집이지요. 분명 이웃 국가들로부터 아주 신랄한 비난을 받은 프랑스인들이 미치광이 몇몇을 한 집에 가둬놓은 것이 틀림없습니다. 그 집에 갇히지 않은 자들은 미치광이가 아니라는 것을 넌지시 보여주기 위해서 말이지요."

스페인 친구의 편지는 이쯤에서 그만 접으려 하네.
그럼 잘 있게나, 우스벡.

1715년 4월 17일, 파리에서

편지 79
흑인 환관장이 우스벡에게
(수신지 : 파리)

어제 아르메니아인들이 시르카시아[167]의 젊은 여자 노예 하나를 우리 하렘에 팔고자 데리고 왔습니다. 저는 그녀를 밀실로 데려가 옷을 벗긴 후 심사원의 눈으로 그녀의 몸을 자세히

---

167 코카서스 북서 지방에 있던 부족으로 여자들이 아름답기로 유명하다. 당시에는 튀르키예의 지배 아래 있었으며 오늘날 그 부족민들은 러시아를 비롯한 여러 나라에 흩어져 있다.

살펴보았습니다. 그녀를 관찰하면 할수록 그녀에게서 더 큰 매력이 보였지요. 처녀의 수줍음 속에 그녀는 그 매력들을 제 시선으로부터 감추고 싶어 하는 듯했습니다. 이 몸이 내리는 명령에 복종하는 것이 그녀에게 얼마나 괴로운 일이었는지 저는 똑똑히 보았습니다. 한 여인의 수치심에 상처를 입힐 수 있는 그런 정열을 지닌 몸이 아니기에 여인들의 매력 앞에서도 결코 흔들리는 일이 없으며, 언제나 겸손을 잃지 않는 몸이기에 한없이 자유로운 행동 속에서도 그야말로 순수한 시선으로밖에는 바라보지 않고 또 순수한 감정밖에는 생기지 않는 이 몸 앞에서까지도 그녀는 알몸이 된 자신의 모습에 얼굴을 붉혔답니다.

주인님께 걸맞은 여인이라는 판단이 서자 저는 곧바로 시선을 떨구고 재빨리 그녀에게 진홍색 천의 망토를 걸쳐주었습니다. 그리고 그녀의 손가락에 금가락지를 끼워준 후 주인님 마음속의 여왕으로 숭배하며 그녀의 발아래 부복하였습니다. 아르메니아인들에게 값을 지불해준 후 저는 그녀를 그 누구의 눈에도 띄지 않는 곳에 꼭꼭 숨겨두었답니다. 행복하신 주인님! 주인님께서는 동양의 그 어떤 궁전에서보다도 더 많은 미색을 소유하고 계십니다. 이곳에 돌아오시어 페르시아 최고의 절색들을 만나시고, 흐르는 세월과 주인님의 소유 아래 허물어져 가는 그 매력들[168]이 다시금 당신의 하렘에서 피어나고 있는

---

168 우스벡 하렘의 여인들.

것[169]을 보시면 얼마나 기쁘시겠습니까?

1715년 5월 1일, 파티마의 하렘에서

편지 80
우스벡이 레디에게
(수신지 : 베니스)

레디! 유럽에 온 후로 나는 많은 정부政府를 볼 수 있었단다. 동일한 정치적 규범이 여러 나라에서 통용되는 아시아와는 조금 다르더구나.

종종 가장 도리에 맞는 정부는 과연 어떤 정부일까 곰곰이 생각해보기도 했단다. 가장 완벽한 정부는 가장 효율적으로 목표에 도달하는 정부인 것 같더구나. 다시 말해 그 나라 국민의 성향과 기질에 가장 잘 부합하는 방식으로 국민을 이끌어가는 정부가 가장 완벽한 정부라 할 수 있다는 말이다.

만일 온건한 정부에서도 엄격한 정부에서만큼 그렇게 국민들이 순종적이라면 이는 온건한 정부가 더 바람직한 것이란다. 그것이 인간의 도리에 더욱 부합하는 것일뿐더러 엄격함은 그저 하나의 서툰 이유에 지나지 않기 때문이란다.

레디! 한 나라에서 그 형벌이 다소 산인하나 하여 반드시 그

---

169 우스벡의 하렘에 새로이 들어오는 여인들.

국민들이 법을 더 잘 준수하는 것은 아니라는 사실을 명심하거라. 체벌이 절제된 나라에서도 그 국민들은 체벌이 아주 가혹하고 끔찍한 나라에서만큼이나 그렇게 형벌을 두려워하는 법이란다.

온건한 정부든 잔혹한 정부든 처벌을 내릴 때는 언제나 그 등급이 있기 마련이란다. 다소 강한 범죄에는 다소 강한 처벌이 내려지게 되어 있지. 그런데 그 정도에 관한 생각은 각자가 살아가는 나라의 관습에 따라 다르기 마련일지니 온건한 나라에서 자라난 유럽인에게 8일 동안의 옥살이나 가벼운 벌금형은 아시아인에게 팔 한쪽을 잃는 형벌만큼이나 충격적으로 다가오는 것이란다. 마찬가지로 어느 민족이든지 어떠어떠한 강도의 형벌에 어떠어떠한 강도의 두려움을 결부시키기 마련인데 이는 각각의 민족에게서 저마다 각기 다른 방식으로 나타나게 되어 있단다. 튀르키예인들에게서는 단 15분의 단잠도 빼앗지 못할 것 같은 그런 형벌이 프랑스인들을 불명예에 대한 절망감으로 비탄에 잠기게 할 수도 있단다.

나는 치안이나 정의, 형평성이 네덜란드 공화국이나 베니스 공화국, 하물며 영국에서보다 튀르키예나 페르시아, 무굴 제국에서 더 잘 지켜지고 있다고는 생각지 않는다. 이런 나라들이라고 해서 범죄가 덜 일어난다거나 가혹한 형벌에 주눅 든 국민들이 법 앞에 더욱 순종할 것이라고도 보지 않는단다.

오히려 나는 이런 국가들 한가운데에 있는 불의와 억압의 원천에 주목하고 있단다.

심지어 법과 다름없다는 그런 국왕들마저도 내 눈에는 다른 그 어느 나라의 국왕들보다 지도력이 훨씬 덜 있어 보이더구나.

이렇게 엄한 정부 밑에서는 주동자도 없는 격렬한 움직임들이 있기 마련이고, 그 극단적인 권위가 일단 한번 도전을 받는 날에는 더 이상 이를 다시 일으켜 세울 수 있을 만한 그런 충분한 권위가 그 누구에게도 남아 있지 못한 법이란다.

무처벌에서 오는 절망 또한 혼란을 초래하기 마련이고 또 그 혼란을 더욱 크게 만들어가기 마련이란다.

이런 국가들에서는 결코 작은 반란이란 없으며, 국민의 단순한 불평불만과 커다란 폭동 사이에 결코 시간적 틈이란 없는 법이란다.

또한 이런 국가들에서는 큰 사건이 발생하는 데 꼭 어떤 커다란 원인이 필요한 것도 아니란다. 오히려 그 반대로 아주 사소한 사건이 커다란 혁명을 낳는 법이지. 게다가 이런 혁명은 이를 당하는 자들은 물론이고 이를 일으키는 자들조차도 예측하지 못할 때가 대부분이란다.

튀르키예 제국의 황제, 오스만[170]이 폐위되었을 때 그 폭동을 일으켰던 이들 중 그 누구도 이런 일을 저지를 것이라 생각하지 못했었단다. 이들은 단지 어떤 상소 내용과 관련하여 자신들의 정당함을 인정해달라고 애원하며 간절히 요구할 뿐이었단다. 그런데 그때까지 전혀 알려지지도 않았던 어떤 목소리 하나가 우연히 군중 속에서 흘러나오게 되었고, 그렇게 무스타

---

170 오스만 제국의 제16대 술탄, 오스만 2세Osman II를 일컫는다.

파[171]라는 그 이름이 세상에 널리 알려지게 된 것이란다. 그리고 별안간 그는 황제가 되어버렸지.

1715년 5월 2일, 파리에서

편지 81

모스크바 차르국에 파견된 페르시아 사절 나르굼이
우스벡에게
(수신지 : 파리)

우스벡! 세상의 그 어떤 민족도 정복에 관한 한 타타르족의 위대함이나 영광을 능가하는 민족은 없다네. 이 타타르족이야말로 진정한 세계의 지배자라네. 다른 민족들은 모두 이들을 섬기기 위해 존재하는 것만 같지. 이들은 또한 제국의 창설자이자 동시에 그 파괴자이기도 하다네. 지금껏 이 지구상에 그 힘의 증표를 보여주는 흔적들을 끊임없이 남겨오곤 했으니 시대를 막론하고 언제나 모든 민족의 재앙이 아니었겠나?

이들은 두 번씩이나 중국을 정복[172]했으며 아직도 자신들의

---

171 오스만 제국의 제15대 술탄, 무스타파 1세Mustafa I를 일컫는다. 조카인 오스만 2세에 의해 1618년 왕위에서 폐위되었으며 1622년에 다시 왕위를 되찾았으나 1623년에 오스만의 형제 아무라 4세에 의해 또다시 폐위되고 말았다. 이브라힘 1세와 더불어 오스만 제국에서 영향력이 가장 낮았던 통치자 가운데 한 명으로 인식된다.

지배하에 두고 있다네.

무굴 제국을 형성하는 그 광대하고 수많은 나라에 대해서도 지배력을 행사하고 있네.

그뿐만 아니라 페르시아의 주인으로서 키루스[173]와 비슈타스파[174]의 왕좌에 올랐는가 하면 모스크바 차르국[175]을 정복하기도 했다네. 또한 투르크라는 이름 아래 유럽, 아시아, 아프리카에서 그야말로 대대적인 정복을 이루고 오늘날 이 세 대륙에서 군림하고 있지.

좀더 역사를 거슬러 올라가 이야기해보면, 로마 제국을 멸망시킨 민족들의 일부도 바로 이 타타르족의 후예들이라네.

징기스칸이 이룬 그 모든 정복에 비하면 알렉산더 대왕의 정복에 대해서는 과연 어찌 이야기해야 좋을지 모르겠구먼.

이 승리의 민족에게는 오직 단 한 가지만이 부족했으니 바로 자신들의 그 경이로운 업적들을 기리어줄 역사학자들이었다네.

그 얼마나 많은 불후의 행적들이 우리의 망각 속에 매장되어 버리고 말았겠는가? 우리에게 미처 그 기원조차 알려지지 못한 얼마나 많은 제국이 이들에 의해 세워졌겠는가? 전쟁의 선동자였던 이 민족은 오로지 현재의 영광에만 사로잡혀 자신들

---

172 중국은 1212년 징기스칸에 의해, 그리고 1644년 청나라 순치에 의해 정복되었다.

173 페르시아 제국의 건설자인 키루스 2세Cyrus II를 말한다.

174 228쪽 주 139 참조.

175 165쪽 주 114 참조.

의 승리가 언제나 영원하리라 굳게 믿으며, 정작 자신들이 이룬 과거의 정복을 기림으로써 훗날 크게 이름을 떨칠 생각은 하지 못했던 것이네.

1715년 5월 4일, 모스크바에서

편지 82

리카가 이벤에게

(수신지: 스미르나)

비록 프랑스인들이 말이 많다고는 하나 그래도 개중에는 '샤르트뢰'[176]라 불리는 일종의 과묵한 데르비시들도 있다네. 듣자 하니 이들은 수도원에 들어감과 동시에 스스로 혀를 자른다고들 하더군. 다른 데르비시들도 모두 이들처럼 직업상 자신에게 더는 쓸모가 없어져 버린 것들을 죄다 잘라내 버린다면 참으로 좋을 텐데 말이네.

그런데 이런 과묵한 사람들보다도 훨씬 더 독특하고 매우 놀라운 재주를 지닌 사람들이 있다네. 바로 아무런 내용도 없는 말을 해댈 줄 아는 사람들이라네. 말하는 의도를 간파해낼 수도 없고, 그 말을 모방할 수도 없으며, 내뱉은 이야기 중 단 한

---

176 1084년에 브루노 르 샤르트뢰Bruno le Chartreux가 세운 '샤르트뢰 수도회 (Ordre des Chartreux)', 일명 '카르투시오회'의 수도사들을 일컫는다. 수도회의 총본원은 '샤르트뢰즈 대수도원(La Grande Chartreuse)'이다.

마디도 기억에 남는 것이 없는 그런 이야기를 무려 2시간씩이나 시간을 낭비해가며 쓸데없이 지껄여대는 그런 사람들이지.

이런 유의 사람들은 여인네들에게 아주 인기가 좋다네. 하지만 또 다른 부류의 사람들이 있는데 그들만큼은 아니라네. 아주 적절한 순간에, 즉 매 순간 미소를 지어 보일 줄 아는 그런 상냥한 재능을 천성적으로 타고났으며, 또 친절하게도 여인들이 하는 이야기마다 언제나 기쁘게 동의해줄 줄 아는 바로 그런 사람들 말일세.

그래도 대화마다 그 미세한 의미를 모두 다 가려내 들을 줄 알고, 또 평범하기 그지없는 사실에서도 아주 사소하면서 기발한 특징을 수도 없이 찾아낼 줄 아는 것을 보면 그야말로 재치가 하늘을 찌르는 사람들이 아닐 수 없네.

이런 유의 사람들을 좀더 알고 있는데 바로 생명이 없는 것들을 대화에 끌어들이기 좋아하는 사람들이라네. 예를 들어 아름다운 수가 놓인 자신의 의복이나, 자신의 금발 가발, 자신의 코담뱃갑, 또는 자신의 지팡이나 자신의 장갑 등을 즐겨 대화에 올리는 사람들이지. 이들이 거리에서 들려오는 마차 소리나 대문을 두드리는 거친 망치[177] 소리 등을 들려주는 것으로 그 이야기를 시작하는 것은 그야말로 매우 바람직한 선택이 아닐 수 없다네. 이런 서두는 앞으로 전개될 나머지 이야기들을 미리 짐작게 해줄뿐더러 이 서두가 멋질 경우 뒤이어 오는—다

---

177 오늘날과 같은 초인종 시스템이 없었던 옛날 프랑스의 대문에는 문을 두드려 소리를 낼 수 있게 다양한 모양의 작은 쇳덩이가 달려 있었다. 이는 오늘날에도 어렵지 않게 찾아볼 수 있다.

행히 너무 늦게 오는—그 실없는 이야기들이 그나마 좀 견딜 만해지니 말일세.

내 확언컨대 우리 페르시아에서는 전혀 알아주지도 않는 이런 자잘한 재능들이 이곳에서는 아주 유용하게 쓰이고 있으며, 이곳 사람들은 이런 재능이 있다는 것을 매우 기쁘게 생각한다네. 그런가 하면 양식 있는 사람들은 이들 앞에서 그다지 빛을 발하지 못한다네.

1715년 6월 6일, 파리에서

편지 83

우스벡이 레디에게

(수신지 : 베니스)

레디! 만일 신께서 정말로 존재하신다면 그분은 반드시 정의로운 분이어야 할 것이다. 그렇지 않으면 그분이야말로 세상 만물 중 가장 악하고 가장 조잡한 존재일 것이다.

정의란 두 사물 사이에 실제로 존재하는 하나의 협약 관계란다. 그리고 이 관계는 그 주체가 신이 되었든 천사가 되었든 아니면 인간이 되었든 언제나 변함이 없단다.

물론 인간들이 늘 이런 관계를 의식하지 않는 것은 사실이란다. 게다가 설령 그 관계를 의식하고 있다 할지라도 그것을 외면하는 경우가 대부분이지. 이들이 가장 잘 의식하는 것은 언

제나 자신들의 이익이란다. 정의가 그 목소리를 높이고 있다고
는 하지만 자신의 이익을 둘러싼 정념의 격동 속에서 정의의
목소리가 들린다는 것은 가히 어려운 일이 아닐 수 없지.

우리네 인간이 정의롭지 못한 행위를 보일 수 있는 이유는
그렇게 하는 것이 자신에게 더 이득이 되기 때문이며, 또 타인
의 만족보다는 자신의 만족을 더 우선시하기 때문이란다. 인간
은 언제나 자기 자신과의 관계를 고려하여 행동을 취하기 마련
이란다. 아무런 이유도 없이 그냥 나쁜 사람은 없는 법, 인간이
어떤 행동을 취할 때는 반드시 그럴 만한 어떤 결정적인 이유
가 있으며 그 이유는 언제나 자신의 이익과 관련된 것이기 마
련이란다.

신께서 정의롭지 못한 행위를 보이신다는 것은 결코 있을 수
없는 일이란다. 우리가 신은 정의를 구현한다고 간주하는 이상
신께서는 반드시 정의를 구현해야 하는 것이란다. 신이란 그
무엇도 필요로 하지 않으며 당신 그 자체로서 충분한 존재이시
니만큼 만일 신께서 정의롭지 못한 행위를 하신다면 이는 당신
의 이익과 전혀 상관없이 하시는 것이니 그분이야말로 만물 중
에서 가장 악독한 존재가 되기 때문이지.

따라서 비록 신이라는 것이 존재하지 않는다고 할지라도 우
리네 인간은 언제나 스스로 정의를 추구해야만 하는 법이란다.
다시 말해서 우리가 그토록 좋은 이미지를 갖고 있고, 만일 존
재했더라면 틀림없이 정의로운 존재였을 바로 그 신의 모습에
가까워지기 위해 항상 노력해야만 한다는 것이지. 우리가 종교
적 구속에서 자유로울 수 있을지는 모를지언정 형평성의 구속

으로부터 자유로워서는 아니 되는 것이란다.

레디! 바로 이 같은 견지에서 나는 정의는 영원한 것이고 결코 인간이 만들어놓은 어떤 사회적 규범에 좌우될 수 없다고 생각한단다. 만일 정의가 이런 사회적 규범에 따라 좌지우지된다면 이것이야말로 결코 도래해서는 아니 될 아주 끔찍한 현실일 것이다.

우리네 인간은 자신보다 더 강한 자들에게 둘러싸여 살아가고 있단다. 그리고 이들은 아주 다양하고도 수많은 방법으로 우리에게 해를 끼칠 수가 있단다. 그것도 대부분 아무런 처벌도 없이 말이다. 하지만 이런 자들의 마음속에도 하나같이 우리를 위해 싸워주고 또 자신들의 공격으로부터 우리를 보호해주고자 하는 어떤 내면의 원리가 숨어 있다는 사실을 안다는 것이 우리로서는 얼마나 큰 안심이더냐?

그렇지 않으면 우리는 끊임없이 공포에 휩싸여 살아가야만 할 것이다. 마치 사자 앞을 지나가듯 그렇게 인간들 앞을 지나다녀야만 할 테고, 결코 단 한시도 자신의 재산이나 명예, 목숨에 대한 안전을 확신하며 살아갈 수가 없겠지.

이 모든 생각을 하노라면 나는 도저히 신학자들에게 맞서지 않을 수가 없단다. 그들은 신을 마치 전제적인 권력을 행사하는 존재로 표현하고 있을 뿐만 아니라 우리도 그분을 모독하게 될까 봐 두려워 감히 행하지 못할 법한 그런 행동을 다름 아닌 신께서 하고 계신 것으로 보이게끔 하고 있단다. 게다가 신께서 벌하고 계시는 우리 인간의 모든 잘못에 대한 책임을 전적으로 그분에게 돌리면서 신을 때로는 악한 존재로, 때로는 악을 증오하고 벌하는 존재로 표현하는 등 완전히 모순된 견해까지 보이지 않느냐?

만일 우리가 스스로를 돌이켜 반성해볼 때 정의로운 마음을 지닌 자신을 발견하게 된다면 그야말로 얼마나 큰 기쁨을 맛보느냐? 준엄하기 그지없는 이 기쁨은 분명 황홀감을 느끼게 하는 그런 기쁨일 것이다. 자신을 호랑이나 곰보다 더 우월한 존재로 여기는 것 못지않게 스스로를 이런 정의로운 마음을 지니지 못한 이들보다 훨씬 더 우월한 존재로 바라보게 되겠지. 그렇단다, 레디. 내게 만일 내 눈앞의 이 형평성을 조금의 어김도 없이 언제나 지킬 자신이 있었더라면 나 또한 나 자신을 이 세상 최고의 인간으로 여겼을 것이다.

1715년 7월 1일, 파리에서

편지 84
리카가 ***에게

어제는 앵발리드[178]에 갔었네. 곳곳에서 위대한 군주의 손길이 느껴지는 것이, 만일 내가 국왕이었더라면 세 번의 전쟁에서 승리를 거두는 것만큼이나 이런 시설을 만들고 싶어 했을

---

178 루이 14세가 부상병들을 간호하기 위한 목적으로 세운 일종의 병원 같은 시설로, 1674년부터 부상병들이 이곳에서 간호를 받기 시작했다.

것 같더군. 이곳이야말로 이 지구상에서 가장 존중받을 만한 장소가 아닌가 싶네.

오로지 조국을 지키기 위해서만 존재하며, 마음은 여전하나 그 힘이 예전과 같지 않기에 또다시 조국을 위해 희생하지 못하는 자신들의 무능함만을 한탄하는 조국의 희생양들이 다 같이 한자리에 모여 있는 모습을 보는 것은 그야말로 대단했었다네.

나약해진 전사들이 이 은신처에서 마치 적군을 앞에 두고 있는 양 그렇게 엄격히 규율을 지키는 모습이며, 이런 전쟁의 환영 속에서 자신들의 마지막 기쁨을 찾아가는 모습, 그리고 종교와 전술의 의무 사이에서 온 힘을 다하는 모습, 이 같은 모습을 지켜보는 것보다 더 감탄스러운 일이 또 어디 있겠나?

나는 말일세, 조국을 위해 목숨을 바치는 이들의 이름이 오래도록 사원에 보존되고, 아울러 명예와 고귀함의 원천과도 같은 그런 명부에도 기록되었으면 한다네.

1715년 7월 15일, 파리에서

편지 85

우스벡이 미르자에게

(수신지 : 이스파한)

미르자! 자네도 잘 알다시피 술레이만[179] 황제의 몇몇 대신
들은 페르시아 내의 모든 아르메니아인을 강제로 추방하거나
혹은 이슬람교로 개종시키려는 계획을 세웠었다네. 우리 페르
시아 제국이 이런 이교도들을 품고 있는 한, 이 제국은 언제나
오염된 상태에 있을 것이라는 생각에서였지.

만일 그때 이 같은 눈먼 신앙심이 받아들여져 이 계획이 실
행되었었더라면 우리 페르시아의 위대함도 아마 거기서 끝이
나고 말았을 것이네.

이 일이 어떻게 해서 실패로 돌아가게 되었는지는 아무도 모
른다네. 그 계획을 꾸몄던 자들도, 그에 반대했던 자들도, 모두
그 계획이 실패함으로써 초래할 결과를 결코 알지 못했다네.
이성적이고 정책적으로 구실을 한 것은 다름 아닌 우연이었으
며, 바로 이 우연이 우리 페르시아 제국을 전쟁에서 패하거나
두 도시가 점령당했을 때 맞게 될 그런 위험보다도 더 큰 위험
으로부터 구해주었던 것이라네.

대신들은 아르메니아인들을 추방함으로써 단 하루 만에 페

---

179 오스만 제국 제20대 술탄, 술레이만 2세(Suleiman II, 1642~1691)를 지칭한
다. 술레이만 황제는 아르메니아인들을 박해했었는데, 몽테스키외는 이를 언급
함으로써 루이 14세의 낭트 칙령 폐지로 인한 개신교도 박해 사건을 암시하는
것으로 보인다.

르시아 내의 모든 상인은 물론 거의 모든 장인匠人까지도 박멸할 수 있으리라 생각했지. 내 장담컨대 아바스 대제[180]였더라면 분명 이 같은 명령을 내리느니 차라리 당신의 양팔을 잘라내 버리고자 하셨을 것이네. 당신의 가장 재주 있는 백성들을 무굴 제국의 황제나 인도의 다른 왕들에게 보내는 것은 바로 그들에게 당신 제국의 절반을 넘겨주는 것과도 같다고 여기셨음이 틀림없네.

페르시아의 그 열성적인 이슬람교도들이 조로아스터교[181]도들에게 행했던 박해는 이들로 하여금 떼 지어 인도 땅으로 건너갈 수밖에 없도록 만들었으며, 이로 인해 우리 페르시아는 그토록 열심히 경작에 임해왔던 민족, 이 땅의 불모지를 개척해낼 수 있는 유일한 민족이었던 그들을 잃고 말지 않았던가?

이제 이 광신자들에게는 두번째 일격을 가하는 일만이 남아 있었으니 바로 산업을 파괴하는 일이었던 게지. 그렇게 되면 이 제국은 스스로 무너져버리는 것이었고, 그 필연적인 결과로써 그토록 꽃피우고자 했던 우리의 종교 또한 뒤따라 무너져버리고 마는 것이었겠지.

미르자! 편견을 버리고 생각건대, 한 나라 안에 다양한 종교가 공존한다는 것은 오히려 좋은 일이 아닌가 싶네.

일반적으로 한 나라 안에 용인되는 작은 종교들을 숭배하는

---

180 아바스 1세(1571~1629)를 지칭하는 것으로 그는 페르시아의 역대 왕들 중 가장 위대한 왕으로 알려져 있다.

181 215쪽 주 133 참조.

사람들이 그 나라의 주 종교를 숭배하는 사람들보다 그 조국에 더 유익한 법이라네. 이유인즉 명예와는 거리가 먼 그들이 남들보다 더 돋보일 수 있는 방법은 오직 자신의 부와 화려함뿐이다 보니 자연히 노동을 통해서 이를 축적해가려는 경향이 있기 마련이고, 그러다 보니 사회에서 가장 고된 직업까지도 마다하지 않는 경향을 보이기 때문이라네.

게다가 모든 종교는 저마다 사회에 유익한 계율을 지니고 있기 마련인 터, 이 계율이 헌신적으로 잘 지켜질 수만 있다면 이것이야말로 더없이 좋은 일이 아니겠는가? 그렇다면 종교의 다양성만큼이나 이런 헌신적 열의에 더욱 박차를 가해줄 수 있는 것이 과연 또 무엇이 있겠는가?

종교란 서로 간에 그야말로 한 치의 용서도 없는 그런 적수들이라네. 타 종교에 대한 질투심이 신도 개개인의 마음속에까지 자리 잡고 있으니 각 종교의 신도들은 늘 스스로에 대한 경계를 게을리하지 않으며 혹시라도 자신이 본인의 종교를 욕되게 한다거나, 또는 자신 때문에 본인의 종교가 타 종교로부터 결코 용서될 수 없는 그런 멸시나 비난을 받지나 않을까 늘 걱정하곤 한다네.

그러니 지금껏 한 나라에 새로이 유입되었던 종파는 언제나 그 기존 종교의 모든 폐습을 고쳐주는 가장 확실한 수단이 되곤 하지 않았던가?

한 나라 안에 여러 종교를 허용하는 것은 그 나라 국왕의 입장에서 볼 때 전혀 좋을 것이 없다고들 하지만 제아무리 이 세상 모든 종파가 다 모여든다 해도 그 국왕에게는 아무런 피해도 가지 않을 걸세. 순종을 권하지 않고 복종을 명하지 않는 종교는 이 세상 어디에도 존재하지 않기 때문이지.

인류의 역사상 수많은 종교 전쟁이 존재했다는 사실은 나도 인정하네. 하지만 주의해야 할 점이 하나 있으니, 이 같은 전쟁이 일어난 것은 결코 다양한 종교의 공존 때문이 아니었다네. 그 원인은 바로 타 종교에 대한 편협한 마음이 스스로 주 종교라 여겼던 그 종교를 자극했기 때문이었네. 유대교도들이 이집트인들에게서 본받은 후 마치 유행성 전염병처럼 이슬람교도들과 그리스도교도들에게로 다시금 옮겨갔던 그 열렬한 개종 권유의 정신, 인간 이성의 완전한 소멸로밖에는 바라볼 수 없는 바로 그 혼미한 정신의 확산 때문이었던 걸세.

요컨대 타인의 의식을 괴롭히려는 그런 비인간적인 의도가 없고, 꼬리에 꼬리를 무는 그 어떤 악순환의 효과도 초래할 것이 아니라면 그야말로 광인이 아니고서는 결코 이 같은 개종 권유를 생각할 수 없는 것이라네. 내게 개종을 강요하는 자가 있다면 틀림없이 그는 이것을 강요받을 경우 정작 자신은 이를 받아들이지 않을 것이기에 그리하는 것뿐일세. 해서 온 세상을 다 준다 해도 자신은 결코 하지 않을 그런 일을 지금 내가 하지 아니한다고 매우 끔찍스러워하는 것이지.

1715년 7월 26일, 파리에서

편지 86
리카가 ***에게

이곳에서는 모든 가정이 지배자도 없이 그냥 저절로 알아서 돌아가는 것만 같다네. 부인 앞에서 남편은 이름뿐이지 그 권위가 없으며, 아비는 자식들 앞에서, 주인은 자신의 노예들 앞에서 마찬가지로 허울뿐인 권위를 지니고 있지 않겠나? 모든 분쟁에는 사법 기관이 개입하는데 언제나 질투심 많은 남편, 자상하지 못한 아비, 까다로운 주인에게 반기를 들어주고 있다네.

얼마 전에는 한 재판이 열리는 곳에 갔었다네. 그곳에 들어가기 위해서는 우선 헤아릴 수 없이 많은 젊은 여성 상인들이 모여 사기꾼 같은 목소리로 행인들을 유혹하는 곳을 지나가야 하는데, 일단 이런 광경은 꽤나 재미가 있다네. 하지만 엄숙한 자신들의 얼굴보다도 더 엄숙해 보이는 그런 의복을 걸친 사람들만 보이는 어느 널따란 방들이 있는 그곳에 들어서면 곧 음울한 광경으로 뒤바뀌지. 이어서 드디어 한 가족의 모든 비밀이 들춰지고 이들이 꼭꼭 숨겨왔던 행동들이 세상 밖으로 드러나는 그런 신성한 장소에 이르게 된다네.

그곳에 어느 다소곳한 아가씨가 하나 찾아왔는데, 너무도 오랫동안 지켜온 자신의 순결로 인한 심각한 고뇌와 이로 인해 자신이 겪어야만 했던 심리적 갈등, 그리고 고통스러웠던 자신과의 싸움을 고백하는 것이 아니겠나? 그녀는 자신이 이뤄온 이 승리를 자랑스러워하기는커녕 다음번에는 반드시 패배를 맛보고야 말 것이라며 계속 협박해대더군. 그러고는 자신의 아비가 더 이상 이런 자신의 욕구를 모르지 않도록 아예 이를 온 국민 앞에 드러내 보였다네.

이어서 어느 뻔뻔스러운 부인이 나왔는데 그녀는 자신이 남편에게 준 모욕을 털어놓으며 고로 자신은 남편과 헤어져야만 한다고 그 이유를 대더군.

그러더니 이번에는 이 여인만큼이나 뻔뻔스러운 또 다른 부인네 하나가 나와서는 부인으로서 삶은 즐기지도 못하면서 부인이라는 칭호만 달고 살아가는 데 지쳤다며 숨겨왔던 부부간의 잠자리에 관한 비밀을 모두 털어놓는 것이 아니겠나? 그러면서 가장 노련한 전문가들에게 자신의 감정을 맡겨 자신에게 순결을 잃지 않은 여인으로서의 모든 권리를 회복시켜줄 그런 판결을 내려주기를 원하고 있었다네. 심지어는 감히 남편에게 도전장을 내밀며 증인들 앞에서 실행해 보이기 매우 곤란한 그런 결투를 대중 앞에서 공개적으로 요구하고 나서는 부인들도 있었다네. 이런 결투를 요구하고 나서는 부인이나, 그 결투에서 결국 굴복하게 되고야 말 남편, 양쪽 모두에게 그야말로 똑같이 치욕적이지 않을 수 없는 그런 대결을 말일세.

스스로 매혹되었거나 혹은 유혹에 넘어간 아가씨들도 수없이 많은데 이런 아가씨들은 남자들을 실제보다 훨씬 더 나쁜 사람으로 몰아가곤 한다네. 그야말로 사랑의 소리가 이 법정에 가득 울려 퍼지고 있으니, 이곳에서 들리는 소리라고는 오로지 성난 아비와 능욕당한 아가씨, 부정한 연인 들 그리고 슬픔에 빠진 남편들의 소리뿐이라네.

이 법정의 법에 따르면 결혼한 남녀 사이에서 태어난 아이들은 모두 남편의 자식으로 간주된다네. 남편에게 아무리 이를 부인할 만한 근거가 충분하다 해도 아무 소용이 없다네. 법이 이 아이들을 위해 이들을 남편의 친자로 인정해주면서 아이들에게 각종 조사를 면제해주고 아울러 그 심적 불안감까지도 덜어주고 있기 때문이지.

이 법정에서는 다수의 의견을 따르고 있다네. 하지만 들리는 바에 따르면 소수의 의견을 좇는 것이 더 낫다는 것을 이미 사람들은 자신들의 경험을 통해 다들 인정하고 있다더군. 사실 이는 지극히 자연스러운 현상이 아닐 수 없다네. 이 세상에 정의로운 사람은 극히 드문데 위선자들은 수없이 많다는 것은 누구나가 다 인정하는 사실이 아니던가?

1715년 8월 1일, 파리에서

편지 87
리카가 ***에게

인간은 사교적 동물이라는 말이 있지. 이런 점에서 프랑스인들은 다른 그 어떤 국민보다도 훨씬 더 인간다운 국민이라 할 수 있을 것 같네. 이들이야말로 진정한 인간의 전형이라 하지 않을 수 없는 것이 이들은 오로지 사교만을 위해서 만들어진 존재들 같다네.

그런데 이들 중에는 사교적일 뿐만 아니라 자신들 자체가 바로 광범위한 사교계인 자들도 있더군. 장소를 불문하고 여기저기서 다방면으로 활약하는 자들인데, 그야말로 눈 깜짝할 사이에 동서남북으로 한 도시의 전역을 헤집고 다닌다네. 자고로 이런 사람들 백 명이 일반 시민들 2천 명보다도 훨씬 더 넘쳐나 보이는 법이지. 아마 이방인들의 눈에는 이들이 마치 흑사병이나 기근으로 인한 참화까지도 치료할 수 있을 것처럼 보일 걸세. 학계에서는 하나의 육체가 과연 동시에 여러 장소에 존재할 수 있는지에 대한 의문을 제기하고 있지. 이들이야말로 바로 철학자들이 다루는 이 같은 논제에 대한 해답이 아니겠는가?

이들은 마주치는 사람마다 일일이 붙잡고 어딜 가는지, 어디서 오는 길인지를 묻는 아주 중대한 용무를 가진 터라 늘 바쁘기만 하다네.

누군가의 집을 매일같이 개별적으로 방문하는 것이 예의에 어긋나는 행동이라는 생각을 이들의 머릿속에 심어주기란 그야말로 불가능한 일이지 싶네. 많은 사람이 모이는 장소에 여럿이 함께 단체로 방문하는 것은 차치하고서라도 말일세. 하지만 단체로 이루어지는 이 같은 방문은 그 길이 너무도 수월하다 보니 이들의 예법 관례에서 그리 대수롭지 않게 여겨지고 있다네.

이들은 얼마나 사람들의 집 대문을 쿵쿵 망치질[182]해대는지

---

182 대문에 달린 쇳덩이를 두드리는 것을 비유한다(271쪽 주 177 참조).

그야말로 바람이나 폭풍우보다도 더 그 문을 혹사시키고 있다네. 만일 모든 문지기의 방문객 명부를 살펴본다면 분명 아주 가지각색의 오류와 함께 매일같이 스위스 문자로 기록되어 있는 그들의 이름을 발견할 수 있을 것이네. 장례식에 찾아다니며 의례적인 문상 인사를 전하거나 결혼식을 축하해주러 다니며 그 일생을 보내는 사람들이 바로 이들이라네. 하기야 국왕은 자신이 특별 하사품을 내려주었을 때 다른 신하들이 재빨리 마차를 타고 달려가 이를 기뻐해주지 않을 그런 신하에게는 절대로 하사품을 내리지 않는 법이지. 결국 이런 하루 일과에 녹초가 되어버린 그들은 다음 날 또다시 이 고달픈 업무를 수행하기 위해 마침내 집으로 돌아가 휴식을 취한다네.

이들 중 한 사람이 얼마 전 과로로 그만 세상을 뜨고 말았는데 그의 무덤에는 다음과 같은 비문이 새겨졌다네.

"여기 평생을 휴식이라고는 전혀 모르고 살아온 이가 잠들다. 고인은 530번의 장례식에 참석했으며, 2,680명의 신생아 탄생을 기뻐해주었도다. 매번 표현을 달리해가며 지인들에게 축의를 표한 액수는 가히 260만 리브르[183]에 달하며, 고인이 걸었던 도시의 포장도로 거리는 9,600스타드[184]요, 시골길 또한 36스타드에 이르는구나. 그의 대화는 언제나 흥미진진했으니 고인에게는 바로 이미 준비되어 있었던 365가지의 이야기 자산이 있었도다. 그뿐이던가? 고서에서 빌린 명언들을 이미 어

---

183 프랑스에서 1795년까지 사용한 옛 화폐 단위.

184 고대 그리스의 거리 단위로 1스타드stade는 약 180미터에 해당.

릴 적부터 118개나 익혀 알고 있었으니 결정적인 순간마다 이를 아주 재치 있게 잘 활용했었노라. 그가 향년 예순의 나이로 마침내 별세하니 생전에 이룬 고인의 업적과 견문을 어찌 다 이 비문에 새겨 그대들에게 전하리오! 지나가는 나그네들이여! 이 비문 앞에 나 이제 침묵하노라."

1715년 8월 3일, 파리에서

편지 88
우스벡이 레디에게
(수신지 : 베니스)

파리에는 자유와 평등이 만연하단다. 제아무리 가문이나 덕행, 하물며 전장에서의 업적이 화려하다 할지라도 그 누구도 자신이 속해 있는 그 무리에서 특별히 돋보일 수는 없단다. 서열 간의 질투라는 것 또한 이곳에서는 찾아볼 수가 없단다. 듣자 하니 파리에서 가장 높은 사람은 다름 아닌 가장 훌륭한 말이 끄는 마차를 타고 다니는 사람이라는구나.

대귀족이란 국왕을 알현하고, 대신들과 이야기를 나누며, 뿌리 깊은 조상을 두고 있고, 빚을 지고 있으며, 아울러 연금도 받고 있는 바로 그런 사람이란다. 스스로 세상에서 가장 행복한 사람이라 여기는 부류지. 아주 바쁘게 움직이는 모습이나 향락에 집착하는 척하는 모습을 통해 이 같은 자신의 무위도식을 감출 수 있는 한에서 말이다.

우리 페르시아에서는 오로지 군주로부터 조정에 일정한 관직을 하사받은 자만이 대귀족이 될 수 있지 않으냐? 한데 이곳에는 자신의 가문에 따라 대귀족이 되는 사람들이 있더구나. 하지만 이들에게는 행사할 수 있는 별다른 영향력이 없단다. 노련한 장인이 자신의 세공품을 제작할 때 언제나 가장 단순하면서도 가장 다루기 쉬운 연장을 사용하기 마련인 것처럼 국왕들도 이와 매한가지란다.

국왕의 은총은 프랑스인들의 커다란 숭배물이란다. 대신은 이 숭배물에 참으로 많은 제물을 올려주고 있는 아주 훌륭한 사제라고 할 수 있지. 하지만 이 숭배물을 둘러싼 주변 인물들은 결코 흰 옷을 걸친 종교인들이 아니란다. 때로는 제물을 바치는 사제로서, 때로는 스스로 그 제물이 되면서 그렇게 온 백성들과 더불어 자신들의 우상에게 헌신하고 있는 자들이지.

1715년 8월 9일, 파리에서

편지 89
우스벡이 이벤에게
(수신지 : 스미르나)

명예욕은 모든 창조물에게 내재한 생존 본능과 조금도 다를 바가 없다네. 인간은 자신의 존재가 타인의 기억 속에 남게 될 때 비로소 그 존재 가치가 더욱 상승하는 것 같네. 신으로부터 내려받은 삶 못지않게 소중한 바로 제2의 삶을 얻는 것과도 같다고 할 수 있지.

하지만 모든 인간이 똑같이 삶에 집착하는 것은 아니듯 명예 앞에서도 모두가 똑같이 민감한 것은 아니라네. 명예에 대한 이 고귀한 열정은 모든 이들의 가슴속에 자리 잡고 있지만 개개인의 창의력과 교육에 따라 저마다 온갖 다양한 형태로 변형되어 나타나지.

개개인들 사이에서 나타나는 이러한 차이는 서로 다른 민족들 간에 더더욱 두드러지게 나타나는 법이라네.

어느 국가에서든 명예욕이란 그 나라 국민이 누리고 있는 자유의 정도에 따라 커지기도 하고 줄어들기도 한다는 것을 하나의 격언으로 삼을 수 있네. 명예라는 것은 결코 구속의 동반물이 될 수 없는 법이지.

얼마 전 어느 양식 있는 남자가 내게 이런 말을 하더군.

"이곳 프랑스에서는 페르시아에서보다 여러 면으로 훨씬 더 많은 자유를 누리고 있답니다. 그래서 페르시아에서보다 훨씬 더 명예를 중요시하지요. 당신네 페르시아의 국왕이 백성들의 눈앞에 끊임없이 형벌과 보상을 보여주지 않고서는 결코 얻어낼 수 없는 그런 것들을 우리 프랑스 국민이 아주 기꺼이, 그것도 즐겨가면서까지 할 수 있는 것은 바로 이런 명예에 대한 행복한 환상이 있기 때문입니다.

이러한 이유로 이 나라의 국왕은 자신의 백성 중 가장 미천한 백성의 명예까지도 매우 소중히 여긴답니다. 명예를 지켜주기 위해 세워진 아주 존경할 만한 재판소[185]도 있지요. 이 재판소들은 이 나라 만백성의 성스러운 보물이자 국왕의 지배하에 놓이지 않은 유일한 곳이랍니다. 이유인즉 국왕이 스스로 자신의 이익에 타격을 입히지 않는 한 결코 이곳을 자신의 지배하에 둘 수 없기 때문이지요. 하여 어떤 신하가 국왕으로부터 약간의 미움을 산다거나 조금이라도 멸시가 느껴지는 대우를 받아 자신의 명예가 훼손되면 그 즉시 궁을 뛰쳐나와 관직과 업무를 내팽개치고는 그대로 집 안에 들어앉아 버리곤 하는 것이랍니다.

우리 프랑스 군대와 당신네 페르시아 군대 사이에 차이점이 하나 있다면 그것은 바로 한쪽의 경우 기꺼이 공격에 나서며 자신들의 두려움을 그것보다도 더 우위에 있는 바로 만족감으로써 물리치는 반면, 다른 한쪽은 천성적으로 비겁한 노예들로 구성되어 있다 보니 오로지 체벌에 대한 두려움만으로 죽음에 대한 두려움을 극복해간다는 사실입니다. 하지만 이는 그들의 마음속에 또 다른 유형의 새로운 공포를 심어주며 그들을 우둔하게 만들어버릴 뿐이지요.

명예나 명성이나 미덕의 성소는 공화국에서, 또는 조국이라는 표현이 쓰일 수 있는 그런 국가들에서나 볼 수 있는 것 같습니다. 로마나 아테네, 라케다이몬[186]에서는 매우 뛰어난 공적

---

185 당시 귀족들 사이에서 행해졌던 모든 '명예 결투' 관련 사건들을 처리하기 위해 프랑스 구체제 아래 세워졌던 재판소를 말한다.
186 스파르타 또는 스파르테라고도 불린다. 고대 그리스의 도리아인들이 펠로폰네소스반도 중부의 라코니아 지방에 세웠던 도시국가이다.

에 대한 유일한 보상이 바로 명예였습니다. 떡갈나무나 월계수로 만든 왕관, 조각상, 찬사 따위는 모두 승전을 이루거나 도시를 점령했을 때 내려지는 그야말로 어마어마한 보상이었지요.

그곳에서는 누군가 선행을 하면 그 사람은 그 행위 자체로 이미 충분한 대가를 받은 것이었습니다. 자신의 동포라면 그것이 누가 되었든 그에게 은혜를 베풀어 기쁘지 아니한 경우가 결코 없었으니, 그 동포민들의 수로써 자신이 행한 봉사의 횟수를 세어볼 수 있었지요. 인간이라면 누구나 충분히 타인을 위해 선행을 보일 수 있습니다. 이는 사회 전체에 행복을 나누어주는 행위라기보다 차라리 신을 닮아가는 행위라 할 수 있습니다.

그런데 이런 고귀한 경쟁심이 당신네 페르시아인들의 가슴 속에서는 완전히 사라져버린 것이 아닌지 모르겠습니다. 당신네에게 관직이나 명예란 단지 국왕의 변덕스러운 기분에 따라 주어지는 것에 지나지 않을 뿐이니 말입니다. 그곳 페르시아에서는 국왕의 은총이 뒤따르지 않는 명성과 덕행은 모두 가상에 불과한 것으로 여겨질뿐더러, 마찬가지로 국왕의 은총 여부에 따라 이런 명성과 덕행이 세상에 드러나기도 하고 반대로 세상에서 사라져버리기도 하지요. 제아무리 오늘 만인의 존경을 받는 자라 할지라도 내일 그 명예가 훼손되지 않으리라는 보장이 없습니다. 아, 바로 장군을 예로 들 수가 있겠군요. 오늘 한 부대의 장군인 자를 내일 국왕께서 자신의 요리사로 삼아버려 더이상 맛좋은 스튜를 만들었다는 칭찬 외에는 다른 그 어떤 칭찬도 기대해볼 수 없는 처지로 만들어버릴 수도 있지 않겠습니까?"

편지 90

우스벡이 동일 인물에게

(수신지 : 스미르나)

명예에 대한 프랑스인들의 이 같은 전반적인 열정은 이 백성들 개개인의 마음속에 그 뭐라던가, '명예적 행위'인가 뭔가 하는 그런 것이 자리 잡게끔 해주었다네. 이런 기질은 직종에 상관없이 모든 이들에게서 나타나는 특성이지만 특히 군인에게서 더더욱 두드러진다네. 군인에게서 나타나는 명예적 행위야말로 진정한 명예적 행위라 할 수 있지. 우리 페르시아인들은 이런 명예적 행위라는 것이 딱히 무엇인지 잘 모르는 만큼, 이것이 어떤 감정인지 내 자네에게 정확히 느끼게 해주기란 아주 힘들 듯싶네그려.

옛날에는 프랑스인들, 특히 그 귀족들이 이 명예적 행위의 규범 외에는 다른 그 어떤 규범도 따르지 않았다네. 이 규범들이 그들 삶의 모든 행동을 통제했었는데 그것이 어찌나 엄격했던지 죽음보다도 더 가혹한 처벌 없이는 그 규범의 가장 사소한 조항 하나라도 위반은커녕 그저 교묘하게 피해갈 수조차 없었다네.

이 규범들은 분쟁을 해결하기 위한 판결 방법으로 단 한 가지 방법만을 제시해주었으니 그것은 바로 결투였다네. 모든 분쟁이 이 결투를 통해 깨끗이 다 해결되곤 했었지. 그런데 이 같은 판결 방법에도 나쁜 점은 있었다네. 바로 그 판결이 분쟁에 직접 관련된 당사자들이 아닌 그 주변의 제삼자들 사이에서 이루어지는 경우가 허다했다는 사실이라네.

아주 조금만 알고 지내는 사이라도 결투에 동참해 마치 자기 자신이 분노에 차 있기라도 한 양 그렇게 목숨을 걸고 열렬히 싸워야만 했지. 이들은 자신이 이 같은 목숨을 건 싸움을 선택했다는 사실과 이 싸움에 자랑스럽게도 자신이 선택되었다는 사실을 매우 영광스럽게 생각하곤 했다네. 교수형에 처해질 사람에게 단돈 4피스톨을 내주어 그와 그 가족 전체를 구원해주는 일은 결코 하지 못했을지언정 자기 자신을 위해서라면 수천 번이라도 기꺼이 목숨을 내걸 수 있었던 사람들이지.

결투라는 이 같은 판결 방법은 그다지 훌륭한 생각이 아니었다네. 상대방보다 좀더 능숙한 솜씨를 지니고 있다거나 혹은 좀더 힘이 세다 하여 그가 더 옳은 것은 아니기 때문이지.

이런 이유로 결국 프랑스 국왕들은 매우 엄한 처벌 아래 이 결투를 금지하기에 이르렀다네.[187] 하지만 모두가 다 헛수고에 지나지 않았겠는가? 언제나 군림하고 싶어 하는 명예욕은 사람들의 가슴속에서 들고 일어나기 마련이며, 이런 명예욕 앞에

---

187 1679년 루이 14세는 결투를 벌이는 자들을 사형에 처하는 칙령을 내렸으며, 이는 1723년 루이 15세에 의해 다시금 부활했다.

서는 결코 그 어떤 법률도 받아들여질 수가 없는 법이지.

결국 프랑스인들은 그야말로 극단적인 상황에 놓이고 만 것이라네. 명예 규범에 의하면 교양 있는 신사가 누군가로부터 모욕을 당했을 때는 반드시 이를 복수해야 하지만, 다른 한편으로는 만일 그리하게 될 경우 사법에 따라 가장 가혹한 처벌을 받지 않을 수 없게 되었으니 말일세. 명예 규범을 따르자니 교수형 감이요, 국법을 따르자니 귀족 사회에서 영원한 따돌림 감이 되는 것이지. 그야말로 죽느냐 아니면 살아갈 가치도 없는 삶을 살아가느냐 하는 잔인한 양자택일의 갈림길에 서게 된 것이 아니겠는가?

1715년 8월 18일, 파리에서

편지 91
우스벡이 루스탄에게
(수신지 : 이스파한)

이곳에 어떤 자가 페르시아 사절로 가장하고 나타나 무례하게도 이 세상에서 가장 위대한 두 국왕을 농락하고 있다네.[188]

---

[188] 메헤메트 리자 베그Mehemet Riza Beg에 관한 실화로 그는 실제로 1715년 페르시아 왕이 루이 14세에게 보낸 페르시아의 사절이다. 베르사유 궁전에 초대되어 국왕의 환대를 받았으나 기대에 미치지 못하는 선물들을 내어놓아 모두를 깜짝 놀라게 했으며, 이런 인색함 때문에 위장 사절로 의심받기도 했다.

우리 페르시아의 군주께서 이메레티나 조지아[189]의 왕에게도 차마 하실 수 없을 법한 그런 선물을 이곳 프랑스 군주에게 바치며 비열하기 짝이 없는 인색함으로 두 제국의 위엄을 퇴색시키고 있지 않겠나?

그자는 유럽에서 가장 예의 바른 민족이라 자부하는 그런 민족 앞에서 스스로 웃음거리가 되었을 뿐만 아니라 서양인들 사이에서 우리 왕 중의 왕께서는 오로지 미개인들만 지배하고 계시다는 그런 이야기가 흘러나오도록 만들었다네.

그가 사양하는 척 프랑스 국왕의 환대를 받았는데 프랑스 궁정에서는 마치 그자보다는 페르시아의 위대함을 더욱 중시해서라는 듯 자국민들의 멸시를 받는 그자를 그들 앞에 당당히 위신을 세우고 나타날 수 있도록 해주었다네.

이스파한에는 절대로 이 사실을 알리지 말게나. 그래도 그 불쌍한 자의 목숨만은 건져주어야 하지 않겠나. 나는 우리 페르시아의 대신들이 자신들의 과실이나 잘못된 선택에 대한 대가로 그자를 처벌하는 것은 원치 않네.

1715년 8월의 마지막 날

그는 페르시아로 귀국하던 중 너무 지체해버린 시간과 프랑스 왕으로부터 받은 선물들을 거의 다 팔아버린 것을 비관하여 결국 1717년 예레반에서 독약을 마시고 자살한다.

189 101쪽 주 55 참조.

편지 92

우스벡이 레디에게

(수신지 : 베니스)

그토록 오랫동안 군림해온 군주[190]가 마침내 그 삶을 마감했단다. 한평생을 수많은 사람의 입에 오르내렸던 그이거늘 지금 그의 죽음 앞에서는 모두가 침묵을 지키고 있구나. 마지막 그 운명의 순간까지도 끝까지 당당함과 용맹스러움을 잃지 않았던 그는 운명 외에는 결코 그 무엇에도 굴복하지 않는 듯한 모습을 보였단다. 우리의 위대하신 아바스 대제[191] 역시 이렇게 만천하에 당신의 이름을 떨치신 후 운명하셨었지.

그렇다고 이 엄청난 사건이 이곳에 도의적인 생각만을 가져왔으리라는 기대는 말아라. 저마다 벌써 자신의 수지를 따져보고 정권이 교체되는 이때를 틈타 그 이익을 챙길 생각을 다 해놓지 않았겠느냐? 승하한 선왕의 증손[192]이 새로이 국왕의 자리에 올랐으나 그 보령이 이제 겨우 다섯 살에 불과하니 그의 숙부[193]가 이 왕국의 섭정으로 추대되었단다.

---

190 태양왕 루이 14세를 일컫는 것으로 그는 1643년 만 5세가 채 되기도 전에 국왕의 자리에 올라 1715년 삶을 마감할 때까지 무려 72년간이나 프랑스 왕국을 다스렸다. 프랑스 역사상 가장 재위 기간이 길 뿐만 아니라 가장 위대한 왕으로 기억되고 있다.

191 278쪽 주 180 참조.

192 루이 15세를 일컫는다.

193 1715년부터 1723년까지 섭정을 맡은 필립 오를레앙Philippe d'Orléans 공을 일컫는다.

선왕이 섭정의 권한을 제한하는 유지를 남겨놓았으나 노련하신 그 숙부께서 몸소 고등법원에 납시어 자신의 출생 신분이 지닌 모든 권리를 주장하며, 선왕이 영원히 그 명맥을 이어가기 위해 사후에도 계속 군림할 목적으로 남겨놓았지 싶은 그 유지 조항을 파기시켜버렸단다.[194]

고등법원은 일종의 폐허와 매우 흡사한 곳이란다. 비록 사람들의 발에 짓밟히고는 있다지만 그래도 변함없이 그 백성들의 오랜 종교적 경의로 유명한 어떤 사원을 연상시키는 그런 폐허 말이다. 판결을 내리는 일 말고는 다른 어떤 일에도 관여하지 않으며, 어떤 예기치 못한 상황이 도래해 그 힘과 생명을 불어넣어주지 않는 한 언제나 시들시들한 권위만을 유지해가는 그런 곳이지. 이 위대한 기관은 세상사의 운명에 따랐을지니 모든 것을 허물어버리는 세월에 굴복하였고, 모든 것을 약화시켜버린 문란한 풍기에 굴하였으며, 또한 모든 것을 쓰러뜨려버린 그 드높으신 최고 권력 앞에 무너지고 말았단다.

하지만 국민의 환심을 사고자 했던 섭정은 공공의 자유를 상징하는 이 기관을 우선은 존중해주는 듯한 모습을 보였단다. 그러더니 결국에는 마치 이 땅 위에 사원과 우상을 다시금 재건해놓을 생각이라도 한 듯 백성들이 이 기관을 이 나라 군주제의 버팀목이자 모든 정당 권력의 기반으로 여기게끔 만들어

---

194 필립 오를레앙 섭정은 제한받지 않고 마음껏 권력을 누리기 위해 루이 14세의 사망 바로 다음 날 고등법원으로 하여금 적자로 인정된 서출들에게 유리한 조치를 해놓은 루이 14세의 유언을 파기시키도록 했다(397쪽 주 277 참조).

버리더구나.[195]

1715년 9월 4일,[196] 파리에서

편지 93
우스벡이 카즈빈[197] 수도원의 수도승인 친동생에게

성스러운 나의 수도승 아우여! 내 겸허한 마음으로 고개 숙여 네 앞에 엎드리노라. 이 형은 너의 발자취를 내 눈의 눈동자와도 같이 매우 소중히 여기고 있단다. 너의 성덕이 이리도 클지니 마치 성스러운 예언자의 심성을 지닌 것만 같구나. 너의 고행은 하늘마저 놀라게 하며, 영광의 꼭대기에서는 천사들이 이런 너를 내려다보며 "저 영혼은 우리와 함께 밀운密雲이 떠받치는 천국의 옥좌 곁을 맴돌아 마땅하거늘 어찌 아직도 저 지상에 머물고 있단 말인가?"라고 이야기하고 있구나.

율법학자들이 이르기를, 데르비시들은 아무리 신앙이 깊지 못한 경우일지라도 언제나 진정한 신자들의 존경을 받아 마땅한 어떤 성스러운 기질을 지니고 있다 하였으며, 또한 신께서

195 루이 14세가 폐지한 고등법원의 건의권을 필립 오를레앙 섭정이 복원시켜준 일을 빗대고 있다.

196 몽테스키외는 여기서 날짜를 좀 앞서가고 있다. 당시 오를레앙 섭정이 고등법원의 건의권을 복원시켜준 것은 4일이 아니라 15일이었다.

197 160쪽 주 112 참조.

당신 스스로 이 지상의 구석구석에서 가장 순수한 영혼들을 가려내시어 이들을 불경한 속세로부터 격리하셨으니 이로써 당신의 뜻에 맞서고 있는 그 수많은 인간에게 떨어지기 일보 직전인 당신의 노여움을 이들의 열렬한 기도와 고행으로 일시적으로나마 멈추게 하고자 하셨다 하였느니라. 그렇거늘 율법학자들의 이 같은 가르침을 받아온 내가 어찌 너를 공경하지 않을 수 있겠느냐?

그리스도교도들은 그 옛날 무수히 많은 그들의 초대 수도승들이 바오로, 안토니오 그리고 파코미오를 그 우두머리로 하여 테베[198]의 끔찍한 사막에서 은거 생활을 했다는 그 경이로운 행위에 관해 이야기하곤 한단다. 만일 그들의 이야기가 사실이라면 이 초대 그리스도교 수도승들의 삶은 가장 성스러운 우리 이맘[199]들의 삶만큼이나 초자연적인 일들로 가득하다고 할 수 있을 것이다. 이들은 때로 단 한 명의 인간도 보지 못한 채 꼬박 10년을 보내기도 했으며, 밤낮으로 악마들과 함께 지내기도 했다는구나. 침대든 식탁이든 장소를 가리지 않고 나타나는 이 악마들 때문에 늘 괴로워해야만 했으니 이들을 피해 몸을 숨길 곳이라고는 그 어디에도 없었다지. 거룩한 수도승 아우여! 만일 이 모든 것이 다 사실이라면 이 세상 누구도 결코 이보다

---

198 나일강 상류에 위치한 고대 이집트 신왕국 시대의 수도로 오늘날의 룩소르이다. 이곳은 동쪽과 서쪽이 온통 사막으로 둘러싸여 있으며 많은 초기 그리스도교도들이 은둔 생활을 한 지역이다.

199 통례적으로 이슬람교 집단의 지도자 또는 이슬람교 사원의 사제를 지칭하는 말이며, 시아파에서는 마호메트의 후계자들에게 주어지는 칭호이기도 하다.

더 고약한 무리 곁에서 살아갈 수는 없었으리라는 것도 인정해야 하지 않겠느냐?

양식 있는 그리스도교도들은 이런 이야기를 인간에게 자신들이 처한 불행한 조건을 느끼게끔 해주는 지극히 자연스러운 하나의 우화쯤으로 여긴다. 하기야 사막에서 평온한 심신 상태를 바란다는 것 자체가 이미 헛된 꿈이 아니고 무엇이더냐? 끊임없이 유혹에 쫓기고, 악마의 형상으로 구체화되어 나타나는 정열로부터는 언제나 헤어나지 못하게 마련인 것을! 마음속의 이런 온갖 괴물들, 영혼 속의 이런 환영들, 과오와 거짓말의 이런 헛된 유령들은 계속해서 우리 앞에 나타나 유혹하고, 하물며 금식과 고행의 순간에도, 다시 말해 우리 영혼의 가장 강인한 곳에서까지도 우리를 공격해오기 마련인 것을!

거룩한 수도승 아우여! 나는 신의 사자가 사탄을 쇠사슬로 묶어 깊디깊은 심연의 구렁 속으로 내던져버렸다는 사실을 잘 알고 있단다. 그리하여 그 옛날 사탄이 활개 치고 다니던 이 땅을 말끔히 정화시켜 천사들과 예언자들이 머물기에 손색없는 그런 곳으로 만들어놓았다는 그 사실을 말이다.

1715년 10월 9일, 파리에서

편지 94

우스벡이 레디에게

(수신지 : 베니스)

나는 지금껏 사회의 기원이 무엇인지부터 철저하게 살펴본 후 공법公法에 관해 이야기하는 것을 단 한 번도 들어본 적이 없단다. 한데 내 눈에는 이것이 그저 우스꽝스럽게만 보이는구나. 만일 우리 인간이 전혀 사회를 형성하지 않고 서로가 서로에게서 떨어져 회피하기만 하는 그런 존재였더라면 분명 그 이유를 묻고 이들이 왜 서로 떨어져 살아가고 있는지를 생각해봐야겠지만, 인간이란 본래 모두가 서로서로 얽혀 태어나는 법이 아니더냐? 아들은 아비 곁에서 태어나기 마련이고 또 그 아비에게 얽혀 있기 마련이지. 이것이 바로 사회이고 또한 사회의 원리란다.

공법은 아시아에서보다 유럽에서 더 널리 알려져 있단다. 하지만 국왕들의 욕망과 국민의 인내심 그리고 서기들의 아첨으로 그 기본 원칙들이 모두 변질되어버렸다고 할 수 있지.

지금의 공법은 국왕들에게 자신의 이익을 손상하지 않으면서 어디까지 정의를 침해할 수 있는지를 가르쳐주는 하나의 학문이란다. 레디! 자신의 신념을 더욱 확고히 하고자 부정不正을 제도화하려 하고, 이런 불공정한 제도로부터 어떤 규범을 정하고 원칙을 세우며 또 어떤 결과를 창출해내려 하다니 참으로 대단한 계획이 아니더냐?

고귀하신 우리 술탄들의 그 무한한 권력은 그 자체로 곧 하나의 법이거늘, 그래도 절대 불굴의 정의를 굴복시키려 드는 이 같은 유럽의 비열한 수법보다는 그 극악무도한 일을 덜 만들어내고 있단다.

레디! 이 세상에는 완전히 다른 두 종류의 정의가 있는 것 같구나. 하나는 개개인들의 사건을 처리해주는 것으로 민법에서 그 영향력을 발휘하는 것이고, 다른 하나는 민족 간에 발생하는 분쟁을 해결해주는 것으로 공법에서 그 힘을 발휘하는 것이지. 마치 공법은 한 특정 국가의 문제가 아니라 이 세계의 문제를 다루고 있는 세계의 민법으로서 이 또한 하나의 민법이라는 사실을 부인이라도 하는 것처럼 말이다.

이에 대한 내 생각은 다음 편지에서 이야기하마.

1716년 2월의 첫째 날, 파리에서

편지 95
우스벡이 동일 인물에게

시민과 시민 사이의 문제는 그 나라의 사법관이 판결해주어야 하고, 민족과 민족 간의 문제는 그 민족 스스로가 직접 판결해나가야만 하는 것이란다. 하나 후자에도 전자의 경우에 적용되는 것과 같은 원칙만이 적용될 수 있단다.

민족 간의 분쟁에서 판결을 위해 제삼자가 필요한 경우가 아주 드문 이유는 바로 분쟁의 이유가 거의 언제나 뚜렷하고 또

한 마무리되기도 쉽기 때문이란다. 일반적으로 분쟁을 겪는 두 나라의 이익은 서로 너무도 달라서 그 분쟁 속에서 정의를 찾고자 한다면 단지 정의를 사랑하는 마음만 있으면 되는 것이란다. 하지만 누구나 자신의 이익 앞에서 공정을 잃지 않기란 결코 쉽지 않은 법이지.

개개인들 사이에서 발생하는 분쟁은 이와 경우가 좀 다르단다. 이들이 집단생활을 하는 만큼 그들의 이해관계가 서로 복잡하게 뒤얽혀 있을 뿐만 아니라 그 종류 또한 가지각색이어서 반드시 제삼자가 나타나 분쟁 당사자들이 각자 자신의 욕심 때문에 애써 숨기려 노력하는 그것을 밝혀내줄 필요가 있단다.

전쟁에는 단 두 경우만이 정당화될 수 있으니 하나는 공격해오는 적군을 막아내기 위해 하는 전쟁이고, 다른 하나는 공격당한 동맹국을 돕기 위해 펼치는 전쟁이란다.

국왕이 개인적인 싸움을 위해 벌이는 전쟁에는 그 어떤 정당함도 있을 수 없단다. 적어도 그 상황이 전쟁을 일으킨 국가의 국왕이나 백성들의 목숨을 위협할 정도로 그렇게까지 심각한 경우가 아니라면 말이다. 고로 국왕은 자신이 응당 받아 마땅한 명예를 받지 못했다거나 자신이 보낸 사신이 어떤 적절치 못한 처우를 받았다는 이유로, 혹은 이 같은 유형의 또 다른 어떤 이유를 들어 전쟁을 벌일 수는 없단다. 한 개인이 자신에게 우선권을 주지 않는다고 하여 누군가를 죽일 수 없는 것과 마찬가지지. 이처럼 한 국왕이 개인적인 이유를 들어 전쟁을 벌일 수 없는 것은 바로 전쟁의 선포는 그 선포를 받는 쪽이 과연 죽어 마땅한 자인지를 살펴봐야만 하기 때문이란다.

왜냐하면 전쟁을 한다는 것은 곧 죽음으로써 그 상대를 벌하고 자 한다는 뜻이기 때문이지.

공법에서 가장 가혹한 판결 행위는 전쟁일지니 그 이유는 바로 전쟁이 사회를 파괴하는 결과를 가져올 수도 있기 때문이란다.

그다음으로 가혹한 것이 보복이란다. 이는 재판관들이 도저히 따르지 않을 수 없는 법률이자 또한 범죄의 경중에 맞게 그 형벌을 정하지 않을 수 없는 그런 법률이란다.

세번째로 가혹한 판결 행위는 한 나라의 국왕에게서 그가 우리 민족으로부터 얻어낼 수 있는 이득을 박탈해오는 것이란다. 역시 그 죄의 경중에 비례해서 말이란다.

그리고 네번째는 가장 흔한 경우이자 그야말로 탄식을 자아내지 않을 수 없는 일인 바로 동맹을 파기하는 것이란다. 이는 재판관들이 죄인들을 그 사회에서 제명하기 위해 제정해놓은 일종의 추방형과도 같은 것이라 할 수 있단다. 따라서 우리 민족으로부터 동맹을 파기 당한 국왕은 우리 사회에서 제명되고, 더 이상 이 동맹 사회의 구성원이 아니게 되는 것이란다.

한 나라의 국왕에게 동맹을 파기당하는 것보다 더 큰 모욕은 없으며, 동맹을 체결하는 것보다 더 큰 명예도 없단다. 타인이 자신의 존속을 위해 주의를 기울이는 것을 보는 것만큼 인간에게 영광스럽고 유익하기까지 한 것은 없는 법이란다.

그러나 동맹으로 결속되기 위해서는 그 동맹이 반드시 정의로워야 한다. 제삼국을 짓밟기 위한 목적으로 두 민족 간에 체결한 동맹은 결코 정의에 부합하는 동맹이 아니며, 고로 이를 파기한다 해도 결코 죄가 되지 않는단다.

폭군과 동맹 관계를 맺는 것은 결코 그 국왕의 명예나 위엄에 도움이 되지 못한단다. 이집트의 어느 군주[200]가 사모스의 왕[201]에게 그의 잔혹성과 폭정에 대해 주의를 주고 이를 고칠 것을 촉구했다는 이야기가 있지. 하지만 사모스의 왕이 이를 받아들이지 않자 결국 그에게 사신을 보내 그와의 우호 및 동맹을 모두 단절하겠다는 뜻을 전했다는구나.

정복은 그 자체로 어떤 당위성도 지닐 수 없단다. 만일 이 정복 속에서 백성들이 살아남는다면 그 정복은 바로 평화의 서약이자 과오에 대한 보상의 서약이 되는 것이고, 만일 이들이 파멸하거나 뿔뿔이 흩어진다면 다름 아닌 폭정의 금자탑이 되는 것이란다.

평화 조약이란 마치 자신의 권리를 요구하는 자연의 목소리와도 같을지니 이것이야말로 우리 인간들에게 너무도 존엄한 것이란다. 두 민족이 모두 존속할 수 있다는 조건에서 체결된 평화 조약이라면 그 어떤 유형의 조약이라도 모두가 다 정의에 부합하는 것이다. 하지만 만일 이 같은 조건이 아니라면 두 민족 중 평화라는 자연적 방어 수단을 빼앗기고 멸망의 운명에 놓이게 된 민족이 바로 전쟁이라는 수단을 빌려 그 평화를 되찾으려 할 수도 있단다.

---

200 기원전 6세기의 고대 이집트 왕, 아마시스Amasis를 말한다.
201 사모스는 에게해 동남부에 있는 그리스의 섬이며, 여기서 말하는 왕이란 기원전 6세기 사모스의 참주였던 폭군, 폴리크라테스Polycrates를 말한다.

그 이유는 자연이 비록 각각의 인간에게 서로 다른 등급의 강함과 약함을 부여해주기는 했지만 그래도 종종 절망이라는 것을 통해 약자를 강자에 필적할 수 있게끔 만들어놓았기 때문이란다.

레디! 이것이 바로 내가 말하는 공법이고, 이것이 바로 인간의 권리, 아니 이성의 권리인 것이다.

1716년 2월 4일, 파리에서

편지 96
환관장이 우스벡에게
(수신지 : 파리)

비자푸르[202] 왕국의 수많은 황인족 처자들이 이곳에 당도하였습니다. 하여 마잔다란[203]의 총독으로 계신 주인님의 형님께서 한 달 전 제게 100토만과 함께 숭고한 명을 내려주신 대로 그분을 위해 이 중 한 명을 사들였습니다.

저는 여자들에 대해 아주 정통한 만큼 그들에게 결코 속내를 들키는 법이 없고 그 어떤 마음의 동요에도 전혀 눈빛의 흔들

---

202 인도 비흐마니 왕국의 분열을 틈타서 1489년 데칸 지방을 중심으로 독립했던 이슬람 왕국으로 오늘날의 뭄바이 지역에 해당한다.
203 카스피해 연안에 있던 페르시아의 한 지역으로 오늘날의 이란 북부에 해당한다.

림이 없답니다.

그런데 이토록 균형 잡히고 완벽한 미모는 지금껏 본 적이 없습니다. 반짝이는 눈동자가 얼굴에 생기를 불어넣고 화사한 피부톤을 한껏 돋보이게 하는 것이 시르카시아[204]의 모든 미색을 무색하게 할 정도랍니다.

어느 이스파한 상인의 환관장이 그녀를 두고 저와 흥정을 벌였는데 그녀가 글쎄 건방지게도 그자의 눈길을 피하더니 이내 저의 눈길을 찾는 듯했지 뭡니까? 마치 제게 그런 비천한 상인은 자신에게 어울리는 자가 아니며 자신은 그자보다 더 저명한 남편에게 바쳐질 운명이라고 말하고 싶어 하는 것처럼 말입니다.

주인님께 고백건대, 이 아름다운 여인의 매력을 생각할 때면 속으로 은근히 기쁨이 느껴지곤 하는 것이 마치 그녀가 주인님 형님의 하렘으로 들어가는 것을 보는 것만 같답니다. 다른 부인들이 깜짝 놀라 경악하는 모습을 상상하며 아주 즐거워하고 있지요. 참을 수 없는 고통을 느끼는 부인들도 있을 테고, 아무 말도 하지 않지만 실은 더 큰 고뇌에 빠질 부인들도 있을 것입니다. 더 이상 아무런 희망도 남아 있지 않았던 부인들은 간사하게도 위안을 느낄 것이며, 아직 희망을 버리지 않았던 부인들은 성난 야심으로 불타오르겠지요.

저는 이 제국 전역을 돌아다니며 이 하렘의 얼굴을 완전히 바꾸어놓을 작정입니다. 아! 이 몸이 얼마나 많은 정열을 동요

---

204 263쪽 주 167 참조.

시킬까요? 이 몸이 지금 얼마나 많은 불안과 고통을 준비하는 중이란 말입니까?

하지만 이 같은 내면의 동요 속에서도 그 외면만큼은 언제나 평화스러울 것입니다. 커다란 혁명의 불꽃은 가슴 깊숙한 곳에서 꼭꼭 숨어 불타오를 것이며, 슬픔은 애써 삼켜질 것이고, 기쁨은 억제되어 겉으로 드러나지 않을 것입니다. 순종을 보이는데 그 정도가 덜해진다거나, 규율이 덜 엄격해지는 일 또한 없을 것이며, 언제나 잃지 말아야 할 그 상냥함은 깊은 절망 속에서도 우러나올 것입니다.

저희 환관들은 여인들이 많으면 많을수록 걱정거리가 덜 생긴다는 것을 잘 알고 있습니다. 환심을 사고자 하는 불가피한 욕구는 더욱 커지게 되고, 서로 간의 단결은 더욱 힘들어지며, 더욱 많은 여인이 순종을 보이니 이 모든 것이 바로 그녀 자신들에게 족쇄가 되지요. 서로가 서로의 행동거지를 주시하는 것이 마치 자신들 스스로가 저희에게 더욱 종속되기 위해 저희와 일치 협력하여 노력하는 것만 같답니다. 저희 환관들의 일을 일부 거들어주며 저희가 눈을 감으려 해도 이내 그 눈을 뜨게끔 해주고 있지요. 뭐랄까요? 그녀들은 자신의 적수들에게 불리하도록 끊임없이 주인님의 감정을 자극하고 있지만 정녕 자기 자신이 처벌을 받는 그 적수들과 얼마나 비슷한 처지에 놓여 있는지는 결코 보지 못한다 할 수 있지요.

하지만 주인님! 이 모든 것도 다 관후하신 주인님께서 계시지 않는 한 아무 소용이 없답니다. 결코 완전히 전달될 수 없는 이 무의미하고 허울뿐인 권위로 저희가 무엇을 할 수 있겠습니까? 저희는 그저 주인님의 절반만을 아주 간신히 대신할 뿐이랍니다. 그녀들에게 단지 그 밉살스러운 엄격함만을 보여주고 있을 뿐이지요. 하지만 주인님께서는 희망으로써 그녀들의 두려움을 줄여주시고, 협박하실 때보다도 그녀들을 보듬고 어루만져주실 때 오히려 더욱 절대적인 권위를 누리십니다.

관후하신 주인님! 그러니 어서 돌아오십시오. 어서 이곳으로 돌아오시어 곳곳에 주인님의 그 절대적인 권위를 표해주십시오. 어서 오셔서 절망에 빠져 있는 이 여인들의 정열을 위로해주시고, 그녀들에게서 자신들의 의무를 게을리할 그 기회들을 모조리 제거해주십시오. 투덜대는 그녀들의 사랑을 진정시켜주시고, 그녀들이 자신들에게 지워진 그 의무를 오히려 기쁘게 받아들일 수 있도록 해주십시오. 그리고 또 하나, 어서 오셔서 당신의 충직한 환관들의 어깨에서 나날이 무거워져만 가는 이 과중한 짐을 덜어주십시오.

1716년 2월 8일, 이스파한의 하렘에서

편지 97
우스벡이 자론산의 데르비시 하세인에게

오! 지식욕으로 가득 찬 영혼이 당신의 그 해박한 지식으로 빛나고 있는 현명하신 데르비시여! 지금부터 이 몸이 하는 이야기를 잘 한번 들어보시지요.

이곳에는 사실상 동양 지혜의 절정에 결코 이르러보지도 못한 그런 철학자들이 있답니다. 신에게 접근할 정도로 법열의 상태에 빠져본 적도 없고, 천사들의 합창 속에 울려 퍼지는 지극히 숭고한 신의 말씀도 들어본 적이 없으며, 무시무시하게 폭발하는 신의 노여움 또한 결코 느껴본 적이 없는 사람들이지요. 성스러운 초자연적 현상이라고는 전혀 경험해보지도 못하고 그저 자신들끼리 홀로 방치된 채 조용히 인간 이성의 자취만을 좇으며 살아가는 그런 사람들이랍니다.

이성이라는 그 지침이 이들을 어디까지 이끌었는지 당신은 아마 상상도 못 하실 겁니다. 이들은 천지창조 이전의 무질서 상태를 규명해냈으며, 신께서 만들어놓으신 이 우주의 질서를 그저 단순한 역학으로 설명해냈답니다. 이 자연계의 창조자가 물질계에 운동 능력을 부여해주었으며, 고로 우리가 목격하는 이 우주의 온갖 놀랍고도 다채로운 현상들이 창출되는 데는 그 이상 더 필요한 것이 없었다는군요.

보통의 입법자들은 우리 인간 사회의 문제들을 해결하기 위해 법안을 제출하지요. 이런 법안을 제안하는 자들이나 이를 지켜가는 국민의 마음만큼이나 변하기 쉬운 그런 법안들 말입니다. 하지만 철학자들은 이 거대한 우주 공간에서 단 한 치의 예외도 없이 하나의 명령에 따라 언제나 신속하고 일정하게 준수되는 아주 일반적이고도 변함이 없으며 지극히 영구적인 법칙들밖에는 이야기하지 않는답니다.

신의 경지에 올라 계신 당신! 당신은 이 법칙들이 과연 무엇이라 생각하십니까? 혹시 이 속세를 떠나 신의 곁으로 가시게 되는 날, 그때 비로소 그 비밀의 숭고함에 깜짝 놀라게 될 당신의 모습을 상상하고 계시는 것은 아닌가요? 지금은 이해하기를 지레 포기해버리고 그저 그렇게 감탄만 하고 계시겠지요.

하지만 그렇다면 곧 생각이 바뀌실 겁니다. 이 법칙들은 절대로 우리 인간들에게서 허위적 존경심으로 경탄을 불러일으키는 그런 법칙이 아닙니다. 오히려 아주 단순하지요. 이 법칙이 오랜 세월 그 진가를 제대로 인정받지 못했던 것도 바로 이런 이유 때문이었답니다. 사람들은 오랜 숙고 끝에야 비로소 이 법칙의 풍요로움과 방대함을 깨닫게 되었지요.

첫번째 법칙은 바로 모든 물체는 자신의 운동 방향을 바꾸어 놓는 어떤 장애물을 만나지 않는 한 직선을 그리는 경향이 있다는 것입니다. 두번째는 이 첫번째 법칙의 연장선일 뿐인데, 바로 한 중심의 주변을 돌고 있는 모든 물체는 그 중심으로부터 멀어지려는 경향이 있다는 것입니다. 그 이유는 중심에서 멀어지면 멀어질수록 자신이 그려가는 선이 더욱 직선에 가까워지기 때문이라지요.

숭고하신 데르비시여! 이것이 바로 자연에 대한 열쇠가 아니던지요? 이것이야말로 수많은 결론을 한없이 끌어낼 수 있는 풍요로운 원리가 아니고 무엇인지요?

대여섯 가지 진실에 대한 이 철학자들의 지식이 바로 이들의 철학을 기적으로 가득 차게끔 해주었으며, 이들이 우리의 성스러운 예언자들께서 이루셨다는 그 성과만큼이나 초자연적이고 경이로운 성과를 이루어낼 수 있도록 해준 것입니다.

이 몸이 확신컨대 우리 율법학자 중 저울 위에 이 지구를 둘러싸고 있는 모든 공기의 무게를 달아보라 한다거나, 한 해 동안 이 지구의 표면 위에 떨어진 총 강우량을 측정해보라 했을 때 당황하지 않을 사람은 단 한 명도 없을 것입니다. 소리가 한 시간에 얼마만큼의 거리를 이동할 수 있는지, 빛이 태양에서 우리에게까지 도달하는 데 얼마만큼의 시간이 소요되는지, 이 지구에서 토성까지의 거리는 얼마인지, 가장 빠른 범선을 만들기 위해서는 배의 곡선을 과연 몇 도로 깎아 만들어야 하는지 등등에 대해 곰곰이 생각해보지 않고 조금의 망설임도 없이 대답할 수 있는 사람 또한 아무도 없을 것입니다.

만일 당신처럼 신의 경지에 올라 있는 누군가가 이 철학자들의 저서들을 고상하고 격조 높은 단어로 미화시키고 여기에 과감한 수식과 신비스러운 우화까지 덧붙였더라면 그는 분명 신성한 『코란』에 다음가는 훌륭한 작품을 만들어낼 수 있었을 것입니다.

그런데 이 사람의 솔직한 생각을 한번 이야기해보면, 사실 이 몸은 비유가 풍부한 문체를 그리 좋아하지 않는답니다. 『코란』에는 수없이 많은 시시한 사실들이 매우 힘 있고 생명력 넘치는 표현들로 한층 더 부각되어 있지요. 하지만 제게는 언제나 사실 그대로 시시하게만 느껴질 뿐이랍니다. 신의 계시를 받아 만들어진 책들은 무엇보다도 인간들의 언어로 표현된 신의 생각에 지나지 않는 것 같습니다. 한데 우리의 『코란』에서는 반대로 신의 언어와 인간들의 생각을 자주 엿볼 수가 있지요. 마치 놀라운 우연의 장난으로 인간들이 생각을 제공하고 신께서 그것을 『코란』에 받아 적어 넣으신 것처럼 말입니다.

아마 당신은 제가 지금 우리 이슬람교도들에게 가장 신성한 그것에 대해 너무도 허심탄회하게 이야기한다고 생각하시겠지요. 이것이 다 제가 이 나라에서 맛본 자주성의 영향 때문이라 생각하실지도 모르겠습니다. 하나 그렇지 않습니다. 신의 은총으로 저의 지성은 결코 제 마음을 오염시키지 못했으며, 제가 살아 있는 한 알리께서는 언제나 저의 예언자로 남아 계실 것입니다.

1716년 10월 10일, 파리에서

편지 98
우스벡이 이벤에게
(수신지 : 스미르나)

이 세상에 프랑스만큼 부호들이 유동적인 나라도 없을 걸세. 이 나라에서는 10년을 주기로 혁명이 일어나는데 이런 혁명들이 부호를 빈곤에 빠뜨리기도 하고 반대로 가난한 자를 순식간에 부의 꼭대기에 올려놓기도 한다네. 자신이 처한 빈곤에 놀라는 자들이 있는가 하면 자신이 지닌 부에 놀라는 자들도 있지. 신흥 부호들이 신의 사려에 감탄을 아끼지 않는 반면, 빈곤에 빠지게 된 자들은 그 피할 수 없는 운명 앞에 그저 한탄만 할 뿐이라네.

조세를 거둬들이는 관료들은 그야말로 큰 재물의 바다를 헤

엄치는 사람들이네. 하지만 이들 중 탄탈로스[205] 같은 사람은
극히 드물다네. 이 직업을 시작했을 때만 해도 그야말로 극도
의 빈곤 속에 있었던 자들이고, 가난했을 때는 마치 발에 묻은
진흙처럼 멸시를 당해왔으나 부자가 되고 난 후로는 제법 존중
을 받는 그런 자들이지. 그래서 이들은 존중을 받기 위해서라
면 무엇 하나 소홀히 하는 법이 없다네.

하지만 이제 이들은 견디기 매우 힘든 상황에 놓일 수밖에
없었다네. 이들의 모든 재산을 압수하기 위해 얼마 전 아주 독
특한 법원[206]이 하나 세워졌기 때문이지. 이 법원이 이들에게
재산을 정확하게 신고할 의무를 지우고 만일 이를 지키지 않을
경우 목숨을 잃는 형벌에 처하니 이제 이들은 더는 횡령을 할
수도 자신들의 재산을 숨길 수도 없게 되었다네. 이렇게 이들
은 아주 좁다란 협로, 즉 삶과 돈 사이의 협로를 통과하지 않
을 수 없게 된 것이라네. 게다가 설상가상으로 어느 재치 넘치
기로 유명한 대신[207]은 영광스럽게도 이들을 주제로 재치 있는
농담을 해가며 국정 자문회의에서 결정된 모든 의결을 희롱하

---

205 그리스 신화에 나오는 왕(제우스의 아들이자 펠롭스의 아버지)으로 오만에
빠져 함부로 천기를 누설하고 신들을 시험하며 그 죄로 지옥에 떨어져 영원한
기갈의 고통을 형벌로 받게 되었다고 한다.

206 루이 14세의 사망 후 빈 국고를 발견한 필립 오를레앙 섭정이 징세 청부
인들이나 회계 관리들, 식량 보급 담장자들 등의 비리 및 공급 횡령을 조사할
목적으로 1716년 성 아우구스티누스 수도회의 수도원에 임시로 세웠었던 임시
재판소로, 법원의 기능을 가진 일종의 위원회였다.

207 1715년부터 1718년까지 재정 고문회 의장직을 맡고 있었던 노아이유
Noailles 공작을 지칭한다.

고 있지 않겠나? 국민을 웃길 준비가 된 대신은 날이면 날마다 쉽게 볼 수 있는 것이 아니지. 그러니 이를 시도해준 그 대신에게 감사하는 마음을 가져야 할 일일세그려.

천민 집단은 다른 어느 나라보다도 특히 프랑스에서 가장 존경해줄 만하다네. 마치 그 지체 높으신 귀족 양반들을 양성해 내는 하나의 양성소와도 같다고 할 수 있는 것이 바로 이 집단이 다른 신분의 빈자리를 메꿔주는 역할을 하지 않겠나? 이 집단의 구성원들은 불행에 처한 대귀족들이나 파산한 법관들 또는 격렬한 전쟁에서 목숨을 잃고 만 귀족 장수들의 자리를 대신 차지하고 있는데, 만일 자기 스스로 그 자리를 차지할 수 없을 때는 산악 지대의 불모지를 비옥하게 해주는 일종의 거름과도 같은 바로 자신들의 딸을 이용해 온 귀족 집안들을 일으켜 세워주고 있다네.

이벤! 나는 신께서 우리에게 부를 분배해주신 방법에 참으로 그분을 존경하지 않을 수가 없다네. 만일 선량한 사람들에게만 부를 나누어 주셨더라면 아마도 우리는 부와 덕을 쉽게 구분해낼 수 없었을 것이며 부의 허무함 또한 느껴볼 수 없었을 것이네. 한데 누가 과연 가장 많은 부를 축적해놓았는지를 잘 살펴보다 보면 이런 부호들을 업신여기지 않을 수 없으니 그 바람에 마침내 부마저도 대수롭지 않게 바라볼 수 있게 되지 않던가?

1717년 3월 26일, 파리에서

편지 99
리카가 레디에게
(수신지 : 베니스)

나는 프랑스인들의 변덕스러운 유행 앞에 정말이지 놀라움을 금할 길이 없단다. 이들은 올여름에 자신들이 어떤 식으로 옷을 입었는지 벌써 잊어버렸을뿐더러 올겨울에 어떤 식으로 입을지는 더더욱이나 모르는 그런 사람들이란다. 무엇보다도 자신의 부인이 유행을 따를 수 있도록 그 남편이 감당하는 비용이 과연 어느 정도인지는 가히 상상도 할 수 없을 정도란다.

내 너에게 이들이 정확하게 어떤 옷차림을 하고 있는지 애써 묘사해줘 본들 다 무엇하겠느냐? 새로운 유행이 찾아와 그들의 장인들이 열심히 공들여 만들어놓은 작품들을 모조리 다 허물어뜨려버리듯 나의 공들인 묘사 또한 모두 무의미하게 만들어버릴 텐데 말이다. 게다가 이 편지가 도착하기도 전에 이미 모든 게 다 변해 있을 거란다.

파리를 떠나 시골에서 한 6개월 만이라도 여행을 하고 오는 여인은 마치 그곳에서 30년을 보내고 온 것처럼 완전히 고풍스러운 모습으로 돌아온단다. 이런 모습을 한 어미의 초상화를 아들이 알아보지 못할 정도지. 그 초상화 속의 여인을 아메리카 신대륙의 어느 인디언 정도로 생각한다거나 혹은 어느 화가가 자신만의 상상력을 동원하여 그려낸 상상 속의 여인이라고 생각한단다. 그 정도로 초상화 속 그녀의 옷차림이 아들의 눈에도 생소하게만 보인다는 뜻이 아니겠느냐?

어떤 땐 머리 모양이 하늘을 향해 한없이 치솟다가 갑자기 어떤 대개혁이 일어나 순식간에 푹 꺼져버리기도 한단다. 한번은 그 머리 모양이 어찌나 어마어마하게 높았던지 여자들의 얼굴이 신체의 중간 부위에 위치한 적도 있었단다. 그리고 또 한번은 다름 아닌 발이 그 바통을 이어받았는데 바로 신발 굽이 받침대가 되어 두 발을 공중에 붕 떠 있도록 만들었단다. 누가 과연 이 같은 일들을 상상이나 할 수 있었겠느냐? 건축가들은 여인들의 이 같은 변덕스러운 몸치장에 맞추느라 자신들 건축물의 대문 높이를 높이기도 했다가 낮추기도 하고 또는 대문을 아예 넓혀야만[208] 하기도 했으니, 그들의 건축 기법마저도 이 같은 유행의 변덕에 굴복하지 않을 수가 없었단다. 어디 그뿐이더냐? 어떤 때는 여인들의 얼굴에 굉장히 많은 애교점이 나타났다가 다음 날 모두 감쪽같이 사라져버리는 것을 볼 수 있단다. 또 예전에는 여자들이 풍만한 허리를 애써 감추지 않고 그대로 드러내 보였는가 하면 웃을 때도 치아를 훤히 드러내 보였는데, 지금은 아예 생각할 수도 없는 일이란다.[209] 익살

---

208 18세기에 프랑스 여성들 사이에서는 치마 속에 앞뒤로 평평하고 양옆으로 넓게 퍼진 모양의 '파니에panier'라는 속옷을 입어 모양을 내는 것이 유행이었다. 이는 루이 16세 때 마리 앙투아네트Marie-Antoinette d'Autriche 왕비에 의해 베르사유 궁전에서 그 부피가 더욱 풍성해졌는데 그 예로 그녀가 입었던 파니에는 그 넓이가 양옆으로 각각 수 피트에 이르렀다고 한다.

209 1717년에는 파니에가 막 유행하기 시작했는데 이 속옷은 양옆으로 넓게 퍼진 모양과 대조적으로 허리 부분을 잘록하게 조여줘 이를 착용하는 여성들의 허리를 강조해주었다. 또한 그 당시에는 웃을 때 이를 드러내지 않는 것이 유행이었다.

꾼들이 그 어떤 빈정대는 소리를 하든 이 변화무쌍한 나라의 딸들은 옛날 자신들의 어미와는 확연히 다른 모습을 하고 있단다.

이 나라에서는 살아가는 방식 또한 이런 유행과 전혀 다를 바가 없단다. 이들 프랑스인의 풍속은 국왕의 나이에 따라 바뀌지 않겠느냐? 국왕이 마음만 먹는다면 이 민족 전체를 근엄하게 탈바꿈시켜놓을 수도 있을 것이다.[210] 자고로 국왕은 그 성품의 흔적을 궁 안에 남기기 마련이며, 이는 다시 궁에서 도시로, 도시에서 지방으로 그렇게 퍼져나가기 마련이지. 군주의 영혼은 다른 모든 영혼의 형태를 잡아주는 하나의 거푸집과도 같단다.

1717년 4월 8일, 파리에서

편지 100
리카가 동일 인물에게

지난번에는 프랑스인들의 유행이 얼마나 변화무쌍한지에 관해 이야기했었지. 그런데 이들은 자신들의 유행 앞에서 상상할 수도 없을 만큼 아주 고집스럽단다. 얼마나 고집스러운지 모든

---

[210] 예부터 프랑스인들은 근엄함과는 아주 거리가 먼 민족으로 간주되었으며 오히려 가볍고 농담 잘하는 민족의 이미지가 있었다.

것을 자신들의 유행과 연관시키고, 이런 자신들의 유행이 다른 나라에서 일어나는 모든 것들을 평가하는 기준이 될 정도란다. 자신들의 눈에 낯선 것은 언제나 이들에게 우스꽝스럽게만 보일 뿐이지. 나는 말이다, 솔직히 자신들의 풍습에 대한 프랑스인들의 이런 고집스러운 집착과 하루가 멀다 하고 그것을 바꿔가는 이들의 변덕스러움을 도저히 결부시킬 수가 없단다.

내 방금 이들이 자신들의 눈에 낯선 것들은 모두 무시한다고 했는데 이는 아주 사소한 일에만 해당한단다. 보아하니 중대한 일 앞에서는 스스로 품위를 떨어뜨릴 정도로 자신들에 대한 믿음이 없는 것 같더구나. 자신들보다 옷을 더 잘 입는다고 생각되는 민족에겐 기꺼이 자신들보다 더 현명한 민족이라고 인정해주는가 하면, 프랑스의 가발 제조업자들이 하나의 입법자로서 타국의 가발 형태를 결정할 수만 있게 된다면 그것이 경쟁국의 법일지라도 기꺼이 준수하려 들지 않겠느냐? 또한 이들에게는 자신들의 요리사들이 만들어내는 요리가 이 세상 전역에서 널리 유행하는 것이나, 자신들의 미용사들이 창안해낸 머리 장식이 온 유럽 여인네들의 화장방에서 사용되는 것을 보는 것만큼 그렇게 멋져 보이는 일이 없단다.

하기야 이런 고귀한 이점들이 있다는데 다른 나라의 양식을 받아들이든, 정치나 민간행정 체제에 관한 모든 것을 이웃 나라에서 차용해 오든, 그것이 이들에게 뭐 그리 중요하겠느냐?

유럽에서 가장 역사 깊고 가장 강력한 이 제국이 벌써 10세기도 전부터 자국의 법이 아닌 타국의 법에 따라 다스려져 오고 있었다는 사실을 과연 그 누가 상상할 수 있겠느냐? 프랑스인들이 정복을 당했었던 민족이라면 이해하는 데 그리 힘들지만은 않겠지만 이들은 오히려 정복자가 아니었더냐?

이 프랑스인들은 자신들의 초대 국왕들이 국민 총회를 통해 제정해놓은 그 옛 법들을 버리고 대신 로마의 법을 택했단다. 그런데 아주 재미있는 것은 이들이 자신들의 옛 법 대신 택했다는 그 로마의 법이 실은 자신들의 옛 법을 제정했던 입법자들과 동시대를 살았던 로마 제국의 황제들에 의해 일부 창안되었고 또 일부 편집되었다는 사실이란다.[211]

게다가 이런 타국의 법률을 그야말로 전적으로 다 받아들이고 또 모든 양식을 완전히 타국으로부터 들여오기 위해 교황이 내리는 모든 교서를 받아들인 후 이에 의거하여 자신들의 법[212]을 일부 새로이 제정하기에 이르렀으니 이것이야말로 새로운 형태의 예속이라 할 수 있지 않겠느냐?

사실 지난 얼마 동안 도시 및 지방에 관한 몇몇 조례들이 제정되어 문서로 기록되었는데 이는 거의 모두가 다 로마법에서 따온 것들이란다.

이렇게 타국으로부터 취해온, 다시 말해 이 나라로 귀화되어 넘어온 외국법들은 그 양이 너무도 방대해 이곳 재판소와 재판관 들을 짓누를 정도란다. 하지만 제아무리 엄청난 양이라 해도 주석자나 해설자 또는 편집자들의 그 어마어마한 무리에 비

---

211 몽테스키외는 여기서 당시 로마의 법이 실은 프랑스 법을 따온 것임을 암시하고 있다.
212 교회법을 말한다.

하면 그야말로 아무것도 아니란다. 그 놀라운 수로 크게 강세를 보이는가 하면 또 그다지 정확하지 못한 사고로 그만큼 크게 약세를 보이고 있는 그런 자들의 무리 말이다.

이것이 다가 아니란다. 이런 외국법들은 수많은 법적 절차들을 가져왔는데 그 정도가 어찌나 지나친지 그야말로 인간 이성의 수치를 잘 보여주는 것이 아닐 수가 없단다. 절차라는 것이 법률학에 관계될 때 더 유해했는지 아니면 의학에 관계될 때 더 유해했는지, 의사들의 그 널따란 모자 밑에서보다 혹시 법률가들의 법복 밑에서 더 큰 피해를 부른 것은 아닌지, 의학에서 죽음으로 몰고 간 사람들의 수보다 혹시 법률로써 파멸에 이르게 한 사람들의 수가 더 많은 것은 아닌지 등을 판단해내기는 참으로 힘든 일이 아닐 수 없을 것이다.

1717년 4월 17일, 파리에서

편지 101
우스벡이 ***에게

이곳에서는 교황의 교서[213]에 대한 이야기가 끊이지 않고 있다네. 얼마 전에는 어느 건물에 들어갔다가 어떤 뚱뚱한 남자 하나가 얼굴이 벌게져서는 아주 큰 소리로 이런 이야기를 하는

---

213 교황 클레멘스 11세의 「우니게니투스」 교서를 지칭한다(87쪽 주 45 참조).

것을 목격하지 않았겠나?

"내 이미 주교로서 교서²¹⁴를 내렸으니 여러분의 질문에는 따로 그 어떤 답변도 드리지 않겠습니다. 그러니 모두 그 교서를 읽어보시지요. 그 교서가 여러분의 모든 궁금증을 말끔히 해결해줄 것입니다. 그 교서를 작성하느라 이 몸이 얼마나 진땀을 뺐는지 모른답니다."

이렇게 말하며 그 남자는 손으로 이마를 훔쳤지. 그러고는 계속 말하더군.

"나의 모든 신학적 지식을 동원해야만 했지요. 그뿐입니까? 수많은 라틴어 서적들도 읽어야만 했답니다."

그러자 그곳에 있던 한 남자가 말하더군.

"그 말씀 믿어 의심치 않습니다. 아주 훌륭한 작품이더군요. 걸핏하면 주교님을 찾아오는 그 예수회 수도사도 이보다 더 훌륭한 작품을 써낼 수는 없을 겁니다."

그러자 다시 그 뚱뚱한 남자가 말을 잇더군.

"그러니 그 교서를 읽어들 보시지요. 다들 15분 만에 그 방면에서 제가 하루 종일 설명해드리는 것보다 훨씬 더 해박한 지식을 얻게 되실 겁니다."

바로 이런 식으로 그 남자는 괜히 그 교서 내용에 관한 대화로 자신의 자만심을 위태롭게 할 수 있는 상황을 교묘히 피해가고 있었다네. 하지만 계속 재촉을 받자 결국 자신이 쳐놓은

---

214 주교가 자신의 교구 신도들에게 내리는 교서를 말한다. 여기서 이어지는 대화의 내용은 이 주교가 다른 이로 하여금 자신의 교서를 대신 작성케 했음을 암시하고 있다(484쪽 주 393 참조).

그 방어진에서 나오지 않을 수가 없었지. 그러더니 신학적으로 아주 바보 같은 소리를 잔뜩 늘어놓기 시작하는 것이 아니겠나? 그런데 한 데르비시는 이 바보 같은 이야기들을 매우 존경스럽게 맞받아주더군. 그곳에 있던 또 다른 두 명의 남자들이 그 남자가 주장하는 몇 가지 원리들을 부정하고 나서자 그 남자는 일단 이렇게 말하더군.

"그것은 확실한 사실입니다. 그 이유는 바로 우리 주교들이 그렇게 판단하기 때문입니다. 우리는 판단을 내릴 때 절대로 실수를 범하는 일이 없답니다."

그래서 내가 한번 물어보았지.

"어떻게 판단을 내리는 데 조금의 실수도 범하지 않을 수가 있다는 말입니까?"

그러자 그가 답하더군.

"당신의 눈에는 성령께서 우리를 일깨워주시는 것이 보이지 않습니까?"

그래서 나도 한마디 해주었다네.

"그것 참 다행이로군요. 오늘 주교님께서 말씀하시는 태도로 보아서는 일깨워진다 해도 아주 한참을 일깨워질 필요가 있으신 분들인 것 같으니 말입니다."

1717년 5월 18일, 파리에서

편지 102

우스벡이 이벤에게

(수신지 : 스미르나)

    유럽에서 가장 강력한 국가는 바로 황제가 다스리는 국가[215]
와 프랑스, 스페인, 영국의 국왕들이 통치하는 국가들이라네.
독일의 대부분 땅과 이탈리아의 영토는 그 수를 다 헤아릴 수
없을 정도로 많은 소규모 도시국가들로 분할되어 있는데, 엄밀
히 말하면 이런 도시국가들의 제후들은 그 나라 국왕의 왕권을
위한 순교자들이나 다름없다네. 어떤 제후들은 그 백성 수가
위대하신 우리 페르시아 군주께서 거느리고 계신 여인들의 수
에도 미치지 못하는 경우가 있지. 서로 간에 그다지 화합력이
없는 이탈리아의 제후들은 더더욱이나 불평할 만도 하다네. 그
도 그럴 것이 이탈리아의 영토는 마치 각국에서 모여드는 대상
大商의 숙소라도 되는 것처럼 그 문이 활짝 열려 있어 그 제후
들은 그곳을 찾는 모든 이들을 받아주지 않을 수가 없는 상황
이라네. 상황이 그러하다 보니 이들은 우정보다는 바로 자신들
의 두려움을 알릴 수 있는 좀더 힘 있는 제후들에게 달라붙어
있을 수밖에 없다네.

    유럽 대부분은 군주제 정부라네. 아니, 그리 불리고 있다고
말하는 것이 더 맞는 표현일 걸세. 사실 난 일찍이 진정한 군

---

215 당시 합스부르크가家의 오스트리아 왕이 그 제위를 맡고 있었던 신성 로
마 제국을 일컫는다.

주제 정부가 존재하기나 했었는지 잘 모르겠으니 말일세. 적어도 군주제가 그토록 오랜 세월 속에서 그 본연의 모습 그대로 순수하게 유지되어 온다는 것 자체가 참으로 어려운 일이지. 군주제라는 것은 언제나 독재 정치나 공화제로 변질되기 마련인 아주 난폭한 정치 체제라네. 권력이란 백성과 군주 사이에서 결코 공정하게 나누어질 수 없는 것이며, 그 균형을 유지하기가 참으로 어려운 법이네. 한쪽의 힘이 세지는 동안 다른 한쪽의 힘은 반대로 줄어드는데, 일반적으로 군의 우두머리인 국왕에게 더 유리하게 되어 있기 마련이지.

바로 이런 이유에서 유럽의 국왕들은 아주 큰 권력을 쥐고 있다네. 자신이 원하는 만큼 쥐고 있다고 할 수 있지. 하지만 결코 그 권력을 우리 페르시아의 군주들만큼 널리 행사하지는 못한다네. 그 첫번째 이유는 그들이 백성들의 풍습이나 종교와 부딪히고 싶어 하지 않기 때문이며, 두번째는 그렇게까지 널리 권력을 행사해봤자 자신들에게 이로울 것이 하나도 없기 때문이라네.

우리 페르시아의 군주들이 자신의 백성들에게 행사하는 그 어마어마한 권력만큼이나 이 군주들을 백성들의 운명에 접근시키는 것은 없으며, 또한 이보다 더 이 군주들을 어떤 불운이나 운명의 장난 앞에 굴복시키는 것도 없다네.

우리 페르시아 군주들은 자신의 마음에 들지 않는 자들이 있으면 최소한의 신호 하나로 가차 없이 그들을 죽음으로 내몰아버리곤 하지. 바로 이 같은 관행이 죄와 그 형벌 사이에 있어야 할 균형, 나라의 혼이자 제국의 조화와도 같은 그 균형을 깨뜨리고 있는 것이라네. 반면에 그리스도교 국가의 국왕들은 이 균형을 아주 성실히 유지해가고 있지 않겠나? 바로 그것이 이들을 우리 군주들보다 훨씬 더 우위에 설 수 있도록 해주는 것이라네.

만일 어느 페르시아인이 자신의 부주의로 인해, 혹은 운이 없어서 그만 군주의 총애를 잃고 말았다면 그는 죽음을 면하기 힘든 것이 너무도 명백한 사실이네. 아주 작은 실수 하나 혹은 사소한 군주의 변덕이 이렇게 그를 죽음으로 내몰고 있지. 그런데 군주의 목숨을 노렸다거나 적군의 손에 아군의 요새 하나를 넘기려 했다 할지라도 목숨을 잃기는 매한가지가 아니겠는가? 그러니 이 후자의 경우가 꼭 전자보다 더 위험하다고 할 수는 없다네.

그러다 보니 아주 조금만 군주의 총애를 잃어도 이제 죽음을 면치 못할 것이라는 생각과 이보다 더 나쁜 상황은 있을 수 없을 거라는 생각에서 자연스레 나라를 뒤흔들어놓게 되고 군주를 전복시킬 음모도 꾸미게 된다네. 이것이 그에게 남아 있는 유일한 살길이기 때문이지.

하지만 국왕의 총애를 잃어봤자 잃게 되는 것이라고는 국왕의 호의와 특혜밖에는 없는 유럽의 귀족들은 이와 상황이 전혀 다르다네. 이들은 이 같은 상황에 처하면 곧바로 궁정에서 물러나 그저 태평한 삶을 즐길 생각과 자신의 출생 신분이 가져다주는 이점만을 만끽할 생각뿐이라네. 대역죄 외에는 이들을 죽음으로 몰고 가는 경우가 거의 없는 만큼 이들은 자신들의 득과 실을 고려하여 이런 대역죄의 상황에 빠지는 것을 두려워하는 것이지. 바로 이런 이유로 유럽에서는 혁명을 잘 찾아보기가 힘들고 잔인한 죽음을 맛보게 되는 국왕 또한 거의 찾아볼 수가 없는 것이라네.

만일 이처럼 무한한 권력 위에 앉아 계시는 우리 페르시아의 군주들께서 자신의 목숨을 지키기 위해 그토록 각별한 주의를 기울이시 않았다면 아마 단 하루도 그 목숨을 유지하기가 힘들었을 것이네. 마찬가지로 온 백성을 전제적으로 다스리기 위해 무수히 많은 병력을 매수해 거느리고 있지 않았다면 이 페르시아 제국은 단 한 달도 버틸 수가 없었을 것이네.

어느 프랑스 국왕이 당시의 관습과 달리 자신의 근위대를 두기 시작한 것은 불과 4~5세기 전의 일이라네. 어느 별 볼 일 없는 아시아 소국의 왕이 자신을 암살하기 위해 보냈던 그 암살자들로부터 자신의 신변을 보호하기 위해서였지.[216] 그 일이 있기 전까지만 해도 프랑스 국왕들은 마치 자식들 사이에 둘러싸인 아비처럼 그렇게 백성들과 함께 그야말로 평화로운 삶을 누려오고 있었다네.

프랑스 국왕들은 우리 페르시아 군주들처럼 스스로 백성들의 목숨을 빼앗을 수 있기는커녕 오히려 범죄를 저지른 백성들에게까지도 언제나 은혜를 베풀어주고 있다네. 조금이라도 운이 좋아 국왕의 그 존엄한 얼굴을 단 한 번만이라도 보게 된다

---

216 필립 2세는 당시 영국의 왕이자 아키텐(현 프랑스, 당시 영국의 영토) 공작이었던 리처드 1세가 사주했을 것으로 추정되는 아사신파(시아파 이슬람의 한 분파로서 엄격한 규율과 훈련을 통해 종교상의 적대자와 정적을 암살하는 것으로 유명한 분파)에 의해 위협을 당한 적이 있다고 전해진다.

면 그 사람은 드디어 살아남을 수 있지 않겠나? 이런 프랑스의 군주들이야말로 곳곳에 열기와 생명력을 불어넣어주는 바로 태양과도 같은 존재라 할 수 있겠네그려.

1717년 6월 8일, 파리에서

편지 103
우스벡이 동일 인물에게

지난번 편지에 담은 내 생각에 이어 얼마 전 꽤나 양식 있는 어느 유럽 남자 하나가 내게 했던 이야기를 한번 적어보겠네.

"아시아 국왕들이 내린 결정 중 최악은 바로 꼭꼭 숨어 지내는 것이라오. 지금 그들이 하는 것처럼 말이오. 백성들로부터 좀더 존중받기 위함이라지만 정작 그들이 존중하게끔 만드는 것은 국왕 자신이 아니라 바로 자신이 앉아 있는 그 왕좌라오. 백성들은 어떤 특정 인물이 아니라 어떤 특정 왕좌에 애착을 느끼는 것이라오.

꼭꼭 숨어 통치하고 있는 이 같은 보이지 않는 권력은 그 백성들에게 언제나 동일하게만 다가오기 마련이라오. 알고 있는 것이라고는 오로지 그 이름밖에 없는 그린 국왕들이 10대에 걸쳐 차례로 참수된다 한들 이들에게는 매번 별다른 느낌이 없지요. 마치 자신들은 지금껏 늘 어떤 보이지 않는 영혼 같은 존재에 의해 다스려져 오기라도 한 것처럼 말이오.

만일 우리의 위대하신 군주, 앙리 4세의 시해자가 어느 인도 제국의 왕에게 이 같은 시해를 저질렀더라면 그는 분명 국새의 새 주인이자, 마치 자신을 위해 쌓아둔 것만 같은 그 어마어마한 보물의 새 주인이 되어 그 제국을 아주 손쉽게 장악했을 것이오. 아무도 그 시해 당한 왕이나 그 가족, 그 자식들을 요구하고 나설 생각을 하지 않았을 테니 그만큼 더욱더 쉽게 말이오.

우리는 동방의 군주들이 다스리는 정부에는 거의 변혁이 일어나지 않는다는 사실에 무척이나 놀라고 있소. 이것이 다 그들의 정부가 포악스럽고 무시무시한 데서 비롯된 것이 아니라면 또 어디서 비롯된 것이란 말이오?

자고로 변혁이란 국왕이나 백성들에 의해서만 이루어질 수 있는 법이지요. 한데 그곳 동방의 군주들은 이를 꽤나 기피하고 있다오. 그토록 막강하고 드높은 권력 위에서 이미 자신이 취할 수 있는 것은 모두 다 취하고 있으니 여기서 만일 무언가 변혁을 일으킨다면 이는 분명 자신들에게는 손해가 될 수밖에 없기 때문이 아니겠소?

한편 백성들은 누군가가 어떤 변혁을 도모할 계획을 세운다고 할지라도 결코 국가를 상대로 이를 실행에 옮길 수는 없을 것이오. 하루아침에 갑자기 그 가공할 만하고도 유일무이한 권력과 대등해져야만 할 텐데 이들에게는 그럴 만한 시간과 방법이 부족하기 때문이지요. 그런데 실은 그 권력의 핵심으로 진격하기만 하면 되는 일이라오. 그 권력을 향해 휘두를 팔 하나와 찰나의 순간만 있으면 되는 것이지요.

군주가 왕좌에서 끌려 내려와 땅바닥에 굴러떨어져 살인자의 발아래 숨을 거두어가는 동안 그 살인자는 왕좌에 오르게 되는 것이라오.

유럽에서는 누군가 국왕에게 불만을 품으면 비밀리에 적들과 내통할 생각을 한다거나 적군의 편에 설 생각을 하고, 또 어떤 요새를 점령한다거나 백성들 사이에 쓸데없는 불평의 목소리를 불러일으킬 생각을 하게 된다오. 하지만 아시아에서는 곧장 국왕에게로 돌진하여 그 왕좌를 뒤흔들고 쳐부수고 결국엔 뒤엎어버리고 말지요. 순식간에 주인과 노예의 관계를 무의미하게 만들어버리고, 순식간에 적법한 왕위 계승자와 왕위 찬탈자의 관계를 무의미하게 만들어버리는 것이 그야말로 사회 통념까지도 무색하게 만들어버린다오.

국왕의 머리가 단 하나뿐일지니 이 얼마나 불행한 일이란 말이오. 그 머리 하나에 모든 권력을 다 집중시켜놓는 것이 마치 야심에 가득 차 있는 누군가에게 온 권력을 한꺼번에 통째로 차지할 수 있는 곳이 어디인지를 가르쳐주고 있는 것만 같구려."

1717년 6월 17일, 파리에서

편지 104
우스벡이 동일 인물에게

유럽인들이라고 해서 모두가 다 자신들의 국왕에게 복종하는 것은 아니라네. 예를 들어 그 어떤 속박도 견디지 못하는 참을성 없는 기질의 영국인들 같은 경우 결코 국왕에게 그 권위를 휘두를 만한 틈을 주지 않는다네. 복종과 순종은 이들이 가장 자부하기 힘들어하는 덕목이지. 이 점과 관련해 이들은 아주 기이한 발언을 하고 있다네. 그들에 의하면 인간들을 서로 연결해주는 끈은 단 한 가지밖에 없으니 그것은 바로 감사하는 마음의 끈이라지 뭔가? 남편과 아내, 아비와 자식들은 오로지 서로에 대한 사랑과 서로에게 베푸는 자비로 묶여 있는 관계이며, 또 이 같은 감사하는 마음을 불러일으키는 다양한 동기들이 바로 모든 왕국의 근원이고 모든 사회의 근원이라는군.

하지만 만일 군주가 자신의 백성들을 행복하게 살아갈 수 있도록 해주기는커녕 그들을 짓누르거나 파멸시키려 한다면 순종의 기반은 더 이상 유지될 수가 없다고 하네. 더 이상 이 백성들은 국왕에 대한 어떤 의무도 지니지 않게 되고, 그 무엇도 이들을 국왕에게 묶어놓을 수 없게 된다는 것이지. 그리하여 결국 이들은 자신들 본연의 자유를 누리게 된다는군. 무한한 권력이란 결코 그 정당성에 관해 기원을 찾아볼 수가 없는 만큼, 어떤 무한한 권력도 결코 정당한 것이 될 수 없다고 이들 영국인은 주장한다네. 자기 자신이 스스로에게 행사하는 권력보다 더 큰 권력을 다른 누군가로 하여금 자신에게 행사하게끔 할 수는 없는 일이기 때문이라는 것이지. 그래서 우리 인간들은 스스로에게조차도 무한한 권력을 행사할 수가 없으며 그 예가 바로 스스로 자신의 목숨을 끊을 수 없다는 사실이라는

330

군. 따라서 이 세상 그 누구도 이 같은 무한한 권력을 지닐 수 없다는 것이 이들의 결론이라네.

이들에 의하면 대역죄란 그 방법에 상관없이 약자가 강자에게 불복하면서 그를 상대로 죄를 짓는 것이라 하네. 그래서 한때 국왕보다 더 강한 힘을 지니고 있었던 영국 백성들은 국왕이 백성들을 상대로 전쟁을 일으키는 것은 바로 대역죄를 짓는 것과 다름없다고 선언하기도 했었다네.[217] 그러니 권력을 지닌 자에게 복종할 것을 지시하는[218] 이들 성서의 가르침을 가리켜 그것을 따르는 것이 그리 힘든 일만은 아니라고 하는 이들의 말에도 지극히 일리가 있는 게 아니겠는가? 그들의 성서가 강요하는 것은 가장 덕성 높은 자가 아니라 바로 가장 강한 자에게 복종하라는 것이니만큼 이를 따르지 않는다는 것은 이들에게 결코 있을 수 없는 일이니 말일세.

또 이들 말에 따르면 왕위 쟁탈전에서 승리를 거두었던 영국의 한 국왕이 자신과 왕위를 놓고 싸운 그 왕자를 체포한 후 그에게 그가 저지른 불충과 배신행위에 대해 질책하려 했던 일이 있었다는군.[219] 그러자 그 불운의 왕자가 이런 말을 했다

---

217 영국 하원이 1649년 1월 1일 당시의 국왕이었던 찰스 1세를 향해 "국왕은 그 백성들을 상대로 대역죄의 장본인이 될 수 있다"라고 선언했던 일화를 빗대고 있다.

218 신약성경의 「로마서」 제13장 1절의 내용을 이야기하고 있다. "누구나 자신을 지배하고 있는 권위에 복종해야 한다. 하느님께서 주시지 않은 권위는 하나도 없으며, 세상의 모든 권위는 다 하느님께서 세워주신 것이기 때문이다."

219 승리자는 에드워드 4세(1442~1483)를 말하며 패배자는 헨리 6세(1421~1471)의 아들, 에드워드를 지칭한다.

하네.

"우리 둘 중 진정한 반역자가 누구인지 결정하는 것은 그저 한순간의 일에 지나지 않을 뿐이오."

자고로 왕위 찬탈자는 자신처럼 그렇게 민족을 억압한 적이 결코 없는 그런 사람들을 두고 모두 반역자라 선포하는 법이지. 그러고는 심판자가 없는 그곳에 법 또한 존재하지 않는다고 믿으며 그 우연과 운명의 장난을 마치 하늘의 뜻인 양 그렇게 숭배하게끔 만들기 마련이라네.

1717년 6월 20일, 파리에서

편지 105
레디가 우스벡에게
(수신지 : 파리)

언젠가 서양의 발전된 과학과 기술에 대해 많은 이야기를 담은 편지를 보내주셨었지요. 아저씨께서는 아마 저를 미개인처럼 바라보실지도 모르겠습니다. 그런데 저는 이런 서양의 과학과 기술이 가져오는 유익함이 매일같이 발생하는 그것의 오용으로 인한 인간들의 피해를 과연 보상해줄 수 있는지 잘 모르겠습니다.

들자 하니 폭탄의 발명 하나가 온 유럽인들에게서 자유를 빼앗아버렸다지요. 폭탄 하나가 떨어지기 무섭게 적군에게 항복해버리고 말 그런 부르주아[220]들에게 더 이상 자국의 요새 방어를 맡겨놓을 수 없었던 유럽의 국왕들이 이를 계기로 대규모의 규율 있는 군대를 거느리기 시작했으며 결국엔 그 군단을 통해 백성들을 억압하기에 이르렀다 합니다.

그뿐입니까? 아저씨께서도 잘 알고 계시다시피 화약이 발명된 이후로 탈취하지 못할 요새는 그 어디에도 없게 되었습니다. 이 지구상에서 더는 불의와 폭력으로부터 안전한 곳은 없게 되었다는 뜻이지요.

이러다 결국에는 이 인류를 멸망시키게 되고 백성들, 더 나아가 세상의 모든 민족을 모조리 파멸로 이끌고 말 그 지름길의 열쇠를 발견해내는 것은 아닌지 저는 늘 불안에 떨고 있답니다.

아저씨께서는 많은 역사학자의 저서들을 읽으셨지요. 그것들을 주의 깊게 잘 한번 살펴보시지요. 대부분 군주제가 기술의 무지 속에서 형성되었으며 기술을 너무도 발전시킨 나머지 급기야 붕괴해버리고 말았습니다. 바로 우리의 고대 페르시아 제국이 그 좋은 예가 아니겠습니까?

제가 유럽에 체류한 지 그리 오래되지는 않았지만 그래도 양식 있는 사람들이 화학으로 인해 초래된 재앙에 관해 이야기하는 것을 들을 수 있었습니다. 전쟁이나 흑사병, 기근이 우리네 인간들을 대규모로 이따금씩 파멸시키고 있다면, 화학은 바로

---

220 부르주아는 원래 도시민으로서 권리를 지닌 도시 거주민을 지칭하는 말이었다. 마르크스주의 이후 현대에는 자본가 계급, 즉 사회, 경제, 정치계 입지를 가진 흔히 '상류사회'를 구성하는 인간을 지칭하는 말로 쓰이고 있다.

우리 인간들을 소규모로 끊임없이 해치고 또 파괴해가고 있는 제4의 재앙인 듯합니다.

나침반을 발명해 그토록 수많은 민족을 발견해낸 것이 도대체 우리에게 무슨 도움이 되었습니까? 그들의 풍부한 자원보다는 그들이 지니고 있던 질병들만 우리에게 가져다주지 않았던지요? 금과 은은 희소한 금속일뿐더러 달리 사용될 곳이 없기에 모든 상품의 값을 대신해주고 그 가치를 보증해주는 것으로 일반적인 관습에 따라 정착된 것입니다. 그런데 이런 금속을 좀더 보편화하는 것이 우리 인간들에게 뭐 그리 중요한 일이었더란 말입니까? 상품의 가치를 표시하기 위한 상징물이 하나가 아닌 두세 가지가 되는 것이 우리에게 뭐 그리 중요했더란 말인지요? 오히려 더욱 번거로움만 초래했을 뿐이지요.

하나 이와 달리 이렇게 발견되어 세상에 드러나게 된 그 민족들에게 이 나침반의 발명은 매우 유해한 것이었습니다. 그 민족들 전체가 파멸되었고, 기껏 살아남은 자들은 우리 이슬람교도들을 치 떨게 할 정도로 혹독하기 그지없는 그런 노예 신분으로 전락해버리고 말았지요.

우리 마호메트 후손들의 무지함이야말로 이 얼마나 행운이더란 말인가요. 아! 성스러우신 우리의 대예언자께서 그리도 소중히 여기시던 사랑스러운 소박함이여! 그대는 언제나 제게 아주 먼 그 옛날의 순수함과 우리 초대 선조들의 마음속에 만연해 있었던 그 평온함을 상기시켜주는구려!

1717년 11월 5일, 베니스에서

334

편지 106

우스벡이 레디에게

(수신지 : 베니스)

　너는 지금 별생각 없이 이야기하고 있든가 아니면 생각은 잘
못하고 있을지언정 처신만은 무척 잘하고 있구나. 지식을 쌓고
자 조국을 떠났거늘 너는 지금 모든 지식을 무시하고 있구나.
기술을 익히고자 미술[221]의 발전에 힘쓰고 있는 나라로 떠났건
만 너는 정작 그 기술을 아주 위험한 것으로 바라보고 있구나.
레디! 솔직히 말하면 너보다도 내가 더 네 생각에 동의한단다.
　기술을 잃는 경우 우리가 처할 수도 있는 그 미개하고도 불
행한 상황에 대해 한번 생각해보았느냐? 애써 상상해볼 필요
까지도 없단다. 우리 눈으로 직접 볼 수 있으니 말이다. 이 지
구상에는 아직도 웬만큼 교육이 된 원숭이가 사람들의 존중을
받으며 그들과 함께 잘 어울려 살아가는 듯한 그런 민족들이
있단다. 이 원숭이는 분명 다른 거주민들과 거의 비슷한 수준
의 지능을 가지고 있을 것이다. 그에게서 독특한 사고방식이나
이상한 성격 같은 것도 아마 찾아볼 수 없을 터다. 남들과 전
혀 구별될 것이 없겠지만 어쩌면 오히려 그 친절함 때문에 남
들과 구별될 수 있을지도 모르겠구나.
　제국의 창시자들 대부분이 기술에 무관심하였다 했느냐? 그

---

221 프랑스에서 미술은 그 용어(미술을 뜻하는 'beaux-arts'에서 'beaux'는 미美, 아
름다움을 뜻하며 'arts'는 기술을 뜻한다)에서도 알 수 있듯이 기술의 일종으로 인
식되고 있다.

미개한 민족들이 마치 격류처럼 이 세상 전역에 퍼져 자신들의 그 사나운 군대로 가장 문명화된 왕국들을 덮쳐버릴 수 있었던 사실은 내 부정하지 않으마. 하나 유의해야 할 점이 있단다. 그 미개인들은 자신들이 직접 기술을 익히거나 또는 피정복민들로 하여금 기술을 사용하게끔 했단다. 그렇지 않았다면 그들의 권력은 분명 천둥이나 폭풍우 소리처럼 갑자기 찾아왔다가 재빨리 사라져버리는 한낱 일시적인 것에 지나지 않았을 것이다.

현재 이용되는 기존의 파괴 수단보다 더 잔인한 수단들이 발명되지나 않을까 두렵다 하였느냐? 물론 아니란다. 만일 그렇게까지 치명적인 발명이 이루어진다면 이는 국제법에 따라 곧바로 금지되어버리고 말 것이며, 전 세계 국가들의 만장일치로 그 발명은 이 세상에서 완전히 매장되어버리고 말 것이다. 게다가 이 같은 수단을 빌려 정복해봤자 국왕들에게도 전혀 이로울 것이 없단다. 그들이 찾아야 하는 것은 땅덩이가 아니라 바로 백성들이기 때문이란다.

화약과 폭탄의 발명을 불평하였더냐? 더는 탈취하지 못할 요새가 없다는 사실을 끔찍하게 여기고 있으렷다. 그렇다면 전쟁이 예전보다 오늘날 훨씬 더 빨리 종료되고 있다는 사실 또한 끔찍하게 여기고 있겠구나.

화약이 발명된 이래로 혼전이 거의 없어져 전투가 예전보다 훨씬 덜 피로 물들게 되었다는 사실을 너도 역사서를 통해 잘 알고 있을 것이다.

어떤 기술이 몇몇 특정한 경우에 유해하게 작용될 수도 있다 하여 그 기술을 포기해버려야만 하겠느냐? 레디! 너는 성스러우신 우리의 예언자께서 신으로부터 받아오신 이 종교가 언젠가는 그 불충한 그리스도교도들을 꼼짝 못 하게 만들어버리는 데 사용될 테니 이 또한 해로운 종교라 생각하는 것이더냐?

너는 기술이 백성들을 해이해지게 만들며 이것이 바로 제국의 몰락을 가져오는 원인이라고 생각하고 있구나. 하여 백성들의 나태함으로 인해 결국 파멸에 이르고야 말았던 고대 페르시아 제국에 관해 이야기한 것이 아니더냐? 하나 이것이야말로 참으로 당치 않은 예로구나. 우리 페르시아인들을 그토록 수없이 정복하고 지배해왔던 그리스인들은 페르시아인들보다도 훨씬 더 정성껏 기술 개발에 힘써왔단다.

기술이 우리 인간들을 더욱 여성화한다는[222] 말은 적어도 열심히 그 기술을 사용하는 사람들에게는 해당 사항이 없는 말이란다. 왜냐하면 이들은 모든 악덕 가운데서도 인간의 용기를 가장 잘 꺾어놓는 악덕인 바로 무위에 빠져 있는 경우가 결코 없기 때문이란다.

그러니 이는 결국 기술의 혜택을 누리고 있는 자들에게만 해당하는 말이 아니겠느냐? 하나 문명화된 나라에서 기술의 편리함을 누리는 이런 사람들 또한 그 수치스러운 가난으로 전락해버리는 처지가 되지 않기 위해서라도 또 다른 기술 개발에 열중하지 않을 수 없기 마련이란다. 고로 무위나 나태함은 절대로 기술과 양립할 수가 없단다.

---

222 당시 프랑스인들이 지니고 있었던 여성에 대한 일반적인 이미지는 부드럽고 연약하며 관능적이고 한가로운 삶을 살아가는 사람들이었으며, 노동이나 전쟁, 힘, 용기, 용맹스러움 등과는 거리가 멀었다.

아마 파리는 세상에서 가장 관능적인 도시이자 향락에 지나칠 정도로 신경 쓰는 도시일 것이다. 또한 한편으로 가장 살아가기 힘든 도시이기도 하지. 사실인즉 이곳에서 한 사람이 즐거운 삶을 누리기 위해서는 다른 백 명의 사람들이 쉬지 않고 일을 해야만 한단다. 한 여인이 어떠어떠한 장식을 하고 어느 모임에 참석하기로 결정하는 바로 그 순간부터 오십 명의 장인들은 더 이상 잠을 잘 수도, 먹거나 마실 겨를도 없어진단다. 그녀는 명령을 내리고, 그 명령은 우리 군주의 명령보다도 더욱 신속히 받들어지지. 그 이유인즉 세상에서 가장 위엄 있는 군주는 바로 이익이기 때문이란다.

노동에 대한 이 같은 열의, 부를 향한 이 같은 열정은 장인에서 대귀족에 이르기까지 신분을 막론하고 누구에게서나 찾아볼 수 있단다. 바로 얼마 전까지 자신보다 더 가난한 상태에 있던 그 사람보다 더 가난해지고 싶어 하는 사람은 아무도 없는 법이지. 심지어 파리에서는 마지막 심판의 그날까지 먹고살 것이 충분히 있으면서도 소위 먹고살 것을 마련한답시고 쉬지 않고 일을 하느라 스스로 수명을 단축시키는 위험까지 무릅쓰는 그런 사람도 볼 수 있단다.

이 같은 정서가 민족 전체에 만연해 있으니 이들에게서는 오직 일과 근면함밖에는 찾아볼 수가 없거늘 네가 그토록 이야기하는 그 여성화되었다는 백성들은 대체 어디에 있다는 것이냐?

레디! 만일 토지 경작에 꼭 필요한 기술만을 허용하고—이런 기술이 아주 많기는 하다만—쾌락이나 일시적 욕망을 충족시키는 데 필요한 기술은 모두 없애버린 왕국이 있다고 가정해 보자. 내 주장하건대 이 나라야말로 세상에서 가장 불행한 나라 중 하나일 것이다.

주민들이 더는 자신들의 생활에 필요한 그 수많은 것들 없이도 살아갈 수 있는 충분한 용기를 지니게 되는 날, 이 백성들은 하루하루 쇠약해져 갈 것이며 결국 그 나라는 너무도 나약해진 나머지 아주 미약한 힘에도 제압당하게 될 것이다.

좀더 세부적으로 깊게 파고 들어가면, 이들 개개인의 수입은 거의 절대적으로 끊기고 말 것이며 그렇게 되면 그 국왕의 수입 또한 결국 끊기고 말리라는 것을 내 아주 간단히 보여주마. 시민들 사이에 더는 자원 교환의 관계가 필요치 않게 될 것이다. 고로 부의 순환은 멈춰버리고, 여러 기술 간의 상호 의존 관계에서 창출되는 수익의 증가 또한 멈춰버리고 말 것이다. 시민들은 각자 자신의 땅을 일구며 살아가고 더도 덜도 말고 자신이 굶어 죽지 않을 만큼만 정확히 거둬들이려 하겠지. 한데 때로 이것이 국가 수입의 20퍼센트에 지나지 않는다면 그 시민들의 수 또한 이에 비례해 감소해야만 할 터, 결국 20퍼센트의 백성만이 남게 된다는 말이 아니겠느냐?

산업이 창출해내는 수익이 과연 어디까지 이를 수 있는지 주의 깊게 한번 살펴보도록 하여라. 현금 자산은 그 소유주에게 매년 그 가치의 20퍼센트밖에 수익을 창출해주지 못하는 법이란다. 하지만 한 화가가 1피스톨 치의 물감을 구입하여 그린 그림은 그에게 50피스톨의 가치를 안겨주는 법이지. 이는 금은 세공사를 비롯하여 모직이나 비단 기능공 등 모든 유의 장인들도 매한가지라 할 수 있단다.

레디! 이 모든 점으로 미루어볼 때, 결국 한 국왕이 강력한 힘을 지니기 위해서는 반드시 그 백성들이 안락한 삶을 누려야 하며, 아울러 국왕 자신은 백성들의 생활필수품에 갖는 관심만큼이나 온갖 유의 불필요한 것들에도 큰 관심을 두고 이를 제공하기 위해 노력해야 한다는 결론을 얻게 된단다.

1717년 12월 14일, 파리에서

편지 107
리카가 이벤에게
(수신지 : 스미르나)

어린 국왕[223]을 보았네. 백성들은 그의 목숨을 매우 소중히 여기고 있다네. 그의 목숨을 소중히 여기기는 온 유럽도 매한가지인데 이는 바로 그의 죽음이 불러올 커다란 동요 때문이라네.[224] 그래도 군주란 자고로 신과 같은 존재인 법, 그가 살아 있는 한은 불멸의 존재로 믿어 의심치 말아야 하지 않겠나?

---

223 루이 14세의 증손, 루이 15세를 일컫는다.

224 허약한 체질의 루이 15세를 두고 당시 사람들은 섭정이 그의 자리를 노려 어린 국왕을 독살하려 한다고 비난하곤 했다. 게다가 스페인 국왕 필립 5세는 공식적으로는 프랑스의 왕권을 포기한다고 주장했지만 실은 프랑스 왕위에 대한 야심을 버리지 않고 이를 위한 만반의 준비가 되어 있었다.

그의 표정은 위엄이 있으면서도 유쾌해 보였네. 훌륭한 교육이 그의 낙천적인 성격과 잘 어우러지는 것이 이미 장차 위대한 군주가 될 자질을 보여주는 듯하더군.

서양 국왕들의 성품은 정부情婦와 고해 신부라는 두 가지 커다란 시험을 거치기 전에는 결코 알 수 없다고들 하지. 이제 머지않아 이들 정부와 고해 신부가 서로 이 어린 국왕의 마음을 움켜쥐려 무척이나 애쓰는 모습을 보게 될 것이네. 이 때문에 커다란 싸움도 일어날 걸세. 정부와 고해 신부라는 이 두 권력자는 나이 많은 국왕 밑에서는 서로 공존하며 협력하기 마련이지만 어린 국왕 밑에서는 언제나 적수가 되는 법이지. 어린 국왕 밑에서 데르비시는 감당하기 매우 힘든 역할을 떠맡는 법이라네. 국왕의 강력한 권력이 자신의 힘을 약하게 만들기 때문이지. 반면 정부는 국왕의 권력이 강하든 나약하든 언제나 그 앞에서 대승을 거두기 마련이라네.

내가 프랑스에 도착했을 때 당시의 국왕은 여자들에게 완전히 휘둘리고 있는 듯해 보였었네. 당시 그의 나이[225]로 미뤄봐서는 이 세상에서 여자가 가장 덜 필요했었을 군주였다고 생각되는데 말이네. 하루는 한 여인이 그에게 이런 말을 하는 것을 들었네.

"저 젊은 대령을 위해 뭔가 좀 해주어야 해요. 그 사람의 가치는 제가 잘 알고 있어요. 제가 대신에게 한번 이야기해봐야

---

225 화자(리카)가 프랑스에 도착한 것은 1712년 5월이다. 당시 루이 14세의 나이는 73세였다.

겠어요."

또 어떤 여자는 이런 말을 하더군.

"저 젊은 신부가 그동안 잊혀 있었다니 참으로 놀라운 일이에요. 주교가 되어 마땅한 사람인데 말이에요. 명문 귀족 출신인 데다가 그의 도덕성은 가히 제가 장담할 수 있다고요."

그렇다고 이런 대화를 나누는 여인들이 국왕의 총애를 받는 여인들이라는 생각은 절대 말게나. 아마 살아생전 두 번 이상 국왕에게 말을 건네보지도 못한 여인들일 걸세. 물론 유럽의 국왕들에게 말을 건네기란 아주 쉬운 일이지만 말일세. 여하튼 궁전이든 파리든 아니면 지방이든 한 관직을 꿰차고 있는 사람 치고 자신이 받은 갖가지 특혜들, 때로는 자신이 저지른 부당 행위들까지도 그 뒤에 여인의 손이 작용하지 않은 자는 아무도 없다네. 이런 여인들은 서로가 긴밀히 연결되어 있어 일종의 공화국을 형성하고 있는데, 늘 적극적인 이 공화국의 구성원들끼리 서로서로 도와가며 서로서로 이용하는 것이 마치 한 나라 안에 또 하나의 나라가 있는 것과도 같다네. 궁전에서든 파리에서든 혹은 지방에서든 누구든지 그곳에서 활동하는 대신들이나 법관들 그리고 고위 성직자들을 보면서도 이들을 조종하는 배후 여인은 모르는 자가 있다면 그는 곧 돌아가는 기계는 잘도 보면서 정녕 그것을 움직이는 원동력, 용수철에 대해서는 전혀 모르는 자와 다를 바가 없다네.

이벤! 자네는 여인들이 대신의 정부情婦가 될 생각을 하는 것이 단지 그와 잠자리를 함께하기 위해서라 생각하는가? 당치도 않은 소리! 그건 바로 매일 아침 그에게 대여섯 개의 청원서를 올리기 위해서라네. 자신들에게 매년 10만 리브르의 연금을 가져다주는 그 수많은 불쌍한 이들을 위해 그토록 열의를 다해 선행을 베푸는 것을 보면 이 여인들이야말로 천성적으로 착한 성품을 지닌 사람들인가 보네그려.

우리 페르시아에서는 왕국이 두세 여인들에 의해 좌지우지되고 있다고 불평들 하지. 그런데 이곳 프랑스의 상황은 이보다 훨씬 더 나쁘다네. 여인들이 이 왕국을 총체적으로 다스리고 있는데 그녀들이 모든 권력을 통째로 틀어쥐고 있을 뿐만 아니라 그것을 세부적으로까지도 나누어 쥐고 있지 않겠나?

1717년 12월의 마지막 날, 파리에서

편지 108
우스벡이 ***에게

우리 페르시아에는 전혀 알려지지 않은 것이지만 이곳에서는 매우 유행하는 듯해 보이는 일종의 책 같은 것이 있다네. 바로 '신문'[226]이라는 것인데 게으른 자들은 이것을 읽으면서 아주 만족스러워한다네. 하기야 30권 분량의 책을 단 15분 만에 훑어볼 수 있으니 그럴 만도 하지 않겠나?

대부분의 책들에서는 그 저자들이 의례적이고 평범한 표현

---

226 당시 주간 또는 격주간으로 출간되던 12절판 문예 정기 간행물을 일컫는다.

들을 사용하지 않기 때문에 독자들이 그 속에서 궁지에 몰리기 마련이라네. 저자들은 독자들이 반쯤 지쳐 죽을 때쯤에서야 비로소 이들을 그 언어의 바다 한가운데에 잠겨 있는 이야기의 본론으로 들여보내곤 한다네. 한 저자가 자신의 이름을 길이 남기기 위해 12절판지에 작품을 실으면, 또 한 저자는 4절판지에, 좀더 뛰어난 기질이 있는 또 다른 저자는 2절판지에 싣고 있지. 그러다 보니 저자들은 결국 그 용지의 크기에 비례해 가차 없이 이야기를 늘려나갈 수밖에 없다네. 자신들이 그토록 힘들게 부풀려놓은 것을 다시금 축소시켜나가느라 죽도록 고생하는 그 불쌍한 독자들의 노고는 조금도 아랑곳하지 않은 채 말일세.

난 도대체 이런 작품들을 써대는 것이 뭐 그리 대단한 일이라는 건지 정말 모르겠네. 내 만일 나의 건강을 해치고 싶었다거나 혹은 서점 하나를 망하게 하고 싶었다면 이런 작품들쯤이야 벌써 잔뜩 쓰고도 남았을 것이네.

신문 기자들에게 커다란 잘못이 하나 있다면 그것은 바로 언제나 신간만을 소개한다는 것이네. 마치 진리란 언제나 새로운 것이라는 양 말일세. 내 보기에 기존 서적들을 모두 다 읽기 전에는 굳이 신간을 선호할 이유가 전혀 없을 것 같은데 말일세.

기자들이 이제 막 인쇄되어 나온 따끈따끈한 작품만을 소개하기로 스스로에게 의무 지우는 것은 곧 스스로 또 다른 의무 하나를 더 지는 것과 다름없으니, 바로 매우 시시하고 지루한 사람이 되어야 한다는 의무라네. 사실인즉 그 이유가 무엇이 되었든 간에 이들은 자신이 인용해 소개하는 책들에 대해서는 절대 비평을 해대는 법이 없다네. 하기야 이 세상 그 누가 매달 열 명 내지 열두 명의 적들을 만들고 싶어 할 정도로 대담할 수가 있겠는가?

　대부분 저자들은 시인을 꼭 빼닮았다네. 빗발치는 몽둥이질도 불평 한마디 없이 감내해낼 사람들이 얻어맞은 그 어깨에는 별로 그리 집착하지도 않으면서 자신의 작품에 있어서만큼은 얼마나 유별나게 집착하는지 아주 작은 비평 한마디도 결코 그냥 넘기는 법이 없다네. 그러다 보니 이들에게 그토록 민감한 이 부분을 공격하지 않도록 조심해야 하는데 기자들은 이런 사실을 아주 잘 알고 있지 않겠나? 그래서 이와 정반대로 행동하는 것이라네. 우선은 작품 속에서 다루어지는 주제를 칭찬해주는 것으로 시작한다네. 첫번째 속 보이는 칭송이지. 그다음에는 작가를 치켜세우는 말로 넘어간다네. 마지못해 억지로 하는 칭송이라네. 이것은 이들이 상대하는 자들이 다름 아닌 언제든지 자신이 옳다는 인정을 받아낼 준비가 되어 있고, 경솔하게 행동한 기자들을 언제든지 자신의 펜촉 하나로 크게 호통쳐줄 만반의 준비가 되어 있는 그런 아직 한창 활동 중인 작가들이기 때문이라네.

1718년 1월 5일, 파리에서

편지 109
리카가 ***에게

파리대학교는 프랑스 국왕들의 맏딸이라네. 그것도 나이가 아주 많이 든 딸이지. 9백 살[227]도 더 먹었으니 말일세. 그래서 가끔은 망상에 빠지기도 한다네.

아주 터무니없는 이야기를 하나 들었는데, 얼마 전에 이 대학이 알파벳 'Q'의 발음 문제를 두고 몇몇 석학들과 커다란 분쟁[228]을 벌였다지 뭔가? 이 대학은 'Q'자가 'K'자처럼 발음되기를 원했었다지. 분쟁이 얼마나 격렬했던지 이 때문에 재산을 몰수당한 이들도 있었다 하네. 결국 고등법원이 나서서 그 분쟁을 마무리 지어야만 했었으니, 이에 법원은 공식 판결을 통해 모든 프랑스 백성들에게 각자 마음 내키는 대로 발음하라 했다는군. 유럽의 가장 존경받을 만한 두 기관이 알파벳 글자 하나의 운명을 결정짓는 일에 매달린 모습이 그야말로 가관이었다 하네.

내 보기에 가장 훌륭하다는 인물들은 서로 함께 모이면 그 사고가 편협해지는 것 같고, 현인들이 많이 모인 곳일수록 그

---

227 몽테스키외는 파리대학교의 기원을 실제보다 최소 330년 이상 더 오래된 것으로 보고 있다. 파리대학교는 1150년경에 최초로 설립되었으며, 1200년 필립 2세에 의해 그리고 1215년 교황 인노첸시오 3세Innocenz Ⅲ에 의해 공인된 것으로 알려져 있다.

228 라뮈스 논쟁을 일컫는다. 파리대학교는 'Q'의 발음을 [k]로 규정하고 있었으나 '콜레주 루아얄'(훗날의 '콜레주 드 프랑스Collège de Franc')의 교수였던 피에르 라뮈스(1515~1572)는 [k]가 아닌 [kw]로 발음할 것을 주장했다.

슬기로움이 덜한 것 같네. 큰 기관들은 언제나 별것 아닌 사소한 일들, 쓸데없는 기존 관례에 너무도 집착하는 나머지 정작 중요한 일은 언제나 그 뒷전으로 밀어두기 마련이라네. 듣자 하니 아라곤 왕국의 국왕[229]이 아라곤과 카탈루냐[230] 정부의 회동을 소집한 적이 있었는데, 그때 이들의 첫번째 회의는 다름 아닌 어떤 언어로 회의를 진행할 것인지를 결정하다가 그렇게 그냥 끝나버렸다는군. 논쟁은 매우 격렬했으니 만일 카탈로니아어로 질문하고 아라곤어로 답변한다는 그런 미봉책을 생각해내지 못했더라면 아마 이 두 정부의 회의는 수천 번도 더 파국에 치닫고 말았을 것이네.

1718년 2월 25일, 파리에서

편지 110
리카가 ✳✳✳에게

아름다운 여인은 우리가 생각하는 것보다 훨씬 더 막중한 역

---

229 아라곤 왕국은 11~15세기에 존재했던 왕국으로 현 스페인의 동북부 지역에 있었다. 내용상 아라곤 왕이 지배하는 국가들의 동군연합으로 이루어진 '아라곤 연합왕국'을 의미한다. 여기서 말하는 왕은 페르디낭 다라공(Ferdinand d'Aragon, 1452~1516)을 지칭한다.

230 현 스페인의 동북부 지방에 있었던 중세 왕국으로 아라곤 왕의 지배를 받았던 '아라곤 연합왕국'에 속해 있었다.

할을 지니고 있다네. 매일 아침 하인들에 둘러싸여 단장하는 일보다 그녀들에게 더 진지한 일은 없으며, 자신의 얼굴에 붙인 검은 애교점[231]이 한몫할 수 있기를 바라며, 아니 예상하며 혹시라도 깜박하지나 않을까 주의를 기울이는데, 이는 한 부대의 장군이 우익군이나 예비병력을 배치하는 일에 기울이는 주의보다도 더하다네.

두 적수 사이를 오가며 끊임없이 그들의 관심을 조정하고, 양쪽에 중립인 양 보이며 이러한 자신의 행동이 초래할 이 두 남자의 불평거리들을 모두 다 중재해주려면 그 정신적 고통이야말로 말할 필요도 없을 것이요, 참으로 대단한 주의력이 필요치 않겠는가?

즐거운 파티 모임이 끊임없이 그리고 새로이 계속 이어지게끔 하고 그 걸림돌이 될 수도 있는 온갖 돌발 사고들에 미리미리 대비하려면 그야말로 얼마나 분주히 움직여야만 하겠는가?

그러면서도 정작 그녀들의 가장 큰 고통은 이런 향락을 즐기는 데 있는 것이 아니라 바로 그러는 척하는 데 있다네. 이 여인들을 원하는 만큼 한번 마음껏 지루하게 만들어보게나. 그래도 용서해줄 걸세. 자신들이 즐겁게 아주 잘 놀았다고 생각해주기만 한다면 말일세.

며칠 전에는 몇몇 여인들이 마련한 교외 만찬 모임에 갔었다네. 가는 길에 그녀들은 "어쨌든 우릴 아주 즐겁게 해주어야

---

231 얼굴에 작은 반점을 그려 넣는 것이 한때 프랑스 여인들 사이에서 유행이었다.

해요"라는 말을 쉬지 않고 해대더군.

그곳에 모인 사람들이 그다지 썩 잘 어울리는 성격들이 아니었던지라 모두들 다소 딱딱한 분위기 속에 있었지. 그런데 그중 한 여인이 이렇게 말하는 것이 아니었겠나?

"그래도 우리가 재미나게 잘 논다는 사실은 인정해줘야 한다니까요. 지금 파리에는 우리가 여는 파티 모임처럼 이렇게 흥겨운 모임이 없어요."

내가 슬슬 지루함에 못 견뎌 하자 한 여인이 날 흔들며 이야기하더군.

"어머! 별로 흥겹지 않으신가 봐요?"

그래서 내 하품하며 대답해주었지.

"아닙니다. 아주 흥겹군요. 너무도 우스워 죽을 지경입니다."

하지만 계속해서 이성을 압도해오는 그 씁쓸한 감정 앞에 나는 점점 더 하품만 해대며 혼수상태의 졸음 속으로 빠져들고 말았다네. 덕분에 재미라고는 조금도 느껴볼 수가 없었지.

1718년 3월 11일, 파리에서

편지 111
우스벡이 ***에게

선왕이 너무도 오랜 기간을 군림해왔던지라 그의 군림 말기에 와서는 그 초기 시절이 모두 다 잊혀버리고 말았었지. 하지만 지금은 오로지 그의 초년 시절 사건들에만 관심을 보이는 것이 유행이라네. 모두 더는 그 시절을 다룬 회상록[232]밖에는 읽지 않고 있다네.

다음은 파리 방위를 맡은 어느 장군[233] 하나가 군사회의에서 발표했던 연설문[234]이라네. 솔직히 난 무슨 소린지 통 알아들을 수가 없구먼그래.

여러분! 비록 우리 군이 패배하여 후퇴하기는 했으나 우리는 이 패배를 다시금 쉽사리 만회할 수 있으리라는 것을 이 사람은 믿어 의심치 않습니다. 제게는 발표될 만반의 준비가 끝나 있는 6절의 노래[235]가 있습니다. 이 노래가 모든 일에 그 균형을 되찾아줄 것이라 저는 확신합니다. 매우 또렷한 목소리를 지닌 자들을 몇몇 선별해두었으니 이들이 그 튼튼한 가슴에서부터 아주 힘차게 터져 나오는 또렷한 목소리로 온 국민을 완벽하게 감동시켜줄 것입니다. 게다가 이 노래의 가사는 지금까지 아주 탁월한 효과를 가져왔던 그런 곡조에 붙여

---

232 몽테스키외는 그 대표적 예로 1717년 낭시에서 출간되었던 레츠 추기경, 장 프랑수아 폴 드 공디(Jean-François Paul de Gondi)의 유작을 암시하고 있다.

233 레츠 추기경을 일컫는다.

234 '프롱드의 난(La Fronde)'을 배경으로 한 이 연설문은 물론 사실이 아닌 꾸며낸 이야기이다. 프롱드의 난은 파리 고등법원이 어린 루이 14세의 즉위 당시 정권을 잡고 있었던 모후 안 도트리슈Anne d'Autriche 왕후와 로마 가톨릭교회의 추기경이자 재상이었던 마자랭Mazarin의 절대왕정에 항거해 일어났던 내란이다.

235 '프롱드의 난' 때 나온 마자랭의 풍자시를 가리킨다.

졌답니다.

만일 이것으로도 충분치 않다면 교수형에 처해진 마자랭[236]의 모습을 판화로 찍어내도록 할 것입니다.

아주 다행스럽게도 마자랭은 프랑어를 잘 구사하지 못합니다. 너무도 부정확한 프랑스어 발음 때문에 그가 벌이는 일마다 도저히 틀어지지 않을 수가 없을 정도지요. 국민들이 그의 우스꽝스러운 억양에 주목할 수 있게끔 하는 것도 우리는 잊지 않고 있습니다.[237] 며칠 전에는 그의 커다란 문법적 오류를 지적해 그를 온 광장의 조롱거리로 만들기도 했었지요.

앞으로 일주일 안에 우리 국민이 마자랭의 이름으로 소나 말처럼 짐을 나르거나 수레를 끄는 데 이용되는 모든 짐승을 지칭하는 총칭어를 하나 만들어내기를 바라는 바입니다.

우리의 패배 이후로 그의 원죄[238]를 다루고 있는 우리 음악이 얼마나 그에게 모욕감을 안겨주었던지 그는 자신의 지지자들이 절반으로 줄어들까 두려워 본인이 부리고 있던 어린 종들을 모두 다 놓아주어야만 했답니다.

그러니 여러분! 기운들을 내십시오. 모두 용기를 되찾으십

---

236 350쪽 주 234 참조.

237 마자랭은 이탈리아 출신으로 프랑스어를 할 때 이탈리아식 억양이 있었다고 한다. 예를 들어 '동맹'이라는 뜻의 'Union(위니옹)'을 '양파'를 뜻하는 'Ognon(오뇽)'으로 발음하여 프랑스 국민의 비웃음을 사기도 했었다는 이야기가 있다.

238 마자랭 추기경은 동성애자라는 의혹을 받고 있었다고 한다.

시오. 저 마자랭이 우리의 호각 소리에 쫓겨 다시금 저 알프스의 산 너머로 달아나버릴 것을 굳게 믿으십시오.

1718년 10월 4일, 파리에서

편지 112
레디가 우스벡에게
(수신지 : 파리)

저는 이곳 유럽에 머무는 동안 고대 및 현대 역사가들의 다양한 작품들을 읽고 있습니다. 여러 시대를 서로 비교해보고 있지요. 각각의 시대들이 뭐랄까, 제 눈앞으로 지나가는 것을 보는 기쁨이 있답니다. 특히 각 시대를 그토록 서로 다르게 만들어놓았고, 또 이 세상을 그 본래의 모습과 전혀 다르게 바꾸어놓은 대변혁의 사건들에 더욱 집중해가며 읽고 있습니다.

매일같이 저를 놀라게 하는 것이 하나 있는데 아마 아저씨께서는 별로 그리 주의 깊게 생각해보시지 않은 문제일 듯합니다. 세계의 인구가 과거보다 어찌 이리도 적은 것이랍니까? 자연은 어떻게 태초의 그 놀라운 번식력을 잃어버릴 수가 있었던 것일까요? 자연이 벌써 노년기에라도 접어든 것일까요? 하여 머지않아 결국 그 쇠약증에라도 빠져버리고 말까요?

1년을 넘게 이곳 이탈리아에 체류하면서 저는 그 옛날 그토록 명성을 떨쳤던 고대 이탈리아 문명의 잔해들밖에는 보지 못했습니다. 백성들이 모두 다 도시에 살고 있다지만 도시들은 모두 사막처럼 텅 비어 있고 주민이라고는 거의 찾아볼 수가 없는 상태랍니다. 이 도시들은 단지 역사 속에서 그토록 명성을 떨친 그 위대했던 도시국가들이 바로 이곳에 있었음을 표하기 위해, 단지 이를 위해서만 여전히 잔존하고 있는 듯합니다.

고대 로마는 당시 현 유럽의 그 어떤 커다란 왕국보다도 더 많은 수의 거주민들이 살고 있었던 유일한 도시라고 주장하는 이들이 있습니다. 로마의 어떤 시민들은 1만 명, 심지어는 2만 명씩이나 되는 노예를 소유하고 있기도 했었다는군요. 그것도 자신들의 별장에서 부리던 노예들은 제외하고 말입니다. 당시 로마의 시민을 40~50만 정도로 추정하고 있으니 그곳의 총거주민 수는 가히 우리의 상상력을 초월하고도 남지 않겠습니까?

그 옛날 시칠리아섬[239]에는 강력한 왕국들과 수많은 주민이 있었습니다. 하지만 지금은 많은 수가 사라지고 이제 이곳에서 주목할 만한 것이라고는 화산밖에 남아 있지 않은 텅 빈 섬이 되어버리고 말았지요.

그리스는 거주민들이 너무도 감소한 나머지 그 인구수가 예전의 백 분의 1도 되지 않는답니다.

예전에 그토록 인구가 많았던 스페인은 현재 인적 없는 시골만 가득할 뿐이고, 프랑스는 카이사르[240]가 말했던 그 옛날 갈

---

239 이탈리아 남단의 섬이다.

240 고대 로마의 정치가이자 장군, 작가였던 율리우스 카이사르(Gaius Julius

리아[241] 시대에 비하면 지금의 인구수는 그야말로 보잘것없답니다.

북유럽 국가들은 나라가 완전히 텅 비어 있답니다. 주민들이 예전처럼 모든 것을 공유하며 살아가야만 한다든지, 새로운 주거지를 찾아 마치 벌 떼처럼 집단으로 또는 아예 민족 전체가 나라 밖으로 떠나야만 한다는 것은 더 이상 꿈같은 소리일 뿐이지요.

폴란드와 유럽의 튀르키예는 그 인구가 거의 바닥이랍니다.

오늘날 아메리카 대륙에서는 그 옛날 그토록 거대한 제국을 형성했던 그곳 주민들 수의 절반도 찾아보기가 힘듭니다.

아시아라고 상황이 그다지 더 나은 것은 아닙니다. 과거 소아시아[242]에 그토록 많던 강력한 군주국들과 그토록 많던 대도시들이 이제 두세 개밖에는 남아 있지 않습니다. 대아시아의 경우는 또 어떻습니까? 튀르키예 황제가 통치하는 국가들이라고 해서 인구가 특별히 더 많은 것도 아닙니다. 우리 페르시아의 군주들이 다스리는 국가들 역시 그 옛날 번영의 꽃을 피웠던 시대에 비하면 지금의 인구는 크세르크세스 대제[243]나 다리

Caesar, 기원전 100~기원전 44)를 말한다. 세자르Jules César라 불리기도 한다.

241 골Gaule이라고도 불리며 로마 제국이 멸망하기 이전까지 현재의 프랑스, 벨기에, 스위스 서부, 그리고 라인강 서쪽의 독일을 포함하는 지방을 가리키는 말이었다.

242 과거 유럽인들이 서남아시아의 한 지역이자 오늘날의 튀르키예 영토에 해당하는 아나톨리아반도를 가리키는 말이었다. 소아시아는 인류 역사상 수많은 문명의 터전이었으며, 소아시아에 있었던 중요한 나라들로는 아카드, 아시리아, 히타이트, 아르메니아, 로마, 셀주크 투르크, 오스만 투르크 등이 있다.

우스 대제[244] 시대에 존재했던 그 무수한 주민들 수의 극히 일부에 지나지 않는다는 것을 알 수 있습니다.

튀르키예나 페르시아 같은 대제국 주위의 작은 국가들은 사실상 텅 빈 상태랍니다. 바로 이메레티, 시르카시아, 구리아[245] 같은 나라들을 들 수 있지요. 이런 나라의 국왕들은 그 광활한 땅에서 기껏해야 5만 명도 채 되지 않는 백성들을 거느리고 있을 뿐입니다.

이집트 또한 다른 나라들과 별반 다를 바가 없답니다.

어쨌든 이 지구를 한 바퀴 다 돌아보아도 오직 황폐함밖에는 보이질 않습니다. 마치 흑사병과 기근의 참화 속에서 막 빠져나온 지구를 보는 것만 같지요.

아프리카 대륙은 아직도 워낙에 잘 알려진 것이 없는 지역인지라 그곳에 대해서는 다른 대륙들만큼 자세히는 이야기할 수 없습니다만 그래도 우리에게 잘 알려진 지중해 부근의 아프리카만 두고 이야기해보면 그곳의 주민 수가 카르타고[246]인들과

---

243 크세르크세스 1세(기원전 519?~기원전 465)로 불리기도 한다. 다리우스 1세의 아들이자 페르시아 제국 아케메네스 왕조의 제4대 황제로 기원전 485년부터 기원전 465년까지 페르시아를 통치했다.

244 다리우스 1세(기원전 550?~기원전 486?)로 불리기도 한다. 비슈타스파(히스타스페스)의 아들이자 크세르크세스 1세의 아버지로 아케메네스조 페르시아 제국의 세번째 황제이다. 그는 제국을 전성기에 올려놓았고 그리스의 일부와 이집트를 차지했다(215쪽 주 133 참조).

245 현 조지아의 주州로 조지아 서부에 있으며 당시에는 구리아Guria 공국이었다.

246 현재의 북아프리카 튀니지 일대에 있었던 페니키아인 계열의 고대 도시국가이다. 기원전 814년경에 세워진 후 한때 서지중해의 무역을 장악하며 크게

로마인들의 지배 아래 있을 때보다 대폭 줄었다는 것을 알 수 있습니다. 이 지역의 국왕들은 오늘날 너무도 나약해진 나머지 결국 세계에서 가장 힘없는 국왕들이 되고 말았지요.

인구수 측정에 관한 가장 정확한 계산법으로 계산해본 결과, 지금 이 지구상의 인구는 예전 인구의 겨우 10분의 1밖에 되지 않는다는 사실을 발견했습니다. 여기서 더욱 놀라운 것은 그 인구가 매일같이 계속해서 줄어들고 있다는 사실입니다. 만일 이 같은 상황이 계속될 경우 10세기 후면 이 지구는 그야말로 무인지경의 허허벌판이 되어버리고 말 것입니다.

우스벡 아저씨! 이것이야말로 이 지구 역사상 가장 끔찍한 최악의 재앙이 될 것입니다. 하지만 우리 인간은 이 같은 사실을 거의 알아차리지 못하고 있지요. 아주 기나긴 세월 속에서 아무도 모르게 아주 서서히 다가온 재앙이기 때문입니다. 이것이 바로 내부의 악, 꼭꼭 숨겨진 은밀한 독, 이 인류를 엄습해오는 쇠약증이라는 것이지요.

1718년 9월 10일, 베니스에서

번영하였으나 기원전 146년 제3차 포에니 전쟁에서 패하며 로마에 흡수되었다.

편지 113

우스벡이 레디에게

（수신지 : 베니스）

레디! 세상은 당연히 변하기 마련이란다. 하물며 저 우주 공간 또한 그러하지 않더냐? 물질계의 만유 운동으로 인한 지극히 자연스러운 결과인 저 우주 공간의 변화들을 직접 눈으로 목격하는 사람들이 바로 천문학자들이 아니겠느냐?

다른 모든 행성과 마찬가지로 지구도 운동 법칙의 지배를 받고 있단다. 하여 그 내부에서 일어나는 구성 요소 간의 끊임없는 충돌로 고통을 겪기 마련이란다. 바다와 육지는 마치 불멸의 전쟁을 치르고 있는 듯하며 그 전쟁 속에서 매 순간 새로운 화합물들이 만들어지고 있지.

이토록 변화무쌍한 곳에 사는 우리 인간들 또한 그만큼 불안정한 상태에 놓여 있는 것이란다. 헤아릴 수도 없을 만큼 수많은 원인이 작용하여 이 인류를 완전히 파멸시켜버릴 수도 있거늘, 하물며 그 수를 늘리거나 줄여놓는 것쯤이야 말할 필요도 없는 일이 아니겠느냐?

역사학자들이 이구동성으로 이야기하는 몇몇 옛 도시들이나 제국들을 송두리째 파멸로 이끌고 가버렸던 그런 특별 재앙들에 대해서는 내 굳이 한 번 더 이야기하지 않으마. 인류 전체를 파멸 직전까지 이르게 했었던 인류 보편적 재앙들도 아주 많이 있으니 말이다.

지구의 역사는 잇달아 발생해 온 세계를 유린해버린 흑사병이야기들로 가득하단다. 그중에서도 특히 식물의 뿌리까지 불태워버렸을 뿐만 아니라 우리에게 알려진 이 지구상의 모든 나라에, 심지어 키타이[247] 제국에까지도 퍼졌을 정도로 매우 지독했었던 그런 흑사병[248] 이야기가 있지. 아마 그때 그 정도가 한 단계만 더 심했었더라도 온 인류가 단 하루 만에 완전히 파멸되고 말았을 것이다.

세상에서 가장 수치스러운 질병[249]이 유럽, 아시아 그리고 아프리카에 퍼졌었던 것은 불과 2세기 전의 일이란다. 아주 짧은 시간에 그야말로 경이로운 결과를 가져왔던 병이지. 만일 그때 이 질병이 계속해서 그렇게 맹렬히 확산해갔었더라면 이 인류는 벌써 끝장이 나고 말았을 것이다. 세상에 태어남과 동시에 사람들은 벌써 질병에 시달리며 사회가 안겨준 그 짐의 무게를 이겨내지 못하고 끝내 비참하게 무너져버리고 말았을 테지.

그 독성이 조금만 더 강화되었었더라면 과연 어찌 되었겠느냐? 만일 우리가 운이 없어 그토록 강한 약[250]을 찾아내지 못했더라면 분명 그리되고야 말았을 테지. 그러면 모르긴 몰라도

---

247 중세 이후 유럽인들이 '서요'를 가리키던 말이다. 서요는 거란족에 의해 세워진 요나라가 멸망한 직후 요의 왕족이었던 야율대석이 서역(중앙아시아)에 세웠던 나라(1124~1218)이다.

248 유럽의 경우 14세기(프랑스의 경우 1348년)에 처음으로 창궐했던 대흑사병을 일컫는다.

249 매독을 일컫는다.

250 수은을 말한다.

생식기를 공격하는 이 질병이 인류의 후세를 공격하게 되지 않았겠느냐?

한데 굳이 우리 인류에게 일어날 뻔했었던 이런 파멸에 관해 이야기할 필요가 뭐 있겠느냐? 사실 파멸은 이미 일어나지 않았었더냐? 대홍수가 인류를 단 한 가족으로 줄여버렸었지.

신의 창조를 사물과 인간의 창조, 이렇게 둘로 구분하는 철학자들이 있단다. 이들은 물질계와 사물이 창조된 지 겨우 6천년밖에 되지 않았다는 사실과 신께서 지금껏 아주아주 오랜 시간 동안 당신의 작품 창조를 미루고 계시다가 겨우 어제서야 비로소 그 창조자로서의 힘을 사용하셨다는 사실을 전혀 이해하지 못하고 있단다. 그런데 신께서 그리하신 것이 과연 창조할 수가 없어서 그리하신 것이었겠느냐? 아니면 그리하길 원치 않으셨던 것이었겠느냐? 만일 신께서 지금껏 그리하실 수가 없었던 것이라면 어제도 마찬가지로 그리하실 수가 없었어야 하지 않겠느냐? 그렇다면 바로 그리하길 원치 않으셨단 말이 되겠지. 한데 신에게는 결코 그 후임이라는 것이 없으니 신께서 한 번 무언가를 원하셨다는 말은 곧 당신께서 이미 처음부터 죽 그것을 원하고 계셨었다는 뜻이 아니겠느냐?

그러니 이 천지의 나이는 세어 무엇하겠느냐? 바닷가의 모래알 수도 이에 비하면 한낱 한순간에 지나지 않을 뿐인 것을![251] 그럼에도 불구하고 역사가들은 하나같이 최초의 인류에

---

251 이 문장은 1758년 판에 본문에서 삭제되어 주석으로 표시되었으며, 그 이후 판들에서는 대부분 나타나지 않는다.

관해서들 이야기하고 있단다. 우리에게 인류의 탄생 당시를 보여주면서 말이다. 노아가 대홍수로부터 구제되었던 것처럼 아담 또한 인류 공통의 재난으로부터 구제되었던 것이며, 이 같은 대사건들은 천지 창조 이래 이 지구상에서 흔히 볼 수 있었던 일들이라고 생각하는 것이 지극히 당연하지 않겠느냐?

하지만 모든 파멸이 그렇게 다 격렬하게 일어나는 것만은 아니란다. 우리 인간의 생계를 부담해주느라 지쳐가는 땅들을 이 지구상 여기저기서 쉽게 찾아볼 수 있지 않느냐? 감지되지 않게 아주 서서히 찾아오는 무기력의 어떤 전반적인 원인들이 혹시 이 지구 전체에 내재해 있는 것은 아닌지 그것을 우리 인간이 과연 어찌 알 수 있겠느냐?

지난 17 내지 18세기에 걸쳐 일어난 지구의 인구 감소에 관해 이야기하는 네 편지에 좀더 상세히 답변해주기에 앞서 우선 나의 이런 일반적인 생각을 말해줄 수 있어 참으로 기쁘구나. 다음 편지에서는 이 같은 인구 감소라는 결과를 초래한 데에는 물리적 원인 외에도 여러 도덕적 원인이 있었다는 것을 보여주도록 하마.

1718년 10월 8일, 파리에서

편지 114
우스벡이 동일 인물에게

이 지구상의 인구가 어찌하여 예전보다 더 줄어들었는지 그 이유를 찾고 있었더냐? 주의 깊게 한번 잘 생각해보거라. 인구수의 그 커다란 변화는 바로 우리 인간들의 사회 도덕에 찾아왔던 변화에서 비롯되었다는 것을 알 수 있을 것이다.

그리스도교와 이슬람교라는 두 종교가 로마인들의 세상을 서로 나누어 가진 이후로 상황이 완전히 달라졌단다. 이 두 종교가 로마인들의 종교만큼 그렇게 종족 번식에 있어서 유익했을 리 만무하지.

로마인들의 종교에서는 일부다처제가 금지되어 있었으니 바로 이 점에서 이들의 종교는 이슬람교보다 우위를 차지하고 있었단다. 또한 이혼이 허용되었으니 이 또한 이들의 종교가 그리스도교에 대해 일부다처제의 금지 못지않은 우위를 지킬 수 있게 해주었단다.

『코란』에서 다처제를 허용하면서도 동시에 그 여성들을 모두 만족시켜주라 지시하는 것만큼이나 내 눈에 모순적으로 보이는 것도 없단다. 대예언자께서 말씀하시기를 "너희들의 부인들을 살피거라. 너희들은 그녀들에게 그 의복과도 같이 꼭 필요한 존재들이며, 그녀들 또한 너희들에게 너희들의 의복과도 같이 없어서는 아니 되는 꼭 필요한 존재들이기 때문이니라"[252]라고 하셨지. 이것이야말로 진정한 이슬람교도 남성의 인생을 고달프게 하는 계율이란다. 아닌 게 아니라 율법으로 정해진 네 명의 부인을 두었다거나 또는 그만큼의 첩이나 노예를 소유한 남성들이 그 많은 의복에 짓눌려 그야말로 숨 막혀 하지 않겠느냐?

대예언자께서는 또 이런 말씀도 하셨지. "너희들의 부인들은 바로 너희들의 경작지이니라. 그러니 그 경작지에 가까이 다가가도록 하라. 그리고 그곳에서 너희들의 영혼을 위해 선을 행하도록 하라. 그러면 언젠가는 그분을 영접하게 될 것이니라."[253]

나는 훌륭한 이슬람교도 남성을 쉬지 않고 싸우도록 운명 지어진 운동선수쯤으로 여긴단다. 단, 앞선 싸움들로 인해 순식간에 힘을 잃고 피곤에 지친 나머지 승리의 장에서조차 활기를 잃고 결국엔 자신이 이끈 그 승리에 이를테면 매몰되어버리고 마는 그런 선수 말이란다.

자연은 언제나 서서히, 다시 말해 아주 절약적으로 움직이는 법이란다. 결코 격렬하게 움직이는 법이 없지. 하물며 그 생산에서까지도 항상 절제를 원한단다. 이렇듯 자연은 언제나 질서 있고 절도 있게만 움직이기에 재촉할 경우 이 자연은 순식간에 무기력 상태에 빠져들고 만단다. 그리고 스스로 지탱하기 위해 남아 있는 모든 힘을 다 쏟아붓는 것이지. 그 생산력과 생식력까지도 완전히 다 상실해가면서 말이다.

우리네 남성들은 늘 이 같은 쇠약 상태에 빠져 있을지니, 우

---

252 『코란』 제2장 183절.

253 『코란』 제2장 223절.

리를 이 쇠약의 상태에 빠뜨리고 있는 것은 다름 아닌 우리가 거느리고 있는 그 수많은 여인들이란다. 많은 여인을 거느리는 것은 우리 남성들을 만족시켜주는 것이 아니라 오히려 지치게 한단다. 그토록 어마어마한 수의 여인들이 머무는 하렘에서 겨우 얼마 되지 않는 자식들을 거느리는 남성을 보는 것이 예삿일 아니더냐? 게다가 이 아이들 자체도 대개 허약하고 병약할 뿐더러 그 아비의 무기력 상태가 그대로 느껴지기 마련이지.

이것이 다가 아니란다. 금욕 생활이 강요된 하렘의 이 여인들은 자신들을 지켜줄 사람이 필요한데 이 일에 적합한 사람은 오로지 환관밖에 없지 않느냐? 우리의 종교가, 우리네 남성들의 질투가, 하물며 우리의 이성조차도 환관 이외의 누군가가 이 여인들에게 접근하는 것을 결코 용납하지 못하기 때문이지. 그러다 보니 이 여인들 사이의 끊임 없는 전쟁 속에서 하렘 내부의 평화를 지키기 위해서든 아니면 그녀들에게 다가올지도 모를 그 어떤 외부로부터의 유혹을 차단해내기 위해서든 아주 많은 환관이 필요할 수밖에 없는 것이란다. 그러니 결국 열 명의 부인이나 첩을 둔 남성이 그녀들을 지켜줄 열 명의 환관을 거느린다는 것은 결코 지나친 일이 아니란다. 하나 이 사회의 측면에서 볼 때 그토록 많은 남자가 태어남과 동시에 벌써 죽어버리고 말았다는 사실이야말로 이 얼마나 크나큰 손실이더란 말이냐? 이것이 결국에는 얼마나 큰 인구 감소를 초래하겠느냐 말이다.

이런 환관들과 더불어 하렘에서 그 많은 여인의 시중을 들고 있는 어린 여자 노예들은 슬프게도 대부분이 그곳에서 그렇게 평생을 숫처녀로 늙어간단다. 그곳에 머무는 동안은 결혼할 수도 없을뿐더러 이들에게 한번 익숙해진 그 여주인들이 이들을 놓아주는 일 또한 거의 찾아보기 힘들지.

바로 이렇게 남자 하나가 오로지 자신의 기쁨을 위해 그 많은 남녀 백성들을 차지하고 있으니 이로써 이들을 국가 측면에서는 마치 죽은 자와도 다름없이, 종족 번식에서는 완전히 무용지물로 만들어버리는 것이란다.

콘스탄티노플[254]과 이스파한은 세계 2대 제국의 수도가 아니더냐? 모든 것들이 그 결실을 맺는 곳이자 세계 각지로부터 수많은 사람이 다양한 이유에 이끌려 찾아드는 곳이지. 그런데도 지금 이 도시들은 스스로 무너져가고 있단다. 만일 그 군주들이 세기마다 이민족을 통째로 불러들여 그 인구를 다시 늘리지 않는다면 이 두 도시는 머지않아 곧 무너지고 말 것이다. 이 문제에 대해서는 차후 편지에서 아주 상세히 다뤄보도록 하마.

1718년 10월 13일, 파리에서

편지 115
우스벡이 동일 인물에게

로마인들은 우리 페르시아인들보다 더 많으면 많았지 결코

---

254 이스탄불의 옛 이름. 비잔틴 제국과 오스만 제국의 수도였다.

더 적은 노예를 거느리고 있지는 않았단다. 하지만 우리보다 훨씬 더 현명하게 이들을 활용했었지.

이들의 번식을 강제로 막기는커녕 오히려 온 힘을 다해 그것을 장려해주었으니, 일종의 결혼 같은 것을 통해 가능한 한 최대로 이들을 결합해주었단다. 이런 식으로 로마인들은 자신의 집을 다양한 연령대의 남녀로 가득 채웠으며 또한 그 나라를 셀 수 없이 많은 백성으로 붐비게끔 했단다.

주인에게는 결국 하나의 재산과도 다름없었던 그런 아이들이 그 주인 곁에서 수없이 태어났으니, 이 아이들의 먹거리와 교육에 대한 책임은 오로지 주인의 몫이었단다. 이러한 무거운 짐을 덜 수 있었던 그 아비들은 가족의 수가 너무 많아지는 것에 대한 부담 없이 오로지 자연의 본성만을 따르며 그 종족을 번식시켜갈 뿐이었단다.

내 이미 지난 편지에서도 말했다만 우리 페르시아에서는 노예들이 모두 하렘의 여인들을 보살피는 데만 이용될 뿐 다른 어떤 곳에도 쓰이지 않고 있으며, 결국 국가 측면에서 볼 때 이들은 영원한 마비 상태에 빠진 것과 다름없단다. 그 바람에 공업과 농업이 몇몇 자유 시민들, 몇몇 가장들에게로 국한되어야만 하는 실정이지. 그런데 사실 이들조차도 그 일에 최소한의 노력만을 기울여 임하는 것이 현실이란다.

하지만 로마인들은 이와 달랐단다. 로마 공화국은 자국의 노예들을 그야말로 더없이 유용하게 활용했었지. 그 노예들은 모두 주인이 정해주는 조건에 따라 각자 저축금을 지닐 수 있었으며, 그 돈으로 일할 수가 있었단다. 그리고 일을 함에 있어 자신이 소질 있는 분야를 향해 나아가곤 했단다. 어떤 자는 은행을 활용해 수익을 늘려갔고, 어떤 자는 해상 무역에 전념하기도 했지. 소매상을 하는 자가 있었는가 하면 수공업에 열중하는 자도 있었고, 또 토지를 임차하여 경작하는 자도 있었단다. 현재 노예 생활의 여유와 미래의 자유에 대한 희망을 동시에 안겨주는 이 저축금을 벌어들이기 위해 온 힘을 다하지 않는 자가 아무도 없었단다. 이것이 바로 로마의 백성들을 근면하게 만들어주었고, 아울러 그 나라의 공업과 산업에 활기를 불어넣어주었던 것이란다.

열심히 일하고 노력한 덕분에 부를 축적하게 된 노예들은 마침내 노예의 신분을 벗고 일반 시민이 될 수도 있었단다. 로마 공화국은 이런 식으로 끊임없이 스스로 회복시켜나갔으니, 이렇게 새로운 가족들을 받아들임으로써 소멸해가는 기존 가족들의 자리를 계속 메꾸어나갔던 것이란다.

아마도 다음 편지들에서는 한 나라의 인구가 많으면 많을수록 그 나라의 상업은 그만큼 더 꽃을 피운다는 것을 보여줄 기회가 있을 듯싶구나. 한 나라의 상업이 번창할수록 그 인구수 또한 증가한다는 것도 쉽게 증명해 보여주도록 하마. 이 두 요소는 서로가 필히 상부상조하며 서로에게 유리하게 작용하게끔 되어 있단다.

그렇다면 언제나 그렇게 근면하기만 했었던 이 엄청난 수의 노예들은 과연 얼마나 증가했고 또 얼마나 불어났다는 말이겠느냐? 산업과 풍요가 바로 그들의 번식을 가져왔으며, 그들 또한 바로 이런 산업의 발전과 풍요를 가져온 그 장본인이었단다.

1718년 10월 16일, 파리에서

편지 116
우스벡이 동일 인물에게

지금까지 이슬람교 국가들을 들어 이들의 인구가 그 옛날 로마인들의 지배하에 있었던 국가들보다 훨씬 부족한 이유가 무엇인지를 살펴보았으니 이제부터는 무엇이 과연 그리스도교 국가들에 이 같은 인구 감소의 결과를 가져온 것인지 알아보도록 하자꾸나.

그 옛날 다신교에서는 이혼이 허용되어 있었단다. 그러나 이후 기독교에 의해 금지되었지. 처음엔 별다른 결과를 초래하지 않는 듯해 보였던 이 변화는 우리가 감지하지 못하는 사이 서서히 믿기 힘들 정도로 아주 끔찍한 결과를 가져왔단다.

결혼의 달콤함을 완전히 빼앗아갔을 뿐만 아니라 그 목적까지도 훼손하지 않았겠느냐? 매듭을 다시금 조이려다가 도리어 풀어지게 하고 만 셈이지. 두 사람의 마음을 합쳐놓기 위함이라 말들 하지만 실은 오히려 그것을 영원히 갈라놓고야 만 것이란다.

두 사람의 자유로운 의사가 바탕이 되고 사랑하는 마음이 매우 큰 비중을 차지해야만 하는 '결혼'이라는 그 자유로운 행위에다 거북한 감정과 피할 수 없다는 의무감, 게다가 숙명이라는 생각까지 일게끔 했단다. 인간의 마음이야말로 인간의 본질 중 가장 불안정하고 가장 유동적이거늘, 권태며 일시적 사랑이며 무뚝뚝한 성격 등은 무시해버린 채 한 인간의 마음을 한곳에 고정해놓으려 한 것이지. 이미 서로에게 지칠 대로 지쳐 있고 서로 조화를 이루는 경우라고는 거의 없는 그런 두 사람을 그 어떤 희망도 남기지 않고 그렇게 서로 영원히 묶어놓은 것이란다. 살아 있는 인간을 시체와 묶어놓았다던 그런 폭군 같은 행동을 한 셈이지.

이혼에 대한 권리만큼 부부 쌍방이 서로에게 애착을 느끼게 한 것도 없었단다. 남편과 아내는 결혼 생활의 고통을 마음대로 끝낼 수 있는 것이 바로 그들 자신임을 잘 알고 있기에 이들 모두 그 고통을 끈기 있게 참아내려는 경향이 있었단다. 그리고 그 권리를 평생 손아귀에 쥐기만 한 채 사용하지는 않는 경우가 허다했지. 자신이 원하면 언제든지 자유로이 그것을 사용할 수 있다는 생각만 하면서 말이다.

하지만 그리스도교도들은 좀 다르단다. 현재의 결혼 생활로 인한 고통이 그들에게 미래에 대한 절망감을 안겨주지 않겠느냐? 이들은 불쾌한 결혼 생활 속에서 오로지 그 지속성, 다시 말해 그 영원성밖에는 보지 못하고 있단다. 바로 이것이 그들에게서 권태와 불화와 무관심을 불러오고 있으며, 이는 후세를 생각해볼 때 그만큼 손실이 아닐 수 없단다. 이들은 결혼 생활을 한 지 3년도 채 되지 않아 결혼의 본질은 완전히 등한시한 채 그 후 30년을 서로가 차디찬 무관심 속에서 보내게 된단다.

그러면서 내면에 분열이 생기는데, 이러한 내면의 분열은 그것이 외부에 공개적으로 이루어졌더라면 나타났었을 그것만큼이나 강하단다. 아니, 어쩌면 그보다 더 해로울지도 모르겠구나. 이렇듯 각자 자신의 진영에서 서로 떨어져 살아가고 있으니 이 모든 것이 바로 자손의 번식에 해가 되고 있단다. 이제 영원한 자신만의 아내에게 싫증이 난 그 남자는 머지않아 윤락 여성들에게 그 몸을 내맡기게 될 테지. 이것이야말로 결혼의 목적과는 거리가 먼 고작 쾌락만을 위한 수치스럽고도 극히 반사회적인 거래가 아니고 무엇이더냐?

이렇게 결혼으로 연결된 두 사람 중 하나가 만일 자신의 나이 때문이든 선천적 기질 때문이든 자연의 뜻을 이행하고 종을 번식시키는 데 적합하지 못하다면, 그 사람은 자신과 더불어 그 배우자까지도 이 사회에서 매장시켜가며 자신과 똑같은 사회적 무용지물로 만들어버린단다.

그러니 그토록 많은 그리스도교도의 결혼에도 불구하고 시민 수가 그토록 적다는 사실에 전혀 놀랄 이유가 없지. 이혼은 폐지되었고, 어울리지 않는 남녀 간의 잘못된 결혼도 이제 더 이상은 시정될 수가 없게 되었으며, 여인들은 더는 로마인들처럼 여러 남편의 손을 차례차례 거쳐가며 그 남편들로 하여금 가능한 한 최대한으로 자신들을 활용할 수 있게끔 해줄 수가 없게 되었단다.

내 감히 말하건대 아주 기이하고 교묘한 법률 때문에 백성들이 늘 곤란에 빠지곤 했었고, 그 규모에 있어 하나의 가족이나 다를 바 없었던 스파르타 공화국 같은 나라에 만일 남성들이 매년 부인을 바꿀 수 있다는 그런 법이 있었더라면 그 나라에는 아마 헤아릴 수 없을 정도로 많은 백성이 태어났을 것이다.

그리스도교도들이 이혼을 폐지한 이유를 제대로 잘 이해시키기란 꽤나 힘든 일이 아닐 수 없구나. 이 세상 어느 민족에게나 결혼이란 온갖 종류의 합의가 가능한 하나의 계약이란다. 따라서 그 많은 합의 중 오로지 결혼의 목적을 약화할 수 있는 합의만을 골라내어 제거했어야 하는 것이란다. 하지만 그리스도교도들은 결혼을 이런 관점에서 바라보지 않는단다. 게다가 결혼이 무엇인지에 대해서도 제대로 정의를 내리지 못하고 있지. 이들은 결혼의 의미를 육체적 쾌락에서 찾고 있지 않단다. 내 이미 말했듯이 오히려 가능한 한 최대로 결혼에서 이 육체적 쾌락의 의미를 제거해버리려는 것만 같단다. 하나 이 같은 인상, 이 같은 모습, 이 불가사의한 현상이 나로서는 도무지 이해가 되지 않을 뿐이란다.

1718년 10월 19일, 파리에서

편지 117
우스벡이 동일 인물에게

이혼 금지가 그리스도교 국가들의 인구 감소를 가져온 유일한 원인은 아니란다. 국민 속에 섞여 있는 그 엄청난 수의 환관들 또한 그들의 인구 감소에 결코 무시할 수 없는 요인이란다.

다름 아닌 영원한 금욕을 위해 헌신하는 남녀 사제들과 데르비시들 말이다. 그리스도교도들에게 금욕의 실천은 덕행 중의 덕행이란다. 그런데 나는 이 점에 관해 그들을 도저히 이해할 수가 없단다. 아무런 결과도 가져오지 못하는 그런 덕행이 과연 무슨 덕행이라는 것인지 도무지 알 수가 없구나.

내 보기에 그리스도교 율법학자들은 명백한 자가당착에 빠져 있는 것만 같단다. 결혼은 신성한 것이라고 말들 하면서 이런 결혼에 상반되는 독신 생활[255]은 더더욱 그러하다고들 말하고 있지 않느냐? 선행이 언제나 최선이라는 그런 기본 교리와 계율은 차치하고서라도 말이다.

독신 생활을 직업으로 삼는 사람들의 수는 그야말로 어마어마하단다. 예전에는 아비들이 그 자식들을 아주 어린 요람의 나이에 미리 그렇게 독신자의 길을 걷도록 만들어버리곤 했었는데 지금은 아이들이 열네 살[256]이 되기가 무섭게 스스로 이를 자청하고 나선단다. 결국 피차 마찬가지이기는 하지만 말이다.

이런 금욕의 직업은 흑사병이나 지금까지의 그 어떤 참혹했던 전쟁들보다도 더 많은 사람을 소멸시켜버리고 말았단다. 수도원마다 새로이 태어나는 생명이라고는 전혀 찾아볼 수 없고

---

255 성직자의 삶을 빗댄 말이다.

256 사실 '트리엔트 공의회(가톨릭교의 세계 공의회)'의 교회 법령집에 따르면 수도사가 되기 위해 서약할 수 있는 최소 연령은 16세이다.

다른 이들에게 신세를 지며 생계를 유지해가는[257] 그런 불멸의 한 가족만을 볼 수가 있단다. 이런 수많은 수도원은 그 문이 언제나 활짝 열려 있는데 그것이 마치 미래의 우리 후손들을 매장시켜버리는 깊은 구렁들 같지 뭐냐.

이 같은 수도원 정책은 그 옛날 로마인들이 펼쳤던 정책과는 아주 다른 것이란다. 로마인들은 혼인법[258]을 거부하고 공익에 그토록 반하는 자유를 만끽하려는 자들을 상대로 한 여러 형벌 법규를 제정했었단다.

나는 지금 가톨릭교 국가들에 한해서만 이야기하고 있단다. 개신교에서는 누구나 아이를 만들 권리가 있으며 신부나 데르비시 같은 것은 허용되지 않는단다. 모든 것을 그리스도 탄생의 시초로 가져갔었던 이 개신교의 창설 당시 만일 그 창시자들이 너무 지나치다는 비난을 끊임없이 받아오지만 않았더라도 분명 이들은 결혼을 보편화시킨 후 그 결혼의 굴레 또한 완화하고, 아울러 이 결혼 문제에서 나사렛 예수와 마호메트를 갈라놓고 있는 그 장벽까지도 완전히 제거해버릴 수 있었을 것이라는 사실을 우리는 의심치 말아야 한단다.

어쨌든 개신교도들이 가톨릭교도들보다 종교에서만큼은 한없이 우위에 서 있는 것은 분명한 사실이란다.

내 감히 말하건대 현 상황의 유럽에서는 가톨릭교가 앞으로

---

257 통례적으로 수도사들은 수도원에 들어갈 때 일종의 지참금을 내게 되어 있다.
258 결혼과 출산을 장려하기 위해 로마의 아우구스투스Auguste 황제가 공포했던 '율리아Julia 법'과 '파피아 포파이아Papia Poppaea 법'을 말한다.

500년을 더 존속하기 힘들 것이다.

스페인의 위력이 아직 다하지 않았을 때는 가톨릭교도들이 개신교도들보다 훨씬 더 강했었단다. 하지만 개신교도들은 조금씩 조금씩 가톨릭교도들과 대등해져 왔지. 앞으로도 이들은 매일같이 더욱 부유해지고 또 더욱 강해질 것이란다. 반면 가톨릭교도들은 더욱 약해질 것이다.

개신교 국가들은 분명 가톨릭교 국가들보다 그 인구가 더 많을 듯싶은데 실제로 그러하단다. 그렇다 보니 이 국가들은 가톨릭교 국가들보다 우선 거두어들이는 세금이 훨씬 더 많단다. 세금이란 그것을 징수하는 국민 수에 비례해 증가하게 마련이니 당연히 그럴 수밖에. 다음으로 이 개신교 국가들은 가톨릭교 국가들에 비해 토지 경작이 훨씬 더 잘 이루어지고 있단다. 마지막으로 개신교 국가들은 가톨릭교 국가들보다 상업이 훨씬 더 번창해 있단다. 바로 큰돈을 벌어들이려는 사람들이 더 많을 뿐만 아니라, 수요가 더 많은 만큼 이를 충족시켜줄 수단 또한 그만큼 더 많기 때문이지. 토지 경작에 충분한 수의 사람들만 있다면 그곳의 상업은 반드시 쇠망하기 마련이고, 그렇다고 상업의 유지에 필요한 사람들만 있다면 그곳의 토지 경작은 반드시 실패하기 마련이란다. 다시 말해 이 두 가지는 동시에 함께 무너지게 되어 있다는 뜻이란다. 어느 한쪽을 희생시키지 않고서는 결코 다른 한쪽에 전념할 수가 없기 때문이 아니겠느냐?

가톨릭교 국가에서는 토지 경작이 더는 제대로 이루어지지 않을뿐더러 생업마저도 그 위기에 처해 있단다. 생업이라고 해봤자 고작 더는 아무도 사용하지 않는 언어[259] 대여섯 단어 정도를 익히는 것이 전부일 뿐이니 말이다. 이런 단어들을 익혀 일단 한번 자신의 것으로 만들게 된 남자는 그때부터 더 이상 부에 관한 걱정은 할 필요가 없게 된단다. 속세에 있었더라면 열심히 땀 흘려 노력하고 고생해야지만 얻을 수 있었을 그런 평온한 삶을 바로 수도원에서 누릴 수 있기 때문이지.

물론 이것이 다가 아니란다. 이들 가톨릭교 국가에서는 나라의 거의 모든 재산이 바로 데르비시들의 손아귀에 쥐어져 있단다. 항상 받을 줄만 알았지 결코 돌려줄 줄은 모르는 아주 탐욕스럽기 그지없는 그런 집단의 손아귀에 말이다. 이들은 자신들의 자산을 마련하기 위해 끊임없이 수입을 축적해가고 있단다. 말하자면 그만큼의 부가 마비되어가는 것이라 할 수 있지. 부의 순환이 크면 클수록 그만큼 상업은 번창하고, 상업이 번창하는 만큼 기술 또한 함께 발전하며, 기술이 발전해야지만 그만큼 제조도 더 활발히 이루어질 수 있거늘 말이다.

그 어떤 개신교 국가의 국왕도 교황이 자신의 백성들에게 거두어들이는 세금보다 훨씬 더 많은 세금을 그 백성들에게서 거두지 못하는 국왕은 없단다. 그럼에도 불구하고 개신교 국가의 백성들은 풍요로운 삶을 누리는 반면 교황의 백성들은 가난한 삶을 영위해가고 있단다. 한쪽에서는 상업이 모든 것에 활기를 불어넣어주고, 또 다른 한쪽에서는 수도원 제도가 곳곳에서 모든 것의 파멸을 불러오고 있기 때문이 아니겠느냐?

1718년 10월 26일, 파리에서

---

259 라틴어를 일컫는다.

편지 118
우스벡이 동일 인물에게

유럽이나 아시아에 대해서는 이제 더는 할 이야기가 없구나. 그럼 이제 아프리카에 관해 이야기해보도록 하자꾸나. 아프리카 대륙 내부에 대해서는 그다지 잘 알려진 것이 없으니 지중해 연안 지역에 대해서밖에는 이야기할 수가 없겠구나.

이슬람교가 정착된 바르바리 연안[260]은 더 이상 로마 시대 때만큼 그렇게 인구가 많지 않단다. 물론 그 이유야 앞서 이야기한 바 그대로란다. 기니 연안[261]의 경우 200년 전부터 그 인구가 극도로 줄어들고 있음이 틀림없다. 그곳의 작은 부족 국가들에서 그 보잘것없는 왕들, 아니 그 부족장들이 자신의 백성들을 유럽 국왕들에게 팔아넘겨 이들의 아메리카 식민지로 보내게끔 하지 않더냐?

기이한 점은 매년 이렇게 새로운 주민들을 받아들이는 아메리카 대륙도 실은 황량한 사막처럼 텅 비어 있다는 사실이란다. 아프리카에서 끊임없이 빼앗아오는 이 인구를 전혀 활용하지도 못하는 것이지. 자신들이 살아온 곳과 완전히 다른 새로운 환경 속으로 보내진 이 노예들은 그곳에서 무수히 많은 수가 죽어가

---

260 16~19세기에 유럽에서 베르베르인들이 살던 지역을 부르던 말이다. 특히 북아프리카의 중서부 해안, 즉 모로코, 알제리, 튀니지, 리비아의 해안 지역을 말한다.

261 아프리카 중서부에 있는 만으로 대서양에 면해 있다. 흔히 '기니만(Gulf of Guinea)'이라 불린다.

고 있단다. 그곳의 토착 원주민들과 수많은 이민족이 쉬지 않고 해대는 광산의 노동이며, 그곳에서 방출되는 유해 발산물들, 끊임없이 사용해야만 하는 수은 등이 이들을 더욱 속수무책으로 파멸시키고 있지.

땅속에 묻혀 있는 금과 은을 끄집어내기 위해 그토록 많은 사람을 죽음으로 내몰고 있는 것처럼 그렇게 기상천외한 일이 또 어디 있겠느냐? 이 금속들은 단지 우리 인간들이 그것을 부의 상징으로 선택했기 때문에 부의 상징이 됐을 뿐 사실 그 자체로는 아무런 쓸모도 없는 것이거늘……

1718년 10월의 마지막 날, 파리에서

편지 119
우스벡이 동일 인물에게

한 민족의 다산성은 때로 아주 사소한 세계 정세에 따라 결정되기도 한단다. 그래서 종종 상상력을 한번 동원해보기만 하면 한 민족의 인구수를 이전보다 훨씬 더 늘려놓을 수도 있단다.

늘 몰살당하면서도 항상 되살아나곤 했던 유대인들은 끊이지 않는 자신들의 인명 손실과 파멸을 오직 한 가지 희망으로 치유해가곤 했었단다. 온 유대인 가족들이 가슴에 품고 있었던 그 희망이라는 것은 바로, 그곳에 이 지상의 지배자가 될 아주 강력한 왕의 탄생을 보는 것이었단다.

그 옛날 우리 페르시아의 군주들은 그야말로 무수히 많은 백성을 거느렸으니, 그것은 모두 우리 인간의 행동 중에서 다름 아닌 아이를 만드는 것, 고랑을 파 나무를 심는 것이 신을 가장 기쁘게 해드리는 행동이라는 고대 페르시아 점성가들의 그 교리 하나 때문이었단다.

중국의 인구가 그토록 어마어마한 것은 바로 다음과 같은 몇 가지 사고방식에서 기인한단다. 중국에서는 자식들이 그 아비를 마치 신처럼 여겨 아비가 이승에 살아 있을 때부터 이미 그를 신처럼 공경한단다. 그리고 그가 죽은 후에는 제물을 올려 그를 숭배하는데 이는 바로 우주 속으로 사라져버린 그 아비의 영혼이 이 제물을 통해 다시금 새 생명을 얻게 된다고 믿기 때문이란다. 하여 개개인들이 모두 이승에 있을 때는 그토록 자신에게 순종적이고, 저승에 가면 새 생명을 얻기 위해 꼭 필요한 그 제물을 올려줄 존재, 바로 자신의 가족을 애써 늘려가려는 경향을 보이는 것이란다.

반면, 이슬람교 국가들에서는 나날이 그 인구가 줄어들고만 있단다. 그 이유인즉 매우 신성하기 그지없지만 일단 한번 인간의 마음속에 깊이 뿌리박히면 그때부터는 아주 위험한 결과를 초래하지 않을 수 없는 그런 사상 때문이란다. 사실인즉 우리 이슬람교도들은 스스로 오직 천국만을 생각하며 살아가도록 되어 있는 한낱 인생의 나그네 정도로 여기고 있단다. 유익하고 지속성 있는 그런 일들, 우리 자손들의 부를 보장해주기 위한 그런 노력, 짧고 일시적인 수명을 지닌 것이 아니라 그 이상의 것을 목표로 하며 펼쳐지는 그런 계획들은 우리에게 그저 괴상하게만 느껴질 뿐이지. 현재의 생활은 평안하고 미래 걱정은 하지 않다 보니 애써 힘들게 공공건물을 수리한다거나 황무지를 개척하는 일이 없으며, 관리가 필요한 경작지마저도 돌보지 아니한단다. 그저 전반적으로 무관심 속에 살아가며 모든 것은 신께서 다 알아서 하시도록 그렇게 그냥 맡겨두기만 하지.

유럽인들에게 장자 상속권이라는 그 불공정한 법률을 정착시켜준 것은 다름 아닌 그들의 허영심이란다. 이 법은 한 아비의 관심을 오로지 한 자식에게만 쏠리게 해 그 아비로 하여금 나머지 자식들을 외면하게끔 만든다는 점에서, 오직 한 자식에게만 확고히 부를 다져주기 위해 아비들로 하여금 많은 자식을 두기를 꺼리게끔 한다는 점에서, 그리고 부를 취함에 있어 시민들의 평등을 깨뜨리고 있다는 점에서 그야말로 종의 번식에 반하는 그런 법률이 아닐 수 없단다.

1718년 11월 4일, 파리에서

편지 120
우스벡이 동일 인물에게

일반적으로 미개인들의 나라에서는 그 인구가 그리 많지 않은 법이란다. 이들 대부분이 노동과 토지 경작을 멀리하기 때문이지. 불행히도 그 반감이 얼마나 큰지 누군가를 저주할 때면 부디 그가 밭을 갈지 않을 수밖에 없는 신세가 되게 해달라고 기원할 정도란다. 오직 사냥과 낚시만이 위엄 있는 일이고 자신들다운 일이라 믿고 있지.

하지만 사냥과 낚시가 잘되지 않는 해가 빈번해서 이들은 툭하면 찾아드는 기근으로 몹시 괴로워한단다. 본디 짐승들은 사람들이 많이 모여 있는 곳을 피하기 마련이지. 이 세상 어디에도 아주 거대한 민족의 식량을 책임져줄 만큼 넘쳐나는 사냥감과 물고기가 있는 나라는 결코 없다는 사실은 차치하고서라도 말이란다.

게다가 주민 수가 겨우 2~3백 명 정도에 불과한 이런 미개 부족 마을들은 각각의 부족 마을이 마치 두 제국 사이의 상반된 이익만큼이나 서로 다른 이익을 지니고 있어 부족들끼리 서로 동떨어져 살아간단다. 그러다 보니 이들에게는 다른 큰 국가들처럼 나라 안의 각 분야가 상호 호응하고 구제해가는 그런 방책이 없어 부족들 간에 서로 돕고 지원하며 살아갈 수가 없단다.

이들 미개 민족에게는 방금 이야기한 것보다도 더 위험하면 위험했지 절대 덜하지 않은 또 하나의 관습이 있단다. 바로 임신해서 남편에게 불쾌감을 사는 것을 방지하기 위해 스스로 아이를 낙태시켜버리곤 하는 그곳 여인들의 잔인한 관례란다.

이곳 프랑스에는 이런 무질서를 막기 위한 아주 끔찍한 법률이 하나 있단다. 끔찍하다 못해 광기 어리기까지 한 그런 법률이지. 바로 재판관에게 임신 사실을 신고하지 않은 미혼 여성들은 그 태아가 사망할 경우 모두 사형 선고를 받게 된다는 법률이란다.[262] 신고하지 못한 이유가 수치심 때문이었든 불명예 때문이었든 하물며 어떤 불의의 사고 때문이었다 할지라도 그 여인은 절대 용서받을 수가 없단다.

1718년 11월 9일, 파리에서

편지 121
우스벡이 동일 인물에게

식민 정책의 일반적인 결과는 바로 한쪽 나라는 주민들을 빼앗겨 나약해지고 그 주민들을 받은 또 다른 한쪽 나라는 정작 그 인구를 증가시키지 못한다는 것이란다.

인간들은 본디 자신들이 살던 곳에 있어야 하는 법이란다. 좋은 공기를 나쁜 공기로 바꿈으로써 생기는 질병이 있는가 하면 그저 단순히 공기를 바꾸기만 해도 생기는 질병도 있기 마련이란다.

공기는 식물과 마찬가지로 각 나라의 미세한 토양 입자들을 함유하고 있단다. 이러한 공기는 우리 인간들에게 매우 크게 영향을 미쳐 우리의 체질마저도 이 공기에 따라 결정된단다.

---

262 낙태와의 싸움을 목적으로 1556년 앙리 2세에 의해 제정되었던 '임신 신고법'을 말한다.

우리가 다른 나라로 이동하면 탈이 나곤 하는 것도 바로 이 때문이란다. 어떤 일정한 농도에 익숙해져 있는 액체와 어떤 일정한 배열 상태에 익숙해져 있는 고체는 모두 어떤 일정한 수준의 운동에 익숙해져 있는데 이들이 그와 다른 수준의 운동을 만나면 이를 견디지 못하고 결국 새로운 환경에 저항하는 것이란다.

한 나라 안에 거주민이 거의 없다는 것은 바로 그 나라 토양이나 기후의 성질에 어떤 특별한 결함이 있다고 추정할 수 있단다. 따라서 맑은 하늘 아래 살던 사람들을 그곳에서 끌어내어 다른 어떤 나라로 보내는 것은 바로 우리가 원하는 그 일, 인구 증가에 완전히 반하는 행동을 하는 것과 다름없단다.

로마인들은 경험을 통해 이미 이 같은 사실을 잘 알고 있었단다. 하여 모든 범죄자를 사르데냐섬[263]으로 유형 보냈고 유대인들 또한 그곳으로 옮겨가게끔 했단다. 이로 인한 자신들의 인적 손실에 대한 안타까움은 감수해야 했으나 그 파렴치한 자들을 향한 이들의 경멸적 감정 앞에서 이 같은 감수는 결코 힘든 일이 아니었던 것이지.

튀르키예인들에게서 그들의 국경 지대에 대형 군대를 보유할 수 있는 수단을 제거하고자 했던 아바스 대제는 대부분의 아르메니아인을 나라 밖으로 강제 이송시켰으니 그중 2만 가

---

[263] 현 이탈리아의 섬이자 이탈리아 서쪽의 지중해 서부에 위치해 있다(411쪽 주 291 참조).

구 이상을 길란[264] 지방으로 보냈단다. 하지만 이들은 얼마 지나지 않아 거의 모두가 죽어버리고 말았단다.

콘스탄티노플에서의 인구 이동도 그 성공 사례가 전혀 없단다.

내 앞서 이야기했던 그 엄청난 수의 흑인들은 아메리카 대륙을 결코 가득 채워주지 못했단다.

팔레스타인에는 하드리아누스[265] 황제 시대에 유대인들이 말살된 이래로 더는 거주민들이 없단다.

고로 이런 대규모의 파멸은 그 회복이 거의 불가능하다는 사실을 인정해야만 한단다. 그 이유인즉 한 민족의 인적 손실이 어느 일정한 선을 넘어서면 인구는 그 상태 그대로 머물러 있기 마련이며, 만에 하나 다시 회복될 수 있다 할지라도 이를 위해서는 수 세기가 필요하기 때문이란다.

게다가 만일 이런 쇠약 상태에 있는 한 민족에게 앞서 말한 그런 상황들이 아주 조금이라도 겹쳐 발생한다면 그 상태는 다시 복원될 수가 없을뿐더러 그 민족은 파멸을 향해 나날이 더 쇠약해져만 가게 된단다.

스페인에서 일어났던 무어인[266]들의 추방은 아직도 사람들

---

264 현 이란을 구성하는 31개 주 가운데 하나로 이란 북서부에 위치하고 있다.

265 로마 제국 최전성기의 제14대 황제이다.

266 무어인(Moors)이라는 용어는 본디 8세기경 이베리아반도(현 스페인이 있는 지역)를 정복한 이슬람교도들을 막연히 부르던 말로 모로코의 모리타니아, 알제리, 튀니지 등지의 베르베르인을 주체로 하는 여러 원주민 부족을 가리켰으며, 11세기 이후 북아프리카나 아시아의 이슬람교도를 뜻하는 말로 쓰였다가 15세기경부터는 이슬람교도를 지칭하는 말이 되었다.

에게 생생하단다. 그들의 빈 자리가 채워지기는커녕 날로 더욱 커져만 가지 않으냐?

아메리카 대륙을 황폐화시킨 후 스페인 사람들은 그곳 토착민들의 자리를 차지했지만 그 인구를 다시 이전처럼 증식시켜놓지는 못했단다. 오히려 이 파괴자들은 숙명, 아니 신의 정의에 따라 스스로 파멸해갔으며 하루하루 소진되어갔단다.

따라서 국왕들은 절대로 광대한 영토의 인구를 식민 정책을 통해 다시금 복원시킬 꿈을 꾸어서는 아니 되는 것이란다. 물론 이런 식민 정책의 성공 사례가 전혀 없다고는 말하지 않으마. 기후가 너무도 좋은 나머지 그 주민 수가 끊임없이 증가하는 곳도 있긴 하니 말이다. 그 증거로 몇몇 선박들에 의해 버려진 환자들이 곧 건강을 회복하고는 잘 정착해 살아갔던 그런 섬[267]들이 있지 않더냐?

그러나 이 같은 식민 정책이 상업을 위해 몇몇 자리를 점령하는 것처럼 극히 적은 면적에 국한되는 경우가 아닌 한 이 정책이 성공한다는 것은 곧 그 식민국의 힘을 키우는 것이 아니라 오히려 그 힘을 나누는 것밖에는 되지 않는 것이란다.

카르타고[268]인들도 스페인 사람들처럼 아메리카 대륙 또는 적어도 그에 버금가는 커다란 섬들을 발견해내 그곳에서 아주 왕성한 상업 활동을 펼쳐왔단다. 하지만 자국의 인구가 줄어드

---

267 당시 '부르봉Bourbon섬'이라 불렸던 현재의 '레위니옹Réunion섬'을 말하는 것으로 보인다. 레위니옹은 동아프리카 서인도양에 있는 섬으로 1638년에 프랑스령화되었다.

268 355쪽 주 246 참조.

는 것을 알아차린 카르타고 공화국은 현명하게도 자국민들에게 그곳에서의 상업 활동과 그곳으로의 항해를 모두 금지시켰단다.

내 감히 말하건대, 스페인 사람들을 인도 땅으로 이주시키느니 차라리 인도인들과 그 혼혈인들을 스페인 본토로 이주시키고 또 여기저기 세계 각지로 흩어져 있는 스페인 백성들도 모두 본국으로 불러들이는 편이 훨씬 더 나을 것이다. 그 거대한 식민지 중 절반만 유지되어도 스페인은 유럽에서 가장 두려운 위력을 지닌 국가가 될 수 있을 거란다.

본디 제국이란 한 그루의 나무에 비교할 수 있으니 그 나무의 가지가 너무 뻗으면 그 가지들은 몸통 줄기의 모든 즙을 빨아들이게 되고 오로지 녹음을 만드는 데만 쓰이게 되는 법이란다.

머나먼 타국의 영토 정복에 열광해 있는 국왕들을 일깨워주는 데 포르투갈과 스페인의 예만큼 적절한 것도 없을 듯싶구나.

믿을 수 없는 속도로 그 거대한 왕국들을 정복해나갔던 이 두 나라는 자신들의 패배에 놀라워했던 그 피정복민들보다도 훨씬 더 스스로의 승리에 놀라워하며 자신들이 정복한 그 왕국들을 잃지 않고 계속 유지해나갈 방법을 생각해보았단다. 그러고는 결국 서로 다른 방법을 택했지.

스페인 사람들은 이 피정복민들의 충성을 받아낼 것을 단념하고 이들을 모두 몰살시켜버린 후 그곳에 충성스러운 자국민들을 보내기로 했단다. 그리고 이 계획은 그 어떤 끔찍한 계획

384

보다도 더 성실히 이행되었으니, 이 야만인들의 도착과 함께 유럽 전 인구에 해당하는 수의 한 민족이 이 지구상에서 사라져버리고 말았단다. 이 야만인들은 인도 땅을 발견함과 동시에 그야말로 인간의 잔인함 그 마지막 단계가 과연 어디인지를 알아볼 생각밖에는 하지 않았던 듯싶구나.

이 같은 만행을 통해 스페인 사람들은 그 정복지를 자신들의 지배하에 둘 수 있었단다. 이것이 바로 정복의 결과란다. 그러니 정복이라는 것이 얼마나 죽음을 예고하는 일인지는 너 스스로 한번 판단해보도록 하여라. 어쨌든 정복에는 이런 끔찍한 대책만이 유일한 방법이란다. 그리하지 않고서야 그토록 많은 사람을 과연 어떻게 복종시킬 수 있었을 것이며, 그토록 멀리 떨어진 곳에서 발생하는 내란을 어찌 감당해낼 수가 있었겠느냐? 만일 그들이 이 백성들에게 자신들의 도착, 아니 새로운 신들의 도착으로 인한 정신적 동요와 이 신들의 노여움에 대한 두려움에서 벗어날 수 있는 시간적 여유를 주었더라면 그들은 과연 어찌 되었겠느냐?

포르투갈인들은 완전히 대조적인 방법을 택했단다. 이들은 결코 잔인함을 보이지 않았지. 하나 이로 인해 자신들이 발견해냈던 모든 나라에서 곧바로 쫓겨나는 신세가 되고 말았단다. 이들에게 정복당했던 그 백성들의 반란을 바로 네덜란드인들이 조장하고 이용하지 않았겠느냐?

과연 어떤 국왕이 이런 정복자들의 운명을 부러워하겠느냐? 누가 과연 이 같은 조건의 정복을 원하겠느냐? 한쪽은 자신의 정복지에서 곧바로 쫓겨난 신세요, 또 한쪽은 자신의 정복지를 사람이 거의 살지 않는 황량한 땅으로 만들어버리고 그것도 부족해 자신의 본국까지도 주민 없는 텅 빈 사막으로 만들어버리지 않았더냐?

이것이 바로 어느 한순간 갑자기 잃게 되고 말 그런 나라들을 정복하느라, 혹은 언젠가는 자신들 손으로 직접 섬멸하고 말 그런 민족들을 굴복시키느라 결국엔 스스로가 무너져버리고 마는 그런 영웅들의 운명이란다. 어차피 바다에 던져버리고 말 동상이라든지 이내 깨버리고 말 거울을 사대느라 스스로를 탕진시키는 그런 정신 나간 자들과 매한가지라고나 할까.

1718년 11월 18일, 파리에서

편지 122
우스벡이 동일 인물에게

온건한 정부는 인구 증가에 놀랍도록 크게 기여하고 있단다. 모든 공화국이 이에 대한 확실한 증거들이지만 그중에서도 특히 스위스와 네덜란드를 생각해볼 수가 있다. 이 두 나라는 그 토질 면에서 보면 유럽 최악의 나라란다. 그럼에도 불구하고 유럽에서 인구가 가장 많은 나라지.

자유 그리고 그 뒤에 언제나 따라오기 마련인 풍요만큼 외국인들의 관심을 끄는 것은 없단다. 하나는 그 자체로서 자연히 추구되는 것이요, 또 하나는 우리의 필요에 따라 그것이 보이는 나라로 우리 스스로가 알아서 이끌리게끔 되어 있지.

자고로 인구는 아비들의 생계에 필요한 양식을 조금도 줄이지 않으면서 그 자식들의 양육을 책임져줄 만큼의 충분한 부가 있는 나라에서 증가하는 법이란다.

시민들의 평등은 일반적으로 부의 평등을 가져오기 마련인 법, 이 같은 시민들의 평등이 모든 정치 기구의 부서에 풍요와 생기를 불어넣으며 곳곳에 부를 퍼뜨린단다.

하지만 전제 권력이 지배하는 나라는 이와 상황이 다르단다. 국왕과 조신들 그리고 몇몇 개인들이 나라의 모든 부를 쥐고 있지. 반면 다른 사람들은 모두 극심한 가난 속에서 신음한단다.

현재 자신의 생활도 어려운데 미래의 자식들은 그런 자신보다도 더 가난하게 살아갈 것이라고 느끼는 남자가 있다면 그는 절대로 결혼하려 들지 않을 것이다. 설령 결혼한다고 할지라도 자신의 재산 축적에 방해가 될 여지가 있고 더욱이 자신의 신분을 물려받을 그런 아이들을 너무 많이 낳지나 않을까 분명 걱정할 것이란다.

물론 순박한 시골 농부들이야 일단 한번 결혼하면 부유한 자건 가난한 자건 상관없이 모두가 그 종족을 번식시켜나갈 것이다. 이들에게는 언제나 자식들에게 물려줄 확실한 유산, 괭이가 있는 만큼 앞서 언급한 그런 이유가 별로 그리 와닿지 않기 때문이며, 이들이 맹목적으로 자연의 본능을 따르는 것을 방해할 만한 게 아무것도 없기 때문이란다.

하나 가난에 허덕이는 이런 수많은 아이가 한 나라에 과연 무슨 쓸모가 있다는 말이더냐? 거의 모두가 태어나자마자 곧바로 죽어버리고 결코 잘 자라나는 법이 없는 것을…… 허약하고 나약하기 그지없는 이 아이들은 가난과 나쁜 식생활로 인해 툭하면 찾아드는 잦은 전염병에 집단으로 휩쓸리고 있으며, 그러는 사이 제각기 아주 가지각색의 방법으로 죽어만 가거늘…… 그나마 이를 모면한 아이들은 그렇게 힘없이 성년의 나이에 이르게 되고 남은 인생을 그야말로 허덕이며 살아가지 않더냐?

인간이란 식물과 같단다. 잘 재배되지 않으면 결코 잘 자라날 수가 없는 법이지. 하여 빈곤에 시달리는 민족에게서는 그 종족이 줄어들기 마련이며 때로는 퇴화하기까지도 한다.

프랑스는 이 모든 것에 대한 수많은 예를 제시해주는 나라란다. 과거 전쟁 시절 민병대 징병에 대한 두려움이 모든 가정의 아이들을 결혼으로 이끌었었지. 그것도 너무 어린 나이에 그리고 극도의 가난 속에서 말이란다. 이런 수많은 결혼을 통해 물론 수많은 아이가 태어났단다. 하지만 이들은 모두 빈곤과 굶주림, 질병으로 인해 죽어 사라지고 말았으며 오늘날 프랑스에서는 아직도 이 부족한 아이들을 찾아 애쓰는 실정이란다.

프랑스처럼 그렇게 운 좋고, 그렇게 문명화된 왕국에서도 이같은 지적 사항들이 나오고 있는데 하물며 그렇지 못한 다른 나라들은 오죽하겠느냐?

1718년 11월 23일, 파리에서

편지 123

우스벡이 삼릉[269] 능지기 메헤메트 알리 몰라크[270]에게

(수신지 : 콤)

이맘[271]들의 단식과 거친 피륙을 두른 몰라크들의 고행이 우리 이슬람교도들에게 대체 무슨 쓸모란 말입니까? 신의 손이 벌써 우리 이슬람 백성들을 두 번씩이나 짓눌러버렸거늘 말입니다. 태양은 점점 더 어두워져만 가고 더 이상 우리 이슬람 백성들의 패배밖에는 비추지 않는 듯합니다. 우리 이슬람 백성들의 부대가 하나로 뭉쳤다가 이내 먼지처럼 흩어져버리지 않았습니까?

오스만인들의 제국이 지금껏 결코 맛본 적 없는 두 번의 대패[272]로 뒤흔들리고 있습니다. 그리스도교도 무프티[273]가 겨우겨우 힘들게 지원해주고 있을 뿐이지요. 독일의 대재상[274]이야

---

269 64쪽 주 18 참조.

270 45쪽 주 14 참조.

271 통례적 의미로 이슬람교 집단의 지도자 또는 이슬람교 사원의 사제를 일컫는다(65쪽 주 23 참조).

272 오스만 제국은 오스트리아(당시 합스부르크 군주국)와의 전쟁에서 1716년에 티미쇼아라(현 루마니아 서쪽에 있는 도시)를, 이어 1717년에는 베오그라드(현 세르비아의 수도)를 잃고 말았다. 이 전쟁에 관한 이야기는 편지 130에서 다시 언급된다.

273 무프티는 이슬람교 교전인『샤리아』를 해석하는 이슬람교의 학자를 지칭한다. 여기서 '그리스도교도 무프티'란 딩시 오스트리아에 대항해 오스만 제국을 지지했던 스페인 총리대신, 알베로니Alberoni 추기경을 말한다.

274 위에서 말한 두 전쟁을 승리로 이끌었던 당사자인 신성 로마 제국의 오

말로 우마르 신도[275]들을 벌하기 위해 신께서 내리신 징벌입니다. 이들의 반항과 배반에 몹시 화가 나신 신의 노여움을 그가 곳곳에 전해주고 있지요.

성스러운 영혼의 이맘이시여! 당신은 그 가증스러운 우마르에 의해 타락되어버리고 만 이 마호메트 대예언자의 후손들을 생각하며 밤낮으로 슬퍼하고 계십니다. 이들의 불행 앞에서 마음속 깊이 인정에 이끌리시는 당신은 이들의 개종을 바라지 결코 이들의 파멸을 바라지는 않으십니다. 이들이 성인聖人들의 눈물에 힘입어 알리의 깃발 아래 다시금 화합하는 것을 보고 싶어 하시지, 이 이교도들이 공포에 쫓겨 산과 사막으로 뿔뿔이 흩어지기를 바라지는 않으실 겁니다.

1718년 12월 1일, 파리에서

스트리아 총사령관, 프랑수아 외젠 드 사부아카리냥François Eugène de Savoie-Carignan 공자를 말한다.

275 우마르는 이슬람의 2대 정통 칼리프인 우마르 1세를 지칭한다. 즉 우마르 신도들이란 아부 바크르(초대 정통 칼리프)를 추종하는 이슬람 정통파(수니파) 튀르키예인들을 의미한다. 이들 수니파에 대한 시아파 페르시아인들의 반감은 본 소설에서 끊임없이 표현되고 있다(30쪽 주 12 참조).

편지 124

우스벡이 레디에게

(수신지 : 베니스)

군주들이 자신의 조정 신하들에게 그토록 엄청난 적선을 하는 이유는 과연 무엇일까? 그들이 자신을 잘 따르도록 만들기 위해서일까? 그들은 이미 할 수 있는 최대한으로 국왕에게 충성을 다하는 자들이란다. 게다가 군주가 만일 몇몇 신하들의 충성을 얻어내기 위해 그들을 돈으로 매수한다면 그 군주는 이로 인해 다른 수많은 신하를 빈곤에 빠뜨릴 것이니 결국 이 수많은 신하의 신뢰를 잃어버릴 수밖에 없지 않겠느냐?

나는 말이다, 탐욕스럽고 만족이라고는 결코 모르는 그런 자들에게 늘 둘러싸여 있는 국왕들의 처지를 생각할라치면 이들이 그저 불쌍하게만 느껴질 뿐이란다. 더군다나 아무것도 요구하지 않는 자들이 늘 그 짐을 떠맡게끔 되어 있는 그런 청원들을 뿌리칠 힘이 없는 국왕들이라면 더더욱이나 그러하단다.

국왕이 베푼 적선이나 특혜 또는 연금에 관한 이야기를 들을 때마다 나는 그야말로 상념에 잠기곤 한단다. 아주 많은 생각이 뇌리를 스치곤 하는 것이 마치 다음과 같은 칙령이 선포되는 것을 듣고 있는 것만 같지 뭐냐?

"과인의 몇몇 신하들이 쉬지 않고 국왕의 관대함을 시험하며 지칠 줄 모르는 용기로 연금을 요구해왔으니, 과인은 끝내 이들이 올린 그 수많은 청원에 지고 말았도다. 이 청원들은 과인으로 하여금 지금까지의 그 어떤 청원보다도 더 많은 관심을 쏟아붓게 하였노라. 이들이 짐에게 고하여 이르기를, 자신들은 짐이 왕좌에 오른 이래로 지금껏 단 한 번도 짐의 기상 시간을 놓쳐본 적이 없고, 짐이 행차할 때면 길가에 세워진 표시물처럼 어김없이 부동자세로 서 있곤 했으며, 세상에서 가장 드높은 이 두 어깨에 걸쳐져 있는 짐의 공정함을 지켜보기 위해 극도로 높은 자리에 출세해 올라 있었다 하였도다. 또한 짐은 몇몇 여인들로부터도 많은 청원을 받았으니, 이 여인들은 자신들의 품위 유지비가 그야말로 막대하게 들고 있음은 이미 공공연한 사실이라는 점에 주의해달라 간청하였도다. 심지어 이 중에는 자신은 바로 선왕 시절 이 궁정의 자랑거리였으며, 선왕 부대의 장수들이 많은 무공으로써 이 나라를 가공할 만한 나라로 만들어놓았다면 자신은 수많은 간계로써 그 못지않게 이 궁정을 유명한 장소로 만들어놓은 장본인이라는 사실에 주의해달라 덜덜덜 머리를 떨어가며 요청하는 그런 해묵은 여인들도 있었도다. 하여 과인은 어진 마음으로 이 청원자들을 다스려 그들이 올린 청원들을 모두 다 들어주고자 함이니 이에 다음과 같은 명을 내리노라.

　―다섯의 자녀를 둔 모든 농민은 그 자녀들에게 먹일 양식에서 매일 5분의 1씩을 공제하도록 할 것이며, 그 가장들은 최대한 공정하게 각각의 자녀들에게서 그 배분량을 줄여갈 것을 명하노라.
　―유산으로 물려받은 자신의 농지 경작에 열중인 자들이나 이를 소작에 부친 모든 자에게 어떤 형태로든 그 보수 작업을

엄히 금하노라.

— 기계를 이용하는 비천한 직업에 종사하며 단 한 번도 짐의 기상 시간에 맞춰 대령해 있었던 적이 없는 모든 자에게 본인과 그 처자식들의 의복을 4년에 한 번씩만 구입할 것을 명하는 바이며, 매년 관습적으로 가족들끼리 벌여오고 있는 그 소박한 연중 주요 가족 잔치들 또한 엄중히 금하는 바노라.

— 이 나라에서는 우리의 딸아이들이 오로지 서글프고 지루하기 그지없는 겸손을 통해서만 존중받을 수 있게 되어 있거늘 지금 도시마다 대부분의 부르주아들이 그 딸아이들의 혼처를 마련해주는 데 온통 매진해 있다는 것을 과인이 익히 들어 알고 있는 바, 왕명이 제한해놓고 있는 혼인 가능 최대 연령에 달한 딸아이들이 스스로 찾아와 자신을 혼인시켜달라 매달려 요구할 때까지 그 딸아이들의 혼인을 미루고 기다릴 것을 명하는 바노라. 아울러 법관들에게는 이 아이들의 교육을 배려해주는 것을 금하노라.”

1718년 12월 1일, 파리에서

편지 125
리카가 ***에게

어떤 종교든 올바른 인생을 살아온 사람들을 위해 준비되어 있는 쾌락이 과연 무엇인지 대충이나마 어림짐작하게 해주기란 꽤나 어려운 일이 아닐 수 없네. 악한 사람들에게는 징벌이 오래 지속될 것이라 위협하며 쉽게 겁에 질리게 할 수 있다지만 덕성 높은 사람들에게는 무엇을 약속해주어야 할지 참으로 알기 힘든 법이지. 쾌락의 특성이란 지속 기간이 짧다는 점인 것 같네. 그 외 다른 특성들은 생각해내기가 참으로 어렵네그려.

천국에 대한 묘사를 읽어보았네. 상식 있는 자라면 누구나 천국행을 포기하기에 충분한 묘사더군. 어떤 천국에서는 그곳에 온 행운의 망령들로 하여금 쉬지 않고 피리를 불게끔 하고, 또 어떤 천국에서는 영원한 산책의 형벌을 내린다는군. 그리고 또 다른 천국에서는 그곳에서까지 이승에 두고 온 애인 생각에 빠져 있게끔 만든다는데, 필시 사랑에서 비롯되는 이런 걱정스러운 마음을 지워버리기에는 1억 년이라는 세월도 충분치가 못하다고 생각하는 모양이네그려.

무굴 제국에 체류했던 어떤 남자가 해준 이야기가 하나 있는데 바로 이 천국 문제와 관련해 그 이야기가 생각나는군. 천국의 쾌락에 관한 생각에서만큼은 인도의 성직자들도 다른 나라의 성직자들만큼이나 헛된 상상력을 발휘하고 있다는 것을 잘 보여주는 이야기라네.

남편을 막 잃은 한 여인이 엄숙한 모습으로 그곳 시장을 찾아와서는 분신자살을 할 수 있게 허락해달라 청했다네. 하지만 이슬람교도들이 다스리는 나라들은 모두 이 같은 잔인한 관습을 없애고자 최대한으로 노력하고 있었던지라 시장은 그 청을 아주 단호하게 거절했다네.

아무리 청을 해도 소용이 없음을 깨닫자 그녀는 그만 격한 분노에 빠져들고 말았다네. 그러고는 말했지.

"세상에! 어찌 이리 고통스러운 일이 있을 수 있단 말입니까? 이 가엾은 여인네에게는 분신자살을 하는 것조차도 허락되지 않는구려! 진즉에 이런 경우를 또 본 적이 있더이까? 우리 어머니, 우리 이모님, 우리 언니들, 이들 모두가 다 분신자살을 하였건만 이 몸은 시장에게 허락을 청하였더니 웬걸, 이 빌어먹을 시장이 화만 내며 마치 광견병에라도 걸린 사람처럼 마구 소리만 질러대는구려!"

그때 마침 한 젊은 승려가 우연히 그곳에 있었는데 시장이 그에게 말했다네.

"이보시오, 이교도 양반! 이 여인의 영혼 속에 이 같은 광기를 집어넣은 것이 바로 당신이오?"

그러자 그가 대답했지.

"아닙니다! 이 사람은 결코 저 여인과 이야기를 해본 적도 없습니다. 하지만 저 여인이 만일 이 사람을 믿고 있다면 그녀는 분명 스스로를 희생하게 될 것입니다. 브라만 신을 기쁘게 해드릴 그런 행위를 하게 되는 것이지요. 그리하여 그에 대한 큰 보상 또한 받게 될 것입니다. 저세상에서 남편과 재회하고 그와 함께 두번째 결혼 생활을 다시금 시작해나갈 테니까요."

이 말에 여인이 깜짝 놀라 물었다네.

"뭐라고요? 지금 남편을 다시 만나게 될 것이라 하셨나요? 아! 그렇다면 분신할 수 없습니다. 제 남편은 질투가 많고 늘 시무룩해 있었던 사람입니다. 게다가 너무 늙어서 브라만 신께서 그의 몸에 무언가를 개선해주시지 않는 한 그는 분명 저를 필요로 하지 않을 것입니다. 그런데 그런 사람을 위해 제 몸을 불태운다고요? 지옥 깊숙이로부터 다시금 그를 끄집어내주기 위한 것이라면 저는 손끝 하나도 태울 수 없습니다. 저를 속여온 두 늙은 승려는 제가 남편과 어떤 식으로 살아왔는지 잘 알고 있으면서도 제게 모든 것을 다 말해주지 않았던 것이로군요. 브라만 신께서 제게 주실 선물이 단지 이것뿐이라면 저는 기꺼이 이 천복을 사양하렵니다. 시장님! 저는 이슬람교도가 되겠습니다."

그리고는 젊은 그 승려를 보며 이렇게 말했다네.

"승려님! 원하신다면 제 남편에게 가셔서 저는 이곳에서 건강히 아주 잘 지내고 있다고 좀 전해주시지요."

1718년 12월 2일, 파리에서

편지 126
리카가 우스벡에게
(수신지 : ***)

내일이면 이곳에서 자네를 만나게 될 테지만 그래도 이스파한에서 자네 앞으로 온 편지들을 보내네. 내가 받은 편지에 의하면 대大무굴 제국의 대사[276]가 페르시아 영토에서 추방 명령

---

276 루이 14세의 손주이자 스페인의 국왕이었던 필립 5세를 프랑스의 국왕으

을 받았다 하네. 게다가 국왕의 숙부이자 그의 교육을 맡았던 왕자[277]까지도 체포되어 모든 예우를 박탈당한 후 성안에 갇혀 철통같은 감시를 받고 있다는군. 이 왕자의 운명에 내심 연민을 느끼네. 그가 참으로 안됐네그려.

내 자네에게 고백건대 사실 난 눈물을 보이는 사람 앞에서 지금껏 단 한 번도 측은함을 느껴보지 않은 적이 없다네. 이런 불쌍한 사람들을 보고 있노라면 마치 인간다운 자들이라고는 오직 이들밖에 없다는 듯 이들에게서 인간미가 느껴지곤 한다네. 심지어 그 지체 높으신 대귀족들에게서도 말일세. 이들이 저 드높은 자리에 앉아 있을 때는 이들에게 그저 냉담하기만 하지만 권세를 잃고 추락하면 이내 이들에게 애착심이 생기곤 하지.

사실인즉 고위 관직에 앉아 번영을 누리고 있을 때는 그 쓸모없는 자애심이 다 무슨 필요가 있겠는가? 자애심이란 자고로 평등과 너무나도 가까운 것이거늘…… 이들은 이런 자애심보다는 절대로 돌려주지 않고 오로지 받기만 하면 되는 그런 존경을 훨씬 더 좋아하기 마련이라네. 하지만 그 드높은 자리에서 추락하는 순간 이들에게 그들이 앉아 있었던 그 드높은

로 세우려는 모반을 꾸미며 1718년 12월 9일 체포된 후 본국으로 추방되었던 프랑스 주재 스페인 대사 셀라마르Cellamare를 빗대고 있다.

277 루이 14세의 서출이자 당시 셀라마르의 공모자였던 멘 공(Louis-Auguste de Bourbon, duc du Maine, 1670~1753)을 일컫는다. 그는 자신에게 어린 국왕의 교육 총감직을 맡긴 루이 14세의 유언을 파기시킨 섭정에 대항해 이 같은 음모를 꾸몄으나 결국 1718년 12월 29일 체포되어 둘렌Doullens 성에 갇히게 된다 (296쪽 주 194 참조).

자리를 상기시켜줄 수 있는 것은 오로지 이들을 향한 사람들의 동정심뿐이라네.

곧 적군의 손아귀에 떨어질 어느 국왕이 자신의 곁에서 눈물을 흘리는 궁정 신하들을 바라보며 했던 말이 하나 있지. 나는 이 말에서 왠지 아주 자연스러우면서도 심지어 위대하기까지 한 무엇인가가 느껴진다네. 그 국왕의 말인즉 바로 이러하다네.

"경들의 눈물을 보니 과인이 아직도 경들의 국왕임이 느껴지는구려."[278]

1718년 12월 3일, 파리에서

편지 127
리카가 이벤에게
(수신지: 스미르나)

자네도 그 유명한 스웨덴 국왕[279]의 이야기를 수없이 들어보았을 것이네. 그는 노르웨이라는 왕국의 한 요새를 포위 공격

---

[278] 마케도니아의 알렉산드로스(Alexandre III Magnus, 기원전 356~기원전 326) 대왕에게 패하고 포로가 되었던 페르시아의 다리우스 3세(Darius Codoman, 기원전 380~기원전 330)가 했던 말이다.

[279] 칼 12세Charles XII를 일컫는다. 그는 1718년 11월 30일 노르웨이의 할덴 Halden에서 포위 공격 도중 전사했다.

하던 중 참호 전문 기획자 단 한 명만을 거느리고 참호를 순시하다가 머리에 그만 유탄 한 발을 맞고 사망하지 않았나? 그길로 그 국왕의 총리대신[280]이 체포되었고, 의회는 이 총리대신에게 머리가 잘리는 형벌을 내렸지.

국민을 비방하였고 또 국민에게서 국왕에 대한 신뢰감을 떨어뜨렸다는 것이 바로 그가 뒤집어쓴 대역죄의 명목이었네. 내가 생각해도 이 같은 죄목은 수천 번 죽어 마땅한 그런 중죄라네.

말이야 바른 말이지, 군주 앞에서 그의 가장 미천한 백성 하나를 비방하는 것이 나쁜 행동일지언데, 국민 전체를 비방함으로써 이들의 행복을 위해 신께서 선택해주신 그 군주의 호의를 온 백성들에게서 빼앗아가는 것은 대체 무엇이란 말인가?

나는 말일세, 사람들이 국왕에게 이야기할 때 천사가 우리의 성스러운 예언자에게 이야기하듯 그렇게 좀 했으면 좋겠다네.

자네도 잘 알다시피 성스러운 연회가 열리고 왕 중의 왕이신 우리 페르시아 군주께서 당신의 노예들에게 이야기하시기 위해 세상에서 가장 숭고한 그 왕좌에서 내려오실 때면 나는 언제나 이 고분고분하지 못한 혀를 애써 제어하곤 했었다네. 그의 가장 미천한 백성을 향한 쓴소리조차도 단 한 마디 내뱉은 적이 없었지. 이 같은 절제를 멈출 수밖에 없었을 때에도 결코 나의 정직함을 저버렸던 적은 없었네. 하여 이렇게 이 몸의 충

---

280 칼 12세의 죽음으로 1719년 3월 2일 처형된 당시의 총리대신 에르츠Henri de Görtz 남작을 일컫는다.

성심이 시험받는 동안 비록 이 목숨은 위태로웠을지언정 나의 덕성만큼은 결코 위태로웠던 적이 없었다네.

어째서 자신보다 훨씬 더 사악한 대신을 옆에 두지 않은 국왕을 찾아보기가 힘든 것인지 모르겠네. 한 국왕이 어떤 나쁜 행동을 보였다면 이는 대부분 누군가로부터 넌지시 권고된 것이라네. 그러니 국왕들의 야심보다도 더 위험한 것이 바로 그들 옆에서 조언을 올리는 그 고문들의 야비한 영혼 아니겠나? 어제 겨우 조정에 발을 내딛었고, 내일 또 계속해서 그곳에 남아 있으라는 법이 없는 그런 자가 어느 한순간 갑자기 자기 자신의 적이 되고, 자기 가족과 자기 조국의 적이 되며, 또한 자신이 짓눌러버리게 될 그 민족에게서 끊임없이 태어날 그 후손들의 적이 될 수 있다는 사실을 자네는 과연 이해할 수 있겠는가?

국왕이 정열을 지닌 사람이라면, 대신은 그 정열을 부추기는 사람이라네. 바로 그렇게 국왕의 정열을 부추겨가며 국왕의 조정을 이끌어가는 사람이지. 그에게는 이밖의 다른 어떤 목적도 없으며 결코 이를 알려 하지도 않는다네. 궁정 사람들이 아첨으로 국왕을 현혹하는 자들이라면, 대신은 바로 국왕에게 조언을 해주고 계획을 고취해주며 어떤 법규들을 제안함으로써 더욱 위험하게 그를 조장하는 사람이라네.

1719년 4월 25일, 파리에서

편지 128
리카가 우스벡에게
(수신지 : ***)

얼마 전에는 친구 한 명과 퐁네프 다리를 건너다가 그 친구가 아는 어떤 사람을 만났다네. 전혀 그렇게 보이지 않았는데 친구가 이르기를 그가 수학자라더군. 어찌나 깊은 명상에 잠겨 있었던지 그는 내 친구가 팔을 잡고 한참을 흔들어댄 후에야 비로소 제정신으로 돌아왔다네. 그 정도로 골똘히 고민한 지 적어도 일주일은 더 되었지 싶은 어떤 곡선 문제에 관해 푹 빠져 있는 듯했었지. 두 사람은 서로 깍듯이 예의를 갖추고는 함께 문학계의 몇몇 소식들을 주고받더군. 그리고 그 이야기는 우리가 어느 카페 앞에 이르러 그 안에 들어갈 때까지 계속되었다네.

카페 안에 있던 모든 사람이 아주 성의껏 그 수학자를 맞이해주더군. 카페 점원들은 한쪽 구석에 앉아 있던 두 명의 근위병들보다도 그를 훨씬 더 정중히 대해주었다네. 그 수학자는 매우 기분 좋은 장소에 와 있는 듯해 보였지. 수학에 대한 피상적 지식 따위는 조금도 없었던 것처럼 마침내 얼굴에 있던 주름살을 조금 펴고는 미소를 짓기 시작하더군.

그런데 아주 반듯반듯 틀에 잡힌 그의 사고방식 때문에 대화에서 거론되는 모든 것을 사사건건 눈으로 측정해가며 따지고 드는 것이 아니겠나? 마치 정원에서 검을 들고 다니며 다른 꽃들보다 조금 더 위로 솟아나 있는 꽃들의 머리를 마구 쳐내는 사람처럼 보이더군. 정확성의 희생자인 그는 연약하기 그지없는 눈이 너무 강한 빛에 손상되듯 그렇게 지나치게 부각된 자신의 기지에 스스로 상처를 입고 있었다네. 진리라면 무엇 하나 그냥 지나치는 법이 없었으니, 덕분에 그의 대화 내용은 참으로 독특하기만 했었지. 그날 그는 한 남자와 함께 시골에 갔다가 돌아오는 길이었다는군. 동행했던 남자는 그곳에서 아주 멋진 성과 화려한 정원을 보았다는데 그는 고작 길이가 60피트, 넓이가 35피트에 달하는 건물 하나와 10아르팡[281] 장방형 모양의 작은 숲 하나밖에는 보지 못했다지 뭔가? 모르긴 몰라도 그라면 분명 원근법의 기본 원칙이 아주 잘 지켜져서 그 가로수 길의 산책로 폭이 어디서나 늘 한결같아 보이기를 간절히 바랐을 것이고, 이를 위해 충분히 어떤 완전무결한 방법까지도 제시해주고 남았을 것이네. 그는 또 그곳에서 자신이 식별해낸 아주 독특한 생김새의 시계 문자반에 상당히 만족해하는 듯 보였었네. 그런데 불행히도 내 옆에 있던 어떤 학자 한 명이 혹시 그 문자반이 바빌로니아식 시간[282]을 표시하고 있지 않더냐고 묻자 매우 흥분하며 화를 내더군. 한 누벨리스트[283]는 폰타라비[284] 성의 포격에 관한 이야기를 꺼냈었지. 그러자 별안

---

281 프랑스의 옛 측량 단위로 야드파운드법의 넓이 단위인 '에이커'에 해당한다.

282 바빌로니아식 시간은 하루를 일출부터 정오까지 6등분, 다시 정오부터 일몰까지를 6등분으로 나눈다. 이 같은 분할 방법은 훗날 해시계에서 사용된다.

283 408쪽 주 287 참조.

284 프랑스와 국경을 마주한 스페인의 작은 마을로 1719년 6월 18일 프랑스 총사령관 베르윅Berwick에 의해 점령되었다.

간 그가 포탄이 공중에서 그리는 선의 속성을 설명해주는 것이 아니겠나? 그러고는 그런 속성을 알고 있다는 사실에 너무 흡족해한 나머지 그 포격이 가져온 결과에 대해서는 전혀 알려고 들지도 않더군. 또한 작년 겨울에 홍수로 큰 피해를 보았다고 불평해대는 이가 있었는데, 그 수학자가 하는 말이 "그 말씀을 들으니 제 마음이 아주 뿌듯하군요. 제가 했던 관측이 아주 정확했었다는 뜻이니까요. 그렇다면 지난해에는 그 이전 해보다 이 지구상에 적어도 2인치의 비가 더 내렸었다는 이야기로군요"가 아니었겠나?

잠시 후 그는 카페에서 나왔고 우리도 그를 따라나섰네. 그런데 그가 앞을 제대로 살피지도 않고 워낙 빠른 걸음으로 걷는 바람에 앞에서 오던 어떤 남자와 정면으로 부딪쳤다네. 그 바람에 그들은 그만 서로 심하게 충격을 받고 각자가 부딪힌 속도와 각자의 질량에 상호 비례해 서로 반대 방향으로 튕겨나가고 말았다네. 이들이 정신을 조금 되찾았을 때, 이마에 손을 얹고 있던 그 남자가 수학자에게 말하더군.

"이렇게 저와 부딪혀주셔서 정말로 고맙습니다. 그러잖아도 선생님께 전해드릴 중요한 소식이 하나 있었거든요. 실은 제가 지금 막 호라티우스[285]의 작품을 출판하고 오는 길이랍니다."

"그게 무슨 말씀이십니까? 그의 작품은 이미 2천 년 전부터 세상에 나와 있지 않았습니까?"

수학자가 묻자 그 남자가 다시 말하더군.

---

285 호라티우스(Quintus Horatius Flaccus, 기원전 65~기원전 8): 고대 로마의 시인.

"제 말씀을 잘 이해하지 못하셨군요. 지금 제가 출판하고 오는 것은 바로 이 고대 작가의 번역서랍니다. 저는 20년 전부터 번역 일을 해오고 있습니다."

그러자 수학자가 다시 말했지.

"뭐라고요? 그럼 당신은 20년 동안이나 아무 생각 없이 사셨다는 말씀이십니까? 당신은 남들을 위해 대신 떠들어주고 있고, 그들은 당신을 위해 대신 생각해주고 있다는 말입니까?"

그러자 그 남자가 말했지.

"선생님께서는 제가 훌륭한 작가들의 작품을 읽기 쉬운 표현으로 바꾸어놓아 대중들에게 큰 도움을 줬다고는 생각지 않으십니까?"

"꼭 그렇다는 얘기는 아닙니다. 저는 다른 그 누구보다도 당신이 왜곡시키고 있는 그 뛰어난 천재들을 아주 높이 사는 사람이랍니다. 하지만 당신은 절대로 그들을 닮을 수 없을 것입니다. 늘 그렇게 번역만 하고 있으니 누군가가 당신을 번역해주는 일은 결코 없을 테니까요. 번역서란 바로 이 동전과도 같아서 금화와 전적으로 동일한 가치를 지니고 있을 뿐만 아니라 금화보다도 더 널리 국민들에게 사용되긴 하지만 언제나 별로 신통치가 못하며 그 질이 썩 좋지 못하지요.[286] 당신은 아마 이미 죽어 사라진 그 대가들을 우리에게 다시금 부활시켜주고자 하는 것이라 생각하고 있을 겁니다. 물론 당신이 그들

---

[286] 앙드레 다시에André Dacier의 호라티우스 번역서(1681)와 그의 부인 안느 다시에Anne Dacier의 두 번역서, 『일리아스』(1699)와 『오디세이아』(1708)를 겨냥하고 있는 것으로 보인다.

에게 육체를 만들어주었다는 것은 나도 분명 인정합니다. 하나 생명을 불어넣어주지는 못했지요. 이 육체에는 그들에게 혼을 불어넣어줄 그런 정신이 늘 결여되어 있으니 말입니다. 차라리 간단히 계산 한 번만 해보면 매일같이 쉽게 찾아낼 수 있는 그 수많은 세상의 진리 탐구에나 전념해보시는 것이 어떻겠는지요?"

이 조언을 끝으로 그들은 서로 헤어졌다네. 모르긴 몰라도 둘 다 서로에게 굉장히 못마땅해했을 걸세.

1719년 6월의 마지막 날, 파리에서

편지 129

우스벡이 레디에게

(수신지 : 베니스)

대부분의 입법자들은 하나같이 모두 편협한 정신의 소유자들이란다. 그냥 어쩌다 보니 우연히 다른 이들보다 좀더 높은 위치에 올라앉았을 뿐이고, 오로지 자신들의 선입견과 그 기발한 상상력에만 의존하며 살아가는 사람들이지.

그들은 자신들의 직업이 지닌 중대함, 하물며 그 존엄성마저도 제대로 인지하지 못하는 것 같단다. 그러니 사실상 소인배들에게는 순응하고 지각 있는 이들에게서는 신용을 잃어버려가며 그 유치한 제도들을 만들어대는 것이 아니겠느냐?

그들은 자잘하고 쓸데없는 사항에 열성적으로 뛰어드는가 하면 어떤 특수한 사례들에도 역시 열중하고 있단다. 이는 바로 모든 문제를 바라볼 때 언제나 그 일부분만을 바라볼 뿐 결코 총체적인 안목으로 전체를 파악할 줄 모르는 이들의 편협한 재능을 잘 보여준단다.

그들 중에는 법률을 제정할 때 백성들이 일상적으로 사용하는 통속어가 아닌 다른 언어를 사용하기를 무척이나 원하는 자들도 있단다. 이것이야말로 법률을 만드는 자로서 사리에 어긋나는 짓이 아니고 무엇이겠느냐? 사람들이 이해할 수 없다면 그 법이 대체 어찌 지켜질 수가 있단 말이더냐?

또한 그들은 이미 잘 정착되어 있다고 여겨지는 그런 법률들을 종종 이유도 없이 그냥 폐지해버리곤 한단. 다시 말해 어떤 새로운 변화 뒤에 반드시 뒤따라오게끔 되어 있는 그런 혼란 속에 백성들을 내던져놓는 것이지.

사실 인간의 지성에서라기보다는 인간의 본성에서 비롯되는 어떤 기이한 현상에 따라 가끔은 몇몇 법률을 개정해야만 할 때가 없지 않아 있기도 하단다. 하지만 이런 일들은 매우 드물게 발생할 뿐만 아니라, 발생한다고 하더라도 매우 조심스럽게 손을 대야만 한단다. 수많은 정식 절차들을 지켜가며 그야말로 신중에 신중을 기해야만 하는 것이지. 그러면 백성들은 법률을 폐지하는 데 그토록 많은 형식과 절차가 필요하다는 것을 보며 자연스레 법이라는 것이 지극히 신성하다는 생각을 하게 된단다.

그들은 또 때때로 자연적 형평성이 아니라 어떤 논리적 사고에 입각해서 너무 추상적인 법률들을 만들어내곤 한단다. 이후 이 같은 법률들이 너무 엄격하다는 것을 깨닫고는 형평성의 정신에 따라 이런 법률들을 멀리해야 한다고 생각하지. 하지만 이러한 해결책은 또 하나의 새로운 문젯거리가 아닐 수 없단다. 이유인즉 모든 법률은 그것이 뭐가 되었든 언제나 반드시 지켜져야만 하며, 또한 개개인들의 양심이 항상 순응해야 하는 바로 공공의 양심으로 간주되어야만 하기 때문이란다.

그래도 이런 입법자들 중 매우 현명한 주의력을 보여주었던 자들도 없지 않아 있었다는 사실을 인정해야 할 것이다. 그들이 그래도 아비들에게 그 자식들에 대한 커다란 권력을 부여해주지 않았더냐? 이것만큼 법관들의 짐을 덜어주고 법정을 덜 붐비게 해주며 또 평온함을 나라에 널리 퍼뜨려주는 것도 없단다. 자고로 한 나라에서는 언제나 법보다 그 풍속이 더 선량한 백성을 만들어내는 법이란다.

이 같은 아비들의 권력이야말로 세상의 모든 권력 중 가장 덜 남용되는 권력이요, 이 세상의 가장 존엄한 사법관이며, 그 어떤 규범에도 종속되지 않고 오히려 그 규범들을 능가하는 유일한 권력이란다.

아비의 손아귀에 더 많은 상과 체벌이 주어진 나라일수록 그 가정들에 더욱 규율이 있다는 것을 알 수가 있단다. 이런 나라에서 아비란 바로 사랑으로써 우리 인간들을 인도하실 수 있음에도 불구하고 희망과 두려움의 수단을 이용해 인간들로 하여금 더욱더 자신을 따르게끔 만들고 계신 이 우주의 창조자, 신의 상징과도 같은 존재란다.

이 편지를 접기 전에 마지막으로 프랑스인들의 기이한 성향 하나만 지적하고 넘어가야겠구나. 듣자 하니 프랑스인들은 로마법에서 불필요하다 못해 하물며 최악이기까지 한 그런 법률들을 수없이 채택해왔다는구나. 그런데 정작 그 로마법이 제1의 합법적 권한으로 제정해놓은 아비의 권력만큼은 도입하지 않았다지 뭐냐?

1719년 8월 4일, 파리에서

편지 130
리카가 ***에게

이번 편지에서는 '누벨리스트'[287]라 불리는 집단에 대해서 좀 이야기해볼까 하네. 이들은 늘 화려한 정원[288]에 모여 한가로이 시간을 보내는 사람들이라네. 나라에 전혀 도움이 되지 않는 사람들일뿐더러, 그들이 50년간 지껄여온 이야기들은 50년간 지켜져 왔을 침묵과도 그 효과 면에서 별반 다를 바가 없다네.

---

287 '아카데미 프랑세즈'에서 내린 정의에 의하면 누벨리스트란 '새로운 소식에 호기심이 있고, 이런 소식들을 퍼뜨리기 좋아하는 자'라고 되어 있다. 이들은 구두를 통해서뿐만 아니라 '누벨아라맹nouvelles à la main'이라는 정기 간행물을 직접 손으로 작성해 배포하기도 했다고 한다. 여기서 몽테스키외는 현대 저널리즘의 시초라 할 수 있는 이 누벨리스트들을 향해 커다란 반감을 보이고 있다.

288 튈르리 정원(Jardin des Tuileries)을 말한다(106쪽 주 62 참조).

그런데도 이들은 스스로를 타인의 존경을 받을 만한 그런 존재로 여기는데, 이는 바로 그들이 아주 훌륭한 계획에 대해 서로 논하고 있으며 또 이들의 대화가 매우 중대한 관심사를 다루고 있기 때문이라네.

이들 대화의 근본은 다름 아닌 그 시시하고 어리석은 호기심이라네. 자신들이 침투하지 못할 정도로 그렇게까지 비밀스러운 집무실이란 결코 있을 수가 없다지. 그야말로 무슨 일이든 절대 모르는 채로 그냥 넘어갈 줄을 모르는 사람들이라네. 존엄하신 우리 페르시아 군주께서 몇 명의 여인을 거느리고 계신지, 또 자식들은 매년 몇 명씩이나 두고 계시는지까지도 모두 알고 있지 않겠나? 게다가 결코 첩자를 부려 염탐하는 일이 없음에도 불구하고 우리 군주께서 튀르키예와 무굴 제국의 황제를 굴복시키기 위해 취해둔 그 조치들까지도 아주 잘들 알고 있다네.

이들은 현재 사건에 관한 이야기가 바닥나면 곧바로 미래에 일어날 일로 뛰어든다네. 신보다도 앞서 걸으며 신에게 인간들이 취할 미래의 모든 행동거지에 대해 일러주고 있지. 그런가 하면 장군을 선동해가며 그가 하지도 않은 수천 가지 어리석은 짓들을 칭찬해준 후, 앞으로도 하지 않을 그런 또 다른 수천 가지 어리석은 짓들을 준비시키곤 한다네.

이들은 또 군대를 마치 두루미 날듯 그렇게 날아다니게끔 해주는가 하면, 적군의 성벽을 마치 종이상자 무너지듯 그렇게 무너지게끔 해준다네. 온 강마다 이들이 지나다닐 다리가 놓여 있고, 온 산마다 이들의 비밀통로가 뚫려 있으며, 타오르는 사

막에는 이들의 거대한 저장고가 있으니 이들에게 부족한 거라
곤 오로지 상식, 그 하나뿐이라네.

나와 함께 묵고 있는 남자가 어느 누벨리스트로부터 다음과
같은 편지를 받았다네. 너무도 별난 편지이기에 내가 잘 보관
해두었지. 자네도 한번 읽어보게나.

선생님!

저는 시사 문제에 관한 예측에서만큼은 거의 실수를 하는
법이 없답니다. 1711년 1월 1일에도 요제프[289] 황제가 그해에
사망하게 되리라는 것을 예견했었지요. 실은 당시 그가 너무
도 건강한 상태였던지라 만일 이런 저의 추측을 명확하게 표
현한다면 저는 분명 웃음거리가 되고 말 거라고 생각했습니
다. 그래서 결국 약간은 수수께끼 같은 난해한 용어를 사용
했었답니다. 그래도 곰곰이 생각해볼 줄 아는 몇몇 사람들은
제 말뜻을 잘 알아들었습니다. 그리고 그해 4월 17일, 요제프
황제는 고작 그 시시한 천연두로 유명을 달리하고 말았지요.

신성 로마 제국의 황제와 튀르키예인들 사이에 전쟁[290]이
일어났을 때는 그 전쟁이 발발하자마자 튈르리 정원 구석구

---

289 오스트리아(당시 합스부르크 군주국)의 왕이자 신성 로마 제국의 황제였던
요제프 1세(Franz Joseph I, 1678~1711)를 지칭한다. 그는 루이 14세의 적이기도
했다.

290 1716~18년에 있었던 오스만 제국과 오스트리아(당시 오스트리아의 왕은
신성 로마 제국의 황제를 겸하고 있었다) 사이의 전쟁을 말하는 것으로 이 전쟁
에 대해서는 편지 123에서 이미 언급한 바 있다. 이 전쟁에서 오스만 제국은
1717년 베오그라드(현 세르비아의 수도)를 잃고 말았다(389쪽 주 272 참조).

석을 돌아다니며 저희 누벨리스트 일원들을 찾아 모았답니다. 그들을 연못 근처에 모아놓고는 베오그라드가 포위 공격당할 것이며 결국엔 함락되고 말 것이라 예보했지요. 그리고 아주 기쁘게도 저의 예보는 정확히 들어맞았습니다. 포위 공격이 한창일 즈음하여 베오그라드가 8월 18일에 함락될 것이라는 내기에 100피스톨을 걸었던 것도 사실입니다. 한데 하필이면 바로 그다음 날에야 함락되지 않았겠습니까? 세상에! 이렇게 안타깝게 지는 내기가 또 어디 있답니까?

스페인 함대가 사르데냐[291]에 상륙했을 때도 저는 이들이 그 섬을 정복할 거로 판단하고는 곧바로 사람들에게 알렸습니다. 그리고 정말로 제 이야기대로 되었지요. 이에 우쭐해진 저는 이 승리의 함대가 밀라노를 정복하기 위해 피날레 항[292]으로 상륙하러 갈 것이라고 덧붙였습니다. 이런 저의 생각이 사람들에게 쉬사리 받아들여지지 않자 저는 명예롭게 저의 생각을 옹호하고 싶어졌지요. 해서 50피스톨을 내기에 걸지 않았겠습니까? 물론 이 내기에서도 또 지고 말았지요. 그 빌어먹을 놈의 알베로니[293]가 이미 체결되어 있었던 조약

---

291 현재 이탈리아의 섬이자 주州이다. 당시에는 아라곤 연합왕국(347쪽 주 229 참조)에 속해 있었다. 1720년 사부아 공국이 스페인 왕위 계승 전쟁에서 승리하여 이 섬을 얻게 된 후 그곳에 사르데냐 왕국을 건립한다.

292 사르데냐에서 북쪽으로 떨어져 있는 이탈리아의 북부 해안 지방이다.

293 당시 오스만 제국을 지원하기 위해 출정했던 스페인의 알베로니 추기경(389쪽 주 273 참조)을 말한다. 알베로니는 1717년에 사르데냐를, 1718년에 시칠리아섬을 점령하여 스페인 영토화했다.

에도 불구하고 자신의 함대를 시칠리아섬[294]으로 보낸 것이 아니겠습니까? 정치의 두 대가大家, 사부아 공[295]과 저를 속였던 것이지요.

이 같은 사건들로 인해 너무도 어리둥절해진 저는 앞으로는 예보만 해줄 뿐 더는 그 어떤 내기도 하지 않기로 결심했습니다. 예전에는 튈르리 정원에 내기라는 것이 결코 없었습니다. 고故 L모 백작[296]은 내기를 용납해주는 법이 결코 없었지요. 그런데 그 멋쟁이 젊은 무리가 우리와 합세하게 된 이후로 우리 일원들은 더는 뭐가 어찌 돌아가는지 통 알 수 없게 되었답니다. 어떤 소식 하나를 알리기 위해 입을 열기만 하면 벌써 이 젊은이 중 누군가가 반대를 하며 내기를 걸어오곤 하지 않겠습니까?

얼마 전에는 제가 원고를 꺼내 들고 콧등에 안경을 잘 맞춰 올려놓은 후 한마디 내뱉기 시작하자마자 두 마디 말로 채 넘어가기도 전에 벌써 그 허풍쟁이 중 하나가 "그렇지 않다는 것에 100피스톨을 걸겠소" 하고 말하는 것이 아니겠습니까? 저는 그 터무니없는 말에 신경 쓰지 않는 척하며 좀더 목청을 높여 말을 이었습니다.

---

294 현재 이탈리아의 자치주이자 지중해 최대의 섬이다. 당시 시칠리아 왕국의 영토였으며, 시칠리아의 왕위에 대한 권리는 신성 로마 제국의 황제가 갖고 있었다.

295 프랑수아 외젠 드 사부아카리냥 공자를 가리킨다(389쪽 주 274 참조).

296 요아힘 데 리오네Joachim de Lionne 백작을 일컫는다. 그는 당시 유명했던 누벨리스트로서 1716년 3월 31일에 사망했으며 생전에 매우 훌륭하게 조직된 정보망을 갖고 있었다.

"＊＊＊ 총사령관 각하의 정보에 따르면……"

그러자 또 그가 말하더군요.

"그것은 사실이 아닙니다. 당신은 늘 터무니없는 소식만 가지고 오시는군요. 그건 모두 상식에 어긋나는 이야기입니다."

선생님! 실은 이 내기가 저를 무척이나 뒤흔들어놓았답니다. 하여 부탁드리는데 제게 30피스톨만 융통해주시면 고맙겠습니다. 여기 제가 어느 대신에게 보낸 두 장의 편지 사본을 동봉해드립니다.

부디 저의……

〈누벨리스트가 대신에게 쓴 편지 1〉

나리!

저는 국왕의 그 어떤 신하보다도 더욱 충성스러운 신하입니다. 루이 대왕께서 지금까지 대왕의 칭호를 받아 마땅했던 모든 대왕 중 최고의 대왕이셨다는 것을 보여줄 책을 발간해낼 계획을 세운 후, 친구 하나에게 그 계획을 이행하지 않을 수밖에 없도록 한 것이 바로 저랍니다. 게다가 저는 아주 오래전부터 또 다른 작품 하나도 준비 중인데 바로 우리 민족을 더욱더 영광스럽게 해줄 작품이랍니다. 나리께서 제게 국왕의 출판 윤허를 내려주시기만 한다면 말이지요. 이 책의 목적은 다름 아닌 이 왕국이 설립된 이래로 우리 프랑스인늘은 단 한 번도 정복당한 적이 없다는 것과 지금까지 우리 민족의 단점에 대해 역사가들이 해온 이야기들은 모두 다 전정한 허위였다는 것을 증명해 보이는 것입니다. 아주 많은 부분에서 이런 역사가들의 이야기를 바로잡아야 하는데, 감히 자신하는 바, 이 몸은 비평에서 특히나 눈부시게 뛰어난 재능을 보이는 사람이랍니다.

나리! 부디 저의……

〈누벨리스트가 대신에게 쓴 편지 2〉

나리!

고 L모 백작께서 우리 곁을 떠나신 까닭에 새로운 대표를 선출하고자 하오니 부디 허락해주십시오. 현재 회담은 마냥 무질서하기만 하고 국가의 공무는 예전처럼 토의를 통해 다루어지지 못하고 있습니다. 젊은 신입 후배들이 고참 선배들에게 전혀 예의를 갖추지 않을뿐더러 그들 사이에서는 그 어떤 규율도 지켜지고 있지 않답니다. 그야말로 젊은이들이 나이 든 원로들에게 자신들의 의견을 강요하는 르호보암의 고문 회의[297]가 아닐 수 없습니다. 우리가 바로 자신들이 이 세

---

[297] 구약성경의 「열왕기상」 제12장 4~14절의 내용을 말한다. 『성경』에 의하면 솔로몬(이스라엘 왕국의 제3대 왕)에 이어 그의 아들 르호보암이 왕위에 오르게 된다. 그러자 솔로몬 시대의 무거운 세금과 국가 노역으로 피로해 있었던 백성들이 그에게 찾아가 고역과 무거운 멍에를 가볍게 해달라고 요청했다. 이에 르호보암이 솔로몬 시대에 국정에 참여했던 정치 경험이 많은 장로들과 상의하게 되니, 그들은 르호보암에게 백성들의 노역을 가볍게 해주어야 한다고 조언했다. 하지만 그는 이들의 조언을 받아들이지 않고 자기와 함께 자라난 젊은이

상에 태어나기 이미 20년 전부터 아주 평화로이 이곳 튈르리를 장악하고 있었던 사람들이라고 아무리 이야기해봐도 소용없답니다. 아무래도 결국엔 이들이 저희를 이 정원에서 쫓아내고야 말 것 같습니다. 그리되면 저희는 그동안 그토록 우리 프랑스 영웅들의 흔적에 대해 거론해오곤 했었던 이곳을 떠나 아마도 '국왕의 정원'²⁹⁸이나 혹은 그보다도 더 외진 곳으로 가 모임을 할 수밖에 없겠지요.

부디 저의……

1719년 8월 7일, 파리에서

편지 131
레디가 리카에게
(수신지 : 파리)

유럽에 도착하면서 저의 호기심을 가장 많이 자극했던 것 중 하나가 바로 공화국의 역사와 그 기원입니다. 아저씨께서도 잘 알고 계시다시피 아시아인들은 대부분 이런 종류의 정부에 대한 개념이 없을뿐더러 이 지구상에 독재 정부 외에 다른 것이

들의 조언을 좇아 백성들을 강압적으로 다스리게 된다. 결국 이에 불만을 품은 열 지파가 여로보암을 왕으로 추대하고 독립하여 북이스라엘 왕국을 세우는 사건이 벌어지게 되었다.

298 현재 파리 동남쪽에 있는 '식물 정원(Jardin des Plantes)'을 말한다.

있을 수 있다는 것을 결코 상상도 하지 못합니다.

우리 인간들의 초기 정부는 모두 군주제였습니다. 공화제가 형성된 것은 세기의 세기를 거쳐 일어나게 된 그저 우연한 일이었지요.

홍수로 인해 파멸에 이르렀던 그리스에 새로운 거주민들이 찾아와 정착하게 되었습니다. 대부분이 이집트에서 왔거나 혹은 그리스와 가장 근접한 아시아 국가들에서 온 주민들이었지요. 그런데 이런 나라들은 본래 군주에 의해 통치되어왔던지라 그곳에서 이주해 온 이 새 주민들은 역시 같은 방식으로 군주에 의해 다스려지게 되었답니다. 하지만 군주들의 폭정이 너무 부담스러워지자 결국 이들은 그 굴레를 벗어던지게 되었지요. 이렇게 하여 멸망에 이르렀던 그 수많은 왕국의 잔해로부터 마침내 이 공화제라는 것이 생겨났습니다. 그리고 이 공화제는 그리스를 그토록 번영하게 해주었으니, 결국 그리스는 미개국들 한가운데에 유일한 문명국으로 자리 잡게 되었답니다.

자유에 대한 갈망과 군주에 대한 증오는 그리스를 오랜 기간 독립 국가로 남아 있게 해주었으며 공화제를 널리 퍼뜨릴 수 있도록 해주었습니다. 또한 그리스 도시들은 소아시아 국가들과 동맹을 맺고 자유롭게 그곳으로 이주민들을 보내 페르시아 군주로부터의 공격에 대한 방어막으로 삼았답니다. 그뿐만이 아닙니다. 그리스는 이탈리아로 이주민들을 보내 그곳에 정착하게 했지요. 더 나아가 이탈리아에서 스페인으로, 또 짐작건대 스페인에서 갈리아 지방으로까지도 그 주민들을 이주 정착시켰답니다. 고대인들 사이에서 그토록 유명했던 이 거대한 서방의 땅, 헤스페리아[299]가 사실 처음에는 그리스였으며, 또 그 이웃 나라들로부터 행운의 거주지로 여겨져왔었다는 것은 이미 우리에게 잘 알려진 사실입니다. 자신의 나라를 행복한 나라로 여기지 못했던 그리스인들이 행복을 찾아 이탈리아로 떠났으며, 이탈리아에서 행복을 느끼지 못한 이들은 다시 스페인으로, 또 스페인에서 행복을 느끼지 못한 이들은 다시 베티카[300]나 포르투갈로 이주해 갔지요. 그래서 고대인들 사이에서 이 지역들이 모두 다 헤스페리아라는 하나의 이름으로 불렸던 것입니다. 그리스의 이주민들은 자신들의 그 온화한 조국에서 지녔던 자유 정신을 자신들의 이주지에 그대로 가지고 갔답니다. 아주 먼 옛날 이탈리아나 스페인, 갈리아[301]에서 군주제를 찾아볼 수 없었던 이유가 바로 이 때문이지요. 잠시 후면 아시게 되겠지만 북방 민족 및 독일 민족 또한 이 못지않은 자유를 누렸습니다. 이들에게서 어떤 왕정의 흔적이 보인다고 하는 것은 우리가 군대나 공화국의 우두머리를 다름 아닌 왕으로 오인했기 때문입니다.

이 모두가 유럽에서 일어났던 일들입니다. 아시아와 아프리카는 언제나 독재 정치에 짓눌려왔지요. 앞서 언급했던 소아시

---

299 헤스페리아Hespérie는 언급한 장소에서 가장 가까운 서쪽에 있는 나라를 뜻한다. 그리스를 기준으로 볼 때는 이탈리아를 지칭하는 것이고, 이탈리아를 기준으로 본다면 스페인, 포르투갈 등을 포함하는 이베리아반도를 지칭하게 되는 것이다. 따라서 본문에서는 이탈리아를 비롯한 이베리아반도 전체를 가리킨다고 볼 수 있다.

300 현재 스페인 남부의 안달루시아 지방에 해당하며 포르투갈과 접해 있다.

301 354쪽 주 241 참조.

아의 몇몇 도시들과 아프리카의 카르타고 공화국[302]을 제외하고는 말입니다.

세계는 로마 공화국과 카르타고 공화국이라는 두 막강한 공화국으로 나뉘어 있었습니다. 로마 공화국의 기원만큼 잘 알려진 것도 없고 카르타고 공화국의 기원만큼 잘 알려지지 않은 것도 없지요. 디도[303] 이후로 아프리카 국왕들의 계승이 어떻게 이루어졌는지, 또 그들이 어떻게 권력을 잃어갔는지 우리는 전혀 아는 것이 없습니다. 로마 시민들과 그 피정복민들 사이에 부당한 차별만 없었더라도, 지방 총독들에게 권력을 조금만 덜 나누어주었더라도, 이들의 압정을 막기 위해 제정되었던 그 신성하기 그지없는 법률들이 잘 준수되기만 했더라도, 그리고 부정하게 모아온 재물을 이용해 이런 법률들을 침묵시키지만 않았더라도 로마 공화국의 그 어마어마한 확장은 분명 전 세계에 커다란 행운이 되었을 것입니다.

자유란 유럽인들의 천성에 걸맞은 것 같고, 종속이란 아시아인들의 천성에 걸맞은 것 같습니다. 로마인들이 카파도키아[304]인들에게 자유라는 귀중한 보물을 안겨주었던 것은 모두가 다 부질없는 짓이었습니다. 그 비굴한 민족은 그 보물을 거부하고

---

302 355쪽 주 246 참조.

303 그리스 로마 문헌에 따르면 디도Dido는 페니키아의 튀로스 왕국 공주로서 현재의 튀니지인 카르타고의 창건자이자 첫 여왕이다.

304 카파도키아Cappadocia는 아나톨리아 고원 한가운데에 있는 지역 이름으로, 4~13세기에 걸쳐 건립된 기암 마을들을 일컫는다. 오늘날 튀르키예의 카파도키아Kapadokya에 해당한다.

는 다른 민족들이 열렬히 자유를 갈망하는 만큼이나 그렇게 열렬히 누군가에게 종속되기를 갈망했지요.[305]

카이사르[306]는 로마 공화국을 억압하고 이를 전제 권력 아래 굴복시켜버리고 말았습니다.

유럽은 난폭한 군사 정권 아래 오랫동안 신음하게 되었고, 로마의 그 온화함은 잔인한 압제로 변해버리고 말았지요.

그런데 헤아릴 수 없이 많은 미지의 민족들이 북방에서 내려와 마치 급류처럼 로마의 여러 지방으로 퍼져나갔습니다. 이들은 자신들이 해오던 해적질만큼이나 쉽게 그곳을 정복해나가며 로마 제국을 분할시켰고, 그 자리에 수많은 왕국을 세워나갔습니다. 이 북방의 민족들은 매우 자유로운 민족이었습니다. 하여 국왕들의 권력을 어찌나 심하게 제한해놓았던지 그 국왕들은 사실상 어떤 우두머리나 장군 정도에 지나지 않는 존재일 뿐이었지요. 그래서 이들이 세운 왕국들은 비록 무력에 의해 세워졌다고는 하나 그래도 정복자의 억압이라는 것이 전혀 느껴지지 않았답니다. 오로지 군주라는 단 한 사람의 뜻에 따라 정복을 해온 튀르키예나 타타르족 같은 아시아 민족들은 이런 정복을 할 때 오직 그 한 사람에게 새로운 백성들을 바칠 생

---

305 이 단락은 1758년 이후 판부터는 삭제되었으며, 1973년 판에서는 주석에서 볼 수 있다.

306 고대 로마의 정치가이자 군인, 작가이다. 카이사르는 로마 공화국의 정권을 장악한 뒤 공화정의 귀족 정치를 고도로 중앙집권화하였으며 급기야 자신을 종신독재관으로 선언했다. 이로써 로마의 공화정은 붕괴했고 사실상 제정이 시작되었다.

각, 무기를 사용해 그 한 사람의 폭력적 권위를 확립해줄 생각 밖에는 하지 않았지요. 하지만 자신들의 본국에서 자유롭게 살아왔던 이 북방 민족들은 로마의 여러 지방을 탈취하면서 자신들의 우두머리에게 절대로 큰 권력을 넘겨주지 않았답니다. 심지어 이들 중에는 아프리카에 진출했던 반달족[307]이나 스페인에 진출했던 고트족[308]처럼 자신들의 왕이 조금이라도 못마땅하면 곧바로 폐위시켜버리곤 했던 민족들도 있었지요. 다른 북방 민족들 역시 수없이 다양한 방법으로 그 왕들의 권력을 제한해두었습니다. 여러 제후가 왕과 함께 권력을 나누어 갖고 있었는가 하면, 전쟁을 일으킬 때는 반드시 이들 모두의 동의가 있어야만 했으며, 전리품들은 그 수장과 병사들이 함께 나누어 가졌지요. 또한 왕을 위해 거둬들이는 그 어떤 조세도 없었으며, 법률은 민회民會를 통해 제정되었습니다. 이것이 바로 붕괴된 로마 제국의 잔해에서 새로이 생겨난 모든 정부의 기본 원칙이랍니다.

1719년 9월 20일, 베니스에서

---

307 민족 대이동기의 동부 게르만족 일파로 오늘날 폴란드 남부 지역에 거주했던 것으로 역사에 처음 등장하며, 이후 유럽 여기저기로 이동하여 서기 5세기에는 스페인과 북아프리카에 성공적으로 왕국을 세웠다. 그러나 534년 동로마 제국에 의해 멸망하게 된다.

308 동부 게르만족의 일파로 기원전 1세기경 게르만의 원주지인 동부 스웨덴 지역 스칸디나비아반도로부터 발트 해안과 비스와(비슬라)강 유역으로 정착해 옮겨왔다. 그 후 3세기 무렵에는 흑해 서북부 지역으로 이동하였다가 훈족의 압력으로 375년 무렵에 동고트와 서고트로 분열되었다.

편지 132

리카가 ***에게

한 대여섯 달 전이던가? 어느 카페에 들어갔다가 그곳에서 꽤 잘 차려입은 귀족 양반 하나가 사람들에게 이야기하는 것을 보았네. 파리에 살면서 누려왔던 즐거움에 관해 이야기하며 활기 없고 따분하기 그지없는 시골로 내려가야만 하는 자신의 처지를 한탄하고 있었지. 그가 이런 말을 하더군.

"내게는 매년 토지 금리로 들어오는 1만 5천 리브르의 정기 수입이 있소이다. 하지만 이 재산의 단 4분의 1만이라도 여기저기 지니고 다닐 수 있는 현금으로 만져볼 수 있다면 참으로 행복하겠소. 아무리 소작인들을 재촉하고 소송 비용까지 떠안겨가며 괴롭혀도 다 소용없다오. 오히려 이들에게 지불 능력만 더욱 떨어뜨릴 뿐이라오. 내 지금껏 단 한 번도 100피스톨을 한꺼번에 만져본 적이 없지 않겠소? 내게 만일 1만 프랑의 빚이 생긴다면 사람들은 분명 내 땅을 모조리 다 압류해버릴 테고, 그리되면 난 아마 병원[309] 신세가 되고 말 거요."

난 이런 이야기에 그다지 크게 신경 쓰지 않고 그곳에서 나왔네. 그런데 어제 마침 그 구역에 갔다가 다시 그 카페에 들어가게 되지 않았겠나? 그리고 거기서 창백하고 시무룩한 얼굴에 매우 심각한 표정을 짓고 있는 한 남자를 보게 되었지.

---

309 18세기 '아카데미 프랑세즈'에서 내린 정의에 따르면 병원이란 '빈곤자나 환자, 잠시 거쳐 가는 자들을 위해 세워진 곳으로, 이들을 맞이해주고 이들에게 숙식을 제공해주며 자비로써 이들을 대해주는 곳'이다.

대여섯 명의 수다쟁이들 사이에 둘러싸여 있던 그는 왠지 침울해 보였고, 뭔가 복잡한 생각에 잠겨 있는 듯했네. 그런데 갑자기 그가 목소리를 높여 이렇게 말하는 것이 아니겠나?

"예, 그렇소이다. 나는 파산했소이다. 내 집에는 고작 지폐 20만 리브르와 은화 10만 에퀴밖에 없으니 난 이제 더는 먹고살 것도 없게 되었소이다. 그래도 난 내가 부자라고 믿었는데…… 병원 신세라니…… 난 지금 그야말로 끔찍한 상황에 있소이다. 더도 말고 어디 은거해 살아갈 만한 작은 땅덩이 하나만이라도 있었더라면 그나마 먹고살 걱정은 하지 않으련만 내겐 지금 이 모자 크기만 한 땅조차 없다오."[310]

우연히 다른 쪽으로 고개를 돌려보았더니 마치 악마가 빙의라도 한 것처럼 한 남자가 잔뜩 일그러진 표정을 짓는 게 보이더군. 그 남자는 외치듯 이렇게 말했네.

"이제부터는 대체 누구를 믿어야 한다는 것이오? 내가 그토록 친구라고 굳게 믿어왔기에 돈을 빌려주었건만 그 배신자가 글쎄 내게 그 돈을 돌려주지 않았겠소? 이 얼마나 끔찍스러운 배신행위란 말이오? 아무리 그래봤자 다 소용없소. 그자는 언제나 내 마음속에서 명예를 상실한 채로 남아 있을 것이라오."[311]

---

310 당시 존 로(John Law, 1671~1729)를 금융 책임자로 두고 있었던 프랑스에서는 은행권의 과다 발행으로 인해 화폐의 가치가 떨어지고 부동산의 가치가 올라 있었다. 존 로(433쪽 주 321 참조)의 금융 정책에 관한 풍자는 편지 142에서 잘 볼 수 있다.

311 당시 화폐의 가치가 떨어진 관계로 채무자들이 현금으로 자신의 채무를

바로 그 옆에서는 아주 허름한 차림의 남자 하나가 고개를 쳐들고 하늘을 바라보며 이렇게 말하더군.

"우리 대신들의 계획에 부디 신의 가호가 있기를 비나이다! 주가가 2천으로 뛰어 파리의 모든 하인이 자신들의 주인보다 더 부유해지는 것을 이 두 눈으로 직접 볼 수 있게 되기를 비나이다!"

나는 그 남자의 이름이 궁금해졌지. 해서 사람들에게 물어보니 누군가가 이런 대답을 해주더군.

"저 사람은 지극히도 가난한 사람입니다. 매우 비천한 직업을 갖고 있지요. 바로 족보 학자랍니다. 그는 부호들이 끊임없이 생겨나서 자신의 기술로 수익을 올리게 되기를 기대하고 있답니다. 이 신흥 부호들이 자신의 성을 갈아 치우기 위해, 조상들로부터 물려받은 때를 씻어내기 위해, 그리고 자신의 마차를 멋지게 장식하기 위해 모두 본인을 필요로 하기를 기대하고 있지요. 그는 자신이 원하는 만큼 얼마든지 귀족을 만들어낼 수 있으리라 생각한답니다. 하여 자신의 일이 부쩍 늘어날 것을 상상하며 저렇게 기쁨에 설레고 있는 것이랍니다."

마지막으로 창백하고 수척한 얼굴을 한 노인 하나가 들어오는 것을 보았지. 나는 그 노인이 자리에 앉기도 전에 벌써 누벨리스트임을 알아보았다네. 그는 온갖 역경 앞에서도 그야말로 의기양양한 자신감으로 언제나 승리와 전리품만을 예고해주는 그런 유의 누벨리스트가 아니었네. 오히려 그와 반대로

상환할 경우 채권자들은 그 피해를 감수하지 않을 수 없는 상황이었다.

비극적인 소식밖에는 전해주지 않는 그런 겁쟁이 중 하나였지. 그가 말하더군.

"스페인과의 상황이 아주 좋지 못합니다. 우리는 그쪽 국경 지대에 아무런 기병대도 주둔시켜놓지 않았지요. 거대한 규모의 기병대를 이끌고 있는 피오[312] 공이 랑그독[313] 지방 전체를 빼앗아가지나 않을까 걱정입니다."

내 맞은편 정면에는 그다지 깔끔치 못한 차림을 한 철학자가 한 명 있었는데, 그는 이 나이 많은 누벨리스트를 측은히 바라보며 그가 목청을 높여 말할 때마다 어깨를 한 번씩 들썩거리더군. 그러더니 내가 곁으로 다가가자 내 귀에 대고 이렇게 속삭이는 게 아니겠나?

"저 거들먹거리기 좋아하는 자가 벌써 한 시간째 저렇게 랑그독 지방이 침략당하지나 않을까 두려워하며 떠들어대고 있는 것을 당신도 잘 보셨지요? 나는 어제저녁에 만일 더 커진다면 자연을 완전히 마비 상태로 만들 수도 있는 그런 태양의 흑점 하나를 발견했는데도 이렇게 단 한 마디도 꺼내고 있지 않는데 말입니다."

1719년 11월 17일, 파리에서

---

312 셀라마르(396쪽 주 276 참조)의 모반으로 시작된 프랑스와 스페인 간의 전쟁 중 스페인의 피오(le prince Pio de Savoie) 공은 랑그독 지방을 위협했다.
313 프랑스 남부 지방으로 스페인과 접해 있다.

편지 133
리카가 ***에게

얼마 전에는 어느 수도원에 있는 대형 도서관[314]을 구경하러 갔었다네. 그곳에 살고 있는 데르비시들이 그 도서관의 위탁 관리인들이나 다름없는데, 일정 시간에는 모든 이들에게 출입을 허락해준다네.

도서관에 들어서는데 자신을 둘러싸고 있는 그 어마어마한 양의 책들 한가운데를 거닐고 있는 어느 엄숙한 표정의 남자가 보이더군. 그래서 그에게 다가가 다른 책들보다 제본이 더 잘되어 있는 몇몇 책들을 가리키며 그 책들에 대해서 좀 이야기해달라 부탁했지. 그러자 그가 대답하더군.

"선생님! 이곳은 제게 그저 생소하기만 한 장소랍니다. 저는 이곳에 있는 그 누구도 알지 못합니다. 많은 사람이 선생님처럼 그런 질문을 하곤 합니다만 그렇다고 설마 선생님께서도 제가 그런 질문에 답해주기 위해 이 많은 책을 다 읽으려 들 것이라고 생각하시는 것은 아니겠지요? 그런 질문에 대한 답변이라면 제 사서가 아주 흡족하게 해드릴 것입니다. 당신이 보고 계시는 이 모든 서적을 밤낮으로 판독이나 해대고 있는 사람이니까요. 우리 수도원을 위해 하는 일이라고는 조금도 없는, 그야말로 아무짝에도 쓸모가 없고 우리에게 매우 부담만

---

314 현재 파리 6, 7 대학의 자리에 있었던 생빅토르Saint-Victor 수도원의 도서관을 말한다. 12세기 초 건립된 이래로 줄곧 그 명성이 높았으며, 1707년부터는 주 3회 일반인들에게 개방되었다.

되는 그런 사람이지요. 아, 식당의 종소리가 들리는군요. 저 같은 수도원의 지도자들은 무슨 일이든 언제나 제일 먼저 솔선수범을 보여야 한답니다."

이렇게 말하면서 그 수도승은 나를 밖으로 밀어내더니만 문을 닫아버리고는 날아가듯 그렇게 쏜살같이 내 눈앞에서 사라져버렸다네.

1719년 11월 21일, 파리에서

편지 134
리카가 동일 인물에게

다음 날 또다시 그 도서관에 가보았다네. 그런데 이번엔 전날 보았던 그 남자와는 완전히 딴판인 남자를 만나지 않았겠나? 수수해 보이는 외모에 재치 있는 표정을 지으며 매우 친절하게 사람들을 맞아주는 남자였지. 내가 호기심을 내비치자 그는 곧바로 나의 호기심을 충족시켜줄, 심지어 한 외국인에게 어떤 가르침이라도 줄 그런 만반의 태세에 들어가더군. 그에게 물었네.

"신부님! 도서관 저쪽을 가득 채우고 있는 저 많은 책은 다 무엇입니까?"

"그것은 성서 해석판들입니다."

그의 대답에 내 다시 물었지.

"굉장한 양이로군요. 예전에는 이해하기 아주 힘들었던 성서가 지금은 이해하기 아주 쉬워졌겠습니다. 혹시 아직도 풀리지 않은 의문들이 남아 있는지요? 이론의 여지가 남아 있는 점들이 아직도 있을 수 있습니까?"

그러자 그가 대답하더군.

"물론이지요. 있다마다요. 거의 매 줄마다 이론의 여지가 있답니다."

"그래요? 그럼 이 저자들은 다 무엇을 했다는 것입니까?"

내가 다시 묻자 그가 답하더군.

"그들은 성서에서 믿어야 할 것을 찾아내려 애쓴 것이 아니라 바로 그들 자신이 믿고 있는 것을 찾아내려 애쓴 것입니다. 성서를 자신들이 받아들여야 할 교리가 담긴 책이 아니라 자신들 고유의 사상에 권위를 실어줄 수 있는 그런 서적쯤으로 여겨온 것이지요. 하여 모든 의미를 변질시키고 또 모든 구절을 왜곡해놓은 것이랍니다. 이런 성서야말로 온갖 이단자들이 쳐들어와 약탈을 일삼고 있는 그런 일종의 나라와도 같다 할 수 있지요. 적국들끼리 서로 맞부딪쳐 수많은 전투를 벌이고, 서로 공격해 싸우며, 또 서로 갖가지 방식의 소규모 논전을 벌이고 있는 그런 전쟁터와 조금도 다를 바가 없는 곳이랍니다.

그 바로 옆에 보이는 책들은 금욕서와 종교서입니다. 그 옆으로는 이보다 훨씬 더 유익한 윤리서, 그리고 다루어지고 있는 주제들과 그 주제를 다루는 방식 때문에 이해하기가 두 배로 더 힘든 신학서고요, 또 그 옆에 있는 것은 광신자들, 다시 말해 유혹에 빠지기 쉬운 연약한 마음의 소유자들인 독실한 신봉자들의 저서들이랍니다."

"신부님! 잠시만요. 그렇게 빨리 지나가지 마시고 그 광신자라는 사람들에 대해서 좀 이야기해주시지요."

이렇게 말하자 그가 답하더군.

"선생님! 신앙심이라는 것은 유혹에 빠질 만한 그런 연약한 마음을 자극하여 뇌로 어떤 정기를 보내게끔 만든 후 다시 그 정기로 하여금 마찬가지로 그 뇌를 자극하게끔 만든답니다. 바로 이 때문에 황홀경이나 법열의 상태에 빠지는 것이지요. 이 것은 바로 신앙심의 열광된 상태를 뜻하는데, 이런 상태는 흔히 더욱 완벽해지곤, 아니 정적주의[315]로 악화되어버리곤 한답니다. 선생님께서도 이미 아시겠지만 정적주의자란 광적이고, 독실한 믿음이 있고, 또 음탕하기 그지없는 그런 인간에 지나지 않을 뿐이지요.

저기 보이는 것은 바로 결의론자들[316]의 저서입니다. 한밤의 비밀들[317]을 폭로해주는 이 결의론자들은 사랑의 악마가 만들어낼 수 있는 괴물이란 괴물은 모두 다 상상해내고는 이것들을

---

315 17세기에 스페인의 몰리노스Molinos 등이 주장한 가톨릭 내의 한 사조를 의미하는 정적주의靜寂主義는 외적 활동을 배제하고 마음의 평온을 통해 신과의 합일을 추구하는 신비적 그리스도교 교리이다. 인간의 능동적인 의지를 최대한으로 억제하고 권인적인 신의 힘에 전적으로 의지하려는 수동적 사상이다.

316 양심 문제를 이성과 기독교 교리에 따라 해결하려는 신학자들이다. 결의론이란 가장 넓은 의미로 보편적인 규범을 정확하게 적용하기 어려운 특정한 경우에 옳고 그른 것을 결정하는 기술을 뜻한다(186쪽 주 123 참조).

317 성 문제에 관한 매우 심도 있는 연구를 통해 이에 관한 여러 사례를 다루고 있는 스페인 예수회 수도승 토마스 산체스(Thomas Sanchez, 1550~1610, 484쪽 주 392 참조) 신부의『혼인 성사 조약』을 빗대고 있다.

모아 서로 비교해가며 이로부터 자신들 작품의 그 영구한 주제를 만들어내고 있답니다. 그토록 솔직하게 표현되었고, 그토록 생생하게 묘사된 그 수많은 문란함 앞에 독자들이 마음을 빼앗기지 않고 또 그 공범이 되지 않는다면 참으로 다행이지요.

선생님! 보시다시피 저는 생각이 아주 자유분방한 사람이며, 이런 자유분방한 생각을 지금 선생님께 모두 말씀드리고 있습니다. 저는 천성적으로 솔직한 사람인 데다가 외국인이신 선생님께서 사실을 있는 그대로 알고 싶어 하시니 더더욱이나 솔직해지는 것입니다. 사실 제가 마음만 먹었다면 이 모든 사실을 그저 감탄 섞인 어조로 이야기할 수도 있었습니다. 신처럼 숭고한 것이라는 둥, 존경스럽기 그지없는 것이라는 둥, 또는 참으로 경이로운 것이라는 둥, 그런 말들만 연거푸 해대면서 말이지요. 하지만 그렇게 되면 결국 제가 당신을 속이게 되든 아니면 당신의 마음속에서 저의 명예가 실추되든 둘 중 하나가 아니겠습니까?"

우리의 대화는 여기까지였네. 그 데르비시에게 갑자기 일이 생기는 바람에 대화는 다음 날로 미루기로 했지.

1719년 11월 23일, 파리에서

편지 135
리카가 동일 인물에게

약속한 시간에 다시 가보았더니 그 남자가 나를 전날 우리가 헤어졌던 바로 그 자리로 데리고 가더군. 그러고는 다시 이야기를 시작했다네.

"여기 있는 책들은 모두 문법학자와 주석자들의 저서입니다."

"신부님! 이 사람들은 모두 상식을 그만 좀 지니고 있으면 결코 아니 되는 것입니까?"

나의 물음에 그가 답하더군.

"아닙니다. 당연히 그래도 되지요. 게다가 그래봤자 어차피 이들의 작품 속에는 전혀 드러나지도 않는답니다. 또 그렇다고 해서 이들의 작품이 더 나빠지는 것도 아니고요. 그야말로 이들에게는 적격이지요."

"그건 옳으신 말씀입니다. 저 또한 이런 유의 학문에 전념하는 편이 차라리 나을 법도 한 그런 철학자들을 제법 알고 있답니다."

그는 계속 말을 이었네.

"저기 있는 것은 설교가들의 저서입니다. 어떤 이치에 상관없이 설득하는 재주를 지닌 사람들이지요. 또 저것은 수학자들의 작품들입니다. 사람들을 매우 위압적으로 설득해가며 마지못해 설득당하도록 만드는 사람들이지요.

여기는 형이상학에 관한 책들입니다. 매우 흥미로운 것들을 다루는 책들이지요. 책 속 곳곳에서 무한한 존재, 바로 신이 등장한답니다. 이것은 물리학 책입니다. 이 광활한 우주 체계를 다루고 있지만 정작 그 속에서 우리 장인들이 다루는 가장 단순한 기계에서만큼도 경이로운 점들을 발견해내지 못하는 책들이지요. 또 이것은 의학 서적들입니다. 자연의 허약함과 기술의 힘이 이루어낸 이 금자탑들은 가장 가벼운 질병을 치료할 때조차도 사람들을 공포에 떨게 한답니다. 그만큼 우리 인간들에게 너무도 많은 죽음을 불러다 주는 책들이지요. 하지만 치료법들의 효과에 관해 이야기할 때만큼은 마치 우리가 불멸의 인간이라도 되는 것처럼 우리를 완벽히 안심시켜주는 책들이랍니다.

바로 그 옆에 있는 것들은 해부학 서적들입니다. 인체의 각 부분에 대한 묘사보다는 각 부분에 붙여놓은 어법에 맞지도 않는 명칭들만 훨씬 더 많이 수록되어 있어 결국 병에 걸린 환자를 치료해주지도, 무지 속의 의사를 구해주지도 못하는 책들이지요.

이것은 연금술에 관한 서적들입니다. 때로는 병원[318]에서, 때로는 작은 집[319]에서 서식하는 책들이지요. 이런 장소들이야말로 이런 서적에 딱 어울리는 곳인 것처럼 말입니다.[320]

그리고 여기 이것은 과학책, 아니 좀더 정확히 말하자면 은밀히 감추어진 무지의 책들이랍니다. 일종의 마법 같은 내용을

---

318 421쪽 주 309 참조.

319 262쪽 주 166 참조.

320 연금술은 결국 빈곤이나 정신착란에 이르게 한다는 것을 암시하는 대목이다. 광적인 연금술사에 관한 이야기는 이미 편지 45에서도 언급된 바 있다.

담고 있지요. 대부분의 사람들에게는 그야말로 끔찍스럽게 느껴지지만 제게는 그저 안쓰럽기만 한 책들이랍니다. 점성술에 관한 책들도 바로 이런 부류에 해당한다고 할 수 있지요.”

“신부님! 지금 뭐라 하셨습니까? 점성술 책이라 하셨습니까? 그것은 저희 페르시아에서 가장 중요시되는 책입니다. 우리의 삶 속에서 일어나는 모든 행위를 지배하고 있으며, 우리가 꾀하는 모든 일에 그 결정을 내려주는 책이지요. 점성술사들은 우리의 지도자들이나 다름없는 존재들이랍니다. 지도자이다 못해 나라의 정치에까지 직접 관여하는 사람들이지요.”

내가 열띤 어조로 이야기하자 그가 말하더군.

“그렇다면 당신들은 이성의 굴레보다도 더 가혹한 굴레 속에서 살아가고 있는 것입니다. 당신들의 나라야말로 이 세상 모든 제국 중 가장 끔찍한 제국이로군요. 저는 그토록 철저히 별자리의 지배를 받고 있는 한 가족을 보면 그야말로 안쓰럽기 그지없답니다. 하물며 그것이 한 민족이라면 더더욱이나 그러하지요.”

그래서 나도 계속했지.

“당신들이 대수학을 이용하는 것처럼 우리는 점성술을 이용할 뿐입니다. 어느 민족에게나 모두 자신들만의 고유한 학문이 있고, 그 학문에 따라 그 나라의 정치가 이끌어지기 마련입니다. 페르시아의 점성술사들을 모두 다 합쳐본다 해도 이들이 우리 페르시아에서 저지른 그 어리석은 짓들은 당신네 대수학자 단 한 명이 이곳에서 저지른 어리석은 짓에도 미치지 못한답니다. 신부님께서는 별들의 우연한 일치가 당신네 정책 고안

432

자[321]의 그 뛰어난 논법만큼 그렇게 신뢰할 만한 법칙이 못 된다고 생각하십니까? 만일 이 문제를 놓고 프랑스와 페르시아에서 찬반투표로 가려본다면 이것이야말로 우리의 점성술이 보기 좋게 승리할 수 있는 멋진 주제가 될 것입니다. 계산하기만 좋아하는 그들이 완전히 굴복당하고 마는 꼴을 보시게 될 겁니다. 그리되면 이들을 향한 그 어떤 치명적인 결론인들 도출해내지 못하겠습니까?"

우리는 이쯤에서 그만 논쟁을 멈추고 서로 헤어져야만 했다네.

1719년 11월 26일, 파리에서

편지 136
리카가 동일 인물에게

다음번 회담에서는 그 박식하신 신부께서 나를 특별한 방으로 데리고 갔다네. 그러고는 이야기하기 시작했지.

"여기 있는 것들은 모두 근대사 책들입니다. 우선 교회와 교

---

321 스코틀랜드의 경제학자 존 로를 말한다. 당시 프랑스는 루이 14세가 추진한 각종 전쟁 때문에 경제적으로 총체적 난국에 빠진 상황이었다. 또한 귀금속의 부족으로 인해 통화량이 급속히 감소한 것은 물론 새로운 동전의 주조량도 제한받게 되었다. 이러한 난국을 타개하기 위해 루이 15세의 섭정이었던 필립 2세는 존 로를 금융 책임자로 임명했다. 그의 정책에 대한 풍자는 편지 142에서 볼 수 있다.

황의 역사부터 보시지요. 저 자신을 교화시키기 위해 제가 열심히 읽고 있는 책들인데 대개 그와 정반대의 효과를 가져오곤 한답니다.

저것은 그 어마어마했던 로마 제국의 쇠망을 다룬 책들입니다. 멸망한 수많은 군주국의 잔해에서 생겨난 로마 제국은 제국의 멸망과 함께 또한 그만큼의 많은 신생 제국들을 태어나게끔 했지요. 그 출신국들만큼이나 잘 알려지지 않았던 엄청난 수의 미개 민족들이 어느 날 갑자기 나타나 로마 제국에 쏟아져 들어와서는 제국을 휩쓸어버리고 분할시켜놓은 후 그 자리에 수많은 왕국을 세웠으니 그것이 바로 지금의 유럽 왕국들이랍니다. 사실 엄밀히 따지자면 이들은 본래 미개 민족이 아니었습니다. 매우 자유로운 삶을 누리고 있었기 때문이지요. 이들이 그렇게 미개한 민족이 되어버린 것은 바로 이들 대부분이 절대권력의 지배 아래 놓이면서 이성과 인류와 자연에 그토록 잘 부합하는 이 달콤한 자유를 잃어버리게 된 이후부터랍니다.

여기 보시는 서적들은 독일 제국 역사가들의 저서들입니다. 독일은 한낱 그 초대 제국의 그림자에 불과한 나라이지만 그래도 제 생각에는 독일이야말로 이 지구상에서 분열에도 불구하고 조금도 그 힘을 잃지 않은 유일한 강국이며, 또한 패배를 당할수록 더욱 강해지는 나라, 승리의 기회가 적다 보니 거듭되는 패배를 통해 도리어 불굴이 되어버린 그런 유일한 나라가 아닐까 싶습니다.

이것은 프랑스 역사가들의 저서들입니다. 왕권이 수립된 후 두 차례에 걸쳐 무너졌다가 다시금 재건된 후 수 세기 동안 침체해 있었으나 다시금 서서히 힘을 얻으면서 곳곳으로 그 세력이 증대되어 결국 그 절정기에 달한 프랑스의 역사를 잘 보여주고 있지요. 그야말로 흘러가던 중 잠시 사라졌다가 아니 땅속으로 잠시 숨어들었다가 이내 다시 나타나서는 흘러드는 여러 냇물에 의해 더욱 불어난 후 마침내 자신의 앞길을 막아서는 그 모든 것들을 재빨리 휩쓸고 가버리는 그런 강물과도 같은 역사가 아닐 수 없답니다.

저기 보이는 것들은 몇몇 고산 지대에서 출현하는 스페인 민족의 이야기를 다룬 서적들입니다. 이슬람교 국왕들이 이 땅을 신속히 정복했을 때만큼 스스로 또한 그렇게 순식간에 정복당하는 모습과, 그 수많은 왕국이 하나의 거대한 군주국으로 통합되어가는 모습을 보여주고 있지요. 하지만 그 넓은 국토와 거짓 풍요에 스스로 짓눌려 그 힘은 물론 명성까지도 잃어버리고는 그 옛날 강대국 시절의 자부심만을 유지해가는 거대 군주국의 이야기랍니다.

여기는 영국 역사가들의 저서들입니다. 불화와 반란의 열기속에서도 끊임없이 솟아오르는 자유를 볼 수 있는 나라, 흔들림 없는 불굴의 왕좌 위에서도 늘 휘청거리고 있는 국왕이 있는 나라, 바로 영국의 역사를 이야기하고 있지요. 인내심은 없지만 분노 속에서조차 그 현명함을 잃지 않는 민족, 당시 전대미문의 일, '바다의 주인'으로서 그 제국과 상업을 잘 어우러지게 한 민족, 바로 영국인들의 역사를 잘 보여주는 책이랍니다.

그 바로 옆에 있는 것들은 바다의 또 다른 지배자, 바로 네덜란드 공화국의 역사가들이 쓴 책들입니다. 유럽에서 그토록 존중받고 있으며, 아시아에서도 수많은 국왕이 이 나라의 상인 들에게조차 머리를 조아릴 정도로 매우 놀라운 대우를 받고 있 는 그런 네덜란드의 역사가 실려 있지요.

이탈리아의 역사가들은 그 옛날 이 세계의 주인이었으나 지 금은 다른 모든 나라의 노예가 되어버리고 만 자국민들, 그리 고 헛된 정치를 펼쳐가는 것 외에는 다른 어떤 왕권의 속성도 보이지 못하는 나약하고 분열된 이탈리아 제후들의 모습을 보 여주고 있답니다.

저기 있는 책들은 공화국 역사에 대한 서적들입니다. 자유의 상징인 스위스, 자원을 창출해낼 수 있는 곳이라고는 오로지 자국의 경제 활동밖에는 없는 베니스, 그리고 건축물들만 웅장 하게 들어서 있는 제노바 등의 역사를 다루고 있지요.

또 이것은 북방 민족, 특히 폴란드 역사가들의 저서들입니 다. 폴란드는 자국에 있는 자유와 국왕을 선출할 권리를 제대 로 이용하지 못하고 있는데 이는 마치 이 두 가지를 모두 다 잃어버린 이웃 나라 국민들을 위로해주기 위함인 듯만 하답 니다."

여기까지 이야기한 후 우리는 다음날을 기약하며 헤어졌 다네.

1719년 12월 2일, 파리에서

편지 137

리카가 동일 인물에게

이튿날 그는 또 다른 방으로 나를 인도했다네. 그러고는 말하더군.

"이곳에 있는 서적들은 모두 시인들의 작품들입니다. 다시 말해 양식에 족쇄를 채우고는 그 옛날 온갖 장신구들과 치장 속에 파묻혀 살아가던 여인네들처럼 갖은 기교를 부려가며 이성을 제압해버리는 것을 직업으로 삼고 있는 그런 사람들의 작품이라 할 수 있지요. 당신도 분명 이런 작가들을 이미 알고 계실 겁니다. 동양에서도 절대 드물지 않은 인물들이니까요. 그곳에서는 태양도 더욱 강렬히 내리비치고 있으니 그만큼 상상력 또한 더욱 데워주고 있을 듯싶군요.

저기 있는 것들은 서사시들입니다."

"서사시라는 것이 무엇입니까?"

내가 묻자 그가 대답하더군.

"솔직히 말씀드리자면 저도 잘 모릅니다. 전문가들의 말로는 지금까지 만들어진 서사시는 단 두 개[322]밖에 없으며, 그 외 서사시라고 불리는 것들은 모두 서사시가 아니라고들 하더군요. 그런데 사실 이 또한 제게는 잘 이해가 되지 않는 소리랍니다. 게다가 이들은 새로이 서사시를 짓는다는 것은 더는 불가능한

---

322 고대 그리스 작가 호메로스Homeros의 영웅 서사시 『일리아스』와 『오디세이아』를 뜻한다.

일이라고 이야기들 하는데 이는 더더욱이나 이해되지 않는 황당한 소리랍니다.

여기 있는 것은 극시인들의 작품입니다. 저는 개인적으로 이들이야말로 진정한 시인이자 예술적 정열의 대가라고 생각합니다. 극시인에는 두 종류가 있는데 하나는 독자들을 은은하게 감동시키는 희극 시인이고 다른 하나는 독자들의 마음을 아주 강렬하게 동요하고 흥분시켜놓는 비극 시인이랍니다.

또 이것은 서정시들입니다. 서정시인들은 자신의 기술을 이용해 그야말로 기상천외한 말들을 아주 조화롭고 듣기 좋게 만들어내는 사람들인데, 제가 극시인들을 매우 높이 사는 것만큼이나 매우 강하게 경멸하는 자들이랍니다.

그리고 이것은 전원시인들과 목가[323]시인들의 작품인데 궁정 사람들도 매우 좋아하는 작품이랍니다. 바로 이들이 지니지 못한 어떤 평온함이 목동들의 생활을 통해 묘사되고 있기 때문이지요.

여기는 지금까지 보신 모든 작가 중 가장 위험한 작가들의 작품들입니다. 바로 풍자시이지요. 풍자시는 아주 깊고 치유될 수 없는 상처를 입히는 작고도 예리한 화살과 같답니다. 풍자 시인들은 바로 이런 화살들을 날카롭게 갈고 있는 사람들이라 할 수 있지요.

여기 보시는 것들은 소설책입니다. 소설가들은 이성적 표현

---

323 짧은 전원시의 하나로 전원의 한가로운 목자나 농부의 생활을 주제로 한 서정적이고 소박한 시가詩歌이다.

과 감성적 표현을 과장해서 사용하는 일종의 시인들이지요. 자연스러움을 찾는 데 일생을 보내는 사람들이지만 늘 그것이 부족하답니다. 그러다 보니 이들의 작품에 등장하는 주인공들은 모두가 하나같이 날개 달린 용이나 켄타우로스[324]만큼 매우 기이하기만 하답니다."

이쯤에서 나도 입을 열었지.

"저도 당신네의 소설 몇 권을 읽어보았습니다. 만일 신부님께서 저희 페르시아 소설을 읽어본다면 아마 훨씬 더 놀라실 겁니다. 저희 소설 역시 당신네 소설만큼이나 그 내용이 매우 자연스럽지 못하답니다. 게다가 우리 고유의 관습에 극도로 얽매여 있기까지 하지요. 한 남자가 그 애인의 얼굴을 한 번 보기까지 무려 10년이라는 열정의 세월을 기다려야 한답니다. 하지만 작가들은 독자들에게 이 같은 지루한 서두를 거치게 하지 않을 수 없답니다. 그러다 보니 다양한 사건들을 다룰 수 없고, 결국에는 고치고자 하는 그 나쁜 면보다도 더 나쁜 책략을 쓰게 되는데, 바로 '기적'이라는 수단을 동원하는 것이지요. 제가 장담컨대 한 마법사가 저 땅속으로부터 어떤 사악한 무리 하나를 불러내고 주인공 혼자서 그 10만의 무리를 모조리 다 무찔러버리는 그런 이야기는 신부님께서도 분명 재미있어 하지 않으실 겁니다. 하지만 이것이 우리 페르시아의 소설이랍니다. 감동은 없고 매번 되풀이되기 일쑤인 이런 모험담은 독자들에

---

[324] 그리스 신화에 등장하는 인물로서 반은 인간으로, 반은 말로 되어 있는 '괴물인간'이다.

게 흥미를 잃게 하고, 또 이런 과도한 기적은 우리 독자들을
그야말로 분노케 한답니다."

1719년 12월 6일, 파리에서

편지 138
리카가 이벤에게
(수신지 : 스미르나)

　이곳의 대신들은 마치 계절이 바뀌듯 그렇게 서로 자리를 물
려주고 또 물려받곤 한다네. 글쎄 지난 3년 동안 재정 정책이
네 번이나 바뀌지 않았겠나?[325] 튀르키예와 페르시아에서는 지
금도 그 제국 창시자들이 초창기에 사용해왔던 방식과 똑같은
방식으로 그렇게 조세를 거둬들이고 있지 않은가? 이곳에서
도 그러리라는 것은 어림도 없는 생각이라네. 사실 우리가 이
런 조세 징수법 같은 것에 서양인들처럼 그리 크게 신경을 쓰
지 않는 것은 사실이네. 우리는 군주의 수입을 관리하는 것과
한 개인의 재산을 관리하는 것의 차이가 10만 토만을 세는 것

---

[325] 1717년부터 1720년까지 프랑스의 금융 정책은 노아이유Noailles, 아르장송 Argenson, 존 로John Law를 거쳐 마침내 로의 정책 폐지에 이르기까지 모두 네 번에 걸쳐 변화를 겪었다. 한편 본 편지의 날짜가 1720년 1월 1일, 로의 정책 폐지가 1720년 말이었음을 감안해볼 때 본 작품에서 몽테스키외는 날짜를 조금 앞서가고 있다고 할 수 있겠다.

440

과 100토만을 세는 것 이상의 차이가 있다고는 생각지 않지. 그런데 이곳에서는 이런 이해하기 힘들고 수수께끼 같은 일들이 훨씬 더 많이 일어나고 있다네. 수많은 천재가 그야말로 밤낮으로 일해가며 끊임없이 그리고 매우 힘겹게 새로운 계획안들을 고안해내야만 하는가 하면, 부탁하지도 않았는데 애써 자신을 위해 일해주는 그 수많은 사람[326]의 의견을 일일이 다 들어주어야만 하며, 또한 귀족들은 결코 들어갈 수 없고 하층민들에게는 그저 성스럽기만 한 그런 집무실에 깊숙이 틀어박혀 살아가야만 하지 않겠는가? 게다가 이들은 중대한 비밀과 기적 같은 구상, 새로운 제도로 언제나 그 머릿속이 가득 차 있어야 할 뿐만 아니라 깊은 상념에 잠긴 채 말을 해서는 절대로 아니 된다네. 때로는 그것이 단순한 예의상의 인사말일지라도 말일세.

이 나라 사람들은 선왕이 눈을 감자마자 벌써 새로운 행정기관을 설립할 생각부터 했었다네. 당시 병들어 있었던 자국의 상황을 잘 알고는 있었으나 이를 회복시키기 위해 어찌해야 할지를 통 모르고 있었지. 결국 기존 대신들의 막강한 권력을 불만스럽게 여겨왔던 이 나라 국민은 그 권력을 분산시키고자 했으니, 이에 예닐곱 개의 평의회[327]를 창설하기에 이르렀다네. 아마도 이 내각이야말로 지금껏 가장 의미 있게 프랑스를 다스

---

326 당시 대신들에게 어떤 직무에 관한 계획안을 제안해준 후 그것이 받아들여질 경우 일종의 수수료를 받아가던 자들을 말한다.
327 1715~18년 섭정에 의해 창안되었던 '다원 합의제'를 일컫는다.

려온 프랑스 전 국민의 내각일 걸세. 하지만 이 내각은 그것이 가져왔던 유용함과 마찬가지로 그리 오래가지는 못했다네.

선왕의 타계 이후 프랑스는 그야말로 온갖 질병에 시달리는 하나의 육신과도 같았다네. 하여 N선생[328]께서 직접 손에 검을 집어 들고는 불필요한 살점들을 도려낸 후 그곳에 몇 가지 국소용 약들을 발라주었지. 하지만 치료되어야 할 그 내부의 고질병들은 여전히 그대로 남아 있었다네. 하여 이번에는 한 외국인[329]이 와서 그 치료를 시도하지 않았겠나? 그런데 그는 그야말로 극약을 처방해놓고서는 자신이 이 나라를 살찌워줬다고 믿었다네. 실은 퉁퉁 부어오르게 만들어놓고는 말일세.

반년 전만 해도 부자였던 자들이 지금은 모두 빈곤에 처해 있고, 끼니를 때울 빵조차 없었던 자들이 지금은 그야말로 부를 만끽하고 있다네. 지금껏 이 양극이 이토록 서로 밀접하게 연관되었던 적은 결코 없었다네. 헌 옷 장수가 헌 옷 뒤집어놓듯 그렇게 그 외국인이 나라를 완전히 뒤집어놓은 게 아니겠나? 아래쪽을 위쪽으로 향하게 해놓았고, 또 위쪽은 아래쪽으로 돌려놓은 것이지. 부를 얻은 자들로서는 이 얼마나 뜻밖이다 못해 믿기지조차 않는 그런 부란 말이던가! 분명 신께서도 이보다 더 빨리 한 인간을 그 보잘것없는 처지에서 높은 지위로 끌어올려주실 수 없으련만……! 얼마나 많은 시종이 옛 동료들의 시중을 받고 있던가! 내일이면 또 이들이 옛 주인의 시

---

328 당시 재정 고문회 의장으로 있었던 노아이유 재정총감을 지칭한다.
329 존 로를 지칭한다.

중을 받게 되는 것은 아닐지 과연 누가 알리오!

이 모든 것이 종종 묘한 상황을 초래하기도 한다네. 선왕 시대에 큰 재물을 모아 출세할 수 있었던 이 천민들이 지금은 자신들의 신분을 과시하며, 모 거리[330]에 나가 반년 전 자신들이 받았던 그 멸시를 지금 막 하인의 제복을 벗어 던지고 나온 사람들에게 모두 되돌려주고 있다네. 온 힘을 다해 이렇게들 외쳐대지.

"귀족은 몰락했습니다. 나라가 어찌 이리도 뒤죽박죽으로 돌아간단 말입니까? 신분 계급 간에 어찌 이런 무질서가 만연할 수 있단 말입니까? 낯선 자들이 나타나 큰돈을 긁어모으고 있는 것밖에는 보이질 않습니다."

내 장담컨대 이 낯선 자들은 머지않아 자신들의 뒤를 밟게 될 또 다른 낯선 자들에게 그 복수를 톡톡히 하고야 말 것이며, 30년 후에는 이 신흥 귀족들이 세상을 아주 떠들썩하게 만들어놓고야 말 것이네.

1720년 1월 1일, 파리에서

---

330 당시 은행들이 밀집해 있었던 캥캉프아Quincampoix 거리를 말한다. 존 로의 은행이 있었던 곳이기도 하다.

편지 139
리카가 동일 인물에게

여기 한 부인으로서뿐만 아니라 일국의 여왕으로서 부부간의 애정을 보여준 아주 훌륭한 예가 하나 있네. 바로 어떻게 해서든 남편을 왕위에 올리고자 한 스웨덴 여왕[331]의 이야기라네. 그녀는 이 일에 걸림돌이 될 수 있는 모든 장애물을 제거하기 위해 자신의 남편이 국왕으로 선출될 경우 본인은 섭정직에서 물러나겠다고 정부에 선언하기까지 했다네.

지금으로부터 60여 년 전에도 '크리스틴'[332]이라는 또 다른 여왕이 철학에 전념하기 위해 왕위를 포기한 일이 있었지. 이 두 가지 예 중 어느 쪽에 더 감탄해야 하는지 난 도무지 모르겠네.

내 비록 자연이 정해준 그 직위를 각자 굳건히 지켜나가는 것에 대찬성하고 있고, 자신에게 주어진 그 지위 앞에서 스스로 그 능력이 미치지 못한다고 하여 마치 일종의 포기라도 하듯 그냥 사직해버리고 마는 그런 자들의 나약함을 결코 치하해주지 못하는 사람이라고는 하나 이 두 여왕의 고매한 정신 앞

---

331 스웨덴 국왕 칼 12세의 여동생 울리카 엘레오노라Ulrique Éléonore를 지칭한다. 그녀는 칼 12세의 사망 후 스웨덴 정부에 의해 1719년 1월 13일 여왕으로 추대되었으나 이듬해 3월 24일 남편 프레드릭 1세Frédéric Ier에게 왕위를 넘겨주고 왕좌에서 물러났다.

332 스웨덴의 여왕으로 그녀는 6세에 여왕의 자리에 올라 28세가 되던 1654년에 양위했다. 또한 데카르트의 친구이자 제자이기도 했다.

에서만큼은 그야말로 놀라지 않을 수가 없네. 한 사람은 그 지성에 있어서, 또 한 사람은 그 감성에 있어서 가히 자신들의 재산을 능가하는 것을 보며 참으로 놀라지 않을 수가 없네그려. 모두가 향락만을 꿈꾸던 그때 크리스틴 여왕은 지식에 대한 꿈을 꾸었고, 지금 또 한 여왕은 오로지 그 존엄하신 부군의 손아귀에 자신의 모든 행복을 걸며 기쁨을 느끼려 하지 않은가?

1720년 3월 27일, 파리에서

편지 140
리카가 우스벡에게
(수신지 : ***)

파리 고등법원이 '퐁투아즈'[333]라는 작은 도시로 쫓겨났다네.[334] 국정 자문회가 이 고등법원에 법원의 명예를 훼손시키는 내용을 담은 어떤 성명을 등록 또는 승인해달라고 요청했는데 그 고등법원은 오히려 자문회를 욕되게 하는 쪽으로 그 성명을 등록시켰다지.

---

333 파리 외곽의 서북쪽에 있는 작은 도시.

334 파리 고등법원은 존 로의 금융 정책 때 창건되었던 인도 회사에 관한 중요한 칙령 등록을 거부한 이유로 1720년 7월 20일 퐁투아즈로 추방되었다가 그해 12월 다시 소환되었다.

다른 몇몇 고등법원들도 이렇게 될 수 있다는 협박을 받는 상황이라네.

국왕에게 이런 무리들은 언제나 지긋지긋한 존재들이기 마련이지. 이들은 오로지 침울한 진실을 전하기 위해서만 국왕을 찾을뿐더러, 수많은 궁정 신하가 백성들은 현 정부 밑에서 정말 행복해하고 있다고 국왕에게 쉬지 않고 아뢰는 동안 이런 아첨의 발언들을 모두 부인해버리는가 하면 오히려 백성에게 위탁받은 그들의 탄식과 눈물만을 국왕의 발아래 가져다 놓으니 말일세.

우스벡! 자고로 어떤 진실을 국왕 앞에 가져가야 할 때는 이 진실의 짐이 그야말로 무겁지 않을 수 없는 법이라네. 그럼에도 불구하고 누군가 이 같은 무거운 짐을 떠안기로 했다면 이는 분명 어떠한 이유로 어쩔 수 없이 내리게 된 결심이라는 사실을, 그리고 이것이 의무와 존경, 사랑에서 비롯되지 않았다면 이행하는 당사자에게 그토록 고통스럽고 괴로운 이 일을 결코 이행할 결심을 할 수 없었을 것이라는 그 사실을 국왕이라면 반드시 염두에 두어야만 할 걸세.

1720년 7월 21일, 파리에서

편지 141
리카가 동일 인물에게

이번 주말 즈음하여 자네를 보러 갈 생각이네. 자네와 함께 즐겁게 보낼 그 시간이 참으로 기다려지는구먼!

며칠 전에는 나 같은 외국인을 만나보고 싶어 하는 궁정의 한 귀부인을 소개받았다네. 참으로 아름다운 부인이었지. 그 미모는 우리 페르시아 군주의 눈길을 끌기에 전혀 손색이 없을 정도였고, 연정이 머무는 그 신성한 장소에서 충분히 존엄한 지위에 앉아 있을 만한 그런 여인이었다네.

부인은 페르시아의 풍속과 살아가는 방식에 대해서 수많은 질문을 쏟아붓더군. 하렘의 삶은 그다지 그녀의 취향이 아닌 듯해 보였고, 열댓 명의 여인들이 한 남자를 서로 나누어 갖는 다는 사실에는 적잖은 혐오감을 느끼는 것 같았네. 이런 남자의 행복을 그저 부러운 시선으로, 또 이런 여인들의 처지를 아주 동정 어린 시선으로밖에는 바라보지 않았지. 그녀는 또 독서를 좋아하더군. 특히 시집이나 소설책을 즐겨 읽는데 내가 우리나라의 시와 소설에 관해 이야기해줬으면 하더군. 그래서 조금 이야기해주었더니 그 호기심이 더욱 배가하여 내가 가지고 온 책 중 몇 권을 골라 그 일부분을 좀 번역해달라 부탁하는 것이 아니겠나? 하여 그녀의 부탁대로 며칠 후 페르시아의 콩트 하나를 번역해 보내주었지. 자네도 아마 이 번역본을 보면 꽤나 맘에 들어 하지 않을까 싶네.

체이크 알리 칸 시대에 페르시아에는 '쥴레마'라는 한 여인이 있었으니 그녀는 성스러운 『코란』의 내용을 완전히 다 외우고 있었으며, 그 어떤 데르비시도 성스러운 예언자들에 대한 전설을 그녀보다 꿰뚫고 있는 사람이 없었다. 그뿐만 아니라 아랍 율법학자들의 제아무리 애매한 교리라도 그녀가 이해하지 못하는 것이 없을 정도였다. 이런 그녀는 그토록 해박한 지식에 쾌활하고 재치 있는 성격까지 겸비하고 있었으니, 덕분에 그녀가 이야기할 때면 그 의도가 함께 대화하는 사람들을 즐겁게 해주려는 것인지 아니면 그들을 가르치려는 것인지 언제나 잘 분간이 되지 않았다.

어느 날 그녀가 동료 여인들과 함께 하렘의 한 방 안에 모여 있을 때였다. 그들 중 한 명이 그녀에게 내세에 대해서 어떻게 생각하는지, 천국은 오직 남자들만을 위해 만들어진 장소라고 우리 율법학자들이 아주 오래전부터 성전을 통해 이르는 그 말씀을 진정 믿고 있는지 물어보았다. 그러자 그녀는 이렇게 대답했다.

"모두 느끼고 있듯이 여성이라는 성의 지위를 강등시키기 위해 지금껏 사람들이 해보지 않은 일이 없어요. 심지어 우리 페르시아 전역에 퍼져 있는 '유대인'이라는 민족은 자신들 성전의 권위를 빌려 우리 여성들은 아예 영혼이 없는 존재라고까지 주장하고 있지요. 이런 부당하기 짝이 없는 생각들은 오로지 남성들의 오만에서 비롯된 것이에요. 남성들은 사후세계에까지 자신들의 그 우월성을 이어가려 하고 있어요. 심판의 그날 모든 인간은 자신이 행했던 덕행이 가져다줄 그 특권 외에는 다른 어떤 특권도 없이 모두가 신 앞에 그저 하나의 무가치한 존재로서 서게 될 것이라는 사실은 조금도 생각지 못하고 말이지요. 신께서는 보상을 해주시는 데 조금도 절제하시는 법이 없답니다. 인생을 선량하게 살아왔고, 이승에서 지니고 있었던 우리 여성들에 대한 자신의 절대적 권위를 올바르게 잘 행사해온 남자라면 아름답고 매혹적인 천상의 여인으로 가득한 천국에 가게 될 거예요. 우리네 인간들이 한 번 보게 되면 너무도 함께하고 싶어 안달이 난 나머지 당장에라도 죽음을 마다하지 않을 그런 천상의 미인들이 있는 곳이지요. 마찬가지로 정조를 지켜온 여성들은 자신에게 예속된 아주 멋진 남성들과 함께 넘쳐흐르는 향락의 물결에 취해 있게 될 그런 감미로운 낙원으로 보내질 거예요. 그리고 각자 이 멋진 남성들을 가둬둘 자신만의 하렘과 이들을 지켜줄 충직한 환관들을 거느리게 될 것이랍니다. 지금 우리 곁에 있는 이 환관들보다 훨씬 더 충성스러운 환관들이지요."

그러고는 다시 덧붙였다.

"어느 아랍 책에서 읽었어요. '이브라힘'이라는 아주 질투심 많은 남자가 하나 있었는데, 그에게는 매우 아름다운 열두 명의 부인들이 있었답니다. 그런데 그는 이 부인들을 매우 가혹하게 다뤘어요. 자신의 환관들은 물론이거니와 하렘의 담벼락마저도 더 이상 믿지 못하고 부인들을 거의 언제나 열쇠로 잠긴 각자의 방 안에 따로따로 가둬두었지요. 그녀들끼리 서로 만나거나 이야기를 나눌 수도 없도록 말이에요.

그만큼 부인들 사이의 순수한 우정에도 질투를 느꼈던 거예요. 그의 모든 행동에는 천성적인 난폭함이 배어 있었고, 그의 입에서는 결코 다정스러운 말 한마디가 새어 나오는 법이 없었으며, 그가 보내는 신호마다 결코 부인들의 그 가혹한 속박 상태를 조금이라도 더 가혹하게 만들어주지 않는 것이 없었어요.

하루는 그가 부인들을 모두 하렘의 한 방에 모이게 했어요. 그런데 그때 다른 부인들보다 좀더 대담했던 여인 하나가 그의 악한 천성을 비난하고 말았어요. '사람들에게 자신을 두려워하게 만드는 법을 너무 과하게 찾다 보면 언제나 자신을 증오하게 만드는 법부터 찾게 되는 법이지요. 우리는 지금 너무도 불행해 도저히 어떤 변혁을 꿈꾸지 않을 수가 없답니다. 지금 저와 같은 처지의 다른 부인들은 아마도 당신이 죽어 사라져버리기를 바라고 있을 거예요. 하지만 저는 아니랍니다. 저는 오직 제 죽음만을 바라고 있을 뿐이에요. 이 방법으로밖에는 당신에게서 떨어져 나올 희망을 품을 수가 없으니 이렇게 죽음으로써라도 당신과 헤어질 수 있다면 이것이야말로 제게는 더없는 기쁨이랍니다' 하고 그를 책망한 것이에요. 그의 가슴을 울렸어야 할 이 말은 도리어 그를 격한 분노 속으로 밀어 넣었으니, 급기야 그는 비수를 꺼내 들고 그녀의 가슴에 꽂아버렸답니다. 그녀는 꺼져가는 목소리로 말했어요. '사랑하는 자매들이여! 하늘이 나의 덕행을 측은히 여기신다면 반드시 여러분의 복수를 해주실 겁니다.' 이 말을 끝으로 그녀는 이 불행한 세상을 떠나 이승에서 선량한 삶을 살아온 여인들이 모여 매일같이 새롭게 펼쳐지는 행복을 만끽하고 있는 저 천상의 낙원으로 올라갔답니다.

우선 그곳에서 그녀가 제일 먼저 발견한 것은 매우 선명한 빛깔의 꽃들이 초목의 푸르름을 한결 돋보이게 해주는 어느 아름다운 초원이었어요. 그곳엔 수정보다도 더 맑은 개울물 줄기가 여기저기서 수도 없이 우회하고 있었지요. 이어서 그녀는 새들의 부드러운 지저귐만이 그 정적을 깨고 있는 어느 자그마하면서도 매력적인 숲속으로 들어갔어요. 그러자 아주 아름다운 정원이 그녀의 눈앞에 펼쳐졌어요. 자연에 의해 소박하면서도 매우 아름답게 꾸며진 그런 정원이었지요. 그리고 그곳에서 그녀는 마침내 자신을 위해 준비된 화려한 궁전을 발견하게 된답니다. 그 안에는 그녀의 기쁨을 위해 마련된 천상의 남자들이 가득했지요.

그들 중 두 명이 곧장 달려 나오더니 그녀의 옷을 벗기기 시작했어요. 옷을 벗기자 또 다른 남자들이 나타나 그녀를 욕조 안에 집어넣고는 가장 그윽한 향유로 그녀의 몸을 향기롭게 해주었어요. 그러자 또 다른 누군가는 그녀가 입고 있던 것보다 훨씬 더 화려한 옷을 건네주었어요. 그러고는 그녀를 어느 넓은 방으로 안내했지요. 방 안에는 향기로운 나무들로 불이 지펴져 있었고, 가장 맛있는 음식들이 식탁 위에 가득 차려져 있었어요. 이 모든 것이 그녀의 관능적 황홀감을 더해주는 것만 같았지요. 한쪽에서는 부드러운 가락만큼이나 너욱 숭고하게 느껴시는 음악 소리가 들려왔고, 다른 한쪽에서는 매력적인 천상의 남자들이 오로지 그녀의 환심을 사는 데만 열중해 춤을 추고 있었어요. 그런데 이 많은 쾌락도 실은 모두가 다 그녀를 더욱더 큰 쾌락으로 서서히 인도해가기 위한 하나의 준비 과정에 지나지 않을 뿐이었답니다. 그녀는 다시 자신의 침실로 안내되었고, 천상의 남자들은 다시 한번 그녀의 옷을 벗긴 후 그녀를 근사한 침대 위에 눕혔어요. 그러자 침대 위에서 그녀를 기다리고 있던 매혹적인 두 미남이 그녀를 품에 안았답니다. 그리고 바로 그 순간 그녀는 정욕마저도 초월하는 그런 황홀경에 도취하고 말았지요. 그녀가 말했어요. '나는 지금 극도로 흥분했어요. 만일 이 몸이 불멸의 존재라는 것을 인식하지 못하고 있었더라면 아마 죽음에 이르는 줄로만 알았을 거예요. 이건 내게 너무도 과해요. 날 그냥 내버려 둬요. 지금 난 강렬한 쾌락에 압도당했어요. 아! 네! 이제 좀 진정이 되는 것 같아요. 이제 숨을 쉬고 정신을 차릴 수가 있어요. 촛대는 어째서 치운 거죠? 어째서 당신들의 그 숭고한 아름다움을 지금 볼 수가 없는 거죠? 어째서 당신들의 그…… 하기야 봐서 무엇하겠어요. 당신들은 이렇게 나를 원초적 흥분 속으로 빠져들게 하는 걸요. 아! 어둠이 이토록 달콤할 수가! 뭐라고요? 내가 당신들과 함께 영원히 불멸할 것이라고요? 당신들과 함께요? 내가…… 아! 부탁이에요. 이제 그만 멈춰줘요. 당신들은 결코 먼저 내게 이런 부탁을 할 사람들이 아니라는 걸 잘 알았어요.'

그녀가 수차례 반복해서 명령을 내린 후에야 비로소 그 천상의 남자들은 그녀에게 복종했어요. 하지만 이는 그녀가 그것을 진심으로 원하는 경우에만 가능한 일이었답니다. 그녀

452

는 나른해진 몸으로 그들의 품에서 잠들었어요. 잠시 잠을 청하고 나자 피로가 말끔히 사라졌지요. 갑자기 그녀의 몸을 달아오르게 하는 부드러운 입맞춤에 그녀는 눈을 떴어요. 그리고 말했답니다. '불안해요. 당신들이 더 이상 나를 사랑하지 않게 될까 봐 두려워요.' 그녀는 이러한 의구심을 그리 오랫동안 마음에 담아두고 싶어 하지 않았어요. 그래서 그 천상의 남자들은 그녀가 알고 싶어 할 만한 모든 것에 대한 확실한 답을 보여주었지요. 그러자 그녀가 외쳤답니다. '미안해요. 미안해요. 내가 잘못했어요. 이젠 당신들을 믿어요. 당신들은 내게 아무 말도 하지 않지만 말로 할 수 있는 것보다 더 잘 증명해 보여주고 있어요. 네, 그래요. 고백할게요. 지금껏 그 누구도 날 이토록 사랑해준 적이 없었어요. 아니, 뭐예요! 지금 내게 당신들의 사랑을 증명해 보이기 위해 둘이서 경쟁을 벌이는 건가요? 아! 진정 그 같은 경쟁을 벌이는 것이라면, 진정 당신들의 그 증명 앞에 나의 패배를 열망하고 있는 것이라면, 그래요, 내가 졌어요. 당신들은 모두 승자이고 패자는 오직 저뿐이에요. 하지만 이 승리의 대가는 아주 톡톡히 치르게 될 거예요.'

이 모든 것은 날이 밝고서야 비로소 끝이 났어요. 상냥하고 충성스러운 하인들이 방으로 들어와 그 두 젊은이를 일으켜 세웠지요. 그리고 이들은 두 노인의 안내를 받아 그녀의 기쁨을 위해 고이 보관되던 그곳으로 다시금 보내졌답니다. 이어서 그녀가 일어났어요. 우선 그녀는 수수한 실내복 차림의 매력적인 모습으로 자신을 우상처럼 숭배하며 따르는 이 궁전의 하인들 앞에 나타났어요. 그리고 이내 가장 화려한 장식품들로 온몸이 치장되었지요. 그녀는 간밤에 한층 더 아름다워졌어요. 얼굴에 생기가 넘쳤고 우아함이 은은하게 흘러나오고 있었지요. 온종일 춤과 음악과 향연과 놀이 그리고 산책이 계속되었어요. 아나이스[335]는 이따금 몸을 감추고 그 두 젊은이에게로 달려가곤 했어요. 그리고 잠깐의 짧고 소중한 만남의 시간을 보낸 후 다시 좀 전의 그 무리 속으로 돌아오곤 했지요. 매번 한층 더 평온해진 얼굴로 말이에요. 그러다 마침내 저녁 무렵이 되면 완전히 자취를 감춰버리곤 했어요. 그녀의 말에 의하면 영원히 그녀와 함께 살아가야 하는 그 불멸의 포로들과 친분을 쌓아가느라 그렇게 하렘 안에 틀어박혀 지내는 것이었다지요. 이렇게 그녀는 이 궁전에서 가장 깊숙한 곳에 있는 가장 매혹적인 그곳, 놀랍도록 잘생긴 오십 명의 노예들이 머무는 바로 그 하렘의 내부를 돌아다니며 밤새 이 방 저 방을 오갔답니다. 물론 가는 곳마다 매번 가지각색이고, 또 매번 한결같은 찬사를 받으면서 말이지요.

영원불멸의 아나이스는 이렇게 빛나는 한 무리의 찬탄과 열정적인 애인의 사랑을 받아가며 때로는 작렬하는 쾌락 속에, 때로는 혼자만의 기쁨을 만끽하며 그렇게 살아갔어요. 가끔은 이 황홀한 궁전을 떠나 전원 동굴에 가 있기도 했는데, 그곳에서는 그녀가 내딛는 발자국마다 마치 꽃들이 피어나는 듯했고 재미있는 오락거리들이 그녀 앞에 수없이 펼쳐

---

335 여주인공 이름.

지곤 했답니다.

행복한 이곳 생활을 시작한 지도 벌써 일주일이 더 지났지만 그녀는 여전히 황홀감에 젖어 아직 단 한 번도 깊은 사색에 잠겨보지 못했어요. 차분히 열정이 가라앉은 상태에서 조용히 자신의 목소리를 들어보고 자기 자신을 되돌아보는 그런 평온한 사색의 시간을 전혀 가져보지 못한 채 무엇이 행복인지도 모르면서 그냥 그렇게 행복을 만끽하고 있었던 거예요.

신의 축복으로 큰 행복을 누리고 있는 이들은 너무도 강렬한 쾌락을 느끼기 때문에 이 같은 이성의 자유를 누리는 경우가 매우 드물기 마련이에요. 그러다 보니 현재의 눈앞에 보이는 대상에 철저히 집착한 채 과거의 기억은 완전히 잊어버리고, 더 이상 이승에서 자신이 경험했거나 사랑했던 것들에 대해 그 어떤 걱정도 하지 않게 되는 것이랍니다.

하지만 진정으로 초연한 영혼의 소유자였던 아나이스는 거의 일평생을 명상 속에서 살아오다시피 했었지요. 덕분에 그녀의 사고는 홀로 방치된 여인들에게서 흔히 기대해볼 수 있는 수준보다 훨씬 더 깊었어요. 남편에 의해 강요되었던 엄격한 칩거 생활이 그녀에게 남겨준 유일한 이점이 있었다면 바로 이것이지요. 바로 이 같은 정신력 덕분에 그녀는 자신의 동료들을 사로잡고 있었던 그 두려움에 전혀 사로잡히지 않을 수 있었고, 그녀에게는 고통의 끝이자 행복의 시작이었던 자신의 죽음 앞에서조차 초연할 수 있었던 것이에요.

결국 그녀는 쾌락의 도취 상태에서 조금씩 깨어나기 시작했어요. 그리고 마침내 궁전 내 한 별궁에 홀로 칩거하며 과거 자신의 처지와 현재 자신이 누리고 있는 행복에 대한 깊은 사색에 가만히 빠져들었어요. 그러자 옛 동료들의 불행이 너무도 안쓰럽게만 느껴졌어요. 본디 사람은 누구나 자신이 함께 겪어온 고통 앞에서 더 쉽게 아픔을 느끼는 법이지요. 아나이스의 이런 마음은 단순히 연민을 느끼는 데 그치지 않았어요. 그 불운한 동료 여인들에게 더욱 동정심이 생기면서 이들을 구해내야겠다는 마음이 들었지요.

그녀는 곁에 있던 젊은 천상의 남자 중 한 명에게 자신의 남편 모습을 하고 그의 하렘으로 내려가 그곳의 주인이 되어 그자를 내쫓아버리고 그녀가 다시 부를 때까지 그자를 대신해 그곳에 머물러 있으라 명했어요.

명령은 즉각 이행되었지요. 그 천상의 남자는 창공을 가르고 날아가 이브라힘의 하렘 앞에 도착했어요. 이브라힘이 자리를 비우고 그곳에 없을 때였지요. 그가 문을 두드리자 모든 문이 활짝 열렸고, 환관들은 그의 발아래 엎드렸어요. 그는 곧바로 이브라힘의 여인들이 갇혀 지내는 곳으로 달려갔어요. 실은 오는 길에 모습을 드러나지 않게 하고 그 질투심 많은 이브라힘의 주머니에서 이 부인들 거처의 열쇠 뭉치를 꺼내 왔답니다. 그가 들어오자 우선 여인들은 그의 부드럽고 상냥한 모습에 깜짝 놀랐어요. 그리고 잠시 후 자신들을 향한 그의 친절과 그 유혹의 속도에 더더욱 놀랐지요. 여인들은 저마다 놀라움을 감추지 못했으니, 만일 현실성이 아주 조금만이라도 떨어졌더라면 아마 모두 이를 꿈으로 여겼을 거예요.

　하렘 안에서 이 같은 새로운 장면들이 연출되는 동안 밖에서는 이브라힘이 자신의 이름을 대가며 마구 대문을 두드리고, 또 노발대발하여 고래고래 고함을 질러대고 있었어요. 간신히 하렘 안으로 들어온 이브라힘 앞에서 환관들은 그야말로 극도의 혼란에 빠지고 말았어요. 앞으로 성큼성큼 걸어들어오던 이브라힘은 자신과 똑같은 모습을 하고 천연덕스럽게 주인 행세를 하는 가짜 이브라힘을 보는 순간 뒷걸음질하며 멈칫하고는 깜짝 놀라 어리둥절해했어요. 그러고는 도움을 청하는 비명을 질렀지요. 저 사기꾼을 죽일 수 있도록 자신의 환관들이 도와주기를 바랐던 거예요. 하지만 환관들은 그의 명을 받들지 않았어요. 이제 그에게 남아 있는 수단이라고는 그다지 신통치 못한 그런 수단 하나뿐이었어요. 바로 부인들의 판결에 의지하는 것이었지요. 하지만 이미 가짜 이브라힘이 지난 한 시간 동안 이 재판관들의 마음을 모조리 다 사로잡아버린 후가 아니었겠어요? 결국 이브라힘은 비참하게도 자신의 하렘에서 쫓겨나 밖으로 끌려나가고 말았어요. 만일 가짜 이브라힘이 그의 목숨만은 살려주라는 명을 내리지 않았더라면 아마 그는 천 번도 더 죽임을 당하고 말았을 거예요. 마침내 이 싸움판의 주인으로 남게 된 새 이브라힘은 갈수록 점점 더 그에 걸맞은 태도를 보였고, 그때까지 이 하렘에서 전혀 볼 수 없었던 그런 경이로운 행동들로 부각되었어요.

　'당신은 이브라힘을 닮지 않았어요.'

부인들은 이야기했지요. 그러자 승리를 거머쥔 이브라힘이 말했어요.

'차라리 그 사기꾼이 날 닮지 않았다고들 말씀해주시구려. 지금의 내 행동만으로도 충분치가 못하다면 당신들의 남편이 되기 위해 내 도대체 어찌해야 한단 말씀이오?'

'아, 아니에요! 의심치 않도록 주의하겠어요. 설령 당신이 이브라힘이 아니라 할지라도 당신은 충분히 이브라힘이 될 자격이 있는 사람이라는 사실만으로도 우리는 족하답니다. 당신은 이미 단 하루 만에 10년을 이 하렘에서 이브라힘으로 지내온 그자보다도 더 이브라힘답답니다.'

이 같은 부인들의 말에 그가 다시 물었어요.

'그렇다면 부인들께서는 저 사기꾼이 아니라 내 편이 되어줄 것을 약속들 해주시는 것이오?'

여인들은 모두 입을 모아 대답했어요.

'물론이지요. 당신께 영원한 정조를 맹세하겠어요. 우리는 너무도 오랫동안 혹사만 당해왔어요. 그 음흉한 자는 결코 우리의 정조를 의심해본 적이 없어요. 단지 자신의 나약함만을 의심해왔을 뿐이죠. 우리는 이제 모든 남자가 다 그와 똑같지 않다는 사실을 잘 알았어요. 분명 당신을 더 닮았을 거예요. 당신이 얼마나 우리로 하여금 그자를 증오하게 하는지 아마 모르실 거예요.'

그러자 가짜 이브라힘이 다시 말했어요.

'아, 그렇다면 그를 증오해야 할 또 다른 이유들을 앞으로도 내 자주 보여드리도록 하리다. 부인들은 그가 부인들에게

저지른 그 모든 잘못에 대해 아직 거의 모르고들 있다오.'

그러자 다시 부인들이 말했지요.

'우리는 당신이 해주는 그 복수의 정도에 따라 그자의 불의를 판단할 뿐이에요.'

'옳으신 판단이오. 나는 범죄의 경중에 따라 그 속죄 방법을 조절하였소. 부인들께서 나의 처벌 방식에 만족해한다니 내 참으로 기쁘구려.'

부인들의 말에 그가 대꾸했지요.

'그런데 그 사기꾼이 다시 돌아오면 어떡하죠?'

부인들이 물었어요. 그러자 그가 대답했답니다.

'그자가 부인들을 속이기란 힘들 것이오. 지금 내가 앉아 있는 부인들 곁의 이 자리는 결코 어떤 술책을 써서 유지할 수 있는 자리가 아니라오. 게다가 만일 그자가 또다시 나타난다면 내 그자를 아주 멀리 보내버려 다시는 그자에 대한 소문이 부인들의 귀에 들리지 않도록 해줄 것이오. 우선 지금은 내 직접 부인들의 행복을 위해 신경 쓰리다. 내 결코 질투하는 일이 없을 것이며, 부인들을 구속하는 일 없이 전적으로 믿을 것이오. 내 나의 품성에 적잖은 자부심을 지닌 만큼 나는 부인들께서 내게 정조를 지키리라 믿소. 부인들이 내게 정조를 지키지 않는다면 대체 누구에게 지킬 것이란 말이오?'

이들의 대화는 긴 시간 이어졌어요. 부인들은 두 이브라힘의 쏙 닮은 외모보다도 그들 사이에 존재하는 그 나름에 너더욱 놀라움을 감추지 못한 나머지 이 모든 불가사의한 현상에 대한 진상을 알아볼 생각조차 하지 못했어요. 마침내 실의에 빠진 이브라힘이 부인들의 마음을 뒤흔들어놓으려 다시 찾아왔어요. 하지만 그의 하렘은 온통 기쁨으로 가득 차 있었고, 부인들은 그 어느 때보다도 더욱 설득시키기가 어려웠지요. 그 질투심 많은 자가 차지할 수 있는 자리라고는 없었어요. 결국 그는 분노에 차 노발대발하며 밖으로 나가버렸어요. 그러자 가짜 이브라힘이 즉시 그 뒤를 쫓아가 재빨리 그를 낚아채고는 창공으로 날아가 그곳에서 2만 리나 떨어진 곳에 내다 버렸답니다.

아! 저런! 사랑하는 이브라힘이 떠나자 부인들이 얼마나 낙심했는지 모른답니다. 환관들은 이미 가혹하기 그지없는 자신들의 본성을 되찾았고, 온 하렘 안은 그야말로 눈물바다가 되고 말았지요. 이따금 여인들은 자신들에게 일어났던 이 모든 일이 한낱 꿈은 아니었을까 하고 생각했어요. 모두 얼굴을 마주하고 서로를 바라보며 이 기이한 사건에 대해 하나하나 상세하게 떠올려보기도 했지요. 그러던 중 마침내 그 천상의 이브라힘이 다시 돌아왔어요. 언제나처럼 더욱 다정해진 모습으로 말이에요. 먼 여행에도 전혀 지친 기색이 없었지요. 새로운 이 하렘의 주인은 주변에서 모두 깜짝 놀랄 정도로 기존의 주인과는 아주 다르게 자신의 하렘을 이끌어나갔어요. 모든 환관을 내보내고, 자신의 집을 만인에게 자유롭게 개방했으며, 심지어 자신의 부인들이 베일에 가려 지내는 것조차 용납하지 않았어요. 부인들이 향연장에서 남자들과 자리를 같이하고 그들만큼이나 자유롭게 어울려 즐기

는 모습은 그야말로 기이한 광경이 아닐 수 없었지요. 이브
라힘은 자신 같은 백성에게는 이 나라의 풍속이 그다지 잘
맞지 않는다고 생각했어요. 이는 지극히 옳은 판단이었지요.
돈의 씀씀이에서 그는 조금의 아끼는 모습도 보이지 않았으
니, 그 질투심 많은 전 주인의 재산을 있는 대로 펑펑 다 써대
며 모조리 탕진시켜버렸답니다. 3년 후 머나먼 타국 땅 어딘
가에 버려졌던 전 주인이 돌아와 보니 남은 것이라고는 달랑
부인들과 서른여섯 명의 자식뿐이었다는군요."

1720년 7월 26일, 파리에서

편지 142

리카가 우스벡에게

(수신지: ***)

어제 어떤 학자로부터 편지 한 통을 받았는데 여기 그 편지
를 동봉하네. 아마 꽤 별난 편지라고 생각될 걸세.

선생님!
반년 전 저는 매우 부유했던 숙부 한 분으로부터 재산을
상속받았습니다. 숙부께서는 제게 50~60만 리브르와 멋진
가구들이 화려하게 갖추어진 집 한 채를 남겨주셨지요. 자고
로 사람은 자신이 지닌 재산을 제대로 잘 사용할 줄 알 때 비

로소 그 재산을 지닌 기쁨을 느낄 수 있는 법이랍니다. 저는 쾌락에 대한 그 어떤 갈망도 그 어떤 애착도 없는 사람입니다. 거의 언제나 서재에 틀어박혀 오로지 학자로서 삶을 살아가고 있을 뿐이지요. 호기심 많은 고대 문명의 한 애호가를 찾아볼 수 있는 곳이 바로 이곳이랍니다.[336]

숙부께서 운명하셨을 때 저는 고대 그리스인들과 로마인들이 해왔던 의식에 따라 그의 장례를 치러주고 싶었습니다. 하지만 제게는 당시 눈물 단지도, 유골 단지도, 고대 등잔도 없었지요.

그러나 그 이후 마침내 그 귀중한 희귀품들을 마련할 수 있었답니다. 며칠 전에는 저의 은식기들을 팔아 어느 스토아학파 철학자가 사용했다는 토기 등잔도 사들였습니다. 숙부께서 집 안 거의 모든 벽마다 걸어두셨던 거울들을 모조리 떼어다가 그 옛날 베르길리우스[337]가 사용했다는 약간 금이 가 있는 작은 거울도 하나 구입했지요. 그 속에 만토바[338]의 작가, 베르길리우스의 얼굴이 아닌 바로 제 얼굴이 비치는 것을 볼 때면 그야말로 얼마나 기쁜지 모른답니다. 이것이

---

336 당시 프랑스에서는 고고학자들이 한창 늘어나고 있던 추세였으며, 몽테스키외 자신도 그중 하나였다. 작품 속 인물의 모델은 '금석문·문학 아카데미'의 일원이었던 카이루스Caylus 백작으로 보인다. 금석문·문학 아카데미는 프랑스 다섯 개 아카데미의 하나로 주로 사학, 고고학, 문헌학 학자들로 구성되어 있다.
337 고대 로마의 시인으로 로마의 건국과 사명을 노래한 민족 서사시『아이네이스』의 저자.
338 이탈리아 북부 롬바르디아Lombardia주에 있는 도시.

다가 아닙니다. 금화 100루이[339]를 들여 2천 년 전에 통용되었던 구리 동전 대여섯 개도 사들였습니다. 저는 이제 로마 제국의 멸망 이전에 만들어진 가구가 아니면 절대로 집 안에 소장해두는 법이 없답니다. 우리 집에는 무척 귀하고 아주 값비싼 수사본手寫本들이 보관되어 있는 자그마한 서재가 하나 있습니다. 그 수사본들을 읽느라 비록 시력이 다 망가지고 있기는 하지만 그래도 저는 인쇄본보다 이런 수사본을 훨씬 더 좋아한답니다. 인쇄본은 그 정확성이 다소 떨어지기도 할뿐더러 누구나가 수중에 넣을 수 있는 것이지요. 제가 비록 서재에만 틀어박혀 두문불출하고 있다지만 그래도 제게는 로마 시대에 나 있었던 옛길들을 모두 다 알아내고자 하는 거대한 열정이 있답니다. 우리 집 근처에도 이런 길이 하나 있는데 지금으로부터 약 1200년 전 갈리아 지방 총독의 지시로 만들어진 길이랍니다. 그 길로 가면 매우 불편하고 10리도 더 멀어지게 되지만 그래도 저는 시골 별장에 갈 때마다 매번 어김없이 그 길로 지나가곤 한답니다. 그런데 저를 몹시 화나게 하는 것이 하나 있습니다. 주변 도시들과의 거리를 표시하기 위해 사람들이 그곳에 일정 간격으로 여기 저기 나무 말뚝을 박아놓은 것이 아니겠습니까? 그 옛날 로마 시대의 이정표 대신 이런 초라하기 그지없는 표시물들을 보고 있노라면 정말이지 유감스럽기가 그지없답니다. 저는 반드시 제 상속인들에게 이를 복원시켜놓게끔 할 것이며, 유

---

339 프랑스 국왕의 초상이 새겨진 프랑스의 옛 금화.

언을 남겨 상속 재산에서 그 비용을 모두 부담케 할 것입니다. 선생님! 혹시 소장하고 계신 페르시아 수사본이 있으면 제게 좀 넘겨주시지요. 값은 선생님께서 원하시는 만큼 얼마든지 지불해드리겠습니다. 게다가 제가 쓴 저서들도 덤으로 몇 권 드리지요. 그 작품들을 보시면 제가 결코 문단의 쓸모없는 회원이 아님을 잘 아실 수 있을 것입니다. 그중에서도 특히 그 옛날 고대 로마의 개선식에서 사용되었던 승리의 영관이 월계수 잎이 아닌 바로 떡갈나무 잎으로 만들어졌다는 것을 보여주는 저의 논설문에 주목하게 되실 겁니다. 또한 가장 권위 있는 그리스 작가들의 조예 깊은 추측을 바탕으로 캄비세스[340] 대왕이 부상을 당한 다리가 오른쪽이 아닌 바로 왼쪽 다리였다는 것을 증명해 보이는 논설문에도 감탄하실 것이며, 로마인들 사이에서 좁은 이마는 미의 상징으로서 매우 인기가 있었다는 것을 증명해 보여주는 논설문에도 역시 감탄을 자아내지 않을 수 없으실 겁니다. 아울러 베르길리우스의 서사시 『아이네이스』 제6편의 한 시구에 대한 설명 형식으로 구성된 4절판형 책도 한 권 보내드리도록 하겠습니다. 모두 며칠 후에나 받아 보실 수 있을 겁니다. 일단은 어느 고대 그리스 신화학자의 작품 일부 발췌본을 보내드리는 것으로 만족하도록 하지요. 이 발췌본은 지금까지 대중에게 전혀 알려진 바가 없는 것으로, 제가 책장 한구석에서 먼지에 싸여 있는 것을 찾아냈답니다.

---

340 페르시아 제국 아케메네스 왕조의 왕이다(216쪽 주 134 참조).

처리해야 할 중요한 일이 있어 이만 줄여야겠습니다. 5세기 필경사들이 아주 기이하게도 왜곡시켜놓은 고대 박물학자 플리니우스[341] 작품의 명 구절 하나를 복원시키는 일이랍니다.

부디 저의……

〈어느 고대 신화학자 작품의 발췌본〉[342]

오크니[343]제도 근처의 어느 섬에서 한 아이가 태어났으니 그 아비는 바람의 신 아이올로스[344]였으며 어미는 칼레도니아[345]의 요정이었다. 전해지는 바에 따르면 이 아이는 혼자서 손가락을 이용해 셈하는 법을 터득했으며, 네 살 때는 그의 어머니가 금반지 대신 황동 반지를 끼워주자 어머니의 속임수를 알아채고는 반지를 바닥에 집어 던졌을 정도로 이미 그때부터 금속을 완벽하게 구분할 줄 알았다고 한다.

---

341 고대 로마의 박물학자이자 정치인, 군인이다. 자연계를 아우르는 백과사전 『박물지』를 저술했으며, 일반적으로 '대大플리니우스'로 불린다. 문인이자 정치인이었던 '소小플리니우스'는 그의 조카이자 양자이다.

342 이 이야기는 존 로를 빗댄 이야기로 몽테스키외는 이 글을 통해 사실상 프랑스에 경제 공황을 초래했던 그의 금융 정책(일명 '로 시스템')을 비판, 풍자하고 있다. 존 로를 겨냥한 풍자는 이미 앞 편지들에서도 여러 번 언급되었다.

343 영국의 스코틀랜드 북쪽에 있는 제도로 약 70개의 섬으로 이루어져 있다. 실제로 존 로는 1671년 스코틀랜드의 남쪽 해안 도시 에든버러Edinburgh에서 태어났으며, 그의 아버지는 금은 세공사이자 은행가였다.

344 그리스 신화에 등장하는 바람의 신이다.

345 스코틀랜드의 옛 이름.

그가 성인이 되자마자 그의 아비는 그에게 가죽 주머니에 바람을 담아두는 비법을 가르쳐주었으며, 이후 그렇게 그는 가죽 주머니에 바람을 꼭꼭 담아 다니며 여행객들에게 팔곤 했다. 하지만 자신의 상품이 자국에서 그리 높은 평가를 받지 못하자 그는 조국을 떠나 눈먼 우연의 신과 함께 세계 각지를 떠돌기 시작했다.[346]

여행 중 그는 베티카[347] 여기저기서 황금이 빛나고 있다는 이야기를 듣게 되었다. 이에 서둘러 베티카로 향했으나 도착과 동시에 그곳에서 당시 그곳을 다스리던 사투르누스[348]에 의해 매우 냉대를 받게 된다. 그러던 중 사투르누스가 세상을 뜨자 그는 사람들이 많이 모이는 광장이란 광장은 모두 찾아다니며 쉰 목소리로 쉬지 않고 외쳐댔다.

"베티카 국민 여러분! 여러분은 지금 황금과 돈을 지니고 있다 하여 당신이 부자라 생각하십니까? 그런 착각에 빠진 여러분이 참으로 안쓰럽습니다. 저를 믿고 이 싸구려 쇠붙이의 나라를 떠나 상상의 제국으로 오십시오! 여러분을 깜짝

---

346 존 로는 도박을 즐겼는데 특히 판돈이 큰 도박을 즐겨 했다. 1708년에는 지나친 이득을 챙겼다는 이유로 프랑스에서 추방되기도 했다.

347 현재의 스페인 남부 안달루시아에 해당하는 지역으로 종종 작가들의 작품 속에 등장하며 이상 국가가 세워지곤 했던 곳이다. 프랑스의 작가 페늘롱 Fénelon이 1699년에 쓴 『텔레마쿠스의 모험』에서 이상 국가를 세운 곳도 바로 이곳이다. 여기서는 장차 존 로가 뒤흔들어놓을 프랑스를 비유하고 있다.

348 로마 신화에 등장하는 농경의 신으로 지배 기간 동안 황금의 시대를 이룩했던 왕이다. 여기서는 루이 14세를 비유하고 있다. 존 로는 실제로 1699년부터 루이 14세의 사망까지 수차례에 걸쳐 프랑스에 체류한 바 있다.

놀라게 해줄 그런 부를 약속드립니다."

그러고는 재빨리 가지고 온 가죽 주머니를 활짝 열어젖히고 자신의 상품을 꺼내 원하는 자들에게 나누어주었다.[349]

다음 날 그는 또다시 같은 장소를 돌아다니며 외쳐댔다.

"베티카 국민 여러분! 부자가 되고 싶으십니까? 제가 굉장한 부자라고 상상하십시오. 그리고 여러분도 마찬가지로 굉장한 부자라고 상상하십시오. 매일 아침 마음속으로 당신의 재산이 밤새 두 배로 늘었다는 상상을 하십시오. 그런 다음 자리에서 일어나 만일 누군가에게 갚아야 할 빚이 있다면 당신이 상상한 그것으로 그 빚을 갚으러 가십시오. 그리고 그 채권자들에게도 당신처럼 그렇게 한번 상상해보라고 이야기하십시오."[350]

그는 며칠 후 다시 나타나 이렇게 말했다.

"베티카 국민 여러분! 여러분의 상상력이 처음만 못하고 있습니다. 저의 상상력에 맡겨주십시오. 매일 아침 여러분의 눈앞에 게시판[351] 하나를 가져다 놓겠습니다. 이것은 여러분 부의 출처가 될 것입니다. 비록 그 게시판에서 네 글자[352]밖에는 보실 수가 없겠지만 이는 매우 의미 깊은 글자가 될 것입니다. 이 네 글자가 바로 여러분의 부인이 지니고 올 지참

---

349 존 로가 처음 은행을 개설하고 은행권 발행을 시작할 때를 비유하고 있다.

350 자신이 발급한 은행권의 활발한 유통을 위해 여러 방책을 쓰고 있음을 비유한다.

351 주식 가격을 표시해주는 주가 게시판을 말한다.

352 게시판에 표시된 주식 가격을 말한다.

금과 여러분의 자식들에게 물려줄 유산의 유류분, 그리고 여러분이 부리게 될 하인들의 수를 결정지어줄 것이기 때문입니다."

그러더니 이번에는 가장 가까이에 있던 한 무리를 향해 말했다.

"친애하는 나의 자식들이여! 내 그대들에게 제2의 삶을 안겨주었으니 이리 칭해도 될 것이오. 그대들에게는 이 게시판이 그대들이 하고 있을 화려한 차림과 그대들이 열 호화로운 향연, 그대들이 거느릴 애인의 수 및 그녀들에게 줄 수당을 결정지어줄 것이오."

그로부터 얼마 후 그는 숨을 헐떡거리며 광장에 나오더니 노기에 차 어쩔 줄 몰라 하며 이렇게 외쳐대는 것이었다.

"베티카 국민 여러분! 제가 분명 여러분께 상상해보라 권고해드렸건만 여러분은 그리하지 않았습니다. 그렇다면 하는 수 없지요. 지금부터는 이를 명으로 내리는 바입니다."[353]

이 말만 남긴 채 그는 불쑥 군중을 떠나가버렸다. 그러더니 무슨 생각에서인지 갑자기 가던 걸음을 멈추고는 다시 돌아와 이렇게 소리쳐 말하는 것이었다.

"듣자 하니 여러분 중에는 아주 가증스럽게도 금과 은을 보유하고 있는 분들이 몇몇 있다는군요. 은은 그나마 좀 봐줄 만합니다. 하지만 금! 금만큼은…… 아! 정말이지 화가 치밀어 오르는군요. 저의 성스러운 가죽 주머니들을 걸고 맹세

---

353 프랑스 정부는 1720년 3월 은행권의 강제 통용 법안을 제정한다.

컨대, 만일 제게 그 금들을 가져오시지 않는다면 매우 엄한 벌을 내려드릴 것입니다."[354]

그리고는 아주 설득력 있는 표정으로 덧붙여 말했다.

"여러분은 제가 금 따위 그런 보잘것없는 금속을 차지하기 위해 그것을 요구하고 있다고 생각하십니까? 며칠 전 여러분이 제게 금을 가지고 왔을 때 저는 즉석에서 그 반을 돌려드렸습니다. 이것이 바로 저의 결백함을 보여주는 단적인 증거가 아니고 무엇이겠습니까?"

이튿날 저 멀리 다정다감하면서도 비위 맞추는 듯한 목소리로 슬그머니 끼어드는 그가 보였다.

"베티카 국민 여러분! 여러분의 재산 일부가 해외에 있다고 들었습니다. 제발 부탁이니 그것을 좀 제게 가져다주시지요.[355] 그렇게만 해주신다면 이 사람은 정말로 기쁘겠습니다. 그리고 그 은혜는 영원히 잊지 않을 것입니다."

아이올로스의 아들은 그다지 웃고 싶은 마음이 없던 사람들에게 이야기하고 있었다. 그럼에도 불구하고 이들은 나오는 웃음을 참을 수가 없었으니, 이에 그는 매우 당황하여 그냥 돌아서고 말았다. 그런데 그가 용기를 내더니 다시 한번 과감하게 간청해보는 것이었다.

"여러분에게 보석이 있다는 사실을 잘 알고 있습니다. 유

---

354 1720년 3월 11일 금속화폐 사용을 금하는 법령이 발표된다.

355 1720년 6월 20일 해외에 유치되어 있는 자금의 국내 송환을 명하는 법령이 발표된다.

피테르[356] 신의 이름으로 모두 처분해버리십시오.[357] 이런 것들만큼 여러분을 빈곤으로 내모는 것도 없습니다. 다시 한번 말씀드리는데 어서들 처분토록 하시지요. 여러분이 손수 하시기 힘들다면 제가 뛰어난 사업가들을 붙여드리겠습니다. 제 조언대로만 하신다면 여러분의 가정에는 그야말로 엄청난 부가 굴러들어 올 것입니다. 예! 좋습니다. 제 가죽 주머니 속에 들어 있는 가장 순수한 것들을 모두 드리겠다고 약속하지요."

그러더니 마침내 그곳에 있던 어느 길고 좁다란 나무 발판 위에 올라가 아주 단호한 목소리로 말하는 것이었다.

"베티카 국민 여러분! 지금 여러분이 처해 있는 이 행복한 상황과 제가 처음 이곳에 도착했을 때의 상황을 비교해보았습니다. 이제 여러분은 이 지구상에서 가장 부유한 국민이 되었습니다. 하지만 여러분의 자산 증식을 마무리 짓기 위해 그 재산의 절반을 떼어가고자 하니 부디 양해를 부탁드립니다."[358]

이 말을 끝으로 아이올로스의 아들은 청중을 형언할 수 없는 경악에 빠뜨려놓은 채 그냥 그렇게 경솔히 떠나가버렸다. 그러더니 다음 날 다시 찾아와 이렇게 말하는 것이었다.

---

356 고대 로마 신화의 최고 신으로 벼락을 가진 남신이다. 흔히 주피터로 알려져 있기도 하다.

357 1720년 7월 4일 모든 보석 착용을 금하는 법령이 발표된다.

358 1720년 5월 21일 주식과 은행권의 가치를 절반으로 줄이는 법령이 발표된다.

"어제 제가 여러분을 매우 화나게 하는 발언을 했다는 것을 깨달았습니다. 하여 어제 드린 그 이야기는 없던 일로 하겠습니다.[359] 솔직히 절반은 좀 너무했습니다. 이런 방법 말고 또 다른 방법으로 제가 정해놓은 그 목표에 이르면 되는 것을 말입니다. 여러분의 재산을 몽땅 한곳에 모아두는 겁니다. 결코 어려운 일이 아니지요. 그리 많은 양이 아니니까요."

그리고 얼마 후 그 재산의 4분의 3이 사라져버렸다.

1720년 10월 9일, 파리에서

편지 143
리카가 유대인 의사 나타나엘 레비에게
(수신지 : 리보르노)

부적의 효력이나 호신패의 신기한 힘에 대해 어찌 생각하고 있는지 물었는가? 한데 왜 나한테 묻는 것인가? 자네는 유대인이고 나는 이슬람교도가 아니던가? 다시 말해 우리는 둘 다 그런 것을 아주 쉽게 믿어버리는 그런 순진한 사람들이 아니냐는 말일세.

나는 2천 개도 더 되는 『코란』의 구절을 늘 몸에 지니고 다닌다네. 양팔에는 2백 명도 넘는 데르비시의 이름이 적힌 작은

---

359 1720년 5월 27일에는 20일에 발표되었던 법안을 철회하는 법령이 발표된다.

뭉치도 하나 묶여 있지. 그뿐인가? 내가 걸치고 다니는 의복 속에는 알리와 파티마를 비롯한 모든 성인聖人의 이름이 스무 군데도 넘게 숨겨져 있다네.

그렇지만 난 우리가 효력 있다고 믿는 그런 주문들의 효능을 부인하는 사람들 앞에 절대로 반박하고 나서거나 그러지는 않는다네. 그들이 이 같은 주문들의 효력을 증명해주는 우리의 체험담에 반박하는 것보다 우리가 그들의 이성적 논리에 맞서는 것이 훨씬 더 힘들기 때문이지.

나는 우리의 일반적인 관행에 따르기 위해 아주 오래전부터 습관적으로 이 낡고 성스러운 천 조각들을 몸에 지니고 다닌다네. 이런 천 조각들이 우리 몸을 장식하는 반지나 그 밖의 다른 장신구들보다 더 큰 효력을 지닌 것은 아니지만 그렇다고 그보다 효과가 덜한 것도 아니라고 생각하네. 하지만 자네는 나와 달리 그 신비스러운 글자들에 아주 큰 믿음을 지니고 있지. 아마 그 글자들의 수호 없이는 분명 끝없는 공포 속에 빠져 있어야 할걸세.

인간이란 참으로 불쌍하기 그지없는 존재들이네. 헛된 기대와 어리석은 공포감 사이를 끊임없이 떠돌며, 이성을 믿고 의지하는 것이 아니라 오히려 괴물을 만들어가며 스스로를 위협하거나, 혹은 망령을 만들어가며 스스로 속이고 있으니 말일세.

글자 몇 개의 배열에서 과연 무슨 효력이 있기를 바란다는 것인가? 그 글자들을 흩뜨려놓는다고 도대체 또 무슨 효력이 떨어지기를 기대한다는 것인가? 폭풍우를 잠재우는 데 이런 글자들이 그 바람과 무슨 상관이고, 대포 화약의 효력을 막는 데 그 화약과는 무슨 상관이며, 또 의사들이 말하는 이른바 '병원성 체액'이나 질병의 '병원성 원인'이라는 것들을 치료하는 것과는 도대체 또 무슨 관계가 있다는 것인가?

놀라운 것은 한 사건을 어떤 신비한 효력과 연관시키기 위해 열심히 골머리를 쓰는 사람들은 정작 그 사건의 진정한 원인을 보지 않으려 부단히 노력한다는 사실이라네.

아마 자네는 마력魔力을 이용한 덕분에 승리할 수 있었던 전쟁도 있다고 말할 걸세. 하지만 나는 눈이 멀지 않은 이상 자네가 그리도 보고 싶어 하지 않는 그 승리의 충분한 원인들을 당시 전장의 지형 조건이나 병사들의 수, 그들의 사기 그리고 그 장수들의 경험에서 도저히 보지 못할 수가 없다고 말해주고 싶네.

내 잠시만 자네처럼 마력의 존재를 인정해봄세. 그러니 자네도 한번 잠시만 나처럼 마력이 존재하지 않는다는 것을 인정해보지 않겠나? 절대 불가능한 일이 아니니 말일세. 마력이 존재하지 않는다고 해서 이 두 군대가 싸우지 못하는 것은 아니라네. 혹 그리되면 이 두 군대 중 어느 쪽도 승리를 차지할 수 없을 것이라 생각하는가? 어떤 보이지 않는 힘이 찾아와 운명을 결정지어줄 때까지 이들의 운명은 그저 예측할 수 없는 불분명한 상태로 남아 있으리라 믿는 것인가? 진정 이들이 가하는 공격마다 모두 패하고 말 것이며, 신중을 기울여봤자 아무런 의미가 없고, 또 패기를 지녀봤자 다 쓸데없다고 믿는 깃인가? 혹 이 같은 전쟁 상황에서 온갖 다양한 방식으로 존재하는 죽음의 그림자들이 결코 병사들의 마음속에 자네가 그토록 설명하기 힘들어하는 극도의 공포심을 불러일으킬 수 없다고 생각하는 건가? 10만 군사의 군대에서 소심한 병사가 단 한 명도 없다고 생각하는 건가? 그 소심한 병사의 의기소침함이 또 다른 병사에게서 의기소침함을 불러오고 이는 다시 두번째에서 세번째로, 세번째에서 네번째로 전달되며 그렇게 포기를 부르게 되는 일이 절대로 없으리라 믿고 있는 건가? 승리에 대한 절망감이 느닷없이 일개 군대 전체를 사로잡는 데 이 이상 더 필요한 것은 없다네. 게다가 그 군의 규모가 크면 클수록 더욱 쉽게 사로잡히는 법이라네.

모든 창조물에게는 자신의 생명을 보존하고자 하는 경향이 있듯, 우리 인간들에게도 삶에 대한 커다란 애착이 있다는 것은 누구나 다 알고, 또 누구나 다 느끼는 사실이 아니던가? 일반적으로 사람들은 이 같은 사실을 이미 다들 잘 알고 있다네. 그러하거늘 인간이 왜 어떤 특정 상황에서 목숨을 잃는 것에 두려움을 느끼는지 굳이 그 이유를 찾으려 애쓰는 실정이라니!

민족을 불문하고 모든 성전聖典은 이런 강하고도 초자연적인 공포감으로 가득 차 있기 마련이라네. 하지만 난 이것처럼 시시한 책도 없다고 생각하네. 수십만 가지의 자연적인 원인으로 일어날 수 있는 어떤 결과를 두고 이를 초자연적인 것으로 믿기 위해서는 그 전에 이미 이런 원인들 중 단 하나라도 작용한 것이 없는지 확인해봤어야 한다는 말인데 이는 사실 불가능한 일이 아니던가?

나타나엘! 내 더는 긴 말 하지 않겠네. 이렇게까지 진지하게 다룰 가치가 없는 주제인 듯하네그려.

1720년 10월 20일, 파리에서

추신 : 편지를 거의 다 써가는데 밖에서 누군가가 어느 시골 의사가 파리의 한 의사에게 보낸 편지라며 외치는 소리가 들리더군. 사실 이곳에서는 온갖 잡다한 일들까지도 죄다 인쇄되고, 죄다 출판되며, 또 죄다 판매되고 있다네. 우리 이야기의 주제와 연관이 있는 만큼 자네에게 보내주면 좋을 것 같다는 생각이 들었네. 나로서는 도저히 이해할 수 없는 내용이 꽤 들어 있지만 자네는 의사이니 동료들이 쓰고 있는 이 말을 잘 알아들을 수 있을 거라 보네.[360]

〈어느 시골 의사가 파리의 한 의사에게 보낸 편지〉

저희 마을에 35일 동안 전혀 잠을 이루지 못하던 환자가 하나 있었습니다. 하여 환자의 담당 의사가 아편을 처방해주었으나 그 환자는 도저히 그것을 복용할 결심을 하지 못하고 아편이 든 컵을 손에 쥔 채로 그 어느 때보다도 더 우유부단하게 서 있었습니다. 그러더니 결국 의사에게 이야기했지요.

"선생님! 내일까지만 좀 봐주십시오. 의사업에 종사하는

---

360 이 문장은 1758년 판에서는 본문에서 삭제되어 주석으로만 나타난다. 현대판에서는 주석에 나타나거나 혹은 완전히 삭제된 경우도 있으며 1995년 판처럼 다시 본문에 삽입된 경우도 있다.

것은 아니지만 집에 불면증 치료제를 아주 많이 보관해놓은 사람을 알고 있습니다. 사람을 보내 그를 불러오도록 할 테니 허락해주십시오. 만일 오늘 밤에도 잠을 이루지 못한다면 다시 선생님께 찾아올 것을 약속드립니다."

의사가 돌아가자 환자는 커튼을 치게 하더니 어린 하인에게 말했습니다.

"자! 어서 아니스[361] 씨 댁에 가 내가 좀 뵙잔다고 전하거라."

이윽고 아니스 씨가 도착했지요.

"아니스 씨! 정말이지 지금 죽을 지경입니다. 도저히 잠을 이룰 수가 없어요. 아니스 씨 서점에 아직 팔지 못한 『지구***』[362]이나 혹은 어느 R.P.J.[363]께서 쓰신 종교서 같은 것 좀 없을까요? 원래 가장 오래 묵힌 약이 효과도 가장 뛰어난 법이지 않습니까?"

이 같은 환자의 말에 서점 주인은 대답했습니다.

"총 6권으로 된 코생 신부님의 『신성한 궁전』[364]이라는 책

---

361 왕립 인쇄소장이자 종교서 전문가였던 파리의 서적 상인 장 아니송(Jean Anisson, 1640~1721)을 빗대고 있다.

362 국왕의 지리학자 피에르 뒤 발(Pierre Du Val, 1618~1683)의 저서, 『지구에 대한 조예 *La connaissance du globe*』(1677)를 암시하는 것으로 추정된다. 물론 이와 다른 견해를 보이는 학자들도 있다.

363 예수회 수도사들에 대한 경칭, 'Révérend Père Jésuite(예수회 신부님)'의 약자이다.

364 코생Caussin은 예수회 소속 신부이며, 그의 저서 『신성한 궁전』은 1625년에 출판된 금욕주의적 작품이다.

476

이 있습니다. 그것을 보내드리지요. 부디 그 책에 만족하실 수 있기를 바라겠습니다. 스페인 예수회 수도승, 로드리게스[365] 신부님의 저서를 원하신다면 그것도 전혀 문제 될 것이 없습니다. 하지만 저를 믿고 그냥 코생 신부님만으로 만족해보도록 하시지요. 신의 도움으로 부디 코생 신부님의 구절 하나에서『지구 ***』한 장에서와 같은 효과를 얻으실 수 있기를 바라겠습니다."

이 말을 끝으로 아니스 씨는 그 환자의 집에서 나와 치료제를 찾으러 자신의 서점으로 달려갔답니다. 이윽고『신성한 궁전』이 도착했지요. 우선 책 위에 쌓인 먼지를 털어낸 후 환자의 어린 초등학생 아들이 읽기 시작했습니다. 그가 제일 먼저 효과를 보게 되니 두번째 페이지로 넘어가자 더 이상 또렷한 발음을 내지 못했습니다. 함께 있던 이들도 모두 벌써 나른해짐을 느꼈으니 잠시 후 그 환자를 제외한 모두가 코를 골기 시작했지요. 그리고 환자는 그 책 속에서 한참을 고통받다가 마침내 마지막에 가서는 축 늘어지고야 말았답니다.

아침 일찍 담당 의사가 도착했지요.

"어디 봅시다! 제가 드린 아편을 복용하신 것입니까?"

그가 물었으나 아무도 대답하는 이가 없었습니다. 환자의 부인과 딸, 어린 아들은 모두 기뻐 어쩔 줄 몰라 하며 코생 신

---

365 알폰소 로드리게스Alfonso Rodriguez 신부는 1614년에『기독교적 완벽의 실천』이라는 금욕주의적 작품을 출간했다.

부의 책만을 가리켰습니다. 그것이 무엇이냐고 의사가 묻자 모두 외쳤답니다.

"코생 신부님 만세! 이 책을 제본시켜야겠습니다. 이 같은 일을 과연 그 누가 이야기해줄 수 있었을까요? 이 같은 일을 과연 그 누가 믿었을까요? 정말이지 이건 기적입니다. 자! 여기 코생 신부님의 책입니다. 선생님도 한번 보시지요. 바로 이 책이 저희 아버지를 잠들게 해준 책이랍니다."

이어 의사는 간밤에 일어났던 일들에 대해 모두 들을 수 있었습니다.

그[366] 의사는 강신술의 신비며, 주문이나 영혼의 위력에 푹 빠져 있던 아주 미묘한 사람이었습니다. 이런 그에게 이 일은 그야말로 매우 큰 충격이 아닐 수 없었지요. 결국 오랜 심사숙고 끝에 그는 자신의 처방법을 완전히 바꾸기로 결심했답니다. 그는 생각했지요.

'참으로 기이한 일이로군! 오늘 새로운 경험을 하나 얻었으니 내 여기서 좀더 멀리 나아가야겠어. 사실 말이야 바른 말이지, 어떻게 재주 넘치는 영혼이 자신의 작품 속에 그 자질을 그대로 옮겨놓지 못할 수가 있겠어? 이는 우리가 매일같이 보아온 사실이기도 하지. 그러니 적어도 한번 시도해볼

---

366 여기부터 편지의 끝부분까지는 1754년 개정판에서 몽테스키외에 의해 삭제되었는데, 이는 예수회 수도사들의 압력 때문으로 추측된다. 그 후 그의 아들이 재편집해 출간한 1758년 판에서 다시 주석으로 나타난다. 현대판에서는 본문에 삽입시키고 있다.

만한 가치는 있는 게 아니겠어? 게다가 그러잖아도 난 약제사들에게 아주 단단히 질린 참이었잖아. 그들이 만들어내는 시럽이며 물약, 온갖 생약들은 환자들을 파산시키는 데다가 그들의 건강까지도 완전히 망가뜨려놓고 있다고. 그래! 이참에 한번 방법을 바꿔보는 거야. 영혼의 효력을 한번 시험해보자고.'

바로 이 같은 생각에서 그는 마침내 새로운 약제술을 개발해내게 되었답니다. 여기 실제로 그가 처방해주는 몇몇 주요 치료법들을 소개해드립니다. 한번 보시지요.

설사를 부르는 사하탕

아리스토텔레스의 그리스어판『논리학』3장, 가장 예리한 스콜라학파 신학 개론 2장(예: 예리하신 스코터스[367]의 저서), 파라셀수스[368]의 저서 4장, 아비센나[369]의 저서 1장, 아베로에

---

[367] 영국의 스콜라 철학자이자 신학자였던 존 던스 스코터스(John Duns Scotus, 1265~1308)를 가리킨다. 그는 '예리한 석학'이라 불리기도 했으며, 토마스 아퀴나스의 설을 비판하고 이성과 신앙의 분리를 강조하여 의지의 우위를 주장했던 인물이다.

[368] 파라셀수스(Paracelsus, 1493~1541)는 스위스의 화학자이자 의학자이다. 의화학을 창시하였으며 금속 화합물을 처음으로 의약품 제조에 사용하여 납, 구리 따위의 금속 내복약과 팅크를 만들었다.

[369] 아비센나(Avicenna, 980~1037)는 이슬람의 철학사이자 의사이다. 이슬람 세계 아리스토텔레스 학문의 대가로 중세 유럽의 철학 및 의학에 많은 영향을 주었다. '이븐 시나'로 불리기도 한다.

스[370]의 저서 6장, 포르피리오스[371]의 저서 3장, 플로티노스[372]의 저서 3장, 이암블리코스[373]의 저서 3장을 모두 한데 담아 24시간 동안 우려낸 후 매일 4회씩 복용한다.

강한 사하제[374]

'은행 및 ***에 관한 ***'[375] 열 가지를 중탕수에 넣고 증류시킨 후 거기서 추출되는 맵고 쓴 즙 한 방울을 한 컵 분량의 일반수에 떨어뜨려 연하게 희석한다. 믿음을 갖고 그것을 모두 들이켠다.

구토제

지루한 연설문 여섯 개, 아무 추도사나 열두 개(단, 님 주

---

370 아베로에스(Averroès, 1126~1198)는 스페인 태생의 아라비아 철학자이자 의학자이다. 아리스토텔레스의 주석가로 알려져 있으며 종교에 종속되어 있던 철학을 독립적 지위에 올려놓는 데 공헌했다. '이븐 루시드'로 불리기도 한다.

371 포르피리오스(Porphyrios, 234~305)는 그리스의 신플라톤주의 철학자이다. 자신의 스승 플로티노스의 사상을 집대성한 논문집을 편찬했으며 아리스토텔레스의 카테고리를 연구하여 중세 스콜라 철학에 영향을 끼쳤다.

372 플로티노스(Plotinos, 205~270)는 이집트 태생의 고대 후기 그리스-로마 철학자이다. 신플라톤학파의 대표자로 중세 스콜라 철학과 헤겔 철학에 큰 영향을 끼쳤다.

373 이암블리코스(Iamblichus, 245~325)는 시리아 태생의 신플라톤주의 철학자이다. 플로티노스의 제자로서 신플라톤주의 시리아파의 창시자이다.

374 설사가 나게 하는 약.

375 「은행 및 동인도 회사에 관한 열 가지 심의회 판결문」을 지칭한다.

교[376]의 것은 사용하지 않도록 주의할 것), 오페라 신곡집 한 개, 소설 50권, 새로 나온 회고록 30권을 모두 플라스크에 집어넣고 이틀 동안 뜨거운 물에 녹인 후 다시 뜨거운 모래로 증류시킨다. 만일 이것으로도 부족하다면 더욱 강한 구토제를 사용한다.

강한 구토제

툴루즈 백일장 대회[377] 작품집의 겉표지를 싸고 있는 대리석 무늬 종이 한 장을 3분간 우려낸 후 그것을 한 숟가락 데워 마신다.

아주 간단한 천식 치료법

전직 예수회 수도승, 맹부르그[378] 신부님의 전 작품을 읽는다. 단, 각 구절이 끝나기 전에는 절대로 쉬지 않는다. 그러면 치료를 반복하지 않아도 조금씩 호흡력이 회복되는 것을 느낄 것이다.

---

376 님Nîmes은 프랑스 남동쪽에 위치한 도시이며, '님 주교'란 프랑스인 설교사 플레쉬에(Valentin Esprit Fléchier, 1632~1710) 주교를 뜻한다. 그는 17세기가 낳은 가장 훌륭한 연설가로 손꼽힌다.

377 14세기부터 이어져 내려오는 시 창작 대회로 프랑스 남부 도시 툴루즈에서 개최되고 있다.

378 루이 맹부르그(Louis Malmbourg, 1610·1686) 신부를 말하는 것으로 가톨릭 역사학자이기도 하다. 그는 생전에 여러 작품을 남겼으며 대표적으로 1675년에 발표된 『십자군의 역사』가 있다.

습진류의 가려운 피부병, 옴, 두부 백선,[379] 마비저[380] 예방법

아리스토텔레스의 세 가지 범주, 형이상학의 두 가지 단계, 어떤 차별화된 개념 한 개, 샤플랭[381]의 시구 6행, 생시랑[382] 수도원장의 편지 발췌문 한 문장을 모두 한 장의 종잇조각에 옮겨 적는다. 그것을 잘 접어 리본으로 묶은 후 목에 걸고 다닌다.

연기, 열기, 불꽃 등을 동반하는 강렬한 발효 현상으로 인한 놀라운 화학적 기적

케넬[383]의 작품을 우려낸 물과 랄르망[384]의 작품을 우려낸 물을 함께 섞는다. 아주 강한 발효가 일어나 거품이 부글부글 끓어오르고 탁탁 깨지는 시끄러운 소리가 들릴 때까지, 즉 산 성분이 알칼리성 소금에 계속 침투하며 그 소금의 알칼리 성분과 싸우게 될 때까지 기다린다. 뜨거운 영혼의

---

379 머릿밑에 피부 사상균이 침입하여 일어나는 피부병.

380 말이나 당나귀에 유행하며 사람에게도 감염되는 전염성 질환.

381 프랑스의 시인이자 문학 평론가였던 장 샤플랭(Jean Chapelain, 1595~1674)을 말하는 것으로, 프랑스 비평가 부알로Boileau로부터 신랄한 조롱을 받았던 영웅 서사시 『낭자』의 저자이다.

382 '생시랑Saint-Cyran 수도원장'이라는 이름으로 더 유명했던 장 뒤베르쥐에 드 오란(Jean Duvergier de Haurane, 1581~1643) 신부를 말한다. 얀선(또는 얀센)의 친구이자 얀세니즘(장세니슴)을 프랑스에 도입시킨 인물이다.

383 케넬(Quesnel, 1634~1719)은 신학자이자 프랑스 오라토리오 수도회의 수도승이며 얀선파 교도이다.

384 랄르망Lallemant은 신학자이자 프랑스 예수회 수도승으로 얀선파 교도 케넬에 반박했던 인물이다.

482

증발 현상이 일어날 것이다. 발효액을 증류기에 담아 가만히 놓아둔다. 추출되는 것이라고는 해골 한 개밖에 없을 것이다.

진통 완화제

고통을 가라앉혀주는 몰리나[385] 작품 2쪽, 변을 잘 통하게 해주는 에스코바르[386] 작품 6쪽, 염증 조직을 부드럽게 해주는 바스케스[387] 작품 1장을 4리브르[388]의 일반수에 담갔다가 걸러낸 후 부피가 반으로 줄어들 때까지 꾹 눌러 짜낸다. 짜낸 그 즙에 소독용으로 보니[389] 작품 3장과, 세정용으로 탐부리니[390] 작품 3장을 각각 녹인다. 관장용 치료제로 사용하면 된다.

속칭 '창백증' 또는 '상사병'이라 불리는 빈혈 치료법

아레티노[391]의 삽화 4장과 토마스 산체스[392] 신부님의 『결

---

385 몰리나(Molina, 1535~1600)는 스페인 예수회 수도승으로 결의론자이다.

386 에스코바르(Escobar, 1589~1669)는 스페인 예수회 수도승으로 결의론자이다.

387 바스케스(Vasquez, 1551~1604)는 스페인 예수회 수도승으로 결의론자이다.

388 프랑스의 옛 무게 측량 단위.

389 보니(Étienne Bauny, 1564~1649)는 프랑스 예수회 수도승으로 결의론자이다.

390 탐부리니(Michelangelo Tamburini, 1648~1730)는 이탈리아 예수회 수도승으로 결의론자이다.

391 아레티노(Pietro Aretino, 1492~1556)는 당대의 예술과 정치에 엄청난 영향을 미치고 현대의 외설 문학을 설립한 이탈리아 출신의 작가로 삽화가 첨부된 열여섯 개의 외설적인 소네트를 짓기도 했다.

혼』 2장을 5리브르의 일반수에 담가둔다. 식욕을 돋게 하는 탕약으로 사용한다.

이상은 그 의사가 실제로 처방해주었던 약재들인데 예상했던 대로 큰 성공을 거두었답니다. 그의 말에 따르면 환자들을 파산시키지 않기 위해 너무 짧은 서문이나, 아무도 하품 나게 만들어주지 못하는 권두의 서간체 헌사, 어느 주교가 손수 쓴 교서,[393] 어느 얀선파 교도로부터 멸시를 당했거나 어느 예수회 수도사로부터 존경을 받은 어느 얀선파 교도의 작품 등과 같이 매우 구하기 힘들고 또 거의 존재하지도 않는 그런 치료제들은 사용하지 않았다고 합니다. 게다가 이런 유의 치료제들은 자신이 그토록 반감을 품고 있는 돌팔이 의술을 계속 지속시켜주는 데 적합할 뿐이라고 하더군요.

편지 144
리카가 우스벡에게

며칠 전 시골의 한 별장에 갔다가 이 나라에서 아주 유명한

---

392 토마스 산체스는 스페인 예수회 수도승으로 결의론자이며, 당시 명성이 높았던 작가이다(428쪽 주 317 참조).
393 일반적으로 주교는 자신의 교서를 직접 쓰지 않는 것으로 널리 알려져 있다(321쪽 주 214 참조).

두 학자를 만났다네. 둘 다 매우 감탄할 만한 기개를 지니고 있어 보였지. 그중 한 사람의 발언은 사람들로부터 매우 존중받는데 그 내용을 대충 요약해보면, "내가 한 이야기는 모두 사실입니다. 왜냐하면 내가 그렇게 말했기 때문입니다"라는 것이었다네. 또 한 사람의 내용은 좀 다르더군. 바로 "내가 하지 않은 이야기는 모두 거짓입니다. 왜냐하면 내가 그렇게 말하지 않았기 때문입니다"라는 것이었지.

난 그나마 첫번째 사람이 좀더 맘에 들더군. 고집불통은 괜찮아도 무례한 사람은 도저히 봐줄 수가 없거든. 첫번째 학자는 자신의 의견을 옹호하고 있는 것이네. 오로지 자신의 이익에만 관계되는 것이지. 반면 두번째 학자는 다른 사람들의 의견을 공격하고 있지 않은가? 이는 다른 모든 사람의 이익과 관계되는 것이라네.

우스벡! 자만심이라는 것은 자신의 개성을 지키는 데 필요한 것 그 이상으로 존재할 때 당사자에게 얼마나 해로운지 모른다네. 이런 사람들은 늘 다른 사람들의 미움을 사는 나머지 오히려 이들로부터 감탄을 받고 싶어 하기 마련이지. 항상 다른 이들보다 우월하고자 애쓰지만 실은 그들만도 못한 것이 바로 이들이라네.

겸손한 이들이여! 어서들 오시게나! 내 그대들을 품에 안아보리다. 당신들이야말로 인생의 즐거움과 매력을 느끼게 해주는 사람들이라오. 당신들은 스스로 아무 가진 것 없는 별 볼일 없는 사람이라 생각하겠지만 나는 당신들이야말로 모든 것을 다 지닌 사람들이라 말해주고 싶구려. 당신들은 아무도 당신네에게 겸허함을 느끼는 사람이 없으리라 생각하겠지만 실은 이 세상 모든 사람이 당신들 앞에 겸허함을 느끼고 있다오. 곳곳에 널려 있는 그 완전무결한 인간들을 이 내 머릿속에서 당신네와 조용히 비교해볼 때면 난 결코 이들을 그들 스스로의 높디높은 심판대에서 끌어내려 당신들의 발아래로 가져다 놓지 않을 수가 없다오.

1720년 10월 22일, 파리에서

편지 145
우스벡이 ***에게

지성 있는 사람들은 대개 대인관계에서 까다로운 법이라네. 언제나 소수의 사람과만 어울리고, 대다수 사람을 일명 교양 없는 사람들이라 스스럼없이 칭하며 이들과 함께 있으면 지루해하곤 하지. 게다가 조금이라도 그런 반감을 내색하지 않는 경우가 없으니 그만큼 적들이 생기기 마련이라네.

자신이 원하면 언제든지 사람들의 환심을 살 자신이 있다 보니 그런 것쯤은 너무도 쉽게 등한시하는 것이지.

이들은 또 툭하면 비판을 해대곤 하는데 그것은 바로 이들이 다른 그 누구보다도 더 많은 것을 보고, 또 더 잘 감지하고 있기 때문이라네.

또한 거의 늘 재산을 탕진하는데 이는 그들이 지닌 지력이 이들에게 그 방법들을 수없이 제공해주고 있기 때문이라네.

이들이 시도하는 일에 자주 실패가 따르는 것은 위험을 무릅쓰면서까지 그것을 너무 과감하게 밀어붙이기 때문이라네. 항상 먼 곳을 향하는 그들의 눈이 이들에게 너무도 멀리 있는 표적을 바라보게끔 하는 것이지. 어떤 계획이 하나 세워지면 계획 그 자체에서 오는 어려움보다도 바로 자신의 순수 비용으로 끌어내야만 하는 그 해결책으로 인해 더 큰 타격을 입게 되는 법이라는 사실은 차치하고서라도 말이네.

그런가 하면 작고 사소한 일을 등한시하는데 실은 이런 작고 사소한 일이 거의 모든 큰일의 성공을 좌우한다네.

이와 반대로 별 보잘것없는 사람들은 무슨 기회든 가리지 않고 모두 다 활용하려 든다네. 자칫 실수를 범하게 되더라도 자신들에게는 잃어버릴 것이 아무것도 없다는 것을 아주 잘들 알고 있기 때문이지.

일반적으로 만인의 찬양은 바로 이 보잘것없는 사람들의 몫이라네. 자고로 인간은 이런 보잘것없는 사람들에게 베풀며 기쁨을 느끼는 법이고, 지성이 있다는 자들에게서 빼앗으며 희열을 느끼는 법이지. 한쪽은 깊은 부러움을 사지만 결코 아무것도 용서되는 것이 없는 반면, 다른 한쪽은 모든 것이 다 유리하게끔 돌아가게 되어 있다네. 바로 자만심이 보잘것없는 사람들의 편에 서 있기 때문이지.

그런데 지성 있는 사람들이 그토록 불리한 입장에 놓여 있다고 한다면, 학자들이 처해 있는 그 힘든 상황이야말로 도대체 어찌 설명해야 한다는 말인가?

이런 생각을 하다 보면 꼭 어느 학자가 자신의 지인에게 보냈다는 그 편지가 떠오르곤 한다네. 자네도 한번 보게나.

선생님!

저는 밤마다 길이 30척짜리 망원경을 들고 우리 머리 위를 돌고 있는 그 거대한 물체를 관측하는 데 전념하고 있는 사람입니다. 그러다 좀 쉬고 싶어지면 작은 현미경을 집어 들고 진드기나 좀 같은 것을 관찰하곤 하지요.

저는 결코 부유한 사람이 아닙니다. 가진 것이라고는 방 한 칸이 전부이지요. 게다가 제 방에서는 감히 불을 피울 생각도 할 수 없답니다. 방 안에 온도계가 하나 있는데 이상 열기가 가해지면 그 온도가 올라갈 수 있기 때문이지요. 지난 겨울에는 정말이지 얼어 죽는 줄로만 알았답니다. 온도계의 수은이 가장 밑바닥을 가리키며 곧 제 손이 얼어붙게 될 것이라 경고해주었지만 그래도 저는 조금도 흔들리지 않았답니다. 덕분에 지난 한 해 동안 가장 일기 변화가 적었던 때를 정확하게 알아낼 수 있었으며, 그것으로 그나마 위안을 삼을 수 있었지요.

저는 남들과 터놓고 이야기하는 법이 결코 없습니다. 해서 제 눈에 띄는 그 많은 사람 중 아는 사람이라고는 단 한 명도 없지요. 하지만 스톡홀름[394]에 한 사람, 라이프치히[395]에

---

394 스웨덴의 수도로 매년 노벨상 시상식이 열리는 곳이다.
395 독일 동남부에 위치한 도시로 18~19세기에는 학문, 예술의 중심지였다.

한 사람, 그리고 런던에 또 한 사람을 알고 있답니다. 만나본 적도 없고 앞으로도 결코 만날 일이 없는 그런 사람들이지만 이들과는 단 한 통의 편지에도 답장하지 않고 그냥 넘기는 법이 없을 정도로 매우 충실하게 서신을 교환하고 있답니다.

그런데 제가 살고 있는 이 마을에 비록 아는 이가 하나도 없다고는 하나 이곳에서 저에 대한 평판이 너무도 좋지 않은 지라 결국 이곳을 떠나지 않을 수 없을 것 같습니다. 5년 전, 한 이웃집 여인으로부터 아주 심하게 모욕을 당한 적이 있었습니다. 제가 해부했던 개가 바로 자신의 개였다지 뭐겠습니까? 당시 그곳에 있던 한 정육점 장수 부인이 끼어들었는데, 이웃집 여인이 제게 욕설을 퍼붓는 동안 그녀는 제게 마구 돌팔매질을 해댔답니다. 함께 있던 ***박사에게도 같이 말입니다. 그 바람에 그는 이마와 뒤통수에 치명타를 얻어맞고 이성의 중추에 그만 아주 큰 충격을 입고 말았답니다.

그날 이후로 길을 잃고 자취를 감추는 개만 있으면 곧바로 제 손아귀에 떨어진 것으로 단정 지어지곤 한답니다. 한번은 어떤 전형적인 부르주아 부인이 자칭 자식보다도 더 사랑한다는 작은 개 한 마리를 잃어버렸는데 글쎄, 제 방에 찾아와서는 기절을 하는 것이 아니겠습니까? 그러더니 그 개를 찾을 수가 없자 저를 재판관 앞에 소환시켰지 뭡니까? 아무래도 저는 이 여인들의 성가시고 악의 섞인 장난으로부터 결코 벗어날 수 없지 싶습니다. 이들은 날카롭게 찢어지는 목소리로 이미 10년 전에 죽어 사라져버린 온갖 동물들의 추도사를 읊어대며 끊임없이 저를 괴롭히고만 있답니다.

부디 저의……

옛날에는 학자들이 모두 마법을 사용한다는 그런 비난을 받아왔었지. 그런데 그게 그렇게 놀랄 일만은 아니라네. 사실 그들도 모두 마음속으로 이렇게들 생각하고 있었으니 말일세.

'나의 천부적인 재능을 할 수 있는 데까지 최대한 발휘해보았거늘 그래도 나보다 우위에 있는 학자가 있다니…… 분명 어떤 마법의 힘이 연계된 것이 확실해.'

이 같은 마법과 연관된 비난이 그 신망을 잃게 되자 이제 사람들은 다른 책략을 쓰고 있다네. 아마 그 어떤 학자도 "무신앙"이나 "이단"이라는 비난을 피해가기는 절대 쉽지 않을 걸세. 아무리 국민으로부터 용서받게 된다고 할지라도 상처는 이미 한 번 생겨난 것, 결코 완벽하게 아물 수는 없을 것이네. 결국 그 학자에게는 영원히 하나의 환부로 남아 있게 되는 것이지. 그러다 30년쯤 지나면 그를 공격했던 누군가가 찾아와 아주 겸손히 말할 걸세.

"당신이 받았던 그 비난이 사실이었다고 말한다면 그것이야말로 당치도 않은 소리입니다. 그런데 당신은 어쩔 수 없이 스스로를 변호해야만 했었지요."

그렇다네. 이렇게 사람들은 그가 자신의 정당화를 위해 어쩔 수 없이 내놓았던 해명까지도 또다시 공격하고 나선다네.

그가 만일 고결한 정신과 곧은 마음으로 어떤 역사를 하나 기록한다면 그는 사람들로부터 그야말로 온갖 박해를 다 받게 된다네. 사람들은 아마 그를 공격하기 위해 천 년 전에 일어났던 사건을 들고 재판관을 부추기러 갈 걸세. 오로지 그의 펜이 돈으로 매수되거나 또는 자유를 빼앗기고 포로 신세가 되어버리기만을 바라면서 말일세.

그래도 이런 그가 어떤 비열한 자들보다는 훨씬 더 행복한 사람이라네. 이를테면 그 보잘것없는 연금 때문에 자신의 신념을 저버리는 자들, 그 내용을 세세히 한번 잘 들여다보면 그야말로 동전 한 닢에도 팔아넘길 수 없을 정도로 그렇게 값어치 없는 사기를 쳐대고 있는 자들, 나라의 헌법을 뒤엎어가며 어느 권력층의 권리는 감소시켜주고 또 다른 어느 권력층의 권리는 증가시켜주는 자들, 국왕에게는 가져다 바치면서 백성들에게서는 뜯어내기만 하는 자들, 효력이 없어진 케케묵은 법률들을 다시금 부활시키는가 하면 당대의 신망을 얻고 있는 자들의 열정이나 국왕의 악덕 앞에 아첨하는 자들, 다시 말해 이 같은 자신들의 행적을 그 후손들이 다시금 뒤엎을 방법이 적은 만큼 결국 그만큼 더 부당하게 후손들을 속이고 있는 셈인 바로 그런 비열한 자들 말일세.

그런데 저서를 남기는 학자로서 이 같은 모욕을 받는 것만으로는 절대로 충분치가 못하다네. 자신의 작품이 과연 성공을 거둘 수 있을지 없을지 끊임없이 걱정하는 것만으로도 결코 충분치 못하다네. 그토록 심혈을 기울여 만든 작품이 드디어 세상에 나왔건만 결국 사방에서 온갖 논쟁거리들만 불러오게 되지 않겠나? 하나 이 같은 일을 어찌 피할 수 있으리오. 그는 의견이 하나 있었을 뿐이고, 하여 품고 있던 그 의견을 단지 글로써 한번 주장해 보인 것뿐이거늘, 저 멀리 2천 리 밖에서 누군가 자신과 정반대되는 주장을 내놓았던 사실을 어찌 알 수 있었겠는가 말일세. 하지만 그들의 전쟁은 이미 이렇게 시작된 것이라네.

게다가 사람들의 존경이라도 좀 기대해볼 수 있으면 좋으련만 결코 그렇지도 못하다네. 기껏해야 자신과 같은 유의 학문에 몸담은 사람들로부터만 인정받을 뿐이지. 철학자들은 머릿속이 어떤 협상들로 가득 차 있는 사람들[396]을 극도로 무시하고, 반대로 또 그 자신들은 좋은 기억력을 지닌 사람들[397]로부터 어떤 망상가쯤으로 취급받는 실정이라네.

무지를 그야말로 자랑스럽게 일삼는 자들은 아마도 인류 전체가 자신들처럼 망각 속에 묻혀 지내기를 바랄 걸세.

재능이 부족한 사람은 그 재능을 무시해버림으로써 스스로 자신의 약점을 보완해가는 법이라네. 자신과 유능한 사람 사이에 놓여 있는 이 재능이라는 장애물을 제거함으로써 마침내 자신이 그토록 꺼리는 연구 업적을 지닌 그 유능한 사람과 동등한 수준에 놓일 수 있게 되는 것이지.

마지막으로, 학자들에 대한 이런 좋지 못한 평판 외에도 이들이 쾌락은 누리지도 못하면서 애꿎은 건강만 잃어간다는 점 또한 빼놓을 수 없는 사실이라네.

1720년 10월 26일, 파리에서

---

396 과학자들을 일컫는다.
397 역사가들을 일컫는다.

편지 146

우스벡이 레디에게

(수신지 : 베니스)

예로부터 훌륭한 조정의 혼은 바로 정직함이라 했단다.

일반인은 베일에 가려진 무명인으로서 그 장점을 누릴 수가 있지. 신용을 잃게 되더라도 그저 몇몇 사람들에게서만 잃게 될 뿐, 그 외 다른 사람들에게는 꼭꼭 숨겨진 채 드러나지 않으니 말이다. 하지만 일국의 대신이 성실하지 못하면 그에게는 자신이 다스리는 사람들의 수만큼 그 증인이 있는 것이고, 또 그만큼의 심판자가 있는 것이란다.

내 감히 말하건대, 성실치 못한 대신이 범하게 되는 가장 큰 죄악은 국왕에게 피해를 주고 백성들을 파산시키는 것이 아니란다. 내 보기에 그보다도 천 배는 더 위험하지 싶은 것이 하나 있으니, 바로 그가 보이는 나쁜 본보기란다.

너도 알다시피 나는 인도[398]를 아주 오랫동안 여행하지 않았느냐? 그곳에서 나는 본래 너그러운 성품을 지니고 있었으나 한 대신의 나쁜 본보기로 인해 한순간에 가장 비천한 백성부터 가장 지체 높은 백성까지 그야말로 온 백성이 타락해버리고만 민족을 보았단다. 관대함과 성실함, 순진함 그리고 정직함의 선천적 성품을 늘 자랑해왔던 한 민족이 갑자기 최악의 민

---

398 프랑스를 의미한다. 이 편지는 존 로의 금융 정책으로 인해 경제적·도덕적으로 큰 혼란에 빠져 있었던 당시 프랑스 사회의 모습을 묘사하고 있다.

족으로 변해가는 것을 볼 수 있었지. 악행이 가장 건전하던 백성들에게까지도 예외 없이 퍼져나가는 것을 보았으며, 또한 가장 덕성 높던 자들이 비열한 짓을 행하고 정의의 기본 원칙을 저버리는 것을 보았단다. 자신도 정의를 침해당했다는 그런 한심한 핑계를 대가며 말이다.

이들은 자신들의 비열하기 그지없는 행동을 보장받기 위해 그 추악한 법률을 동원하고는 이에 부정과 배신행위를 '불가피한 것'이라 명명했단다.

또 그곳에서 나는 계약에 대한 신뢰가 사라지고, 가장 신성하다는 조약이 무효가 되며, 모든 가정 규범이 뒤엎어지는 것을 보았단다. 뻔뻔스럽게도 가난을 자랑으로 여기는 아주 탐욕스러운 채무자들, 법률의 가혹함과 시대의 엄중함이 낳은 이런 비열한 자들이 자신의 채무를 상환하지 않고 단지 상환하는 척만 하면서 그 은인들의 가슴 한복판에 칼을 꽂는 것을 볼 수 있었지.

그게 다가 아니란다. 이보다 더 비열한 자들도 목격할 수 있었으니, 떡갈나무 잎을 거의 공짜로 사들여, 아니 땅에서 그냥 긁어모으다시피 하여 그것으로 과부나 고아들의 식량을 대신해주고 있는 자들도 보았단다.

모든 사람의 가슴속에서 갑자기 채워지지 않는 부에 대한 욕망이 이는 것도 볼 수 있었으니, 성실한 노동과 질 좋은 기술을 통해서가 아니라 국왕과 나라와 동포들을 몰락시켜가며 부를 얻어내고자 하는 그런 가증스러운 음모가 어느 한순간에 꾸며지는 것을 볼 수 있었단다.

이 같은 불행한 시대에 어떤 정직한 시민도 하나 있더구나. 그는 언제나 속으로 이렇게 말하면서 잠자리에 들곤 했단다.

"내 오늘 한 가족을 파산시켰구나! 내일도 또 한 가족을 파산시키리."

그런가 하면 "손에는 잉크병을 들고, 귀에는 뾰족한 펜촉을 꽂고 있는 검은 옷차림의 그 사람[399]과 함께 내가 빚지고 있는 자들을 모조리 다 없애버리고야 말 테야" 하고 말하는 이도 있었단다.

또 다른 어떤 이는 이런 말을 하더구나.

"재산을 아주 잘 모아가고 있어. 사실 3일 전에도 빚을 갚으러 갔다가 온 가족을 울음바다로 만들어놓고 왔었지. 정직한 두 딸아이의 지참금을 탕진시켜버린 데다가 어린 아들의 교육비까지도 빼앗아 왔잖아.[400] 분명 그 아비는 괴로움에 못 이겨 죽어갈 거고, 어미는 슬픔으로 죽을 지경이겠지. 하지만 나는 법이 허용한 일을 했을 뿐이야."

한 나라의 대신이라는 자가 그 민족 전체의 풍기를 어지럽히고, 세상에서 가장 고결한 영혼들을 타락시키며, 그 품격의 화려함을 떨어뜨리고, 미덕까지도 퇴색시키며, 세상에서 가장 고귀한 뿌리를 지닌 민족을 전 세계의 멸시 속에 꼼짝 못 하게끔 만들어놓는 것보다 더 큰 죄가 또 어디 있다는 말이더냐?

조상들에 대한 수치심으로 후손들의 얼굴이 달아오를 때 그

---

399 법원의 집행관을 말한다.
400 422쪽 주 311 참조.

들은 과연 무엇이라 하겠느냐? 지금 이 순간 새로이 태어나고 있는 백성들이 옛 선조들의 쇳덩이와 자신을 낳아준 부모의 황금 덩이를 비교하면서 과연 무슨 말들을 하겠느냐? 나는 귀족들이 자신들의 명예를 손상시키는 그 자격 없는 귀족들을 귀족 족보에서 제명시켜버리고, 이들을 그들 스스로가 찾아 들어간 그 끔찍스러운 공허함 속에 그냥 내버려 둘 것이라 믿어 의심치 않는단다.

1720년 11월 11일, 파리에서

편지 147

환관장이 우스벡에게

(수신지: 파리)

상황이 더 이상 버틸 수 없는 지경에 이르고야 말았습니다. 부인들은 지금 주인님의 부재로 자신들이 그 어떤 처벌도 받지 않을 것이라 믿고 있습니다. 그야말로 지금 이곳에서는 매우 끔찍한 일들이 벌어지고 있답니다. 지금부터 주인님께 해드릴 그 난처한 이야기에 제 몸이 다 떨립니다.

젤리스는 며칠 전 사원에 가다가 그만 베일을 떨어뜨리고는 모든 사람 앞에 얼굴을 거의 다 드러내고 말았습니다.

자치는 자신의 여자 노예 한 명과 함께 잠들어 있는 것을 제게 들키고 말았습니다. 이는 하렘의 규율에 따라 엄격하게 금지되어 있는 일이 아닙니까?

동봉해드리는 편지는 제가 아주 우연히 현장에서 적발해낸 것입니다. 누구에게 보내는 것이었는지는 아직 밝혀내지 못했습니다.

어제저녁에는 하렘의 정원에서 한 청년이 발각되었는데, 그 자는 곧바로 담벼락을 뛰어넘어 도주해버렸답니다.

이런 것들 외에도 분명 제가 모르는 또 다른 일들이 더 있지 않겠습니까? 부인들이 주인님을 배반한 것은 너무도 확실한 사실입니다. 제게 명령을 내려주십시오. 주인님의 명을 받게 될 그 행복한 순간이 올 때까지 저는 그야말로 매우 견디기 힘든 상황 속에 있을 것입니다. 하지만 만일 제 손아귀에 부인들에 대한 재량권을 쥐여주시지 않는다면, 저는 부인 중 그 누구도 결코 책임져드릴 수가 없을 것입니다. 그렇게 되면 아마도 매일같이 이런 비통한 소식만 전해드리게 되겠지요.

1717년 9월 1일, 이스파한의 하렘에서

편지 148

우스벡이 환관장에게

(수신지: 이스파한의 하렘)

이 편지를 통해 내 너에게 하렘 전체에 걸친 무제한적 권한을 부여하노라. 지금부터는 나와 동등한 자격으로 하렘을 통솔토록 하라. 네 반드시 두려움과 공포를 불러일으키도록 해야 할 것이다. 하렘의 온 방을 뛰어다니며 처벌과 징계를 내려야 할 것이니 모두를 망연자실케 하고, 모두가 네 앞에 엎드려 눈물 흘리게끔 만들도록 하라. 노예들부터 시작하여 하렘 전체를 심문토록 하라. 내가 사랑하는 부인일지라도 절대 용서치 말아야 할 것이니 모두가 너의 그 가공할 만한 심판을 받도록 해야 할 것이다. 가장 은밀하게 숨겨진 비밀들까지도 모두 다 세상 밖으로 드러내도록 할 것이며, 그 불결한 장소를 깨끗이 정화해 그동안 사라졌던 미덕을 다시금 그곳에 되돌려놓도록 하라. 지금 이 순간부터는 그 어떤 작은 실수 하나라도 모두 너의 책임이 될 것이다. 네가 적발해낸 그 편지의 수신인으로 나는 젤리스를 의심하고 있다. 그러니 스라소니 같은 날카로운 눈으로 이 사건을 철저히 조사토록 해야 할 것이다.

1718년 2월 11일, ***에서

편지 149
나르시트가 우스벡에게
(수신지 : 파리)

주인님! 환관장이 사망하였습니다. 제가 주인님의 노예 중 가장 연장자이기에 주인님께서 누구를 새 환관장으로 지목하는지 통보해주실 때까지 임시로 그 자리에 앉았습니다.

환관장의 사망 이틀 후 주인님께서 그 앞으로 보내주신 편지 한 통이 제 손에 들어왔습니다. 하지만 그 편지를 열어보지 않도록 각별히 주의하였습니다. 주인님의 존엄하신 뜻을 알려주실 그날까지 열어볼 수 없도록 공손히 잘 포장하여 꼭꼭 묶어두었답니다.

어제는 한밤중에 노예 하나가 찾아와서는 제게 하렘에서 어떤 청년 하나를 보았다고 이야기하더군요. 하여 자리에서 일어나 사건을 조사해보았지요. 그런데 조사해보니 그저 그 노예가 본 하나의 환영일 뿐이었습니다.

고귀하신 주인님! 주인님의 발에 입을 맞추옵니다. 부디 저의 열의와 저의 오랜 연륜을 믿어주십시오.

1718년 7월 5일, 이스파한의 하렘에서

편지 150
우스벡이 나르시트에게
(수신지: 이스파한의 하렘)

참으로 딱하기도 하구나! 지금 네 손아귀에는 매우 다급하고 엄중한 명령이 담긴 편지 한 통이 쥐어져 있거늘, 그 이행이 조금만 지체되어도 나를 절망에 빠뜨릴 수 있는 일이거늘, 정작 너는 그 쓸데없는 변명만 늘어놓으며 아주 태평히도 지내고 있구나!

지금 그곳에서는 아주 끔찍한 일들이 벌어지고 있단 말이다. 아마 내 노예들의 절반이 그 목숨을 잃어 마땅할 그런 짓들을 벌이고 있는지도 모른다. 이에 대해서는 환관장이 죽기 전 내게 편지를 보내 알려왔으니 그 편지를 함께 동봉해주마. 내가 그에게 보낸 편지를 열어보았더라면 그 속에 들어 있는 피를 부르는 나의 명을 볼 수 있었을 터, 어서 그 명을 읽어보도록 하라. 만일 그 명을 거행하지 않을 시 너는 죽음을 면키 힘들 것이다.

1718년 12월 25일, ***에서

편지 151
솔림이 우스벡에게
(수신지: 파리)

제가 만일 계속해서 침묵을 지킨다면 저 역시 이 하렘에 있는 다른 모든 죄인만큼이나 잘못을 저지르는 것이겠지요.

저는 주인님의 가장 충실한 노예였던 옛 환관장의 심복이었습니다. 그는 임박해오는 자신의 죽음을 느끼자 저를 불러 다음과 같은 이야기를 해주었습니다.

"나는 지금 죽어가고 있다. 그런데 내 이 세상을 떠나며 단 한 가지 서글픔이 있구나. 그것은 바로 이 두 눈이 마지막으로 발견한 것이 다름 아닌 내 주인님의 부인들이 저지른 죄라는 사실이다. 부디 신께서 내가 감지하고 있는 이 모든 불행으로부터 주인님을 보호해주셨으면 좋겠구나. 내가 죽은 후에도 나의 위협적인 망령이 나타나 이 배신자들에게 자신들의 의무를 일러주며 계속해서 그들에게 위압감을 줄 수 있기를 바랄 뿐이다. 자! 이것이 바로 그 두렵고도 놀랍기 그지없는 방들의 열쇠들이다. 이것을 흑인 노예 중 가장 연장자에게 가져다주거라. 하나 만일 내가 죽은 후 경계가 해이해진다면 반드시 이를 주인님께 알려드려야 할 것이다."

이 말을 끝으로 그는 제 품에 안긴 채 숨을 거두었습니다.

저는 그가 죽기 전 부인들의 처신에 관해 주인님께 썼던 편지의 내용을 잘 알고 있습니다. 지금 이 하렘에는 공포를 몰고 왔을 주인님의 편지도 한 통 당도해 있지요. 물론 그 편지가 개봉되었더라면 말입니다. 주인님께서 보내주신 그 이후의 편지는 이곳으로부터 30리 떨어진 곳에서 습격을 받고 빼앗겼답니다. 어찌 된 영문인지는 잘 모르겠으나 모든 것이 그저 공교롭게만 돌아가고 있습니다.

게다가 주인님의 부인들은 더 이상 조금의 신중함도 없이 행동하는 것이 마치 환관장의 사망 이후로 완전한 자유를 누리고 있는 것만 같답니다. 오직 록산느만이 자신의 의무를 다해가며 정숙함을 잃지 않을 뿐입니다. 풍기가 하루하루 문란해지고, 부인들의 얼굴에서는 더는 예전의 그 굳건하고 준엄하던 절개 있는 모습을 찾아볼 수가 없답니다. 지금 이곳에 퍼져 있는 이 새로운 희열은 분명 이곳에 어떤 새로운 만족감이 존재한다는 것을 보여주는 명백한 증거일 것입니다. 그녀들의 아주 사소한 일에서까지도 지금껏 결코 볼 수 없었던 그런 자유의 그림자가 보일 정도랍니다. 노예들 사이에서도 제가 다 깜짝 놀랄 정도로 그 의무와 규율을 준수하는 데 있어 일종의 나태함이 만연하답니다. 더는 이들에게 하렘 안에 활기를 불어넣어주던 주인님을 섬기고자 하는 그 타오르는 열정이 없습니다.

부인들이 일주일간 시골 별장에 다녀왔답니다. 주인님의 별장 중 가장 인적 없고 외진 곳으로 말입니다. 듣자 하니 그곳을 관리하는 노예가 매수되어 부인들이 도착하기 하루 전 그곳에서 가장 큰 방의 넓다란 돌벽 속에 나 있는 작은 골방 안에 두 남자를 숨겨주었다고 합니다. 그리고 두 남자는 저녁이 되어 저희 환관들이 모두 돌아간 후 그곳에서 나오곤 했다는군요. 지금 저희의 우두머리로 있는 그 늙은 환관은 참으로 아둔하기가 짝이 없는 자입니다. 뭐든 사람들이 말하는 대로 곧이곧대로 다 믿어버린답니다.

저는 이 모든 배신행위에 대한 분노와 그 응징에 관한 생각으로 매우 흥분해 있습니다. 만일 주인님의 시중을 위해 신께서 원하시는 일이고, 주인님께서도 저를 이 하렘을 다스릴 만한 충분한 그릇으로 여기신다면, 이 몸이 반드시 부인들을 비록 정숙하지는 못했을지언정 최소한 정조 있는 여인으로라도 만들어놓을 것을 약속드립니다.

1719년 5월 6일, 이스파한의 하렘에서

편지 152
나르시트가 우스벡에게
(수신지 : 파리)

록산느와 젤리스가 시골에 다녀오고 싶어 하는데 굳이 거절해야 할 이유가 없는 것 같기에 허락해주었습니다. 행복하신 주인님! 주인님께서는 절개 있는 부인들과 한시도 경계를 게을리하지 않고 있는 노예들을 거느리고 계십니다. 저는 마치 미덕이 자신의 안식처로 선택해 머무는 듯한 장소에서 지휘하고 있는 것만 같답니다. 주인님의 눈에 거슬릴 만한 일들은 절대 일어나지 않을 것이니 믿어주십시오.

저를 매우 걱정스럽게 만든 불행한 사건이 하나 있었습니다. 아르메니아 상인들이 이번에도 이곳 이스파한에 도착했는데 주인님께서 제 앞으로 보내주신 서신을 갖고 왔다기에 노예 하나를 시켜 받아오도록 하였지요. 그런데 그가 돌아오는 길에 도둑을 만나 그 편지를 그만 잃어버리고 말았다지 뭡니까? 그러니 어서 신속히 답장을 보내주십시오. 짐작건대 하렘 내 큰 변화가 있는 지금 같은 시점에 분명 주인님께서는 무언가 제게 일러주실 중요한 말씀이 있으리라 봅니다.

1719년 5월 6일, 파티마의 하렘에서

편지 153

우스벡이 솔림에게

(수신지 : 이스파한의 하렘)

내 너의 손아귀에 칼자루를 쥐여주겠노라. 지금 내게 이 세상 그 무엇보다도 중요한 일, 바로 나의 복수를 너에게 맡기니어서 새로운 이 임무에 착수토록 하라. 단, 그 어떤 인정도 그어떤 동정도 보이지 말아야 할 것이다. 내 직접 부인들에게 너에 대한 무조건적 복종을 명할 것이다. 자신들이 지은 그 많은죄가 부끄러워 네 앞에 굴복하고야 말 것이다. 내 너에게 나의행복과 내 마음의 안정을 빚져야겠구나. 나의 하렘을 내가 떠나올 당시의 모습 그대로 되돌려놓도록 하라. 우선 죄에 대한대가부터 치르게끔 해주어야 할 것이니, 죄인들은 몰살시키고죄를 저지를 생각을 품었었던 자들은 모두 공포에 벌벌 떨게끔만들어주도록 하라. 이 같은 중대한 임무를 무사히 수행하고나면 이 주인에게 무슨 대가인들 바라지 못하겠느냐? 너의 지위를 끌어올리고 지금껏 단 한 번도 바라지 못했던 그런 보상을 받는 것은 모두가 다 너 하기에 달렸느니라.

1719년 10월 4일, 파리에서

편지 154

우스벡이 부인들에게

(수신지 : 이스파한의 하렘)

이 편지가 부인들에게 부디 폭풍우 속에 떨어지는 천둥 번개를 동반한 벼락과도 같기를! 이제부터는 솔림이 부인들의 환관장이오. 부인들을 지켜줄 환관장이 아니라 부인들을 처벌해줄 환관장이오. 그러니 모두 그 앞에 몸을 낮춰야 할 것이오. 그가 부인들의 지난 행동들을 심판할 것이며 앞으로 부인들을 매우 엄격한 굴레 속에 살아가도록 만들 것이오. 부인들이 저버린 미덕, 만일 그것이 아니었다면 부인들이 누린 그 자유를 후회하게 될 정도로 말이오.

1719년 10월 4일, 파리에서

편지 155

우스벡이 네씨르에게

(수신지 : 이스파한)

안락하고 평온한 삶의 가치를 알고, 가족들 품에서 마음의 안식을 취하며, 오로지 자신이 태어난 그 모국 땅밖에는 모르는 그런 이들이야말로 참으로 행복한 사람이라네.

나는 지금 내 마음에 와닿는 것이라고는 아무것도 없고 온통 귀찮은 일들뿐인 그런 이국땅에 살고 있다네. 어두운 슬픔의 그림자가 엄습해올 때면 무시무시한 절망 속으로 빠져드는 것이 마치 그 속에 파묻혀 소멸해버릴 것만 같다네. 그러다가 마침내 그 한심스러운 질투심이 찾아와 내 마음속에 두려움과 의심과 증오와 후회를 불러일으키면 그제야 비로소 나 자신으로 돌아오곤 하지.

네씨르! 자네는 날 아주 잘 알고 있지 않은가? 언제나 내 마음속을 자네 마음속처럼 훤히 들여다보곤 했었지. 자네가 나의 이런 비참한 처지를 알게 된다면 날 참으로 불쌍히 여길 걸세. 난 하렘의 소식을 듣기 위해 어떨 땐 꼬박 반년을 기다리기도 한다네. 흐르는 세월을 매 순간순간 손꼽아 기다리지만 내 조급한 마음과 달리 그 시간은 언제나 더디게만 흘러갈 뿐이라네. 그러다가도 그토록 기다리던 순간이 바로 목전에 이르면 갑자기 가슴속에서 강한 요동이 치는 것이 숙명의 편지를 여는 나의 두 손은 주체할 수 없이 마구 떨리기만 한다네. 나를 절망에 빠뜨리곤 하는 바로 이 심적 불안의 상태가 내가 누릴 수 있는 가장 행복한 상태인 것 같네. 내게 천 번의 죽음보다도 더 잔인하게 느껴질 그런 충격적인 소식들로 인해 이 행복한 상태에서 깨어나게 될까 봐 난 그저 그것이 두렵기만 하다네.

네씨르! 내 비록 조국을 떠나야만 했던 특별한 이유가 있었고, 또 그렇게 물러났기에 지금껏 이 목숨이 이렇게 붙어 있다고는 하나 내 도저히 더는 이 끔찍한 유배 생활을 견딜 수가 없네그려. 그렇네! 이러다가 정말로 슬픔에 사로잡혀 죽게 되는 것은 아닌지 모르겠네. 리카에게 이제 그만 이 이국땅을 뜨자고 수없이 재촉해보았지만 매번 나의 결심에 반대하며 갖은 핑계로 날 이곳에 묶어두고 있다네. 아무래도 그는 조국을 잊은 듯싶네. 아니, 나의 고뇌에 이토록 무관심한 것을 보면 아마도 나를 잊은 것이겠지.

난 지금 얼마나 불행한지 모른다네. 내 조국을 다시금 보고 싶구먼. 그곳에서 더욱 불행해질지도 모를 일이지만 말일세. 그렇네! 내 거기서 과연 무엇을 할 수 있겠는가? 그저 적들에게 내 머리를 내주게 되겠지. 그뿐이겠는가? 나의 하렘으로 들어가 그동안 있었던 그 비통한 일들에 대해 모두 보고하라 이르겠지. 그리하여 혹시라도 죄가 있는 자들을 찾아낸다면 그땐 과연 어찌 되겠는가? 이렇게 멀리 떨어진 곳에서조차도 그것을 생각하기만 하면 이토록 감당하기 힘든 괴로움에 짓눌리고 마는데, 내 직접 그 자리에 있어 이 괴로움을 더욱 강하게 느끼게 된다면 그땐 과연 어찌 되겠는가 말일세. 온몸이 부르르 떨리지 않고서는 감히 생각조차 할 수 없는 그런 것들을 실제로 보게 되고, 또 듣게 된다면 내 과연 어찌 될 것이란 말인가? 내가 손수 내리게 될 그 체벌들이 내 마음의 혼란과 절망을 영원히 낙인찍는 것이라면 그것은 또 어찌할 것이란 말인가?

결국 난 그곳에 갇혀 있는 부인들에게보다도 나 자신에게 더욱 끔찍하게 다가올 그 담장에 들어가 갇혀 지내고 말 걸세. 그러고는 그곳에서 온갖 의심을 품고 살겠지. 그녀들이 아무리 성의껏 날 섬긴다 해도 결코 나의 이 의심을 없애줄 수는 없을 것이네. 침대 속에서도, 그녀들의 품속에서도 오직 불안감만을 맛보게 되겠지. 심사숙고만 하고 앉아 있을 때가 아닌 바로 그 시점에 난 그저 질투심에 사로잡혀 깊은 생각에 잠겨 지내게 될 걸세. 가증스러운 인간 쓰레기들이여! 사랑의 온갖 감정 앞에 영원히 마음의 문을 걸어 잠가버린 비천한 노예들이여! 너희들이 만일 나의 이 같은 불행을 안다면 더는 그렇게 너희들의 처지에 대해 한탄할 수만은 없을 것이다.

1719년 10월 4일, 파리에서

편지156
록산느가 우스벡에게
(수신지 : 파리)

공포와 어둠과 커다란 불안이 이 하렘을 휩쓸고 있으니 이곳에는 그야말로 큰 슬픔이 도사리고 있답니다. 호랑이 한 마리가 이곳에서 매 순간 격노해 날뛰고 있지요. 그자는 결백을 주장하는 두 명의 백인 노예를 심하게 고문했을 뿐만 아니라, 우리 여인들이 데리고 있는 여자 노예 일부를 팔아버리고는 그것도 부족해 나머지 노예들까지도 서로 바꾸어 데리고 있도록 했어요. 자치와 젤리스는 각각 자신들의 방에서, 그것도 아주 컴컴한 한밤중에 아주 합당치 못한 대우를 받았지요. 그 불경한 자가 조금의 거리낌도 없이 그녀들의 몸에 그 비천한 손을 가져다 댔답니다. 게다가 우리를 각자의 처소에 가둬두고는 혼자

508

있는 방 안에서조차 항상 베일을 두르고 있게 하는군요. 우리 여인들은 더 이상 서로 대화를 나눌 수도 없거니와, 서로 편지를 주고받는 것조차 죄가 된답니다. 우리가 자유로이 할 수 있는 것이라고는 이제 눈물을 흘리는 일 외에는 아무것도 없어요.

이 하렘에 새로운 환관들이 한 무더기로 들어와 밤낮으로 우리를 괴롭히고 있답니다. 잠을 자다가도 위장된 것인지 진실인지 모르겠으나 그들의 의심 때문에 수시로 깨어나야만 하지요. 그나마 제게 위안이 되는 것은 이 모든 것이 그리 오래가지는 않을 것이라는 사실, 저의 목숨이 끊김과 동시에 이 모든 고통 또한 끝나게 될 것이라는 바로 그 사실이랍니다. 참으로 잔인하기도 하신 우스벡! 이 목숨은 그리 오래가지 못할 겁니다. 절대 당신에게 이 모든 모욕을 멈추게 할 그런 시간조차 남겨 드리지 않을 테니까요.

1720년 3월 2일, 이스파한의 하렘에서

편지 157
자치가 우스벡에게
(수신지 : 파리)

세상에! 어찌 이런 일이 있을 수 있단 말인가요? 그 야만스러운 노예 놈이 벌을 내리는 방법에서조차 제게 모욕을 안겨주

다니요! 그자가 제게 그야말로 유치하기 짝이 없는 그런 벌을 가했어요. 수치심을 불러일으키는 것으로 시작하여 극도의 모욕감을 안겨주었답니다.

처음엔 부끄러움에 휩싸여 그저 절망에 빠져 있었으나 차츰 정신을 되찾고는 제 처소의 천장이 다 울릴 정도로 크게 소리치며 분개하기 시작했지요. 하지만 그자가 더욱 무자비하게 나옴에 따라 제가 세상에서 가장 비천한 그 인간에게 용서를 구하고 동정심을 불러일으키려 애쓰는 소리가 밖에까지 다 들렸답니다.

그날 이후로 무례하고 비열하기 짝이 없는 그자의 영혼은 명예를 실추해버린 저의 영혼 위에서 그야말로 의기양양이랍니다. 그자의 존재, 그자의 시선, 그자의 말, 이 모든 불행의 요소가 그야말로 저를 짓누르고 있어요. 홀로 있을 때는 그나마 눈물이라도 흘리며 위안을 찾을 수 있지요. 그자가 제 눈앞에 있을 때면 그저 공포에 질려버릴 뿐이랍니다. 저를 속수무책으로 만들어버리는 그 공포 앞에서 그저 망연자실할 뿐이지요.

게다가 그 호랑이 같은 놈은 감히 이 모든 만행의 장본인이 바로 당신이라고 말하고 있어요. 제게서 저의 사랑을 앗아가고 제 마음속 감정까지 욕되게 하려는 것이지요. 그자의 입에서 제가 사랑하는 사람의 이름이 나올 때면 정말이지 더는 항의도 나오지 않고 그저 죽고만 싶을 따름이랍니다.

저는 당신의 부재에도 꿋꿋이 버텨가며 제 안에 있는 사랑의 힘으로 저의 사랑을 지켜왔어요. 밤이며, 낮이며, 매 순간, 이 모든 시간을 오직 당신만을 생각하며 보내왔지요. 저는 당신을

510

향한 이 같은 저의 사랑을 몹시도 자랑스럽게 여겨왔고, 저를 향한 당신의 사랑은 이런 저를 이곳에서 존중받으며 살아갈 수 있도록 해주었어요. 하지만 이제는 아니에요. 저를 이토록이나 전락시키고 있는 이런 모욕을 더는 견딜 수가 없어요. 만일 제가 결백하다 여기신다면 어서 돌아와 제게 사랑을 안겨주세요. 만일 저를 죄인이라 생각하신다면 제가 당신의 발아래 죽어 사라질 수 있도록 어서 돌아와 주세요.

1720년 3월 2일, 이스파란의 하렘에서

편지 158
젤리스가 우스벡에게
〔수신지 : 파리〕

내게서 만 리나 떨어진 곳에 있으면서도 당신은 나를 죄인으로 생각하는군요. 만 리 밖에서까지도 당신은 나를 벌하고 있어요.

야만스러운 환관 놈 하나가 내게 그 비천한 손을 가져다 댔어요. 당신의 명대로 말이지요. 그자는 폭정을 휘두르는 독재자가 아니라 내게 모욕을 휘두르는 독재자예요.

어디 한번 당신 마음대로 나에 대한 이 학대를 곱절로 더 높여보시지요. 내 마음은 더 이상 당신을 사랑할 수 없게 된 이후로 아주 편안해졌어요.

당신의 영혼은 타락해가고, 당신은 점점 더 잔인해지고 있어요. 당신이야말로 조금도 행복하지 못한 사람이라는 것을 기억하세요.

그럼 영원토록 안녕히⋯⋯

1720년 3월 2일, 이스파한의 하렘에서

편지 159
솔림이 우스벡에게
(수신지 : 파리)

주인님! 저는 지금 괴로움에 신음하고 있습니다. 주인님의 처지가 참으로 안타까울 뿐입니다. 지금껏 그 어떤 충직한 노예도 지금의 저처럼 이런 끔찍한 절망에 빠지지는 않았을 것입니다. 여기 주인님의 불행이자 또한 저의 불행인 사건들을 적어드립니다. 지금 이 글을 쓰고 있는 제 손은 한없이 떨리고만 있답니다.

하늘에 계신 모든 예언자의 이름을 걸고 맹세컨대, 주인님께서 제게 부인들을 맡기신 이후로 저는 밤낮을 가리지 않고 그녀들을 감시하였으며 단 한 순간도 근심 걱정을 놓아본 적이 없답니다. 우선은 그녀들에게 처벌을 내리는 것으로 저의 임무를 시작하였으며, 그 후 저의 타고난 엄격함은 유지한 채 일단 그 처벌을 중단하였습니다.

한데 이런 이야기는 해서 다 무엇하겠습니까? 주인님께 아무런 도움도 되어드리지 못한 충성심을 지금 여기서 자랑해본들 다 무슨 소용이란 말입니까? 그동안 제가 주인님을 섬기며 수행해온 지난 일들은 모두 잊어주십시오. 부디 저를 배신자로 여기시어 제가 미처 막아내지 못한 그 모든 범죄에 대한 처벌을 내려주십시오.

록산느…… 참으로 오만하기 짝이 없는 록산느…… 아! 세상에, 이럴 수가! 이제부터는 도대체 누구를 믿어야 한단 말입니까? 주인님께서는 젤리스를 의심하시고 록산느는 아주 철저히 믿고 계셨었지요. 하지만 그동안 그토록 흔들림 없던 록산느의 미덕은 그야말로 끔찍한 위선일 뿐이었습니다. 자신의 배신행위를 감추기 위한 하나의 베일이었던 것이지요. 그녀가 어떤 젊은 남자의 품에 안겨 있는 것을 제가 현장에서 목격했습니다. 그자는 적발되자마자 제게 달려와 단검으로 저를 두 번이나 찔렀답니다. 그 소리를 들은 다른 환관들이 달려와 그자를 빙 둘러싸자 그자는 많은 부상자를 내며 한참을 저항했습니다. 록산느가 보는 앞에서 죽겠다며 그녀의 방으로 들어가려고까지 했지요. 하지만 수적으로 밀려 결국 우리의 발아래 무릎을 꿇고 말았답니다.

고귀하신 주인님! 주인님의 준엄하신 명이 떨어질 때까지 과연 제가 기다릴 수 있을지 모르겠습니다. 주인님께서는 이미 제 손에 복수의 칼을 쥐여주셨습니다. 제가 머뭇거리며 주인님의 그 복수를 애타게 해서는 아니 되겠시요.

1720년 5월 8일, 이스파한의 하렘에서

편지 160

솔림이 우스벡에게

(수신지 : 파리)

결심했습니다. 이제 주인님의 불행은 모두 사라질 것입니다. 이 몸이 직접 처벌을 내리겠습니다.

벌써 은근히 환희가 느껴집니다. 마침내 저와 주인님의 영혼은 차분히 진정될 것입니다. 주인님과 제가 이 범죄를 근절시켜버릴 것이니 죄 없는 자들까지도 모두가 다 창백해지고야 말 것입니다.

오! 자신의 관능을 전혀 느끼지 못하게끔 만들어졌는지 스스로의 욕망 앞에서조차도 분노하는 듯해 보이는 당신네들! 수치심과 정숙함의 영원한 피해자인 바로 당신네, 여인들이여! 내 그대들을 이 불행한 하렘 안에 대거 집어넣을 수만 있다면 얼마나 좋을꼬! 이곳에서 이 몸이 뿌릴 그 엄청난 피를 보고 그대들이 깜짝 놀라는 모습을 내 직접 볼 수 있다면 참으로 좋으련만!

1720년 5월 8일, 이스파한의 하렘에서

편지 161
록산느가 우스벡에게
(수신지 : 파리)

그래요, 당신을 배신했어요. 제가 당신의 환관들을 매수했고 당신의 질투심을 농락했어요. 저는 당신의 이 끔찍한 하렘을 환희와 쾌락이 있는 곳으로 만드는 법을 잘 알고 있었어요.

저는 곧 죽게 될 거예요. 저의 혈관 속으로 독이 퍼져 흐를 테니까요. 이곳에 제가 무슨 볼일이 더 남아 있겠어요? 그동안 저를 살아 숨 쉬게 해주었던 단 한 사람, 그 사람이 이제 더는 이 세상에 없거늘…… 저는 지금 죽어가고 있어요. 하나 저의 영혼은 결코 홀로 떠나가지 않는답니다. 방금 그 불경스러운 환관들에게 세상에서 가장 지독한 피를 뿌리게 하고 저보다 먼저 떠나보냈으니까요.

어떻게 저를 오직 당신의 변덕만을 사랑하기 위해 살아가는 여인으로 생각할 정도로 그렇게 순진하게 볼 수가 있었나요? 당신은 자신이 원하는 모든 것을 다 누려가면서, 어떻게 그런 당신에게 저의 온갖 욕망을 모조리 짓눌러버릴 권리가 있다고 생각할 수가 있었나요? 아니에요. 비록 당신에게 예속되어 살아오기는 했으나 전 언제나 자유로웠어요. 당신이 정해놓은 규율을 자연의 법칙에 맞추어 다시금 바꾸어놓으며 저의 영혼은 언제나 완벽한 독립을 누려왔답니다.

제가 당신을 위해 치른 희생에 대해, 당신에게 정조를 지키는 여인으로 보일 정도로 그렇게까지 당신 앞에서 저 자신을 낮추고 있어주었던 것에 대해, 온 세상 곳곳에 드러냈어야 했을 그것을 비겁하게도 그냥 이 가슴속에만 묻어두고 있었던 것에 대해, 그리고 당신의 온갖 변덕 앞에 제가 보여준 그 순종이 다름 아닌 미덕이라는 이름으로 불리는 것을 그냥 묵인해가며 그렇게 미덕을 모독한 것에 대해 당신은 제게 감사해야 할 거예요.

딩신은 세계서 사랑의 열정이 보이지 않는다는 사실에 늘 놀라곤 했었지요. 만일 당신이 저를 잘 알고 있었더라면 제 안에 있는 이 강렬한 증오를 분명 볼 수 있었을 거예요.

그래도 당신은 제 마음이 당신에게 정복되어 있다고 믿으며 아주 오랫동안 그 이익을 누려왔어요. 결국 우리는 둘 다 행복했던 것이네요. 당신은 제 마음을 달래주었다고 믿었고, 저는 당신을 속여오고 있었으니 말이에요.

제가 지금 하는 이야기들을 당신은 분명 믿기 힘들 거예요. 이렇게 당신을 괴로움에 짓눌리게 만들고서도 과연 또다시 당신이 나의 이 용기를 높이 살 수밖에 없도록 만들 수 있을까요? 하지만 이젠 모든 것이 다 끝났어요. 독이 제 몸속으로 침투해 들어오고 있어요. 점점 힘이 빠져나가 손에 든 펜조차도 자꾸만 떨어뜨리는군요. 제 안의 증오심까지도 약해지는 것이 느껴져요. 저는 이렇게 죽어가고 있답니다.

1720년 5월 8일, 이스파한의 하렘에서

옮긴이 해설

18세기의 진정한 문학 선구자 몽테스키외, 그리고 『어느 페르시아인의 편지』*

『법의 정신』으로 우리에게 더 잘 알려져 있고, 소설가보다는 법조인, 정치가, 철학가로서 더 잘 알려진 몽테스키외는 18세기 프랑스 계몽주의 시대의 대표적 사상가이자 문인이다. 수많은 저서를 남기며 프랑스 사회에 커다란 영향력을 미쳤던 그는 30대 초반의 나이로 당시 프랑스 문학계를 뒤흔들어놓았으니, 그를 오늘날 프랑스 문학계를 대표하는 문인들의 대열에 설 수 있게끔 해준 작품이 바로 『어느 페르시아인의 편지』이다.

출판과 동시에 커다란 성공을 불러왔던 이 작품은 1721년 네덜란드 암스테르담에서 150개의 편지가 실린 그 초판이 발행되었다. 이어 같은 해 다시 한번 암스테르담에서 제2판이 출판되는데, 여기서는 초판에 실린 150개의 편지 중 13개가 삭제되고 새로이 3개가 추가되어 총 140개의 편지가 실리게 된다. 그 후 1754년까지 『어느 페르시아인의 편지』는 큰 인기를

---

* 이 해설은 로렌트 버지니Laurent Versini의 연구를 참고했다.

끌며 여러 출판인에 의해 30여 차례나 재출간되지만 몽테스키외는 이에 전혀 개의치 않았다. 그리고 마침내 1754년 『『어느 페르시아인의 편지』에 대한 몇 가지 고찰"이라는 제목의 포스트 서문을 삽입한 두번째 개정판을 출간하기에 이른다. 포스트 서문을 통해 고티에Gaultier 신부의 비난을 향한 자신의 입장을 밝히고 있는 본 개정판에서는 초판에 수록되었던 150개의 편지와 더불어 제2판에 추가되었던 편지 3개, 그리고 미발표 편지 8개를 추가로 실으며 총 161개의 편지를 선보이고 있다. 그러나 여기서 추가된 11개의 편지는 포스트 서문과 함께 본문이 아닌 부록으로 나타나고 있으며, 그가 사망한 후 1758년 그의 아들이 재편집해 출간한 개정판에서 본문에 삽입된다. 오늘날 독자들이 접하는 현대판들은 모두 이 개정판을 토대로 하고 있다.

『어느 페르시아인의 편지』의 시대적 배경이 되는 루이 14세가 사망할 당시 몽테스키외는 결혼 4개월 차의 26세 젊은 남작 귀족이었다. 평화롭기 그지없고 자유로운 상업이 번창했던 부르주아 도시, 보르도에 정착했던 그는 부유한 칼빈파 가문의 딸을 부인으로 둔 남편으로서, 아버지의 뒤를 이어 프랑스 남서부 지방 브레드의 수장으로서, 그리고 백부의 뒤를 이어 또다른 프랑스 남서부 지방 몽테스키외의 수장이자 보르도 고등법원 수석판사직의 주인으로서 충분히 자신의 최고 지위를 뽐내며 그렇게 유사 계층의 다른 사람들처럼 부와 명예를 누리며 평온한 삶을 살아갔을 만도 했다. 운명이었을까? 그런 그가 당대의 프랑스 왕권과 종교를 비롯하여 프랑스 사회 전체를 신랄하게 비난하는 『어느 페르시아인의 편지』 집필에 착수한다. 그 이유는 무엇이었을까?

일반적으로 어느 작가든 한 작품을 집필하는 데는 으레 그 동기가 있기 마련이다. 『어느 페르시아인의 편지』가 쓰이게 된 특정 사건이나 계기, 몽테스키외가 그 집필을 결심하게 된 구체적인 시기와 정확한 집필 기간 등을 알아내고픈 마음은 오늘날 몽테스키외를 잊지 않고 있는 모든 이들의 마음속에서 한결같을 것이다. 그러나 이 같은 바람에 앞서 무엇보다도 이 작품은 명석하고 해박한 젊은 청년의 손아귀에서 아주 오래전부터 치밀히 계획되고 준비되어온 작품이라는 사실에 주목해야 하겠다. 그의 서문이 보여주듯, 그는 본 작품과 관련하여 철저히 베일에 가려져 있기를 원했다. 그것이 귀족 신분 수석판사로서의 자존심 때문이었든, 혹은 세간의 비난에 대비한 신중함 때문이었든 말이다.

단, 이는 나의 존재가 드러나지 않는다는 조건에서다. 만일 사람들이 내 이름을 알게 된다면 바로 그 순간부터 나는 입을 다물 것이다. [……] 만일 사람들이 내가 누구인지를 알게 된다면 분명 그들은 "저 사람, 책과 성격이 전혀 어울리지 않아. 차라리 그 시간을 좀더 나은 일에 투자했어야 했어. 이런 일은 근엄하신 인물다운 짓이 아니지"라고들 할 것이다.

루이 14세의 절대권력과 그에 못지않게 막강한 힘을 지니고 있었던 종교의 공존이라는 당시 삼엄했던 시대적 상황을 고려해볼 때, 이 같은 그의 신중함은 어찌 보면 지극히 당연하고도 불가피한 일이었을 것이다. 그런데도 본 작품의 출간을 계획하고 이를 끝까지 실행에 옮긴 몽테스키외의 그 열정과 용기야말로 진정 높이 사지 않을 수 없다. 소르본대학교의 교수 폴 베르니에르Paul Vernière는 본 작품의 작업 기간을 1717년에서 1720년까지로 조심히 추측한 바 있다. 그의 말대로 하나의 창작 소설임을 고려하면 다소 긴 시간이지만, 과학적이고 풍부한 학식을 담은 작품이라는 점을 생각하면 너무도 짧기 그지없는 시간이다. 한 가지 확실한 것은 『어느 페르시아인의 편지』는 이제 겨우 서른을 바라보는 나이였던 몽테스키외의 그 총명함과 박식함으로 독자들에게 절로 경이감을 불러일으키는 작품이라는 사실이다.

앞서 잠시 언급했듯 『어느 페르시아인의 편지』는 작가의 생존 당시 그 모방작이나 불법 출판의 경우를 제외한 정식 출판 건만 해도 30여 차례에 달했을 정도로 매우 커다란 인기를 끌었다. 하지만 그 인기에 못지않게 또한 당대의 수많은 비난을 몰고 왔던 장본인이기도 했다. 그 대표적 예로 『어느 페르시아인의 편지』를 가리켜 "신을 모독하는 불경스러운 언행"이라며 매우 강력히 비판하고 나섰던 고티에 신부의 비난을 빼놓을 수 없다. 커다란 성공 뒤에 따라왔던 수많은 비난에도 전혀 아랑곳하지 않았던 몽테스키외가 애써 자신의 입장을 밝힌 그의 포스트 서문은 이 비난의 강도와 중요성을 짐작게 한다. 당시 대부분의 프랑스 작가는 이 같은 세간의 비난을 피하려고 스스로를 한 작품의 작가가 아닌 단지 자신이 들어 알고 있는 어떤 이야기를 독자들에게 소개해주는 하나의 도서 편찬자, 혹은 번역가쯤으로 소개하곤 했었다. 이는 몽테스키외도 예외가 아니었다.『어느 페르시아인의 편지』의 작가로서 그는 자신에게 돌아올 비난의 소리를 이미 잘 감지하고 있었으며, 이에 대한 대책을 마련하는 데도 절대 소홀하지 않았다. 그의 서문은 이를 잘 보여준다.

> 이 작품 속 편지의 주인공들인 페르시아인들은 나와 함께 머물렀었다. 우리는 함께 생활했는데 그들은 나를 마치 다른 세상 사람 바라보듯 했다. 하여 내게 무엇 하나 감추는 것이 없었다. [……] 그들은 대부분 편지를 나와 공유했고 나는 그것을 옮겨 적었다. [……] 고로 나는 번역가로서의 역할을 한 것이다.

세간의 비난을 피하고자 했던 작가의 이 같은 노력과 치밀한 준비는 훗날 개정판에 추가로 삽입된 포스트 서문에서 더욱 뚜렷이 드러난다.

> 몇몇 빈정거리는 표현들에 대해 많은 이들이 너무 경솔하다는 평을 했는데 이들에게 본 작품의 성격에 주의해달라 부탁하고 싶다. 이 작품에서 매우 중요한 역할을 하는 페르시아인들은 어느 날 갑자기 유럽, 즉 지금껏 자신들이 살아왔던 세계와는 완전히 다른 세계로 건너오게 된 인물들이다. 따라서 이들이 유럽으로 건너온 그 순간부터 나는 그들을 무지와 편

견으로 가득 찬 인물로 표현해야만 했다. [……] 우리 종교의
어떤 원칙을 모독할 의도가 있기는커녕 경솔한 언행이라고
는 결코 짐작조차 해보지 못했다. 경솔하다는 평을 받은 빈정
거리는 표현들을 살펴보면 어김없이 어떤 놀라움이나 경탄의
감정과 연관되어 있지, 평가 의도와는 전혀 연관이 없으며 비
판 의도와는 더더욱이나 관계가 없다. 페르시아인들이 우리의
종교에 관해 이야기할 때 우리의 풍습이나 관행을 이야기할
때보다 덜 무지해 보여서는 아니 되었다. 이들이 우리 종교의
교리를 기이하게 바라보는 부분에서는 언제나 그 기이함에
우리 교리와 우리 사회의 다른 어떤 사실 사이의 관계에 대한
이들의 완전한 무지가 각인되어 있다.

언뜻 보면 구구절절 변명을 늘어놓고 있는 듯한 대목이지만
세간의 거센 비난 앞에 스스로 방어막을 치고 있는 몽테스키외
의 뛰어난 기지를 엿볼 수 있는 구절임이 분명하다.
  서문에서 작가 자신도 명시하듯『어느 페르시아인의 편지』는
당시 출판과 동시에 엄청난 판매 부수를 자랑하며 프랑스 문학
계를 뒤흔들었으며 또한 세계의 이목을 집중시켰다. 그러나 그
성공의 의미를 무색케 하기라도 하듯 본 작품은 아직도 프랑
스 문학계에서 끊임없이 논란의 대상이 되고 있다. 일명 '법의
정신』의 재치 있고 과감한 서문'이라는 별칭에 걸맞게 이 작품
은 정치, 경제, 철학, 종교, 사회 등 그야말로 다양한 분야에서
매우 분석적이고 풍자적으로 그 문제점들을 다루고 있다. 작품
의 이러한 성격이 아직도 많은 학자를『어느 페르시아인의 편

지』는 과연 소설인가?'라는 질문 앞에서 망설이게 하며, 몽테스키외를 철학자들로부터는 문인으로, 문인들로부터는 철학자로 취급받게끔 만들고 있다. 물론『어느 페르시아인의 편지』만큼 표면상 그렇게 자유분방하고 무질서해 보이는 작품도 없을 것이다. 서간체 소설이기도 하며 동시에 정치 시평이기도 하고 여행기이기도 하며 또 도덕 평론 같기도 한 소설이다. 다양한 공간적 배경, 연계성 없는 갖가지 서로 다른 개별적 주제들, 이 모든 것이 바로 이 작품을 둘러싸고 소설 장르로서 그 타당성을 운운하게끔 만드는 요소들이다. 하지만 누가 뭐래도『어느 페르시아인의 편지』는 엄연한 소설이며, 또한 진정한 소설임이 틀림없다. 몽테스키외 자신 또한 본 작품의 소설성에 대해 추호의 의심도 보이지 않았다. 1754년 개정판에 추가된 포스트 서문에서 그는 본 작품의 성공 비결을 일종의 소설 같은 구성에서 찾고 있다.

『어느 페르시아인의 편지』가 인기를 얻을 수 있었던 것은 무엇보다도 은연중에 느껴지는 한 편의 소설과도 같은 그 구성 때문이다. 이 작품에는 소설처럼 발단, 전개, 결말이 있으며, 다양한 등장인물이 어떤 하나의 연계 고리 속에 서로서로 연결되어 있다.

『어느 페르시아인의 편지』는 무엇보다도 그 저술 기법에 있어 하나의 혁명 소설이라 할 수 있다. 이 작품은 당시 프랑스뿐 아니라 유럽 문학계에 서간체 소설의 유행을 불러오며 리틀

턴Lyttelton에서 마담 드 몽바르Mme de Monbart에 이르기까지 수많은 작가에게 동양을 배경으로 한 서간체 소설들의 모델이 되었을 뿐만 아니라, 로티Roti, 베누아Benoit 등의 소설과 같은 온갖 비순수 통속소설의 선구자로 여겨지고 있다. 훗날 루소Rousseau와 라클로Laclos가 처음으로 진정한 서간체 소설을 선보였다면, 『어느 페르시아인의 편지』는 그때까지 리처드슨Richardson, 마담 드 그라피니Mme de Graffigny 등과 같은 수많은 작가에게 편지 형식의 소설을 쓰는 법을 가르쳐주며 서간체 소설의 도입을 가져온 작품이라 할 수 있다. 몽테스키외는 자신의 포스트 서문에서 이 같은 서간체 소설의 특성 및 그 장점에 대해 다음과 같이 이야기한다.

이런 유의 소설은 대개 성공하기 마련인데 그 이유는 바로 등장인물들이 자기 자신의 현 처지에 관해 이야기하고 있어 독자들에게 다른 어떤 이야기보다도 감동을 잘 전할 수 있기 때문이다. [……] 일반 소설의 경우 주제에서 벗어난 여담들은 그것이 자체적으로 또 하나의 새로운 소설을 구성하고 있을 때만 허용될 수 있다. [……] 하지만 등장인물이 미리 정해져 있지 않고, 주제 또한 이미 짜인 어떤 계획이나 의도에 전혀 구애받지 않는 서간체 형식의 소설에서는 작가가 그 속에 철학이나 정치, 윤리 등의 주제를 결부시키고 그 전체를 어떤 비밀스러운, 다시 말해 미지의 연계 고리를 통해 하나로 연결할 수 있다는 이점이 있다.

『어느 페르시아인의 편지』는 매우 신랄하고도 성공적이며 또한 매우 재미 넘치는 풍자소설이다. 이 작품 속 인물들은 남녀 불문하고 모두가 허영에 차 있고 탐욕스러우며, 또 무엇이든 쉬 믿어버리는 어리석기 그지없는 자들이다. 온갖 부류의 위선자들, '사이비' 고해 신부들, 조그마한 양심의 가책도 없이 몰인정하기 그지없는 징세 청부인들, 나이를 숨기느라 부단히 애쓰는 부인네들, 하물며 막강한 절대왕권 위의 프랑스 국왕이나 비열하고 교활한 그 추종자들, 게다가 교황에 이르기까지 그야말로 온갖 유형의 인물을 향한 작가의 신랄한 풍자와 번쩍이는 언어유희, 빗발치는 대조법 등은 분명 독자들이 작품 속에서 어렵지 않게 찾아볼 수 있는 요소들이다.

『어느 페르시아인의 편지』는 또한 진정한 계몽주의 소설임이 틀림없다. 주인공인 우스벡과 리카는 인위적 실험과 관찰을 통해 서양 사회를 탐색해가는 인물로서 진정한 계몽주의 시대의 정신을 반영한다. 계몽주의의 중심 사상인 이 같은 실험주의적 성격은 특히 주인공 리카가 다양한 연령층의 여인들을 시험해보며 즐기고 있는 편지 52에서 아주 잘 드러나고 있다. 이상 국가가 아닌 현실적 도시국가를 소개하는 트로글로다이트인들의 이야기 또한 본 작품의 계몽주의적 성격을 잘 보여준다. 당시 교육은 계몽주의 시대의 커다란 희망이었다. 이성에 의지한 백성들과 온건한 정부를 위해 필요한 유일한 방법으로서 다름 아닌 '교육'을 강조하는 이 이야기는 충분히 독자들에게 몽테스키외의 계몽주의적 사상을 엿볼 수 있게 해주는 대목이다. 또한 교리도 의식도 없는 트로글로다이트인들의 자연 종교는 계몽주의 정신에 입각한 작가의 이신론理神論을 투영하고 있음을 어렵지 않게 알 수 있다. 이러한 몽테스키외의 종교관은 편지 67에서 '아페리돈과 아스타르테의 이야기'를 통해 다시 한번 드러나고 있다.

박식함과 총명함에 관한 한 그 누구도 따라갈 수 없었던 프랑스 계몽주의 시대의 대표 사상가, 몽테스키외는 이렇게 소설이라는 도구를 사용하여 자신의 철학 사상을 소개하는 데 성공했던 최초의 철학자이다. 그렇다면 몽테스키외같이 총명하고 조예가 깊으며 법률, 철학 및 실험 과학에도 커다란 열정을 지녔던 철학자가 어찌하여 『어느 페르시아인의 편지』라는 소설을 쓰게 되었으며, 또한 어찌하여 계속해서 그 소설 쓰기를 이어간 것일까? 답은 의외로 간단하다. 그것은 바로 그가 그 누구와도 견줄 수 없는 진정한 이야기꾼이었기 때문이며, 또한 무엇보다도 자신의 새로운 철학 사상을 전하는 데 재미있고 흥미 넘치는 소설만큼 대중에게 효과적이고 영향력 있게 다가갈 수 있는 것이 없었기 때문이리라. 실험적 방법론, 과학의 찬양, 합리주의, 상대주의, 결정론, 비평 정신, 관용과 자유 정신, 법과 정의의 엄격함, 범세계주의, 사교성, 행복에 관한 관심, 합리적 정치와 종교 등 그야말로 몽테스키외의 철학 사상이 작품 곳곳에 배어 있는 『어느 페르시아인의 편지』는 부인할 수 없는 프랑스 초기 계몽주의의 제일가는 걸작임이 틀림없다.

위대한 사상가, 철학가라는 이름 뒤에서 비록 소설가로서 몽테스키외는 그 가치가 충분히 조명되지 못했으나 우리 독자들의 마음속에서는 서간체 소설을 도입하고 유행시킨 선구자로서, 풍자소설의 대가로서, 또한 계몽주의 시대를 대표하는 작가로서 언제나 길이 남을 것이다.

이 번역서가 출간되기까지 많은 분들의 수고와 노력이 있었다. 이 책의 출판에 함께해주신 모든 분들께 진심 어린 감사의 마음을 전한다. 아울러 부족한 딸을 위해 늘 뒤에서 보이지 않는 사랑과 응원을 보내주시며 지금의 나를 있게 해주신 사랑하는 어머니께 이 책을 바친다.

작가 연보

1689   1월 18일, 프랑스 남부 보르도Bordeaux 근교의 '라 브레드La Brède' 성에서 출생. 귀족 가문 출신의 아버지 자크 드 세콩다Jacques de Secondat와 어머니 마리 프랑수아즈 드 페넬Marie Françoise de Pesnel의 아들로, 본명은 샤를루이 드 세콩다Charles-Louis de Secondat이다. 훗날 아버지에게서 물려받은 작위 '라 브레드 남작'과 백부로부터 물려받은 작위 '몽테스키외(프랑스 남부의 한 지명) 남작'의 두 작위를 동시에 지님.

1696   10월 6일, 여동생의 출산 약 3개월 후 모친 사망.

1700   '오라토리오 수도회'가 운영하는 쥬이Jully 중학교에 입학.

1705~08   쥬이 중학교 졸업 후 보르도대학교에서 법학 전공.

1708   법학 학사학위 취득 후 보르도 고등법원에 변호사로 임명. 하지만 사실상 이때부터 1713년까지 몽테스키외는 (법학의 실제 경험을 쌓기 위해) 파리에 거주. 이 기간 몽테스키외의 삶에 대해서는 거의 알려진 바가 없음.

1713   11월 15일, 부친 사망으로 아버지의 뒤를 이어 '라 브레드'의 남작이 됨.

1714	2월 12일, 보르도 고등법원의 판사로 임명.
1715	4월 30일, 거액의 결혼 지참금을 가지고 온 부유한 귀족 집안 출신, 잔느 드 라르티그Jeannne de Lartigue와 혼인.
	루이 15세의 섭정이었던 필립 오를레앙에게 「국채에 관한 진정서」 올림.
1716	2월 10일, 아들 출생.
	4월 3일, '보르도 아카데미' 회원으로 선출.
	4월 26일, 백부의 사망으로 그의 재산과 보르도 고등법원 수석판사직, 그리고 '몽테스키외(지명) 남작'의 작위 상속.
	『로마인들의 종교 정치에 관한 논술』 발표.
1717	1월 22일, 딸 출생.
	『어느 페르시아인의 편지』 집필 착수.
1718	취미로 과학을 연구하며 『메아리의 원인에 관하여』, 『신장 샘의 기능에 관하여』 등 연구서 발표.
1720	『인체의 중력 원인에 관하여』, 『인체의 창백함 원인에 관하여』 등 발표.
1721	익명으로 『어느 페르시아인의 편지』 출판. 출판 직후 커다란 인기를 얻으며 대성공을 거둠. 그 후 1728년까지 수차례에 걸쳐 파리에 체류. 파리에서 사교계를 출입하며 다양한 사교계 인사들과 교류.
1723~24	필립 오를레앙 섭정의 사망 후 필립의 생애를 나룬 『그제노 크라트가 페레스에게 보내는 편지』 집필.

1724~25	시집 『그니드의 신전』 출판.
1725	윤리학에 관한 여러 소책자 집필. 사실상 이 책자는 보르도 아카데미를 위한 것임.
1726	보르도 고등법원 수석판사직의 용익권을 팔고 파리로 이주.
1727	2월 23일, 둘째 딸 출생.
1728	1월 5일, '아카데미 프랑세즈' 회원으로 선출.
	4월 5일, 약 3년에 걸친 '유럽 대여행' 시작. 베르윅Berwick 총사령관의 조카, 밀로르 왈드그라브Milord Waldegrave와 함께 빈을 시작으로 헝가리, 슬로바키아, 이탈리아, 독일, 네덜란드, 영국 등지에서 여행을 계속함.
1731~33	여행 중 작성했던 일기와 자신이 방문했던 나라들에 대한 메모를 들고 5월 보르도로 돌아옴. 이를 바탕으로 『유럽의 보편적 군주제에 관한 고찰』과 『로마인의 흥망성쇠 원인에 관한 고찰』 집필.
1734	『로마인의 흥망성쇠 원인에 관한 고찰』 출판. 『법의 정신』 집필에 착수하고 이에 전념. 훗날 그의 작품에서 이 책의 집필을 위해 하루 8시간씩 작업했음을 밝히기도 함.
1746	'베를린 아카데미' 회원으로 선출.
1748	보르도 고등법원의 수석판사직을 영구적으로 판매.
	11월 11일, 제네바에서 익명으로 『법의 정신』 출판. 이 책의 출판 당시 양쪽 백내장으로 거의 시각장애인에 가까운 상태였음. 1742년 이미 자신의 한 소설에서 백

내장으로 고통받고 있음을 암시.

1749   『법의 정신』은 로마 가톨릭교회로부터 금서 목록에 올
        려지는 등 각계의 강한 비판에도 불구하고 대성공을
        거둠.

1750   『『법의 정신』에 대한 변호』출판.

1751   『신성모독죄가 입증된『어느 페르시아인의 편지』』를
        통해 고티에 신부로부터 거센 비판을 받음.

1753   「미각에 관한 평론」집필. 이 글은 1757년 디드로
        Diderot가 편찬한『백과사전』7권에 삽입됨.

1754   열한 개의 편지와 부록이 추가된『어느 페르시아인의
        편지』개정판 출판. 부록에는 고티에 신부에게 반박하
        는「'어느 페르시아인의 편지'에 대한 몇 가지 고찰」
        포함.

1755   2월 10일, 파리에서 고열로 사망. 철학자 중에서는 유
        일하게 디드로만이 참석한 가운데 11일 생쉴피스Saint
        Sulpice 성당에 안장.

1758   그의 아들이 1754년 판을 토대로『어느 페르시아인의
        편지』4판 출판.

기획의 말

세계문학과 한국문학 간에 혈맥이 뚫려, 세계–한국문학의 공진화가 개시되기를

    21세기 한국에서 '세계문학'을 읽는다는 것은 무엇을 뜻하는가? 자국문학 따로 있고 그 울타리 바깥에 세계문학이 따로 있다는 말인가? 이제 한국문학은 주변문학이 아니며 개별문학만도 아니다. 김윤식·김현의 『한국문학사』(1973)가 두 개의 서문을 통해서 "한국문학은 주변문학을 벗어나야 한다"와 "한국문학은 개별문학이다"라는 두 개의 명제를 내세웠을 때, 한국문학은 아직 주변문학이었다. 한데 그 이후에도 여전히 한국문학은 주변문학이었다. 왜냐하면 "한국문학은 이식문학이다"라는 옛 평론가의 망령이 여전히 우리의 의식을 장악하고 있었기 때문이다. 그렇게 생각하고 그렇게 읽고, 써온 것이었다. 그리고 얼마간 그런 생각에 진실이 포함되어 있는 것도 사실이었다. 그러나 천천히, 그것도 아주 천천히, 경제성장이나 한류보다는 훨씬 느리게, 한국문학은 자신의 '자주성'을 세계에 알리며 그 존재를 세계지도의 표면 위에 부조시키고 있었다. 그런 와중에 반대 방향에서 전혀 다른 기운이 일어나 막 세계의 대양에 돛을 띄운 한국문학에 위협적인 격랑을 밀어붙이고 있었다. 20세기 말부터 본격화된 '세계화'의 바람은 이제 경제적 재화뿐만이 아니라 어떤 나라의 문화물도 국가 단위로만 존재할 수 없게 하였던 것이니, 한국문학 역시 세계문학의 한 단위라는 위상을 요구받게 되었던 것이다.

그러니 21세기 한국에서 세계문학을 읽는다는 것은 진정 무엇을 뜻하는가? 무엇보다도 세계문학이라는 개념을 돌이켜 볼 때가 되었다. 그동안 세계문학은 '보편문학'의 지위를 누려왔다. 즉 세계문학은 따라야 할 모범이고 존중해야 할 권위이며 자국문학이 복종해야 할 상급 문학이었다. 그리고 보편문학으로서의 세계문학의 반열에 올라간 작품들은 18세기 이래 강대국의 지위를 누려온 국가의 범위 안에서 설정되기가 일쑤였다. 이렇게 해서 세계 각국의 저마다의 문학은 몇몇 소수의 힘 있는 문학들의 영향 속에서 후자들을 추종하는 자세로 모가지를 드리워왔던 것이다. 이제 세계문학에게 본래의 이름을 돌려줄 때가 되었다. 즉 세계문학은 보편문학이 아니라 세계인 모두가 향유할 수 있도록 전 세계 방방곡곡에서 씌어져서 지구적 규모의 연락망을 통해 배달되는 지구상의 모든 문학이라고 재정의할 때가 되었다. 이러한 재정의에는 오로지 질적 의미의 삭제와 수량적 중성화만 있는 게 아니다. 모든 현상학적 환원에는 그 안에 진정한 가치를 향해 나아가고자 하는 지향성이 움직이고 있다. 20세기 막바지에 불어닥친 세계화 토네이도가 애초에는 신자유주의적 탐욕 속에서 소수의 대국 기업에 의해 주도되었으나 격심한 우여곡절을 겪으며 국가 간 위계질서를 무너뜨리는 평등한 교류로서의 대안-세계화의 청사진을 세계인의 마음속에 심게 하였듯이, 오늘날 모든 자국문학이 세계문학의 단위로 재편되는 추세가 보편문학의 성채도 덩달아 허물게 되어, 지구상의 모든 문학들이 공평의 체 위에서 토닥거리는 게 마땅하다는 인식이 일상화까지는 아니더라도 최소한 정당화되고 잠재적으로 전망되는 여건을 만들어내게 되었던 것이다.

또한 종래 세계문학의 보편문학적 지위는 공간적 한계만을 야기했던 게 아니다. 그 보편문학이 말 그대로 보편성을 확보했다기보다는 실상 협소한 문학적 기준에 근거한 한정된 작품 집합에 머무르기 일쑤였다. 게다가, 문학의 진정한 교류가 마음의 감동에서 움트는 것일진대, 언어의 상이성은 그런 꿈을 자주 흐려왔으니, 조급한 마음은 그런 어둠 사이에 상업성과 말초적 자극성이라는 아편을 주입하여 교류를 인공적으로 촉진시키곤 하였다. 이제 우리는 그런 편법과 왜곡을 막기 위해서, 활짝 개방된 문학적 관점을 도입하여, 지금까지 외면당하거나 이런저런 이유로 파묻혀 있던 숨은 걸작들을 발굴하여 널리 알리고 저마다의 문학을 저마다의 방식으로 감상할 수 있는 음미의 물관을 제공해야 할 것이다. 실로 그런 취지에서 보자면 우리는 한국에 미만한 수많은 세계문학전집 시리즈들이 과거의 세계문학장을 너무나 큰 어둠으로 가려오고 있었다는 것을 절감한다.

이와 같은 인식하에 '대산세계문학총서'의 방향은 다음으로 모인다. 첫째, '대산세계문학총서'의 기준은 작품의 고전적 가치이다. 그러나 설명이 필요하다. 이 고전은 지금까지 고전으로 인정된 것들에 갇히지 않는다. 우리가 생각하는 고전성은 추상적으로는 '높은 문학성'을 가리킬 터이지만, 이 문학성이란 이미 확정된 규칙들에 근거한 문학성(그런 문학성은 실상 존재하지 않거니와)이 아니라, 오로지 저만의 고유한 구조를 통해 조직되는데 희한하게도 독자들의 저마다의 수용 기관과 연결되는 소통로의 접속 단자가 풍요롭고, 그 전류가 진해서, 세계의 가장 많은 인구의 감성을 열고 지성을 드높일 잠재적 역능이 알차게 채워진 작품의 성질을 가리킨다. 이러한 기준은 결국 작품의 문학성이 작품이나 작가에 의해 혹은 독자에 의해 일방적으로 결정되는 것이 아니라, 세 주체의 협력에 의해 형성되며 동시에 그 형성을 통해서 작품을 개방하고 작가의 다음 운동을 북돋거나 작가를 재인식시키며, 독자의 감수성을 일깨워 그의 내부에 읽기로부터 쓰기로의 순환이 유장하도록 자극하는 운동을 낳는다는 점을 환기시키고 또한 그런 작품에 대한 분별을 요구한다.

이 첫번째 기준으로부터 두 가지 기준이 덧붙여 결정된다.

둘째, '대산세계문학총서'는 발굴하고 발견한다. 모르거나 잊힌 것을 발굴하여 문학의 두께를 두텁게 하고, 당대의 유행을 따라가기보다는 또한 단순히 미래를 예측하기보다는 차라리 인류의 미래를 공진화적으로 개방할 수 있는 작품을 발견하여 문학의 영역을 확장할 것을 목표로 한다. 이는 또한 공동선의 실현과 심미안의 집단적 수준의 진화에 맞추어 작품을 선별한다는 것을 뜻한다.

셋째, '대산세계문학총서'가 지구상의 그리고 고금의 모든 문학작품들에게 열려 있다면, 그리고 이 열림이 지금까지의 기술 그대로 그 고유성을 제대로 활성화시키는 방식으로 진행되는 것이라면, 이는 궁극적으로 '가장 지역적인 문학이 가장 세계적인 문학'이라는 이상적 호환성을 추구한다는 것을 가리킨다. 이는 또한 '대산세계문학총서'의 피드백에도 그대로 적용될 것이다. 즉 '대산세계문학총서'의 개개 작품들은 한국의 독자들에게 가장 고유한 방식으로 향유될 터이고, 그럴 때에 그 작품의 세계성이 가장 활발하게 현상되고 작용할 것이다.

이러한 기준들을 열린 자세와 꼼꼼한 태도로 섬세히 원용함으로써 우리는 '대산세계문학총서'가 그 발굴과 발견을 통해 세계문학의 영역을 두텁고 넓게 하는 과정 그 자체로서 한국 독자들의 문학적 안목과 감수성을 신장시키는 데 기여할 것을 기대하며, 재차 그러한 과정이 한국문학의 체내에 수혈되어 한국문학의 도약이 곧바로 세계문학의 진화로 이어지게끔 하기를 희망한다. 이는 우리가 '대산세계문학총서'를 21세기의 한국사회에서 수행하는 근본적인 소이이다. 독자들의 뜨거운 호응을 바라마지않는다.

'대산세계문학총서' 기획위원회

대산세계문학총서